D1059982

LA MAÎTRESSE DU SOLEIL

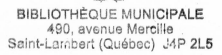

DE LA MÊME AUTEURE

Trilogie JOSÉPHINE B.

TOME 1, *Vies et secrets de Joséphine B.*, roman, Paris, Stock, 1999.

TOME 2, *Passions et chagrins de Madame Bonaparte*, roman, Paris, Stock, 2000.

TOME 3, *Le Dernier bal de l'Impératrice*, roman, Paris, Stock, 2001.

SANDRA GULLAND

LA MAÎTRESSE DU SOLEIL

Traduction de l'anglais par Sophie Dalle
et Louis Tremblay

Roman historique

Hurtubise

Catalogage avant publication de Bibliothèque et Archives nationales du Québec et Bibliothèque et Archives Canada

Gulland, Sandra, 1944-

[Mistress of the sun. Français]

La maîtresse du soleil

Traduction de : Mistress of the sun.

ISBN 978-2-89647-210-9

1. La Vallière, Françoise-Louise de la Baume Le Blanc, duchesse de, 1664-1710 – Romans, nouvelles, etc. 2. Louis XIV, roi de France, 1638-1715 – Romans, nouvelles, etc. I. Dalle, Sophie. II. Tremblay, Louis, 1965- . III. Titre. IV. Titre : Mistress of the sun. Français.

PS8563.U643M5814 2009   C813'.54   C2009-941324-8
PS9563.U643M5814 2009

Les Éditions Hurtubise bénéficient du soutien financier des institutions suivantes pour leurs activités d'édition :

- Conseil des Arts du Canada
- Gouvernement du Canada par l'entremise du Programme d'aide au développement de l'industrie de l'édition (PADIÉ)
- Société de développement des entreprises culturelles du Québec (SODEC)
- Gouvernement du Québec par l'entremise du programme de crédit d'impôt pour l'édition de livres.

Nous remercions le gouvernement du Canada de son soutien financier pour nos activités de traduction dans le cadre du Programme national de traduction pour l'édition du livre.

Graphisme de couverture : René St-Amand
Illustration de la couverture : Jocelyne Bouchard
Mise en pages : Folio infographie

Traduit de l'anglais par Sophie Dalle et Louis Tremblay
Copyright © 2008 de Sandra Gulland Inc.
Publié originellement par HarperCollins Canada en 2008 sous le titre *Mistress of the Sun*
Publié avec l'accord de Westwood Creative Artists.
Copyright © 2009 Éditions Hurtubise inc.
pour l'édition en langue française

ISBN 978-2-89647-210-9

Dépôt légal / 4ᵉ trimestre 2009
Bibliothèque et Archives nationales du Québec
Bibliothèque et Archives du Canada

Diffusion-distribution au Canada :
Distribution HMH
1815, av. De Lorimier
Montréal (Québec) H2K 3W6
Téléphone : 514-523-1523
Télécopieur : 514-523-9969
www.distributionhmh.com

Diffusion-distribution en Europe :
Librairie du Québec/DNM
30, rue Gay-Lussac
75005 Paris FRANCE
www.librairieduquebec.fr

Imprimé au Canada
www.editionshurtubise.com

Liste des principaux
personnages historiques

Anne d'Autriche (1601-1666) : Infante d'Espagne, infante du Portugal, archiduchesse d'Autriche, princesse de Bourgogne et princesse des Pays-Bas. Reine de France et de Navarre, de 1615 à 1643, en tant qu'épouse de Louis XIII, puis régente de ces deux royaumes pendant la minorité de son fils (1643-1651).

Duc de Lauzun (le) (1633-1723) : Premier duc de Lauzun (1692), marquis de Puyguilhem, comte de Saint-Fargeau, capitaine des gardes du corps du roi, colonel général des dragons, il devient rapidement le favori de Louis XIV. Séducteur invétéré, Lauzun accumule les conquêtes féminines.

Duc Gaston d'Orléans (le) (1608-1660) : Troisième fils d'Henri IV et de Marie de Médicis, il est fils de France, prince du sang, de la branche des Bourbon (dynastie des Capétiens). Benjamin du roi Louis XIII, à la mort de Nicolas de France, deuxième fils d'Henri IV, Gaston devient l'éternel second. Titré duc d'Anjou, il est le plus proche héritier du trône. Mais en 1638, la naissance inespérée d'un dauphin (le futur Louis XIV) le prive du rang de premier héritier de la couronne. Il perd son crédit financier et ne peut poursuivre la reconstruction du château de Blois qu'il a entreprise.

Duchesse de Navailles (la) : Née Suzanne de Beaudéan-Parabère, surveillante des filles d'honneur à la Cour, elle finit par perdre cette charge à cause de sa trop grande vigilance qui contrarie les intrigues de Louis XIV.

Élisabeth Marguerite d'Orléans (1646-1696) : Fille de Gaston d'Orléans et de Marguerite de Lorraine.

Françoise Athénaïs de Rochechouart de Mortemart, marquise de Montespan (1640-1707) : Fille de Gabriel de Rochechouart de Mortemart et de Diane de Grandseigne, Françoise se rebaptise précieusement Athénaïs. Elle arrive à la cour de France par l'intervention d'Anne d'Autriche. Elle est attachée au service d'Henriette d'Angleterre, belle-sœur de Louis XIV. Elle épouse, en février 1663, Louis Henri de Pardaillan de Gondrin, marquis de Montespan († 1691). Elle rencontre Louis XIV à l'automne 1666 ; très amoureux de sa favorite, Louise de la Vallière, celui-ci ne fait tout d'abord pas attention à elle, mais il se laisse peu à peu charmer avant d'en faire enfin sa maîtresse en mai 1667.

Françoise Louise de La Vallière (1644-1710) : Née le 6 août 1644 au manoir de La Vallière, à Tours, sous le nom de Françoise Louise de La Baume Le Blanc, elle est la fille d'un militaire et de la riche veuve d'un conseiller au Parlement de Paris. Après le décès de son père, en 1651, sa mère épouse en troisièmes noces Jacques de Courtavel, marquis de Saint-Rémy et intendant de Gaston d'Orléans à Blois, où s'installe la nouvelle famille. Louise devient alors demoiselle de compagnie de ses filles. À dix-sept ans, elle devient demoiselle d'honneur d'Henriette d'Angleterre, dite Madame, première épouse de Philippe de France, dit Monsieur, frère du roi. Peu après son arrivée à la cour, le comte de Saint-Aignan la pousse dans les bras du jeune Louis XIV à travers la stratégie dite du « paravent » ou du « chandelier » : le roi doit feindre de la courtiser afin de détourner l'attention de la cour sur l'idylle naissante entre lui et Madame, sa belle-sœur. Louise, secrètement amoureuse de Louis XIV, est ravie. Rapidement, le roi est pris à son propre jeu et tombe sous le charme de la jeune femme dont il fait sa maîtresse. Louise a quatre enfants du roi. Les deux derniers sont légitimés : Marie-Anne de Bourbon (1666-1739) et Louis de Bourbon, comte de Vermandois (1667-1683). Quant aux deux premiers, Charles (1663-1666) et Philippe (1665-1665), ils meurent en bas âge.

Françoise-Madeleine d'Orléans (1648-1664) : Fille de Gaston d'Orléans et de Marguerite de Lorraine.

Grande Mademoiselle (la) (1627-1693) : Anne Marie Louise d'Orléans, Mademoiselle de France, petite-fille du roi Henri IV. Fille de Gaston de France et de Marie de Bourbon, duchesse de Montpensier, elle est la cousine germaine de Louis XIV. Mieux connue sous le titre de la Grande Mademoiselle.

Henriette d'Angleterre (1644-1670) : Appelée aussi Henriette-Anne Stuart, en anglais *Henrietta Anne of England*, fille du roi Charles Ier d'Angleterre et d'Écosse et de la reine Henriette de France, petite-fille d'Henri IV, nièce de Louis XIII et cousine germaine de Louis XIV. Le 31 mars 1661, elle épouse son cousin Philippe de France, Monsieur, frère de Louis XIV. Elle a plusieurs amants, dont (selon les historiens) Louis XIV lui-même, ce qui irrite Philippe. Ils ont tout de même trois enfants.

Jacques de Courtavel, marquis de Saint-Rémy : Par ses fonctions, le troisième mari de la mère de Louise de La Vallière oriente la destinée de la jeune fille puisque la famille part rejoindre la cour du duc et de la duchesse d'Orléans, retirés à Blois depuis l'échec de la Fronde. C'est là que mademoiselle de La Vallière a l'occasion de rencontrer le roi pour la première fois.

Jean-Baptiste Colbert (1619-1683) : Contrôleur général des finances de 1665 à 1683. Il entre au service du roi de France à la mort de son protecteur, Jules Mazarin. En concurrence avec Nicolas Fouquet, il le remplace à la charge d'intendant. Acteur important d'une politique économique interventionniste, il favorise le développement du commerce et de l'industrie par la création de fabriques étatiques. En 1648, il épouse Marie Charron, fille d'un membre du conseil royal, avec laquelle il a neuf enfants.

Jean-Baptiste Lully (1632-1687) : Né Giovanni Battista Lulli, à Florence, le 28 novembre 1632 ; mort à Paris, le 22 mars 1687.

Compositeur français d'origine italienne, surintendant de la musique de Louis XIV. Par ses dons de musicien et d'organisateur aussi bien que de courtisan et d'intrigant, Lully domine l'ensemble de la vie musicale en France à l'époque du Roi-Soleil.

Jean-Baptiste Poquelin, dit **Molière** (1662-1673) : Dramaturge et acteur de théâtre français, considéré comme l'âme de la Comédie-Française. Il est l'auteur du *Malade imaginaire*, des *Précieuses ridicules*, de *L'École des femmes*, entre autres chefs-d'œuvre.

Louis XIV (1638-1715) : Surnommé le Roi-Soleil, Louis XIV règne pendant soixante-douze ans. Il accède au trône quelques mois avant son cinquième anniversaire, mais après une minorité très marquée par la révolte de la Fronde (1648-1653), il n'assume personnellement le pouvoir qu'à partir de la mort de son ministre principal (le cardinal Jules Mazarin), en 1661. Son autorité absolue se déploie avec la fin des grandes révoltes nobiliaires, parlementaires, protestantes et paysannes qui marquaient la vie du royaume depuis plus d'un siècle.

Marguerite Louise d'Orléans (1645-1721) : Fille de Gaston d'Orléans et de Marguerite de Lorraine.

Marie-Thérèse d'Autriche (1638-1683) : Fille du roi d'Espagne Philippe IV et d'Elisabeth de France, elle épouse Louis XIV le 9 juin 1660 à Saint-Jean-de-Luz, conformément au traité des Pyrénées. Œuvre du cardinal Mazarin, ce mariage n'est pour le roi que raison d'État. Son époux la délaisse bien vite pour ses nombreuses favorites, mais elle met néanmoins au monde six enfants en dix ans.

Nicole de Montalais : Amie de Louise de La Vallière, demoiselle d'honneur de Marguerite de Lorraine puis, en 1661, d'Henriette d'Angleterre. Enfermée par la suite à l'abbaye de Fontevrault en raison de ses intrigues.

Philippe de France (1640-1701): Prince de France, fils de Louis XIII et frère de Louis XIV, généralement désigné sous ses titres de duc d'Orléans ou de Monsieur. Connu pour son libertinage, son homosexualité, ses parures fantaisistes et son train de vie extravagant, il se marie deux fois – deux mariages imposés par Louis XIV, dont le premier, avec la princesse Henriette d'Angleterre, devait resserrer les liens entre les deux pays.

LA FAMILLE ROYALE
Généalogie sommaire

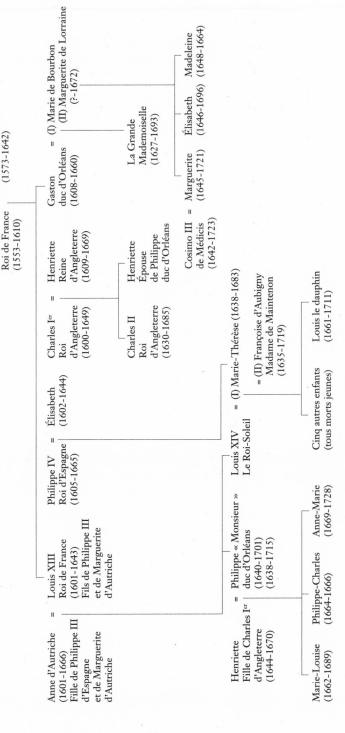

À ma famille qui est au ciel :
Grand-mère May,
Cousine Linda
Et ma mère Sharon.
J'aurais tant voulu que vous puissiez lire cet ouvrage.

À trop longtemps contempler le soleil
Je suis devenue aveugle

Extrait de *Hall of Mirrors*,
poème de Jane Urquhart

PREMIÈRE PARTIE

De la magie de la poudre d'os

Chapitre 1

Une bohémienne en robe pourpre surgit à la vitesse de l'éclair, debout sur le dos de son cheval au trot. Les plumes de dinde de sa couronne frémirent sous le soleil brûlant de l'été.

— La Femme sauvage! annonça le propriétaire du cirque avec un grand mouvement de son chapeau noir.

La foule applaudit tandis que l'animal accélérait. Il secoua la tête, projetant sueur et crachats. Sa queue flottait derrière lui, ses sabots piétinaient le sol poussiéreux.

Les jupes diaphanes de la Femme sauvage tourbillonnaient. Lentement, elle leva les bras vers le ciel sans nuages et poussa un cri de guerre perçant.

Une fillette au teint pâle, à peine assez grande pour regarder par-dessus la balustrade, observait la scène avec fascination et s'imaginait à la place de l'écuyère.

Émerveillée, elle porta les mains à son visage.

«Oh, le vent!»

En cette année 1650, huitième du règne de Louis XIV, disette, peste et guerres faisaient rage. Dans les hameaux, les grottes et les forêts, le peuple mourait de faim et la violence prédominait. La fillette venait de fêter ses six ans.

Elle était petite pour son âge. On lui donnait souvent quatre ans – jusqu'à ce qu'elle prenne la parole, avec une maturité déconcertante. Sous son bonnet bien ajusté, noué sous le menton par des rubans, ses boucles blondes cascadaient jusqu'à sa taille. Elle portait une robe de serge grise ornée d'un collier qu'elle avait confectionné elle-même avec des dents de hérisson. Sa petite taille, sa blondeur et son regard troublant lui valaient souvent d'être traitée de lutin.

Elle suivit des yeux la Femme sauvage qui sautait de sa monture et s'éclipsait en faisant onduler sa couronne de plumes. Ignorant les jongleurs, le clown sur échasses, le nain acrobate et le paysan agitant une vessie de bœuf gonflée au bout d'une ficelle, elle se dirigea vers les chariots à bâche regroupés au pied de la colline. Là, elle découvrit la Femme sauvage en train de verser une gourde en cuir pleine d'eau sur ses cheveux emmêlés. Les paillettes de son costume accrochaient la lumière.

— Dieu qu'il fait chaud ! râla la cavalière.

Son cheval, pie aux paupières roses, était attaché à un char à bœufs non loin de là.

— Qu'est-ce que tu veux, mon ange ?

— Je veux monter comme vous. Debout.

— Vraiment ? répliqua la femme en essuyant son visage avec ses mains.

— Je suis possédée par le démon du cheval, expliqua la fillette d'un ton grave. C'est mon père qui le dit.

La Femme sauvage s'esclaffa.

— Et où se trouve ton père ?

Le cheval piaffait, soulevant des nuages de poussière. La bohémienne tira violemment sur sa longe et lui parla une langue étrangère. L'animal leva la tête et hennit. Un concert lui répondit.

« Des chevaux ! »

— Ils sont dans le pré, lui dit la Femme sauvage.

La fillette se faufila entre tentes et charrettes pour gagner un pacage où paissaient quatre chevaux de trait, un âne et un poney moucheté. La jument dressa brièvement la tête puis se remit à mastiquer les morceaux de pain de son moisis éparpillés devant elle. La sécheresse sévissait et l'herbe était clairsemée.

Ce fut alors que la fillette aperçut le cheval qui se tenait à l'écart, dans le bois – un jeune étalon, devina-t-elle, impressionnée par la fierté de son allure. Il était dans un enclos, une bande de cuir enroulée autour d'une jambe antérieure.

Il était blanc, très grand. Des paroles de la Bible lui revinrent à la mémoire : « Je regardai, et voici, parut un cheval blanc. » Son cou était long et fin. Ses oreilles dressées étaient petites et pointues, ses narines frémissaient. Ses yeux la fixaient.

Elle pensa aux histoires que lui avait racontées son père – Neptune sacrifiant ses chevaux blancs au soleil, Pégase, le cheval ailé. « Vénérez celui qui chevauche les nuages ! » Elle pensa au roi qui, à peine plus âgé qu'elle, avait arrêté les émeutes à Paris en se précipitant dans la mêlée sur un cheval blanc. « Celui qui le monte est fidèle et sincère. »

Elle connaissait ce cheval : c'était celui de ses rêves.

Elle traversa le pré.

— Doux, murmura-t-elle, la main tendue.

L'étalon coucha les oreilles en arrière.

Laurent de La Vallière engagea sa charrette brinquebalante dans le champ jonché de cailloux. Il descendit de son siège de cocher et se redressa péniblement, une main au creux des reins. Sa coiffure militaire était empanachée, quoique souillée, et il portait un pourpoint en cuir craquelé à manches de laine rapiécées, lacées aux épaules. Ses hauts-de-chausses matelassés et sa culotte, démodés depuis plus d'un demi-siècle, étaient soigneusement raccommodés. Avec ses bottes munies d'éperons et son épée sur la hanche, il avait l'allure d'un officier de cavalerie ayant connu des jours meilleurs.

Il attacha sa jument à un vieux chêne décharné et se rapprocha de la foule rassemblée à l'extrémité du terrain. Au bout du chemin, il tomba sur une bohémienne corpulente assise sur une souche : la gardienne des lieux, sans doute. Si les gitans n'étaient pas tous des scélérats, ils n'en inspiraient pas moins une certaine méfiance. Laurent tâta sous son pourpoint en cuir le rosaire qu'il gardait toujours près de son cœur, une enfilade de perles de bois touchées par sainte Thérèse d'Avila. «Seigneur, ôte-moi de toute pensée ombrageuse et éclaire-moi d'espoir, amen.»

— Monsieur de La Vallière, annonça-t-il en ôtant son chapeau.

Il était fort respecté dans la région, admiré pour ses attentions et sa générosité, mais les gens du voyage ne le connaissaient pas.

— Je cherche une fillette.

Une brise soudaine souleva des effluves d'urine et de viande pourrie.

— Une fillette, dites-vous ?

La femme lui offrit un sourire édenté.

— Ma fille.

Laurent tendit la main, paume vers le sol, pour indiquer sa taille.

— Blonde, petite et pâle ?

— Elle est donc ici.

Dieu soit loué! Il l'avait cherchée tout l'après-midi. Après avoir fouillé le manoir de fond en comble, il avait inspecté la grange, le colombier, le grenier à blé, la laiterie et même le poulailler. Il avait foulé les bosquets et les prés alentour, exploré avec terreur les bords de la rivière avant de harnacher la jument pour se rendre en ville. C'était chez le marchand de céréales qu'il avait entendu parler de la présence de bohémiens et de leurs chevaux. Sa fille était folle de ces bêtes.

— Elle est tout là-bas, avec Diablo, ajouta la femme avec un rire rauque.

Le diable? *Diabolus, diavolo, diablo...* Laurent se signa et fonça dans la direction que lui avait indiquée la gitane. Non loin des chariots à bâche rassemblés au pied de la colline, il repéra sa fille accroupie dans la poussière.

— Petite!

Plusieurs chevaux lourds l'entouraient.

— Père?

Elle se leva.

— Regardez! enchaîna-t-elle en venant vers lui et en pointant le doigt vers le blanc à l'orée du bois.

— Où étais-tu?

Maintenant qu'il la savait en sécurité, la peur le submergeait.

— Tu aurais pu...

Rien que d'y songer, il en tremblait. Les vagabonds étaient partout. Pas plus tard que la semaine précédente, on avait assassiné deux pèlerins sur la route de Tours.

Il se pencha vers elle et lui prit la main. «Seigneur, je vous suis reconnaissant de la grâce que vous me faites, amen.» Elle était écarlate.

— Ma chérie, tu ne dois pas t'enfuir ainsi.

C'était une enfant impulsive et passionnelle, intrépide et indépendante, un vrai garçon manqué – des qualités que sa mère n'appréciait guère. Cette dernière était d'une sévérité impitoyable à son égard, l'obligeant à rester des heures et des heures devant son rouet. Mais que pouvait-il dire ? C'était à la mère que revenait la tâche d'élever sa fille.

— Je vais me tenir debout sur un cheval au galop ! s'exclama-t-elle en étendant les bras, ses yeux bleus brillant d'excitation.

Était-ce le Saint-Esprit qui rayonnait en elle, ou le diable déguisé ? se demanda Laurent. Il était si facile de confondre les deux.

— Comme la Femme sauvage, précisa-t-elle.

L'imagination fantasque de la fillette le préoccupait. Au printemps, elle avait construit une masure grossière avec des pierres derrière la grange. Dans son « couvent », comme elle l'avait baptisé, elle soignait des animaux blessés – ses patients les plus récents étant une salamandre couverte de taches et un autour.

— Ils ont promis de m'apprendre.

— Partons, dit-il en la saisissant par le bras. J'ai des petits pains dans la charrette.

Si les gitans ne les avaient pas volés.

— Mais Diablo… murmura Petite en se tournant pour contempler l'étalon.

— Il appartient à ces gens.

— Ils ont dit qu'ils le vendraient pour presque rien.

— Nous irons au marché aux chevaux de Tours la semaine prochaine. Nous t'y trouverons le poney dont tu as toujours rêvé.

À vrai dire, elle chevauchait n'importe quel animal à quatre pattes. L'année précédente, elle avait entraîné un veau au saut d'obstacles.

— Vous m'avez raconté que les chevaux du marché tiennent à peine debout. Que ce sont des sacs d'os.

— Certes, ce n'est pas une bonne année, admit-il.

Entre une guerre interminable contre l'Espagne et d'innombrables révoltes, les montures dignes de ce nom étaient de plus en plus rares. Toutes les bêtes avaient été réquisitionnées par une armée ou une autre. De surcroît, en période de famine, manger de la viande de cheval n'était plus tabou.

— Mais il y a toujours de l'espoir. Nous prierons et le bon Dieu nous entendra.

— J'ai prié pour ce cheval, père ! rétorqua Petite.

Immobile comme une statue, l'animal les observait.

— J'ai prié pour ce blanc, insista-t-elle.

Laurent s'arrêta pour réfléchir. Il avait besoin d'un étalon et sa fille avait un don pour repérer les bêtes de qualité. Jambes droites, encolure fine, tête étroite : parfait. Bien qu'efflanqué, il avait le poitrail large. Les blancs avaient la réputation d'être comme l'eau : à la fois fougueux et tendres. Une fois curé et brossé, il serait magnifique.

— Combien en veulent-ils ?

Il fallut quatre hommes forts – les Hercules du spectacle – pour l'arrimer à l'arrière de la charrette. La bandelette de cuir s'était détachée de sa jambe dans la bagarre.

— Reculez ! aboya l'un d'entre eux tandis que l'animal ruait.

« De quoi souffre-t-il ? » se demanda Laurent. Pourquoi une telle sauvagerie ? Avait-il été traumatisé lors d'une bataille ? Cela arrivait souvent ces temps-ci mais le blanc n'avait aucune cicatrice visible.

— Avec tout mon respect, monsieur…

Laurent eut un sursaut et pivota. Le jeune homme derrière lui avait le visage noir comme une aile de corbeau. Sa tunique était rapiécée aux coudes et il avait un turban enroulé autour de la tête. Un Maure ? Un petit sac à franges était noué autour de sa taille mais Laurent ne vit ni sabre ni poignard. Tout en adressant une brève prière à saint Jacques, le tueur des Maures, il fit l'inventaire de son armement : une épée rouillée et un couteau à lame émoussée dans sa botte droite. Il poussa un soupir de soulagement en remarquant une croix minuscule autour du cou du païen.

— Je vous conseille la prudence. Cet étalon est particulièrement nerveux – diabolique selon certains, bien que ce mot ne me plaise guère, du moins en ce qui concerne les bêtes.

Le blanc laissa échapper un hennissement strident.

— Père ? murmura Petite, cachée derrière sa jambe.

Montrant les dents, le cheval s'élança sur l'un des colosses. Celui-ci tomba, son pourpoint en cuir déchiré.

— Le diable ! s'écria-t-il en se relevant et en s'écartant précipitamment.

Quelques galopins s'étaient rassemblés pour observer la scène comme s'il s'agissait d'un numéro du cirque.

— Ce n'est pas par hasard qu'il s'appelle Diablo, déclara le Maure en faisant signe aux gamins de ne pas s'approcher davantage.

Laurent frotta son menton mal rasé. Il était intrigué par la capacité de cet homme à s'exprimer. Il avait cru comprendre que les païens n'étaient pas tout à fait des humains.

— Vous connaissez ce cheval.

Peut-être le Maure était-il son groom – peu efficace, si tel était le cas. À en juger par l'état de ses sabots et les nœuds dans sa crinière, cette pauvre créature n'avait pas été soignée depuis longtemps.

— Je suis Azeem. Je dresse les chevaux.

— C'est vous qui avez appris à l'âne à s'asseoir comme un chien ? s'enquit Petite.

— Ça t'a plu ?

Il sourit. Ses dents étaient blanches et droites.

— Moi, j'ai appris à une chèvre à grimper à une échelle.

. Laurent prit la main de sa fille. Les dompteurs naissaient aux heures du carillon. N'étaient-ils pas dotés d'un sixième sens ?

— Cet étalon ne me paraît guère amadoué.

— Quand il était jeune, les gitans lui ont cousu les oreilles ensemble mais ça ne l'a rendu que plus féroce.

Laurent émit un grognement désapprobateur. On employait parfois cette méthode pour tranquilliser l'animal – quand on voulait le ferrer, par exemple – mais selon lui, il n'y avait aucune magie là-dedans. C'était une manière de détourner son attention, de lui donner matière à réflexion. Maintenir la jambe à l'aide d'une sangle était tout aussi efficace.

— Féroce, dites-vous ?

La corde s'enfonçait dans la chair de son cou tellement le blanc tirait dessus.

— Oui. Seul le rituel de la poudre d'os pourrait le calmer maintenant, soupira le Maure en se signant.

Laurent fronça les sourcils. Il avait entendu parler de ce procédé. Il connaissait un homme qui y avait eu recours, mais par la suite, c'était lui qui était devenu fou. «Complètement toqué, aspiré par les eaux», avaient chuchoté les voisins. Il lui suffisait de frapper à la porte de sa grange pour que celle-ci s'ouvre d'elle-même comme si le diable était juste derrière. Il prétendait voir son cheval à son chevet la nuit.

— Le père de Charlotte a employé la magie pour soigner sa jument boiteuse, déclara Petite à son père.

— Monsieur Bosse ?

Ce cheval-là avait gagné trois prix par la suite – non pas que Laurent approuvât le jeu.

— Le rituel de l'eau, mais peut-être est-ce différent de celui de la poudre d'os.

— Pardonnez-moi, monsieur, je n'aurais pas dû parler de cela devant une enfant.

Il s'accroupit devant la fillette.

— Mademoiselle, les rituels de la poudre d'os, de l'eau ou du crapaud n'y sont pour rien. Vous me comprenez ?

— Nous ne croyons pas à la sorcellerie, conclut Laurent en éloignant Petite du Maure.

Le cheval était solidement attaché. Il était temps de partir.

— Vous êtes sage, monsieur.

Le dompteur s'inclina avec grâce, une main plaquée sur son cœur.

— C'est le pouvoir du diable et le diable ne donne jamais rien pour rien.

La jument râblée de Laurent tirait la charrette le long du chemin cahoteux. À ses côtés, sa fille surveillait avec angoisse le blanc récalcitrant. Il s'était braqué au démarrage, mais la jument était solide et les cordes avaient tenu. Après s'être laissé tirer sur quelques dizaines de mètres, il avait fini par capituler et suivre le mouvement.

Petite demanda l'autorisation de s'installer au fond de la charrette.

— Pour que Diablo ne pense pas que Dieu l'a abandonné, expliqua-t-elle.

— Laisse-le tranquille, répondit Laurent d'un ton las.

La créature était superbe mais son état, pitoyable. Sa femme ne manquerait pas de le lui faire remarquer.

— Tu risques de l'effaroucher.

Petite resta donc à sa place et mordit dans un petit pain en balançant ses pieds devant elle.

— Ce dompteur était-il un Maure?

— Je pense que oui.

Ils étaient à la lisière de Reugny. On apercevait déjà le clocher de l'église par-dessus la crête des arbres. Laurent se demanda s'il y avait des nouvelles. Le soleil indiquait l'heure du salut, environ dix-sept heures, et la malle-poste avait dû arriver de Tours. Selon les derniers échos, Bordeaux était en révolte contre la cour et les forces du roi avaient assiégé la ville. Si Bordeaux remportait la victoire, tout était possible. Le roi serait peut-être obligé de se retirer derrière les murs de Paris et d'abandonner la campagne aux princes en conflit. Que restait-il à récupérer? La France était comme un vase brisé. Le peuple n'avait plus rien à partager sinon la pauvreté. Les paysans avaient de la chance s'ils obtenaient quinze sous en échange d'une journée de labeur – le prix d'un panier d'œufs.

N'y avait-il pas eu assez de guerres comme cela? Comment était-il possible de continuer à vivre dans une telle discorde? Laurent palpa la pièce de monnaie en cuivre, frappée à l'effigie d'Henri IV, cousue dans l'ourlet de sa chemise. Les années de gloire. La mort de ce grand souverain avait déclenché un siècle de chaos. Tous les soirs, Laurent priait pour que leur jeune roi chrétien mette un terme à cet éternel bain de sang. Le roi était le représentant de Dieu. La Bible le disait. Il finirait sûrement par triompher.

— J'allais me rendre au pays des Maures, dit Petite, interrompant le fil des pensées de Laurent.

— Ah ? murmura-t-il distraitement en manœuvrant pour se garer sur un emplacement de l'autre côté de la place.

Il se passait quelque chose : la foule était rassemblée d'un côté de la potence. Il reconnut les fils de son voisin qui couraient ici et là, surexcités. Un éclat de rire fusa suivi d'un sifflement. Un combat de coqs, peut-être ? En général, ils se tenaient à l'extérieur du village.

— Ce matin.

— Tu allais te rendre au pays des Maures ce matin ?

— Pour y être décapitée, poursuivit Petite. Comme sainte Thérèse dans le livre. Mais le Maure était un dompteur, il n'avait pas de sabre. Ni de hache.

— Le livre sur sainte Thérèse ? répéta Laurent, interloqué.

Au fil du temps il avait constitué une petite bibliothèque, quelques textes sur l'agronomie et l'histoire, mais surtout des essais philosophiques et religieux, parmi lesquels un mince ouvrage relié de cuir relatant la vie de sainte Thérèse. Comment sa fille en avait-elle appris l'existence ?

— C'est monsieur Péniceau qui te l'a lu ?

Le précepteur de son fils avait été scribe à la cour. Il était habile à la lecture et à l'écriture, mais la théologie n'était pas du tout son domaine.

— J'ai commencé à le lire toute seule. Je n'en suis qu'à la page seize.

— Tu sais lire ?

— Certains mots sont difficiles.

Laurent se tourna pour examiner sa fille. Il la savait précoce mais tout de même ! Son frère Jean, de deux ans son aîné, ne connaissait pas encore l'alphabet !

— Qui t'a enseigné à lire ?

— J'ai appris toute seule ! répliqua-t-elle en se mettant debout. Il y a quelqu'un au pilori.

— Reste ici, ordonna Laurent en se promettant de se renseigner sur cette affaire un peu plus tard. Je dois passer chez l'apothicaire.

— Et Diablo ?

— Il n'ira nulle part.

La corde lui avait mis la peau à nu mais elle tenait.

— Que personne ne s'en approche !

À peine avait-il effectué quelques pas qu'un cri l'arrêta.

— Père !

Un beau petit gaillard se précipita vers lui en courant, une canne à pêche dans une main et un sac d'asticots dans l'autre.

— Jean ! s'exclama Petite.

— Ils ont mis Agathe Balin au pilori ! annonça-t-il, haletant.

— Pourquoi ? demanda Petite.

— Aucune importance, rétorqua Laurent d'un ton menaçant.

— Pour avoir forniqué, papa ! Avec monsieur Bosse, paraît-il. Allez voir, père. Elle est couverte de crachats !

Les joues de Jean, parsemées de taches de son, étaient cramoisies.

— Monsieur Bosse – le père de Charlotte ? interrogea Petite.

Jean jeta ses affaires dans la charrette.

— D'où vient ce cheval ?

Il contourna l'animal. Diablo s'ébroua, montra le blanc de ses yeux.

— Il est sauvage ?

— Ne t'approche pas, fils, prévint Laurent.

— Sapristi ! jura le garçonnet en évitant de justesse un coup de pied bien visé. La sale bête !

— Il est à moi. J'ai prié pour lui.

— Petite, ce n'est pas un cheval pour une fillette, lança Laurent en s'éloignant.

— Que signifie « forniquer » ? s'enquit Petite en faisant une place à son grand frère sur la banquette.

※

— À quoi sert un cheval qu'on ne peut ni monter ni mettre au travail ? s'emporta Françoise de La Vallière, les mains ensanglantées après avoir tué un lapin pour le repas dominical.

Elle lui coupa la tête et les pattes. C'était une jolie femme aux joues rondes, une fossette au menton. De profondes rides d'anxiété marquaient son front.

— Je n'ai encore jamais connu un étalon que je ne puisse monter, riposta Laurent en feignant l'optimisme.

Il avait dû demander de l'aide à son laboureur et à trois ouvriers pour pousser l'animal dans sa stalle à l'aide de fourches et de fouets.

— Il a essayé de me donner un coup de pied, dit Jean.

— Toujours aucune nouvelle de Bordeaux, marmonna Laurent en ouvrant la porte pour la chienne, qui se précipita vers ses chiots, couchés dans leur panier près du feu.

— Ils ont mis mademoiselle Balin au pilori, intervint Jean.

Blanche, l'aide de cuisine à la figure grêlée, le dévisagea de son œil valide.

— Agathe Balin ?

Françoise haussa les sourcils.

— Je n'en crois rien.

— Pour avoir forniqué avec monsieur Bosse ! C'est ce qu'on raconte.

— Un homme marié, rumina Françoise en s'attaquant au dépeçage. Cette fille a toujours eu le diable au corps.

Elle vida le lapin de ses entrailles puis, d'un geste preste, lui arracha la peau.

— Ils crachaient sur elle et un chien lui léchait le visage, enchaîna Jean en sortant deux anguilles de son sac pour les déposer dans une bassine de cuivre. Si vous l'aviez entendue quand je lui ai chatouillé la plante des pieds !

— Bonne pêche, constata Françoise en faisant signe à Blanche d'aller nettoyer les poissons à l'extérieur.

— Tu aurais dû prier pour la rédemption de son âme, fils, pas la torturer, le réprimanda Laurent.

— Tout le monde le faisait ! protesta Jean en suivant la bonne dehors.

— C'est un enfant, Laurent.

— Il aurait dû être à ses leçons.

— Et elle, à ses travaux d'aiguille ! rétorqua Françoise en jetant un coup d'œil vers Petite, qui caressait le chien devant la cheminée. Elle part se promener et vous revenez tous les deux avec un cheval. Drôle de façon de la discipliner !

— Un véritable cheval blanc, c'est rare.

L'étalon avait même les yeux bleus. Laurent savait que cela existait mais n'en avait jamais vu.

— Une race noble, ajouta-t-il.

Il pensa à l'inscription ancienne gravée au-dessus du manteau de la cheminée de leur chambre : *Ad principem ut ad ignem amor indissolubilis*, « Près du prince comme près du feu ». Ces mots, il les lisait chaque matin au réveil et chaque soir au moment de s'endormir. C'était la devise de la famille depuis des générations. L'arrière-arrière-arrière-grand-père de son père s'était battu aux côtés de Jeanne d'Arc. En période de troubles, le roi pouvait compter sur un La Vallière, et on était en pleine période de troubles. Mais Françoise n'était pas une La Vallière. Elle était née Provost, une famille qui avait une fâcheuse tendance à profiter des périodes de troubles, justement. Elle ne comprendrait jamais la valeur d'une bête comme celle-ci : un véritable blanc, la monture des rois. On ne pouvait pas tout mesurer, tout peser, certaines choses n'avaient pas de prix.

— Et il a de la conformation, renchérit Petite en câlinant l'un des chiots.

— Il a une bonne conformation, rectifia son père.

Il avait vécu toute sa jeunesse à cheval au service du roi. Il s'était battu pour la dernière fois huit années plus tôt à Rocroi, une bataille qui hantait ses rêves chaque nuit – et ses membres douloureux chaque jour. Le repos prescrit par la suite avait bouleversé son existence. Désormais, il occupait le poste de lieutenant du roi au château d'Amboise. Cette situation, sans histoires mais honorable, lui laissait un revenu régulier et le temps de chasser à sa guise. Son vieux hongre de cavalerie peinait à trotter. Il s'imaginait déjà sur le blanc.

— Père va le dresser.

— Ce ne sont pas des choses que l'on discute devant une fillette, souffla Françoise. Elle est suffisamment obsédée par les chevaux comme cela. Le moment est venu pour elle de se comporter comme une demoiselle.

D'un geste expert, elle fendit le lapin en deux.

Le lendemain, au chant du coq, Petite s'éclipsa discrètement par la porte de derrière, un croûton de pain sec à la main. Il avait plu toute la nuit. La lune encore visible nimbait les bâtiments, les potagers et les grands arbres au-delà d'une lueur blanchâtre. Le coq lança un nouveau cocorico auquel répondit le gazouillis d'un étourneau. Petite enfila ses sabots et entreprit la traversée de la basse-cour boueuse.

Elle ouvrit la porte de la grange en prenant soin de la soulever pour éviter de faire grincer les gonds rouillés. Elle ne voulait pas réveiller le laboureur qui dormait dans le grenier à foin. Trois hirondelles fondirent sur elle. Immobile dans l'obscurité, elle inhala la senteur tiède des chevaux, huma leur présence. Le vieux hongre hennit doucement. Le laboureur bougea puis se remit à ronfler.

Une lumière diffuse filtrait à travers une minuscule fenêtre à l'extrémité de la bâtisse. Petite mit quelques instants avant de déceler les silhouettes des chevaux et des deux vaches laitières. Sur le mur, au-dessus des harnais, était accrochée une baguette de bouleau destinée à empêcher les démons de monter les chevaux la nuit.

La tête du blanc apparut dans le coin de sa stalle puis disparut. Petite chercha son chemin à tâtons le long des mangeoires et du tas de bois jusqu'à Diablo qui se positionna face à elle, comme une apparition spectrale.

— Bonjour, toi, chuchota-t-elle.

L'étalon remua la tête. Il était magnifique. Jamais de sa vie elle n'avait vu une créature aussi admirable. «Voyez comme il est beau!» songea-t-elle en se remémorant un vers du *Cantique des cantiques* de Salomon. Elle mourait d'envie de démêler sa crinière, de laver et d'oindre d'huile sa longue queue blanche embroussaillée de bardanes. Les croûtes sur ses flancs s'estomperaient s'il la laissait s'approcher pour les soigner.

— Mon bien-aimé, murmura-t-elle, savourant ce nom à la fois dangereux et tendre.

Le cheval coucha les oreilles.

Elle glissa le croûton sous son aisselle pour y transmettre son odeur puis le lui présenta sur la paume de sa main, en offrande et pot-de-vin. Il se détourna en agitant la queue.

Petite engloutit un bout du pain et le croqua bruyamment, satisfaite de constater qu'une oreille de Diablo se dressait. «La patience est compagne de la sagesse», lui répétait souvent son père en citant saint Augustin. Elle tendit de nouveau la main.

Diablo pivota brusquement et décocha une ruade, toutes dents dehors.

Chapitre 2

L'automne de cette année-là fut orageux. Les jours de pluie, quand elle ne pouvait pas sortir, Petite époussetait les livres de la petite bibliothèque de son père, de préférence quand son frère Jean recevait ses leçons dans le salon. Ainsi, elle pouvait écouter tout en travaillant, apprendre le latin et même un peu d'histoire. En ce jour de novembre particulièrement humide, un feu crépitait dans la cheminée et monsieur Péniceau s'était attaqué à la lecture à voix haute de *Consolation de la philosophie*, une traduction de *Consolatio Philosophiæ* de Boèce.

— «La mort est sans doute le plus grand de tous les biens, lorsque, après avoir respecté les jours d'une belle vie, elle se hâte d'exaucer un malheureux qui l'invoque», proclama le précepteur de sa voix haut perchée.

Par la porte entrouverte, Petite aperçut Jean, la tête sur la table, une joue sur le dos de la main, paupières closes. Avec son petit nez retroussé, sa fossette au menton et ses boucles brunes, il avait l'air d'un chérubin à l'image de leur jolie maman.

Petite ouvrit les volets pour laisser pénétrer la lumière dans la pièce et grimpa sur le marchepied pour scruter les titres des ouvrages les plus proches de la fenêtre. L'un d'entre eux paraissait être un traité latin en vers sur la chasse. Un autre, *Histoire naturelle des quadrupèdes*, était doté d'une couverture en peau de porc incrustée d'une estampille dorée sur le dos. Petite en déduisit que cette étagère était consacrée essentiellement aux sujets d'ordre pratique : élevage des animaux, culture des herbes aromatiques, arboriculture.

Elle sélectionna le recueil aux pages cornées de recettes médicales que son père consultait lorsqu'il soignait les malades et les pauvres. Petite connaissait bien cet opuscule car elle l'accompagnait souvent lors de ses tournées. La veille, ils étaient allés voir une femme et trois enfants qui vivaient dans une grotte. Le cadet s'était blessé à la jambe en installant un piège et le père de Petite avait pansé sa plaie avec un linge propre. Au-dessus de la tête du matelas de feuilles séchées de l'enfant, elle avait remarqué une croix fabriquée à partir de brindilles. La femme s'était inclinée longuement devant Laurent lorsqu'ils étaient partis, pressant sa main sur son front comme en quête d'une bénédiction.

Le livre servait si souvent qu'il n'avait pas le temps de prendre la poussière. Pourtant, Petite l'essuya avec son chiffon avant de le remettre en place.

— « Pendant que je m'occupais de ces tristes pensées, enchaîna le pédagogue, et que j'exhalais ainsi ma douleur, j'aperçus au-dessus de moi une femme dont l'aspect inspirait la vénération la plus profonde. Ses yeux pleins de feu étaient mille fois plus perçants que ceux des hommes. »

Petite saisit l'ouvrage suivant et le plaça à la lumière. Il était plus gros que les autres mais démuni de dos – on avait relié les minces feuilles de papier jauni avec de la ficelle. Le titre, *Traité de l'équitation*, était grossièrement poinçonné sur une couverture de carton. Le contenu était imprimé et non manuscrit, ce qui en facilitait la lecture.

Petite le feuilleta avec précaution: «Du dressage des poulains»; «L'exercice de l'entrave»; «De la manière de traiter les chevaux fougueux et les chevaux mous». Elle pensa à Diablo. Presque tous les après-midi, à l'heure paisible qui suivait le déjeuner, elle s'était rendue dans la grange avec une poignée de céréales ou un morceau de sucre volé pour tenter de séduire l'étalon. Elle lui avait chuchoté des mots doux, offert des pains qu'elle avait confectionnés elle-même. Mais il était toujours aussi menaçant. Chaque soir avant de se coucher, elle priait pour lui, implorant les saints.

«Pourquoi ne répondent-ils pas à mes prières?» se demanda-t-elle, le cœur lourd.

Elle continuait à feuilleter les pages de l'ouvrage: «L'art d'apprivoiser»; «Maîtriser un caractère rétif»; «De la sorcellerie et du cauchemar». Les battements de son cœur s'accélérèrent: «De la magie de la poudre d'os».

Petite jeta un coup d'œil sur son frère et le professeur. Jean était profondément endormi à présent, la bouche grande ouverte.

— «Éloignez-vous, perfides sirènes, dont l'artificieuse douceur conduit les hommes à leur perte!» déclama le précepteur.

Petite se concentra sur le chapitre qui l'intéressait.

— «Attention!» lut-elle.

Elle entendit la porte d'entrée se fermer, puis des voix. Son père était revenu de la ville. Petite s'empressa de remettre l'ouvrage à sa place. Monsieur Péniceau se tut et Jean se redressa en se frottant les yeux.

— Excellente nouvelle! annonça le père de Petite, ses longs cheveux trempés par la pluie. Le roi a fait plier Bordeaux.

— Bravo! s'exclama le professeur.

— Bravo! répéta Jean en se levant. La pluie a-t-elle cessé? Puis-je aller pêcher?

— Pas si vite, mon fils. Nous avons beaucoup à faire. La cour, qui remonte à Paris, va bientôt faire escale à Amboise.

— Le roi vient à Amboise? s'enquit Petite en les rejoignant.

— Oui. Le roi et la reine mère. Je suis chargé de leur préparer un accueil somptueux. Votre mère va devoir venir m'aider à servir la reine mère et…

Il se tourna vers le frère de Petite.

— Tu viendras aussi, Jean. Ce sera une bonne occasion de te faire connaître des membres de la cour, voire du roi et de son frère, qui sont à peu près de ton âge.

— Et moi? demanda Petite, déconfite.

— Tu es trop jeune, Louise, nous ne reviendrons pas là-dessus, décréta Françoise en fouillant dans sa malle.

On allait la présenter à la reine mère. Que porter?

— J'ai six ans! protesta Petite.

— Les membres de la cour n'apprécieraient pas d'être entourés d'enfants. Blanche prendra soin de toi.

— Jean y va et il n'a que huit ans.

— Il a passé l'âge de raison, jeune fille, pas toi. D'ailleurs, c'est différent pour les garçons, ajouta Françoise en secouant sa jupe de velours mauve. Je vais devoir me contenter de ma robe en satin jaune, se résigna-t-elle, plus pour elle que pour sa fille. Pourquoi n'es-tu pas à ton rouet?

— Il ne pleut plus. Puis-je aller aider père avec les chevaux?

— Va! Va! répondit Françoise d'un ton impatient en ouvrant sa boîte à bijoux… Mon Dieu!

Laurent de La Vallière était dans la grange auprès du hongre quand sa fille surgit et le tira par la manche.

— Mère me fait dire que ses perles ont disparu.

Laurent poussa un profond soupir.

— J'en parlerai avec elle tout à l'heure, répondit-il en soulevant le sabot de sa monture.

— J'espère que vous n'allez pas vous rendre à Amboise sur ce cheval, père ! lança Jean, juché sur la rambarde d'une stalle. Il est vieux et il a la tête plate. Tout le monde va se moquer de vous.

— C'est un animal noble, mon fils. Il m'a bien servi. Mais, non, je ne tiens pas à l'emmener à Amboise.

Laurent lâcha sa jambe et lui caressa le flanc.

— Il est trop âgé pour d'aussi longs parcours.

Diablo hennit et tous trois se tournèrent vers lui.

— Et si vous montiez Diablo ? proposa Petite.

— Encore faudrait-il que je parvienne à le dompter.

En dépit de tous ses efforts, Laurent n'avait pas réussi à amadouer le blanc.

Petite se dirigea vers le box du coin avec une poignée de céréales.

— Ne t'approche pas de lui ! prévint Laurent en haussant le ton. Va plutôt ramasser les œufs.

Petite jeta les graines dans la stalle et fonça vers la sortie.

— Quant à toi, reprit Laurent en s'adressant à son fils, tu vas préparer celui-ci pour le voyage de demain. Je n'ai pas d'autre choix que de l'emmener à Amboise.

— Le laboureur ne peut-il s'en charger ? geignit Jean en sautant à terre et en dépoussiérant sa culotte. Voyez toute la saleté qui s'est accumulée dans la stalle du blanc.

— Mon fils, dit Laurent en effleurant son rosaire, il est en train de réparer une roue de la charrette.

C'était vrai, le coin du blanc était rempli d'excréments jusqu'à la hauteur des genoux. La grange, en général impeccable, empestait.

« Que faire de cet animal ? » se demanda Laurent en regagnant le manoir. Depuis le jour de son arrivée, les soucis s'étaient multipliés. Un cochon était mort de la rougeole. L'un des chevaux de trait avait attrapé la gale ; les éruptions sur son dos s'étaient infectées et il était impossible de le harnacher. Laurent s'était lui-même blessé avec la lame de la charrue. La plaie avait fini par cicatriser, heureusement, mais seulement après qu'il eut sollicité saint Georges et enduit la lame d'une panacée achetée sur le marché de Reugny – une formule à base de mousse prélevée sur la tête d'un cadavre masculin non enterré. Le laboureur, qui s'y connaissait en la matière, était convaincu que le blanc avait apporté avec lui les démons du mal. La preuve : sa crinière emmêlée, entortillée comme des mèches de sorcière. Laurent avait donné dix sous au curé Barouche pour désenvoûter la bête et la bâtisse, en vain.

« Diablo. Il porte bien son nom », songea Laurent en pénétrant dans la maison par la porte de derrière. Le cœur serré, il se rappela qu'il lui restait à régler le problème des perles avec sa femme.

Devant ses fourneaux, Françoise sortait des pommes d'une marmite d'eau bouillante.

— Je suis désolé pour les perles, commença Laurent en accrochant son chapeau à une patère et en ôtant son pardessus.

— C'est la fille de cuisine, répliqua-t-elle en plongeant les fruits dans un seau en bois plein d'eau du puits. Elle a les doigts qui collent.

Laurent enleva ses bottes.

— Ce n'est pas elle, Françoise. C'est moi qui les ai prises.

Sa femme pivota vers lui, une pomme dans une main, un couteau dans l'autre. Laurent baissa la tête, honteux.

— Je les ai mises en gage.

— Vous avez mis mes perles en gage! Celles que j'ai héritées de ma grand-mère?

— Je vous promets de récupérer ce collier.

— Vous n'aviez pas le droit! s'exclama Françoise, au bord des larmes.

— Calmez-vous, chuchota-t-il en indiquant d'un signe de tête l'office où Blanche et la fille de cuisine s'affairaient.

— Ne me demandez pas de me calmer! Peu m'importe qui entendra que vous avez dérobé un bijou à votre propre épouse!

— Quelqu'un avait besoin d'argent.

— Nous en avons besoin, Laurent.

— Pardonnez-moi, je...

Il fut interrompu par des coups furieux à la porte.

— Pourquoi le laboureur s'obstine-t-il à cogner si fort?

— J'y vais, Françoise.

— Maître, c'est le blanc! annonça l'ouvrier, son souffle créant des nuages de condensation dans l'air glacial. Il a défoncé deux planches de sa stalle.

— Il est maîtrisé?

— Oui, mais...

— J'arrive.

— Je veux que vous vous débarrassiez de ce cheval, Laurent, déclara Françoise tandis qu'il fermait la porte. Vendez-le sur le marché.

— Je vais avoir du mal à l'y transporter, rétorqua-t-il en remettant son manteau.

Il n'osait pas imaginer comment il ferait pour traverser le pont de Tours.

— Dans ce cas, il est grand temps d'envisager la seule solution possible.

Françoise pela le fruit avec dextérité, la peau se déroulant en un long ruban ondulé.

— Je ne comprends pas pourquoi vous refusez d'offrir de la viande chevaline aux domestiques. C'est très nourrissant et...

— Il n'en est pas question, un point c'est tout.

Petite apparut sur le seuil avec un panier rempli d'œufs.

— Vous parlez du hongre ?

— On n'interrompt pas les conversations des grandes personnes, mademoiselle, la réprimanda sa mère en retirant le trognon de la pomme. Non, nous ne parlons pas du hongre. Encore que vous devriez peut-être songer à vous en séparer aussi, pendant que vous y êtes. Il ne fait que manger.

— Pas tout de suite, Françoise.

— Vous parliez de Diablo, devina Petite en posant le panier d'un geste brutal.

— Attention !

Deux des œufs étaient fendillés. Françoise fronça les sourcils. Laurent s'empara de son chapeau.

— Petite, ta mère a raison. Elle fait preuve de bon sens.

— Pas Diablo, père !

Laurent enfonça son chapeau jusqu'aux oreilles.

— Nous partons pour Amboise demain. À mon retour, il faudra prendre une décision.

Croa! Croa!

Emmaillotée dans des lainages tissés à la maison, Petite leva la tête. Trois énormes corbeaux s'étaient perchés sur les branches d'un orme.

Croa! Croa!

Petite se détourna pour observer son père qui vérifiait le harnachement de la voiture à cheval.

— Quand rentrerez-vous?

Le vieux hongre dormait dans le soleil éclatant du matin, ses rênes enroulées autour d'un rayon de la roue. Un âne tirerait la charrette bâchée chargée de malles et de literie.

— Tout dépend, répondit Laurent en resserrant la sangle et en tirant dessus pour s'assurer qu'elle tiendrait.

Petite regarda son père dans les yeux.

— Je ne veux pas que vous tuiez Diablo, père.

— Un cheval doit se rendre utile.

— On peut le dresser. Je prie pour lui.

— Cet animal est dangereux. Je ne veux pas que tu t'en approches. Est-ce clair? Je te l'interdis.

Il s'accroupit devant la fillette.

— Retourne à l'intérieur à présent. Tu vas attraper la mort par ce froid.

Petite courut jusqu'aux marches du perron du manoir et s'y assit, les bras serrés autour des genoux. Les pavés de la cour étaient jonchés de feuilles mortes. À travers les branches dénudées, on apercevait la rivière bordée de mousse et de fougères.

La porte principale s'ouvrit, laissant passer un parfum de vanille.

— Te voilà! s'exclama Françoise d'un ton sévère.

L'ampleur de sa robe, sous laquelle elle portait un ver-tugadin[1], l'obligea à se placer de profil pour franchir le seuil. Le précepteur était sur ses talons, suivi de Jean, visiblement mal à l'aise dans son costume du dimanche, pourpoint et hauts-de-chausses en velours jaune étriqués.

— Je n'ai pas froid, mère, assura Petite en claquant des dents.

Elle se déplaça pour leur laisser le passage.

— Jean, par ici ! ordonna Laurent en rangeant le fouet dans son étui.

Jean se précipita vers lui tandis que le précepteur aidait Françoise à descendre l'escalier, ses jupes se balançant à chaque pas. Parvenue au bas des marches, elle se retourna.

— Sois sage, Louise. Pas de bêtises. Interdiction de grimper aux arbres. Interdiction de chahuter les chevaux.

Croa ! Croa ! Les corbeaux s'envolèrent.

---

1. Plusieurs genres de vertugadin ont coexisté durant le xvie et le début du xviie siècle, en fonction des modes, bien sûr, mais aussi des pays. En Espagne, c'était un jupon raide en forme de cloche sur lequel étaient fixés des arceaux qui pouvaient être façonnés de gros fils de fer ou d'os, de corde, ou des branches souples d'un arbuste (le vertugo, d'où son nom). Cette structure permettait à la jupe d'être évasée sans qu'il y ait de fronces à la taille. En France, le vertugadin était constitué d'un bourrelet placé au niveau des hanches, entre la cotte de dessous et la robe de dessus. Il soulignait la minceur de la taille.

Chapitre 3

Le calme revint après le départ des voyageurs. Blanche posa un ramequin sur la table de cuisine peinte en jaune et Petite pria en savourant la crème onctueuse. « Seigneur, j'ai besoin de votre aide. » Paupières closes, elle attendit un signe.

— Avez-vous fini d'épousseter les livres de votre père ? s'enquit Blanche en reprenant le récipient vide.

L'ouvrage sur les chevaux. Bien sûr !

— J'y vais tout de suite, décréta Petite en se levant d'un bond.

L'obscurité régnait dans la pièce. Elle se dirigea à tâtons jusqu'à la fenêtre et ouvrit les volets. Un rayon de soleil éclaira la statue de la Vierge posée sur une pile de papiers à l'extrémité du bureau. Le *Traité de l'équitation* se trouvait là où elle l'avait rangé, entre *Médecine familiale* et *L'Art de l'équitation*. Petite se signa avant de s'en saisir.

Bien qu'épais, il n'était pas lourd. La fillette traîna une chaise jusqu'à la fenêtre et s'y jucha. Elle posa délicatement le livre sur ses genoux, l'ouvrit et le feuilleta jusqu'au chapitre « De la magie de la poudre d'os ». Elle parvint à déchiffrer le texte – du moins suffisamment pour comprendre de quoi il retournait. « Tuer un crapaud ou une grenouille... Le poser sur un buisson d'aubépine... à la pleine lune... » Les instructions n'étaient pas compliquées mais cela prendrait du temps.

«Attention!» lut-elle.

Elle se sentait intimidée – et vaguement mal à l'aise. La sorcellerie n'était-elle pas l'œuvre du diable? Mises en garde et bribes de conversation entendues au hasard lui revinrent à la mémoire et elle faillit renoncer à son projet. Les feux de l'enfer étaient impitoyables. «Le diable ne donne jamais rien pour rien», lui avait dit le Maure.

Mais comment sauver Diablo? Elle avait tenté de le séduire en lui offrant des céréales, des bouts de pain et des pommes. Elle avait prié Jésus, la Sainte Vierge et tous les saints imaginables. Pourtant Diablo continuait à piaffer, à décocher des ruades. D'après le Maure, seule la magie pouvait l'apaiser. En quoi dompter un cheval était-il un péché?

Le lendemain matin, après ses travaux d'aiguille (broder les trois vertus : chasteté, humilité, piété), après avoir accompli ses tâches en cuisine et à la grange, et rendu sa visite rituelle à Diablo, Petite emprunta l'étroit sentier menant à la rivière. Le brouillard s'était levé mais le temps restait gris, anormalement doux pour la saison. La pluie menaçait. La surface de l'eau était argentée. Un pêcheur somnolait dans sa barque à l'autre bout du pont, sa ligne emmêlée dans les joncs.

Petite se faufila jusqu'à l'endroit ombragé où son frère jetait souvent ses filets. S'arrêtant devant un chêne noueux, elle remonta sa jupe sous la ceinture de son tablier et se glissa à travers les buissons humides. Sur la rive, elle ôta ses sabots et ses bas. La vase froide s'infiltra entre ses doigts de pieds.

Le terrain était glissant. On lui avait défendu de s'approcher de la rivière; on lui avait raconté l'histoire de la Dame en blanc, une habitante de Vaujours au cœur brisé qui s'y était noyée de chagrin. Son spectre hantait les lieux et une adolescente s'y était noyée à son tour l'hiver précédent, le jour de la Sainte-Catherine, patronne des filles à marier.

Charlotte, la voisine de Petite, l'avait même aperçue près d'une mare à vaches et entendue chanter – une sorte de hululement, avait-elle raconté. Dans sa fuite, elle avait senti les doigts du fantôme sur ses talons « comme des piqûres d'insecte ».

Petite enroula ses bas et les rangea dans ses sabots. D'après le livre, elle devait commencer par tuer un crapaud ou une grenouille. Cela ne l'impressionnait pas outre mesure : elle avait souvent piégé écureuils et mulots pour nourrir les animaux qu'elle soignait ; elle avait chassé le chevreuil, le lapin, la loutre et même le chat avec son père et son frère. Mais cette fois, c'était différent, ce n'était pas pour manger.

Elle s'accroupit dans les herbes et invoqua le ciel. Comme en réponse à sa prière, elle repéra deux crapauds, le premier tout près d'elle sur une touffe de mousse, l'autre prenant le soleil sur un rocher. Si elle parvenait à attraper le plus proche...

Il sauta dans l'eau.

« Patience », se rappela-t-elle. Elle resta parfaitement immobile quelques instants puis, lentement, tendit la main vers le batracien assoupi.

Victoire ! Elle l'avait. Il se débattit mais elle ne lâcha pas prise. Elle ravala un cri, révulsée par sa peau de reptile et ses tortillements énergiques. Elle le posa au sol, l'y maintint en mettant un pied sur ses pattes et s'empara d'un caillou pour l'assommer. Il essaya en vain de s'échapper. Paupières closes, Petite frappa de nouveau. Le crapaud tressaillit puis s'immobilisa. Tremblante, elle rouvrit les yeux. Son crâne fracassé suintait. Une de ses pattes tressauta et elle eut un mouvement de recul. Elle vomit dans les joncs, les larmes ruisselant sur ses joues.

L'agonie du crapaud dura plusieurs minutes. Petite le souleva par une patte, mais il eut un dernier soubresaut et elle le laissa tomber aussitôt. Elle le bouscula avec un bâton. À présent, il était sûrement mort. De nouveau, elle le ramassa mais cette fois en se servant du bas de sa jupe pour éviter tout contact direct.

Elle regagna le manoir. Dans le livre, il était stipulé que le cadavre devait reposer sur un buisson d'aubépine. Il y en avait un près du poulailler.

En franchissant le portail, Petite aperçut la fille de cuisine en train de nourrir les volailles. Elle cacha son trésor dans son tablier.

— Blanche vous cherche partout, mademoiselle !

— Mon frère m'a demandé de rapporter ses filets, mentit-elle.

Dès que la fille de cuisine eut tourné la tête, elle glissa le crapaud dans les branchages.

Le lendemain aux aurores, elle l'enterrerait sous une fourmilière. Ensuite, il ne lui resterait plus qu'à patienter jusqu'à la pleine lune.

Les journées et les nuits s'étiraient. Souvent, dans le noir, Petite descendait de son lit pour contempler la lune par sa fenêtre, comme pour l'encourager à se dépêcher. Nouvelle lune, premier croissant, premier quartier, lune gibbeuse ascendante… L'heure approchait.

Enfin, au coucher du soleil, Petite vit la pleine lune s'élever au-dessus des collines. Ce soir-là, elle fit ses prières et se coucha en attendant que la bonne s'endorme, que la maison se taise.

Après ce qui lui parut une éternité de silence, elle écarta les rideaux de son baldaquin. Un carré de lumière éclairait le plancher. Elle se dirigea sur la pointe des pieds jusqu'à la fenêtre. La lune nimbait la campagne d'une lueur laiteuse. Elle ramassa ses sabots et sa cape en feutre puis descendit sans bruit.

Les silhouettes des arbres se dressaient telles des sentinelles autour de la cour. Le cœur battant la chamade, Petite aspira une grande bouffée d'air frais. Trois poteaux au-delà du portail et deux foulées géantes vers la droite l'amenèrent jusqu'à la fourmilière. Elle creusa la terre avec ses doigts en quête du squelette et constata avec soulagement que les fourmis avaient bien fait leur travail. Elle secoua ses mains pour en chasser les quelques insectes qui s'y étaient accrochés et dépoussiéra l'amas d'os. Un souffle lui chatouilla la nuque, une brindille craqua derrière elle. Elle se figea, tremblante, mais se retint de scruter les alentours car le texte le précisait : sous aucun prétexte, elle ne devait quitter des yeux la carcasse.

Ce n'était pas facile de gagner la rivière, le regard ainsi fixé sur son précieux trésor. Elle trébucha à deux reprises, tomba sur les genoux. Le hululement d'une chouette lui glaça les sangs – l'appel de la Dame en blanc ? –, mais elle poursuivit son chemin.

Parvenue sur la rive, elle s'accrocha d'une main aux branches d'un aulne et déposa le squelette dans les flots. Il s'éloigna vers l'aval et disparut. Elle s'assit sur ses talons et pria, guettant son retour à contre-courant. Mais elle ne vit rien, seulement le miroir de l'eau étincelant au clair de lune.

« Ô Dieu le Créateur, toute vie est entre vos mains », implora-t-elle. Elle connaissait le destin de Diablo : on lui trancherait la gorge ou on l'abattrait d'un coup de pistolet. Elle avait été témoin de scènes semblables, elle avait observé les gestes décidés de son père, ses mâchoires serrées, son silence révérencieux le temps que la bête s'immobilise totalement, que son sang cesse de couler.

Les animaux avaient-ils une âme ? Diablo irait-il au paradis ? Le but de la vie était de se préparer à mourir, lui avait enseigné son père, d'échapper aux feux de l'enfer pour partir dans la joie.

Petite se mit debout. Elle ne voulait pas que Diablo meure. Elle essuyait ses larmes du revers de la main quand elle décela un point blanc non loin de la rive, coincé entre deux rochers. « Merci mon Dieu ! » chuchota-t-elle, car c'était un fragment d'os, celui du bassin, comme dans le livre.

— J'ai ouï dire au marché que la reine mère était souffrante, dit la fille de cuisine en attisant le feu des fourneaux.

— Père va peut-être devoir prolonger son séjour, murmura Petite, l'œil braqué sur la porte du four.

Elle y avait dissimulé l'os derrière la cocotte en fonte qui y chauffait, pour le faire sécher. À présent, elle devait le récupérer sans que les bonnes ne s'en rendent compte.

— Vous ne semblez pas pressée de revoir votre famille, la tança Blanche en lui pinçant la joue. Ne vous imaginez pas que je ne remarque pas vos petits manèges.

— C'est ce cheval, marmonna la fille en avalant une gorgée de la bière tiède de Petite avant de la lui donner.

— Cet animal me fait trembler de peur, renchérit Blanche. Il est possédé.

— Le laboureur m'a dit que le maître allait l'égorger à son retour.

La fille de cuisine s'essuya la bouche avec le revers de la main.

— Il dit que Petite a accroché toutes sortes de breloques sacrées autour de sa stalle.

Blanche attrapa Petite par le bras.

— Qu'est-ce que vous manigancez ?

— Rien.

« Je vais attendre qu'elles s'en aillent », décida-t-elle.

Peu après, alors que les deux servantes discutaient à la porte avec un colporteur offrant poudre dentifrice, rubans et autres produits domestiques, Petite profita de l'occasion pour reprendre son bien. Mais comment savoir s'il était suffisamment sec ? Elle le renifla. Il ne sentait rien, toutefois elle décida de recommencer l'opération le lendemain, pour plus de sûreté.

La mission se révéla plus compliquée que prévue. Après avoir mis le pain à cuire, les bonnes s'étaient attaquées à la préparation des poulets à fumer pour l'hiver. Les volailles étaient tout d'abord ébouillantées dans la gigantesque marmite qui chauffait dans la cheminée. La prolifération des mouches, engendrée par une saison exceptionnellement clémente, les avait obligées à les décapiter à l'intérieur. Une bassine était destinée à recueillir les plumes, l'autre les abats ; quant aux pattes, elles atterrissaient dans une grande cuve près de la porte. Une odeur suffocante de matière fécale et de duvet imprégnait l'air.

Petite resta à l'écart. Plongeant la main dans un panier de pommes sauvages et jetant les fruits pourris dans le seau à cochons, elle guettait l'occasion. Elle avait caché le fragment d'os derrière un bocal de romarin séché, sur l'étagère près des fourneaux. Elle devait se débrouiller pour le remettre dans le four. Enfin, Blanche s'éclipsa pour répondre à un besoin naturel, laissant son auxiliaire seule dans la cuisine.

Petite ramassa le chiot rescapé de la dernière portée de leur chienne et le pressa contre sa figure.

— Aïe! Il m'a mordillé! s'écria-t-elle en le lâchant dans la bassine à plumes.

— Qu'est-ce que vous faites? s'emporta la fille de cuisine en chassant le nuage de duvet avec ses mains pleines de sang. Quelle pagaille!

Tandis que la fille se précipitait pour attraper le chiot, Petite happa l'os.

— Mmm! J'aime tant regarder le pain monter! lança-t-elle en ouvrant toute grande la porte du four. *Nec cesso, nec erro*, chuchota-t-elle en latin (tant qu'à faire): «Je ne faiblis pas, je ne perds pas mon chemin.»

Plus tard dans l'après-midi, tandis que Blanche et la fille de cuisine accrochaient les poulets dans la salle de fumage, Petite se faufila dans la cuisine. À son immense désarroi, elle vit trois pains alignés sur le bord de la fenêtre. Elle ouvrit la porte du four. Il était encore chaud et… vide.

Où était l'os? Petite tira sur une grille, tâta le fond et les bords graisseux.

— Sortez de là! aboya Blanche derrière elle.

Petite se leva, les bras maculés de suie.

— Dieu du ciel, que fabriquez-vous?

— Blanche! hurla la fille de cuisine, depuis le poulailler.

Petite fixa le plancher. Là! Il était juste là, coincé entre deux lattes. Elle posa délicatement le pied dessus.

— Blanche ! La chèvre court après le chiot !

— Seigneur ! ça ne s'arrête jamais !

Blanche sortit en claquant la porte derrière elle.

Réfugiée dans l'office, Petite plaça l'os dans le mortier dont sa mère se servait pour broyer les herbes et entreprit de le réduire en poudre. Elle y versa quelques gouttes d'huile avant de transférer la pâte obtenue dans une boîte à aiguilles qu'elle avait vidée trois jours auparavant. Puis, elle monta discrètement dans sa chambre la ranger dans le bout d'un de ses sabots. « Demain », pensa-t-elle en les poussant tous deux sous son lit.

Petite se réveilla au chant du coq et descendit tout doucement en prenant soin de ne pas déranger Blanche qui dormait sur une paillasse dans la cuisine. Frissonnante, elle marqua un temps, à l'affût des esprits malins. Elle retint son souffle en percevant un claquement d'ailes. Dans les bois, un oiseau prit son envol. Le cœur battant, Petite serra la boîte entre ses dents et, formant une croix avec ses doigts, s'aventura jusqu'à la grange.

À l'intérieur, l'obscurité était totale. Elle ne distinguait pas Diablo mais elle entendait sa queue balayer les planches de sa stalle. L'odeur âcre d'urine lui piquait le nez. Le clair de lune filtrait à travers la lucarne minuscule et soudain, elle devina la tête de Diablo.

Petite longea le tas de bois jusqu'au box dans le coin. Elle marqua une pause devant la porte. Et si elle passait par-dessus ? Ainsi, elle serait suffisamment loin de ses postérieurs mais tout près de sa bouche.

Non, quoi qu'elle fasse, elle prendrait un risque. Elle récita une prière en poussant sur le verrou et entra, ses pieds s'enfonçant dans le lisier jusqu'aux chevilles. L'étalon aplatit les oreilles et la toisa d'un œil méfiant.

Petite ouvrit la boîte, les mains tremblantes.

— Bonjour, toi, murmura-t-elle en trempant les doigts dans la mixture. N'aie pas peur... Je peux te sauver...

Elle s'avança d'un pas prudent, puis d'un deuxième. Enfin elle fut à la hauteur de son épaule. Il était plus grand qu'elle ne l'avait imaginé.

— Bonjour, mon grand, si beau et si courageux.

D'un geste lent pour ne pas l'effrayer, elle effleura ses narines.

— Oui, tu es magnifique, enchaîna-t-elle en lui caressant le cou.

L'animal se figea. Elle inséra son doigt dans sa bouche et chercha sa langue.

— Mon bien-aimé, chuchota-t-elle en frottant ensuite sa main huileuse sur son poitrail.

Il pencha la tête vers elle. Elle blottit son visage dans son encolure, huma son odeur. Un sentiment de bonheur indescriptible la submergea. La magie avait opéré. Désormais, Diablo était tout à elle. Elle l'avait dompté — il se plierait à toutes ses volontés. « Seigneur tout-puissant, soyez remercié ! » souffla-t-elle, parfaitement consciente que c'était plutôt au diable qu'elle devait ce miracle.

Petite était couchée sur le dos de Diablo quand le vieux laboureur apparut.

Elle se redressa, s'étira. Le cheval hennit doucement, baissa la tête pour renifler son pied. Elle lui caressa les oreilles puis s'agrippa à sa crinière pour se laisser glisser le long de son flanc et chercher du bout du pied ses sabots enfouis dans le lisier.

— Maintenant, nous allons nettoyer cette stalle, annonça-t-elle. Il sera content de passer la journée dehors, ajouta-t-elle en démêlant un nœud dans son toupet.

La cloche de la cuisine retentit.

— Mademoiselle, comment?... balbutia l'ouvrier, à court de mots.

— Je vous avais dit qu'on pouvait le dompter.

— Blanche va se fâcher en voyant l'état de votre cape.

Il fronça les sourcils devant les taches maculant l'ourlet.

Elle s'adressa à Diablo.

— Je vais prendre mon petit-déjeuner. Viens... je t'emmène.

Elle poussa la porte de la stalle et le blanc la suivit dehors.

Le laboureur s'écarta vivement.

— Je le mets dans la stalle de devant, celle du hongre.

Sans corde, sans une longe de cuir ni même un licou, l'étalon lui emboîta le pas sous le soleil éclatant.

— Mademoiselle, vous avez fait tomber quelque chose! s'écria le laboureur.

Il agita la boîte à aiguilles. Elle revint la chercher en courant, les joues roses.

— Merci!

Plus tard, après avoir mangé ses flocons d'avoine et bu une petite pinte de bière, après les sermons et les réprimandes, des corvées, des corvées et encore des corvées, Petite revint nettoyer et panser son cheval. Elle peigna sa crinière et sa queue puis appliqua une pommade sur ses croûtes. À l'heure du déjeuner, elle retourna au manoir à contrecœur mais parvint à s'éclipser de nouveau avant le crépuscule pour lui souhaiter une bonne nuit.

Ce soir-là, elle s'endormit profondément dans sa chambre sous les combles, la boîte à aiguilles sous son traversin.

Un grognement la réveilla. Ce n'était pas celui d'un chien mais un son plus grave, exprimant davantage le plaisir qu'une menace. Elle s'assit. Il y avait quelque chose dans sa chambre. Elle appela la fille de cuisine qui dormait sur un petit lit dans la niche du bout mais personne ne lui répondit.

Le grondement provenait du fond de sa couche. Petite réclama encore la bonne mais celle-ci ne réagit toujours pas. Elle avait dû filer en douce, laissant Petite toute seule. Il y eut un bruissement à la hauteur de sa tête. Tremblante, Petite décrocha la croix suspendue au-dessus de son lit et s'enfonça sous son édredon en la serrant contre son cœur de toutes ses forces.

Le lendemain matin à son réveil, Petite se rappela vaguement avoir rêvé d'une créature ailée à talons d'acier. Un démon s'était glissé dans sa tête.

Avant de ramasser les œufs, Petite enterra la boîte à aiguilles sous la terre battue du sol de son «couvent» et recouvrit le tout de pierres. «Saint Michel, protégez-moi des esprits malins, je vous en supplie, amen.»

Sur ce, elle alla retrouver son cheval.

Chapitre 4

Laurent de La Vallière rentrait chez lui sur le dos de son vieux hongre, suivi de sa femme, de son fils et du précepteur, dans la voiture découverte.

Les trois semaines qui venaient de s'écouler avaient été riches en événements. La reine mère était arrivée à Amboise brûlante de fièvre et il avait fallu la saigner à quatre reprises. Elle avait souffert terriblement. À un moment, on avait même envisagé de solliciter l'aide d'un prêtre pour la débarrasser du démon qui semblait la posséder. On avait aperçu le diable sous la forme d'une chèvre, au marché du village, la veille de sa venue. Grâce au ciel, Laurent avait pensé à se munir d'une patte de lapin. On avait enterré l'amulette sous les pavés, devant le perron du château. La pensée qu'il avait peut-être sauvé la vie de la reine mère le réjouissait.

Sa femme, en revanche, était folle de rage. Françoise lui avait sonné les cloches le soir précédent. Certes, elle n'avait pas été présentée à la reine mère, et c'était fort dommage, mais comment aurait-il pu en être autrement, vu l'état de santé de cette dernière ? Quant à Jean, n'était-il pas normal que le roi et son frère fussent tenus à l'écart de la petite noblesse locale ? Laurent lui-même n'avait qu'aperçu Sa Majesté. On affirmait que, malgré sa jeunesse, le roi avait guéri des centaines de personnes du Mal, qu'il lui suffisait d'effleurer les abcès sur leur cou pour qu'ils disparaissent. N'était-ce pas extraordinaire ?

Mais ensuite, Françoise l'avait assailli de reproches à propos de ses dépenses. En effet, il avait déboursé une somme considérable pour assurer à la cour un accueil digne de ce nom : il n'avait pas hésité à engager des musiciens, à faire confectionner bannières et caparaçons. Malheureusement, son épouse ne comprendrait jamais que c'était un privilège, un honneur de servir le roi.

— Si vous avez de l'argent à dilapider, utilisez-le pour récupérer mes perles ! La reine mère vous doit au moins une faveur.

Bien sûr, il lui avait sauvé la vie, il méritait un signe de reconnaissance, mais le seul fait de l'avoir aidée n'était-il pas une récompense suffisante ?

En la voyant étendue sur un lit, le dos calé contre des coussins recouverts de satin et garnis de glands, ses mains légendaires croisées en prière, Laurent s'était figé d'émotion. Bien qu'âgée et, force était de le reconnaître, plutôt dodue, on voyait qu'elle avait été d'une grande beauté. Il avait reçu l'ordre de lui trouver des draps finement tissés. « Encore des frais ! » avait gémi Françoise. Mais quel bonheur de savoir que la reine mère avait dormi dans une étoffe qu'il avait touchée de ses propres mains !

Laurent tapota son rosaire sous son pourpoint de cuir. Il y avait glissé la pièce que la reine mère lui avait donnée. Le louis d'or lui avait échappé des doigts et avait roulé sur le sol. Le jeune roi en personne s'était penché pour le ramasser. La reine mère – sainte femme ! – avait demandé à son fils de l'offrir à « cet homme si bon ». La main du roi avait frôlé la sienne.

— Un minable louis d'or ? C'est tout ? s'était emportée Françoise. Vous en avez dépensé cent ! Nous aurions pu utiliser cette somme pour réparer les fuites de notre toit, remplacer la vitre cassée dans le salon ou réparer la cheminée afin de pouvoir faire du feu dans notre chambre sans être complètement enfumés, ou encore...

Laurent donna un petit coup d'éperons dans les flancs du hongre. Sa femme était jeune et si jolie. Il aimerait tant la rendre heureuse. Depuis la mort de leur bébé, elle n'était plus elle-même.

— Père ? s'enquit son fils tandis qu'ils s'approchaient du portail.

Laurent se retourna et vit Françoise debout dans la voiture, appuyée sur Jean.

— Laurent, faites quelque chose !

Elle pointa le doigt vers la demeure et fondit en larmes.

Laurent pivota et poussa une exclamation : car là, à l'entrée de leur cour, se trouvait leur fille – à cheval.

Il se signa. Mon Dieu ! Quelle merveille ! Était-ce bien Diablo, pansé, brossé, la crinière tressée de rubans multicolores, un vieil édredon de sa femme drapé sur les reins, pareil à un caparaçon royal ? L'étalon avançait au petit trot.

— C'est Diablo, père ! s'écria Petite avec un large sourire.

Elle le montait à califourchon, sans selle, ses jupes remontées autour de ses cuisses. Elle paraissait minuscule, juchée sur un animal aussi imposant.

— Laurent, elle va se tuer ! geignit sa femme derrière lui.

— Descends ! aboya-t-il, retrouvant enfin sa voix.

— N'est-il pas magnifique ?

— Honte à toi ! tonna-t-il, envahi par un sentiment de panique.

— Il est calme.

Les rênes étaient relâchées entre ses mains. Le blanc pencha docilement la tête, pointa une oreille vers l'arrière.

— J'ai dit, descends de là !

— Père ?

Une douleur fulgurante lui transperça le cœur et il s'effondra.

— Père !

Ébahie, Petite regarda son père s'affaisser et glisser lentement du hongre. Il resta ainsi, gisant sur le sol, un pied coincé dans un étrier. Elle sauta à terre et se précipita vers lui. Il était terriblement pâle et se tenait la poitrine.

— Ce n'est rien, fillette.

Petite essuya les gouttes de transpiration perlant sur son front. Jean les rejoignit, libéra la jambe de son père, s'empara des rênes du hongre.

— Laurent ! hurla Françoise.

Levant les yeux, affolée par la voix empreinte de terreur, Petite vit sa mère arriver en courant. Laurent tenta de s'asseoir.

— Ce cheval…

Petite sentit un souffle chaud dans sa nuque. C'était Diablo.

— Bonjour, toi, murmura-t-elle en lui caressant le chanfrein. Arrière ! commanda-t-elle en levant une main.

Sa monture recula de cinq pas et s'immobilisa.

Laurent se signa, le regard rivé sur l'étalon.

— Laurent, vous ne pouvez pas mourir ! dit Françoise, le souffle court, la poudre sur son visage striée de larmes.

« Mourir ? » Petite ferma les yeux et pria en silence. Si son père mourait, ce serait par sa faute.

Au fil des jours suivants, Laurent se remit petit à petit de son malaise.

— Je t'avais interdit de t'approcher de ce cheval ! la réprimanda-t-il de son lit.

— Pardonnez-moi, père, murmura-t-elle en attisant le feu.

Elle s'écarta légèrement pour lire la devise incrustée dans le manteau de l'imposante cheminée de pierre : *Ad principem ut ad ignem amor indissolubilis,* « Près du prince comme près du feu ».

— Petite ?

Elle se tourna vers son père.

— Viens ici, l'encouragea-t-il en tapotant le matelas.

Elle grimpa sur le lit et s'installa près de lui en mâchouillant le bout d'une de ses tresses. Une image de la Vierge était appuyée contre le chandelier sur la table de chevet. À ses côtés trônait la carafe d'eau de Laurent dans laquelle sa mère avait ajouté un ongle, une mèche de ses cheveux, deux clous et deux épines de roses. « Pour chasser l'esprit malin qui a essayé de tuer ton père », avait-elle expliqué à Petite. Mais la fillette craignait fort d'être l'esprit malin en question, aussi avait-elle débouché la carafe à deux reprises pendant que son père dormait.

— Raconte-moi comment cela s'est passé, murmura-t-il en lui sortant les cheveux de la bouche. Avec le blanc.

Petite haussa les épaules et sourit. Elle savait comment s'y prendre avec lui.

— J'ai prié et c'est arrivé tout seul.

C'était la vérité pour une petite part, un gros mensonge pour l'autre.

— Dieu soit loué! soupira Laurent. Mais promets-moi de ne pas le monter avant que je sois suffisamment remis pour t'accompagner.

Trois jours plus tard, Laurent descendait lentement l'escalier en colimaçon, soutenu par son épouse. Jean, Petite, le précepteur et les domestiques l'applaudirent tandis qu'il franchissait le seuil du salon.

— Voyez! proclama-t-il, tel un ressuscité.

Il souleva son bonnet de nuit comme si c'était un chapeau. Il n'était pas rasé et avait l'air d'un vaurien. Une joie profonde envahit Petite. Bientôt elle pourrait de nouveau monter Diablo.

Le lendemain matin, Petite enfourcha Diablo dans le paddock, sous l'œil attentif de son père. Quelle merveilleuse sensation de se tenir sur une bête aussi puissante! Petite se sentait l'âme de la déesse Diane, forte et intrépide. Fièrement, elle le fit tourner au pas, au petit trot puis au trot. Il avançait sans se rebiffer, mesurant son allure à la perfection.

— C'est le cheval d'un prince, dit Laurent en hochant la tête.

«Le mien», songea Petite. Car l'étalon ne laissait personne d'autre qu'elle s'en approcher.

Les jours suivants, quand le temps et la santé de son père le permettaient, Petite passa ses après-midi à dresser Diablo. Il était plus impatient que nerveux et elle lui apprit à maîtriser sa fougue, à obéir aux changements de main, s'arrêter, reculer, avancer. À l'immense stupéfaction de son père, elle réussit à le faire aller à cabrioles[1] et même (ce qu'elle préférait par-dessus tout) le faire piaffer. Après chaque leçon, elle lui caressait l'encolure avec tendresse.

Dès la mi-avril, quand l'herbe fut bien verte et ensoleillée, Diablo fut placé dans le pré du fond, sa provende augmentée de pains de pois et de farine. Là, suivant les instructions de son père, Petite l'habitua à travailler une heure ou deux chaque jour : marche, petit trot, trot et pour finir, grand trot mêlé à quelques foulées de galop. Alors seulement, Laurent jugea qu'il était prêt à s'aventurer dans un champ fraîchement labouré pour l'habituer à cheminer en terrain lourd sans trébucher.

— Mais il ne faut pas lui mettre d'œillères, expliqua-t-il à Petite, couché sur son lit, une brique chaude enveloppée d'un linge sur la poitrine. Monsieur Bosse et certains de nos voisins le font, je le sais, mais réduire la vision d'un cheval le prive de plaisir et risque de l'effaroucher.

— Oui, père, murmura Petite, impatiente de sortir Diablo des confins du pré et de tester ses aptitudes à la vitesse.

— Assez parlé de chevaux, Laurent ! gronda Françoise en pénétrant dans la chambre avec son panier de travaux d'aiguille. Louise aura bientôt sept ans. Il est temps qu'elle adopte le comportement d'une vraie demoiselle, ajouta-t-elle avant de tendre à la fillette sa broderie inachevée.

Chasteté, humilité, piété. Petite poussa un grognement.

---

1. Cabriole : en équitation, se dit d'un cheval qui effectue un grand saut sans effectuer de mouvement vers l'avant, en poussant d'un coup sur ses membres postérieurs.

Petite gravit en fredonnant l'étroit sentier qui remontait jusqu'au pré où Diablo paissait. Les bois étaient jonchés de muguet, de pervenches et, parmi les buissons de houx, d'une orchidée bleue qu'elle avait baptisée «vœux». Elle observa les traces laissées par les lièvres en direction des pierres affleurant à la surface de la terre et celles des chevreuils, là où ils avaient sauté par-dessus le chemin. Les gazouillis mélodieux des oisillons se mêlaient au staccato d'un pivert et aux cris des geais.

Lorsqu'elle émergea du bosquet, Diablo hennit. Elle passa par-dessus la clôture et resta où elle était tandis qu'il venait à sa rencontre. Elle eut un geste de la main, lent, mesuré, et il s'agenouilla devant elle. Elle pressa son visage contre son encolure, lui caressa le chanfrein. Puis elle l'enfourcha et lui ordonna de se relever, jambes nues serrées contre ses flancs. Elle demeura ainsi un moment à contempler la vue, les collines, la rivière, la forêt.

Elle n'avait pas mis longtemps à comprendre qu'il lui suffisait de penser «ralentis» pour que Diablo ralentisse, «trotte» pour qu'il accélère et «au galop!» pour qu'il s'élance comme un coursier, et qu'il n'avait nul besoin d'un mors, encore moins d'une bride, parce qu'il réagissait à la moindre pression de ses cuisses. À son commandement il sauterait n'importe quel tronc d'arbre, buisson ou fossé. Il avait confiance en elle. Aujourd'hui, ils allaient enfin quitter le pré. Aujourd'hui, elle l'emmènerait jusqu'au sommet de la colline et dans les bois.

Elle le mit à l'épreuve et le guida vers la partie la moins élevée de la clôture.

— Allez! Allez!

Elle s'agrippa à sa crinière tandis qu'il bondissait par-dessus la barrière. Le vent lui cinglait le visage. Ils volaient!

En haut de la côte, Diablo ralentit puis s'immobilisa. Petite se coucha sur lui, grisée de bonheur.

Un bruissement fit sursauter l'animal. Petite regarda derrière elle. C'était le chiot qui courait vers eux, haletant, en remuant la queue. Il fallait le ramener à la maison. Petite fit demi-tour. Elle connaissait un layon qui émergeait juste derrière la grange.

Parfaitement détendu, Diablo trottait l'amble. Petite chantait l'*Ave Maria* en balançant ses pieds au rythme des pas de sa monture. Le chiot les suivait de loin par peur de prendre un coup, tandis que Diablo se faufilait à travers les ronces, puis dans une mare boueuse – une bauge de sanglier que Petite n'avait jamais vue auparavant. L'animal devait être de bonne taille, songea-t-elle en constatant la hauteur à laquelle il s'était frotté contre les écorces des arbres. Elle nota le lieu : environ cinq foulées au nord-est du châtaignier abattu pour la confection de bardeaux. L'information inté-resserait son père. Lui et trois de ses amis de la petite noblesse locale allaient toujours chasser le sanglier à la Saint-Michel, quand les porcs sauvages étaient bien en chair.

— Viens, mon chien ! lança-t-elle en tournant la tête.

Les ombres commençaient à s'allonger et elle savait qu'il valait mieux éviter de se trouver en terre de sangliers à l'approche du crépuscule.

Diablo coucha les oreilles : le chiot aboyait. Petite effectua un demi-tour et revint en arrière. Soudain, un sanglier surgit des buissons, souleva le chiot d'un coup de hure et le propulsa dans les airs. Des éclaboussures de sang parsemèrent les feuillages. Diablo s'immobilisa brutalement et Petite passa par-dessus sa tête.

Elle tenta de se mettre debout mais sa jambe se déroba sous elle. Le sanglier baissa la tête, ses yeux minuscules fixés sur elle, l'une de ses défenses écarlate de sang. Petite enfonça son visage dans la terre. Il allait la tuer, elle en était sûre.

Elle sentit le sol trembler. Son cœur battait très fort. Elle leva les yeux. Face au sanglier, Diablo se cabrait. À chaque coup de sabot, le sanglier reculait en grognant. Puis brusquement, Diablo fit volte-face et décocha une ruade qui atteignit la bête en pleine tête.

Même les oiseaux s'étaient tus. Diablo s'approcha tranquillement du corps du sanglier, le renifla, puis revint vers Petite. Elle lui fit signe de se mettre à genoux puis, étourdie par la douleur, elle se hissa sur son dos. Il la ramena au pas à la maison.

Plusieurs semaines interminables suivirent, au cours desquelles Petite se demanda ce qu'elle redoutait le plus : les remontrances de sa mère ou les soins du médecin de la ville qui avait commencé par lui mettre une attelle pour redresser sa cheville fracturée avant de la saigner par le pied. Pendant plus de huit jours, elle s'était vue condamnée à rester allongée sur le divan du salon, sa jambe surélevée sur une pile de coussins. Les journées n'en finissaient pas. Si son père n'avait pas été là – il s'était mis en tête de lui apprendre à lire le latin –, elle aurait péri d'ennui.

Après cela, elle dut se contenter pendant un mois de boitiller à travers la maison avec des béquilles en bois de noyer d'Amérique. Enfin, on lui retira son attelle et elle put mettre son poids sur les deux jambes. Elle avait l'impression de se tenir de travers, comme un bateau qui gîte.

— Comme l'idiot du village ! railla Jean.

— Fils ! gronda son père.

Françoise éclata en sanglots.

Petite pivota vers sa mère. Si seulement elle avait pu la calmer aussi facilement qu'elle amadouait les chevaux. N'était-elle pas au moins débarrassée de cette horrible éclisse ? Elle s'avança prudemment de deux pas.

— Ce médecin aurait pu la soigner mieux que cela ! geignit Françoise. Nous l'avons payé assez cher.

— Elle va s'en sortir, Françoise.

— Mais sa jambe gauche a raccourci : elle va boiter toute sa vie !

— Elle a simplement besoin de faire de l'exercice. Comment te sens-tu, Petite ?

— Je n'ai pas mal, mentit-elle. Est-ce que je peux monter Diablo maintenant ?

— Je t'interdis formellement de remonter sur cette bête ! glapit Françoise.

— Le blanc a sauvé la vie de notre fille, objecta Laurent.

— Je commence à croire que tous deux avez été ensorcelés, riposta Françoise en replaçant les bûches du feu. Rien de cela ne serait arrivé si elle avait été sagement assise devant son rouet.

— Ma mie, calm…

Françoise jeta les pincettes dans l'âtre.

— Ne me demandez pas de me calmer, Laurent. Depuis que vous avez ramené ce cheval à la maison, rien ne va plus. D'abord vous, avec vos douleurs et vos malaises, et maintenant notre fille qui claudique. Cette bête a jeté un sort sur notre demeure et vous le savez.

Petite était devant son rouet dans le salon quand on frappa à la porte. Elle était censée réciter les dix commandements en travaillant mais au lieu de cela, elle s'était laissée aller à rêver à Diablo, à l'imaginer remportant le prix de la course de la foire du village la semaine suivante. Elle se voyait remettre la somme gagnée à sa mère, et celle-ci louant les talents de Diablo et les siens.

On frappa encore, de façon insistante.

— J'y vais, mère! proposa Petite, en s'emparant de sa béquille.

Peut-être était-ce en rapport avec cette journée spéciale du 5 septembre? Le roi fêtait ses treize ans. Désormais il était majeur, leur avait expliqué leur père, ce matin-là, avant les prières. Ce jour-là, la reine mère s'agenouillerait devant son fils et lui baiserait la main. Des festivités étaient prévues partout, même dans leur village reculé.

— Quel vacarme! s'exclama Françoise en descendant l'escalier pour ouvrir elle-même.

C'était le laboureur; il triturait son chapeau de feutre déchiré.

— À quoi bon cogner ainsi? s'insurgea Françoise. Et vous savez bien que vous devez passer par derrière.

— J'y suis allé, madame, mais personne n'a répondu, aussi je suis venu par ici. C'est monsieur, il est dans la grange, il…

Le vieil homme se cacha les yeux dans le creux de son bras.

— Il est mort.

Françoise se figea.

— Je n'en crois rien! riposta-t-elle d'un ton empli de colère.

— Je viens de l'y trouver, il est bel et bien mort.

Dans sa hâte, Petite renversa le rouet. Elle se précipita jusqu'à la grange en s'appuyant sur sa béquille. «Pourvu que ce ne soit pas vrai… pourvu que ce ne soit pas vrai…

je vous en supplie, mon Dieu, faites que ce ne soit pas vrai.»

La porte était grande ouverte. Petite s'arrêta un instant pour reprendre son souffle. Le vent bruissait dans les arbres. Trois poules picoraient non loin de là, un œil vers le ciel. Croyant percevoir un grognement, Petite virevolta, le cœur battant. L'ombre d'une buse parcourut la cour.

Elle pénétra dans la bâtisse.

Son père était recroquevillé sur le sol, Jean agenouillé auprès de lui. Le frère de Petite lui offrit un regard atterré.

— Il ne parle pas, murmura-t-il d'une voix étranglée.

Il s'écarta, s'assit contre le mur.

— Je crois qu'il est mort, conclut-il, le menton tremblant.

Petite rassembla tout son courage pour contempler le visage de leur père. Ses yeux entrouverts étaient fixés sur Jean en une expression de surprise, ses lèvres tordues en une grimace de douleur. Il avait la bouche pleine de sang.

— Et ton cheval s'est sauvé.

En effet, la stalle de Diablo était déserte. Petite examina son père. Était-il vraiment mort? Elle voulut s'exprimer mais ne put laisser échapper qu'un son étouffé.

Petite s'était cachée dans le pigeonnier, accroupie dans le noir. Les roucoulements des oiseaux s'arrêtaient et reprenaient à intervalles réguliers. Son père était mort, Diablo avait disparu et tout était sa faute. Elle avait envie de pleurer mais en était incapable. Son cœur s'était transformé en pierre.

— Sortez de là, mademoiselle! exhorta une voix masculine.

C'était le vieux laboureur, debout dans le soleil. Il repoussa une toile d'araignée et entra.

Elle dissimula son visage dans ses mains et se fit aussi minuscule que possible.

— On a transporté votre père dans la maison. Il repose en paix.

L'homme tripotait son chapeau de feutre. Il aspira une grande bouffée d'air.

— Votre frère est allé chercher le curé Barouche. J'ai pensé que vous voudriez être là quand il arriverait, pour les prières.

Petite ouvrit la bouche mais aucun son ne sortit. Elle avait la sensation de suffoquer.

— Vous ne vous sentez pas bien, mon enfant ? s'enquit le laboureur en la contemplant d'un air perplexe.

Petite agita les doigts devant ses lèvres. Que se passait-il ? Elle ouvrait et refermait la bouche comme un poisson échoué sur une berge.

— Vous n'arrivez pas à parler ? lui demanda-t-il en lui tapotant l'épaule.

Petite enfouit de nouveau son visage dans ses mains, secouée de sanglots silencieux.

Chapitre 5

Peu après les obsèques, Françoise expédia Jean en pension à Paris. En tant qu'orphelin d'un officier de la cavalerie blessé lors de la bataille de Rocroi, il avait droit à une bourse au Collège de Navarre.

— C'est grâce au décès de ton père que tu peux y entrer mais la suite dépendra de toi, décréta-t-elle en fermant sa valise en cuir usé. Les gens de la plus haute noblesse y envoient leurs fils. Tâche de te lier d'amitié avec eux.

Elle porta le bagage elle-même dans la cour. Il partirait sur le dos du vieux hongre. On avait cherché le blanc partout en vain. Françoise avait espéré échanger ce monstre contre un poney en bon état. Il faudrait malheureusement se contenter du hongre. Le parcours était long mais l'enfant était léger. Lui et son précepteur – à dos d'âne, quelle ignominie ! – effectueraient le trajet par étapes. À l'arrivée, on expédierait le cheval à l'abattoir. Elle n'avait pas les moyens de l'entretenir.

Jean s'accrocha à l'épaisse crinière de sa monture et se mit en selle.

— Tu ne me dis pas adieu ?

Il gratifia sa sœur d'une singerie. Petite caressa le hongre et s'écarta.

— Qu'est-ce qu'elle a ? Pourquoi ne parle-t-elle pas ? demanda Jean à leur mère.

— Ce n'est qu'une fièvre passagère, répliqua Françoise en saisissant la main glacée de sa fille. Ne t'inquiète pas pour nous. Tout ira bien.

Elle agita la main jusqu'à ce qu'il eût disparu puis revint vers la maison avec Petite. La vérité, c'était qu'elle n'était pas du tout certaine de pouvoir s'en sortir. Le mutisme de la fillette la déconcertait. Le curé avait sous-entendu que Petite était sans doute envoûtée et avait proposé de l'exorciser de ses démons ; mais ces rituels étaient coûteux. Françoise n'avait pas de quoi le payer. Elle était folle de rage contre Laurent d'avoir trépassé mais, surtout, de l'avoir laissée dans la misère. Sa dot s'était élevée à soixante mille livres[1] – une fortune. Aujourd'hui, on venait de lui annoncer qu'il ne restait plus qu'une dette de trente-quatre mille livres. Le constat était clair : son mari l'avait volée.

Une foule énorme s'était pressée dans la petite église du village pour les funérailles au cours desquelles nombre de personnes avaient loué son altruisme. À l'unanimité, on considérait Laurent de La Vallière comme un saint, toujours prêt à aider les gens dans le besoin. Il avait généreusement rémunéré ses serviteurs, donné des sommes importantes au couvent de sa sœur à Tours, prêté de l'argent à son malheureux frère, le père Gilles. Il avait participé à la fondation d'un hôpital, d'une école pour les aveugles, d'une boulangerie pour nourrir les pauvres affamés. Il avait même prodigué des dons à leurs voisins !

Qu'ils restent chez eux avec leurs pieuses condoléances. C'était son capital que Laurent avait dilapidé et elle voulait le récupérer. Si son mari n'était pas déjà mort, elle l'aurait tué.

---

1. Livre : devise. On doit multiplier par quatre pour obtenir l'équivalent en devise américaine d'aujourd'hui. À l'époque, la France ne possédait pas de banque centrale et la valeur des devises variait d'une province à l'autre. Ainsi, une livre à Tournai valait le quart d'une livre parisienne.

— Des hommes vont venir aujourd'hui, Louise, annonça-t-elle à sa fille, qui s'était installée près de la fenêtre avec un livre, le chien enroulé à ses pieds. Un notaire et un expert chargés de faire l'inventaire de nos biens.

Chargés d'attribuer une valeur au moindre tapis râpé, à la moindre assiette fêlée.

— Je suis obligée d'envisager notre avenir, enchaîna Françoise en examinant ses vêtements de deuil dans une glace craquelée.

Elle détestait ces petits bonnets noirs de rigueur pour les veuves. Et si elle l'ornait d'un ruban – un ruban de satin couleur de pêche ? Mais non ! Les voisins s'en offusqueraient, ces personnages qui se targuaient d'être vertueux, ceux qui avaient emprunté de l'argent à Laurent sans jamais le lui rendre. Celui qui avait eu deux bâtards avec Agathe Balin. Celui qui s'était offert des rideaux de brocart neufs, sans doute avec l'argent de Laurent – le sien ! Honte à eux !

Comment allait-elle s'en tirer ? Peut-être devrait-elle se rendre au château de Blois. Le duc d'Orléans, oncle du roi, s'y trouvait en ce moment. Avec un peu de chance, il lui rachèterait les livres empoussiérés de Laurent.

— Mais c'est surtout ton avenir qui me préoccupe, ajouta-t-elle.

Petite la dévisagea d'un air perplexe.

À dire vrai, Françoise se faisait beaucoup de souci pour elle. Quel homme voudrait d'une fille sans dot, boiteuse et muette ?

— Il faut que tu ailles à l'école, toi aussi, poursuivit-elle en attisant le feu.

Désormais veuve (une fois de plus !), il ne lui restait plus qu'à sortir dans le monde se trouver un nouveau mari. Elle ne pouvait se permettre de rester à la maison et de toute façon, ce serait mieux pour Petite.

— Je me suis arrangée pour que tu ailles en pension au couvent des ursulines de Tours.

Angélique, la sœur de Laurent, y formait les novices et son frère Gilles en était le prêtre attitré. Françoise espérait négocier un tarif réduit (vu tout ce que Laurent leur avait déjà donné).

— Tu as sept ans, l'âge de raison. On t'y enseignera les bonnes manières.

Ils transformeraient son garçon manqué obsédé par les chevaux en une vraie demoiselle.

Petite et sa mère prirent la voiture à cheval, conduite par le laboureur, pour se rendre à Tours. Assise aux côtés de Françoise, Petite contemplait les champs arides. Dès qu'elle apercevait des chevaux elle les scrutait en quête du blanc. Où s'en était-il allé ? Elle ne monterait plus jamais à cheval, elle en avait la certitude.

Le pont enjambant le fleuve était branlant ; le cheval de trait se rebiffa et Petite dut descendre pour le mener à la longe. Une fois la traversée accomplie, elle reprit sa place et ils se faufilèrent dans les rues étroites et encombrées de la ville.

Deux années s'étaient écoulées depuis sa dernière visite au couvent. Petite y était venue avec son père et Jean. Les frères et sœurs de Laurent avaient envahi le parloir rempli de fleurs. Elle se rappelait parfaitement son oncle Gilles, le prêtre, un homme jovial qui avait raconté des blagues pendant que sa tante Angélique, religieuse, servait confiseries et jus de fruits. En chœur, ils avaient chanté des hymnes et ri des histoires du père Gilles. Tout le monde s'était extasié du talent de Petite qui avait une « voix d'ange »… « comme ton père ».

«C'est étrange d'être là sans lui», songea Petite tandis que le portail s'ouvrait devant eux sur des jardins paisibles. Plusieurs chemins menaient aux diverses annexes : la pharmacie, l'infirmerie, le cellier, la cave à vin, la boulangerie et la lingerie. À l'est se dressait la sacristie, au sud se succédaient un verger, un potager, une mare à poissons, une grange et une basse-cour. «C'est un univers en soi, avait dit son père, un petit bout de paradis.» Était-il au paradis?

— Louise, sais-tu où je peux trouver la mère prieure?

Françoise n'avait jamais daigné les accompagner lorsque son mari venait avec les enfants rendre visite à ses proches.

Petite prit sa mère par la main et la guida jusqu'au bâtiment principal.

Le laboureur déposa la malle de Petite devant la porte.

— Ma foi, marmonna-t-il en se balançant d'un pied sur l'autre, je ferais mieux de garder la voiture.

Il s'éclaircit la gorge, effleura le bord de son chapeau avec sa mitaine.

— Prenez soin de vous, mademoiselle.

Petite le regarda s'éloigner d'un pas traînant. Parfois, elle avait l'impression qu'elle allait éclater, tant les mots se bousculaient dans sa tête. Pendant que Françoise discutait avec la mère prieure, elle s'assit sur sa malle et observa les allées et venues. Les nonnes se déplaçaient en silence ou en chuchotant, les yeux baissés, les mains dissimulées sous leurs larges manches. L'une d'entre elles lisait un conte à un groupe d'écolières. De temps en temps, les petites riaient aux éclats. Des parfums fruités de confitures en confection provenaient des cuisines. Elle perçut le son d'un luth et entendit une femme chanter un madrigal.

Françoise émergea de l'édifice, la porte claquant derrière elle.

— Ta tante nous attend au parloir.

C'était une sorte d'immense salon meublé de chaises et de tabourets en bois alignés contre les murs. Vases fleuris et coupelles de confiseries trônaient sur deux dessertes. L'une des cloisons était percée d'une grille derrière laquelle sœur Angélique travaillait à une dentelle.

La tante de Petite posa son ouvrage et se leva. C'était une grande femme élancée. Elle se pencha pour déverrouiller la porte d'un côté de la grille.

— Sois la bienvenue.

Françoise gratifia sa fille d'une petite tape dans le dos.

— Va !

Petite se tourna vers sa mère.

— Angélique va s'occuper de toi maintenant, dit Françoise en clignant des yeux.

Elle repoussa une boucle rebelle sous le bonnet de Petite.

— Vous avez pris la bonne décision, Françoise, déclara Angélique.

Sa voix grave et mélodieuse rappela à Petite celle de son père.

— Quel âge as-tu ? demanda-t-elle, encourageant d'un geste la fillette à la rejoindre. Six ans ?

Petite montra sept doigts. Sa tante sentait bon la rose.

— Elle a cessé de parler, expliqua Françoise en boutonnant sa cape. Le médecin dit qu'elle manque de glaires, qu'elle doit boire plus de vin et d'eau. De la bière, aussi.

Petite tendit un bras vers sa mère.

— Sois sage, murmura Françoise, en lui serrant le poignet, la voix soudain rauque d'émotion.

Elle tourna les talons et disparut.

— Bien ! annonça sœur Angélique en fermant la porte à clé. Je pourrais te montrer ta chambre mais peut-être préférerais-tu manger d'abord ?

Petite examina le visage mince de sa tante, encadré par une guimpe blanche amidonnée. Elle ressemblait énormément à son père : même menton pointu, mêmes pommettes saillantes, même regard doux, mêmes ridules d'expression au coin des yeux.

— Notre cuisinière confectionne des gâteaux délicieux.

Petite haussa les épaules. Elle n'avait pas faim. Elle suivit sa tante dans une autre pièce, puis une autre, en s'efforçant de ne pas clopiner. Le diable s'était blessé en tombant du ciel. Elle était tombée aussi.

— Nous avons deux chevaux dont un poulain, lui dit sœur Angélique tandis qu'elles s'engouffraient dans un large couloir. Nous irons les voir un peu plus tard. Ton père m'a toujours raconté combien tu étais passionnée par les chevaux.

Petite secoua la tête avec vigueur.

Sœur Angélique s'immobilisa et l'observa d'un air pensif.

— C'est donc vrai. Tu ne parles plus.

Elle lui caressa la tête.

— Tu as subi une perte terrible. Sans doute le bon Dieu, dans sa sagesse, t'a-t-il conduite au silence, son langage sacré.

Des cloches sonnèrent.

— À présent, il nous convie à la chapelle. Peut-être peux-tu encore chanter ? *L'Éternel est dans son saint temple. Que toute la terre fasse silence devant lui !* fredonna-t-elle tout bas. Tu connais ce cantique ? J'en suis sûre. Chanter, ce n'est pas du tout comme parler.

Petite ouvrit la bouche, la ferma.

— C'est un début, murmura sa tante avec un sourire.

Elle lui prit la main et l'emmena vers un autre corridor. L'obscurité était tombée, on commençait à allumer les bougies.

— Viens, mon ange. Ici nous chantons jour et nuit. Tu vas te joindre à nous et chanter avec ton cœur.

Le lendemain matin, tandis qu'une converse allumait le feu et emportait le pot de chambre, sœur Angélique réveilla Petite en priant :

— Seigneur, nous vous remercions pour la beauté de cette nouvelle journée. Nous vous remercions pour cet ange si précieux. Veillez sur elle, amen.

Puis elle déplia une chemise propre et une robe toute simple en lin et aida Petite à se déshabiller. La fillette se laissa faire sans protester. À la maison, c'était la fille de cuisine qui s'en chargeait – sans délicatesse.

« À la maison… » Elle semblait terriblement loin, tout à coup. Petite imagina sa mère dans la demeure, seule avec les domestiques et les chiens. Elle pensa au passé. L'image de son père allongé sur la grande table au milieu du salon lui était insoutenable. Elle s'était tenue à ses côtés pour prier en retenant son souffle. Elle savait qu'en ces moments-là, le diable rôdait dans l'espoir de voler une âme. Les esprits malins imprégnaient l'air, affluaient comme des mouches. Seuls les prières et l'encens pouvaient les éloigner.

— À présent nous allons ranger tes vêtements de nuit, annonça Angélique en ouvrant la malle en bois de Petite.

Docilement, la fillette s'exécuta tout en se demandant si c'était elle qui avait causé la mort de son père. Elle le craignait fort. Elle avait conclu un pacte avec le diable et désormais, elle était entre ses griffes. La nuit, dans sa chambre, il se terrait sous son lit ou derrière son coffre. Il n'avait pas de sourcils et ses yeux luisaient. Il sentait la fumée.

L'avait-il suivie jusqu'ici ? s'interrogea-t-elle tandis qu'Angélique lui nettoyait le visage avec un linge trempé dans du vin, avant de coiffer ses boucles en une longue tresse. Elle avait entendu des bruits étranges pendant la nuit et senti cette vague odeur de fumée. Sa cellule était orientée vers le nord : les ténèbres du diable. L'idée qu'il pouvait être dans ce couvent avec elle la terrorisait. Elle ne lâchait plus la statuette de la Vierge Marie que sa tante lui avait offerte. Cette figurine en bois la protégeait des esprits malins, elle en était sûre.

— Là ! approuva Angélique en nouant un ruban autour du bout de sa natte et en se baissant pour la regarder dans les yeux... Comme tu es sérieuse, murmura-t-elle avec un sourire.

Vêtue, coiffée, les liens de son bonnet attachés sous le menton et un foulard autour du cou, Petite suivit sa tante jusqu'à la chapelle où elle écouta une messe pompeuse dite par le maladroit oncle Gilles dont le souffle laissait échapper de petits nuages de condensation dans l'air glacé.

« Comme des esprits jaillissant de sa bouche, songea Petite. Comme des démons. »

Chaque matin, après l'office et un petit-déjeuner composé de pain et de bière pris dans le réfectoire, Petite s'attelait à ses leçons d'histoire, de géographie et de langues modernes. Élève brillante, elle lisait sans broncher tous les textes qui lui étaient assignés et rédigeait avec soin ses réponses aux questions de sœur Angélique. Quant aux chiffres, elle n'éprouvait aucune difficulté à les maîtriser. Elle stupéfia sa tante en calculant mentalement le coût de quatre toises de dentelle à 35/4d la toise.

Si le temps le permettait, Angélique l'autorisait à se promener dans les jardins gelés pendant qu'elle s'occupait des demi-pensionnaires de la ville ou de leurs aînées, les novices. Petite savourait ces moments de solitude. Les carrés de terre dénudés étaient impeccables à la lueur éclatante de l'hiver. Depuis le pavillon érigé au milieu du parc, à travers les branchages scintillants de givre, on apercevait des champs. Les yeux plissés, elle scrutait l'horizon en quête d'un blanc.

L'âme de son père avait-elle emporté Diablo au paradis ? Elle allait et venait en récitant l'Angélus, les litanies de Notre-Dame, le *Pater* et l'*Ave*. Ou le diable l'avait-il enlevé et emmené en enfer ?

Elle avait beaucoup à apprendre, ce qui était un soulagement : les prières du lever et des différentes heures de la journée, les prières destinées à se protéger du mal, les prières du soir, les prières pour sa mère et son frère et, surtout, d'ardentes prières pour l'âme de son père. La pensée qu'il était mort brusquement sans pouvoir se confesser la tourmentait.

« Est-ce moi qui l'ai tué ? » s'interrogeait-elle, la gorge nouée. Était-elle la cause de ce drame ?

Un jour, de retour à sa table de travail devant un feu crépitant, elle nota ses questions sur son ardoise : *Le paradis est-il vraiment dans le ciel ? À quoi ressemble le Saint-Esprit ? À quoi ressemble l'enfer ?*

Sœur Angélique ferma les yeux avant de lui répondre.

— Le paradis est loin au-dessus des nuages, le Saint-Esprit s'exprime à travers les rêves et l'enfer est un lieu sans amour.

Elle ouvrit les yeux et patienta le temps que Petite inscrive sa prochaine question :

À quoi ressemble le diable ?

— Ce n'est pas facile à expliquer, répliqua sœur Angélique en caressant la couverture en cuir incrustée de dorures de son missel. Il semble prendre diverses formes selon ses besoins. Il peut se présenter sous l'apparence d'une femme, d'un homme, voire d'un enfant. Saint Paul disait qu'il pouvait même apparaître sous celle d'un ange de lumière. Il est possible aussi qu'il se contente de se manifester à travers un songe ou une simple pensée.

Petite fronça les sourcils. Ainsi le diable n'était pas forcément un être de chair et d'os ? Elle avait eu un cauchemar la nuit précédente au cours duquel elle tentait de parler – de crier, même. Était-ce l'œuvre du diable ? Est-ce lui qui l'avait privée de voix ?

— D'aucuns sont convaincus que le diable ressemble à un bouc et qu'il se comporte comme tel mais il se montre rarement aussi enjoué. Son cœur est rempli de jalousie et le meilleur moyen de le reconnaître, s'il apparaît en tant qu'humain, c'est son regard, un regard froid, sans amour ni scrupules.

Petite effaça l'ardoise et écrivit :

Le diable peut-il s'envoler à cheval ?

Sœur Angélique lui prit le tableau des mains et lut les mots que Petite venait d'y inscrire.

— T'est-il arrivé quelque chose, mon ange ? demanda-t-elle enfin, en reposant délicatement l'ardoise comme si elle craignait de la briser.

Petite secoua la tête.

— En es-tu certaine ? Tu peux me faire confiance.

Petite poussa l'ardoise vers sa tante, les yeux implorants.

— Eh bien… Tu veux dire comme une sorcière sur un balai ?

Sœur Angélique pressa ses mains l'une contre l'autre. Petite opina, au bord des larmes.

— Je suppose que oui. Le diable peut tout, sauf aimer, bien sûr. Quand bien même il voudrait aimer, il en serait incapable.

Françoise de La Vallière avait promis à sa fille de venir lui rendre visite une fois par an, le 6 août, date de son anniversaire. Malgré d'innombrables problèmes, elle réussit à tenir sa parole. La première année, alors que Petite fêtait ses huit ans, la saison était si chaude et si humide que les chevaux avaient peine à tirer les charrettes. L'année suivante, elle arriva en plein milieu d'un orage violent. La troisième année, elle n'apparut pas avant les premiers jours de septembre, avec un mois entier de retard.

— J'étais à Blois, raconta-t-elle à sa fille qui avait grandi mais demeurait néanmoins petite pour son âge. Tu es trop mince. On te donne assez à manger ? s'inquiéta-t-elle tandis que sœur Angélique et la mère prieure surgissaient de l'autre côté de la grille.

Françoise s'adressa aux nouvelles venues.

— Je me fais du souci. Ma fille est parmi vous depuis trois ans. Elle a dix ans et ne parle toujours pas.

Elle avait adopté volontairement un ton accusateur. Si faute il y avait, autant que ce soit la leur.

— Comme vous le savez, madame, nous avons fait examiner votre fille par un médecin, répondit la mère prieure. Sa gorge et sa langue fonctionnent parfaitement.

— Mais elle est beaucoup trop silencieuse !

Françoise avait toujours décrété que le silence était l'une des vertus féminines les plus importantes (en plus de la chasteté, de la piété et de l'humilité), mais de là à ne jamais prononcer un mot…

— Vous la nourrissez correctement ?

— Vous n'avez pas à vous alarmer sur ce point, Françoise, intervint sœur Angélique. Nous avons une cuisinière merveilleuse. Les friandises sur la desserte sont de ce matin. Il reste aussi quelques prunes confites.

La mère prieure s'appuya sur sa canne, un bâton noueux surmonté d'un pommeau en or.

— Madame de La Vallière, votre fille était muette quand vous nous l'avez amenée.

Françoise se garda de riposter. La mère prieure était aussi dure qu'un nœud de sapin. Elle l'imagina en train de ramasser des crottes de chien tandis que quelqu'un versait un seau d'eaux usées par sa fenêtre.

— Sa maîtrise des lettres est remarquable, déclara sœur Angélique et ses travaux d'aiguille, fort délicats. Elle est exceptionnellement vive. Elle lit le latin et même un peu de grec. Je n'ai jamais vu une enfant aussi…

Elle posa un sourire sur Petite, sagement assise près de la fenêtre.

— … aussi brillante.

— À quoi bon tout cela, si elle se marie ? s'enquit Françoise.

Les religieuses, notamment la sœur de son défunt mari, ne connaissaient rien au monde.

— Je m'étais pourtant clairement exprimée dès le début. Je veux que l'on prépare ma fille à épouser un noble. Du moins, une fois qu'elle aurait recommencé à parler.

— La vie de nonne lui conviendrait peut-être, suggéra sœur Angélique. Elle est très pieuse.

La mère prieure lui jeta un coup d'œil sévère.

Françoise effectua quelques allers-retours devant la cheminée en se frottant les bras pour se réchauffer car le feu était presque éteint. Cela ne la réjouissait guère mais sa belle-sœur n'avait peut-être pas tort. Et si le couvent était la solution ?

— Est-ce ton désir, Louise ? Cette existence t'attire-t-elle ?

C'est mon désir, inscrivit-elle sur son ardoise.

Françoise pivota vers la grille.

— Combien devrais-je payer pour que ma fille devienne religieuse ?

En plus de la dot, il fallait compter les droits d'entrée, le coût d'un habit, d'un lit et de meubles divers, sans oublier les frais pour la fête du jour du mariage et la rémunération du prêtre qui prêcherait le sermon.

— Ce n'est pas uniquement une question d'argent.

Le jeune homme à tout faire entra, les bras chargés de bûches qu'il jeta sur les braises.

— Votre fille est dévote mais la frontière est mince entre dévotion et obsession. Or, nous avons eu…

Elle attendit qu'il ait refermé la porte derrière lui.

— Nous avons connu quelques difficultés dans le passé.

Françoise acquiesça. Plusieurs années auparavant, l'une des sœurs avaient commencé à entendre des voix et à avoir des visions la nuit. Le duc d'Orléans, oncle du roi, était venu exprès de Blois exorciser le démon.

— En conséquence, nous avons appris la prudence.

— C'était bien avant que ma fille ne vienne ici.

— Toute postulante doit être saine de corps et d'esprit.

— Peut-être qu'on peut la soigner ? suggéra sœur Angélique d'un ton larmoyant.

Cette nuit-là, Petite resta longtemps éveillée dans son lit à écouter le vent. Elle aimait tant le silence du couvent, le vertige grisant de la contemplation et des études, l'euphorie quotidienne du chœur, de la messe et des prières. Elle se sentait en sécurité ici ; le diable n'y avait pas sa place. Elle en avait maintenant la certitude. « C'est mon désir. »

Petite lisait l'*Éthique à Nicomaque* dans le scriptorium quand une nonne de service vint lui annoncer que sa mère l'attendait au parloir. Intriguée, elle ferma le manuscrit ancien. On était en hiver et sa mère ne venait qu'aux grosses chaleurs de l'été ; elle n'était pas attendue avant six mois. « Est-il arrivé quelque chose à mon frère ? » se demanda Petite en se précipitant dans les couloirs sombres.

Françoise se tenait devant la fenêtre, nimbée par les rayons de lumière filtrant à travers les barreaux. Des particules de poussière voletaient autour d'elle tandis qu'elle tripotait un simple rang de perles. Elle portait une cornette en dentelle de Bruxelles et un châle assorti.

Petite fit la révérence devant la mère prieure et sœur Angélique, assises derrière la grille, puis elle alla embrasser les joues poudrées de sa mère. Elle sentait bon la vanille.

— Tu boites toujours, observa Françoise. Qu'en est-il de ce médecin avec ses poids et ses poulies ? Je l'ai payé pour qu'il remette ta jambe d'aplomb.

Sœur Angélique afficha une expression chagrine.

— Les séances étaient pénibles, madame. Votre fille ne supportait pas la doul…

— Est-ce vrai, Louise ?

Petite souleva l'ardoise attachée par une corde autour de sa taille et rédigea sa réponse. Françoise se tourna vers les religieuses.

— Ma fille ne parle toujours pas? Je vous ai donné de l'argent pour des messes spéciales.

— Une seule par mois, fit remarquer la mère prieure. Une messe hebdomadaire eût été plus efficace.

— Ce couvent n'obtiendra pas un sou de plus de ma part. Ma fille rentre à la maison.

Petite leva la tête, paniquée.

— Mais, madame…

Sœur Angélique plaqua une main sur sa bouche.

— Voyez-vous, enchaîna Françoise en enfilant ses gants en dentelle, il y a eu un changement de programme. J'ai accepté de me marier. Avec un marquis.

DEUXIÈME PARTIE

Confession

Chapitre 6

Les rues autour du couvent étaient bruyantes. Les roues des charrettes crissaient sur les pavés verglacés. Un marchand ambulant à la voix tonitruante invitait les passants à lui acheter tourtes à la viande et gâteaux d'avoine. Une paysanne tentait en vain d'éloigner à coups de bâton trois chiens errants qui tournaient autour de sa chèvre. Deux ramoneurs ricanaient dans un coin. Petite chercha le soleil caché derrière les maisons.

— Tu viens ? glapit Françoise tandis que le cocher l'aidait à grimper dans un vieux carrosse.

Petite monta à son tour et essuya la banquette avant de s'installer aux côtés de sa mère. Elle souleva le rideau de cuir usé et contempla le portail du couvent. Derrière la grille en fer forgé décorée de chérubins se tenait sa tante. Petite pressa ses mains contre son cœur tandis que la voiture s'ébranlait avec une secousse.

Ils se dirigèrent vers le nord, traversant une campagne hivernale scintillante. Le soleil jetait des ombres effilées sur les champs gelés. Petite plissa les yeux, aveuglée par la lumière. Elle reconnut plusieurs points de repère – un moulin, un cimetière –, mais tous lui semblaient si étrangers. Elle n'avait pas quitté le couvent pendant presque quatre ans.

— Il s'appelle César de Courtavel, marquis de Saint-Rémy, expliqua Françoise en calant ses bottines sur le chauffe-pieds. Il est régisseur en chef du duc d'Orléans, au château de Blois.

Petite ne savait que penser de cette information. Blois était loin mais elle savait qu'il était bien pour sa mère d'épouser un homme titré. Son père avait malheureusement échoué dans ses tentatives pour devenir marquis. Désormais, grâce à son titre, sa mère gagnerait en privilèges et en respect.

— C'est un homme d'un certain âge, veuf lui aussi. Il sera un bon père pour toi et pour Jean.

Petite regarda par la fenêtre du carrosse. Trois chevaux lourds luttaient contre le vent. L'un était noir comme le hongre. Elle repensa à l'époque où elle montait derrière son père lorsqu'il l'emmenait avec lui visiter les malades. Elle se revit chantant des hymnes en harmonie, la joue posée sur le cuir froid de son pourpoint tandis qu'ils parcouraient les chemins d'un pas tranquille. Elle ne voulait pas d'un autre père.

— Il pourra peut-être même obtenir une position pour Jean grâce à ses contacts avec la cour.

Petite était consciente que son frère avait besoin d'un père pour l'aider à faire son chemin dans le monde. Elle comprenait par ailleurs que sa mère ne puisse pas continuer ainsi. Seules les sorcières et les femmes de mauvaise vie vivaient sans la protection d'un mari ou d'un père.

— Nous irons nous installer au château de Blois après la cérémonie. Je vais te faire coudre une robe convenable. Il faut aussi que je te trouve une suivante chargée de veiller sur ta tenue. Tu ne peux plus te promener en vêtements élimés. Je suis certaine que le marquis parviendra à te décrocher une place au service de l'une des princesses. Une bonne servante sait se taire, ton mutisme sera peut-être considéré comme un atout, ajouta Françoise en lui tapotant le genou. Et qui sait? Peut-être même réussira-t-il à te trouver un mari?

Ils franchirent le village et le pont enjambant la rivière. Les jardins sur la rive opposée étaient en friche. Les yeux de Petite se remplirent de larmes quand ils pénétrèrent dans la cour du manoir.

Un vieil homme emmailloté de lainages émergea en claudiquant de la grange. Le carrosse s'immobilisa et Petite en descendit.

— Ma foi, mais c'est mademoiselle Petite! s'exclama le laboureur, appuyé sur sa canne.

Il tendit un bras et la serra contre lui, l'enveloppant d'effluves de laine humide et de fumée.

— Comment vais-je vous appeler maintenant? Vous n'êtes plus si petite mais vous êtes jolie comme un cœur, pour ça oui! Allons, vous ne dites rien?

Petite s'efforça d'ouvrir la bouche mais sa langue demeura inerte, comme paralysée par un sort.

— Louise, tu viens? lança sa mère depuis le perron.

— Rejoignez vite votre mère, fillette.

Il la salua en effleurant le bord de son bonnet rongé par les mites.

Petite courut jusqu'à l'entrée. L'intérieur de la maison sentait la cire de chandelle. Des braises incandescentes luisaient dans l'âtre, la pointe du soufflet en cuir en appui sur la grille du foyer. Les meubles avaient changé. Le lit réservé aux invités avait disparu.

— Je l'ai vendu pour cent trente-cinq livres, déclara sa mère en ôtant sa cape. Et le tapis pour vingt-huit livres.

Elle avait remplacé le tapis turc doré par une carpette en laine.

« Que manque-t-il d'autre ? » se demanda Petite, affolée. Les murs paraissaient nus. Il ne restait que le miroir dans son cadre noir.

— J'ai cédé les tapisseries pour sept cent quatre-vingts livres.

La porte de la bibliothèque était ouverte. Le bureau était encore là mais les étagères semblaient vides. Qu'était devenue la chienne de son père ?

— Où dois-je mettre ceci ? s'enquit le cocher depuis le seuil, la malle de Petite sur les épaules.

— Louise, conduis-le jusqu'à ta chambre, ordonna Françoise en ouvrant les rideaux.

Petite s'exécuta, le cocher sur les talons, manipulant avec peine la malle dans l'étroit escalier en colimaçon. Au deuxième étage, elle pénétra dans sa chambre sous les combles. Son lit en chêne à baldaquin rouge était recouvert de la même couverture à rayures rouges et noires. Comme autrefois, deux lits pour les servantes étaient dressés dans la niche du bout. La table à tréteaux était toujours à sa place, de même que les coffres pour les bonnes. Elle s'approcha de la fenêtre, repéra la basse-cour... la grange.

Elle se détourna.

— Ici, je suppose ? grogna le cocher en posant sa malle contre le mur, à côté des autres.

Petite se redressa vivement dans son lit, le cœur battant la chamade. Quelque chose l'avait réveillée en sursaut. Le diable était-il dans sa chambre ? L'avait-il attendue ? Puis elle l'entendit de nouveau : le hennissement d'un cheval. Tremblante, elle écarta les rideaux de son baldaquin. À la lueur de la bougie, elle distingua vaguement la forme immobile de la bonne. N'avait-elle rien entendu?

L'air était froid. Son bonnet avait glissé dans son sommeil – elle le trouva dans les draps et le remit.

Elle perçut un autre hennissement. Ce n'était pas un cri de douleur ni même de solitude. C'était un cri furieux, un cri de protestation, à la fois terrifiant et exaltant.

Elle eut l'impression qu'il provenait de la grange. Elle s'empara du châle drapé sur le dossier de la chaise en bois près de son lit, s'approcha sur la pointe des pieds de l'étroite fenêtre et ouvrit tout doucement les volets. Un croissant de lune illuminait les bancs de brume recouvrant les champs. Dans l'enclos, elle discerna deux des chevaux de trait, côte à côte. Un coq chanta.

Petite ramassa ses sabots dans une main et la bougie dans l'autre. Elle s'éclipsa discrètement, descendit l'escalier, traversa le salon, suivit le couloir jusqu'à la cuisine. Sans un bruit pour ne pas déranger Blanche qui dormait sur sa paillasse près de la cheminée, elle contourna la table peinte en jaune. Le verrou grinça lorsqu'elle le poussa. La bonne tressaillit dans son sommeil, puis reprit une respiration régulière. Petite ferma la porte derrière elle.

La terre était givrée; les flaques d'eau gelée craquaient sous son poids. Petite avança lentement, une main devant la flamme de la bougie pour la protéger. Elle vacilla à l'approche de la grange. Petite entra.

Elle resta un long moment à l'entrée, attendant que sa vision s'adapte à l'obscurité. Son cœur fit un bond lorsqu'elle aperçut une silhouette blanche dans la stalle. Mais ce n'était que Vachel, la vache laitière. On avait cloué une croix en bois, toute simple, sur le mur juste au-dessus de l'endroit où son père était mort. Elle eut un mouvement de recul, renversa une fourche.

— Saint Michel, défendez-moi !

Le vieux laboureur surgit d'un des bacs à grains. Tremblant, s'accrochant au rebord, il agita une croix en métal.

— Préservez-moi du diable !

— C'est moi, murmura Petite d'une voix rauque, étrange.

Elle avait parlé.

— Saint Michel ! Je vous en supplie, envoyez Satan en enfer, amen !

Petite leva la bougie à hauteur de son visage.

— C'est moi, Petite !

Sa langue semblait avoir repris vie.

— Mademoiselle ? s'écria-t-il en s'approchant d'un pas chancelant… Vous… Vous avez parlé ?

La flamme s'éteignit et elle fut plongée dans le noir absolu. Elle sentit quelque chose lui picoter les chevilles et perçut une sorte de sifflement. Elle se tourna, chercha à tâtons la porte. Une fois dehors, elle s'effondra, secouée de sanglots.

— J'ai entendu un cheval, confia-t-elle au laboureur.

Elle avait entendu Diablo !

— Mademoiselle Petite, marmonna-t-il en lui tapotant maladroitement l'épaule, vous allez attraper la mort. Venez à l'intérieur.

— Non !

— Là, là…

Des volutes de fumée s'échappaient de l'une des cheminées.

— Blanche doit être levée.

Il entraîna Petite par la main jusqu'à la cuisine du manoir déjà réchauffée par le feu crépitant.

— Elle parle, annonça-t-il à la bonne.

— Pas possible ! s'exclama Blanche, les yeux ronds.

Elle avait perdu plusieurs dents depuis que Petite l'avait vue pour la dernière fois.

— Allez-y, mademoiselle, encouragea le laboureur.

Petite s'était figée : derrière Blanche, près de l'office, la vieille armure de son père servait de porte-tabliers. Le panier de la chienne n'était plus là : la pauvre bête avait dû mourir.

— Cidre chaud ou bière tiède. Je n'ai pas toute la journée ! s'écria Blanche, plus autoritaire que jamais.

— Cidre, répondit Petite d'une voix qui lui était étrangère, comme si un esprit s'exprimait à travers elle.

— Louise ?

Françoise avait surgi sur le seuil, le visage couvert d'une pâte épaisse.

— Que fais-tu ici ? Pourquoi n'es-tu pas couchée ?

— Elle a parlé, madame, dit Blanche. Elle vient de me dire qu'elle voulait du cidre.

Françoise dévisagea sa fille d'un air ahuri.

— Cidre ? Tu as prononcé le mot « cidre » ?

Petite opina.

— Dites quelque chose à votre mère… Allez ! insista le laboureur.

— Merci, murmura Petite tandis que Blanche lui présentait un bol fumant.

Françoise poussa une exclamation, puis sourit.

— Dieu soit loué ! ça tombe bien. Un monsieur doit t'amener une servante cet après-midi, Louise. J'eusse été navrée qu'elle te prenne pour une idiote.

L'homme arriva à dos d'âne aux alentours de midi, la bonne (sa sœur) à califourchon derrière lui. On les conduisit au salon où Petite et sa mère les attendaient dans deux fauteuils garnis de crépines.

— Permettez-moi de vous présenter mademoiselle Clorine Goubert de Tours, déclara-t-il en se balançant d'avant en arrière. Elle fut la suivante d'une épouse de magistrat pendant onze ans. Elle sait tout sur les coiffures et les toilettes à la mode.

Petite l'observa à la dérobée. Elle était grande, d'allure sévère et solide malgré les froufrous de sa robe en taffetas gris. Il ne lui manquait qu'une seule dent. Elle avait un visage agréable, un peu chevalin.

— Elle est plus âgée que je ne le croyais, monsieur, protesta Françoise.

— Elle a plus de trente ans, mais elle est en excellente santé, je peux vous l'assurer. Elle n'est pas mariée et trop âgée pour se mettre des idées dans la tête.

— Pourquoi a-t-elle quitté son dernier poste ?

L'homme parut perplexe.

— Ma maîtresse est décédée, madame, expliqua Clorine en pliant un genou en révérence.

Elle s'exprimait posément.

— Côtes fracturées. Elle insistait pour que je serre le plus possible son corset et j'obéis toujours aux ordres. Mais sachez que je ne le permettrai pas pour une jeune fille en pleine croissance car cela lui déformerait les os qui sont fragiles jusqu'à l'âge de quinze ans. En revanche, un corset d'initiation serait utile pour lui apprendre à se tenir droite.

— Mademoiselle Clorine est honnête et pieuse, interrompit l'homme, visiblement nerveux. Elle ne vole pas. Elle a reçu son éducation dans un couvent et connaît les bonnes manières, soyez-en sûre. Elle n'emploie jamais un langage vulgaire et sait rester discrète. Nul besoin de vous rappeler combien il est difficile de trouver une servante de nos jours. La fille de la défunte a écrit une lettre de recommandation.

D'une main tremblante, il tendit une feuille de papier à Françoise.

Petite s'empourpra, gênée pour sa mère qui ne savait pas lire.

Françoise fit mine de la parcourir, la rendit précipitamment.

— Très bien. Elle a apporté ses affaires avec elle ?

— Oui, madame, répondit l'homme en s'inclinant solennellement.

Clorine déposa son cabas en tapisserie dans la chambre de Petite.

— On ne m'avait pas dit que vous boitiez ?

Elle scruta la pièce, les mains sur les hanches.

— Il fait toujours bon ici, dit Petite. Vous pouvez vous servir de cette malle et de ce lit. La fille de cuisine y dormait autrefois mais elle s'est enfuie avec l'ouvrier agricole.

— Est-ce vrai que votre mère doit épouser un marquis et que vous allez bientôt vous installer au château de Blois ?

— Oui.

— Ma foi…

Clorine ouvrit son sac et transféra un bonnet de nuit, des chemises, trois tabliers et une pile de linges dans le coffre.

— Il paraît qu'à Blois, même les domestiques mangent avec des fourchettes.

Elle testa le matelas.

— Je vous friserai les cheveux aux papillotes tous les soirs, annonça-t-elle en poussant son cabas sous le lit.

Assise dans le salon, Petite s'efforçait de lire *Le Petit Livre de la vérité*. Clorine avait convaincu sa mère qu'il était temps pour elle de s'habituer au port d'un corset d'initiation. Les démangeaisons provoquées par le sous-vêtement l'empêchaient de se concentrer. De surcroît, on attendait un visiteur : le marquis, futur époux de sa mère. Celui qui allait devenir son nouveau père.

Françoise attisa le feu dans l'énorme cheminée de pierre avant de se réfugier dans l'ancienne bibliothèque, transformée aujourd'hui en salle de couture. Elle se posta devant la fenêtre surplombant la cour.

— Peut-être ne viendra-t-il pas, dit-elle en s'asseyant devant l'âtre.

Il pleuvait sans arrêt depuis des jours.

Un hennissement retentit, suivi du grincement des roues d'un carrosse.

— Ce doit être lui.

Françoise retira le livre des mains de Petite et la plaça devant une chaise.

— Surtout, ne bouge pas, ordonna-t-elle en repoussant une boucle blonde sous son bonnet amidonné. Je ne lui ai pas encore parlé de ton... tu sais bien.

Elle jeta un coup d'œil sur la jambe de sa fille.

— Clorine, tu es là ?

La servante, affublée d'un tablier à fanfreluches étriqué dont les manches n'atteignaient pas tout à fait ses poignets, passa la tête derrière une porte.

On frappa. Le garçon d'écurie déguisé en majordome se précipita vers l'entrée. Une voix d'homme s'éleva dans le vestibule, ponctuée d'un rot sonore. Tandis que la porte du salon s'entrebâillait, Françoise tira sur son corset.

— Madame, j'ai bravé vents et tempêtes pour vous honorer de ma visite, proclama le marquis de Saint-Rémy en s'inclinant profondément.

Le futur beau-père de Petite était encore plus vieux qu'elle ne l'avait imaginé. Sous une perruque poudrée de style Henri IV aux boucles serrées, son visage était froissé de rides et deux sillons profonds lui creusaient le front entre ses minces sourcils noirs. Il était à peine plus grand que Petite et avait un ventre rond comme une vessie de bœuf gonflée. Ses bottes étaient maculées de boue jusqu'aux chevilles.

Françoise le gratifia d'une révérence.

— Monsieur le marquis de Saint-Rémy, ma servante va prendre votre épée et vos bottes.

Elle fit signe à Clorine de s'approcher.

— Elle vous les nettoiera pendant que vous vous détendrez près du feu.

Le marquis s'appropria le fauteuil le plus confortable, celui doté d'un tabouret recouvert d'une tapisserie. Clorine s'agenouilla pour le déchausser.

— Je sais votre affection pour le vin sec et me suis arrangée pour m'en procurer un baril, dit Françoise en prenant un verre sur le plateau que tenait le garçon d'écurie.

— C'est fort aimable à vous, madame.

Le marquis en but une gorgée et grimaça.

— Puis-je vous présenter ma fille, mademoiselle Louise ?

Le marquis se tordit le cou en direction de Louise.

— Elle ? J'ai cru que c'était une domestique.

Abaissant discrètement la main droite à la hauteur de sa taille, Françoise invita Petite à faire la révérence.

La fillette obéit. Tout le monde se comportait de façon étrange, comme des acteurs sur une scène.

— Elle n'a que dix ans et revient tout juste du couvent des ursulines de Tours où on lui a enseigné les travaux d'aiguille et les bonnes manières. Son frère Jean lui manquait beaucoup, ajouta Françoise, au comble de la nervosité. Il est élève au Collège de Navarre, à Paris, où vont tous les fils de la noblesse. Il reçoit une allocation de six sous par semaine et gagnera davantage après avoir obtenu son diplôme.

Le marquis se racla la gorge et chercha un crachoir. Françoise se leva d'un bond pour le lui présenter.

— Dix ans, prétendez-vous?

Il essuya les coins de sa bouche avec son pouce et son index.

« Prétendre? Les habitants de Blois doivent parler une langue étrangère », songea Petite.

— Ma fille? Oui, dix ans. Mon fils Jean en a presque trois de plus. Il connaît de nombreux jeunes de la noblesse et même des princes. C'est un beau garçon. Il excelle en l'art de manier l'épée. Il fait froid à Paris en ce moment mais il est autorisé à faire un feu pendant une demi-heure après le repas.

— Votre fille sait-elle raccommoder?

— Toutes les filles le savent, répliqua Françoise en fronçant les sourcils. Dans la cour de son école, mon fils parle le latin avec les princes.

— Sait-elle psalmodier? J'aime entendre chanter pendant que je m'attelle aux tâches épistolaires et que je vérifie mes livres de comptes.

— Elle a même une très jolie voix.

— Enjoignez-lui de chanter dès à présent.

Françoise jeta un coup d'œil vers Petite qui secoua vigoureusement la tête: non!

— Je crains que ma fille ne souffre d'un accès de… de congestion de la gorge.

Petite poussa un soupir de soulagement. Sous aucun prétexte, elle ne chanterait pour cet horrible bonhomme qui s'apprêtait à prendre la place de son père.

— Il est donc concevable, en conséquence, qu'elle aille se reposer tranquillement dans sa chambre, dit le marquis en essayant d'attirer Françoise sur ses genoux.

La visite se prolongea, interminable. Petite alla de siège en siège pendant que le marquis discourait sur les membres de son personnel à Blois : la canaille qui avait cassé trois gobelets en terre cuite ; le commissionnaire qui mettait une journée entière à acheter un pot de crème ; le major-dome qui affirmait que ce n'était pas lui qui avait noirci le plafond de la cuisine d'inscriptions à la fumée de bougie. Après le quatrième verre de vin, le marquis entreprit de révéler des soucis d'ordre plus intime : ses troubles intesti-naux ; les lavements et les purges qu'on lui adminis-trait chaque semaine pour équilibrer ses humeurs ; ses fausses dents en ivoire d'hippopotame, « nettement supé-rieur à l'ivoire d'éléphant », précisa-t-il en extirpant son dentier de sa bouche pour que la mère de Petite puisse l'admirer.

— C'est un ouvrage remarquable, murmura-t-elle en dissimulant à peine sa répugnance.

À quatorze heures, le marquis s'éclaircit la gorge.

— Je suis au regret d'abandonner votre compagnie, madame, fit-il en se levant.

— Déjà ?

Françoise masqua un bâillement derrière son éventail.

Le marquis prit enfin congé avec sa démarche de coq nain.

Françoise s'écroula dans un fauteuil.

— J'ai cru qu'il ne partirait jamais, avoua-t-elle, pau-pières closes, en se frottant les tempes. N'oublie jamais ce que je suis obligée de faire pour ton bien, ajouta-t-elle d'une voix empreinte de lassitude.

« Honore ton père et ta mère. » Petite alla s'agenouiller devant elle et posa la tête sur ses genoux.

— Mère, ne soyez pas...

« Ne soyez pas amère. Ne soyez pas si dure », poursuivit Petite pour elle-même.

— Pas quoi, Louise ?

« N'épousez pas cet horrible vieillard », songea-t-elle encore.

— Ne soyez pas triste.

Quelle étrange sensation de sentir ses caresses ! Elle sentait bon la vanille.

Dehors, une vache meugla.

— Tu as de si beaux cheveux, murmura Françoise. Notre petit ange... c'est ainsi que ton père t'appelait. Le savais-tu ?

Petite s'assit sur ses talons.

Sa mère se redressa, se ressaisit.

— Mais je lui répondais toujours qu'il fallait se méfier des apparences, que le diable était en toi, conclut-elle avec un sourire.

Cela aurait pu être pire : cela aurait pu être un grand mariage, une fête traditionnelle de deux jours. Mais les mariés étant tous deux veufs, leurs familles éloignées et le marquis ayant des responsabilités à assumer à Blois, on avait opté pour la simplicité. À l'immense soulagement de Petite, il n'y aurait pas de banquet – le vin ne coulerait pas à flots, on ne tuerait pas le cochon, on ne rôtirait ni cygne, ni grue, ni héron, on ne porterait pas de toasts, on ne chanterait pas

Veni Creator, on ne danserait pas au son des violes de gambe.

À dix heures, le carrosse du marquis gravit la colline jusqu'à la petite église de Reugny, au son des cloches. Il n'était pas coutumier que les mariés arrivent à bord du même véhicule mais la deuxième voiture était déjà chargée de malles et de meubles en prévision du départ pour Blois dans l'après-midi.

Quelques familles voisines s'étaient déjà rassemblées dans l'église, parmi lesquelles monsieur Bosse, sa femme et leurs neuf enfants débraillés, dont Charlotte, l'amie d'enfance que Petite n'avait pas revue depuis les obsèques de son père. Vêtue d'une robe beaucoup trop grande pour elle, Charlotte lui adressa un sourire édenté.

— Je t'interdis de leur adresser la parole, prévint Françoise.

Petite reconnut le maire et l'apothicaire, qui avaient porté le cercueil.

Un sacristain les invita à entrer. Françoise s'agenouilla devant la balustrade de l'autel. Le marquis en fit autant, de l'autre côté de l'allée centrale. Sur les bancs derrière eux étaient disséminés quelques inconnus.

Le curé Barouche apparut, sa soutane traînant derrière lui. Ses cheveux avaient grisonné depuis la dernière fois. Petite se demanda si son âne, Têtu, était toujours vivant. Le prêtre avait l'habitude de monter la pauvre bête jusqu'au manoir lorsqu'il venait leur enseigner le catéchisme.

Heureusement, la cérémonie fut courte. Petite sut qu'elle était terminée quand le curé Barouche se mit à psalmodier :

— Au nom du Père, du Fils et du Saint-Esprit, avant d'enfiler un anneau en or à l'annulaire de sa mère.

Françoise et le marquis embrassèrent l'autel et regagnèrent leur place sur les bancs pour la messe, qui serait dite en leur honneur. Au moment de l'offrande, Petite présenta le cierge nuptial et baissa les yeux pendant que sa mère et le marquis y déposaient un baiser. Puis ils s'inclinèrent alors que le curé Barouche récitait les prières du mariage.

— Seigneur, Dieu éternel, nous vous remercions, nous vous glorifions. Vous avez créé l'homme et la femme à votre image et béni leur union.

En quittant l'église, le marquis se rendit compte que les portes avaient été fermées avec des rubans. On entendait des enfants glousser dehors. Sur la promesse d'une pièce, les fidèles furent libérés.

Il avait cessé de pleuvoir. Les enfants gambadaient, sautaient dans les flaques d'eau. Ils avaient installé deux « barricades » de rubans autour du carrosse. Le marquis leur concéda une autre pièce, la voie fut dégagée et il aida son épouse à monter dans le véhicule.

Petite s'installa en face d'eux.

Le cocher fit claquer son fouet et le cheval dévala la colline.

Chapitre 7

Le premier soir, Petite, sa mère et son beau-père furent forcés de loger en face d'Amboise. La pluie avait rendu précaire la traversée du pont et on leur avait conseillé d'attendre le lendemain matin. L'auberge ne disposait que d'une seule chambre, heureusement équipée de deux lits, l'un pour Françoise et sa fille, l'autre pour le marquis de Saint-Rémy. Les domestiques, parmi lesquels une Clorine indignée, durent se contenter des écuries. À la lueur de l'unique lanterne, le marquis récita consciencieusement ses prières avant d'ôter perruque et dentier, et de se glisser sous les couvertures, en position assise :

— Car on n'allonge que les morts, déclara-t-il.

Il rota, lâcha des gaz et ronfla pendant toute la nuit.

— Jamais plus je ne dormirai, se plaignit Françoise.

Les passagers montèrent à bord d'une barge que des chevaux de trait halèrent d'Amboise jusqu'à Blois. Serviteurs, malles et mobilier suivaient sur une autre embarcation. Quinze lieues seulement séparaient les deux villes, pourtant ils mirent deux jours à atteindre leur destination à cause des intempéries. Petite et sa mère se réfugièrent dans la cabine des dames où elles disposaient d'une bassine, d'une serviette et d'un peigne à partager avec trois religieuses de Bordeaux et une modiste. Les repas étaient servis dans une salle commune, aux hommes d'abord, puis aux femmes. Françoise tomba malade, aussi Petite s'installa dans la salle commune pour lire en regardant de temps en temps défiler le paysage : falaises de calcaire, futaies de chênes sessiles, villages et vignobles. À trois reprises, elle repéra un cheval blanc mais le premier était un poney, le second avait la robe tachetée et le troisième était une espèce râblée élevée pour les combats en armure.

Petite se posta sur le pont tandis qu'ils approchaient de la cité de Blois. Jamais elle n'avait vu autant de maisons regroupées en un seul lieu, de pignons et de tourelles. Tours était une grande ville, Amboise l'était encore davantage, mais ni l'une ni l'autre n'était comparable à Blois, dont le marquis lui avait à maintes reprises vanté les mérites : le pont en pierre à arches multiples, les trente-deux courts de jeu de paume, un aqueduc romain, une horloge et même une académie d'équitation (« un conservatoire de dressage »). À Blois, selon lui, on « maniait la langue à la perfection ». Petite chercha le château mais il était invisible depuis le fleuve.

Le batelier les déposa le long du quai où régnait une activité frénétique. Le marquis loua un coche qui devait les conduire au sommet de la colline. Ils suivirent un labyrinthe de ruelles en pente abrupte jusqu'à une vaste terrasse surplombant la Loire. La ville était agglutinée à leurs pieds, le château se dressait devant eux.

— Nous sommes arrivés, annonça le marquis d'un ton solennel tandis qu'ils pénétraient dans une vaste cour de forme irrégulière et flanquée d'édifices de styles variés.

L'ensemble était hétéroclite. Des tas de pierres et de bois de charpente bordaient l'une des ailes qui semblait en cours de construction.

— Attache les rubans de ton bonnet, recommanda Françoise à sa fille.

Le coche s'arrêta et un valet aux dents gâtées se précipita avec un marchepied. Petite fut la première à descendre. Ici était né Louis XII, ici avaient vécu François Ier et Charles IX. La reine Catherine de Médicis y avait préparé des poisons. Le duc de Guise y avait été assassiné, poignardé par Henri III dont on racontait que le spectre hantait les couloirs, un perroquet sur son épaule.

Petite suivit sa mère et le marquis autour des gravats. Ils traversèrent une cour souillée de lisier pour gagner une humble demeure en colombage à toit d'ardoise.

— Elle n'est pas grande mais le loyer s'élève à deux cents livres à peine par an, expliqua le marquis en poussant la porte.

— Deux cents livres ? s'exclama Françoise en esquivant une chauve-souris. Mais c'est minuscule !

À l'extérieur, les domestiques déchargeaient malles et mobilier.

— Nous mettrons le châlit près du conduit de cheminée, décréta le marquis. Votre fille et les servantes pourront disposer de la partie haute.

Petite gravit l'étroit escalier jusqu'au grenier, un espace sombre et bas de plafond. Repoussant les toiles d'araignée, elle ouvrit le volet. Loin en-dessous, elle aperçut le ruban argenté de la rivière et plus loin, les tours de ce qui semblait être un autre château. Les écuries étaient situées à sa droite. Elle resta ainsi un long moment à contempler les jardins et les enclos des chevaux. Comme à son habitude, elle chercha un blanc parmi eux.

Clorine posa le fer à friser près du brasero et recula pour mieux apprécier sa création. Petite se tenait devant elle, l'air morose, ses bouclettes fixées à la cire agrémentées de rubans de satin, de fausses perles trop lourdes lui étirant le lobe des oreilles.

— On vous croirait de haute naissance, proclama-t-elle fièrement. Une véritable demoiselle.

Petite entendit frapper en dessous.

— J'ai l'impression d'être un singe de cirque.

— Petite! lança sa mère d'une voix tremblante. Le duc et la duchesse nous attendent.

— Zut! chuchota Clorine.

Malgré la saison, la salle du rez-de-chaussée orientée plein nord était glaciale. Tout en se réchauffant devant le feu, la mère de Petite rajusta sa coiffure. Le marquis toussota dans sa main gantée de blanc.

— Vous êtes prêtes?

Petite emboîta le pas à Françoise et au marquis. Ils firent le chemin en sens inverse, franchirent la cour pavée jusqu'à un escalier monumental marquant l'entrée de l'aile François Ier.

— Par ici, dit le marquis, déjà essoufflé.

Ils gravirent les marches et émergèrent dans une immense salle qui sentait le tabac: la salle de garde. Quatre hommes en uniforme jouaient aux cartes autour d'une table. Le feu qui crépitait dans l'immense cheminée au décor alambiqué dégageait une chaleur étouffante. Les fenêtres encadrées de bois laissaient filtrer une lumière laiteuse. Toutes les surfaces étaient enjolivées mais noircies par la fumée.

— Par ici, répéta le marquis, haletant.

Il les entraîna dans une chambre gigantesque, dénuée de meubles, hormis un lit à baldaquin et un prie-Dieu en bois dans une alcôve. Trois terriers se ruèrent vers eux en grognant. Le marquis les écarta d'un coup de botte. Une bonne et un valet surgirent de derrière un rideau en brocart à une extrémité et se tinrent au garde-à-vous.

— Par ici, réitéra-t-il, menant Petite et sa mère dans un oratoire où prédominait un parfum d'encens.

Un garde se tenait près d'une porte à double battant. Petite remarqua tout de suite qu'elle était surmontée d'un fer à cheval afin d'éloigner les esprits malins.

— Nous y sommes, annonça le marquis.

Il défroissa le linge blanc qu'il avait drapé sur son épaule droite et rajusta sa cape sur l'épaule gauche afin qu'elle tombe à la manière de celle des nobles.

— N'oublie pas, Louise : on ne tourne jamais le dos à la royauté, chuchota Françoise en la recoiffant d'une main frémissante. Tu devras sortir à reculons en faisant la révérence.

— Oui, mère.

— Vous êtes arrangée, madame ? s'enquit le marquis.

Les portes s'ouvrirent sur une nouvelle pièce, enfumée par un feu incandescent. Il faisait jour, pourtant l'endroit était obscur, les lourds rideaux tirés. Petite mit quelques instants à distinguer les formes imposantes d'une femme allongée sur un divan devant la cheminée. Un homme, tout aussi corpulent, au visage écarlate comme une tulipe rouge de Hollande, soufflait des ronds de fumée. Il portait des bottes comme celles des magistrats de campagne. Petite se dit qu'ils devaient être dans l'antichambre, que ces gens étaient des voisins de la petite noblesse en attente d'une audience avec la famille royale.

— Monsieur le duc... Madame la duchesse, murmura le marquis.

Le duc et la duchesse ? Petite était sidérée. Comment cet homme négligé pouvait-il être le fils du grand Henri IV ?

Le marquis exécuta une courbette théâtrale. Petite et sa mère se répandirent en révérences profondes. Quand Petite leva les yeux, elle constata que le marquis était toujours plié en deux. Comment sa perruque tenait-elle ? Enfin il se redressa et se racla la gorge.

— J'ai cru comprendre que les félicitations étaient de mise, Saint-Rémy, dit le duc d'Orléans en admirant le rond de fumée qui s'échappait de ses lèvres. Ce sont votre épouse et... sa fille ? Très bien. Votre femme travaillera avec vous, je suppose ? Quant à la petite...

Il l'examina de bas en haut.

— Quel âge a-t-elle ?

— Dix ans, Votre Grâce. Éduquée dans un couvent à Tours.

— Chez les ursulines ?

Le marquis interrogea Françoise du regard. Elle répondit d'un signe de tête affirmatif.

— On m'y a fait venir autrefois, raconta le duc en tripo-tant sa pipe... pour dissiper une invasion de démons.

— C'était il y a fort longtemps, Votre Grâce, répliqua le marquis. Cette enfant n'était même pas née – à Tours, préciserai-je, de l'auguste famille de La Vallière, réputée à travers tout le pays pour sa ferveur religieuse.

— Quel est son signe astrologique ? demanda le duc en aspirant fortement sur sa pipe dans l'espoir de la rallumer. Est-elle Scorpion ? Elle a cet air, quelque chose de... de singulier.

Françoise observa Petite d'un air paniqué.

— Votre Grâce, intervint-elle, ses jupes bruissant sous ses mains tremblantes, je vous en prie, permettez-moi de m'exprimer.

Le duc acquiesça.

— Ma fille est née sous le signe du Lion. Elle est pieuse et obéissante.

— Comme notre Marguerite, nota le duc.

— Exactement, Votre Grâce : un présage favorable, balbutia le marquis. Un augure propice. Et dans la mesure où la princesse Marguerite a besoin d'une servante auxiliaire, j'ai pensé que cette petite pourrait peut-être… assister Son Altesse ?

— De combien de domestiques dispose-t-elle ?

— Onze, bredouilla le marquis, plus les deux pages mais elle n'a qu'une suivante, mademoiselle Nicole de Montalais, sire.

— Celle qui parle sans arrêt, dit la duchesse, l'air rêveur, en engloutissant une pâte de fruit.

— La fureteuse, ajouta le duc en vidant son tabac dans un bol. Vous avez sans doute raison. Marguerite a six ans. Une seule demoiselle de compagnie, c'est insuffisant.

— Marguerite a dix ans, protesta la duchesse tandis qu'un valet s'avançait.

— Sors à reculons, chuchota Françoise à Petite.

Une fois dans l'antichambre, elles s'écroulèrent sur une banquette matelassée.

— Seigneur ! s'exclama Françoise en resserrant sa pèlerine bordée de fourrure autour de ses épaules.

— Vous ne devez pas perdre la tête, madame. Je vous verrai plus tard.

Le marquis lui tendit un mouchoir et fit signe à Petite de le suivre.

Ils descendirent l'escalier en spirale, traversèrent la cour, empruntèrent un autre escalier puis franchirent une interminable galerie avant de s'arrêter devant une porte close. Un garde armé d'une hallebarde rouillée se mit au garde-à-vous.

Ruisselant de transpiration, le marquis pivota vers Petite.

— Le duc et la duchesse ont trois filles. Elles sont princesses.

Petite opina. Elle n'avait encore jamais vu une vraie princesse.

— La princesse Marguerite est l'aînée. Elle vient d'avoir neuf ans.

— La duchesse a dit qu'elle en avait dix, s'étonna Petite, que ce détail avait frappée puisqu'elles avaient le même âge.

— Vous ne devez pas parler si on ne vous parle pas.

— N'êtes-vous pas en train de me parler ?

— Entre parler *à* et parler *avec*, la différence est grande. La princesse Élisabeth a quinze mois de moins et la princesse Madeleine est sa cadette de deux ans.

— N'y en a-t-il pas une plus âgée ? s'enquit Petite.

On racontait que pendant la Fronde, l'intrépide princesse n'avait pas hésité à escalader toute seule le mur du palais à Orléans et même à faire tirer les canons de la Bastille sur les troupes royales à Paris !

— Oui, la Grande Mademoiselle. Toutefois la fille du premier lit du duc ne vit pas ici.

— La guerrière.

Le marquis remua l'index.

— Il est inconvenant de désigner ainsi la Grande Mademoiselle. Je demanderai à l'abbé Patin de vous informer concernant les titres et les appellations correctes.

Il fronça les sourcils, doublant son menton.

— Faites en sorte de ne jamais oublier que le duc et sa progéniture sont les descendants d'Henri IV le Grand.

Petite hocha la tête en triturant le nœud de rubans à sa taille. Son père lui avait narré toutes sortes d'anecdotes concernant le brave et honorable roi Henri, un cavalier hors pair, qui avait baptisé son étalon préféré (un blanc comme Diablo) Bucéphale.

— Toutes ses filles sont les petites-filles d'Henri IV. Les princesses tiennent le rang le plus élevé en France, enchaîna-t-il en arrondissant les yeux pour plus d'effet, un rang accordé par le Tout-Puissant.

Petite plaqua une main sur sa joue, feignant l'incrédulité : en fait, elle voulait essuyer subrepticement les postillons dont le marquis l'arrosait.

— En conséquence, elles n'ont aucun défaut.

Il poussa un soupir, redressa la tête, fit le signe de la croix et ordonna au garde d'ouvrir la porte.

La nuit n'était pas encore tombée et pourtant la pièce était illuminée de chandelles et de lanternes. Il y régnait une odeur de fumée, de cire de bougie et, malencontreusement, d'urine. Trois petites filles étaient penchées sur une table à jeux, leurs silhouettes se découpant devant l'âtre. L'aînée avait un visage long et un menton proéminent. Ses lèvres charnues étaient foncées, légèrement tombantes. Ses cheveux étaient bouclés à en juger par les mèches qui dépassaient de son bonnet de nuit. La seconde louchait et la troisième masquait sans grand succès un nez énorme sous sa capuche de nuit en lin. Toutes trois étaient bossues.

— Non ! s'écria la cadette.

Une bonne à la poitrine voluptueuse, assise devant la fenêtre d'une alcôve, et une femme d'un certain âge installée près de la cheminée l'ignorèrent.

— Fais-le tourner ! ordonna l'aînée en jetant une toupie en os sur la table recouverte de feutrine. Ah ! Ah ! Perdu !

Elle ramassa une poignée de pièces.

Petite se figea de surprise. Elles jouaient avec de véritables pièces. Au couvent, les jeux n'étaient pas autorisés, encore moins les jeux d'argent, réservés aux voyous dans les rues.

— Vos Altesses, marmonna le marquis.

Toutes trois le dévisagèrent.

— Princesse Marguerite, princesse Élisabeth, princesse Madeleine, puis-je avoir l'honneur de vous présenter mademoiselle Louise Françoise La Baume Le Blanc de La Vallière… la fille de mon épouse.

— À toi maintenant, dit la princesse Marguerite en poussant la toupie vers Élisabeth.

Le marquis pivota vers la dame qui tricotait au coin du feu.

— Madame de Raré, les estimés duc et duchesse souhaitent que mademoiselle de La Vallière assiste la princesse Marguerite en qualité de suivante.

— La princesse en a déjà une, riposta la dame, son menton enfoui dans les plis d'une collerette démodée.

— Les estimés duc et duchesse pensent que la princesse a atteint un âge nécessitant une deuxième demoiselle de compagnie.

La première s'avança.

— Dans ce cas, vous devriez peut-être me présenter, monsieur le marquis ?

L'adolescente, âgée de quatorze ans environ, était grande. Ses deux tresses noires et épaisses étaient nouées d'un large ruban vermillon.

— Je suis l'autre suivante, mademoiselle Nicole de Montalais.

Elle exécuta une brève révérence.

Marguerite se leva d'un bond et agrippa les nattes de Nicole.

— Hue, cheval, hue ! commanda-t-elle en faisant mine de tenir des rênes.

Nicole s'écarta et repoussa la princesse en faisant claquer sa couette comme un fouet.

— Cessez, je vous en supplie, cessez! soupira madame de Raré.

— Cessez, cessez, cessez! s'époumonèrent en chœur les trois princesses.

Le marquis s'inclina et s'éclipsa à reculons, abandonnant Petite au chaos.

Chapitre 8

Cette nuit-là dans sa mansarde, Petite éclata en sanglots. Cette première rencontre avec les princesses l'avait déstabilisée. Elle n'avait pas imaginé qu'un château pût sentir mauvais, encore moins que des nobles ne se comportent pas... noblement. Elle avait un nouveau père, une nouvelle demeure, des responsabilités : c'était beaucoup trop d'un coup. Elle se languissait du couvent, de sœur Angélique, du silence. Et puis... quel était le rôle d'une suivante ?

— Pour commencer, vous devez être bien apprêtée, décida Clorine en scrutant leur pièce minuscule, les mains sur les hanches.

Elle poussa la malle de Petite dans un coin.

— Je vous bouclerai les cheveux tous les soirs.

— Je déteste les Anglaises ! gémit Petite.

De surcroît, elle mourait de faim. À en juger par les tours de taille du duc et de la duchesse, la nourriture abondait dans le château... mais où ? Elle se jeta sur le lit. Un bruissement la fit sursauter. Un matelas en paille ? Elle entendait sa mère et le marquis discuter en dessous d'une sombre histoire de cheminée qui fumait. Le sol était trop mince. Elle n'avait aucune envie de percevoir leurs conversations... ou pire.

— J'ai faim.

— Le dernier repas pour les domestiques s'est terminé il y a une heure, annonça Clorine en extirpant un bout de viande séchée de son panier. Le matin, il est servi au point du jour. Une cloche annonce que le couvert est mis. Cela vous laissera amplement le temps car la princesse ne se lève pas avant la tierce, juste à temps pour la messe.

— Mais que dois-je faire ? Allumer son feu ?

— Non. C'est le majordome qui s'en charge.

— Dois-je vider son pot de chambre ?

— Non. C'est la tâche d'une bonne.

— Dois-je la réveiller ?

— Je pense que c'est le rôle de sa nourrice.

— C'est elle qui l'aide à se vêtir ?

— C'est le travail de la maîtresse de garde-robe. Mais on vous demandera peut-être, à vous ou à l'autre demoiselle, de nouer un ruban ou de brosser les cheveux de la princesse, par exemple.

— Ça, je devrais y arriver, souffla Petite, soulagée. Les princesses mangent-elles ?

— Bien entendu. Vous devrez vous tenir derrière sa commodité de la conversation lorsqu'elle sera à table.

— Sa commodité de quoi ?

— De la conversation. Ici, c'est ainsi que l'on désigne une chaise ou un fauteuil, railla Clorine en levant les yeux au ciel. Vous aurez le droit de finir son assiette lorsqu'elle aura terminé.

— Et ensuite ?

Clorine haussa les épaules.

— Ensuite, vous resterez dans les parages et vous attendrez.

Petite réfléchit en mâchant sa viande séchée. Elle était douée pour toutes sortes de choses mais la patience n'était pas sa vertu principale.

— Tu m'appelleras Petite Reine, déclara la princesse Marguerite à Petite le lendemain matin.

Elle souleva ses jupes et s'assit sur une chaise percée.

— Comme tout le monde, ajouta-t-elle.

Des fils dorés scintillaient sur son jupon.

— Oui, Petite Reine, répondit Petite en croisant ses mains gantées de blanc derrière son dos.

Elle ramena ses mains devant elle puis les laissa tomber le long de son corps. Cette posture était sûrement correcte.

— Tu ne me demandes pas pourquoi ?

— Pourquoi, Petite Reine ?

Elle portait des boutons de nacre aux oreilles. Petite n'avait pas souvent eu l'occasion de fréquenter des filles de son âge, encore moins des filles enjolivées de bijoux. Une odeur infecte emplit la pièce.

— Parce que je vais épouser le roi.

Petite digéra cette nouvelle ahurissante.

— Je n'étais pas au courant.

Était-elle autorisée à l'avouer ? Aurait-elle dû dissimuler ses sentiments ?

— Petite Reine, compléta-t-elle.

— J'aurai dix ans le 28 juillet. Aussi, quand le roi et moi nous marierons dans quatre ans, j'aurai quatorze ans et lui en aura vingt. Quel âge as-tu ?

— Dix ans, Petite Reine.

Petite calcula qu'elle avait un an et onze jours de plus que la princesse.

— Je suis née avec le soleil en Lion.

Marguerite tendit la main. Petite hésita, la lui attrapa.

— Mais non, tête de linotte ! Un linge !

Petite regarda autour d'elle et ramassa un chiffon sur une table. La princesse s'essuya, se leva, remit à Petite l'étoffe souillée. Petite la saisit par un coin.

— L'astrologue dit que je ferai une bonne reine parce que je suis fière, digne, autoritaire et tenace. Le roi est Vierge mais il a la lune en Lion. De quel signe es-tu ?

— Je suis Lion moi aussi.

Petite glissa le tissu sale dans la ceinture de son tablier.

— Petite Reine, ascendant Cancer.

L'astrologue présent à la naissance de Petite avait rédigé un long rapport. D'après ses projections, elle serait sensible aux autres et même douée de vibrations mystiques ; malgré un caractère plutôt pragmatique, elle aurait tendance à « s'emporter » ; en conclusion, il avait mis en garde ses parents contre sa douceur apparente qui voilait une passion vorace. Petite ne connaissait pas la signification de ce mot, mais d'après un extrait de l'*Énéide* (*Leur troupe secouant son aile redoutable, S'empare de nos mets dans sa vorace ardeur*) elle pensait que cela devait avoir un rapport avec l'avidité.

— Ascendant Cancer ? Tant pis. Nous ne nous entendrons jamais, asséna la princesse Marguerite d'un ton enjoué.

Nicole entra, les bras tendus.

— Où étais-tu ? gronda la princesse Marguerite.

— J'espionnais, rétorqua Nicole, une lueur de malice dansant dans ses prunelles. La traînée de Tours est arrivée.

— Mademoiselle de La Marbelière ?

— Qui plus est, elle est venue avec son fils ! Votre demi-frère.

— Le bâtard ! s'exclama Marguerite, l'air horrifié.

Petite s'empourpra. Un jour, alors qu'elles se rendaient chez le médecin à Tours, sœur Angélique l'avait obligée à détourner la tête au passage d'un carrosse à bord duquel se trouvait cette fameuse mademoiselle de La Marbelière.

La princesse s'affaissa sur le sol, ses jupes s'évasant en corolle autour d'elle.

— Elle n'est pas là pour voir mon père, j'espère ?

— Je vais me renseigner, répondit Nicole en se précipitant vers la sortie.

Une maîtresse de garde-robe surgit avec un panier tressé contenant un manchon en vison et une cape de velours bleu bordée de duvet de cygne. Pendant qu'elle en fixait l'énorme bouton d'ivoire sous le menton de la princesse, Petite en profita pour glisser le linge souillé sous le tapis vert pâle à poils ras.

La princesse ramassa une poignée de friandises dans une coupe et les fourra dans son manchon.

— Tu dois soulever ma traîne, décréta-t-elle en se dirigeant vers la porte.

Petite s'exécuta du mieux qu'elle pouvait. Tenant la traîne bien haut, elle trottina derrière la princesse qui descendit l'escalier pour longer le cloître glacial en se faufilant entre les crottes de chiens.

La chapelle jouxtait l'aile inachevée. On aurait dit qu'une partie en avait été détruite puis rafistolée. La princesse s'engouffra par une petite porte, gravit un escalier en colimaçon et émergea sur une mezzanine dominant le chœur et la nef. Petite admira les vitraux et les voûtes. L'autel était couvert d'un drap de velours noir décoré d'un galon en dentelle de couleur argent. Les premiers bancs étaient déjà occupés ; une foule dense se pressait à l'arrière – les commerçants et les habitants de la ville, déduisit Petite en examinant leurs tenues. L'encens ne parvenait pas à masquer les odeurs de peau de mouton et de lainages humides.

— Nous sommes en avance, marmonna Marguerite.

Elle trempa les doigts dans l'eau bénite, se signa, ploya un genou en direction de l'autel puis s'installa sur l'unique chaise.

Petite ne savait pas quoi faire. Si elle trempait ses doigts à son tour dans son eau bénite, la princesse s'en offusquerait-elle ? Mais si elle y renonçait, n'était-ce pas Dieu qu'elle offenserait ?

— Ma cape, proclama la princesse en balançant les pieds.

Petite l'arrangea de manière à ce qu'elle ne reste pas en boule dans le dos de la princesse.

Le balcon voisin était plein. Petite reconnut les deux autres princesses, installées devant la balustrade. La plus jeune lui tira la langue et se mit à glousser.

— Ma mère la duchesse dit qu'on ne doit pas sourire à l'église, sermonna Marguerite. Ni froncer les sourcils. Qu'on doit maintenir une expression de béatitude.

Elle en fit la démonstration. Petite tenta de l'imiter mais c'était difficile car elle claquait des dents. Elle regrettait de ne pas avoir apporté un châle.

— J'ai droit à ma loge personnelle parce que je suis la Petite Reine.

Marguerite gratifia ses sœurs – elle les appelait les morveuses – d'une grimace.

— C'est merveilleux, Petite Reine.

Le prêtre, un bel homme élancé en surplis rapiécé, remonta l'allée. Sous son épaisse soutane de laine, il portait des bottes de cavalier dont les éperons s'accrochaient à son ourlet.

Les fidèles ayant droit aux bancs se mirent debout mais la princesse Marguerite ne bougea pas.

— C'est l'abbé Patin, notre précepteur.

Le prêtre fit le signe de la croix.

— Le Seigneur soit avec vous, tonna-t-il.

— Et avec Votre Esprit, répondit Petite.

Le rite familier de la messe était réconfortant. L'abbé entreprit une lecture de la Bible en latin.

— Nous l'avons surnommé Jupiter. Il avait une jeune femme à Paris, continua Marguerite tandis que la congrégation entonnait le *Gloria*. Mais elle est morte de la peste. Ses domestiques ont dû lui couper la tête pour pouvoir la mettre dans son cercueil. Quand je serai reine, il n'y aura pas d'épidémies.

L'abbé Patin leva les yeux alors que le chœur se taisait.

— Aïe ! Je vais être punie : trois *Je vous salue Marie*, ajouta-t-elle pendant qu'il entamait la prière silencieuse.

Une cloche retentit et un flot de personnes envahit le fond de la chapelle.

— Les paysans, commenta la princesse Marguerite en se pinçant le nez. Ils viennent assister à l'offertoire. Sais-tu que si tu brises l'hostie, elle va saigner ? Ah ! J'aperçois Nicole.

Petite repéra la cape bleue de l'autre suivante dans l'assemblée en dessous. Un instant plus tard, celle-ci apparaissait, le souffle court.

— Elle a discuté avec votre père, annonça-t-elle. Une affaire d'argent, je crois. Tiens ! Quand on parle du diable ! Elle est juste là.

Toutes trois se penchèrent par-dessus la balustrade.

— Celle avec le chapeau de paille ? s'enquit Marguerite, atterrée. Quelle vulgarité !

— Surtout en plein hiver, renchérit Nicole.

Mademoiselle de La Marbelière était une femme rondelette, habillée d'un costume de voyage d'un autre temps. Elle tenait par la main un garçonnet. Petite trouva qu'elle ressemblait à n'importe quelle femme, à n'importe quelle mère. À quoi reconnaissait-on une traînée ? Quels étaient les indices ?

— Elle mérite le gibet, siffla Marguerite. C'est ce qu'on inflige aux pécheurs.

L'abbé Patin leva solennellement l'hostie. Des murmures fusèrent dans l'assistance.

— La duchesse lui donne un supplément pour qu'il la tienne en l'air pendant trois minutes, expliqua la princesse. D'ici peu, ses bras vont commencer à trembler.

« Quel dommage que cette semaine de Pâques fût aussi frénétique ! » songea le marquis. Car la pleine lune était la meilleure période pour accomplir ses tâches administratives. Les jours étaient encore courts, le soleil se levant et se couchant plus ou moins à six heures, aussi avait-il peu de temps à consacrer à ses comptes privés, en fort déclin depuis qu'il s'était marié.

Une épouse. Et une fille en plus. Il s'était attendu à davantage de coopération de sa part. Était-ce trop lui demander que de chanter pour lui de temps en temps ? Un accompagnement musical l'apaiserait pendant qu'il travaillait – mais surtout, il estomperait le jacassement incessant de sa femme.

Il ôta ses lunettes et se tourna vers Françoise qui se tenait devant le feu. Avait-il bien entendu ?

— Pâques serait le moment idéal, déclara Françoise.

La fillette délaissa momentanément l'ouvrage qu'elle déchiffrait à la lueur d'une lanterne.

— Mais je ne suis pas confirmée, mère.

Effaré, le marquis ferma son registre de comptes.

— Bien sûr que non : tu étais muette, riposta Françoise en posant la toute dernière lettre de son fils près des chandeliers sur le manteau de cheminée.

Le marquis se racla la gorge.

— Madame, ai-je bien compris? Votre fille n'est pas confirmée?

Était-elle seulement baptisée? Il n'osait pas poser la question. En quelques semaines, il avait découvert 1) que ses blagues ne faisaient pas du tout rire sa femme; 2) qu'elle autorisait les libertés conjugales uniquement le jeudi soir à vingt-trois heures, bien après qu'il fut couché; 3) que sa fille était sans dot et souffrait d'une malformation: sa jambe gauche était plus courte que la droite; et maintenant 4) que la petite ne s'était jamais confessée. C'était extrêmement contrariant.

— Inutile de vous mettre sens dessus dessous, monsieur. J'ai déjà envoyé chercher l'abbé Patin pour tout organiser.

Une cloche retentit et elle s'installa dans un fauteuil en arrangeant ses jupes.

— Ce doit être lui. Petite, pose ce livre et viens te placer derrière moi.

L'abbé Patin pénétra dans la pièce en brandissant une torche. Il la planta dans un chandelier en étain avant de s'incliner cérémonieusement devant le marquis, son épouse et la fille de cette dernière. Se redressant, il jeta le pan de sa cape par-dessus son épaule droite.

Une odeur atroce de purin envahit l'espace. Le marquis fronça les sourcils sur les bottes crottées de l'ecclésiastique mais se garda de tout commentaire. La situation était délicate. Si l'on découvrait qu'il avait placé une païenne au service de la princesse Marguerite, on le renverrait.

— Madame souhaitait me voir? dit l'abbé en acceptant le tabouret que le marquis poussait devant lui.

— En effet...

Le marquis rajusta son jabot.

— ...Madame, peut-être pourriez-vous exposer votre... dilemme.

— Il s'agit de ma fille, monsieur l'abbé.

Celui-ci observa Petite à la dérobée.

— Je voulais justement aborder avec vous le sujet de son éducation. Elle est douée d'une intelligence particulièrement vive.

— C'est un problème dont je suis consciente depuis longtemps, répliqua Françoise. Je lui ai même interdit de lire.

— Quoi qu'il en soit, monsieur l'abbé, intervint le marquis d'un ton sec, c'est d'une affaire de la plus haute importance dont mon épouse veut s'entretenir avec vous.

— Oui, monsieur l'abbé. En effet, ma fille a été muette pendant un certain temps.

— Pour aller à l'essentiel, interrompit le marquis, le problème est que cette fillette s'est trouvée dans l'incapacité de se confesser, donc de recevoir sa première communion et par conséquent d'être confirmée.

Le prêtre se pencha en avant.

— Vous aviez cessé de parler, mademoiselle ?

— Oui, monsieur l'abbé, admit-elle en baissant la tête.

— Ma femme n'y est pour rien, s'interposa le marquis d'un ton emphatique.

La coupable, c'était la fille. Elle était dans la lune, un peu étrange. Elle aimait les animaux – même les chats ! À deux reprises déjà, le vendredi soir, il avait perçu des sons bizarres en provenance des jardins du château ; pas plus tard que la veille, un serpent s'était glissé dans la maison puis avait mystérieusement disparu.

— Quand est-ce que cela a commencé ? voulut savoir l'abbé.

— Il y a environ quatre ans, expliqua Françoise. C'était pendant l'été – à moins que ce ne fût l'automne. Oui, c'était au début de l'automne, le jour où le roi est devenu majeur ; je m'en souviens à présent.

— Le 5 septembre, confirma le religieux, les mains posées sur ses genoux. En 1651.

— Le jour du décès de son père, murmura Françoise, le front plissé.

— Sans doute pouvez-vous remédier à cette faute involontaire, monsieur l'abbé ? s'enquit le marquis. En toute discrétion, cela va sans dire.

— Voulez-vous vous confesser, mademoiselle ?

— Je ne sais pas.

L'abbé Patin leva une main pour empêcher le marquis d'intervenir.

Le samedi de la veillée de Pâques, Petite pénétra dans le confessionnal. Elle épousseta la banquette avant de s'y asseoir. Elle entendit un bruissement derrière la grille et une senteur d'écurie envahit la cellule.

— Le Seigneur soit avec vous.

— Et avec Votre Esprit, répliqua machinalement Petite, avant d'enchaîner précipitamment… Pardonnez-moi mon Dieu car j'ai péché.

Elle ravala sa salive. Quelle était la suite ? Vite, un péché !

— J'ai lu alors que je devais terminer mes travaux d'aiguille.

— Que lisez-vous ?

— En ce moment, le livre de Xénophon sur Socrate.

— *Les Conversations*. C'est une traduction ?

— Oui, mais en latin. C'est un livre qui appartenait à mon père. Il est dans la bibliothèque.

C'était avec stupeur qu'elle avait découvert la pile de textes familiers près de la porte – *Consolation de la philosophie*, *Poetæ latini rei venaticae scriptore*, *Histoire naturelle des quadrupèdes* – tous augmentés des commentaires de Laurent à la fin, référencés par page. Il y avait même l'exemplaire relié en cuir de *Ma vie* de sainte Thérèse. Petite avait constaté avec soulagement que le *Traité de l'équitation* ne se trouvait pas parmi cette collection : avec sa couverture en carton-pâte, il ne méritait pas une place chez les nobles.

— Avez-vous lu le *Traité de l'équitation* de Xénophon ?

— Oui. C'était l'un des ouvrages préférés de mon père.

— Je l'apprécie énormément, dit l'abbé. Vous allez devoir m'énoncer des péchés plus graves que celui-là, mademoiselle. Vous pouvez vous mettre à genoux si vous le souhaitez.

Petite s'exécuta.

— Reprenons du début. Faites le signe de la croix. Ceci est le rite de la réconciliation. Rappelez-vous que Dieu vous aime et veut que vous purifiiez votre âme pour lui. Imaginez que je suis le Christ.

Paupières closes, Petite imagina le Christ, mais ce fut le visage de son père qui lui apparut – comme son sourire était doux ! – et les larmes lui montèrent à la gorge.

— Ensuite, vous vous confesserez. Bénissez-moi mon Dieu car j'ai péché, et cetera.

— Bénissez-moi mon Dieu... (sa voix se brisa) car j'ai péché, chuchota-t-elle en ravalant un sanglot.

L'abbé se réfugia dans un long silence.

— N'ayez pas peur, mon enfant. Nous allons franchir les étapes pas à pas.

Petite opina mais ne dit rien. Elle essuya ses joues avec sa manche.

— Oui, mon père, renifla-t-elle.

— Après cela… en général on précise la date de sa dernière confession. Pour aujourd'hui, vous direz que c'est la première fois.

— Oui, mon père. Ceci est ma première confession.

— Bien. Venons-en à la liste de vos péchés. Certaines personnes préfèrent dire «je m'accuse de ceci ou de cela» mais c'est un peu théâtral à mon goût. Si vous vous contentez d'énumérer vos péchés et le nombre de fois où vous les avez commis, ce sera parfaitement acceptable. N'oubliez pas que tout ce que vous direz restera entre nous. Je vous écoute.

Petite croisa les mains, le cœur battant.

— J'ai tué mon père, lâcha-t-elle brusquement. Une fois.

L'abbé changea de position.

— Peut-être pourriez-vous m'expliquer…

— J'ai tué mon père ! répéta-t-elle.

«Seigneur tout-puissant !» Elle ferma les yeux de toutes ses forces.

— Vous n'avez rien à craindre. À présent… racontez-moi tout. Comment cela a-t-il commencé ?

— Les gitans lui ont vendu un cheval sauvage, un blanc.

— Jamais monté ?

— Oui. Et très nerveux. Certains prétendaient qu'il était ensorcelé.

— Nous avons des rites pour ce genre de cas.

— Je sais, mon père. Le curé du village a essayé mais cela n'a rien changé. Mon père allait l'abattre et puis…

Petite marqua une pause, la gorge sèche, les paumes moites. L'abbé se trompait : elle avait toutes les raisons d'être terrorisée. Elle ne voulait pas, ne pouvait pas parler de la magie de la poudre d'os. Elle connaissait le pouvoir du diable.

— Et puis le cheval s'est calmé. Mon père a accepté de…
mais il est mort, acheva-t-elle d'une voix rauque en revoyant
son père étendu sur le sol de la grange et la porte de la stalle
de Diablo grande ouverte.

— Je ne comprends pas. Le cheval est mort?

— Non, chuchota-t-elle. Mon père.

— Voyons… le cheval était sauvage, puis vous l'avez
dompté.

— Oui. C'était moi qui le montais.

— À quand cela remonte-t-il?

— J'avais six ans, mon père. J'en aurai onze cet été.
C'était donc il y a… cinq ans.

— Vous aviez six ans et vous avez réussi à dresser un
étalon?

— Oui, mon père.

— Comprenez-vous la différence entre le mensonge et
la vérité?

— Oui, mon père.

Elle savait qu'elle disait la vérité mais aussi qu'elle men-
tait par omission. Elle n'avait pas agi seule pour maîtriser
Diablo: le diable lui avait prêté main-forte.

De nouveau, l'ecclésiastique changea de position.

— Et cela a un rapport avec le décès de votre père?

Petite hésita, déchirée.

— Vous avez dit que vous aviez l'impression d'être…
responsable d'une manière ou d'une autre de sa mort.

— Oui. Quand mon père m'a vue pour la première fois
sur le dos du cheval, il a eu un malaise.

— C'est là qu'il est mort?

— Non, mais il a mis longtemps à se remettre. Et un
jour, le laboureur l'a découvert gisant dans la grange.

— Bien, dit l'abbé Patin, après un silence interminable. Vous réciterez cinq *Notre Père* avant de partir. Vous

pourrez recevoir votre première communion demain matin.

— C'est tout, mon père ?

À l'extérieur du confessionnal, une femme fredonnait tout bas.

— Non, ce n'est pas tout, murmura-t-il, un sourire dans la voix. Vous viendrez m'aider à entraîner les chevaux.

— Mais… je ne monte plus.

— Je m'en doutais. Toutefois, vous vous présenterez aux écuries demain à seize heures.

— Mon père, je vous en prie, je ne peux pas ! protesta-t-elle, submergée par un sentiment de panique.

— N'ayez crainte, mon enfant.

Cette nuit-là, Petite chercha en vain le sommeil. Quand les cloches de l'église sonnèrent les complies, elle s'approcha de sa fenêtre sur la pointe des pieds et poussa le volet pour contempler les jardins nimbés d'une lumière pâle, le ruban argenté du fleuve plus bas, les prés au-delà des granges. La pleine lune éclairait les chevaux qui se tenaient par petits groupes, tête contre tête. Au loin voltigeaient des feux follets – gaz des marais ou esprits nocturnes. Le hululement d'une chouette la fit sursauter. Glacée, frissonnante, elle retourna se glisser sous la couette, cherchant la bassinoire du bout des orteils.

Une immense structure de bois et de pierre abritait les écuries à l'extrémité du potager. Petite se tenait sur le seuil, sa robe de tous les jours protégée par une jupe superposée.

L'air sentait bon le foin et le crottin de cheval. Lentement, elle passa de box en box pour admirer les nobles bêtes aux muscles saillants, aux robes si luisantes qu'elle pouvait y voir son reflet. Leurs stalles étaient propres, leurs mangeoires bien remplies.

— C'est vous qu'on appelle Petite ?

Petite pivota vers le chef d'écurie qui se curait les dents avec un couteau.

— L'abbé Patin m'a demandé de vous seller un galopeur mais il doit y avoir une erreur. Vous me paraissez à peine assez grande pour grimper sur un âne.

Âne ou galopeur, quelle importance ? Petite n'avait aucune envie de monter quoi que ce soit.

— Ah ! Vous voilà ! J'en suis fort aise ! s'exclama l'abbé Patin.

Il vint vers elle en pourpoint et hauts-de-chausses marron, une cape beige sur une épaule, ses bottes de style militaire au-dessus des genoux.

— Les chevaux sont-ils prêts, Hugo ?

Le palefrenier amena Éclypse, un magnifique chasseur noir mesurant quinze mains au garrot. Juste derrière, un garçon d'écurie menait un poulain bai non sellé.

Ce dernier regarda autour de lui avec incertitude. Petite laissa courir une main sur son épaule bien oblique : il devait courir vite. Elle respira son odeur et il tourna la tête vers elle en signe d'invitation. Il devait avoir environ cinq ans, songea-t-elle en inspectant ses dents. Son père disait toujours qu'un poulain devait avoir cinq ans révolus avant que l'on puisse le proclamer dressé (Diablo avait eu quatre ans).

— Comment s'appelle-t-il ?

— Hannibal. Mais il n'est pas pour vous. Va en chercher un plus âgé, plus placide, ordonna l'abbé Patin.

— Tout doux, l'ami, murmura Petite.

Elle scruta le regard et les oreilles du cheval, en quête de manifestations de peur. Le trouble de la bête l'aidait à oublier le sien.

— Il est ferré ?

— Pas plus tard que la semaine dernière, répondit Hugo.

— On a tenté de le monter mais il ne supporte pas la selle, même avec un tapis de paille.

— Je peux le monter à cru, affirma Petite en continuant de le caresser. Tout doux, l'ami. Tu n'as rien à craindre.

L'abbé Patin examina la fillette un long moment.

— Entendu. Nous commencerons dans l'enclos. Là au moins, je pourrai vous surveiller.

Petite sélectionna un mors flexible et insista pour harnacher elle-même sa monture. Elle s'y prit en douceur, l'autorisant à renifler les cuirs, le mors et sa main avant de le glisser dans sa bouche. Elle le mena à la longe à travers une multitude de poussins et de canetons jusqu'au paddock, Hannibal soulevant soigneusement les pieds pour ne pas en écraser un.

— Bravo, l'ami, chuchota-t-elle.

Le prêtre tint les rênes pendant qu'elle arrangeait ses jupes.

— Hugo, faites-la tourner. Je veux observer son attitude, ordonna l'abbé avec une pointe d'angoisse.

— Tout va bien, mon père, assura Petite en encourageant le poulain à avancer.

Lentement, elle le fit passer à la monte. Une oreille pointée vers l'avant, l'autre vers l'arrière, il réagit docilement :

sans décocher la moindre ruade, sans pirouettes, sans mouvement de la tête, sans piaffer. Bientôt, elle le fit aller au petit trot puis s'immobiliser brutalement, attendant les ordres.

— Je pense que nous sommes prêts à explorer les alentours, mon père ! lança-t-elle avec un sourire.

À dire vrai, elle éprouvait une sensation de griserie comme le jour où elle avait retrouvé la voix.

Ils se dirigèrent vers les collines, l'abbé sur Éclypse, Petite sur Hannibal, Alphonse et deux autres cavaliers derrière eux. La sensation de chaleur sous ses cuisses l'émut aux larmes et elle se revit galopant à travers champs avec Diablo.

— On accélère un peu ? lui proposa l'abbé.

— Si on galopait ?

— Appelez-moi si vous avez un souci, rétorqua-t-il en donnant un coup d'éperons dans les flancs d'Éclypse.

Les chevaux foncèrent, celui de Petite prenant rapidement les devants.

— Hooouououououou ! s'écria-t-elle tandis qu'Hannibal sautait deux haies et une clôture à trois barreaux.

L'abbé Patin la suivit sans peine mais Hugo, dans une ultime tentative, dégringola et resta en arrière avec les deux autres.

Une heure plus tard, alors que l'on rentrait les vaches pour la traite, Petite et l'abbé Patin émergèrent des bois, maculés de boue. Petite, qui menait la course, fit ralentir Hannibal. Il transpirait et soufflait. Elle tapota son encolure humide.

— Splendide ! la félicita l'abbé avec un sourire, en la rejoignant. Je ne connais rien de plus réjouissant que de chevaucher en craignant pour sa vie.

Chapitre 9

L'été suivant, la princesse Marguerite eut onze ans et Petite en eut douze.

— Dans trois ans, je serai reine, proclamait à qui voulait l'entendre la princesse, impatiente de connaître la gloire.

Des nouvelles du roi leur parvenaient chaque semaine. On racontait qu'il était beau et charmant, qu'il rechignait à porter la perruque, qu'il était passionné de chasse, de musique, de théâtre et qu'il dansait les rôles titres dans les ballets. Avant et après un bal, il montait à cheval ou s'entraînait à la lance. Il ne mangeait ni venaison ni gibier d'eau mais avait de l'appétit pour tout le reste, même les salades aux herbes fraîches. Avec ses amis, que l'on avait surnommés les Endormis, il passait ses nuits dehors et dormait toute la journée.

— Quand je serai reine, je ne le permettrai pas, décréta Marguerite.

Deux ans plus tard, le roi faillit mourir d'une forte fièvre. Il n'avait que dix-neuf ans ! Pendant des semaines, dans toutes les églises, dans tous les villages et tous les hameaux, le peuple se mit à genoux et pria. Les crieurs annonçaient des nouvelles de jour en jour plus alarmantes : on lui avait administré les derniers sacrements à minuit ; on avait envoyé un détachement de soldats de Paris chercher sa dépouille ; on lui avait donné un émétique à base d'antimoine et de vin.

Et puis, miracle! Il guérit. Les cloches se mirent à sonner partout, torches et chandelles illuminèrent les villes.

— C'est pour moi qu'il a été sauvé, déclara la princesse Marguerite avec ferveur, la veille de son treizième anniversaire. Bientôt, nous allons nous marier.

Formée depuis un mois seulement, elle n'en était pas moins dotée d'une poitrine voluptueuse. Petite, d'un an son aînée, était encore une fillette maigre, dégingandée et passablement troublée par l'obsession de sa maîtresse pour l'amour, obsession nourrie par les romans que Nicole avait découverts cachés dans la bibliothèque du duc et qu'elle lui lisait à haute voix.

Toutefois, à la fin de l'hiver, Petite finit par éclore à son tour au point de s'attirer les faveurs du fils d'un intendant. Ayant intercepté une lettre qu'il lui adressait, sa mère mit rapidement fin à ses tentatives de séduction – au grand soulagement de Petite.

Le printemps fut beau et chaud: jonquilles et myosotis fleurirent précocement. Petite continuait à monter chaque jour et à entraîner les poulains pour la chasse. Sa mère y était opposée mais l'abbé Patin insistait: Petite avait un don pour amadouer les chevaux. Bien entendu, elle devait en même temps suivre ses leçons et s'occuper de la princesse. Mais Petite savait s'organiser. Elle partait dès l'aube à l'assaut des prés humides de rosée, savourant sa liberté au chant des alouettes, aux coassements des choucas et au bourdonnement des abeilles.

Plus les jours s'allongeaient, plus les princesses étaient pressées d'abandonner les cours quotidiens. Leur vœu ne fut exaucé que la première semaine de juillet. Petite interrogeait Nicole sur les règles de grammaire latine dans la bibliothèque du duc, quand un valet essoufflé fit irruption dans la pièce.

— J'ai l'impression que la duchesse nous demande, confia tout bas Nicole à Petite, tandis qu'il s'adressait à la gouvernante.

— Les princesses voient leur mère tous les jours entre onze heures et onze heures vingt! objecta madame de Raré d'un ton outragé. Les lui présenter plus tôt bouleverserait leur emploi du temps.

— Sa Grâce insiste pour qu'elles viennent immédiatement, rétorqua le valet en essuyant son front ruisselant de sueur avec sa manche en dentelle crasseuse.

— On fait la course!

La princesse Marguerite bondit de son siège et disparut, ses deux sœurs sur les talons.

— Les suivantes aussi, ajouta le valet en essuyant encore son front moite de sueur avec sa manche sale.

La gouvernante poussa un profond soupir et s'empara de sa canne à pommeau d'argent.

— Venez, mesdemoiselles. Nous avons cent cinquante-sept marches à gravir pour atteindre la chambre de madame la duchesse et mes pauvres os en souffrent d'avance.

Petite suivit la gouvernante et Nicole jusque dans la cour, puis dans l'escalier en pierre de l'aile François Ier. Presque quatre ans s'étaient écoulés depuis qu'elle avait pénétré dans cette partie du château. Elle se rappela le jour de son arrivée – son émerveillement devant tant de luxe, son anxiété à l'idée de se retrouver devant des membres de la famille royale. Aujourd'hui, elle ne voyait plus que les économies de bout de chandelle, le gaspillage extravagant: bouteilles bouchées à l'étoupe et au bois plutôt qu'avec du liège, bulbes de tulipe d'une valeur inestimable qui pourrissaient dans l'eau.

À vrai dire, elle en était venue à penser que ces gens n'avaient rien d'une race à part. Au contraire, ils étaient des êtres humains comme les autres. La noblesse était innée, on la portait dans son sang, mais était-il possible que celui des nobles fût avarié ? La princesse Marguerite et ses sœurs étaient descendantes d'Henri IV le Grand… mais aussi d'une Médicis.

La noblesse du cœur n'avait-elle donc aucun rapport avec le rang de la naissance ? Le père de Petite n'avait pas eu de titre, il n'avait eu droit à aucun privilège ; il n'avait pas possédé un carrosse élégant drapé d'une impériale[1], encore moins des chaussures à talons rouges. « Mais il avait eu la noblesse du cœur », se dit Petite en se rapprochant des appartements de la duchesse.

— Les princesses sont-elles déjà avec leur mère ? demanda la gouvernante au garde, en s'appuyant sur sa canne… Ah ! Les voilà !

Échevelée, en transpiration, la princesse Marguerite émergea de la salle des gardes avec ses sœurs. Les lacets de la princesse Élisabeth étaient défaits et le bord en dentelle déchiré du jupon de la princesse Madeleine traînait par terre.

La gouvernante essuya le visage de la cadette avec son tablier et fit signe au valet de pied d'ouvrir les portes.

Comme dans les souvenirs de Petite, la pièce gigantesque était vide, hormis un lit tout au bout. Mais on avait recouvert les murs de tapisseries représentant des scènes de la Bible : Jésus dînant pour la dernière fois avec ses apôtres, Jésus à table chez Lazare, Jésus partageant un repas avec les

---

1. Impériale : niveau supérieur d'une voiture pouvant recevoir des voyageurs.

pécheurs, Jésus mangeant du poisson avec les disciples, Jésus multipliant les pains.

Calée contre ses oreillers, la duchesse se régalait de gibier rôti sous l'œil attentif de ses trois terriers. Les princesses s'alignèrent au pied du lit par ordre d'âge : Marguerite, bientôt quatorze ans, Élizabeth, douze ans, Madeleine, dix ans.

— C'est déjà l'heure ? s'enquit la duchesse en jetant un os dans une coupe en porcelaine posée à même le sol et en tendant la main pour qu'on lui rince les doigts. Elles sont en avance.

— Vous les avez conviées ainsi que les suivantes, Votre Grâce, dit la gouvernante.

— Vous vous rappelez, Votre Grâce ? intervint une demoiselle d'honneur de la duchesse en versant quelques gouttes de laudanum dans son verre avant de le lui présenter. C'est parce que le roi va venir. Nous en avons parlé tout à l'heure.

La duchesse avala son remède d'un trait et s'écroula sur ses oreillers.

— Le roi ?

— Oui, Votre Grâce, répondit-elle. Sa Majesté prévoit de faire une étape à Blois en chemin vers le sud. Il va signer un traité de paix avec l'Espagne. On dit que Sa Majesté va épouser…

Marguerite battit des mains.

— L'infante d'Espagne, acheva la demoiselle d'honneur.

Marguerite devint écarlate.

— Mais c'est moi qui vais épouser le roi ! Tout le monde le dit, même l'astrologue.

La duchesse s'essuya la bouche avec son drap.

— L'astrologue est ici aussi ?

— Votre Grâce, permettez-moi de vous expliquer...

— Ce serait gentil, murmura la duchesse, l'air rêveur.

— Votre Altesse, votre mère est d'avis que nous devons prouver au roi qu'il n'a aucune raison de se marier avec une princesse espagnole.

— Oui, hoqueta Marguerite.

— Aussi, nous avons pensé que vous pourriez vous produire devant lui, avec vos sœurs et vos demoiselles de compagnie, afin de lui dévoiler vos charmes et convaincre Sa Majesté que vous êtes celle qu'il lui faut.

Petite jeta un coup d'œil vers Nicole. Allaient-elles devoir se donner en spectacle devant le roi ?

— Ce sera magnifique. La princesse Marguerite sera la vedette. Nous en avons déjà discuté avec monsieur le duc de Gautier qui sera votre maître de danse. Vous avez trois semaines pour vous préparer.

Tandis qu'elles sortaient toutes à reculons, Petite entendit la duchesse gémir :

— Pourquoi l'astrologue est-il là ?

Monsieur de Gautier, le maître de ballet, avait plus de soixante ans mais se plaisait à imaginer que personne ne s'en rendait compte. Il surveillait son régime, ignorant obstinément les tartes que lui confectionnaient les cuisinières. Il faisait de l'escrime tous les matins et portait un pourpoint court d'où dépassait sa chemise de lin – la toute dernière mode. Toutefois, il ne se résolvait pas à renoncer à ses perruques moisies, même pour dormir. Elles le protégeaient à la fois de la vermine et des courants d'air mais surtout, elles l'empêchaient de voir sa calvitie quand il se regardait dans la glace. Démoralisation ne rimait pas avec jeunesse.

La perspective de la visite royale le réjouissait. En tant que maître de danse du duc d'Orléans, ses talents allaient à vau-l'eau. Il rêvait de rejoindre la cour. À vingt ans, le roi était un splendide spécimen de virilité. Il y avait là une occasion unique pour Gautier de démontrer ses dons de metteur en scène et de chorégraphe.

« Quoique… » songea-t-il en découvrant les trois princesses bossues alignées devant lui et les deux demoiselles de compagnie, mademoiselle Nicole (trop plantureuse) et Petite (gracieuse mais légèrement boiteuse). Gautier s'essuya le front et se lança dans une longue explication : une démarche élégante découlait d'un mouvement des hanches, du genou et enfin, mais plus important que tout, du cou-de-pied ; les pas se formaient à partir de ces trois actions combinées. Il agita sa canne comme un bâton :

— Commençons.

Son regard s'assombrit tandis que les filles du duc traversaient la pièce en titubant.

— Princesse Marguerite, tout le monde, je vous en prie, observez…

Il fit signe à Petite de s'avancer.

— Mademoiselle, veuillez nous faire la démonstration.

Elle s'exécuta dans un bruissement de jupons, ses ballerines à semelle de cuir glissant sans bruit sur le parquet.

Monsieur de Gautier s'éclaircit la gorge. Malgré son handicap, cette fille se déplaçait avec une aisance naturelle, la pointe du pied et les jambes légèrement en dehors. Elle n'allait ni trop vite (signe d'exubérance) ni trop lentement (indolence). Elle bougeait sa jupe sans affectation pour l'empêcher de rebondir.

— Voyez : le port de tête altier, la taille stable, les bras bien tenus.

Il battit la mesure.

— Pendant que son pied droit avance, son bras gauche bouge vers l'avant – mais à peine.

Tous les espoirs étaient permis.

Après le petit-déjeuner de bière et de ragoût de mouton, Petite avait pris l'habitude de retrouver Nicole sur le palier presque toujours désert de l'escalier nord, à proximité de la chambre de la princesse. Elles s'asseyaient sur un banc de pierre placé devant une fenêtre vitrée que l'on pouvait fermer par mauvais temps. Elles se rejoignaient là presque tous les matins avant de prendre leur service ; elles en profitaient pour partager des confidences sur leur maîtresse et aborder toutes sortes de sujets vitaux : comme la taille de son buste ou que faire en cas de menstruations imprévues. Elles s'interrogeaient sur les mystères de la vie intime : les rousses étaient-elles réellement le produit d'un désir incontrôlable à la saison des fleurs ? Le hululement d'une chouette signifiait-il vraiment qu'une femme était enceinte ? Mais depuis peu, elles s'intéressaient plus particulièrement au grand défi que s'apprêtait à surmonter la princesse Marguerite.

— Elle est incapable de faire une révérence sans ressembler à une mule en jupons, commenta Nicole. Jamais elle ne parviendra à captiver le roi par ce biais.

— Pauvre Marguerite, murmura Petite avec indulgence.

Elle n'avait aucune envie de devenir reine mais pour une princesse, c'était différent.

— Elle doit conquérir le roi et sa seule arme est sa poitrine. Les hommes aiment ça, surtout les rois.

C'était un fait. Malheureusement. Petite, quant à elle, demeurait résolument plate comme une limande. Elle avait beau boire des tisanes et psalmodier, rien n'y faisait.

— Mais le duc insiste pour qu'elle se couvre d'une pèlerine, enchaîna Nicole. À sa place, je me tuerais. Alors, le roi tomberait peut-être amoureux d'elle.

— Mais elle serait morte, fit remarquer Petite, sourcils froncés.

Les journées précédant l'arrivée du roi se déroulèrent dans une frénésie d'activité. On avait engagé pour l'occasion une armée de majordomes, de pages et autres servantes.

— J'ai visité les cuisines, la laiterie, l'office, la lingerie et partout, c'est le chaos.

Les mains dans le dos, le marquis allait et venait devant Françoise en pestant :

— Dans l'antichambre j'ai trouvé une chandelle abîmée dans une corne à poudre. Dans le cabinet Neuf, un imbécile s'est servi de l'extrémité de la canne en ivoire du duc pour attiser le feu. Et une pie s'est échappée dans la salle du Conseil ; elle a laissé des fientes partout.

Il fut décidé que le roi, la reine mère et le reste de la famille royale, y compris la Grande Mademoiselle, ainsi que leur cent vingt-six serviteurs logeraient à Chambord, le château de chasse royal situé non loin de Blois, de l'autre côté de la rivière. Du coup, il fallut engager du personnel supplémentaire, notamment quatre piégeurs de rats, pour préparer ce château-là. Les quatre cents pièces vides ne posaient pas de problème : la cour se déplaçait avec ses lits, ses rideaux, ses coussins et ses draps.

À la dernière minute, on décréta que le duc, la duchesse et leurs trois filles accueilleraient le roi sur place, à Chambord. Aussi fallut-il réparer et harnacher les plus beaux carrosses, puis rassembler une escorte de cinquante gardes. Le cortège royal s'ébranla, le duc et la duchesse devant, suivis par Marguerite et ses sœurs avec Nicole dans une voiture couverte, ancienne mais dorée. Les domestiques, sous la surveillance du marquis et de son épouse, fermaient la procession.

À la demande de l'abbé Patin, Petite montait l'un des plus jeunes étalons. Tous les chevaux étaient de la partie, même les poulains les moins entraînés. Ce serait leur première traversée du pont, leur première grande sortie, et l'abbé Patin avait besoin de l'aide de l'enfant.

Arion, le jeune bai de Petite, se montra mal à l'aise le temps de franchir la Loire mais se décontracta une fois parvenu sur l'autre rive. Ce n'était que sa troisième escapade dans le monde et il semblait conserver toute sa lucidité. L'horizon s'élargit tandis qu'ils pénétraient dans une région plate et sablonneuse. Ils longèrent vignobles, vergers aux arbres recouverts de filets en guise de protection contre les oiseaux, et passèrent devant plusieurs fermes. Dans les champs, les paysannes en bonnet blanc et sabots de bois les saluaient au passage.

Au bout d'une heure de trajet, ils se glissèrent à travers un trou dans un mur de pierre, l'entrée dérobée du château, puis remontèrent une longue avenue flanquée de bois broussailleux. Soudain, les énormes tours rondes de Chambord surgirent devant eux. La multitude de tourelles, de flèches et de cheminées conférait aux toits l'aspect d'une ville miniature.

« Une structure monstrueuse », jugea Petite, malgré elle, en suivant au petit trot les voitures au-dessus des douves pour pénétrer dans une cour silencieuse. Son cheval fit une embardée, effrayé par l'ombre d'une gargouille.

Les garçons d'écurie se précipitèrent vers les nouveaux arrivants. Petite sauta à terre, s'étira, secoua sa cape.

Le duc aida sa femme à descendre de leur carrosse. Sa Grâce, qui n'avait pas quitté ses appartements depuis deux ans, était au comble de la nervosité. Elle glissa sur un pavé et il fallut la transporter à l'intérieur sur une civière. Les princesses entrèrent à leur tour, leurs voix résonnant dans la gigantesque salle des gardes. Aussitôt, Élisabeth et Madeleine entreprirent l'ascension du célèbre escalier à double révolution, que l'on peut monter ou descendre sans jamais se rencontrer, jusqu'à ce qu'enfin on leur donne l'ordre de se taire ou d'aller dehors.

Le temps était maussade, humide et nuageux. Les filles allèrent s'asseoir au bord des douves. Tout était parfaitement silencieux, hormis le bourdonnement des insectes. Soudain, une nuée de moustiques passa à l'attaque. Se tapant sur les joues, la princesse Marguerite réintégra le château au pas de course mais très vite, de gros boutons rouges apparurent sur son visage et son cou.

— Je veux mourir! gémit-elle, les larmes maculant sa robe.

— Cessez de brailler, gronda Nicole en lui appliquant du blanc de Saturne sur la figure.

— Je ne serai jamais reine. Ma vie est finie!

— Que signifient ces beuglements infernaux? s'insurgea le marquis de Saint-Rémy en se précipitant vers elles avec l'abbé Patin... Votre Altesse, ajouta-t-il avec empressement.

— Princesse Marguerite! s'exclama l'abbé Patin, horrifié.

La pâte masquant ses joues était maintenant striée de filets de sang.

— Les moustiques, annonça Nicole.

— Qu'on prépare mon carrosse! commanda Marguerite, dans une courageuse tentative de dignité.

— En effet, il vaudrait mieux que la princesse retourne à Blois, suggéra Petite à son beau-père.

Avec l'aide de Nicole, elle lui préparerait un bain frais parfumé à la lavande pour apaiser les démangeaisons.

— Mais le roi… balbutia le marquis. Il ne va pas tarder.

— Exactement, rétorqua Nicole.

Ils reprirent donc la route : les trois princesses et Nicole à bord d'une voiture, l'abbé Patin et Petite à dos de cheval, accompagnés d'une escorte de quatre gardes, deux devant et deux derrière.

Le trajet en sens inverse parut moins long. Flairant le retour à l'écurie, les chevaux trottèrent allégrement à travers la campagne, poussés par le vent qui s'était levé.

Ce fut avec un immense soulagement que Petite aperçut les quais de Blois de l'autre côté de la Loire. Bientôt ils seraient rentrés. Le soleil fit une brève apparition, éclairant les maisons le long du rivage qui se reflétaient dans les eaux frissonnantes. « Rien de tel que les graines de lupin pour calmer les urticaires », se rappela-t-elle. Avec un peu de chance, le jardinier du duc en aurait conservé de l'année précédente.

Cependant, à peine avaient-ils entrepris la traversée du pont qu'une barge entra en collision avec l'une des arches. La structure de pierre tint bon, mais les craquements du mât puis l'apparition soudaine du fanion du bateau effrayèrent les chevaux qui se cabrèrent. Les princesses poussèrent des hurlements. Le cheval de l'un des gardes hennit, désarçonna son cavalier et partit au galop.

— C'est Hélios ! lança Petite à l'abbé Patin.

Âgé d'à peine quatre ans, le poulain était un grand nerveux.

— Je crois qu'il est blessé !

Les pavés étaient maculés de taches de sang.

— Il repart vers Chambord ! s'exclama l'abbé Patin tandis que l'animal repassait, rênes au vent.

Nicole passa la tête dehors, les yeux exorbités.

— Que s'est-il passé ?

— Une barge qui n'avait pas baissé sa voile à temps. N'ayez crainte. Les chevaux sont rassurés mais je dois rattraper un fugueur… avec l'aide de mademoiselle Petite.

Cette dernière opina, les yeux rivés sur le fugitif.

D'un coup d'éperons, l'abbé Patin élança sa monture à la poursuite d'Hélios. Petite, qui montait en amazone, fit de son mieux pour le rattraper.

À l'approche du port de Saint-Dyé, ils firent une halte. Écumant, haletant, le cheval de l'abbé Patin se mit à piaffer et à secouer la tête.

— Il a dû couper par là, dit l'abbé en pointant sa cravache vers un sentier qui sillonnait un champ de foin à moitié moissonné. À moins qu'il n'ait continué tout droit.

Petite examina le sol en quête d'empreintes ou de traces de sang. Il y avait des marques de sabot partout.

— Ce chemin va-t-il jusqu'au château ?

— Il mène à l'un des portails du parc, près de la maison d'un garde forestier.

Petite s'efforça d'imaginer dans quelle direction le poulain paniqué avait pu se rendre. Il ne connaissait pas le terrain et bien que son sens de l'odorat lui serve de boussole, il n'avait pas nécessairement choisi le trajet le plus court.

— Comment savoir ?

— Je prends la route et vous, le sentier.

Petite acquiesça, incertaine.

— Rendez-vous ici ! s'écria-t-il en s'éloignant au galop.

Petite s'aventura dans le champ. Un peu plus loin, elle décela des traces fraîches dans la terre. Elle accéléra légèrement, esquivant les branchages. Le mur entourant le parc était en pierre. Elle tomba sur un petit portail en rondins, grand ouvert. Juste derrière se dressait une maisonnette ornée d'un bois de cerf au-dessus de la porte : le repaire du garde forestier. Un homme en émergea, engoncé dans une veste de laine malgré la chaleur.

— Monsieur, l'un des chevaux du duc d'Orléans s'est échappé. Il se dirige probablement vers le château.

Au-dessus des cimes des arbres, on apercevait les cheminées et les tourelles.

L'homme bâilla, se gratta le ventre.

— Je ne l'ai pas vu.

L'avait-il seulement entendu ?

— Le portail était-il ouvert ?

— Il est ouvert, oui, répliqua le garde en se curant les dents.

— Je dois le rattraper. Il est blessé et sellé. Il pourrait se faire mal.

— Le roi arrive aujourd'hui.

— Je sais !

Peut-être même était-il déjà là ? Petite imagina la consternation de la cour tombant nez à nez avec un étalon fugueur.

— Les pistes sont-elles marquées ?

— Il n'y en a qu'une de praticable.

Petite s'enfonça dans le parc depuis longtemps laissé à l'abandon et dont les chemins étaient envahis par les broussailles. Les magnifiques futaies de vieux chênes étaient infestées de vers ; les chenilles en dévoraient les feuilles. Comme avait dû le faire Hélios, elle resta sur la voie éclaircie. Ici le terrain était sablonneux, dénué de marais.

Elle atteignit un pré boisé, constata que l'étalon y avait foulé l'herbe. Elle perçut un hennissement lointain en réponse à celui de son cheval. « Hélios ! »

Petite laissa aller Arion à son rythme à travers un taillis dense. Ils franchirent un ruisseau rocailleux pour accéder à une deuxième clairière. À son extrémité, elle aperçut le poulain. Un homme le tenait par les rênes. «Dieu soit loué!»

Petite se dirigea vers eux au trot puis ralentit pour ne pas affoler Hélios.

— Est-il blessé?

L'homme était jeune, à peine plus âgé qu'elle, une vingtaine d'années sans doute. Il était habillé avec modestie, mais très beau. Il ne portait pas de chapeau et sa longue chevelure cascadait sur ses épaules. Il tenait à la main un fusil et une gibecière, apparemment pleine.

— Il a désarçonné son cavalier sur le pont de Blois, expliqua-t-elle, les joues écarlates.

De quoi avait-elle l'air? Ses cheveux s'étaient détachés pendant sa course folle.

— Il a une coupure sur le flanc droit.

— Oui, opina Petite.

L'inconnu avait les yeux noisette, le teint mat et hâlé. Grand et athlétique, il avait une silhouette imposante et un air latin, presque mauresque.

— Il saignait ajouta Petite.

— La plaie n'est pas profonde. J'ai pu l'étancher avec un peu de sanguisorbe sauvage.

Petite avala sa salive, essaya de parler, s'en découvrit incapable. Elle aurait voulu lui dire qu'elle connaissait cette plante, qu'elle en avait souvent ramassée avec son père. Elle se rappelait ses feuilles glabres, ovales, aux bords dentelés. Au mois de juin, ses fleurs pourpres étaient faciles à distinguer mais en cette fin de juillet, elles devaient être dissimulées par les herbes.

— Tant mieux, finit-elle par bredouiller.

Il devait la prendre pour une idiote.

Le jeune homme se détourna et concentra toute son attention sur le poulain. Il lui caressa l'encolure.

— Il a surtout eu très peur.

— Il s'appelle Hélios, déclara brusquement Petite.

Elle avait le tournis. «Pourvu que ce ne soit pas un braconnier!» Elle admira la douceur avec laquelle il maîtrisait l'animal.

— Hélios l'infatigable, le dieu Soleil grec, murmura-t-il, avec un sourire, en la dévisageant. Quel joli nom pour un cheval!

Petite fut surprise et enchantée par sa culture. Peut-être appartenait-il à la noblesse? Elle lui aurait volontiers confié combien elle était passionnée par la mythologie grecque et comment elle avait baptisé l'étalon après avoir lu les textes anciens glanés dans la bibliothèque du duc.

— Comment l'avez-vous attrapé?

— Comme à mon habitude: je l'ai fait venir à moi. Il était curieux, comme n'importe quel enfant, ajouta-t-il en lui remettant les rênes.

— Merci.

Ses doigts à la peau lisse, pas du tout calleuse, effleurèrent son poignet et elle eut l'impression de recevoir une décharge électrique. Une phrase extraite d'un roman que Nicole lisait à la princesse lui vint à l'esprit: «Adieu mon bien-aimé. Je ne vous connais pas et pourtant je vous connais.» Soudain, ces mots prenaient une tout autre signification.

— Avec plaisir, mademoiselle. Vous êtes une remarquable cavalière.

Il porta la main à son front en signe de salut.

— Merci, répéta-t-elle en s'éloignant.

«Adieu… adieu…» Se reverraient-ils un jour?

— Le roi arrive, déclara-t-elle comme pour le mettre en garde.

— Je sais. Il est là depuis un moment déjà.

— Oh ! s'exclama-t-elle en s'élançant au grand galop.

À la lisière du bois, elle jeta un coup d'œil derrière elle. Il l'observait.

Chapitre 10

Les cloches des églises se mirent à sonner et l'on entendit les clameurs de la foule.

— Ce doit être le roi, dit Petite en fixant le voile de la princesse avec des épingles dorées.

Les inflammations sur son visage étaient encore visibles en dépit d'innombrables applications de pommade.

Le château était sens dessus dessous et Petite était épuisée. Elle était restée très tard auprès de la princesse et quand elle s'était couchée, elle n'avait pas trouvé le sommeil. Elle avait fermé les rideaux autour de son lit pour estomper le clair de lune et mis un coussin sur sa tête pour étouffer les appels du veilleur de nuit au fil des heures. Elle s'était enfin endormie aux premières lueurs de l'aube, pour être réveillée presque aussitôt par le marquis et sa mère, de retour de Chambord. Tout le monde semblait perdre la tête : le marquis paniqua en apprenant que la livraison du poisson prévu pour le banquet serait en retard et Françoise piqua une crise de nerfs en s'apercevant qu'elle n'entrait plus dans son unique robe de bal. L'arrivée du duc et de la duchesse provoqua une nouvelle crise. Pendant ce temps, monsieur de Gautier courait dans tous les sens pour monter un spectacle digne de ce nom.

Des trompettes résonnèrent au loin.

— C'est lui ! s'exclama Nicole.

La princesse Marguerite goba une pastille d'anis pour rafraîchir son haleine.

— Comment me trouves-tu?

— Ravissante, Votre Altesse, mentit Petite.

Elle-même était sur les nerfs, agitée comme un poulain avant la tempête. Elle n'arrivait pas à croire qu'elle allait voir le roi en chair et en os.

Elles se dirigèrent vers le grand escalier où monsieur de Gautier tentait de positionner chacun d'entre eux afin de produire le meilleur effet possible. Il plaça la princesse Marguerite devant, sur la première marche, et ses sœurs juste au-dessus, flanquées par le duc et la duchesse. La plupart des serviteurs étaient à l'intérieur. Nicole et Petite reçurent l'ordre de rester dans la salle des gardes, désertée. L'avantage, c'était qu'elles disposaient d'une fenêtre pour contempler la scène.

Peu après, un carrosse doré à roues vermillon pénétra dans la cour. Le cocher, les valets de pied et les pages étaient tous vêtus de livrées assorties à la voiture.

— N'est-ce pas splendide? s'émerveilla Nicole.

Le valet du duc ouvrit la portière et déplia un marche-pied. Il s'inclina profondément. Un jeune homme en justaucorps et hauts-de-chausses bruns apparut, sa cape drapée sur une épaule.

— Ce doit être le roi, dit Petite. Tout le monde s'incline.

— Mon cœur bat la chamade, avoua Nicole.

Gaston, duc d'Orléans conduisit ses neveux, Louis et Philippe, ainsi que la reine mère jusqu'aux trois fauteuils capitonnés disposés dans la salle des États. Ceux qui avaient également le droit de s'asseoir devaient se contenter de tabourets – lui y compris. Cela l'agaçait prodigieusement d'en être réduit à cela dans son propre château, devant tous ses invités, plus de mille nobles. Le fait que la propriété ne lui appartienne pas vraiment le mettait encore plus en colère. Ironie du sort, son unique fils était un bâtard. Dieu n'ayant pas daigné lui donner un héritier mâle légitime, tout – absolument tout – irait à la couronne après sa mort qui, vu son état ces derniers temps, approchait à grands pas. «Peut-être devrais-je trépasser maintenant, songea-t-il. Avant le spectacle.»

Ah, oui! Le spectacle. Ses filles à bout de nerfs répétaient depuis des semaines. Bonne nouvelle: il n'aurait plus à assister à ces séances interminables ni à endurer leurs caprices et leurs larmes.

Les violonistes ramassèrent leurs instruments. Gaston retint son souffle. Trouver de bons musiciens en province tenait de l'impossible. On pouvait engager des gitans qui jouaient de la flûte et du tambourin pour un sou. Mais c'était son neveu le roi qu'il recevait. Un orchestre de gitans n'aurait pas convenu du tout même pour une fête conçue (du moins l'espérait-il) dans une ambiance «médiévale».

Quant au coût de cette opération, il n'osait pas y penser. Que de complications pour maîtriser les dépenses en matière de chandelles et de victuailles, compter chaque botte de foin, chaque tonneau d'avoine, disputer le coût des fers à cheval, des clous, des livrées, entretenir seize chiens de course et cinq lévriers. Par où commencer pour réduire les frais? À elles seules, les places d'écurie requises par son neveu le roi allaient lui coûter une fortune.

Monsieur de Gautier lui adressa un regard grave.

— Voulez-vous que nous commencions, Votre Grâce? Vous savez bien… le spectacle.

Gaston poussa un grognement tandis qu'un laquais l'aidait à se lever. Sa fille aînée, issue de son premier mariage (la Grande Mademoiselle, vieille, tapageuse, autoritaire et odieusement riche), prétendait que ses douleurs étaient causées par l'air de Blois, trop humide. Elle avait réussi à le convaincre de prendre de la poudre de millepertuis. Le remède était efficace mais il lui donnait des gaz, aussi avait-il décidé de s'en passer pendant le temps de la visite royale.

«Dieu tout-puissant!» À voir tout le monde s'agiter de cette manière, on aurait pu croire que le Christ en personne était à Blois. Louis était roi, certes, mais il était aussi le neveu de Gaston et il était âgé seulement de vingt-deux ans. Le neveu qui avait abattu tous les faisans qu'il élevait depuis deux ans et demi, le neveu devant lequel ses filles tombaient en pâmoison. Était-il si beau que cela? Il était en forme, bien sûr, mais n'était-ce pas normal pour un jeune homme? D'ailleurs, aux yeux de Gaston, Louis avait un petit côté plouc – toujours à parler chiens de chasse et chevaux.

Oui, vraiment, Gaston, duc d'Orléans, était au comble de l'exaspération. Lui-même aurait pu devenir roi à plusieurs reprises. S'il n'y avait pas eu ce coup du destin – son infortuné frère ayant enfin réussi à engrosser sa femme (au bout de vingt-trois ans, n'était-ce pas suspect?) –, Gaston serait aujourd'hui dans un de ces fauteuils et tous ces gens se mettraient en quatre pour lui. Mais non, il n'était que le vieil oncle sur le tabouret, hissé sur ses pieds par un valet ruisselant de sueur en uniforme usé. La fin de sa vie approchait, il en avait la certitude, et qu'en avait-il retiré? Des filles.

— Où est ma pèlerine? demanda la princesse Marguerite entre ses dents.

Si elle bougeait les mâchoires, le blanc de plomb sur son visage s'écaillerait.

— Je ne l'ai pas trouvée, répliqua Nicole en ajustant son jupon de dentelle.

Le ballet des garçons de cuisine arrivait à sa fin ; elles étaient les prochaines à se présenter sur scène.

— Mais j'en ai au moins une douzaine ! s'emporta Marguerite en débarrassant sa poitrine dévoilée des pellicules de poudre.

— Mystère, répondit Nicole.

Petite scruta la salle entre les rideaux improvisés. Elle aperçut sa mère, debout sur un côté, en compagnie du marquis. La vaste pièce grouillait d'invités. Jamais elle n'avait vu d'aussi jolies toilettes. Si seulement elle pouvait les admirer de plus près !

« Ciel ! » La reine mère était assise au premier rang auprès de la fille aînée du duc, la Grande Mademoiselle. Pendant que la princesse lui parlait, la reine mère contemplait ses mains en fronçant les sourcils. Petite se demanda s'il était vrai que pour en maintenir la douceur satinée, elle dormait avec des gants en peau de porc.

Où était le roi ? Ce devait être l'homme qui se tenait auprès de Philippe, derrière la reine mère. Toutes ces allées et venues de spectateurs lui bloquaient la vue. Mais ce devait être lui puisqu'il était vêtu de brun.

— Croyez-vous que le frère du roi se maquille ? chuchota Nicole, le menton calé sur l'épaule de Petite.

Celle-ci acquiesça. Philippe – plus connu sous le nom tout simple de « Monsieur » – était élégamment affublé d'une perruque enrubannée et d'une rhingrave[1].

---

1. Rhingrave : culotte dont les jambes sont très larges avec de nombreux plis. Ce vêtement est tellement vaste qu'il ressemble à une jupe ; la rhingrave est abondamment garnie de dentelle et de boucles de ruban.

— Il est poudré, enchaîna-t-elle, alors qu'il changeait de position pour s'adresser au duc.

Elle se demanda s'il utilisait de la poudre de nacre, onéreuse mais bien meilleure pour la peau d'après ce qu'elle avait entendu dire.

— Je n'imaginais pas la reine mère aussi vieille, déclara Nicole. Ni le roi aussi beau. Ses jambes! Oh, là, là!

C'était donc bien lui. À cet instant précis, il se pencha pour murmurer quelques mots à sa mère. Il posa une main gantée sur les siennes.

— Il a l'air si...

— Viril, soupira Nicole.

— Si noble, renchérit Petite, fascinée par la grâce de ses mouvements.

Puis il leva les yeux et fixa la scène. Elle retint un cri. C'était lui!

— Qu'y a-t-il? Vous tremblez!

Petite pressa une main sur son cœur. Son braconnier n'était nul autre que le roi.

La Grande Mademoiselle n'en croyait pas ses yeux. Le décor était somptueux. Les vagues (créées par deux hommes agitant des morceaux de tissu peint) étaient convaincantes, le bruit du tonnerre (des boulets de canon dévalant un escalier recouvert de tôle) si effrayant que les chiens en aboyaient de terreur. Elle avait apprécié le ballet des garçons cuisiniers, enlevé et charmant. Mais celui de ses demi-sœurs était une catastrophe. Elles ne savaient pas danser, tout simplement – même une simple branle[1]. Marguerite, qui devait être la

1. Branle: danse française où l'on se déplace principalement de façon latérale. Elle est exécutée en couple, sur une ligne ou en cercle.

vedette de ce numéro, était la plus gauche de toutes! Pourquoi son visage était-il couvert de blanc de plomb? Où était sa pèlerine? Elle ressemblait à une traînée. Quant à ses suivantes! L'une, dodue et effrontée; l'autre, trop mince et boiteuse, qui se mouvait comme dans un rêve... quelle mouche les avait piquées de monter une telle horreur?

Elle éprouva un vif soulagement quand la fin du spectacle fut proclamée et que l'on apporta les victuailles. Malheureusement, son répit fut de courte durée car le comportement de ses demi-sœurs à table la choqua au plus haut point. Marguerite s'essuya le nez avec la nappe avant d'engloutir cinq huîtres en claquant la langue. Les manières des deux plus jeunes étaient encore plus déplorables: elles se trémoussaient sur leur chaise, se curaient les dents et s'enfonçaient le doigt dans l'oreille tout en mangeant. Leur mère ne leur avait-elle donc rien appris?

Elle avait du mal à discerner ce qu'elle venait de ramasser avec son couteau et sa serviette était trouée. D'où sortaient tous ces domestiques? Ils avaient tous des tics et servaient la soupe avec les pouces dans le plat. Était-ce l'idée que son père se faisait d'un banquet royal? La Grande Mademoiselle aurait volontiers disparu dans un trou de souris.

Gaston, duc d'Orléans, contempla son assiette. Était-ce seulement du poisson dissimulé sous ces litres de sauce? On était vendredi, jour de jeûne, et le maître d'hôtel du roi avait insisté pour qu'il fasse venir directement de la mer des soles, des esturgeons, des turbots et même des limandes. Comme si le poisson de rivière n'était pas assez bon! Il y goûta avec prudence. La chair était caoutchouteuse. Peut-être était-ce de la seiche. Il n'en était pas sûr. L'éclairage était trop diffus.

Il aurait dû autoriser son régisseur à commander davantage de bougies.

Autrefois, ils avaient vécu dans la lumière. Aujourd'hui, tout avait changé : il devait faire des économies – tout ça à cause de son neveu le roi. Dès la minute où Louis était né, dès que l'on avait su que Gaston, duc d'Orléans, fils de Henri IV le Grand n'était plus l'héritier du trône, les ouvriers chargés de construire la nouvelle aile du château avaient jeté l'éponge. Ils savaient que les fonds seraient insuffisants pour leurs salaires.

Le silence autour des tables était assourdissant. On n'entendait que le bruit des invités poussant la nourriture dans leur assiette en étain. Peut-être, songea Gaston, peut-être avait-il eu tort de renvoyer les musiciens. Un fond musical, même mauvais, aurait contribué à alléger l'atmosphère. Tant pis pour la dépense. La reine mère, assise à sa droite, à la place d'honneur, semblait l'éviter soigneusement.

«Ma foi» se dit Gaston. Comment lui en vouloir ? Sans doute avait-il eu tort de mettre publiquement en doute la paternité du roi vingt ans auparavant mais la naissance de Louis engendrant sa propre destruction, ne pouvait-on comprendre qu'il ait commis une telle erreur de jugement ?

Après tout il n'avait cherché qu'à plaisanter, à amuser les quelques amis qui avaient daigné venir passer la soirée avec lui. Bien sûr, il avait ordonné à son caviste d'ouvrir la dernière barrique de trebbiano blanc d'Italie. Il ne se souvenait pas d'avoir prononcé des paroles offensantes ; pourtant, le lendemain matin, il était cité partout : «Je peux vous assurer que le dauphin est sorti du ventre de la reine, mais je ne peux pas vous assurer qui l'y a mis.»

N'était-ce pas une remarque pleine d'humour ? Dommage que la reine mère l'ait pris à cœur. En vérité, il avait toujours aimé l'épouse espagnole de son frère – en secret, forcément. Ils avaient vaguement flirté à une époque, mais sans plus. La beauté envoûtante de cette femme – sensuelle mais néanmoins vertueuse : un mélange irrésistible – avait été perdue auprès de son péquenaud efféminé de frère, qu'il repose en paix ! Non, décidément, la vie était injuste. Après ce commentaire, la reine mère, sa chère et tendre *señora* Anne, ne l'avait plus jamais gratifié de ses sourires. Même maintenant…

Gaston l'observa à la dérobée. Elle mâchait depuis un bon moment. Peut-être était-elle tombée sur un morceau de seiche. Il se demanda si elle avait des problèmes avec ses dents. Elle était toujours belle malgré sa corpulence et son apparence sévère. Elle avait été si mince et si… gaie !

— Votre Majesté, dit-il enfin, j'ai demandé à une troupe de comédiens professionnels de venir jouer une pièce demain soir.

— Je crains que nous ne soyons plus là.

Toutes les têtes se tournèrent vers elle. Même la duchesse, à l'autre extrémité de la table, s'était figée.

— Nous devons partir pour le Sud, annonça la reine mère en posant sa serviette sur son assiette.

— Mais… on nous avait dit que vous logeriez trois nuits à Chambord, balbutia Gaston. J'ai prévu des distractions pour vous l'après-midi et…

— Il y a eu un changement de programme, décréta-t-elle en se levant.

Gaston bondit sur ses pieds. Les chaises raclèrent le sol et les convives s'empressèrent de s'incliner tandis que la famille royale quittait la salle.

— Pas de dessert ? s'enquit la duchesse abasourdie.

— Je m'occupe de leurs carrosses, Votre Grâce, dit le maître de danse en se précipitant à la poursuite des invités.

※

— Quel gâchis! dit Nicole à Petite en empilant les gâteaux sur son assiette en étain.

En effet, il y avait de la nourriture en abondance. La table du sous-sol destinée aux serviteurs croulait sous les plats mais le poisson avait déjà tourné malgré la sauce épicée. Les sucreries, en revanche, étaient très tentantes : coupes de crème glacée, platées de biscuits au chocolat, vasques de compote de prunes grillées…

Nicole s'apprêtait à enchaîner quand elle fut interrompue par une parade de domestiques en route pour les cuisines, balançant des montagnes de vaisselle sale sur leurs plateaux.

— J'ai dit à la princesse Marguerite que rien n'était perdu. Elle pourrait s'enfuir pour Chambord, rejoindre l'entourage du roi en qualité de bonne puis, quand il essaiera de la déflorer, lui révéler sa véritable identité et exiger qu'il fasse d'elle une femme honnête.

— Vous devriez lire moins de romans, rétorqua Petite d'un ton indifférent.

Elle était trop excitée et confuse pour s'apitoyer sur le sort de la princesse. Une seule image la hantait, sa dernière vision du roi. Alors que le cortège royal s'ébranlait, elle était sortie avec Nicole. Le roi s'était retourné comme s'il partait à regret. Son regard, elle en était sûre, s'était posé sur elle. L'avait-il reconnue ? Se rappelait-il leur rencontre dans le pré ?

Chapitre 11

Après le départ du roi, le château sombra dans la morosité comme si l'on y avait jeté un sort. Même l'annonce du traité signé avec l'Espagne fut accueillie avec indifférence. Pour la première fois depuis plus de vingt ans, la paix allait enfin régner – un pacte qui serait scellé par le mariage de Louis avec l'infante d'Espagne.

La santé du duc s'était détériorée depuis le fiasco de la visite royale et, le 27 janvier, il fut saisi d'une forte fièvre. Deux médecins réputés furent dépêchés de Paris, mais au bout d'une semaine seulement, on fit venir les prêtres.

— Nous allons avoir besoin de robes de deuil, décréta la princesse Marguerite à ses suivantes. Une couturière viendra cet après-midi.

Le regard de Petite se voila de larmes : le duc était donc mourant ? À force de passer des heures et des heures dans sa bibliothèque, elle avait la sensation de le connaître personnellement bien qu'indirectement. À de nombreuses reprises elle était tombée sur ses annotations dans les marges : « Ha ! Ha ! » « Ridicule ! » « L'imbécile… »

— Je suis désolée. C'est…

Les mots « triste », « terrible », voire « affreux » semblaient trop communs pour un homme tel que le duc, fils d'Henri le Grand.

— ... tragique, acheva-t-elle avec ferveur en se remémorant la disparition de son propre père.

— Oui, acquiesça la princesse Marguerite. Quand il ne sera plus là, nous serons obligées de partir. Parce que nous ne sommes que des filles, ajouta-t-elle avec dédain.

En l'absence d'un héritier mâle, tous les biens du duc reviendraient à la couronne.

La chambre du duc sentait l'encens, les plumes d'oiseau et la bouillie de flocons d'avoine à la bière. Les volets étaient clos, les rideaux tirés. On avait allumé le feu et des bougies. Pour empêcher son âme de s'échapper, on avait disposé cinq pigeons morts, messagers du monde spirituel, au pied du lit, un meuble massif drapé d'une étoffe brodée usée à la corde.

Coincées entre une vitrine à bibelots et une malle, Petite et Nicole se tenaient derrière les trois princesses en périphérie de la pièce. L'abbé Patin s'approcha du malade.

— Votre Grâce, vos dévouées filles sont ici pour vous voir.

Il fit signe à Marguerite de s'avancer.

— Que dois-je lui dire? s'enquit-elle, paniquée.

— Que vous prierez pour lui, chuchota Petite, les larmes aux yeux.

Marguerite s'approcha de son père.

— Je prierai pour vous.

— Votre Grâce, donnez votre bénédiction à votre fille, enjoignit l'abbé Patin en se penchant sur lui. Répétez après moi: «Je te bénis.»

— Je te bénis, murmura Gaston, paupières closes.

Tête baissée, Marguerite fixa le parquet. Devinant qu'elle allait se mettre à pleurer, Petite lui tendit un mouchoir. Elle le pressa sur son visage.

Le jour de la Chandeleur, quand toutes les bougies en cire d'abeille du château eurent été transportées à la chapelle pour la bénédiction et qu'on eut enlevé toutes les branches de houx, de lierre et de gui, les princesses et les suivantes se réunirent dans la bibliothèque pour lire leur bréviaire. Peu après onze heures, le tocsin annonça le trépas du duc.

Les filles s'agenouillèrent et se signèrent, puis madame de Raré les entraîna dans la récitation d'une prière. « Seigneur Jésus, aie pitié de l'âme de ton serviteur... »

Petite compta en silence les coups solennels des cloches. « Un. Deux. Trois... » Elle perçut les mugissements étouffés des vaches que l'on ramenait des prés. Des effluves de pain fraîchement sorti du four emplissaient l'air. « Quatre. Cinq. Six... »

D'autres sons de cloches s'élevèrent, presque joyeux.

— L'âme de Sa Grâce s'élève jusqu'au ciel, déclara madame de Raré d'une voix incertaine. Réjouissons-nous.

— Quel vacarme ! s'exclama la cadette des princesses en se couvrant les oreilles.

On aurait dit que l'on tapait sur des fonds de casserole avec des objets métalliques.

Ce fut alors qu'elles entendirent les roues d'une charrette dans la cour.

— Pourquoi débarrasse-t-on les meubles ? s'inquiéta la princesse Marguerite qui s'était précipitée à la fenêtre.

— On nous vole, dit tout bas madame de Raré.

Madeleine éclata en sanglots.

— Ce sont les serviteurs, constata Petite en reconnaissant un porteur d'eau.

— Nous devons alerter les gardes.

Madame de Raré s'empara de sa canne.

— Les gardes aussi sont de la partie! s'écria Nicole tandis que quatre hommes costauds en uniforme chargeaient une immense glace dans son cadre de bronze doré.

— Vos Altesses?

Le beau-père de Petite avait surgi sur le seuil, l'air désemparé, la tenue débraillée.

— Votre père estimé…

— On nous vole, interrompit la gouvernante.

— Je comprends, soupira le marquis.

Personne n'y pouvait rien, expliqua-t-il. Tout avait été pillé dès l'ultime soupir du duc. On lui avait même arraché le drap qui le recouvrait.

— C'est votre mère qui vous demande, Vos Altesses, conclut-il en s'inclinant profondément.

Petite et Nicole se postèrent derrière les princesses tandis que celles-ci offraient leurs condoléances à la duchesse, allongée sur son lit en robe noire, un voile de crêpe bordé de dentelle sur la tête. Déjà, la pièce était tendue de tissus noirs, le miroir dissimulé. Deux dames de compagnie, en tenue de deuil elles aussi, s'occupaient devant le feu à confectionner des bracelets avec les cheveux du duc.

La demoiselle d'honneur de la duchesse s'était placée auprès de sa maîtresse pour lire une prière à voix haute: «Ô Seigneur tout-puissant, je vous en supplie, par le sang versé

CONFESSION

par votre divin fils Jésus-Christ, délivrez l'âme au purgatoire privée d'aide spirituelle. Amen ».

— Amen, répétèrent les princesses, têtes baissées.

— Amen, dirent Petite et Nicole.

— « Donnez-lui, Seigneur, le repos éternel et que brille sur lui la lumière de votre face. Qu'il repose en paix. Amen. »

— Amen, répondirent-elles toutes en chœur.

— Amen, renchérit l'abbé Patin en pénétrant dans la pièce, un document à la main.

— Où est mon duc ? glapit la duchesse.

L'abbé jeta vers les princesses un regard perdu.

— Avec le Seigneur tout-puissant, Votre Grâce.

— Dites-lui de revenir à la maison.

— Je le ferais si je le pouvais, Votre Grâce, répondit l'abbé Patin avec douceur. Malheureusement, je crains que Notre-Seigneur souhaite le garder auprès de lui.

— Amen, marmonna la duchesse.

— Pardonnez-moi, Votre Grâce, mais la loi exige que je vous lise les dernières volontés du duc.

La duchesse se laissa retomber sur ses oreillers et ferma les yeux.

D'un ton solennel, l'abbé Patin lut le testament du duc, informant son épouse qu'il laissait tous ses biens à la couronne : sa bibliothèque de textes anciens, ses collections de médailles et de pierres gravées, même ses vitrines remplies de bibelots. En revanche, il léguait ses bulbes de tulipe à la reine mère. Tout le reste serait donné aux œuvres charitables.

— Allez quérir mon avocat, ordonna la duchesse, comme si elle se réveillait tout à coup après un long, long sommeil.

171

— Nous partons pour Paris, déclara la princesse Marguerite
à Petite et à Nicole. Immédiatement. La duchesse affirme
que nous devons prendre possession du palais de mon père à
Paris avant que la Grande Mademoiselle ne mette la main
dessus. Elle possède une multitude de châteaux et nous
n'avons plus rien.

Petite posa le livre qu'elle était en train de lire (*Les
Métamorphoses* d'Ovide). S'installer à Paris? Cette ville était
dangereuse : les meurtriers y pullulaient !

— Alléluia ! s'exclama Nicole.

« D'un autre côté, le roi y est aussi, songea Petite, de
même que mon frère. »

— La duchesse aussi ?

N'était-ce pas manquer aux observances ? Une veuve
n'était-elle pas tenue de rester enfermée pendant quarante
jours dans le noir après le décès de son mari ?

— Elle quittera Blois après-demain avec le chef intendant et sa femme.

Petite était stupéfaite. Tout se passait si vite.

— Et le duc ?

Sa dépouille était exposée à l'église Saint-Sauveur. Son
cœur serait embaumé et offert au couvent jésuite dès cet
après-midi.

— Elle l'emmène avec elle… et nous la rejoindrons d'ici
une ou deux semaines.

La princesse Marguerite virevolta, révélant un jupon en
flanelle rouge, parfaitement interdit.

Les princesses partirent pour Orléans le 20 février. Ils
étaient quarante-sept : les princesses et suivantes (Petite,
Nicole et quatre autres), la gouvernante, les bonnes (Clorine

et six autres), une cuisinière et ses trois assistantes, les palefreniers, les écuyers et tous les gardes.

Placides en général, les eaux du fleuve étaient gonflées par les intempéries. Des équipages de bœufs halèrent les bateaux à contre-courant, face au vent. On pêcha des carpes que l'on grilla sur des feux de charbon et qu'il fallut déguster sur un pont balayé par la bise.

Appuyée contre la rambarde, Petite regarda défiler forêts et prés ondulants où gambadaient des chevaux. Parmi eux, elle en repéra un blanc, mais il avait des taches. Jamais elle ne s'était sentie aussi loin de chez elle.

D'Orléans, ils poursuivirent leur route vers le nord, en carrosse jusqu'au relais de chasse de Fontaine Belleau[1], où ils arrivèrent au bout de six jours. Il ne leur restait plus qu'une journée de voyage en barge pour atteindre Paris.

Ils entreprirent cette ultime étape avant le lever du soleil. Dans les bois lointains, les loups aboyaient. Peu à peu, le ciel s'éclaircit. Les filles jouèrent à la toupie (Petite gagna dix sous) pendant que la gouvernante leur lisait à voix haute *Le Livre des vices et des vertus*. Enfin, la rivière s'ouvrit sur une vaste plaine parsemée de moulins à vent et soudain, à l'horizon : Paris, ses flèches et ses tours s'élançant dans un brouillard de fumée.

---

1. Fontaine Belleau : ville de Fontainebleau en France, à l'origine connue sous différents noms : Fontaine Beleau, Fontaine Bello, Fontaine Belle Eau (ou toutes autres variations sur le thème « belle eau d'une fontaine »), Fontaine de Biaud (d'après le nom du premier propriétaire) et Fontaine Bleau (d'après « fontaine de Bleau », source découverte par un chien nommé Bleau).

TROISIÈME PARTIE

L'enchanteur

Chapitre 12

Le fleuve était de plus en plus encombré et brunâtre; l'air empestait les ordures. Les moulins à vent se dressaient, immobiles sous un ciel de plomb. Les barges chargées de céréales, de bêtes, de briques ou de bois semblaient avoir du mal à rester à flot. Madeleine saluait joyeusement le passage de chacune des péniches et agita même la main à l'intention d'une brochette de poulets accrochés par les pattes à un poteau.

Monastères et cloîtres cédèrent la place à une mosaïque de propriétés entourées de jardins, de vignobles et de prés où les animaux broutaient les mauvaises herbes. Des cochons erraient dans les ruelles en terre bordées de huttes. Une meute de chiens tournait autour de la charrette renversée d'un boulanger. Quatre enfants couraient pieds nus le long de la rive, à la poursuite d'un homme conduisant un cabriolet derrière lequel était attachée une vache maigrichonne. Sur les bateaux-lavoirs pressés contre les berges, le linge mis à sécher pendait des gréements comme des voiles.

Enfin, sur leur gauche, au-delà du chemin de halage, ils aperçurent de vastes jardins et deux énormes édifices, les palais du roi : les Tuileries et le Louvre, tous deux vides, car la cour était toujours dans le Sud. Ils passèrent sous une passerelle et s'immobilisèrent devant une tour.

Tandis que le bateau affleurait un quai grouillant de monde, le capitaine aboya des ordres à ses matelots. La gouvernante attrapa Madeleine par les rubans de son tablier pour l'empêcher de descendre.

— Ça sent le pot de chambre, gémit la princesse Marguerite en pressant un mouchoir sur son visage.

— Pourquoi nous arrêtons-nous ici ? demanda Nicole.

La ville était plus loin, en amont.

— Le palais d'Orléans[1] est de l'autre côté du fleuve, en pleine campagne, hors des murs d'enceinte de Paris, mademoiselle, expliqua le capitaine en jetant une amarre à un homme sur le débarcadère. Pour y accéder, on doit prendre un traversier.

Elles durent patienter. Il fallait vérifier leurs papiers, payer les taxes de transport et le propriétaire de la barge, donner des pourboires à la cuisinière et aux haleurs puis embarquer les malles à bord des traversiers. Enfin, ils furent prêts et les onze embarcations surchargées entreprirent de se faufiler périlleusement à travers la circulation fluviale. Les cloches d'une église sonnaient les vêpres quand ils atteignirent une imposante structure de pierre. La muraille était épaisse comme un cheval des narines jusqu'à la queue et si haute que Petite dut se tordre le cou pour en apercevoir le sommet. Un arbre jaillissait du milieu d'une tour.

Une fois de plus, il fallut attendre le temps que l'on décharge leurs affaires.

— Prêtes ? demanda le capitaine.

D'une main, il ouvrit la portière d'une voiture tout en chassant de l'autre les vendeurs et mendiants qui s'étaient agglutinés autour d'eux.

---

1. Palais d'Orléans : aujourd'hui palais du Luxembourg, siège du Sénat.

La princesse Marguerite fronça les sourcils devant le véhicule délabré.

— Pardonnez-moi, Votre Altesse, je sais que ce n'est pas un carrosse à six chevaux mais la nuit ne va pas tarder à tomber et il est plus prudent de se déplacer en toute discrétion.

Les autres étaient partis depuis longtemps.

Les trois princesses, Petite, Nicole et la gouvernante se serrèrent dans l'habitacle répugnant. Le capitaine prit place aux côtés du cocher, son épée dégainée. Clorine et les autres domestiques étaient perchés sur les malles empilées dans les trois charrettes qui suivaient.

Ils empruntèrent une route boueuse longeant l'extérieur des remparts ponctués de tourelles. Sur leur gauche s'étendaient des champs ; sur leur droite, la muraille. Ils passèrent devant la porte Saint-Victor, la porte Saint-Marcel, la porte Saint Jacques, une entrée particulièrement large où se bousculaient marchands, mendiants et hordes d'enfants en haillons.

— C'est ici que Jeanne d'Arc est entrée dans la ville, dit Petite. Enfin, je crois.

« Avec mon arrière-arrière-arrière-arrière-grand-père. » Elle se tordit le cou pour tenter d'apercevoir la ville intra-muros. Elle vit toutes sortes de charrettes, de chaises à porteurs et de fiacres entourés d'une foule de piétons : un ramoneur, deux femmes très maquillées aux chevilles dévoilées, un gueux à la jambe de bois. Elle était à l'affût des traînées, des bandes de détrousseurs et des bandits dont regorgeait Paris. Car ce n'était un secret pour personne : le diable y avait élu domicile. Elle se demanda si l'école de Jean était dans les parages.

Peu après la porte Saint-Michel, la voiture bifurqua dans un chemin cahoteux. Il fallut manœuvrer avec précaution lorsque deux charrettes pleines de barriques de vin surgirent en sens inverse. Le cocher dut s'arrêter pour laisser traverser un cochon. Plus loin sur la gauche, les prés et les bois étaient jonchés de groupes de bâtiments parmi lesquels de nombreux monastères, selon Petite, rassurée par l'aspect paisible de cet environnement.

— Là-haut c'est la foire de Saint-Germain ! lança le capitaine.

Les princesses Marguerite et Élisabeth se penchèrent par la fenêtre. L'immense marché couvert fourmillait de clients – des roturiers pour la plupart mais aussi quelques membres de l'élite affublés de plumes et de fourrures. Un mendiant en hauts-de-chausses de veloutine était agenouillé près de l'entrée, les flammes de deux chandelles vacillant devant lui. À ses côtés, un jeune garçon jouait du pipeau. Une odeur d'huîtres frites imprégnait l'air.

— J'ai faim, dit la princesse Élisabeth.

— Nous y sommes presque ! annonça le capitaine, tandis qu'un imposant palais apparaissait à l'horizon.

— Il n'y a pas de douves, constata la princesse Marguerite avec dépit.

L'édifice, symétrique et parfaitement proportionné, ceignait une cour carrée, sobre et dallée. Petite fut étonnée par l'élégance du bâtiment construit un demi-siècle plus tôt par Marie de Médicis. Petite s'était attendue à quelque chose d'infiniment plus sinistre de la part de cette autre reine cruelle d'origine italienne. Les vastes jardins bordés de bosquets de marronniers conféraient à l'ensemble une certaine austérité que Petite trouvait attrayante.

— Nous sommes au milieu de nulle part ! geignit Nicole, déçue.

« Pour monter à cheval, ce sera idéal », songea Petite.

Un laquais se précipita à leur rencontre, chassant une chèvre égarée pour leur ouvrir le portail en fer forgé surmonté d'une inscription en lettres dorées: PALAIS D'ORLÉANS.

— Il faut absolument que j'aille cueillir une rose, décréta la cadette, soudain saisie par un besoin naturel pressant.

L'entrée était aussi sombre que majestueuse. Les chandelles enfoncées dans les candélabres n'étaient pas allumées. Un majordome muni d'une torche les conduisit dans une gigantesque salle vide, la salle des gardes, à en juger par les lances appuyées contre un mur.

— L'intendant vous rejoint dans un instant, dit-il en allumant trois flambeaux avant de s'éclipser.

Petite et Nicole écartèrent leurs jupes pendant que la princesse Madeleine se soulageait dans la cheminée. On avait accroché des draperies noires un peu partout en hommage au défunt duc.

— Dépêchez-vous, voilà Saint-Rémy, souffla Petite à Madeleine en reconnaissant le pas traînant de son beau-père.

Le marquis et un page brandissant une chandelle apparurent.

— Je vous souhaite la bienvenue, Altesses. La duchesse a prié nuit et jour pour que vous arriviez sans encombre. En conséquence, elle s'est endormie mais elle vous recevra demain à l'heure habituelle. J'ai l'ordre de vous montrer vos appartements.

Il s'effaça pour céder le passage à un porteur ployant sous le poids d'une malle.

— Déposez-les dans la galerie, commanda-t-il.

Clorine surgit avec deux énormes havresacs en cuir.

Les princesses et leurs suivantes emboîtèrent le pas au marquis. Ils franchirent une succession de pièces imposantes, le claquement de leurs bottes résonnant sur les parquets comme une armée en marche. Le marquis poussa la porte d'une chambre au fond de laquelle une bonne s'affairait à attiser un feu avec un soufflet.

— C'est ici que dormira la princesse Marguerite, décréta-t-il.

Il prit le soufflet des mains de la servante et se mit à pomper, provoquant un jaillissement de cendres.

Marguerite fronça les sourcils, pivota lentement. Hormis le lit, il n'y avait pas le moindre meuble.

— C'est la plus grande chambre, assura-t-il en écrasant une braise.

Il était presque minuit quand les princesses furent enfin installées et qu'il put mener Petite à ses propres appartements. Clorine et deux valets les suivaient avec les havresacs et les malles. Ils s'enfoncèrent dans une longue galerie ornée de tableaux. Petite leva sa chandelle pour examiner un portrait de Marie de Médicis montant un magnifique cheval blanc à longue crinière ondoyante. La toile suivante représentait un démon à l'œil concupiscent prêt à bondir. Petite accéléra pour rattraper le marquis et Clorine, qui avaient entrepris l'ascension d'un escalier en colimaçon menant au sommet d'une tourelle.

— Votre chambre est là, indiqua-t-il en invitant d'un geste Clorine et les valets à franchir une porte sur leur gauche. Mais votre mère souhaite vous recevoir dans la nôtre, ajouta-t-il en poussant celle de droite.

La pièce sentait le renfermé et ne comportait qu'un lit à baldaquin, une table et deux chaises droites. Une bonne bougea sur sa paillasse. Le bois du lit craqua tandis que Françoise se levait pour accueillir sa fille.

— J'ai prié pour que ton voyage se déroule sans encombre, Louise, murmura-t-elle en repoussant une mèche de cheveux sous son bonnet de nuit. Jean aussi. Il viendra nous voir demain après la messe.

— Comment va-t-il?

Le frère de Petite venait d'avoir dix-huit ans; il n'en avait que neuf la dernière fois qu'elle l'avait vu – presque dix ans auparavant.

— Il est devenu un véritable aristocrate, affirma Françoise, dont les yeux brillaient à la lueur des bougies. Il s'entraîne régulièrement, pratique l'escrime, la danse, l'équitation. Un galant homme des pieds à la tête, entouré des meilleures relations. Viens, Louise, ta chambre est à côté. Elle est assez modeste, prévint-elle, une main sur la poignée, mais l'avantage, c'est que nous n'avons pas à payer de loyer.

L'espace réservé à Petite sous les combles était non seulement modeste mais minuscule. Il empestait la fumée, mais au moins il y faisait bon, contrairement aux appartements majestueux en dessous. Une chandelle diffusait sa lumière faible sur un ameublement spartiate: un lit aux rideaux de lin rapiécés, un banc, une paillasse pour la bonne, deux chaises en bois, une chaise percée et une malle. Une glace fêlée, un crucifix et une tapisserie rongée par les mites représentant la Cène agrémentaient les murs bleu pâle. Une fenêtre à volets donnait sur la rue à en juger par le grincement des roues et les claquements continuels des sabots sur les pavés.

Françoise redressa le miroir et souhaita une bonne nuit à sa fille.

— Ma bonne a enfumé la chambre pour en chasser les insectes, précisa-t-elle à l'intention de Clorine avant de fermer la porte.

Clorine sortit une robe de sa malle et la renifla.

— J'étalerai tous les vêtements au soleil demain, promit-elle avant de vérifier qu'elles étaient enfermées à double tour pour la nuit.

Petite extirpa de sa propre malle une boîte en bois et la posa sur la table branlante. À l'intérieur, enveloppé dans une mantille en dentelle fabriquée par sa tante Angélique, se trouvait le livre relié de cuir qu'elle avait volé – ou plutôt, sauvé, se rassura-t-elle –, dans la bibliothèque du duc juste avant le départ, *Ma vie* de sainte Thérèse.

Petite se réveilla au chant du coq et au passage des chevaux sur les pavés. Elle écarta les pans du rideau de son lit.

Couchée sur le dos, Clorine fixait le plafond.

— Nous sommes à Paris et n'avons pas encore été assassinées, déclara-t-elle tout à coup en se levant.

— Nous ne sommes pas exactement dans Paris, argua Petite.

Elle était heureuse d'être à la campagne. Elle se demanda où étaient les écuries et s'il y avait de bons chevaux. Ses escapades avec l'abbé Patin lui manqueraient : il avait dû rester à Blois.

Petite et Clorine rejoignirent le marquis, Françoise et leur bonne grassouillette aux joues criblées de boutons pour les prières matinales. Dès que les cloches se mirent à sonner, Françoise et Petite descendirent assister à la messe.

— Ô Père céleste, murmura Françoise, dans la vaste chapelle marbrée du palais. Je vous confie mes enfants. Donnez-leur la force de surmonter les corruptions de ce monde et délivrez-les des griffes de l'ennemi. Amen.

— Amen, chuchota Petite.

— Le voilà ! s'exclama Françoise avec fierté, lorsqu'elles émergèrent dans les jardins.

Un jeune homme se tenait adossé contre une colonne, une main gantée sur la garde de son épée. Il portait un pourpoint en velours vert et des hauts-de-chausses moulants. La profusion de nœuds, de bouclettes et de rosettes enjolivant sa tenue lui donnait l'allure d'un jeune homme de bonne naissance.

«Est-ce vraiment Jean?» se demanda Petite. Il était beau: il avait hérité des joues rebondies de sa mère, de sa bouche pulpeuse, de ses boucles.

Jean sourit et donna un coup de son chapeau luxueusement empanaché.

— Madame, murmura-t-il en baisant d'un geste élégant la main de sa mère, est-il possible que cette ravissante jeune fille soit ma sœur?

Il cala son chapeau sous son bras gauche.

Petite lui fit une timide révérence. Elle avait l'impression de rencontrer un étranger et pourtant il n'avait pas tant changé que cela: elle reconnaissait ses fossettes, la mèche qui tombait sur son front, son air taquin.

— Je vais avoir du mal à refouler les admirateurs.

Il effleura le manche de son épée et lui adressa un clin d'œil.

Oui, c'était bien son frère, un frère devenu adulte mais qui, à en juger par son regard pétillant, avait conservé une âme d'enfant.

— Tu es peut-être un homme de qualité, mon fils, mais tu es tout débraillé.

Françoise s'avança d'un pas pour rajuster son jabot.

Jean eut un mouvement de recul (un jeté[1] impeccable, remarqua Petite, impressionnée).

— Ce bout de chiffon provient de chez Perdrigeon, le meilleur drapier de Paris, déclara-t-il en le remettant lui-même d'aplomb.

---

1. Jeté: pas de danse.

Il se remit en position : tête haute, épaules en arrière, la jambe droite légèrement devant la gauche, les pieds en dehors.

— J'espère qu'il ne t'a pas coûté trop cher.

Un sourire aux lèvres, Françoise essuya un banc de pierre avec son manchon et s'y assit.

— Je l'ai gagné en jouant aux cartes avec Michel Le Tellier, fils du conseiller d'État.

— Il est vrai que tu fréquentes les princes.

Jean haussa nonchalamment les épaules.

— Michel me raconte tout. Il a grandi avec le roi, il le connaît bien.

« Le roi », pensa Petite : son braconnier. Leur rencontre lui semblait irréelle comme une fable d'un autre temps.

— D'ailleurs, la dernière fois que j'ai vu Michel, il m'a annoncé que le roi allait épouser sa cousine l'infante d'Espagne.

— Ah ! murmura Françoise en accrochant le regard de Petite. C'est donc officiel.

— Ce sera annoncé bientôt. Le roi a confié à Michel que cette union ne le réjouissait guère, mais cela fait partie du traité d'Espagne, alors… C'est le prix à payer pour la paix, je suppose.

Il remit son chapeau, l'inclina juste comme il fallait.

— Mademoiselle Petite, je dois me rendre au collège cet après-midi pour ma leçon d'escrime mais d'ici là j'ai tout le temps. Que diriez-vous d'une visite de la ville ?

— Tu prendras soin d'elle, mon fils ?

Jean prit une pose d'escrimeur paré pour l'attaque et fit mine de se battre. Françoise et Petite s'esclaffèrent.

— Vous auriez dû voir les combats durant les festivals précédant le carême.

Jean et Petite raccompagnèrent leur mère jusqu'au palais puis partirent à l'aventure. Il avait beau être son frère, le tenir par le bras la mettait mal à l'aise.

— Ça ne vous ennuie pas de marcher ?

Il baissa les yeux vers sa jambe gauche.

— Je parie que je me fatiguerai moins vite que vous.

Ils gagnèrent la porte Saint-Michel, où un officiel à grande moustache examina leurs papiers.

— Faites-vous partie du palais d'Orléans ? demanda-t-il à Petite.

— Elle est avec moi, répliqua Jean en montrant son certificat d'étudiant.

À l'intérieur des murs, ils furent assaillis par un tumulte de sons : claquements des fouets des cochers, sonnerie des cloches, aboiements des chiens, hurlements des marchands – celui-ci vendait des herbes fraîches, celui-là des figues, un autre des oranges du Portugal, ou encore des chiffons à poussière, du poisson. Une jeune fille perchée sur un tabouret trayait une chèvre, les jets blancs résonnant dans son seau en métal. Jean s'empressa de chasser les nuées d'enfants qui les entouraient.

Une large avenue s'étirait devant eux, fourmillante de passants, de chiens et de chevaux tirant des véhicules de toutes sortes. Jean serra la main de Petite.

— N'ayez pas peur.

— Je n'ai pas peur, mentit-elle.

Car les mendiants surgissaient de partout – sûrement des coupe-gorge, de même que des femmes d'un certain genre... bien que la plupart d'entre elles fussent des filles, pas encore des femmes, mais de simples filles au regard suppliant et aux jupons souillés. Un aveugle tenant un gobelet en cuivre chantait au coin d'une rue, récoltant au vol les pièces de monnaie que lui jetaient les fidèles en chemin pour les sermons du carême. Les rues étaient sales. À tous les carrefours, des porteurs proposaient leurs services. Deux cochons vagabondaient en toute liberté, flairant les montagnes de détritus auprès des étals.

Ils se dirigèrent vers le sud. Jean vanta son habileté à manier l'épée, raconta une aventure récente au cours de laquelle le claquement d'un pistolet avait poussé sa monture à sauter une barrière et s'échapper au grand galop ; il évoqua un cheval qu'il rêvait d'acheter, un superbe étalon brun au front large et à la queue longue et fine ; il décrivit les chasses aux sangliers auxquelles il avait participé avec des princes dans la forêt de Saint-Germain-en-Laye.

— À propos de sangliers, poursuivit-il, tandis qu'ils croisaient une vieille femme ployant sous le poids d'un poteau d'où se balançaient deux seaux d'eau. Je n'oublierai jamais votre retour sur le blanc, étendue sur son dos comme un sac de grains.

— Je me rappelle seulement lui avoir grimpé dessus, avoua Petite.

Elle n'effacerait jamais de sa mémoire la douleur fulgurante dans sa jambe, sa terreur face au regard luisant du sanglier, la certitude à cet instant qu'elle allait mourir.

— Après cela, je ne me souviens plus de rien.

— Nous avons cru que vous étiez morte, murmura Jean en lui tapotant affectueusement la main. C'est curieux la manière dont ce cheval s'est volatilisé.

— Je l'ai longtemps cherché, avoua-t-elle en enjambant un ruisseau d'eaux d'égout à l'odeur nauséabonde.

« Et maintenant ? » se demanda-t-elle. Avait-elle abandonné ?

Ils traversèrent la cour paisible et bordée d'arbres d'un couvent pour rejoindre une autre rue. Au bout d'un moment, ils pénétrèrent dans un tunnel qui les mena jusqu'à une rue pavée flanquée d'échoppes et de maisons en bois et en crépi. L'une des boutiques proposait de somptueuses soieries, l'autre, une boucherie, était «Fermée pour cause de carême». Trois petits garçons accroupis devant la porte jouaient à la toupie. Petite sentait le fleuve mais ne le voyait pas.

Au détour d'un virage, ils découvrirent une vaste place et soudain, la Seine fut là : un large ruban d'eau grise encombrée de péniches, de barges et de voiliers.

— Vous avez toujours eu un don avec les chevaux, dit Jean en jetant un caillou sur une mouette et en la ratant. Vous montez toujours ?

— J'exerçais les chevaux du duc d'Orléans.

— Honte à vous ! Vraiment ? Vous auriez dû naître garçon, soupira-t-il en allant s'accouder sur la balustrade... Mère veut que je vous déniche un mari. Elle prétend que le temps est venu pour vous de vous installer. Je pense qu'elle s'attendait à davantage d'aide de la part du marquis.

Il se gratta le bout du nez.

— Quel simplet ! Il n'est même pas capable de mettre son dentier correctement. L'autre jour, il l'avait mis à l'envers.

— Je n'ai pas de dot, Jean.

Petite frémit. Était-elle destinée à devenir une de ces affreuses vieilles filles qui portaient un filet sur leurs cheveux ? Elle rêvait d'être aimée par un homme bon, un peu comme le braconnier. Malheureusement, ce n'était qu'un fantasme. Elle avait vu la manière dont certains maris maltraitaient leur femme, poussant le vice jusqu'à les battre. Vieillir toute seule était affreux mais n'était-ce pas mieux que de passer sa vie d'épouse confinée dans une maison à faire tourner un rouet et rapiécer des vêtements ? Elle n'osait pas exprimer ses doutes à voix haute : une bonne chrétienne devait se soumettre sans se plaindre.

— Vous êtes jolie, bien qu'un peu trop mince.

Jean plaça un doigt sous son menton, l'examina attentivement.

— Nous allons vous engraisser un peu. Les hommes aiment en avoir plein les mains.

Petite s'empourpra.

— Mais il faudra mettre un terme à vos frasques. Saint Paul dit qu'une fille ne doit jamais se comporter en garçon manqué.

— Depuis quand êtes-vous attentif à la messe ? s'exclama-t-elle, chagrinée.

Elle n'avait pas prévu que son frère prendrait à ce point au sérieux son rôle de chef de famille.

— Depuis que les prêtres abordent les sujets importants : les femmes, par exemple. Et depuis que j'ai des examens à passer, confessa-t-il avec une grimace. Je pourrais reprendre le poste de lieutenant de notre père à Amboise mais le salaire ne s'élève qu'à six cents livres par an, à peine de quoi s'acheter une bonne épée. J'espère en obtenir un plus intéressant ici même, à Paris.

Des cloches se mirent à sonner au loin.

— Notre-Dame ! s'exclama Petite.

En effet, ils se trouvaient devant la cathédrale. La place grouillait de charrettes, de carrosses, de chevaux, de mules et de chiens. Deux hommes se promenaient avec un faucon sur l'épaule. Une dame très bien habillée transportait un caniche dans son panier, sa traîne tenue par deux laquais en livrée de velours rose. Une autre femme tenait en laisse un singe et portait un masque noir pour protéger sa peau du soleil. Petite eut la sensation d'assister à un bal masqué. À Paris, les festivals précédant le carême semblaient ne jamais finir.

Trois portails massifs se dressaient devant eux, celui du milieu représentant le Jugement dernier, les bons s'éloignant vers la gauche, les pêcheurs vers la droite... et l'enfer.

— Tout à l'heure, dit Jean en la guidant jusqu'à une entrée latérale.

L'un derrière l'autre, ils gravirent un escalier de plus en plus étroit au fur et à mesure de leur ascension. Quatre cent vingt-deux marches plus tard (Petite les compta), ils parvinrent au sommet, le souffle court.

Jean étira les bras.

— Voyez!

La ville s'étalait à leurs pieds. Les flèches des églises scintillaient à la lumière du soleil.

Par-dessus les épaules des chimères, Petite contempla les maisons serrées les unes contre les autres, les véhicules et les bateaux, les passants qui s'affairaient comme des fourmis. Au loin se dressait une colline, et tout autour de la cité, on distinguait le tracé de la grande muraille. Elle se signa et saisit le bras de son frère. Observer le monde depuis une telle hauteur lui semblait monstrueux, contre nature.

Chapitre 13

Comme l'avait prédit Jean et comme le craignait la princesse Marguerite, la nouvelle fut bientôt proclamée : le roi allait épouser sa cousine, la fille aînée du roi d'Espagne. La paix si longtemps attendue entre la France et l'Espagne serait scellée dans le lit de noces. Feux d'artifice et feux de joie accueillirent cette annonce.

La princesse Marguerite éclata en sanglots.

— Il est obligé de se marier avec elle, murmura Nicole dans l'espoir de la réconforter. Cela fait partie du traité de paix.

Mais la princesse était inconsolable. Elle arracha ses rubans, poussa des hurlements, refusa de manger quoi que ce soit, hormis des pieds de veau.

Dans la chaleur étouffante du mois d'août, les visiteurs abondaient. Paris frémissait d'activité, chacun se préparant à accueillir le roi et la nouvelle reine. Il avait quitté la ville depuis plus d'un an. À cinq carrefours, on avait érigé des arcs de triomphe ornés de feuillages, de bannières et de tapisseries. En l'absence de la cour, les commerçants avaient souffert, tout comme les artisans, modistes, forgerons et fauconniers, ainsi que les artistes, acteurs et chanteurs.

Quand la cour s'en allait, la ville était morte; dès que la cour revenait, elle reprenait vie.

Le 25 août, la Grande Mademoiselle et les deux princesses cadettes partirent pour Vincennes afin de participer à la procession d'entrée du roi et de la reine, le lendemain. La princesse Marguerite n'y prendrait pas part, bien sûr, mais elle avait au moins consenti à y assister.

Le matin du grand jour, la cour du palais d'Orléans était encombrée de véhicules drapés de noir. Le cortège progressa lentement le long des remparts jusqu'à la porte de Bussy. La traversée du Pont-Neuf dura presque une heure. Une fois parvenus sur l'autre rive, ils longèrent les berges jusqu'à la place de Grève. Aucune exécution n'était prévue mais une foule compacte s'y pressait. Déjà, le vin jaillissait des fontaines et les passants titubaient. Bannières, tapisseries et pots de fleurs embellissaient toutes les fenêtres.

— C'est cruel de devoir porter le deuil aujourd'hui, se plaignit la princesse Marguerite en triturant le filet de perles noires couvrant ses cheveux. Je ne pardonnerai jamais à mon père de nous avoir laissées.

Leur carrosse bifurqua dans une ruelle. Un valet de pied ordonna aux passants de s'écarter.

— C'est une princesse! glapit-il.

Les badauds applaudirent.

Ils pénétrèrent dans la petite cour de l'hôtel de Beauvais.

— C'est la sœur de mon père, Henriette-Marie, reine d'Angleterre, dit Marguerite en pointant le doigt vers une femme qui s'apprêtait à pénétrer à l'intérieur, entourée de son escorte.

«La reine malheureuse», songea Petite. Entièrement vêtue de noir, elle pleurait encore la disparition de son mari, le roi Charles Ier, décapité par son peuple quelques années auparavant. Sa tête était tombée dès le premier coup de hache – peut-être était-ce une consolation ? Comme le fait que son fils Charles II avait récupéré la couronne de son père et que justice avait été faite.

— Et là, en cape pourpre, c'est ma cousine Henriette, ajouta Marguerite en indiquant une jeune fille mince et élancée aux cheveux roux.

Petite s'efforça de rester discrète mais une telle chevelure, preuve que ses parents l'avaient conçue pendant les menstruations de la mère, la laissait pantoise. Imaginer la reine d'Angleterre dans cette situation la faisait rougir.

La princesse Henriette jeta un coup d'œil derrière elle. Reconnaissant Marguerite, elle joua de son éventail et sourit. Ses dents étaient très blanches.

— Quel âge a-t-elle ? voulut savoir Petite.

— Seize ans comme moi, mais pas de poitrine, répliqua la princesse Marguerite.

« Comme moi », se dit Petite avec un élan de sympathie envers Henriette.

— Elle paraît plus jeune, commenta Nicole, alors que la suite royale s'engouffrait à l'intérieur du bâtiment.

— Elle doit épouser Philippe, le frère du roi, ajouta Marguerite avec une pointe d'amertume.

Une fois de plus, elle était passée à la trappe.

Un valet de pied ouvrit la portière du carrosse.

— Flûte ! jura Marguerite en évitant de justesse un crottin de cheval… de pan, acheva-t-elle précipitamment en relevant ses jupes.

— Votre Altesse ?

Elles suivirent un majordome enrubanné de rouge jusqu'à un large escalier circulaire menant à une niche sur la rue Saint-Antoine.

— Pas de balcon ? s'insurgea la princesse.

Toutefois, en apprenant que la reine mère était installée dans l'alcôve juste à sa droite, elle se calma. Les curieux affluaient. Des enfants en guenilles se ruaient pour ramasser les pièces, friandises et saucisses jetées sur les pavés.

— N'est-ce pas votre frère? demanda Nicole à Petite en désignant un groupe de jeunes hommes perchés sur un toit.

L'un d'entre eux agitait sa casquette rouge: celle des étudiants du Collège de Navarre.

— Mais oui, c'est Jean! s'exclama Petite en lui rendant son salut.

Bientôt, il aurait terminé ses études et retournerait à Amboise. Il n'avait pas obtenu des notes suffisamment bonnes pour que lui soit octroyé un poste à Paris.

— Alléluia! s'écria Nicole au son du canon.

Le cœur battant la chamade, Petite guettait le roi.

Mules et chevaux caparaçonnés défilèrent, suivis par les officiels de la maison royale, les soldats, les Cent Suisses et les maréchaux de France.

— Ça pourrait durer des jours et des jours, grommela Nicole.

— Voici « Sa Vierjesté », railla la princesse, faisant allusion à sa demi-sœur, la Grande Mademoiselle, coiffée d'un chapeau masculin… Avec les pestes, conclut-elle en découvrant ses deux sœurs, dont la cadette saluait les passants comme si c'était elle, la reine.

Enfin, le carrosse étincelant apparut.

— La jeune mariée comblée, ironisa Marguerite.

La nouvelle reine de France était à bord d'un char de style romain tiré par six chevaux danois. Elle arborait une robe noire incrustée de fils d'or et de perles. Elle chatoyait sous le chaud soleil d'août.

— Grâce à Dieu, ils ont réussi à la débarrasser de son tontillo[1], constata Marguerite.

Des cris fusèrent:

— Vive la reine!

La reine Marie-Thérèse sourit tandis que les spectateurs lui jetaient des pétales de roses, de tournesol, de jasmin et d'œillets.

— Elle est minuscule! s'étonna Petite.

En effet, elle avait l'air d'une enfant dans son char ornemental décoré de cupidons.

— Ah! Enfin! soupira Nicole en pointant son éventail.

Le roi. Petite l'acclama avec les autres. «Comme il est beau!» songea-t-elle. Une broche en diamant servait à fixer un bouquet de plumes d'autruche blanches sur son chapeau. Son cheval caparaçonné d'un brocart d'argent était un élégant bai espagnol. Même son harnais était incrusté de joyaux.

— Mon cœur s'emballe, murmura Nicole.

— Il s'est fait pousser la moustache, constata Petite avec un sourire.

Elle appréciait qu'il refuse toute forme de maquillage ou de perruque.

Il fit halte devant elles pour s'incliner devant sa mère.

— Vive le roi!

Il détacha une rose qui s'était accrochée à son col de dentelle et la porta à son nez. Puis il caressa l'encolure de son cheval et repartit.

«Il sait s'y prendre avec les chevaux», se dit Petite en se rappelant l'habileté avec laquelle il avait calmé l'étalon affolé à Chambord. Son braconnier: son secret.

---

1. Tontillo: vertugadin formé de cercles métalliques utilisé en Espagne jusqu'à la fin du XVIIe siècle.

❊

Plusieurs jours après, la princesse Marguerite revint, au comble de l'agitation, de son entretien quotidien de vingt minutes avec sa mère.

— On vient de m'informer là-haut (elle leva les yeux au plafond) que je vais me marier.

Elle jeta son manchon en fourrure dans les mains de Petite et s'attela à la tâche fastidieuse du défaire les six boutons des gants de cuir.

— C'est merveilleux !

Petite vida le manchon des papiers à bonbon et des babioles qu'il contenait et le présenta à l'habilleuse.

— Avec le duc de Lorraine ? s'enquit Nicole, prenant le relais pour son deuxième gant.

Le duc et son neveu Charles étaient en visite et selon certaines rumeurs, l'oncle aurait eu des vues… sur elle.

— Non. Cosme de Médicis.

— Le troisième ?

Nicole haussa un sourcil en direction de Petite. Cosme de Médicis était l'héritier du grand-duc de Toscane.

— Vous serez donc grande-duchesse, murmura-t-elle avec fascination. C'est presque aussi bien que d'être reine.

— Je serai obligée de vivre à Florence.

— Ce sera une aventure extraordinaire ! l'encouragea Petite.

Peut-être y accompagnerait-elle sa maîtresse ? Elle en profiterait pour apprendre l'italien, lire Dante.

— Les Florentins ont des habitudes déplorables. Ils ne se baignent jamais.

— Nous non plus, riposta Nicole.

— De surcroît, ils mentent et ils volent.

Nicole plissa le front.

— Pas nous?

— Je veux mourir!

La princesse Marguerite cacha son visage dans son mouchoir brodé d'or.

— Pouvez-vous refuser? interrogea Petite.

Elle la soupçonnait d'avoir un faible pour le jeune prince Charles, si souvent en leur compagnie depuis quelque temps.

— Refuser d'être grande-duchesse? Vous êtes fêlée! s'exclama Nicole.

La princesse Marguerite fondit en larmes.

— Je n'ai pas mon mot à dire dans cette affaire. Le roi souhaite souder des liens entre la Toscane et la France. Je ne suis pas plus libre qu'un galérien.

Petite et Nicole firent de leur mieux pour la tranquilliser. Avec des paroles rassurantes, elles la libérèrent de sa pèlerine, de sa robe et de ses jupons, puis l'aidèrent à enfiler une robe d'intérieur doublée de soie. Après l'avoir installée sur une montagne de coussins, Nicole lui massa les pieds pendant que Petite lisait à haute voix *La Cité des dames*. Enfin, les joues maculées de larmes, la princesse Marguerite s'endormit.

La nuit était tombée. À la lueur d'une bougie enfoncée dans un candélabre en argent, Petite emprunta la galerie pour gagner sa chambre sous les combles. Elle était perturbée. Marguerite avait beau être princesse, petite-fille d'Henri IV le Grand, elle n'avait pas plus de liberté qu'une autre.

Petite marqua une pause, comme à son habitude, devant le portrait de Marie de Médicis sur le cheval blanc, dont la crinière tombait jusque sous le ventre. Lorsqu'elle reprit son chemin, elle passa rapidement devant le tableau du diable prêt à bondir.

La bonne de sa mère était en train de la préparer pour le coucher. Le marquis, assis contre ses oreillers, avait déjà sombré dans un profond sommeil, sa bouche édentée grande ouverte.

— Ah, te voilà enfin ! chuchota Françoise.

Elle accompagna Petite jusque dans sa chambre et s'assit sur une chaise, un papier serré dans sa main.

— La princesse avait besoin de moi, expliqua Petite. Elle est malheureuse.

Le bois du siège craqua.

— Pourquoi ? C'est une alliance prestigieuse. Bien que...

Petite attendit la suite, intriguée. Dans la pénombre, son visage paraissait sévère.

— Nous avons un problème, reprit-elle. Après le mariage de la princesse, la duchesse a prévu de faire des économies.

Petite n'était pas sûre de comprendre : la duchesse passait son temps à faire des économies.

— Elle a l'intention de réduire le personnel, Louise. Dieu merci, le marquis conservera son poste, mais toutes les suivantes de la princesse Marguerite devront partir.

— Elle me proposera peut-être d'aller à Florence avec elle ?

« Moi et Nicole », pensa-t-elle.

— C'est impossible. Une fois l'union prononcée, elle devra se contenter de domestiques florentins sélectionnés par son mari.

— À qui parlera-t-elle ? Marguerite n'a aucun don pour les langues : elle ne lit même pas le latin. Comment ses bonnes sauront-elles qu'elle ne se couche jamais sans sa patte de lapin sous le traversin, qu'en cas d'orage, elles doivent allumer trois bougies pour empêcher le mal alors que les esprits se font la guerre ?

— Il en est ainsi.

Dehors, un veilleur aboya :

— Il est vingt-deux heures. Dormez en paix.

— Je comprends, marmonna Petite avec résignation.

— Où iras-tu ? Tu ne peux pas rester ici et...

Françoise poussa un profond soupir.

—... nous devons absolument te trouver un mari.

Éternel problème. Pour sa mère, l'impossibilité de se marier était un drame. Curieusement, la perspective de finir vieille fille ne tracassait pas Petite outre mesure.

— Je pourrais entrer au couvent.

— Il te faudrait une dot encore plus importante ! protesta Françoise en roulant des yeux. Non. Nous devons persévérer. J'ai eu la bonne fortune, récemment, de rencontrer une marieuse dont les tarifs sont raisonnables. Elle a un client, un veuf d'un certain âge, qui pourrait faire l'affaire.

Françoise déplia sa feuille.

— Il est dans le commerce. Le nom des La Vallière pourrait l'intéresser.

Stupéfaite, Petite approcha le document de la flamme.

— Ce n'est pas idéal mais... avons-nous le choix ? Il n'est plus tout jeune, il ne vivra pas longtemps.

Françoise se leva.

— Crois-moi, ce serait une consolation, acheva-t-elle en pressant sa joue sèche, poudrée, sur celle de sa fille.

Petite ferma la porte derrière elle. Un sentiment de désespoir l'avait submergée. Brusquement, elle s'empara du candélabre et quitta la pièce. Elle descendit l'escalier en colimaçon. Les couloirs étaient menaçants dans le noir. La nouvelle lune ne laissait pénétrer aucune lumière à travers les lucarnes. Elle pensa au diable, à ses yeux luisants. Le prince des ténèbres. Petite n'osait pas siffler car c'était ainsi qu'on l'appelait. Elle émit une sorte de grognement pour éloigner les rongeurs. «Ô rats et autres créatures rampantes, au nom du ciel allez-vous en d'ici. Amen.»

Ce fut avec soulagement qu'elle atteignit enfin le dortoir de Nicole. Elle frappa.

— C'est Louise… pour Nicole.

Elle entendit un cliquetis de verrous et la porte s'entrouvrit.

— Mon Dieu, j'ai prié pour que vous veniez et vous voici!

Le visage de Nicole était couvert d'un masque de boue et ses cheveux, enroulés dans des papillotes.

L'étroite chambre comprenait six lits gigognes. L'une des jeunes filles se faisait coiffer par une bonne, deux d'entre elles étaient enfoncées sous leur couette, deux autres encore jouaient aux cartes à la lueur d'une lanterne. Une servante préparait sa paillasse par terre près de la cheminée. Le moment était mal choisi pour les visites.

— Par ici.

Nicole l'entraîna dans un réduit sous les combles. Petite posa son candélabre. Un filet de cire fondue macula le sol.

— Nous allons être renvoyées.

Nicole haussa les épaules.

— J'ai décidé de m'en aller de toute façon, répliqua-t-elle en s'asseyant sur une malle.

— Que voulez-vous dire?

— Je vais raconter à la duchesse que mon père et ma mère sont mourants et que je dois rentrer à la maison immédiatement.

— Vos deux parents sont à l'agonie?

— C'est un bon prétexte, non? Si je ne m'échappe pas maintenant, je serai condamnée à épouser le duc de Lorraine, j'en suis sûre.

Petite grimaça. Ce vieillard dégoûtant avait la manie de peloter toutes les servantes à sa portée.

— Ma mère croit m'avoir trouvé un mari.

— Excellente nouvelle.

— Mais il est commerçant et il est...

Nicole gloussa.

— Un marchand ?

Ce n'était pas tant son métier qui gênait Petite mais le fait qu'il était pratiquement illettré – à en juger par la lettre que lui avait montrée Françoise.

— Il a soixante-seize ans, annonça-t-elle avec une pointe d'aversion.

— Le duc pourrait peut-être vous épouser ? Il est désespéré et il a au moins l'avantage d'appartenir à la noblesse.

— Plutôt mourir !

Nicole disparut dès le lendemain, laissant à Petite le soin de s'occuper de la princesse éplorée.

— J'ai une faveur à te demander, lui chuchota Marguerite après la messe, en l'attirant à l'écart.

— Je suis toujours à votre service, Votre Altesse, répondit Petite, surprise par sa déférence.

— Il faut que j'aie une conversation avec le prince Charles ce soir. En privé.

Ses lèvres brillaient sous le baume qu'elles avaient concocté, à base de blanc d'œuf, de lard et de pied de mouton. Elle haussa les sourcils.

— Le prince viendra à dix-neuf heures. Avant cela, j'aimerais que tu sortes par la fenêtre. Tu pourras descendre en t'accrochant à un arbre.

— En pleine nuit ?

✺

Petite s'adossa contre le mur et contempla les bois, les jardins riches de senteurs. La lune auréolait la campagne d'une lumière blanchâtre, sinistre. Tout était silencieux, sauf l'occasionnel hululement d'une chouette. Petite adorait cette tranquillité, cette sensation d'être seule au monde, cette occasion de réfléchir.

Bientôt, la princesse serait mariée par procuration et expédiée à Florence où elle ferait la connaissance de son mari. Il l'enlacerait et ensuite elle aurait des bébés. Petite pensa à Nicole, qui avait menti pour fuir la convoitise d'un vieillard lubrique. Elle pensa à son propre dilemme, à son avenir. Elles étaient prises au piège. Elles n'avaient pas le choix. Petite se rappela un renard qu'elle avait vu lorsqu'elle était enfant; prisonnier d'un piège, il n'avait pas hésité à dévorer sa patte pour pouvoir se libérer.

Pour se distraire, elle se mit à réciter des conjugaisons latines: *nolo*, je ne veux pas; *nolebam*, je ne voulais pas; *nolam*, je ne voudrai pas.

Nolo, nolebam, nolam.
Nolo, nolebam…

Elle sursauta en percevant un bruit de pas sur les pavés, aperçut la silhouette d'un veilleur de nuit balançant sa lanterne. Elle s'accroupit en retenant son souffle. Elle l'entendit arroser les buissons. Puis son cœur s'arrêta de battre: un chien errait le long du chemin. Il s'arrêta, leva la tête, renifla l'air. Et se mit à gronder.

— Qu'est-ce que c'est, Bruno?

Petite s'avança.

— Moi.

Dans une seconde, le chien serait sur elle.

— Mademoiselle de La Vallière.

— La fille du régisseur en chef?

Le garde saisit le col du mastiff.

— Son Altesse a été dérangée par un bruit en provenance des buissons sous sa fenêtre, répondit Petite en haussant le ton pour mettre en garde la princesse.

Marguerite apparut à la fenêtre, échevelée.

— Vous pouvez dormir en paix, Votre Altesse! lança Petite.

Petite était dans les communs, en train de déguster un plat de pigeon et d'échine de veau élevé sous la mère, avec deux des suivantes de la duchesse quand Clorine surgit, le visage écarlate.

— Le marquis de Saint-Rémy et votre mère veulent vous voir immédiatement dans leurs appartements.

Petite se mit debout et s'excusa.

— Sais-tu pourquoi? demanda-t-elle à Clorine tandis qu'elles couraient le long de la galerie.

— Je crois que c'est au sujet d'une lettre qu'ils viennent de recevoir. Elle portait le sceau royal.

Petite marqua une pause sur le premier palier. Avait-on découvert le pot aux roses? Il y avait eu du sang sur le jupon de la princesse bien que ce ne fut pas sa période du mois.

— Entrez! ordonna sa mère d'une voix lasse.

Le marquis était dans son fauteuil en cuir craquelé devant le feu.

— Vous pouvez prendre un tabouret.

Il fit signe à son épouse de le rejoindre et à la bonne de sortir. Petite s'installa auprès de sa mère. Le marquis rajusta son dentier.

— Il s'agit du veuf d'âge mûr.

Françoise se pencha en avant.

— La marieuse nous a enfin contactés.

La réaction initiale de Petite fut le soulagement. On n'avait pas deviné sa complicité avec le péché de la princesse. Très vite cependant, le désespoir prit le dessus.

— Le candidat dont nous avons discuté au préalable...

Le marquis extirpa sa prothèse de sa bouche, l'examina d'un air perplexe.

Petite patienta avec effroi. *Nolo, nolebam, nolam.*

Il remit ses fausses dents en place et creusa ses joues en inspirant pour les positionner.

— Il regrette de ne pas souhaiter poursuivre les négociations.

Petite observa sa mère à la dérobée. Que cela signifiait-il ?

— Le veuf a... a décliné votre offre ?

Le marquis et Françoise opinèrent à l'unisson.

« Le ciel soit loué ! » pensa Petite, qui s'efforça d'afficher une expression de désarroi.

Le marquis se racla la gorge.

— La marieuse nous encourage à persévérer. Elle est convaincue que le veuf reviendrait sur sa décision s'il vous voyait en chair et en os. Toutefois, la Providence nous offre une autre possibilité nettement plus avantageuse.

— Ah ?

— Oui, intervint Françoise. Il semble que tu aies mérité une place de...

— Fille d'admiration de l'imminente Madame.

— Fille d'honneur, rectifia Françoise. D'ailleurs, elle n'est pas encore « Madame ».

— Madame qui ? demanda Petite, incrédule.

Fille d'honneur, c'était mieux que suivante.

— La princesse anglaise qui doit épouser le frère du roi, répondit le marquis.

— Henriette ?

Elle avait sûrement mal compris. Henriette, la ravissante rousse, fille de la reine d'Angleterre ?

— Oui, confirma Françoise.

— Vous en êtes certains ?

C'était inimaginable ! On ne confiait ces fonctions qu'aux jeunes filles de la noblesse. Son père n'avait été que chevalier, un statut très inférieur.

— Tu devras vivre à la cour, reprit Françoise, elle-même un peu éberluée. Ils passent l'été à Fontaine Belleau.

Fontaine Belleau. Petite se souvenait d'avoir logé une nuit dans le relais de chasse, un an auparavant. Ils étaient arrivés à la nuit et repartis avant le lever du soleil. Elle avait dû dormir sur une paillasse à même le sol dans une vaste pièce sans meubles et qui sentait la cire brûlée.

— Le débours s'élève à cent livres par an seulement, précisa le marquis.

— Mais si tu es maligne, lui conseilla Françoise, tu mettras ton argent de côté pour une dot qui te permettra d'envisager un mariage convenable.

— N'es-tu pas folle de joie ? s'exclama la princesse Marguerite, le lendemain matin.

— Vous êtes donc au courant ?

Petite ramassa une assiette en argent où gisaient les restes d'une tarte à l'artichaut. À vrai dire, elle frémissait d'excitation. Elle n'avait pas fermé l'œil de la nuit, s'émerveillant de sa chance et imaginant son avenir. Elle allait vivre à la cour, avec le roi.

— Qui dois-tu remercier, à ton avis ?

Petite posa l'assiette et saisit les mains de la princesse.

— Votre Altesse, je vous dois ma vie.

Elle s'inclina profondément, envisagea un instant de lui embrasser les pieds mais se ravisa. Marguerite était encore en bas.

— Allons ! Allons ! dit la princesse en lui tapotant le crâne avec son éventail. Je t'ordonne de te lever. C'est ta numération.

— Ma rémunération ? rectifia Petite.

— Pour m'avoir aidée avec mon adorateur. Je veux aussi t'offrir ceci, ajouta-t-elle en lui tendant un mouchoir brodé d'or. Il est béni de mes larmes.

— Je ne mérite pas tant de bonté, Votre Altesse… Comment vous rendrai-je la pareille ? protesta Petite en contemplant le bout de tissu froissé.

La princesse agita son éventail.

— En repassant par la fenêtre, ce soir.

Marguerite fut mariée par procuration avec Cosme de Médicis le 19 avril. La cérémonie, triste et solennelle, eut lieu dans la chapelle du palais du Louvre.

Petite fit une révérence devant la future grande-duchesse de Toscane. Ce soir-là, des servantes florentines la prépareraient pour le coucher.

— Je dois vous laisser, Votre Altesse, murmura Petite, la gorge nouée.

Le carrosse royal viendrait la chercher le lendemain matin pour l'emmener à Fontaine Belleau.

— Méfie-toi des plaisirs de la cour ! prévint Marguerite d'un ton tragique, les yeux rougis.

Petite lui baisa les mains.

— J'ai quelque chose pour vous, Votre Altesse.

Elle lui présenta une minuscule fiole.

— C'est pour votre nuit de noces.

Marguerite l'examina à la lumière.

— Du fard à joues? s'enquit-elle, car le contenu était rouge.

Les joues brûlantes, Petite lui expliqua que c'était du sang de cochon à verser sur le drap de son lit de noces.

— Pour vous épargner le courroux de votre époux, Votre Altesse.

Elle étreignit la princesse en ravalant ses larmes.

«Petite Reine» pensa Petite.

Le lendemain matin, Petite arpentait sa chambre minuscule. Ses bottines neuves, dont une semelle était compensée, lui pinçaient les pieds mais elle s'en fichait. Sa malle était prête. Clorine était au sous-sol en train de faire ses adieux à ses amis. Elle la préviendrait dès que le carrosse arriverait.

Françoise entra et Petite lui fit la révérence.

— Nous devons parler.

Petite lui offrit une chaise.

— Non, assieds-toi là, je me mets sur le lit. La marieuse pense que le fait d'être à la cour augmentera tes chances de trouver un mari mais elle m'a avertie que tu devais faire très attention à ta réputation. L'apparence d'un péché est aussi dommageable que le péché en soi. Ne reste jamais seule en compagnie d'un homme. Cela réduirait ta valeur sur le marché du mariage.

— Oui, mère.

Petite dissimula son impatience. Elle était pressée de découvrir le grand monde, et pressée d'échapper à ces sermons.

— Si un homme cherche à s'imposer – à t'embrasser, par exemple –, tu dois te détourner de toutes tes forces et le gifler. C'est la réaction d'une femme vertueuse.

— Je sais, mère.

— Tu auras dix-sept ans cet été. Tu dois te marier au plus vite. Après dix-huit ans...

Françoise leva les bras dans un geste de dépit.

— Essaie au moins d'être agréable. Évite de révéler aux hommes que tu sais lire. Mange autant que tu le pourras : tu es beaucoup trop mince. Si tu dois monter à cheval, choisis un palefroi. Tu auras peu d'argent mais tout ce que tu pourras mettre de côté pour ta dot sera utile. Le marquis et moi faisons des économies de notre côté ainsi que ton frère.

— Merci, murmura Petite.

Ses sentiments étaient confus. Le moment de la séparation approchait. Cette perspective la remplissait à la fois d'appréhension et de joie.

Clorine surgit sur le seuil, les cheveux en bouclettes.

— Le carrosse royal est là.

Elle avait appliqué du rouge sur ses lèvres et s'était taché la langue. Son sourire était hideux.

Petite et sa mère se levèrent.

— Je ne descends pas, déclara Françoise en remontant ses jupes pour se saisir d'un chapelet.

Elle le mit dans la main de Petite. Les billes de bois étaient usées par endroits.

— Le rosaire de papa ?

Celui-là même que sainte Thérèse d'Avila avait touché.

— Que Dieu soit avec toi, mon enfant, dit Françoise, avec une tendresse inattendue.

— Et avec vous, mère, répliqua Petite, les yeux piquants.

Chapitre 14

— Mademoiselle de La Vallière ?

Un laquais en livrée mal assortie ouvrit la portière d'une berline délabrée incrustée de clous dorés. Petite posa sa main gantée sur la sienne et grimpa. Sa bottine gauche à semelle compensée la faisait souffrir et elle se sentait mal à l'aise dans la lourde robe en brocart jaune que lui avait donnée la princesse Marguerite.

Une élégante jeune femme s'était approprié la meilleure place, le siège du milieu face au sens de la marche du véhicule.

— Bonjour, dit-elle.

Ses yeux étaient aussi bleus que les reflets iridescents de sa toilette, une exquise création bordée de dentelle en gros point de Venise.

— Ma foi, vous pourriez être ma sœur ! s'exclama-t-elle avec un sourire.

Elle avait un accent du Sud-Ouest, mais cultivé.

Petite baissa la tête, perplexe. Certes, toutes deux étaient blondes et bouclées, leurs yeux bleus, mais la ressemblance s'arrêtait là. Âgée de quelques années de plus qu'elle – Petite lui donnait dix-neuf ou vingt ans –, elle semblait très sûre d'elle.

— Comment allez-vous ? bredouilla Petite.

— Je suis la marquise de Rochechouart.

D'un claquement sec, elle ouvrit son éventail peint. Ses gants en dentelle étaient brodés de fils d'or.

— Mais je préfère que l'on m'appelle Athénaïs.

La voiture démarra avec une secousse. Petite jeta un coup d'œil derrière elle et aperçut la silhouette de sa mère à la fenêtre.

— Comme la déesse de la Virginité, précisa Athénaïs en tripotant la croix sertie de perles accrochée à son corset.

Elle avait un teint délicat, couleur d'albâtre. Petite se sentit tout à coup bien rustique.

— Mademoiselle de La Vallière, se présenta-t-elle à son tour, en trébuchant sur les syllabes. On me surnomme Petite... bien que je ne le sois pas, ajouta-t-elle maladroitement.

Peut-être emploierait-on désormais son véritable prénom. Peut-être serait-elle enfin Louise.

— Quant à moi, je n'ai rien d'une déesse, avoua Athénaïs avec un rire qui sonnait comme une musique.

— Vous avez une position à la cour ?

— Je vais être l'une des demoiselles d'honneur de Madame.

Petite avait encore du mal à y croire.

— Ah, Henriette ! s'exclama Athénaïs en haussant les sourcils. Nul doute que vous la trouverez amusante.

— Êtes-vous à son service également ?

Ce serait réconfortant pour elle de connaître quelqu'un.

— Hélas, non ! Je sers la reine. Depuis bientôt six mois.

— Alors, vous devez le voir souvent, murmura Petite en rougissant comme une novice. Le roi, j'entends.

Elle aspira une grande bouffée d'air et se redressa en croisant les mains sur ses genoux.

— Notre enchanteur ?

Les dents d'Athénaïs étaient petites, droites et très blanches.

L'enchanteur ? Oui !

— Certainement ! Toutefois vous le verrez probablement plus que moi car il fréquente davantage les appartements de Madame Henriette que ceux de son épouse.

Petite crut deviner le sous-entendu mais ne voulut pas y croire.

La voiture s'arrêta à deux reprises pour prendre deux autres jeunes filles – des nouvelles comme Petite – avant de se diriger vers le sud pour quitter la ville. Petite était ravie de se trouver près de la fenêtre encrassée. Tout ce qu'elle voyait l'intriguait : les pèlerins à pied, les mules surchargées de sacs, un homme sans chaussures menant un âne, une vieille femme dans la litière d'un cheval. À un moment, elle aperçut quatre roulottes et se remémora la troupe de romanichels de son enfance.

L'habitacle s'assombrit lorsqu'ils pénétrèrent dans la forêt. Un labyrinthe d'allées se faufilait à travers les bosquets de chênes, de hêtres et de peupliers. Le cocher ordonna aux valets de dégainer leur épée.

— Peut-être aurons-nous enfin droit à un peu d'animation ! lança Athénaïs, d'un ton enjoué, mais en plaquant une main sur sa croix.

La forêt de Fontaine Belleau était infestée de brigands.

L'une des jeunes filles sortit un chapelet et se mit à prier, mais au bout de la première dizaine, une odeur abominable les enveloppa et elle dut s'arrêter pour se boucher le nez. Trois corps d'hommes étaient suspendus aux branches d'un chêne.

Athénaïs se mit à tousser.

— Ce n'est pas trop tôt! s'exclama-t-elle. Le roi poursuit ces vauriens depuis des mois.

Petite ferma les yeux pendant quelques minutes.

Peu à peu, le terrain devint plus plat. Ils traversèrent un village silencieux, longeant une allée flanquée d'arbres et passèrent sous une arche de lierre menant à la cour extérieure du château.

Petite contempla le vaste quadrilatère ponctué de hauts pavillons, les longues façades percées d'une multitude de fenêtres. Le manque d'uniformité, les mauvaises herbes jaillissant entre les pavés, le décor à la fois grandiose et effrité dégageaient une impression de mélancolie et de négligence. Une autre reine Médicis – cruelle elle aussi –, avait vécu dans ce palais et c'était là que, quatre ans auparavant, la reine Christine de Suède avait ordonné que l'on poignarde un de ses laquais – son *amoroso*[1], d'après Nicole – sous ses propres yeux. On racontait que son fantôme hantait les lieux, de même que ceux de Diane de Poitiers et de Marie Stuart, reine d'Écosse. L'histoire du château était longue, tragique et terriblement romantique.

Le son d'un violon et d'une femme chantant une aria leur parvinrent.

— Bienvenue au paradis, jolies demoiselles, déclara Athénaïs tandis que le véhicule s'immobilisait brutalement. Et que demoiselles vous restiez, ajouta-t-elle avec un sourire ironique en rajustant sa capuche.

— Où le roi dort-il? gloussa la voisine rondelette de Petite.

— On ne voit pas la chambre de Sa Majesté d'ici. Elle est face à l'est et donne sur les jardins. Mais son cabinet

---

1. *Amoroso*: amant, galant.

est là, ajouta-t-elle en désignant une succession de fenêtres.

Fascinées, elles se tordirent le cou pour les voir.

Un cheval caparaçonné de bleu et d'or franchit le portail au petit trot, s'arrêta à la hauteur de leur carrosse et se cabra. Son cavalier agita un chapeau empanaché.

— Lauzun! s'écria Athénaïs, cessez de faire le malin. Vous ne nous impressionnez pas du tout.

Mais son sourire racontait une tout autre histoire.

Il sauta à terre et jeta les rênes à un page qui accourait.

— Il monte bien pour un garçon, dit Petite.

— Croyez-moi, il n'a rien d'un garçon.

Une femme masquée aux cheveux gris, un mouchoir à la main, apparut en haut du perron. Elle les observa en fronçant les sourcils.

— C'est madame la duchesse de Navailles venue vous accueillir – la surveillante des novices, précisa Athénaïs en resserrant son châle en cachemire tandis qu'un valet entrouvrait la portière du véhicule. Nous l'avons surnommée madame la Geôlière, confia-t-elle tout bas à Petite avant de l'embrasser sur la joue et de descendre. Je vous vois ce soir?

— Oh, oui! murmura Petite d'un ton chaleureux, à la fois fière et heureuse de s'être déjà fait une amie.

— Je vous souhaite la bienvenue.

La duchesse de Navailles ôta son masque de velours noir.

— Je suis votre surveillante.

Elle examina de haut en bas les trois nouvelles arrivées, alignées devant elle dans la cour : la première, replète au visage criblé d'acné ; la deuxième, mince, aux boucles filasses ; la troisième, une brune trapue sans grâce. Combien de temps tiendraient-elles à la cour avant qu'un parent paniqué ne les rappelle à la maison ou que l'une d'entre elles ne soit forcée de « disparaître » mystérieusement pendant six mois ?

À trente-cinq ans, la duchesse de Navailles avait déjà les cheveux gris, en grande partie à cause de l'immensité de sa charge. En tant que surveillante des demoiselles d'honneur, son rôle consistait à protéger la chasteté de trente-deux jeunes filles, onze au service de la reine mère, douze à celui de la toute nouvelle reine et neuf à celui d'Henriette, la nouvelle épouse du frère du roi. La tâche n'était pas aisée. La plupart d'entre elles sortaient à peine du cocon familial ou du couvent où elles avaient fait leurs études, et les brises tièdes mêlées aux parfums exotiques de ces messieurs de la cour avaient un effet grisant.

Pour ne rien arranger, Madame Henriette, une rousse flamboyante, n'avait elle-même que seize ans et un caractère aussi fantasque qu'imprévisible. Son mari cachait mal sa jalousie, non pas parce que sa délicieuse femme souriait volontiers aux hommes qui la dévoraient des yeux, mais parce que lesdits hommes refusaient de s'intéresser à lui.

Quant au roi, d'une beauté et d'une virilité exception-nelles, il semblait perpétuellement en quête d'aventures. À peine une année s'était écoulée depuis son mariage et déjà, il semblait lassé de sa dévouée conjointe espagnole.

« On ne peut pourtant rien lui reprocher », songea la duchesse de Navailles avec une pointe de perfidie. Enceinte depuis peu, la reine était condamnée à s'abstenir de la copulation royale bihebdomadaire. Mais il n'y avait pas que cela. Si encore elle acceptait d'apprendre quelques mots de français ! De consommer un peu moins d'ail et de renoncer à consacrer tout son temps à la prière. Si seulement elle était moins boulotte et – oui, il fallait bien l'admettre – moins gourde!

Enfin! Il en allait ainsi des couples royaux. Nul doute que bientôt, le roi poursuivrait de ses assauts une ravissante et jeune créature, et tout irait pour le mieux dans le meilleur des mondes – à condition que ce ne soit pas une de ces filles, encore moins sa belle-sœur.

— Suivez-moi.

Elle les mena par une entrée située à droite du portail intérieur jusqu'à un escalier en spirale donnant sur une galerie voûtée au bout de laquelle étaient alignées des tables sur tréteaux et des bancs. Le sol dallé était gluant, les mouches pullulaient, l'air empestait l'oignon et le ragoût de mouton.

Un laquais se rua vers la duchesse avec une chaise. Elle s'assit et ouvrit son éventail.

— Mesdemoiselles, vous êtes dans la salle commune. C'est ici que vous prendrez vos repas et, plus important, que vous recevrez votre formation qui sera continue tant que vous resterez à la cour.

Elle leur coula un regard noir. Il fallait du temps pour leur apprendre à se toiletter, à maîtriser la tenue d'un éventail tout en marchant, à faire la révérence. Avec une exigence quasi militaire, elle leur enseignerait les bases: le salut au passage, les courbettes (solennelle, légère et de reconnaissance), la petite et la grande révérence[1] ainsi que

---

1. On distingue la petite révérence (le pied droit venant se placer à l'arrière du pied gauche, tandis que les genoux sont légèrement fléchis et que les bras restent ballants le long du corps) de la grande révérence (au cours de laquelle la jeune fille ou la dame lève les mains et les bras pour esquisser un geste ample en forme de cœur avant de relever les pans de sa robe lorsque, accentuant le fléchissement des genoux, le pied droit toujours placé derrière le pied gauche, elle va jusqu'à s'accroupir).

toutes les génuflexions de cérémonie. Leur dévotion et leur soumission devaient se manifester jusqu'au bout des leurs doigts !

— Vos appartements sont juste au-dessus. Vous vous lèverez au point du jour.

Les serviteurs arrivant avec leurs malles, elle haussa le ton.

— Dès votre réveil, votre servante vous dira « Jésus » et vous répondrez « *Deo gratias* ». Vous descendrez de votre lit aussitôt pour vous agenouiller et réciter votre prière.

Toutes trois opinèrent.

— Vous devrez porter une chemise propre chaque jour.

Elle leur parlerait des règles élémentaires d'hygiène au cours de la semaine. L'immersion était malsaine mais cela n'empêchait pas de laver certaines parties de son corps, à l'exception du visage, bien sûr, car se nettoyer la figure provoquait des rides, on en avait la preuve.

La duchesse se tapota le cou avec son précieux mouchoir en batiste et le scruta d'un air grave. L'été promettait d'être chaud. Comment s'y prendrait-elle pour leur faire appliquer la règle des volets clos ?

— Une fenêtre ouverte la nuit compte pour une transgression. Trois transgressions et vous serez renvoyées.

Un murmure accueillit cette déclaration.

Tant mieux. Au moins, elles étaient attentives.

— Vous devrez entretenir vos chambres et en chasser les puces. On vous fournira des feuilles d'aulne à éparpiller par terre. Si cela ne suffit pas, une bougie enfoncée dans une tranche de pain tartinée de glu résoudra le problème du jour au lendemain.

Elle leur épargnerait son exposé sur les rats. Ce serait pour plus tard.

— Vous aurez du chocolat chaud et des petits pains à votre disposition chaque matin à six heures. L'emploi du temps de la journée sera affiché sur la porte.

Elle leur en montra un exemplaire.

— Seule invariable : vous devrez assister à la messe chaque matin à dix heures en même temps que le roi.

— Bonté divine !

La brune plaqua une main sur sa bouche, mortifiée.

La duchesse poussa un soupir. Cette petite ne tiendrait pas un mois. Autant entreprendre dès maintenant de lui trouver une remplaçante.

— On a monté vos malles. Vous pouvez aller vous rafraîchir. Les commodités sont à chaque extrémité du couloir et dans la cour. Vous me rejoindrez ici à dix-huit heures afin que je vous présente à vos cours respectives. Un divertissement est prévu dehors, aussi pensez à vous munir d'un châle.

Un page conduisit Petite jusqu'à une chambre mansardée située plein est. Clorine s'affairait déjà à vérifier la bonne marche des verrous.

— Savez-vous en face de qui vous étiez assise, dans le carrosse ?

Elle tira sur une sangle en cuir pour ouvrir une malle. La pente abrupte du mur l'obligea à se baisser.

— Mademoiselle la marquise Je-ne-sais-plus-quoi.

Petite contempla le plafond, y découvrit une toile d'araignée dans un coin. Le fait d'être tout près des cabinets avait ses avantages mais aussi ses inconvénients, notamment les mauvais relents.

— Elle se fait appeler Athénaïs. Comme la déesse.

Elle esquissa un sourire. Athénaïs la considérait comme sa sœur.

— Ne serait-ce pas par hasard la marquise de Rochechouart?

— Si!

Petite palpa couvertures, traversin et oreiller afin de s'assurer qu'ils étaient bien secs. Elle jeta un coup d'œil sous le lit, à l'affût de créatures rampantes.

— Vous a-t-elle signalé qu'elle était une Mortemart du Poitou?

— Vraiment?

Petite se redressa, sidérée. Son père lui avait parlé des Mortemart, une famille de la vieille noblesse qui tenait d'importantes positions au sein de la cour depuis des générations. Quand un Mortemart venait à Amboise, son père lui réservait toujours un accueil royal.

— On ne peut pas rêver meilleure naissance, marmonna Clorine en secouant une robe en brocart bleu marine ayant appartenu à la princesse Marguerite. C'est un rang plus élevé que celui de roi, d'après certains.

— Pas étonnant qu'elle soit si jolie!

La petite fenêtre s'ouvrait sur une douve aux eaux troubles. Au-delà, Petite aperçut des parterres, des jardins envahis de mauvaises herbes et une grotte sombre couverte de mousse. Plusieurs garçons d'écurie étaient assis à l'ombre d'un bosquet. L'un d'entre eux tenait les rênes d'un triste cheval gris à la crinière épaisse et broussailleuse. Les écuries étaient-elles loin? Non, à en juger par les odeurs. Athénaïs aimait-elle monter?

À dix-huit heures, Petite et ses deux acolytes se présentèrent dans la salle commune, comme on le leur avait demandé. La duchesse de Navailles entra, suivie d'un valet et de deux pages, l'un chargé de soutenir sa traîne, l'autre de l'éventer avec des plumes d'autruche.

— Êtes-vous prêtes, mesdemoiselles ? leur demanda-t-elle après leur avoir montré brièvement comment se fondre en une révérence pleine de résignation déférente.

Elle ordonna au valet de conduire la plus ronde des trois aux appartements de la reine et la brune à ceux de la reine mère.

Restait Petite.

— Je vous emmène moi-même chez Madame Henriette, annonça-t-elle en s'attardant sur sa toilette. Cette robe n'est pas à votre taille.

— Elle m'a été donnée.

Le lourd tissu n'était guère propice pour la saison, mais c'était sa seule tenue convenable pour le soir, avec ses manches bouffantes piquées de rosettes assorties à celles qui garnissaient l'encolure. Elle mourait de chaleur.

La duchesse rajusta les boucles de la jeune fille.

— Le corset n'est pas assez en pointe. Madame Henriette insiste pour que ses filles d'honneur soient «à la mode», comme l'on dit de nos jours. Elle a un grand sens créatif et un tempérament impétueux que la maternité devrait bientôt modérer. Vous devrez vous plier à ses demandes tout en exerçant sur elle une influence apaisante. Si la reine mère, dans son immense sagesse, a approuvé votre nomination, c'est parce que vous avez la réputation d'être une personne vertueuse.

Petite était surprise qu'on lui attribue une réputation, quelle qu'elle soit.

La duchesse eut un sourire antipathique.

— N'oubliez jamais, mon enfant, qu'à la cour tout ce que vous ferez et direz sera observé et enregistré... ici, conclut-elle en se tapotant la tempe.

— Oui, madame la duchesse, répondit Petite tout en songeant : « Madame la Geôlière. »

Petite suivit la surveillante le long d'une sombre galerie débouchant sur une autre cour. Elles la traversèrent pour gagner un large escalier qui émergeait dans une antichambre richement décorée de tapisseries et de tableaux.

— Nous sommes attendues, décréta la duchesse aux deux gardes, qui s'empressèrent d'ouvrir les portes.

Elles pénétrèrent dans une vaste pièce au décor opulent. Les moindres surfaces croulaient sous les bibelots, tous les murs étaient ornés de sombres œuvres païennes : Vénus allongée, nue ; le viol d'Europa. L'air sentait l'eau de Hongrie[1] à base de romarin. Des laquais en livrée rouge se tenaient telles des sentinelles dans les ombres.

Au centre, le dos tourné, se tenait la princesse. Ses cheveux roux étaient rassemblés en un chignon au bas de la nuque, garni de rubans verts assortis à sa robe.

Elle s'adressa à un quatuor de musiciens qui la contemplaient depuis la mezzanine.

— Connaissez-vous une pavane d'Aisne ?

Ils ramassèrent leurs instruments : deux violons, un théorbe et une viole.

— Un peu plus vite ! ordonna-t-elle en battant la mesure avec sa main. Là !

Elle exécuta une glissade[2] gracieuse vers la gauche, une autre vers la droite.

---

1. Eau de Hongrie : vin parfumé aux fleurs de romarin.
2. Glissade : pas de danse.

— Comme ça, Mimi ? roucoula-t-elle à l'intention du petit épagneul qu'elle tenait comme un bébé dans son bras…

— Ah ! s'exclama-t-elle en se rendant compte qu'elle avait de la visite.

— Votre Altesse, murmura la duchesse de Navailles en s'inclinant.

— Votre Altesse, répéta en écho Petite en s'efforçant d'exécuter la révérence qu'on venait de lui enseigner.

— Je vous amène une nouvelle fille d'honneur. Mademoiselle Louise Françoise La Baume Le Blanc de La Vallière, ajouta-t-elle en un seul souffle.

Petite baissa les yeux. Elle comprenait bien que la duchesse avait cité tous ses noms de famille dans l'espoir de compenser son pedigree pitoyable qui ne remontait qu'à quelques centaines d'années, pas même jusqu'aux croisades.

Les musiciens achevèrent la dernière mesure de leur air. Sans prendre de pause, ils le reprirent depuis le début. La princesse fredonna la mélodie. Une frange de boucles rousses tombait sur son front, lui donnant un air un peu perdu, attendrissant.

— Pardonnez-moi. J'aime passionnément cette composition et les musiciens du roi sont les meilleurs au monde. De La Vallière, dites-vous ? Où est-ce ?

— Près de Reugny, Votre Altesse, répliqua la duchesse. Une ville dans le Sud, à proximité d'Amboise. Le père de mademoiselle de La Vallière y était gouverneur du château.

— La Vallière est donc un duché ?

La princesse recommença à battre la mesure sous le regard fort intéressé du chien.

— Non, madame.

Henriette déposa l'animal sur un coussin garni de glands et lui caressa la tête.

— Un marquisat ? insista-t-elle en se relevant.

— Pas encore, bredouilla nerveusement madame de Navailles en consultant ses papiers. La requête a été formulée, l'affaire est en cours. L'un des ancêtres de mademoiselle de La Vallière a accompagné Jeanne d'Arc.

— Et l'un des miens l'a condamnée à mort, riposta la princesse avec un petit rire, en triturant les boucles qui cascadaient sur ses épaules.

— Votre Altesse, reprit la duchesse, d'une voix tremblante qui trahissait son malaise... La princesse Marguerite d'Orléans, future grande-duchesse de Toscane, a fortement recommandé mademoiselle de La Vallière qui l'a servie pendant...

Elle jeta un coup d'œil sur son document.

— ... plus de six ans.

— Ma cousine Marguerite ?

Henriette posa le doigt sur une pièce de tissu en forme de cœur collée à son menton, le regard espiègle.

— Elle est plutôt excentrique, non ?

— C'est une princesse pleine d'entrain, Votre Altesse.

Henriette rit aux éclats.

— D'aucuns me décrivent ainsi. Nous allons peut-être nous entendre. Approchez-vous.

Petite s'exécuta en soulevant délicatement ses jupes.

— Je remarque que vous boitez légèrement.

Ce commentaire affligea Petite. Elle avait délaissé ses bottines à semelles compensées pour des souliers du soir.

— Conséquence d'une chute de cheval, Votre Altesse, s'interposa la duchesse.

— Mais vous montez, mademoiselle ?

— Oh, oui, Votre Altesse.

— J'ai cru comprendre qu'elle était habile cavalière, dit la duchesse.

— Tant mieux, parce que le roi insiste pour que nous l'accompagnions en promenade, riposta Henriette avec une grimace.

La duchesse enchaîna :

— Mademoiselle de La Vallière est habile aux travaux d'aiguille. Elle a une voix de soprano irréprochable, elle lit parfaitement le français bien sûr, mais aussi le latin et... le grec ?

— Un peu seulement. C'est une langue que j'étudie en ce moment.

— Quoi ? Vous ne connaissez ni l'espagnol ni l'italien ?

Feignant d'être horrifiée, Henriette posa les mains sur ses hanches.

— Savez-vous danser, mademoiselle de La Vallière ?

— J'adore danser, avoua Petite.

— Montrez-nous.

Henriette fit signe à deux jeunes femmes (ses autres demoiselles d'honneur, sans doute) de regarder avec elle. La première portait une perruque poudrée, la seconde était coiffée de bouclettes enrubannées.

— Une gigue, ordonna la princesse aux musiciens. Un seul mouvement.

C'était une des danses préférées de Petite. Se concentrant de toutes ses forces pour minimiser son handicap, elle exécuta quatre pas de bourrée[1], suivis d'un contretemps de gavotte et, pour terminer, d'un coupé.

— Très joli, approuva Henriette. Qu'en pensez-vous ? demanda-t-elle aux inconnues avant de les présenter : Yeyette et Claude-Marie.

Toutes deux opinèrent.

---

1. Pas de bourrée : pas de danse latéral où le changement de pied se fait devant ou derrière l'autre pied.

— Le roi m'a confié la tâche d'organiser les divertisse-ments de la cour cet été, aussi ai-je besoin de filles sachant bien danser. À ce propos, madame de Navailles, ne devais-je pas disposer d'une demoiselle d'honneur de plus ?

La duchesse fut interrompue par l'irruption de deux pages et d'un majordome annonçant la visite de Monsieur, le frère du roi. Tout le monde fit la révérence. Petite l'avait vu lors de la désastreuse fête à Blois, deux ans plus tôt. Elle se souvenait d'un homme de petite taille malgré ses talons rouges. À présent, auprès de son épouse plus grande que lui, il paraissait encore plus ratatiné. Il portait un justau-corps[1] jaune agrémenté de revers dorés et de rubans, les dentelles de sa rhingrave cascadant sur ses genoux.

— Qu'avez-vous sur le menton, ma douce ? demanda-t-il à sa femme, la main sur le manche d'une épée incrustée d'or.

Sa perruque dernier cri, de style naturel, était coiffée d'un tricorne rouge à plumes blanches. Il n'était pas beau mais il se rattrapait par l'extravagance de ses tenues.

— Une mouche[2], murmura Henriette. C'est la grande mode à Londres.

— Je suppose que voici votre nouvelle demoiselle d'hon-neur ? demanda-t-il en se tournant vers Petite.

La nuit était tombée et les serviteurs commençaient à allumer les bougies.

— Oui, Votre Altesse, dit la duchesse. Mademoiselle Louise Françoise La Baume Le Blanc de La Vallière.

Petite fit la révérence, les pieds joliment tournés vers l'extérieur. Pourvu que personne ne se rende compte que ses jambes tremblaient sous ses jupes !

---

1. Justaucorps : vêtement très ajusté allant des épaules aux genoux.
2. Mouche : petite pièce de taffetas appliquée sur le visage pour décorer ou masquer une imperfection.

— Ne devais-je pas en avoir quatre ? minauda Henriette en ramassant le chien et en le caressant avec tendresse.

— En effet, Votre Altesse, confirma la duchesse en élevant légèrement la voix pour dominer les sonneries des trompettes au-dehors. La quatrième devrait être là dans une semaine…

Elle étrécit les yeux en s'efforçant de lire son papier.

— Nous ne devons pas faire attendre mon frère, intervint Philippe, pressé de partir.

— Mademoiselle de Montalais, conclut la duchesse alors que Philippe poussait son épouse vers la sortie.

«Nicole ?» se retint de s'exclamer Petite.

— Prenez ceci, ordonna la fille en perruque, en lui remettant la pèlerine en fourrure d'Henriette dans les mains.

Éberluée, Petite suivit l'entourage du couple royal à travers une succession de salles obscures pour émerger enfin dans une cour ovale. Réticente à marcher dans les crottins de cheval jonchant les pavés, Henriette exigea deux chaises à porteurs. L'une d'entre elles n'était pas assez belle pour Monsieur, aussi elle en fit venir une troisième. Une fois qu'ils furent installés, les porteurs franchirent l'espace au pas de course et disparurent sous une arche. Petite accéléra pour les rattraper, traversa une salle de garde et une série de cabinets avant de s'immobiliser brusquement au bout d'une longue colonnade s'ouvrant sur une terrasse.

Dehors, les courtisans affublés de toilettes exquises se promenaient à la lueur des torches. Derrière une balustrade basse, une large étendue d'eau reflétait les lumières alentour. Sur un côté, on avait installé des chaises devant une estrade, pour une représentation théâtrale, devina Petite. Des bougies étaient allumées sur le bord de la scène.

— Nous devions arriver par le haut de l'escalier, se plaignit Monsieur en rajustant son chapeau pour empêcher les plumes de lui tomber dans les yeux.

On envoya un page chercher les musiciens qui surgirent bientôt, haletants, avec leurs instruments. Ils s'alignèrent sur deux rangées. Sur un signal, on annonça les nouveaux mariés. Les courtisans s'écartèrent et s'inclinèrent au fur et à mesure que Monsieur et Madame s'approchaient du bord de l'eau.

— Je vais mettre la pèlerine de Madame près de sa chaise, expliqua Yeyette en reprenant la fourrure des mains de Petite.

— Retrouvez-nous près des marches après l'arrivée du roi et de la reine, lança Claude-Marie par-dessus son épaule avant qu'elles ne disparaissent.

Pour la première fois de la journée, Petite se trouva seule – bien qu'au cœur d'une foule compacte. Elle descendit vers le bassin. Plusieurs bateliers en satin rouge et bleu surveillaient les gondoles enjolivées et la barge dorée amarrées à cet endroit. La fumée des brasiers parfumés voilait l'air.

Les musiciens attaquèrent un menuet. Mais où étaient-ils? La musique semblait provenir de très loin. Petite ne reconnut pas la mélodie mais le son était magique, presque mystique. Elle eut la sensation d'être envoûtée.

— Est-ce encore la troupe de Molière qui joue ce soir? s'étonna une dame, derrière elle. Cela va mécontenter la reine.

Petite se tourna pour découvrir Athénaïs, l'élégante marquise de Rochechouart, en face de laquelle elle avait voyagé depuis Paris. Elle sourit, soulagée de voir un visage familier puis rougit, prenant soudain conscience de l'importance de son rang.

— Ils font rire le roi, au moins, riposta un homme de petite taille.

Il avait un visage hideux et une tête de moins qu'Athénaïs. À sa tenue, Petite se rendit compte que c'était le cavalier qui les avait saluées à leur arrivée, celui qu'elle avait pris pour un · garçon.

— Il mérite de s'amuser un peu, ajouta-t-il en sautillant pour voir par-dessus la tête des courtisans. Où est-il?

— La reine a tenu à ce que l'on accorde deux heures aux prières, cet après-midi. Ils sont en retard, dit Athénaïs en tripotant la croix en or nichée dans son audacieux décolleté. Ah! Ma sœur! s'exclama-t-elle en reconnaissant Petite. Voyez un peu comme nous nous ressemblons, Lauzun.

Elle posa une main gantée sur le bras de Petite et pressa sa joue contre la sienne.

La bouche de Lauzun se tordit en un rictus sceptique. Sourcils froncés, il examina Petite de haut en bas avant d'émettre un son qui évoquait le braiment d'un âne.

— Cessez, Lauzun! Vous allez la mettre mal à l'aise. Allons, nous avons l'air de deux sœurs, non?

— Oui, peut-être, à l'exception de...

Il fixa obstinément la poitrine d'Athénaïs.

Celle-ci s'esclaffa, ses jolies dents blanches étincelant.

— Mademoiselle de La Vallière, je vous présente mon-sieur Lauzun, le bouffon du roi, et... ma folie.

— Enchantée, murmura Petite, avec une révérence.

Il était vraiment minuscule, pas plus grand qu'une épée!

— Mademoiselle de La Vallière a la bonne fortune de servir Madame, qui est plus enjouée que...

La sonnerie des trompettes lui coupa la parole.

— Ah! Enfin! souffla Lauzun avant de s'éclipser.

Tandis que le roi, la reine et la reine mère descendaient l'escalier, tout le monde fit une révérence, puis une deuxième, et encore une troisième, comme si la foule ne formait plus qu'une gigantesque fleur exotique frémissant sous la brise.

Le cœur battant, Petite regarda s'approcher le roi, la reine et la reine mère à quelques pas derrière lui. Il était encore plus beau que dans ses souvenirs. Sa rhingrave était rehaussée d'une multitude de rubans de couleurs vives. Sa démarche était majestueuse mais son regard un peu timide laissait entrevoir l'être rustique qu'elle avait rencontré ce jour-là dans le pré : un homme simple et bon qui avait le don d'apaiser les chevaux.

Tante et nièce par le sang, les deux reines avaient de nombreux points communs. Toutes deux étaient habillées de satin noir, la plus jeune suivant docilement l'aînée, les yeux baissés.

— La pauvre, chuchota Athénaïs. Elle est effrayée.

— Elle est en deuil ?

— Elle aime se vêtir comme une religieuse, répliqua Athénaïs, en levant les yeux au ciel. Surtout maintenant qu'elle est enfin faite.

« Ah ! » songea Petite. Les rumeurs étaient donc bien fondées : la reine était enceinte. Soudain, elle poussa un cri en apercevant un visage miniature sous la traîne de la reine.

— C'est José, expliqua Athénaïs. Le nain préféré de Sa Majesté, son saint Bouffon. Il est inoffensif, mais méfiez-vous du blond.

Athénaïs ôta un gant et montra son index entouré d'un pansement.

— Ce monstre mord.

Au bord du bassin, le roi enleva son chapeau empanaché et se courba solennellement devant la femme de son frère.

— Madame, l'entendit dire Petite, j'espère que le divertissement de ce soir vous plaira.

— Tout ce que vous faites nous enchante, Majesté, assura-t-elle avec une révérence gracieuse.

Athénaïs accrocha le regard de Petite.

— Qu'est-ce que je vous disais ? articula-t-elle derrière son éventail.

Chapitre 15

«Ma première matinée à la cour, songea Petite en se levant avant le soleil. Ma première prière, mon premier petit-déjeuner (un petit pain, de la viande séchée et un bol de lait de vache). Mes premières crampes d'estomac.» Elle se dépêcha pour être chez Madame avant huit heures.

Petite rejoignit une foule de serviteurs dans l'antichambre des appartements de Madame Henriette.

— Monsieur Philippe vient de partir assister au lever du roi, lui annonça Claude-Marie avec un sourire condescendant.

Elle avait attaché ses boucles avec des rubans rayés blanc et bleu assortis à sa robe.

Petite l'appréciait à peine plus que la première fille d'honneur, Yeyette, au regard calculateur.

Hommes en perruque et femmes vêtues de satin chatoyant conversaient tout bas en guettant les portes blanches ornées de dorures. Petite resta aux côtés de Claude-Marie en se demandant ce qui allait se passer. Plusieurs courtisans pivotèrent vers elle comme pour la jauger. Dans une alcôve se dressait une statue au corps couvert de seins. Petite s'empressa de se détourner mais tous les plafonds et tous les murs étaient décorés d'œuvres érotiques.

Un garçon en livrée grise se faufila à travers la foule, un officier aux bras chargés de bois sur ses talons. Un valet leur ouvrit les portes et les referma aussitôt. Un instant plus tard, deux autres jeunes hommes sortaient, l'un transportant le lit de camp d'une bonne, le deuxième, une lanterne.

À huit heures précises, Yeyette surgit sur le seuil, un bonnet à froufrous perché sur sa perruque.

— Priez les officiers du gobelet et de la cuisine-bouche d'apporter le petit-déjeuner de Madame, ordonna-t-elle à un laquais.

— C'est le signal : Madame Henriette est réveillée, chuchota Claude-Marie. Nous pouvons entrer.

Petite la suivit dans la pièce, ainsi qu'un certain nombre de personnes. Un imposant lit à baldaquin y trônait, drapé d'épais rideaux finement ouvragés. La princesse, assise, portait encore son bonnet de nuit en dentelle. Une nourrice se pencha pour l'embrasser.

— Bonjour, mon enfant.

Henriette balbutia un vague « bonjour » et tendit les mains au-dessus d'une bassine. Yeyette versa du vin dessus. Un chambellan s'avança avec un vase contenant de l'eau bénite. Henriette y trempa les doigts et se signa tandis qu'il ouvrait un missel pour lire une prière. Paupières closes, Henriette répéta ses phrases au fur et à mesure qu'il les récitait. Un coiffeur vint lui présenter deux chapeaux. Elle les examina en fronçant les sourcils, puis désigna celui garni d'un large ruban vert foncé. Elle extirpa les pieds des couvertures.

— Donnez-lui ses chaussons, souffla Claude-Marie à Petite.

Petite ramassa les mules brodées posées près du lit et les offrit à sa maîtresse.

— Votre Altesse, murmura-t-elle en s'inclinant.

Elle remarqua que les rideaux dorés étaient sales et viraient au cuivré.

— Elles sont dans le mauvais sens, gloussa Henriette, en saisissant celle de gauche.

Rougissante, Petite s'effaça pour céder la place au chambellan, qui proposa à la princesse une robe de chambre. Elle la revêtit, trempa de nouveau les doigts dans l'eau bénite et alla s'asseoir dans un fauteuil au milieu de la salle. Le chambellan lui prit son bonnet de nuit et le confia à la maîtresse de garde-robe.

— Tenez le miroir, dit Yeyette à Petite.

Terne comme l'étain, le cadre en plaqué argent aurait mérité un bon nettoyage. Petite se posta devant la princesse et maintint la glace devant elle.

— Plus près. Je ne mords pas, ajouta-t-elle en riant.

Petite s'approcha d'un pas.

Les deux autres filles d'honneur, munies de chandeliers, vinrent flanquer Petite.

— Je suis prête, annonça Henriette, alors que le coiffeur s'attelait à démêler ses boucles rousses.

Un laquais transmit l'information au garde devant la porte et deux des personnages que Petite avait vus patienter dans l'antichambre entrèrent: un médecin et un chirurgien.

— Vous pouvez poser le miroir, dit gentiment la princesse à Petite dès qu'elle fut coiffée.

Une fois que le médecin et le chirurgien l'eurent déclarée en bonne santé, la maîtresse de garde-robe lui présenta une gaine brodée et deux jupes. Henriette choisit celle en satin jaune. Une autre servante lui tendit ses bas, qu'elle enfila elle-même avec délicatesse. Puis la maîtresse de garde-robe s'agenouilla devant elle pour lui mettre ses chaussures ornées d'une boucle en or.

— À présent je vais prendre mon petit-déjeuner.

Un page s'éclipsa avec ses mules. Yeyette alla jusqu'à la porte et les officiers du gobelet et de la cuisine-bouche apparurent; deux d'entre eux portaient un service en porcelaine, un autre, une table pliante et le dernier, le linge.

Ils mirent le couvert, versèrent une carafe de vin dans un verre et dans un godet. L'un d'entre eux le goûta. Il hocha la tête et présenta le verre à la princesse, qui but goulûment.

— Il est un peu vert! constata-t-elle, une lueur taquine dans les yeux.

Petite sourit avec les autres. La princesse avait un charme fou.

Henriette ôta elle-même sa robe de chambre. Sa chemise de nuit, blanche aux ourlets brodés, était jolie malgré quelques rapiéçages. Elle enleva sa croix en rubis suspendue à un ruban et la donna au premier laquais, qui mit l'ensemble dans une pochette de velours.

— Tenez ce côté, chuchota Claude-Marie à Petite en lui montrant un coin de la robe de chambre de la princesse.

Elles en firent une sorte de paravent derrière lequel la maîtresse de garde-robe pourrait œuvrer en toute discrétion. Avec l'aide de Yeyette, cette dernière débarrassa Henriette de sa chemise de nuit, dont une assistante s'empara aussitôt. Une troisième s'approcha avec une chemise, le corset, deux jupons et la jupe jaune. Petite détourna son regard de sa maîtresse dénudée (rousse partout!) tout en s'efforçant de suivre attentivement le processus afin de le mémoriser.

Une quatrième habilleuse pénétra dans la chambre avec un plateau de colliers et de boucles d'oreilles. Henriette sélectionna ceux qu'elle voulait porter. La domestique accrocha le collier autour de son cou mais la princesse se chargea des boucles d'oreilles. Puis ce fut au tour d'un valet de garde-robe de lui présenter deux plateaux d'argent: sur l'un étaient disposés trois mouchoirs et sur l'autre, plusieurs paires de gants.

— Comment me trouvez-vous ? demanda la princesse enfin habillée.

Tout le monde répondit à l'unisson :

— Magnifique !

Henriette attendit qu'un laquais place deux coussins par terre près du lit. Il s'écarta pendant qu'elle et le chambellan s'y agenouillaient pour prier.

— *Quæsumus omnipotens Deus !* proclamèrent-ils tous.

La princesse battit des mains.

— Et maintenant, rendons-nous à la messe, mes chères demoiselles !

Elles rejoignirent la foule des courtisans rassemblés dans une longue galerie. Deux gardes étaient postés devant une énorme double porte.

— Le cabinet du roi, expliqua Claude-Marie à Petite.

Les demoiselles d'honneur se placèrent derrière la princesse pendant que celle-ci bavardait avec trois autres femmes, deux duchesses (à en juger par la longueur de leur traîne) et Athénaïs, qui adressa un clin d'œil à Petite.

Un murmure accueillit l'ouverture des portes. Tous se prosternèrent devant le roi suivi de son escorte : son frère, les ministres d'État, des princes de sang, des ambassadeurs étrangers et une armée de laquais. Petite les remarqua à peine : elle n'avait d'yeux que pour le roi. Comme il scrutait l'assemblée, un homme se précipita pour presser un papier dans la main du roi. Un secrétaire s'empressa de le lui prendre. Un autre se plia en deux en gémissant. Le roi opina, jeta un coup d'œil vers son secrétaire et poursuivit en direction de la chapelle, en saluant les dames d'un coup de chapeau. Une femme s'évanouit ; on la transporta aussitôt près d'une fenêtre.

Henriette exécuta une révérence gracieuse. Il souleva sa main gantée et la baisa. Derrière elle, Petite se soutint au mur. Il était si près qu'elle sentait son haleine parfumée à la cannelle. Il posa son regard sur elle, s'immobilisa.

Le cœur de Petite fit un bond. Puis, d'un geste lent, il la salua en effleurant le bord de son chapeau et repartit.

Jambes flageolantes, Petite suivit le mouvement jusque dans la chapelle. Elle s'assit avec ses compagnes derrière la princesse Henriette, et croisa les mains avec ferveur pour prier avec le roi.

Un bal fut donné ce soir-là dans la galerie François Iᵉʳ, une salle immense à l'opulence fanée, aux plafonds, murs et sols sculptés et peints comme une boîte à bijoux. D'immenses fenêtres dominaient la terrasse et le bassin. Des candélabres en argent illuminaient les tables dorées alignées sur un côté. D'énormes chandeliers en cristal comptant au moins vingt branches chacun complétaient l'éclairage.

Postée derrière Madame Henriette avec ses deux acolytes, Petite admira la parade des nobles arborant satin et velours richement enjolivés et joyaux étincelants. Elle n'eut aucune difficulté à identifier le prince de Condé grâce à son gros nez. Cet élégant gentilhomme d'un certain âge, aux manières animées, ne pouvait être que Nicolas Fouquet, intendant des finances. Petite repéra Athénaïs à une extrémité et la salua d'un coup d'éventail. Leur voyage en carrosse de la veille semblait bien loin.

Selon Petite, en dépit de sa chevelure flamboyante et de ses taches de rousseur, Henriette était de loin la plus jolie femme de l'assistance. Vêtue d'une somptueuse robe en brocart d'or, dont on avait retouché l'ourlet à peine une heure auparavant, la princesse surexcitée allait et venait en agitant son éventail avec ferveur et en interpellant les gens comme une enfant à la foire. Monsieur, fardé et arborant sur les joues trois mouches rouges en forme de diamant, tenta de la calmer.

— Cessez donc !

À dix-neuf heures, les trompettes résonnèrent et les musiciens s'emparèrent de leurs instruments. Les courtisans se mirent au garde-à-vous puis s'inclinèrent profondément à l'arrivée du roi, de la reine et de la reine mère.

Louis XIV marqua une pause et scruta la salle, le visage impassible, acceptant l'adulation passionnée de ses sujets avec une grande dignité. Une femme tout au fond s'affaissa sur le sol. On l'emmena immédiatement. Petite en déduisit que ce genre d'incident devait se produire souvent.

Le roi s'assit, suivi de la reine mère et de la reine, dans cet ordre. Ce fut ensuite au tour de Philippe et d'Henriette, puis des princes et princesses de sang, des ducs et des duchesses, chacun en fonction de son rang. Le roi se releva, tout le monde en fit autant et la musique fut noyée par le bruit des chaises raclant le parquet.

Louis s'inclina solennellement devant son épouse. La reine posa une main minuscule sur son bras et l'accompagna sur la piste de danse. Petite remarqua son ventre légèrement arrondi, confirmation des rumeurs. Monsieur et Henriette les rejoignirent, cette dernière dominant son mari d'une tête. Les couples se positionnèrent les uns après les autres, les hommes à gauche, les dames à droite. Les musiciens entonnèrent un air et les danseurs se saluèrent. Le bal avait commencé.

Sourcils froncés, la reine se concentrait. Ses déplacements étaient saccadés – gauche, droite, gauche, droite – alors que ceux du roi étaient souples et gracieux.

Un noble se pencha pour chuchoter à l'oreille de Petite :

— Sa Majesté danse merveilleusement, ne trouvez-vous pas ?

— Monsieur de Gautier! s'exclama Petite.

Son ex-maître de ballet était magnifique en chapeau de feutre et pourpoint de satin blanc. Il lui sourit, posa l'index sur ses lèvres peintes et s'éclipsa dans la foule.

On annonça une courante[1] à triple temps. Hommes et femmes se placèrent. Des murmures s'élevèrent tandis que le roi s'inclinait devant Henriette et l'entraînait vers le centre.

— Que le vrai spectacle commence! dit la voisine de Petite.

C'était Athénaïs, luxueusement affublée de satin écarlate.

— Vous ne dansez pas? s'enquit Petite.

— Je préfère les distractions plus sédentaires.

— Oh là là! commenta Petite, tandis que le roi effectuait un pas sautillant vers l'avant et retombait en quatrième position, les deux bras levés.

Henriette suivait ses mouvements avec délicatesse et précision.

— Sa Majesté et Madame Henriette semblent faits l'un pour l'autre, n'est-ce pas? suggéra Athénaïs derrière son éventail. Dommage… ajouta-t-elle en jetant un coup d'œil vers Philippe qui se tenait à l'écart, le front plissé.

Petite ne savait pas trop comment réagir.

— Ils dansent bien, chuchota-t-elle, alors qu'ils entamaient les huit mesures lentes du pas de basque.

Le roi s'avança, virevolta, gratifia Henriette d'une courbette. Petite retint un cri d'admiration tandis qu'il exécutait une suite de pas de bourrée. Les applaudissements crépitèrent. La cadence s'accélérant, Louis enchaîna une série de pirouettes d'une vivacité à couper le souffle. En guise de

---

1. Courante: danse exécutée avec des pas de course ou glissés.

finale, il sauta dans les airs et battit les jambes en une cabriole[1] vigoureuse.

— Bravo ! s'écria Petite avec tous les autres. Bravo !

Petite et les deux autres filles d'honneur ne purent regagner leurs chambres avant deux heures du matin. Le lendemain, Clorine dut secouer Petite pour la réveiller mais la perspective de sa toute première chasse avec la cour eut tôt fait de la raviver.

Le terrain situé en face de la chapelle était déjà plein de cavaliers quand Petite y parvint. Près du portail, le roi se tenait sur son cheval, les deux rênes dans la main droite, la main gauche posée sur la cuisse. Par-dessus son pourpoint en cuir, il portait un long manteau de brocart aux manches retournées pour mettre en valeur la dentelle de celles de sa chemise. Une cape était nonchalamment drapée sur son épaule. On entendait aboyer les chiens au loin.

Les hommes aidaient les femmes du palais à chevaucher de vieux hongres à moitié aveugles qui ne s'énerveraient sous aucun prétexte.

— N'ayez crainte, il est doux, dit un cavalier à Petite, en menant un poney bai jusqu'à un montoir.

La selle amazone en cuir noir et le harnais, au frontal paré d'une houppe de plumes d'autruche, étaient finement travaillés. Le cavalier aida Petite à s'y hisser.

— Taïaut ! hurla le roi.

Il éperonna sa monture et fila en direction du parc à cerfs, suivi par un grand veneur balançant son cor. Une

---

1. Cabriole : saut de ballet où une jambe demeure étendue pendant que l'autre vient s'y appuyer.

armée de valets les poursuivaient avec des chiens coureurs en laisse. La reine et Henriette s'élancèrent à bord d'un carrosse léger, ouvert, deux des nains grimaçants de la reine accrochés à ses bords.

Le poney de Petite déambula à contrecœur derrière les autres. Un coup de cravache sur le flanc l'incita à accélérer mais il ralentit presque aussitôt.

De l'autre côté de la palissade, au détour d'un virage, une femme attendait sur un petit cheval noir.

— Je pensais bien que c'était vous.

Avec un immense plaisir, Petite reconnut Athénaïs, l'élégante marquise.

— Je constate que vous avez une bonne assiette. Vous avez déjà chassé, je présume ?

— Avec mon père, autrefois. À Blois aussi.

— Au faucon ?

— Nous chassions surtout le cerf et le lièvre.

Une branche craqua au-dessus de leurs têtes mais le poney de Petite ne broncha pas.

— C'était très différent de ceci.

Beaucoup moins grandiose et… moins ennuyeux. Confinés dans l'enceinte d'un parc, son père aurait qualifié celle-ci de «chasse par la force».

Athénaïs sentit un insecte sur sa joue. Elle l'écrasa d'un coup sec.

— Je déteste me promener dans les bois au mois de mai, avoua-t-elle en examinant son gant.

— C'est un peu tôt pour traquer le cerf.

Le père de Petite préférait attendre le mois d'août, quand ils avaient perdu le velours de leurs bois et commencé à prendre du poids en prévision de la saison du rut. «Moins amusant mais le lard est bien meilleur», disait-il. De toute évidence, le roi avait une prédilection pour les défis.

— Pour être franche, je déteste sortir, point final, mais Sa Majesté insiste pour qu'on l'accompagne au moins trois fois par semaine. S'il le pouvait, il vivrait dehors.

Athénaïs poussa un soupir.

— Naturellement, nous faisons bonne figure... du moins juste assez longtemps pour être vues.

Elle eut un sourire taquin, salua Petite et fit demi-tour.

D'un coup de cravache, Petite réussit à pousser son palefroi au galop. Guidée par le son des cors, elle atteignit un vaste carrefour d'où partaient plusieurs allées interminables, très droites, bordées d'arbres et de fougères. Les chiens couraient toujours. Soudain, elle entendit l'hallali. Se faufilant à travers d'épaisses broussailles, elle se trouva sur la rive d'un étang.

Un cerf nageait en plein milieu, les yeux exorbités, sa poitrine se soulevant par à-coups. Les chiens se dirigeaient vers lui à la nage, suivis par le maître de la meute à bord d'une embarcation légère. Le roi et ses hommes s'étaient immobilisés en face. Le carrosse ouvert de la reine et d'Henriette fut bientôt rejoint par des charrettes de paysans attirés par les sonneurs.

Dissimulée dans les bois, Petite vit l'animal se souiller et les chiens se précipiter sur lui. Elle effectua un large cercle pour rejoindre la cour tandis que l'on traînait la masse ensanglantée, à moitié dévorée, jusqu'à la rive opposée. Là, selon le rituel, le roi découpa la poitrine du cerf et en extirpa le cœur, qu'il présenta à la reine. L'une de ses suivantes le mit dans une pochette en cuir que la reine suspendit à son cou, exhibant fièrement son trophée. L'organe contenait un os qui empêchait la bête de mourir de frayeur ; quand son heure viendrait, il lui servirait d'amulette de protection.

Petite rentra avec le cortège derrière la voiture de la reine. Le roi était devant, épaules légèrement voûtées. Un cerf acculé était un beau spectacle mais un tel carnage lui semblait inacceptable.

❋

De retour au château, Petite eut tout juste le temps de se changer avant de se présenter chez Madame.

— Vous ne devinerez jamais qui est venu vous rendre visite : votre ancien maître de danse de Blois, annonça Clorine en lui démêlant les cheveux. Monsieur le duc de Gautier.

— Il est duc maintenant ?

— Mais oui ! Il a été nommé directeur des festivités et gentilhomme de la chambre du roi. D'après le chef pâtissier, c'est un de ses aides les plus précieux. Il voulait s'assurer que vous étiez au courant du changement de programme. Une audition pour le ballet est prévue cet après-midi. Allons, allons ! admonesta Clorine devant l'air paniqué de Petite. Je lui ai promis que vous iriez…

— Clorine, non ! s'exclama Petite, atterrée.

Une audition ? Impossible. Et sa mauvaise jambe ?

— … puisque Madame y assistera.

Petite poussa un grognement et se laissa habiller d'une jupe et d'un corset tout simples en lin. Se mordillant les lèvres et se tapotant les joues pour leur donner un semblant de couleurs, Petite courut sous les arcades jusqu'à la galerie des bois de cerfs et se glissa dans la foule de courtisans caquetants.

Monsieur le duc de Gautier, à l'avant, fit tinter une cloche en argent et l'assistance se calma.

— Le *Ballet des saisons* sera donné le 23 juillet, un samedi, décréta-t-il. Comme la plupart d'entre vous le savent déjà, ce sera une création de Madame.

À ses côtés, Henriette exécuta une révérence gracieuse et tout le monde l'applaudit. Lauzun émit un braiment d'âne. Petite, tout au fond, rit avec les autres.

— Nous avons six semaines pour nous préparer, enchaîna Gautier. Ce devrait être suffisant. Monsieur Benserade a déjà composé les vers.

Il fit signe au poète de se lever.

— Et monsieur de Lully, la musique.

Un beau jeune homme d'allure italienne s'inclina.

— Quant aux participants, le roi aura deux rôles… (Gautier se tut, le temps que les acclamations s'estompent.) Celui de Cérès…

Des murmures de surprise fusèrent. Le roi, dans la peau d'une déesse ?

— … et celui du Printemps. Madame Henriette dansera Diane chasseresse. Ce sera un opéra-ballet en neuf actes.

Gautier résuma les quatre premiers.

— L'acte cinq, l'Automne, comprendra huit vendangeurs, quatre femmes et quatre hommes – dont l'un sera Monsieur.

Philippe, le frère du roi, se mit debout et fut vigoureusement encouragé.

— J'aurais pu faire un vendangeur, protesta Lauzun en titubant comme un ivrogne.

Gautier attendit que l'on se taise.

— Merci, monsieur Lauzun. Je vous tiendrai au courant. Le sixième acte est un bref interlude présentant six nobles de la campagne. Septième acte : des masques jouant aux cartes – ou plutôt, perdant aux cartes.

— Je connais ce rôle-là par cœur ! lança Lauzun, provoquant un nouvel éclat de rire.

— Merci, monsieur Lauzun, répondit de nouveau Gautier en haussant la voix pour se faire entendre, mais il me semble que vous êtes nombreux dans ce cas.

Le prince de Condé afficha un air désespéré, suscitant des ricanements.

— Acte huit, reprit Gautier. C'est l'hiver et le retour du roi dans le rôle du Printemps entouré par le Gibier, le Rire, la Joie et l'Abondance. Nous conclurons par le neuvième et dernier acte dans lequel apparaîtra Apollon en compagnie de l'Amour et de plusieurs muses.

Le maître écarta les bras.

— Il est temps de nous mettre au travail. Je vais commencer par désigner les dix nymphes de Diane. Qui parmi vous pourrait présenter une bourrée en solo ?

Il scruta l'audience devenue silencieuse. Cette danse à double temps exécutée à la rapidité du staccato exigeait vélocité et exaltation.

— Mademoiselle de La Vallière ?

Elle l'implora du regard. « Non ! »

— Veuillez vous avancer, mademoiselle, insista-t-il d'un ton aimable mais ferme.

Elle secoua vivement la tête.

Il la contempla avec un sourire paternel.

— Prête ?

« Seigneur Dieu ! » songea Petite. La musique démarra, ranimant son courage.

Petite s'élança.

— Félicitations, petite sœur !

Athénaïs effleura la mouche en forme de cœur posée sur sa joue. Suivant l'exemple d'Henriette, toutes les femmes s'y étaient mises.

— Si j'ai bien compris, vous avez obtenu l'un des rôles principaux dans le spectacle de Madame Henriette.

— Oui, marmonna Petite.

La gondole filait sur la surface lisse comme un miroir du bassin dans lequel se reflétaient la lune et les étoiles. On aurait dit un tapis de velours incrusté de diamants. Des musiciens jouaient dans une barge non loin derrière.

Athénaïs s'esclaffa.

— Ne prenez pas cet air inquiet. Que cela vous plaise ou non, vous venez d'être propulsée sur la principale scène de cette vie de fantaisie.

Elle agita sa main couverte de bagues au-dessus de l'eau.

— Monsieur le duc de Gautier était mon maître de ballet à Blois. Je connaissais donc forcément ses pas préférés.

— Vous semblez avoir été une élève douée, approuva Athénaïs en lui adressant un clin d'œil langoureux.

La veille de la première répétition, Petite fut incapable de trouver le sommeil.

— Je ne peux pas y aller, déclara-t-elle à Clorine en se levant. J'ai mes règles.

Ou du moins, elle allait les avoir d'une minute à l'autre. Elle en était sûre.

— Courage, mademoiselle. Votre ancêtre n'a-t-il pas été compagnon de Jeanne d'Arc ?

— Il n'avait pas ces soucis.

Petite gémit et plaqua une main sur son ventre.

— Je t'en prie, Clorine. Le roi sera là et je suis certaine que je vais me ridiculiser devant lui. En sa présence, je ne me souviens même pas de mon nom. Dis-leur que je suis indisposée. Que j'ai la peste, tiens !

— Allons, allons, tout va bien se passer. Je vais vous préparer un jus de plantain. Ce serait dommage de décevoir ce cher vieux duc de Gautier, non ?

Comme l'avait prévu sa bonne, le bol de jus de plantain clarifié, copieusement arrosé de laudanum, eut l'effet désiré. Petite se sentait un peu vaseuse mais au moins, elle ne souffrait plus. Et Dieu merci, elle eut droit à un sursis :

— Sa Majesté est retenue par une réunion du conseil, annonça Gautier à l'assemblée.

Il y eut un murmure de regret.

— Mais le roi nous rejoindra plus tard, ajouta Henriette en levant les yeux de la table croulant sous les tissus, dressée dans un coin de la salle. À quinze heures.

— Excellent. Cela devrait nous laisser le temps d'aller jusqu'au bout. Nous commencerons par l'ouverture.

Les membres du chœur se mirent en position. Monsieur de Lully leva son bâton. Riches et profondes, les voix masculines résonnèrent :

— *Qui, dans la nuit...*

Monsieur de Lully grimaça, se couvrit les oreilles et secoua vigoureusement la tête.

— Reprenez !

— *Qui, dans la nuit...*

Cette fois, il se mit à rire.

— Une fois de plus, *questa volta con energia !* explosa-t-il en mélangeant français et italien.

— *Qui, dans la nuit, a réveillé le soleil ? Jamais les étoiles n'ont été aussi belles.*

— *Magnifico! Quello era bello!*

La répétition se poursuivit tout l'après-midi, monsieur de Lully travaillant avec les choristes et les musiciens, monsieur Benserade modifiant son texte, Gautier dirigeant les danseurs.

Petite recommença sa chorégraphie mais elle se trompait toujours. Elle était tellement concentrée qu'elle ne remarqua pas le roi lorsqu'il entra. Avec un peu de retard, elle se fondit en une révérence respectueuse.

— Ne vous arrêtez pas pour moi, mademoiselle, dit-il en donnant un coup de chapeau.

Petite regarda derrière elle.

— Non, c'est à vous que je m'adresse. Montrez-moi cette séquence.

Petite se figea, affolée. Elle allait sûrement trébucher. Gautier accrocha son regard.

— Majesté, mademoiselle de La Vallière sera enchantée de vous satisfaire.

Il fit tournoyer son index comme pour dire : « Réveillez-vous, mademoiselle, le roi vous a parlé. »

— Majesté, murmura-t-elle, le cœur battant si fort qu'elle craignait de s'évanouir, ce serait un honneur pour moi, mais...

Elle leva les yeux, ne sachant que dire. À cet instant, ce ne fut pas le roi qu'elle vit devant elle, mais le jeune homme qu'elle avait rencontré dans la clairière de Chambord.

— Mais c'est une série de pas compliqués et je ne la maîtrise pas encore.

— Je comprends. Pourtant vous venez de l'exécuter de façon admirable.

— Merci, Majesté.

— Et si je la dansais avec vous ?

Il fit signe aux musiciens de se préparer et lui tendit la main.

Un frémissement la parcourut lorsqu'il effleura son bras. Tremblante d'émotion, toute son attention fixée sur ses pieds, elle réalisa un pas croisé suivi d'un quart de tour à droite.

Les yeux pétillants, le roi l'entraîna : en avant, en arrière, vers la droite, vers la gauche. De plus en plus vite.

— Maintenant ! dit-il en se hissant sur la pointe des pieds.

Elle s'abandonna à la folie de la danse.

Tout autour, les applaudissements crépitèrent.

Les jours suivants, tout le monde manifesta à Petite de nouvelles marques de respect. Même la duchesse de Navailles la salua en passant. Petite se dit que c'était insignifiant, qu'elle vivait un rêve éveillé. Elle n'osait pas se laver la main droite, celle qu'il avait touchée.

Chapitre 16

Nicole arriva à la mi-juin, le jour où Henriette fêtait ses dix-sept ans. Au premier abord, Petite ne la reconnut pas : elle avait le visage maquillé de blanc et ses cheveux châtain foncé étaient fixés sur une armature en fil de fer qui se dressait au-dessus de son front. Elle se contenta d'une révérence maladroite devant la princesse, de crainte que l'extravagante structure ne tombe alors qu'elle baissait la tête. Petite lui adressa un sourire encourageant.

— Vous devez être mon cadeau d'anniversaire, mademoiselle de Montalais ! s'exclama Henriette avec ce ton exubérant que tout le monde appréciait tant. Quelles sont vos qualités exceptionnelles ?

— J'entends de très loin ce que les gens racontent, répondit Nicole après un court instant de réflexion.

Henriette rit aux éclats.

— Voilà un talent bien dangereux à la cour.

— Et je sais garder les secrets.

— Vous me serez d'une grande utilité.

— J'ai tant de choses à vous raconter, lui chuchota Petite à la première occasion.

Le regard de Nicole se posa derrière elle.

— Cet homme au gros nez doit être le prince de Condé ! Et n'est-ce pas le maréchal d'Albret qui discute avec le comte de Guiche, et… oh là là ! J'aperçois Nicolas Fouquet, le marquis de Belle-Isle.

— Comment connaissez-vous tous ces gens ? s'étonna Petite en pivotant pour scruter l'assemblée à son tour.

Impeccablement vêtu, Nicolas Fouquet se tenait tout près en compagnie d'une femme plus âgée. Fouquet n'était que marquis mais en sa qualité de surintendant des finances, il était l'un des hommes les plus puissants de la cour.

— Je suis ici depuis plus de trois semaines (« trois semaines, cinq jours, deux heures ») et je commence à peine à m'y retrouver.

— Monsieur Fouquet dit que son château est presque terminé, lui confia tout bas Nicole. Et la personne avec qui il parle lui demande des nouvelles de son épouse.

Elle marqua une pause, très concentrée, avant d'ajouter :

— Il lui explique qu'elle souffre de la chaleur. Serait-elle de nouveau enceinte ?

— Je ne savais même pas qu'il était marié, avoua Petite, tandis que les musiciens se mettaient à jouer.

En tout cas, il ne se comportait pas comme tel.

Après une excursion en plein air suivie d'un banquet, d'un spectacle de théâtre et d'un deuxième festin, Petite conduisit une Nicole émoustillée jusqu'à sa chambre, éclairant leur chemin avec une chandelle. Un mince croissant de lune s'était levé. Ici et là, les flammes des bougies se reflétaient dans les vitres du château.

— Cet endroit est le paradis des ragots, dit Nicole en se calant sur son lit gigogne froissé.

— Tout ce que l'on raconte n'est pas forcément vrai, la mit en garde Petite.

Elle vérifia la stabilité d'un tabouret avant de s'y percher.

— Pour sûr, le roi convoite la femme de son frère. Cela se comprend : la reine est enceinte, il ne peut donc pas copuler avec elle ; or un reflux de semence pourrait le tuer.

— Nicole, ce serait mal et vous le savez, protesta Petite avec plus de conviction qu'elle n'en éprouvait réellement.

Tout ce qu'on lui avait enseigné sur le bien et le mal semblait prendre une autre signification à la cour.

— D'ailleurs, je n'y crois pas.

Si elle avait remarqué une chose depuis sa venue, c'était que les apparences pouvaient être trompeuses.

— Vous n'avez pas vu Philippe s'éloigner dans les bois ?

— On peut se promener dans les bois pour toutes sortes de raisons.

— D'après la marquise de Plessis-Bellièvre, il était fou de jalousie.

— La marquise de... ?

— Vous savez bien, celle qui a mauvaise haleine, l'espionne de Fouquet.

— Monsieur Fouquet a une espionne ?

— Presque tout le monde est à sa solde. Cet horrible bonhomme trapu, comment s'appelle-t-il, déjà ?

— Monsieur Lauzun ?

— Oui. Il a sous-entendu que monsieur Fouquet projetterait de s'approprier la couronne !

— Quand je pense que vous n'êtes ici que depuis quelques heures !

Au moins, les histoires de Nicole étaient divertissantes.

— Cependant je n'ai pas encore deviné sur qui vous avez jeté votre dévolu.

— Personne, répliqua Petite, le visage impassible.

Lui cacher l'identité de celui qui faisait battre son cœur serait difficile.

Chaque soir pour la bénédiction, Nicole tenait la chandelle pendant que Petite lisait les psaumes à voix haute. Puis Henriette et Philippe allaient se promener dans les jardins, suivis de loin par les demoiselles de compagnie.

— Henriette et Philippe se sont accouplés cette nuit, déclara Yeyette.

Les draps en étaient témoins.

— Avant l'acte, Philippe effleure ses parties d'un rosaire, prononça Claude-Marie. C'est son valet qui me l'a dit.

Sur ce, elles se mirent à parler toutes en même temps.

— La reine se plaint : elle n'est pas contente que le roi se rende sans cesse chez Henriette.

— La reine mère a des soupçons aussi.

— Elle surveille absolument tout.

— Hier, elle a dit à Madame que les sorties nocturnes nuiraient à sa santé.

Elles pouffèrent.

Petite marchait en les écoutant d'une oreille distraite. Ce matin-là, elle avait reçu deux plis et un colis : une lettre de Jean (qui s'ennuyait à Amboise), une autre de sa mère à Paris (lui divulguant des conseils sur la manière de masquer les imperfections de la peau du visage). Le paquet, expédié par sa tante Angélique à Tours, contenait des dentelles fabriquées de ses mains.

— Forcément, la reine mère a soixante ans, murmura Nicole derrière elle. Elle est très vieille. N'êtes-vous pas d'accord, mon amie ?

Petite se tourna vers elle et lui sourit, bien qu'en vérité elle trouvât sage de la part de la reine mère de rester sur ses gardes.

Le lendemain, premier lundi de juillet, Petite était dans la bibliothèque du château, à la recherche d'un livre à lire à la princesse, quand Nicole fit irruption dans la pièce, écarlate et essoufflée.

— Devinez qui vient d'arriver! s'exclama-t-elle, haletante.

Elle était venue en courant depuis le bassin.

— Qui? demanda Petite d'un air absent.

Elle prendrait le *Cléopâtre* de La Calprenède pour la princesse et un essai de Cicéron pour elle-même. Elle souhaitait améliorer son latin et le *Traité des devoirs*, dans lequel le célèbre auteur livrait un code moral de l'aristocratie romaine, l'intéressait au plus haut point.

— La mère d'Henriette!

La reine d'Angleterre!

— Je crains que la princesse ne reçoive des remontrances, chantonna Nicole.

Ce soir-là, la réunion chez Henriette fut enjouée mais avec modération. Henriette se conforma aux souhaits de sa mère et montra un respect inhabituel envers la reine mère et la reine. Quant au roi, elle eut à son égard un comportement irréprochable mais évita soigneusement son regard. Pour l'essentiel, elle resta assise auprès de son mari et poussa même la mascarade jusqu'à rire de ses plaisanteries.

— Je m'en doutais: sa mère l'a grondée, déclara Nicole.

Petite replia son éventail en pensant à une phrase de Cicéron: «Celui qui adopte la bonté morale comme guide comprendra automatiquement les devoirs qui l'attendent.»

— Mademoiselle?

Une voix masculine interrompit le fil de ses réflexions. Petite leva la tête. Le roi!

— Majesté?

Avait-elle commis un impair?

— Puis-je requérir le plaisir de vous entendre chanter?
— Bien sûr, bredouilla-t-elle.
— Oh, oui! renchérit Henriette à l'autre extrémité de la pièce. Mademoiselle Louise a une voix ravissante.

Petite se leva pour aller se placer près du clavecin devant lequel Claude-Marie était installée. Elle se figea un moment, à la fois terrifiée et perplexe. Elle adorait chanter mais uniquement lorsqu'elle était seule. Henriette l'avait-elle seulement entendue?

— Alors? s'impatienta Claude-Marie en tirant sur une de ses bouclettes.

— *Enfin la beauté*? suggéra Petite.

L'air était si joli... Claude-Marie eut une moue dubitative.

— Enfin quoi?

— Je peux chanter sans accompagnement, la rassura Petite en faisant face à l'assistance.

Ciel! Le roi était juste devant elle, flanqué de la reine mère, de la reine et de la reine d'Angleterre! Derrière eux, elle reconnut Henriette et Philippe, plusieurs princes de sang, des ministres d'État, des ducs et des duchesses. Les courtisans de la petite noblesse se tenaient debout dans les alcôves et contre les murs.

Prise d'un vertige, Petite fixa le plafond, le temps de se ressaisir. Que disait sa tante Angélique autrefois? Que la chanson était le langage de Dieu. Elle inspira profondément.

Petite fut incapable de s'endormir cette nuit-là, tant la scène hantait son esprit. Le roi l'avait écoutée chanter attentivement. À la fin, il avait applaudi avec ferveur.

À quatre heures, elle sombra enfin dans un profond sommeil peuplé de rêves merveilleux : le roi n'était pas marié, il n'était même pas roi, il aimait qu'elle chante pour lui. Le lendemain matin, elle se réveilla les draps entortillés et le cœur douloureux. Elle descendit de son lit et s'agenouilla pour prier.

Plus tard dans la matinée, Henriette l'accueillit chaleureusement.

— Notre chanteuse à la voix d'ange ! s'exclama-t-elle d'un ton allègre, en repoussant ses cheveux. Vous avez fait plaisir au roi, mademoiselle Louise, et cela me réjouit.

Claude-Marie et Yeyette la fusillèrent des yeux. Nicole darda sur elle un regard consterné et se mordilla la lèvre. « Que signifie cela ? » s'interrogea Petite. De toute évidence elle avait fauté, mais en quoi ?

Les jours suivants, la confusion de Petite ne fit que s'amplifier. Le vendredi, au lieu de rejoindre la table de Madame pour jouer aux cartes, le roi vint se placer à la leur. Le soir d'après, alors que c'était à son tour de danser pendant qu'Henriette était au virginal, il se tourna pour l'admirer. Le surlendemain après-midi, il intima le silence à Yeyette et à Claude-Marie pendant que Petite lisait *Don Quichotte* à voix haute.

Elle semblait avoir les faveurs du roi, mais en quel honneur ?

« C'est absurde », se réprimanda-t-elle, le cœur battant. Il n'était pas sérieux. Badiner était un divertissement innocent à la cour – quand bien même, pourquoi le roi s'intéressait-il à elle ? Pourquoi pas à Henriette ?

— Aujourd'hui, révision des actes impolis, proclama la duchesse de Navailles, dans la salle commune. Mademoiselle Louise de La Vallière, voulez-vous commencer ?

— Se couper les ongles en compagnie. Rire fort, proposa Petite.

Elles connaissaient cette leçon par cœur.

— Surtout des erreurs des autres, intervint la duchesse.

— Bâiller, poursuivit Petite.

Non seulement c'était grossier mais en plus, c'était ainsi que le diable s'introduisait en vous.

— Et lire ? demanda la duchesse en avisant la pochette, contenant un ouvrage, accrochée à sa taille.

— On ne doit pas lire pendant que d'autres entretiennent une conversation.

Yeyette et Claude-Marie ricanèrent derrière elle.

— Et inversement.

On ne parlait pas quand d'autres lisaient. Entre les deux, le choix était parfois difficile.

— La lecture à voix haute n'est autorisée que si l'on nous le demande, dit Nicole.

— À condition que la requête provienne de la personne le plus haut placée.

Petite opina. Cette règle-là prévalait par-dessus tout : chaque geste, chaque coup d'œil, chaque respiration se faisait en fonction de son rang.

— Je ne devrais pas avoir à vous rappeler qu'on ne discute pas quand quelqu'un lit, ou chante, ou joue d'un instrument, reprit la duchesse à l'intention toute particulière de Yeyette.

Nicole donna un coup de coude à Petite. La veille, le roi avait ordonné à Yeyette de se taire pendant que Petite chantait.

— Demain, nous reverrons l'étiquette des tabourets.

— On ne doit pas se moquer, chuchota Claude-Marie.

Elle se dirigea vers la sortie en imitant la démarche syncopée de Petite.

— On ne doit pas toiser, renchérit Yeyette en roulant des yeux.

Nicole glissa un bras sous celui de Petite.

— Et surtout, on ne doit pas cracher ! lança-t-elle, en visant habilement la joue de Yeyette.

— Vous n'auriez pas dû ! siffla Petite en attirant Nicole à l'écart.

— Je l'ai à peine humectée, riposta Nicole. Les pestes ! Deux bécasses geignardes. Elles sont jalouses de l'attention que vous prête le roi, voilà tout.

Petite prit la direction du bassin.

— Justement, Nicole, c'est ce que je ne comprends pas. Pourquoi moi ?

Elle ramassa un caillou plat et le fit rebondir sur la surface de l'eau.

— Parce que vous lui plaisez ? supputa Nicole d'une voix teintée de doute.

— Vous savez bien que c'est impossible. (Bien qu'au fond de son cœur ce fut son désir le plus ardent. « Mon cœur de pécheresse », se réprimanda-t-elle.)

— Je sais. Vous avez raison. Pourtant, c'est l'impression qu'il donne.

Partagée entre le désespoir et le désarroi, Petite cueillit quelques-unes des fleurs qui tapissaient les plates-bandes. Pourquoi Henriette semblait-elle encourager le roi ? Pourquoi Claude-Marie et Yeyette étaient-elles aussi jalouses ? Elle n'y était pour rien. Et la reine ? Il était marié. Il n'avait pas à se comporter de cette manière, que ce soit envers Henriette ou envers elle.

— Peut-être n'est-ce que cela : un numéro. Peut-être cherche-t-il à titiller Henriette. C'est assez courant dans les histoires romanesques.

Nicole s'installa sur un large banc de pierre. Petite l'imita.

— Justement. Madame ne semble pas m'en vouloir du tout. Au contraire.

Nicole se pencha en avant, les coudes sur les genoux.

— Quelque chose ne tourne pas rond.

— Pourriez-vous le découvrir ?

— Vous voulez que j'espionne ?

Nicole afficha un sourire.

— Le mystère est résolu, murmura Nicole à Petite, le lendemain matin, à la table du petit-déjeuner. J'ai dû soudoyer l'une des pâtissières.

Elle mordit dans un petit pain, vérifia qu'elles étaient suffisamment isolées pour bavarder en toute quiétude.

— Vous me devez six sous. C'est exactement ce que je pensais : un numéro. Il feint de vous courtiser.

— Comme au théâtre ?

— Oui. Il joue un rôle.

Cette nouvelle l'abasourdit. Elle pensa aux applaudissements du roi, à son sourire approbateur. N'y avait-il donc rien de sincère dans ces manifestations de plaisir ?

— Mais pourquoi ?

— Pour tromper sa mère. Ainsi, la reine mère n'imaginera pas qu'il est amoureux d'Henriette. En faisant mine de séduire l'une de ses demoiselles d'honneur – vous, en l'occurrence –, il peut se rendre chez elle sans éveiller le moindre soupçon. C'est d'ailleurs Henriette qui en a eu l'idée. Ce qui explique sa magnanimité à votre égard.

Petite voulut s'exprimer mais s'en découvrit incapable. Elle était à la fois furieuse et effondrée.

— J'ai toujours su qu'il était amoureux d'Henriette. Je l'ai deviné dès le début! exulta Nicole.

Petite éprouva brusquement l'envie de s'échapper, de se retrouver à l'air libre en compagnie de chevaux, des créatures en qui elle pouvait avoir confiance. Le désintérêt du roi pour sa personne ne la surprenait guère. Elle en était blessée, certes; mais sa désillusion allait plus loin. Le roi, un homme marié, courtisait sa belle-sœur. Pire, il avait ourdi un complot avec Henriette pour duper sa mère. Quel manque de noblesse! Quelle mesquinerie! C'était d'autant plus répréhensible qu'il était roi.

— Je vous donnerai votre argent ce soir, promit-elle à Nicole en se levant brutalement.

Elle s'enfuit dans la pièce avant d'éclater en sanglots.

Une longue et basse structure de pierre et de poutres abritait les écuries royales de Fontaine Belleau. Un homme coiffé d'un chapeau de paille élimé remplissait des seaux au puits situé près de l'entrée. Il se tourna pour regarder passer Petite. D'un côté de la cour boueuse se dressaient une grange où l'on entreposait le foin et, juste à côté, un énorme tas de fumier. Une charrette à deux roues traînait, pleine de crottin de cheval. Un écuyer qui se soulageait contre le mur se détourna.

Affichant une assurance qu'elle ne ressentait pas, Petite pénétra à l'intérieur par une porte ouverte.

Elle s'arrêta le temps que ses yeux s'ajustent à la pénombre. L'endroit était aussi silencieux qu'une église. Des chevaux de toutes tailles et de toutes couleurs passaient la tête par-dessus les portes des stalles alignées de part et d'autre. Jamais elle n'en avait vu autant! Les écuries de Blois étaient minuscules en comparaison de celles-ci. Elle écouta les mâchonnements rythmés, les bruissements dans la paille; elle huma l'odeur familière. Elle se sentait comme chez elle. Il y avait même une badine accrochée au mur pour décourager les sorcières de monter les chevaux la nuit.

Petite sentit plus qu'elle ne perçut le clopinement régulier de sabots. Elle s'engagea sous une arche qui donnait sur une arène circulaire. Au milieu, un Noir – un Maure, à en juger par son turban – faisait travailler un jeune étalon moucheté. Sa robe était grise. Avec l'âge, elle deviendrait blanche mais ce n'était pas un véritable blanc, comme Diablo.

Le Maure s'immobilisa et le cheval pivota vers lui, les oreilles dressées. Le Maure s'avança de trois pas, le bras tendu. Le cheval effectua un demi-tour et repartit au petit trot. Le Maure leva l'autre main et l'animal s'arrêta net.

Il revint vers le Maure, tête baissée en signe de soumission, comme pour brouter. L'homme lui caressa l'encolure et lui mit un harnais, puis se dirigea avec lui vers une barrière. Le Maure était mince. Sa tunique sans col et ses hauts-de-chausses étaient de la même couleur laiteuse. Un sac en toile pendait à sa taille.

Petite eut l'impression de l'avoir déjà croisé quelque part.

— Puis-je vous aider, mademoiselle? s'informa-t-il en s'inclinant à la manière des Maures, les mains pressées devant sa poitrine.

Autour du cou, il portait une petite croix en or suspendue à une chaîne.

Ce fut cet objet qui réveilla les souvenirs de Petite. Les images se bousculèrent dans sa mémoire : un Maure, les gitans, Diablo. Son père. Était-ce lui qui lui avait parlé de la magie de la poudre d'os ?

— Êtes-vous dresseur ? Avez-vous voyagé avec les gitans ?

— Je suis Azeem. Je vous connais ?

Il avait les dents bien droites, étincelantes.

— Il y a des années, au nord de Tours, mon père a acheté un étalon blanc.

Le Maure écarquilla les yeux.

— Êtes-vous ?...

Paume vers le bas, il indiqua la taille d'une enfant.

Petite acquiesça.

— Ce cheval était fou, murmura-t-il en effleurant sa croix.

Petite n'osa pas lui révéler son expérience avec la poudre d'os.

— Au fil du temps, il a fini par se calmer.

— Vraiment ?

— Il était merveilleux mais après la mort de mon père, il...

Il s'était volatilisé. Petite reprit sa respiration.

— Il s'est enfui.

— J'ai cru le voir une fois, dit le Maure en attachant le sien à un anneau en fer forgé. Mais c'était une erreur.

— Je sais, avoua Petite.

Aujourd'hui, Diablo devait avoir à peu près quinze ans. Certains chevaux vivaient plus longtemps encore mais c'était rare.

— Il n'est sans doute plus de ce monde.

Le maître de chasse apparut.

— Avez-vous besoin d'aide, mademoiselle ? demanda-t-il, surpris par sa présence.

— Non, monsieur, répondit-elle avec une révérence discrète.

— Vous préparerez trente-deux montures pour treize heures, sept pour les dames, ordonna-t-il.

Il claqua son fouet sur la barrière avant de tourner les talons.

— C'est vous qui harnachez les chevaux pour la chasse ?

— En général, oui. Monterez-vous cet après-midi avec Madame et le roi ?

Madame Henriette et le roi : le seul fait d'entendre prononcer ces mots attisa la colère de Petite.

— Monter, c'est un grand mot, railla-t-elle. J'adorerais chevaucher celui-ci.

Elle le caressa. Il émanait de lui une énergie primitive, en harmonie avec son humeur.

— Il ne convient pas à une demoiselle.

— J'ai bien monté Diablo.

— Vous ?

Il la dévisagea avec stupéfaction.

— Il était à moi.

Aujourd'hui, il n'était plus qu'une sorte de légende.

Ce fut une chasse implacable. Le roi et ses hommes franchirent champs et marais, bosquets et vignobles à la poursuite du cerf. Les jupes de Petite étaient maculées de boue.

Sur le chemin du retour, le roi prit les devants. À l'orée d'un pré, il leva la main gauche, annonçant une course. Sa monture partit au grand galop et les autres l'imitèrent en poussant des hurlements, chapeaux au vent.

Petite retint son cheval. Elle montait en amazone et d'ailleurs, se mesurer à des hommes – surtout le roi – serait malséant.

— Tout doux, murmura-t-elle, furieuse.

Pourquoi les femmes devaient-elles toujours rester en arrière ? Et pourquoi se souciait-elle de ce qui était bien ou mal ? Le roi s'en fichait. Un sentiment de rage l'envahit de nouveau à la pensée de sa duperie.

— Poussez-vous ! aboya quelqu'un derrière elle avant de la dépasser en soulevant des caillots de boue.

Le cheval de Petite piaffa, secoua la tête. Elle rêvait de s'élancer avec eux, de sentir l'air lui fouetter le visage… mais aussi de prouver qu'on devait la prendre au sérieux. Elle relâcha les rênes et se pencha en avant.

— Hue !

L'animal se propulsa dans le pré, fonça le long d'une allée, sauta par-dessus un ruisseau. Trois hommes près d'un muret la mirent en garde : un cavalier avait chuté. Petite continua à la poursuite de ceux qui s'enfonçaient dans les bois, éperonnant son étalon à coups de talon. Il doubla un concurrent après l'autre. Accrochée à sa crinière, Petite s'abandonna à l'ivresse du moment. Mortdieu, elle volait littéralement ! Elle poussa un cri de bonheur.

Le roi était à quelques foulées devant elle. Elle le dépassa en un éclair, prenant la tête de la course, en territoire inconnu.

Puis elle se rassit et fit ralentir son cheval. Elle était peut-être la première mais elle ne connaissait pas le chemin. Elle jeta un coup d'œil par-dessus son épaule. Le roi et ses hommes avaient ralenti à leur tour et s'engageaient dans la forêt. Lauzun lui coula un regard noir en hochant la tête.

Petite patienta le temps qu'ils passent devant elle puis les suivit, dépitée. L'orgueil précède la chute. Elle avait commis une faute impardonnable : elle avait humilié le roi.

✻

Les courtisans, pressés dans la chambre d'Henriette, se turent à l'apparition de Petite.

— La voici, annonça la princesse à un homme élancé portant la livrée du roi.

Il vint à sa rencontre.

— Mademoiselle de La Vallière, le roi vous attend, déclara-t-il d'une voix forte.

Un murmure parcourut la pièce. Nicole, debout derrière Henriette, lui adressa une grimace de dépit : «Aïe !»

— De quoi s'agit-il ? demanda Petite au serviteur dès qu'ils furent sortis.

Sur le palier, il lui agrippa le bras.

— Dois-je vous l'expliquer ? Vous avez humilié le roi : on a décapité des hommes pour moins que cela.

Petite s'arracha à son étreinte.

— Dites-moi simplement ce que l'on attend de moi.

— Des excuses, pour commencer, ajouta-t-il avec un sourire narquois.

L'antichambre des appartements du roi était petite, sombre, dénuée de meubles et imprégnée d'une forte odeur de chien mouillé. Deux d'entre eux, enroulés devant le feu de cheminée, se levèrent et s'étirèrent. Le premier vint renifler les mules en satin de Petite. Le serviteur l'écarta d'un coup de botte.

— Si vous avez un zeste de bon sens, ce qui n'est apparemment pas le cas, vous vous aplatirez devant lui.

Sur ce, il disparut.

Petite demeura clouée sur place un moment sous la surveillance des chiens. Ah! La situation était grave : on allait la bannir. Sa mère la couvrirait de reproches. La perspective de revivre avec son beau-père et de supporter ses discours interminables n'avait rien de réjouissant.

La porte s'ouvrit. Petite fut soulagée de constater que c'était Gautier.

— Le roi va vous recevoir, mademoiselle de La Vallière, la prévint-il, l'air inquiet.

Petite franchit le seuil. Le roi était assis devant la cheminée, nimbé par la lueur des flammes, un chien beige couché sur un coussin à ses pieds. Il était vêtu de satin et de velours sombres, une épée d'apparat appuyée contre l'accoudoir de son fauteuil.

Petite s'acquitta de l'obligatoire révérence.

— Majesté, je vous dois des excuses, murmura-t-elle, paupières baissées.

— Venez par ici, mademoiselle.

Elle s'avança de cinq pas. À son immense soulagement, elle repéra deux Suisses dans l'ombre : ils n'étaient pas seuls.

— Je me souviens de vous, dit le roi.

Petite le dévisagea. Vraiment ? Était-il possible qu'il se rappelle leur rencontre à Chambord, deux ans auparavant ? Elle avait grandi, ses cheveux tressés et enroulés autour de sa tête étaient dissimulés par un bonnet.

— N'êtes-vous pas la jeune fille qui a dansé la bourrée ? l'interrogea-t-il en fronçant les sourcils.

— En effet, Majesté, répondit-elle, à la fois déçue et rassurée.

Elle remarqua qu'il avait un bouton sur le menton, comme n'importe quel jeune homme de vingt-deux ans. Une fois encore, elle pensa à son braconnier.

— Vous montez bien, enchaîna-t-il avec un sourire.

La chienne se redressa, mamelles pendantes. Elle posa le museau sur les genoux du roi et remua la queue.

— Les femmes n'ont pas cette autorité, en général. Où avez-vous appris ?

— Avec mon père. Il aimait faire la course.

Petite ne savait pas comment interpréter le ton du roi. Il ne paraissait pas en colère. Au contraire, sa voix était teintée d'admiration.

— C'est aussi lui qui vous a appris à danser ?

— Non, Majesté. C'est monsieur le duc de Gautier, au château de Blois.

— Mon Gautier ?

— Oui, Majesté.

La chienne renifla la main de Petite. Elle lui caressa la tête.

— Elle s'appelle Mitte, dit le roi avec affection.

— Elle est magnifique, Majesté.

Ses yeux étaient grands, intelligents.

— Je vous distingue à peine dans la pénombre.

Il tendit un bras vers elle mais Petite eut un mouvement de recul.

— Je vous fais peur ? la questionna-t-il, perplexe. Ne vous ai-je pas montré une faveur ?

Il y eut un long silence.

— Vous devez me répondre.

— Pardonnez-moi, Majesté, mais je serais obligée de vous dire la vérité, confia-t-elle, cramoisie. Je n'y tiens pas.

Il changea de position, observa le feu.

— Ce pourrait être amusant, déclara-t-il enfin, en levant les yeux vers elle. Ça changerait.

Il esquissa un sourire ironique, haussa un sourcil. Petite perçut chez lui une certaine tristesse.

— Sauf votre respect, Majesté, j'ai des raisons de croire que cette faveur dont vous me gratifiez n'est inspirée que par...

Elle rassembla tout son courage, se rappela qu'elle était une des descendantes d'un soldat de Jeanne d'Arc.

—... vos intentions fallacieuses, balbutia-t-elle enfin.

— Et pourquoi donc, je vous prie ?

Cette fois, Petite s'avança dans le cercle de lumière. Elle ne voulait pas que les gardes l'entendent.

— Afin de tromper la reine mère, Majesté. Car c'est la femme de votre frère que vous courtisez, ce qui lui déplaît. Il vaut mieux qu'elle soit convaincue que c'est moi qui vous intéresse.

Elle s'accrocha au dossier d'un fauteuil. Son cœur battait à toute allure.

— Ainsi vous pouvez rendre visite à Henriette aussi souvent que vous le souhaitez sans éveiller les soupçons de votre mère.

Un silence pesant les enveloppa. Elle avait parlé. On allait la bannir, ou pire.

— Vous êtes aussi téméraire dans vos paroles qu'à dos de cheval, soupira-t-il avec un sourire. En toute franchise, je vous en félicite.

Petite se redressa. Elle ne serait donc pas sanctionnée ?

— J'ai le regret de vous dire que vous avez raison. J'aime la femme de mon frère, mais comme une amie et une sœur. Ma mère... Elle est d'une époque où les hommes et les femmes ne se liaient pas d'amitié. Elle ne comprendrait pas. Il est vrai qu'Henriette a inventé cette ruse pour que nous puissions profiter l'un de l'autre en toute tranquillité. Au début, c'était pour rire mais avec le recul, je me rends compte que ce n'était pas un acte honorable. Je vous prie d'accepter mes excuses.

Petite fixa ses souliers au bout usé. Elle avait eu l'impudence d'accuser le roi. Elle était impardonnable.

— Majesté, je suis une La Vallière. Ma famille est humble mais loyale. *Ad principem ut ad ignem amor indissolubilis* est notre devise.

Le roi fit une moue.

— Mon latin laisse à désirer, je l'avoue.

— «Près du prince comme près du feu», récita-t-elle, écarlate. Éternel.

Leurs regards se rencontrèrent. Fasciné, il tortilla sa moustache.

— Monterez-vous avec nous demain, mademoiselle?

— Si tel est votre souhait.

— Voyez-vous, dit le roi en tirant sur un cordon de sonnette, moi aussi, j'aime faire la course.

Chapitre 17

Petite monta avec le roi le lendemain après-midi. Le groupe comptait vingt-trois cavaliers. Le monarque donna le signal et ils partirent au petit trot le long des allées. En débouchant dans les prés en fleurs, ils se lancèrent au grand galop, sautant par-dessus ruisseaux, barrières et marécages.

Les chiens flairèrent presque immédiatement les déjections d'un cerf de bonne taille. Les valets de meute qui les tenaient en laisse se laissèrent entraîner dans les broussailles. L'animal, un mâle splendide, fut acculé et le roi l'abattit d'un coup net.

«Je suis la seule femme présente», se dit Petite.

Le cerf les avait conduits dans un coin particulièrement dense du parc et les dames du palais avaient préféré faire demi-tour de peur de se salir.

Le veneur qui l'avait dépouillé reçut une épaule, le premier valet, le pelage. Mitte, la chienne préférée du roi, eut droit à la tête. Elle se rua sur sa récompense en grognant et en remuant la queue pendant que les autres dévoraient leur part.

Le roi observa sa chienne avec un plaisir non dissimulé.

— Vous remettrez une patte à mademoiselle de La Vallière, ordonna le roi.

— Merci, sire, murmura Petite en accrochant le trophée ensanglanté à sa ceinture.

Au fil des semaines, elle accompagna la chasse presque tous les après-midi. Son audace et sa témérité suscitaient curiosité et admiration. Elle était aussi habile à la lance que n'importe quel homme. Lors des courses, elle prenait la tête en alternance avec le roi. Les courtisans étaient incapables de les rattraper.

Elle rentrait les vêtements imprégnés de l'odeur des chevaux, les bottes maculées de boue, les boucles en désordre. Yeyette et Claude-Marie l'observaient avec méfiance. Quelle sorte de fille était-elle ?

Au cours des soirées, dans le petit salon d'Henriette, le roi avait souvent un mot gentil pour elle. Elle était autorisée à participer à la conversation quand les hommes évoquaient la chasse du jour, les forces et les faiblesses de divers chevaux ou des chiens du roi. Henriette se tenait sur la réserve, perplexe.

Le temps était délicieux : de toute évidence, les dieux étaient heureux. Quand elle ne chassait pas, Petite répétait le spectacle. Fêtes et divertissements se succédaient chaque soir, suivis de promenades nocturnes dans le parc, même par les nuits sans lune. La nuit était propice aux distractions.

— Je crois que nous avons de la visite, confia Nicole à Petite tandis qu'elles regagnaient le château à bord de leur carrosse après l'une de ces expéditions.

Petite regarda par la fenêtre. Un grand cheval bai était arrivé à leur hauteur. Le cavalier donna un coup de chapeau et la torche de la voiture illumina son visage.

— Sire ? s'exclama Petite, sidérée.

— Comment allez-vous, mademoiselle de La Vallière ?

— Très bien, bredouilla-t-elle. Et vous, Majesté ?

Il opina.

— J'ai beaucoup apprécié la répétition de cet après-midi.

— Vos solos sont exceptionnels.

Le spectacle devait avoir lieu six jours plus tard.

— J'aimerais en être convaincu. Le vôtre est remarquable.

— Merci !

— Qu'avez-vous pensé de la chasse de ce matin ?

— En toute franchise ?

— Je n'en attends pas moins de votre part, admit-il, un sourire dans la voix.

— Mon faucon était parfait et mon palefroi, obéissant, mais j'avoue que… ce n'est pas ce que je préfère.

— C'était une requête de ces dames.

— Oui. Elles étaient ravies, surtout Madame.

— Mais ce n'est pas assez vigoureux pour vous.

— Je l'avoue.

— Je projette une chasse au sanglier après la Saint-Michel. Mes chiens devraient être au point d'ici là.

— J'ai relevé les traces d'un solitaire hier, sire, près du premier marécage. Les empreintes étaient assez larges.

— Ce doit être le sanglier que surveille mon maître de chasse. Il est dans sa cinquième année. Peut-être pourriez-vous me montrer l'endroit où vous les avez repérées ? Nous acculons le cerf demain.

— Volontiers.

Le roi la salua, éperonna sa monture et fila au galop, effrayant les chevaux du carrosse.

Nicole déploya son éventail.

— Très intéressant, commenta-t-elle.

— Je ne savais pas que vous vous intéressiez à la chasse.

— Ah ? Parce que pour vous, ce n'était rien d'autre qu'une vulgaire conversation sur la chasse ?

Grâce aux messes quotidiennes commanditées par Henriette en faveur du beau temps, pas un nuage n'obscurcissait le ciel, le matin du spectacle. Chacun s'affairait aux préparatifs de dernière minute, répétait son texte, sa chorégraphie, rajustait ses costumes. Dans sa chambre jonchée de tissus et de rubans, Henriette éclatait en sanglots à la moindre provocation.

Le chaos régnait aussi dehors. Les jardins fourmillaient de serviteurs chargés de planter des torches pour éclairer les avenues. Les menuisiers sciaient et martelaient à tout-va afin de mettre la touche finale à la scène dressée devant le bassin. Un décor de branches d'arbres devait créer l'illusion de la campagne. Au comble de la fébrilité, Gautier courait ici et là pour faire face aux catastrophes qui se multipliaient inévitablement avant un événement d'une telle importance : le rail vertical pour les nuages se coinçait, le rideau de velours que l'on venait de mettre en place était trop court…

Malgré tout, à vingt heures précises, les trompettes annoncèrent l'arrivée de la reine et de la reine mère. On sonna l'énorme gong en cuivre et trente-deux pages allumèrent les trente-deux torches alignées en bordure de la plateforme. Les musiciens s'armèrent de leur instrument, monsieur de Lully leva son bâton, les pans du rideau précipitamment rallongé s'écartèrent et un chœur de bergers entonna le premier air :

— *Qui, dans la nuit…*

En coulisses, malheureusement, c'était le bazar. Gautier, déguisé en faon, comptait les têtes.

— Où est Pierre ?

— Il soulage un besoin naturel, répondit Monsieur Philippe, la voix étouffée par son masque.

Il ajusta la couronne de blé de son frère. Vêtu d'une toge, Sa Majesté, qui s'apprêtait à incarner la déesse Cérès, se laissait maquiller sans s'impatienter.

— Mon carquois ! s'écria Henriette, en fouillant dans son panier d'accessoires.

Nicole, qui aidait au maquillage, tendit à sa maîtresse un étui contenant une gerbe de plumes aux pointes argentées. Petite se tenait avec les neuf autres nymphes, toutes habillées de voile vert pailleté d'argent.

— Première entrée ! annonça Gautier.

— Ce ne peut pas être nous, balbutia Henriette.

Nicole feuilleta le livret, un pinceau serré entre les dents.

— Non. D'abord ce sont les faons ; Diane et les nymphes viennent ensuite.

— Sainte Vierge Marie veillez sur moi, chuchota Henriette en se signant. Au moins, je n'ai pas à descendre des cieux.

— Ce n'est pas comme moi ! dit le roi.

Tout le monde rit aux éclats. Petite l'observa à la dérobée. Elle avait du mal à ne pas sourire devant cette image d'une déesse musclée à moustache. Louis souleva sa couronne de blé comme si c'était un chapeau pour la saluer.

Les chœurs reprenaient de plus belle – *Qui, dans la nuit* – en alternance avec une voix angélique vantant les merveilles de l'amour. Les applaudissements crépitèrent, les acclamations fusèrent, dominés par le rire, reconnaissable entre tous, de Lauzun (une sorte de braiment d'âne) pendant que les faons quittaient le plateau.

— Entrée, deuxième acte !

Gautier s'affairait à remettre d'aplomb une branche d'arbre.

— C'est à nous.

Henriette prit sa position en coulisses, ses dix nymphes alignées derrière elle, chacune tenant un panier de pétales de fleurs à jeter aux pieds de leur déesse.

— Votre arc, madame.

Nicole se précipita vers Henriette pour le lui remettre.

Henriette s'installa gracieusement sur le trône garni de fougères. Le rideau s'ouvrit, la musique commença et les dix nymphes dansèrent un menuet autour d'elle. Tour à tour, l'une d'entre elles venait au centre exécuter son solo. Petite, avant-dernière, faillit s'évanouir en voyant madame de Gourdon trébucher et mademoiselle de Méneuille oublier ses pas. Sa jambe gauche se mit à trembler. Tiendrait-elle jusqu'au bout?

Elle entendit quelqu'un chuchoter son prénom et se retourna: le roi la gratifia d'un sourire encourageant. Le cœur battant, Petite s'élança au milieu de la scène.

Le lendemain, le temps était gris et humide. Un pique-nique en forêt figurait au programme mais Henriette, d'humeur grincheuse, décréta que ses filles d'honneur partiraient plus tôt afin de se baigner dans l'étang avant de rejoindre le roi et ses hommes. Elle expédia Nicole et Petite dans la cour pour vérifier que tout était prêt.

— Madame boude, constata Nicole, en présentant un panier de serviettes de bain au cocher.

— C'est sans doute dû à son état, répliqua Petite, concentrée sur la liste.

La princesse n'avait pas eu ses règles ce mois-ci et l'on chuchotait qu'elle était peut-être enfin enceinte.

— Je crois que c'est à cause du spectacle d'hier.

— Mais tout s'est si bien passé ! protesta Petite.

Tapisseries, serviettes, tapis, costumes de bain : tout était là.

— Trop, même. Claude-Marie prétend qu'elle est jalouse parce qu'on a applaudi votre solo.

— Tout le monde a été applaudi.

Petite plia le papier et le glissa dans sa ceinture.

— Oui, mais le roi vous a acclamée ! insista Nicole.

Petite ébaucha un sourire. C'était vrai. Avec enthousiasme. Elle en avait été grisée de bonheur.

— Ce n'est pas ce que vous imaginez, ajouta-t-elle, en jetant un coup d'œil vers l'entrée, car des voix résonnaient dans l'escalier. J'aime les chevaux, le roi aussi. C'est tout.

— Il aime les chiens, vous aussi ; il aime chasser, vous aussi ; il aime danser, vous aussi ; il aime...

— Chut !

Henriette émergea du bâtiment, suivie d'Athénaïs, de Claude-Marie et de plusieurs autres servantes.

Deux valets en livrée grise se précipitèrent pour aider Henriette à monter dans le carrosse avec Athénaïs, Nicole et Claude-Marie. Petite grimpa dans le deuxième avec deux des demoiselles d'honneur de la reine mère et une de ses femmes de chambre. Son cœur se serra : Henriette lui faisait-elle la tête ? En général, c'était avec la princesse qu'elle voyageait.

Au bord de l'étang, les valets étalèrent des tapis sur l'herbe et suspendirent des tapisseries aux branches des arbres pour que ces dames puissent se changer en toute discrétion. Nicole aida Henriette à ôter sa robe. Petite lui tendit son long costume de bain gris mais la princesse lui tourna le dos.

— Je m'en occupe, articula Nicole en prenant le relais.

Les joues écarlates, Petite rejoignit les autres servantes et se mit en chemise. Furieuse, elle passa au pas de charge devant les femmes assises sur la berge et pénétra dans l'eau peu profonde. Des poissons minuscules nageaient autour des rochers.

— Petite sœur ?

C'était Athénaïs, réfugiée dans une rocaille.

— Madame la marquise. Je ne vous avais pas vue.

— Je préfère me mettre là plutôt que sur les tas de sable.

Athénaïs s'assura que toutes ses boucles étaient bien rentrées sous son turban bleu. Des bagues scintillaient sur deux de ses doigts.

— Je vous félicite pour votre performance d'hier soir. Madame Henriette doit être ravie.

— Pas exactement.

Petite jeta un coup d'œil vers le ciel. De gros nuages noirs se rassemblaient à l'horizon. Jusqu'où pouvait-elle se dévoiler ?

— Elle m'en veut.

— C'est normal. Vous avez été applaudie.

— Henriette m'a invitée à participer à cet événement parce qu'elle prétend aimer ma façon de danser.

— Quelle innocente vous êtes ! s'exclama Athénaïs avec un sourire indulgent. Nous parlons une autre langue à la cour – dans ce «pays», comme nous l'appelons. À croire que c'est une contrée étrangère. Ce n'est pas faux. La frontière est mince entre bien faire et se contenter de faire aussi bien qu'un prince ou une princesse. Pourquoi croyez-vous que seul le fils d'un prince soit autorisé à donner les cartes au jeu de bassette ? Pas parce que cela exige un talent quelconque, mais parce que c'est un rôle lucratif. Lucratif :

c'est le mot magique, celui autour duquel tourne tout le reste. Le secret est là.

— Il ne s'agissait que d'une chorégraphie !

— Ne voyez-vous pas le lien ? Tout le monde cherche l'approbation du roi. Pourquoi ? Parce que c'est lucratif. Une femme de la cour, même une princesse, fera tout pour gagner...

Elle marqua une pause pour l'effet et conclut avec malice :

— ... son amitié.

— À vous entendre, c'est dangereux.

Les trompettes retentirent à l'arrivée des trois voitures de Madame dans la clairière. Les chevaux hennirent, les hommes s'exclamèrent. On avait dressé des tables dans l'herbe, à l'abri d'une tente.

Les hommes n'étaient là que depuis quelques instants. Il leur restait encore à tuer un cerf mais ils arboraient des mines réjouies. Les chiens aboyaient, surexcités. Cinq violonistes groupés à l'écart jouaient des mélodies nostalgiques en porte-à-faux avec la gaieté de la manifestation. Le roi accrocha le regard de Petite. Elle inclina brièvement la tête et se détourna.

On conduisit Madame Henriette à la place d'honneur, à la droite du roi, et son mari à la gauche de ce dernier. Puis on installa les courtisanes. Nicole jeta un coup d'œil chagrin à Petite quand le valet d'Henriette la mena tout au bout de la table.

Des laquais s'avancèrent avec des coupelles d'eau parfumée afin que les dames puissent se rincer les mains. Consciente de son statut amoindri, Petite prit grand soin d'attendre que tout le monde eut mis sa serviette avant de déplier la sienne.

La nourriture était riche, le vin coulait à flots. On but à la santé de Sa Majesté, puis à celle des reines absentes. Quand les musiciens attaquèrent une sarabande entraînante, on but à la santé de Monsieur et de Madame puis de nouveau, à celle du roi.

Louis jeta un os à Mitte, assise à ses côtés. Immédiatement, son valet s'approcha pour lui nettoyer les doigts. Il les sécha sur une serviette en lin et se cala dans son siège.

Le temps s'était assombri. Les coins de la tente claquèrent. Soudain, un éclair zébra le ciel. Au premier roulement de tonnerre, le roi se mit debout. Un instant plus tard, ce fut le déluge. Les pages se précipitèrent auprès des chevaux pendant que les valets rassemblaient les chiens. Les femmes poussèrent des cris quand une bourrasque renversa l'une des tables, les éclaboussant de vin et de restes de victuailles. D'un geste preste, le roi et son frère aidèrent Henriette à monter dans son carrosse. Ils luttèrent contre le vent pour fixer les stores en cuir sur les fenêtres afin de la protéger des intempéries.

Affolée par la foudre, Mitte fonça en gémissant dans les bois, la queue entre les pattes. Petite saisit le bout de sa laisse.

— Doucement! protesta-t-elle en trébuchant dans les broussailles.

Elle tira violemment sur la longe, immobilisant l'animal. La pluie tombait à seaux. Petite fit stopper la chienne effrayée et se faufila avec elle entre les buissons jusqu'à une trouée encore sèche. Trempée de pied en cap, elle s'affaissa sur le tapis d'aiguilles de pin. La chienne lui lécha le menton.

— Doucement, répéta-t-elle en lui caressant la tête.

— Mitte!

C'était une voix d'homme.

— Mitte !

La chienne poussait des plaintes.

— Elle est ici, sire ! répondit Petite, mais le tonnerre lui coupa la parole.

Petite entendit des craquements et la tête d'un homme apparut entre les branches.

— Votre Majesté !

Elle tenta de se lever mais elle était coincée.

— Mademoiselle de La Vallière ? Et ma chère Mitte !

Le roi étreignit la créature terrifiée.

— Elle a toujours eu peur de l'orage. Et quel orage ! ajouta-t-il, un éclair illuminant ses traits.

Petite dénoua le foulard autour de son cou et le lui offrit.

— Sire ?

— Merci.

Il s'essuya la figure et lui rendit le fichu.

— La terre est sèche, ici.

— Oui, dit Petite en changeant de position pour lui céder de la place.

L'espace était réduit, surtout en compagnie d'un chien nerveux. Petite huma un mélange de senteurs : la terre mouillée et des effluves d'un parfum floral, fort agréable. Du jasmin, sans doute.

Le roi serrait Mitte contre lui, un coude frôlant le bras de Petite, et un genou, sa cuisse. Elle s'empressa de croiser les bras. Dans ce minuscule refuge, elle n'entendait plus que les battements de son cœur.

Le roi se tourna vers elle.

— Vos cheveux.

Elle porta les mains à sa coiffure. Son chapeau s'était envolé alors qu'elle se précipitait derrière le chien. Tête nue, boucles emmêlées et trempées, elle avait l'impression d'être nue.

— Ils sont dorés comme les blés, murmura-t-il.

Tout à coup, son regard s'illumina.

— Ça y est ! Je me rappelle où je vous ai déjà vue !

Petite le dévisagea, interloquée. Il la voyait tous les jours : aux parties de chasse, aux répétitions, aux soirées d'Henriette.

— Vous n'imaginez pas combien de fois je vous ai contemplée en me demandant pourquoi j'avais la sensation de vous connaître. À présent, je sais. C'est vous qui étiez à la poursuite d'un cheval fugueur dans le parc de Chambord.

Petite s'empourpra.

— Vous êtes...

Elle baissa le nez.

— ... la déesse Diane.

Était-ce un mot d'esprit ? Mais il reprit avec ardeur :

— J'ai souvent pensé à vous depuis ce moment. Je n'ai jamais oublié la vision de cette ravissante jeune fille aux boucles blondes, qui chevauchait si fièrement.

Il avait les yeux noisette ourlés de longs cils. Ce visage, Petite le connaissait par cœur : le nez ciselé, le menton rond, le front large, les lèvres gourmandes.

— Avez-vous froid ?

— Non.

Un violent coup de tonnerre la fit sursauter.

— Pourtant, vous tremblez.

Il marqua une pause, tendit la main, effleura son menton.

— Je vais très bien, sire, assura-t-elle en soutenant brièvement son regard.

Une rafale secoua les branches au-dessus de leurs têtes, les arrosant de gouttelettes de pluie. « Une sorte de bap-

tême », songea Petite tandis que Louis se penchait vers
elle.

Le chien lui lécha la main. Petite eut un mouvement de
recul, son cœur bondit.

— Pardonnez-moi.

Mitte poussa un gémissement. Le roi la cajola. Il avait
des mains longues et fines, des mains de musicien. Il ne
portait pas de bagues.

Petite en toucha une.

Il pivota vers elle. Il faisait si sombre qu'elle distinguait
à peine ses yeux. La pluie avait redoublé de force, le vent
hurlait. Ils étaient seuls dans leur tout petit monde.

Petite sentit le souffle de son haleine imprégnée de vin
sur ses joues. Elle cessa de respirer.

Le roi posa délicatement ses lèvres sur les siennes. Puis,
il plaça une main sur son épaule et appuya son front contre
le sien. « Encore », pria Petite, frémissante. Elle avait envie
de le savourer.

— C'est la première fois que je reçois un baiser, sire,
avoua-t-elle. Je ne suis pas certaine de la manière dont je
dois m'y prendre.

Il laissa courir ses doigts dans la chevelure de la jeune
fille et renversa sa tête en arrière. Il était fort. Petite se
blottit contre lui. Elle sentit sa bouche, son menton râpeux,
puis sa langue lui titilla les dents. Un flot brûlant la submergea. Le chien geignait, la tempête faisait rage mais il
n'y avait plus que lui. Elle laissa échapper un soupir de
plaisir et s'abandonna.

Chapitre 18

«Jamais plus», se promit Petite en essorant ses cheveux trempés dans une petite vasque bleue. Avant de quitter la forêt, elle avait cassé une brindille de l'arbre contre lequel ils s'étaient appuyés, celui qui les avait abrités. Elle la glissa dans le cadre de sa glace. Trois feuilles, une pour chaque baiser.

«Jamais plus.» Elle étala le fichu dont il s'était servi pour s'essuyer la figure sur la table et posa dessus la vasque d'eau de pluie. Ses reliques. Son reliquaire.

« Sainte Marie, mère de Dieu, vous savez combien je suis faible, rendez-moi de la force, amen. »

Le chapelet de son père serré entre ses doigts, Petite pria devant la statue de la Vierge Marie jusqu'à en avoir les genoux endoloris. Elle était toujours chaste, pourtant elle se sentait souillée. «Sainte Marie, donnez-moi la force.» De ne plus jamais l'embrasser, de ne plus jamais le regarder dans les yeux. De ne plus savourer la douceur de ses mains dans ses cheveux. «Ô Marie!»

Jamais plus. Jamais plus. Jamais plus.

Le lendemain matin, Petite ne se présenta pas devant Madame Henriette. Elle refusa de se joindre aux divertissements de la cour.

— Je ne me sens pas bien, expliqua-t-elle à Clorine.

La seule pensée de se trouver en présence de la reine lui donnait des nausées.

— Je vais faire quérir le chirurgien, répondit Clorine.

Celui-ci, un homme édenté à l'haleine fétide, déclara Petite aux portes de la mort. Il la saigna et la purgea pour la somme de quatre deniers. Petite n'avait plus alors à faire semblant : elle était vraiment souffrante, beaucoup trop malade pour se lever.

Le troisième jour, Gautier vint prendre de ses nouvelles. Il bavarda pendant un long moment avec Clorine dans le couloir.

— Quel gentilhomme ! commenta-t-elle en fermant la porte derrière elle. J'ai l'impression qu'il est amoureux de vous.

Elle présenta un livre à Petite.

— Il vous a apporté ceci. On lui a laissé entendre, je cite « laissé entendre » que vous appréciez la poésie. N'est-ce pas attentionné de sa part ? Vu son statut, cela me paraît peu probable mais peut-être se passerait-il de dot ? Cela arrive de temps en temps.

— Clorine, je n'épouserai pas le duc de Gautier, marmonna Petite en prenant l'ouvrage.

Si le roi souhaitait lui transmettre un message personnel, Gautier était l'homme qu'il lui fallait.

— Il est de haute naissance.

— Gautier ne demandera pas ma main, je peux vous l'assurer.

Petite examina le volume. La couverture en cuir usée était joliment travaillée. C'était une traduction des *Idylles* de Théocrite. Elle adorait la poésie bucolique. Soudain, elle remarqua un mot glissé dans l'« Idylle 4 », « Bergers ». Elle s'empressa de le cacher sous ses couvertures.

Quand Clorine l'abandonna enfin pour descendre chercher de l'eau au puits de la cour, Petite déplia le papier. Il n'était pas signé de la main de Louis comme elle l'avait craint (et espéré), mais de celle de Gautier : *Le roi veut vous voir. En privé.*

« Sainte Marie, mère de Dieu ! »

Au retour de Clorine, Petite lui rendit le livre.

— Je suis trop lasse pour me concentrer. Il faut le rendre au duc avec mes regrets.

Petite avait eu la force de résister au roi mais elle n'avait aucun contrôle sur ses pensées. Elle rêvait de lui chaque nuit, se réveillait en pensant à lui, réécrivait l'histoire : l'orage cesse, ils émergent tous deux dans la lumière du soleil ; la reine est morte, ou un événement du même genre, et il n'est plus roi ; elle l'appelle Louis, il l'appelle Louise. Main dans la main, ils s'enfuient dans la campagne où un prêtre errant les unit. Ils tombent sur la hutte délaissée d'un garde forestier et en font leur demeure. Il la prend dans ses bras...

« Sainte Marie, mère de Dieu ! »

Elle priait du lever au coucher tout en s'inquiétant des drôles d'idées qui lui traversaient l'esprit et d'autres changements inexplicables. Ses seins étaient douloureux, elle avait des sensations étranges dans la région du bas-ventre. Elle subissait des pertes bizarres. Au début elle avait cru que c'était ses règles, un peu en avance, mais le fluide était clair. Sans nul doute, elle avait attrapé une horrible maladie.

— Voyez ce magnifique bouquet que vous offre le duc ! s'exclama Clorine. Il va vous demander en mariage d'un jour à l'autre. Croyez-moi.

Le cinquième jour, Clorine remit un petit paquet à sa maîtresse.

— C'est encore un livre de la part de monsieur le duc. Une romance, cette fois, de la fameuse Madeleine de Scudéry. Une lecture plus facile que la poésie, prétend-il. Il espère que vous en serez divertie. Quelle délicatesse ! Il est assez âgé, certes, mais il a la jeunesse du cœur. Il ferait un excellent mari.

Petite opina distraitement en feuilletant l'ouvrage tandis que Clorine continuait à jacasser. Tiens ! Pas de message...

Elle se laissa retomber sur ses oreillers, le regard sur ses reliques – la vasque d'eau de pluie, le mouchoir, la brindille à trois feuilles, une pour chaque baiser. « Jamais plus. »

Peut-être cet abominable chirurgien avait-il dit vrai : peut-être était-elle aux portes de la mort.

L'inscription se trouvait en marge de la onzième page : *Je vous en supplie, il faut que je vous voie. L.*

Elle pressa le livre contre son cœur battant. Puis, dans un effort surhumain et avec une prière à la Vierge, elle rendit l'ouvrage à Clorine.

— Il faut le rendre à monsieur le duc de Gautier. Avec mes regrets.

Le moment vint où Petite fut obligée de quitter son lit. Une jeune femme ne pouvait endurer qu'un certain nombre de saignements et de purges.

— Vous avez l'air d'un fantôme, déplora Clorine en essayant de l'encourager à manger une part du gâteau qu'elle avait demandé à la pâtissière de confectionner en l'honneur de son dix-septième anniversaire.

— Merci, Clorine, mais je n'ai aucun appétit.

Sa chemise en laine de lin pendouillait sur ses épaules.

On gratta à la porte. Nicole apparut avec quatre oranges.

— Où étiez-vous passée ? s'informa-t-elle. J'ai dû reprendre votre lecture de *Don Quichotte* à Madame et j'en ai assez. Voici quelques fruits. Je les ai volés sur la table d'Henriette, précisa-t-elle avec fierté. À propos, elle n'est plus fâchée contre vous.

Nicole pivota pour s'assurer que Clorine ne pouvait l'entendre.

— Je soupçonne la princesse d'avoir jeté son dévolu ailleurs, siffla-t-elle en haussant les sourcils. Elle m'a même chargée de vous demander quand vous allez reprendre votre service. Êtes-vous mourante ?

— Je suis souffrante, marmotta Petite, perplexe.

Elle était soulagée qu'Henriette ne soit plus en colère, mais que voulait dire Nicole par « jeté son dévolu ailleurs » ?

Nicole tâta le front de Petite.

— Vous avez dû prendre froid pendant l'orage. Vous êtes rentrée trempée jusqu'aux os.

Elle la dévisagea d'un œil inquisiteur.

— Le roi aussi. Vous étiez tous deux plutôt rouges. Où vous étiez-vous réfugiés ?

— Clorine ! Il faudrait une coupelle pour ces oranges… Ne parlez pas du roi, pas devant ma bonne, enchaîna-t-elle dès qu'elles furent seules.

— Il s'est donc bien passé quelque chose. Mon Dieu ! Je n'y crois pas.

Petite effleura le bras de son amie.

— Ce n'était qu'un baiser mais il ne faut le dire à personne.

Enfin... trois baisers. Trois baisers étourdissants, ensorcelants.

— Le roi vous a embrassée?

— Promettez-moi de ne rien dire, Nicole. Cela ne se reproduira jamais.

— Nous devons convenir d'un code. Que pensez-vous de «Prince Chéri?» Non, pas assez subtil. «Ludmilla?» Si je vous demande «Avez-vous vu Ludmilla?», vous saurez à qui je fais allusion.

— Sauf que nous n'aurons plus aucune raison de parler d'elle, rétorqua Petite tandis que Clorine ressurgissait avec un bol en bois fendillé.

— Hélas, ma chère, je dois retourner à mon devoir et à cet exaspérant *Don Quichotte*, dit Nicole en bâillant ostensiblement. Prenez soin de vous. Je crains qu'une mauvaise fièvre ne circule. Ludmilla est, elle aussi, en piteux état.

— Peu m'importe la santé de Ludmilla, grommela Petite en chassant Nicole avant qu'elle ne commette un impair.

— Qui est Ludmilla? demanda Clorine dès que la porte fut fermée.

— Tu ne la connais pas, répondit Petite en s'adossant contre le mur.

De nouveau, on frappa. Elle sursauta. Pourvu que ce ne fût pas Nicole.

— Zut! C'est sûrement Gautier, maugréa Clorine.

Elle disparut brièvement.

— Je ne m'étais pas trompée : il désire vous parler, mademoiselle.

— Non.

— Vous avez perdu plusieurs kilos mais je peux vous rembourrer là où il le faut.

— Ce n'est pas la raison de mon refus.

— Vous n'avez donc pas envie d'un mari ?

Clorine la saisit par l'épaule.

— Allez le retrouver. Et soyez aimable.

Monsieur le duc de Gautier souleva son chapeau et s'inclina respectueusement. Mademoiselle de La Vallière n'était qu'une fillette dégingandée quand il avait fait sa connaissance à Blois, quatre ans auparavant. Aujourd'hui, elle était devenue une jeune femme mince et gracile comme une fleur… une délicate fleur sauvage dont la présence paraissait équivoque au sein de la flore exotique de la cour.

Il scruta le couloir mal éclairé et se pencha vers elle.

— Sa Majesté m'a prié de venir vous parler en sa personne, chuchota-t-il.

Il leva une main.

— S'il vous plaît, mademoiselle, permettez-moi d'aller jusqu'au bout. Acceptez-vous de lui parler ?

— Non, monsieur.

— Sa Majesté n'a ni dormi ni mangé depuis des jours.

Le roi dont l'appétit était légendaire ! Au cours d'un seul repas, il n'était pas inhabituel pour Sa Majesté de consommer trois ou quatre bols de soupes diverses, plusieurs platées de viandes épicées et une assiettée de gâteaux. En ce moment, il refusait d'avaler ne fût-ce qu'un potage. Même l'eau de fleur d'oranger glacée qu'il affectionnait au coucher lui répugnait. Son médecin était inquiet.

— Mademoiselle ?

Gautier n'hésiterait pas à la supplier s'il le fallait.

Elle secoua la tête.

— Il dépérit. Il n'assiste plus aux conseils, il ne va plus chasser. Il souffre, je vous le dis.

Les magnifiques yeux bleus de Petite se voilèrent de larmes. Elle était belle comme un ange. Gautier perçut sa fragilité : elle était amoureuse.

— Quelques mots seulement, insista-t-il.

— Serez-vous présent ?

— Faites-moi confiance.

Rencontrer le roi dans l'intimité tenait de l'exploit puisque sa vie était publique, aussi fut-il décidé qu'ils se retrouveraient dans les appartements de Gautier.

— Aujourd'hui à seize heures, précisa-t-il en lui tendant une cape de couturier.

Les couturiers fréquentaient beaucoup ses quartiers, vu le nombre de productions théâtrales qu'il dirigeait. Gautier lui glissa un plan. Le château était un labyrinthe ; on s'y perdait facilement.

Petite se rendit au rendez-vous comme convenu, travestie en tailleur. Elle avait dû mentir à Clorine, lui raconter qu'elle allait chez Madame, que toutes les demoiselles d'honneur seraient déguisées en subalternes. Encore un caprice de la princesse, une de ses idées folles.

— Tu la connais.

Clorine avait froncé les sourcils, interloquée, puis avait continué de raccommoder la sur-robe de cavalière de sa maîtresse.

— Je n'en ai pas pour longtemps. Je reviendrai me changer pour la soirée.

Sur le seuil, Petite avait remonté sa capuche. Elle avait tendu l'oreille à l'affût d'un bruit de pas ou d'un bruissement de jupes avant de se précipiter dans l'escalier. Parvenue sur le premier palier, elle avait bifurqué à gauche dans le passage éclairé par des torches. « Je vais voir le roi », se dit-elle, la gorge nouée.

Elle s'immobilisa, suffocante, devant une étroite fenêtre pour étudier le schéma de Gautier. La feuille tremblait dans ses mains gantées. Non, elle s'était trompée de direction. Elle fit demi-tour, salua discrètement un groupe de nobles venant en sens inverse. Devant la statue de Vénus nichée sous l'escalier suivant, elle tourna à gauche, puis à droite, puis... Enfin ! La plaque en cuivre au nom de Gautier.

Elle marqua une pause avant de frapper. Il n'était pas encore trop tard. Elle pouvait se dérober. « Sainte Marie ! » chuchota-t-elle tandis que la porte s'ouvrait devant elle.

— Ah ! C'est vous.

Gautier parut soulagé.

Petite n'abaissa sa capuche qu'une fois à l'intérieur. Les volets étaient clos. La pièce était sombre, éclairée par trois bougies seulement. Elle mit quelques instants à s'accoutumer à la pénombre. L'appartement n'était pas grand mais il était meublé avec goût. Le lit à baldaquin garni de brocart bleu pâle occupait pratiquement tout l'espace. Petite posa son panier en osier par terre et enleva ses gants.

— Je me suis perdue, avoua-t-elle en déboutonnant la cape.

— Sa Majesté ne devrait pas tarder. Je suis désolé de ne pas pouvoir vous fournir un siège. Puis-je vous offrir un bol de bouillon ?

Petite refusa d'un signe de tête et s'appuya contre une vitrine.

— C'est rafraîchissant, parfumé à la menthe.

— Non merci, monsieur.

Un petit coup retentit à la porte. Petite ferma les yeux. Si un vertige la saisissait, elle baisserait la tête et respirerait profondément.

Le roi entra, déguisé en vendeur de partitions musicales. Il avait rasé sa moustache.

— Qu'en pensez-vous? demanda-t-il à Gautier en étirant les bras. Je me suis même muni d'œuvres de bonne qualité.

— Personne ne vous a reconnu, sire?

Gautier essuya son front ruisselant.

— Pas même la duchesse de Navailles.

Le roi ôta sa perruque et secoua ses cheveux.

«Ciel!» La surveillante des demoiselles d'honneur? Petite pressa une main sur son cœur.

— Je vous laisse à présent, sire, déclara Gautier en plaçant les partitions sur une écritoire sous la fenêtre. Quand vous voudrez que je revienne, il vous suffira d'ouvrir les volets.

Petite pivota vers Gautier, horrifiée. Il lui avait menti!

— Je vous accompagne.

Elle s'empara de sa cape. Gautier s'immobilisa, une main sur la poignée.

— Vous m'aviez promis!

Un murmure de voix masculines et féminines ponctué d'éclats de rire résonna dans le couloir.

— Mademoiselle de La Vallière, je vous en prie, murmura le roi. Loin de moi l'idée de vous effaroucher, je souhaite seulement passer un moment avec vous.

Petite hocha vigoureusement la tête. Elle se rappela les mises en garde de sa mère: ne jamais rester seule avec un homme. Mais sa mère n'avait rien dit au sujet du roi.

— Juste pour parler, dit-il en persévérant. Rien de plus, sur mon honneur.

Il tenait son chapeau entre ses mains comme un pénitent. Son sourire chaleureux la grisa. Elle signala son consentement à Gautier, qui se retira aussitôt.

Puis ce fut le silence. Petite ne savait ni où poser son regard ni quoi dire. Elle se balança d'un pied sur l'autre. Elle était dans une chambre, seule avec le roi, qu'elle avait embrassé de son plein gré.

Il s'éclaircit la gorge.

— Pourquoi ne pas vous asseoir là ? proposa-t-il en désignant le lit. Je resterai debout.

— Merci, sire, mais je suis bien ainsi.

De nouveau, le silence les enveloppa.

— Asseyez-vous, mademoiselle. J'insiste.

Petite rassembla ses jupes et se percha sur le bord du matelas. Le roi s'appuya contre la commode et croisa les bras. Petite attendit la suite, le cœur battant.

— Comment vous sentez-vous ?

Elle se sentit rougir.

— Beaucoup mieux, sire. Ce n'était rien.

Elle entendit les roues d'un carrosse arrivant dans la cour, les cris des valets, le clic-clac des sabots sur les pavés.

— Vous me rappelez mon père… votre sourire.

— Est-ce une bonne chose ?

— Mon père était un saint.

— Il n'est plus de ce monde ?

— Il est mort juste après mon septième anniversaire.

Cela s'était passé dix ans auparavant, le jour de l'anniversaire du roi.

— Quel âge avez-vous ?

— Dix-sept ans, sire.

Dix-sept ans et trois jours.

— Je suis née à Tours le 6 août de l'…

— Vous êtes du signe du Lion.

Il l'était aussi.

— … dans la seconde année de votre règne.

Il la dévisagea longuement.

«Je ne vous connais pas et pourtant…» pensa Petite.

— Pourquoi souriez-vous?

— J'ai un aveu à vous faire, Votre Majesté.

Elle était trop fébrile, trop enivrée de bonheur pour tenir sa langue. Un sentiment de joie intense l'avait submergée. Elle avait l'impression de le connaître depuis si longtemps, d'avoir tant de choses à partager avec lui.

— Quand je vous ai vu dans le pré, je vous ai pris pour un braconnier.

Il s'esclaffa.

— Vraiment? Comme c'est amusant.

— Je suis en train de lire les *Églogues* de Virgile.

Quelle maladroite elle était!

— Cela ressemble un peu aux *Idylles* de Théocrite, enchaîna-t-elle. En général, je préfère les poètes grecs, mais je me suis lancée dans les poèmes de Virgile parce que je voulais améliorer mon latin et maintenant, je suis captivée.

— «À présent que nous sommes… assis… dans l'herbe», récita le roi avec lenteur.

La troisième églogue. Petite la connaissait bien.

— «À présent que tous les prés, tous les arbres sont en fleurs…»

— «Que les bois sont…»

— «… verts, et la saison à son apogée.»

Le roi sourit.

— J'aimerais que vous m'appeliez Louis.

— Je ne peux pas, sire.

— S'il vous plaît ! insista-t-il avec un regard d'une douceur indescriptible.

— Louis, chuchota-t-elle.

Elle baissa la tête et respira profondément.

Ils se contentaient de bavarder mais Petite savait que c'était mal. Son obsession pour cet homme la terrifiait. « Seigneur Dieu ayez pitié de moi, protégez-moi de mes pensées de pécheresse, amen. »

— Je suis éprise d'un homme marié, annonça-t-elle à son confesseur.

— Avez-vous… ?

— Non, mon père.

— Pourtant, vous le désirez.

Elle répondit d'un sanglot.

— C'est un péché : vous en êtes consciente.

— Oui, mon père.

— Priez pour avoir la force de résister, lui conseilla le prêtre.

— Je prie nuit et jour, mon père.

Mais elle commençait à faiblir.

Aux aurores, alors que la brume ne s'était pas encore levée, Petite s'aventura dans les prés en quête de sagesse et de silence. Qui était-elle pour résister au besoin du roi ? À son amour ? Car c'était ce mot qui frémissait entre eux. Qui était-elle pour refuser semblable cadeau ?

Petite succomba au début de l'automne. Elle n'avait plus la force de dire non, de fuir son destin.

— Ne me lâchez pas, supplia-t-elle tandis que Louis l'étreignait.

Les draps du lit de Gautier étaient propres et sentaient bon le soleil.

— Je vous aime, Louise. Je vous aime.

Des passages de la Bible lui revinrent à la mémoire, inexplicablement, comme le refrain d'une chanson lancinante dont on ne connaît pas très bien les paroles : « [...] et il y eut des coups de tonnerre et des éclairs, une épaisse nuée couvrit la montagne et l'on entendit un son de corne très puissant, et n'ayez crainte car Dieu est là pour vous mettre à l'épreuve [...] Pour vous mettre à l'épreuve. »

— Je vous aime.

Elle sanglota pour la douleur, pour le plaisir et pour l'énorme péché qu'elle commettait. Désormais, elle était perdue, et pourtant elle était une femme à part entière. Elle pleurait parce qu'elle avait trouvé l'amour. Mais c'était le roi, il n'était pas pour elle.

QUATRIÈME PARTIE

Amour coupable

Chapitre 19

«Mon Dieu pardonnez-moi de vous avoir offensé. Je redoute les affres de l'enfer et je vous promets, avec l'aide de votre grâce, de me repentir, amen. Je regrette. Je regrette. Je regrette.

«Si je le répète suffisamment, songea Petite ce soir-là en se glissant sous son édredon, je finirai peut-être par y croire.»

Car à la vérité elle n'avait pas le moindre regret. «Seigneur tout-puissant.»

Le lendemain matin, elle prit sa place parmi les autres demoiselles d'honneur. Comme d'habitude, elle présenta ses mules à Henriette, lui tint son miroir, lui fit la lecture à voix haute. Mais elle était complètement transformée et cela devait se voir.

Quand Louis émergea de son cabinet pour se rendre à la messe, il accrocha le regard de Petite. Elle baissa les yeux. «Mon Dieu pardonnez-moi. De me sentir si bien, si fière.»

Du coin de l'œil, elle vit Henriette embrasser le roi sur les deux joues, un privilège réservé aux personnes de grande noblesse. Les petits nobles n'avaient droit qu'à un seul baiser, une seule joue royale. Petite rougit en pensant aux leurs, si ardents.

Pendant l'office, elle pria avec ferveur pour que Dieu l'aide à se remettre dans le droit chemin. « Et Louis ? » se demanda-t-elle en le contemplant, agenouillé devant l'autel. Ils avaient péché – là-dessus il n'y avait aucun doute. Elle ferma les yeux : elle ne devait pas le regarder. Elle était une femme perdue, semblable à ces catins sur lesquelles on crachait, sur la place des villages. Alors comment expliquer ce sentiment de lucidité, de félicité, comme si son âme s'envolait ? Était-ce la magie du diable ?

Cet après-midi-là, après la chasse (elle avait abattu un cerf d'une seule flèche), Petite accorda un soin tout particulier à sa toilette. Elle choisit l'une des robes que Marguerite lui avait données et que Clorine avait récemment remise à sa taille. Le corsage doré tombait juste en dessous de ses épaules et la jupe ivoire était très serrée à la taille. Jamais elle ne s'était sentie aussi belle.

Athénaïs l'accueillit sur le seuil des appartements d'Henriette.

— Vous êtes particulièrement ravissante, ce soir, Louise.

— Vous de même, répondit Petite, ses jupons bruissant doucement sur le parquet.

C'était la pleine lune et la princesse avait prévu une promenade de minuit. Les courtisans déjà nombreux se pressaient dans le salon. Où était Louis ?

— En effet. Elle irradie, constata Nicole en examinant attentivement son amie.

Petite eut l'impression que tout le monde l'observait. Le moindre geste la trahirait : l'ombre d'un sourire, un rosissement des joues.

— Ai-je le teint rouge ? J'ai négligé de mettre mon masque pour monter.

— Je vous ai vue chevaucher le nouvel étalon irlandais de Sa Majesté, commenta Nicolas Fouquet en venant s'immiscer dans la conversation.

L'épaisse couche de blanc de cérusé étalée sur son visage ne parvenait pas à dissimuler sa couperose.

— Lancelot, acquiesça Petite.

Haut de presque seize mains, le cheval avait toutes les qualités d'un grand chasseur : ses pieds étaient stables et il pliait bien les genoux au-dessus des obstacles.

— Je remarque que vous montez souvent en compagnie du roi, dit Fouquet avec un sourire mince.

Linge fin et dentelle jaillissaient sous son pourpoint brodé d'or.

— Nous montons tous avec le roi, monsieur, riposta Petite.

Fouquet était le chouchou de la cour, un homme charmant, généreux, plein d'esprit et cultivé, mécène d'auteurs de théâtre et de poètes, parmi lesquels Corneille et Scarron. Mais elle le devinait aussi arrogant et possédant un réel pouvoir. Elle se méfiait de lui.

— Moi et des dizaines d'autres.

— Le plus souvent, elle est devant Sa Majesté ! insinua Lauzun en se joignant au groupe.

— Je l'ai entendu dire, en effet.

Fouquet souleva le bout de sa canne en argent et prisa un aromate, comme si la mesquinerie de Lauzun venait d'offenser sa sensibilité aristocratique.

— J'ai cru comprendre que vous organisiez une fête, monsieur Fouquet, dit Petite, anxieuse de dénier la conservation.

Les sujets courants devenaient dangereux. Elle ne voulait pas prendre de risques.

— Un divertissement magnifique, paraît-il! renchérit Athénaïs en scrutant l'assemblée.

— Avec un ballet et un feu d'artifice! ajouta Nicole.

Les trompettes retentirent et les portes s'ouvrirent pour céder le passage au roi – à «Louis».

Petite plongea en une révérence profonde lorsqu'il entra en tenant le bras de son épouse. Un élan d'amour l'envahit mais en même temps, des remords envers la reine car c'était contre elle qu'ils avaient péché.

Engoncée dans une fraise d'une largeur absurde, la reine adressa un sourire timide à la foule. Trapue de nature, elle le paraissait encore plus maintenant qu'elle était enceinte. Ses cheveux blonds étaient rassemblés dans un filet noir vieillot et coiffés d'un chapeau noir très ordinaire. Elle coula un regard sombre aux trois nains en livrée qui s'efforçaient de soutenir sa traîne. L'un d'entre eux, un Pygmée, mesurait moins d'un mètre mais était parfaitement proportionné. Il exécuta une série d'acrobaties et la reine gloussa, révélant une dentition gâtée. Les courtisans rirent aussi mais avec embarras. Plus tard, ils la tourneraient en ridicule. Se moquer de la reine espagnole était un divertissement fort prisé à la cour.

La reine leva les yeux vers son mari. Un regard plein de dévotion et d'amour.

Louis laissa errer son regard dans la salle et repéra Petite. Une lueur vacilla dans ses prunelles. Elle eut l'impression qu'il fronçait les sourcils. «Pourquoi?» se demanda-t-elle, affolée. Il se tourna vers sa femme.

Heureusement, la reine se retira juste avant l'excursion de minuit. Les courtisans suivirent Louis, son frère et Henriette jusque dans la cour. La lune était pleine, les étoiles scintillaient, l'air sentait le fumier et la fumée des torches. Les hommes enfourchèrent leur monture pendant que les femmes montaient dans les carrosses. Petite s'installa avec Nicole dans le dernier d'entre eux, un cabriolet couvert pour deux personnes.

Petite se réfugia dans le silence tandis que Nicole continuait à jacasser. Elle était épuisée par ses efforts de rédemption, à la fois désemparée et grisée par cet énorme changement dans sa vie. Elle n'était plus chaste. Perdue, aurait dit sa mère. Pourtant ce n'était pas du tout ce qu'elle ressentait.

Un oiseau de nuit gazouilla, la brise se leva. Les feuilles d'un hêtre frémirent. Tout paraissait si beau. Elle lui avait offert sa virginité. Lui en voulait-il ? L'en aimait-il moins ? Non, elle ne voulait pas le croire. Son amour pour elle était sincère.

Nicole effleura le bras de Petite. Un cavalier s'approchait.

— Il me semble bien que c'est Ludmilla ! s'exclama-t-elle, les yeux ronds.

Louis ? Un nuage obscurcissait la lune. Le cavalier s'adressa au cocher et retint sa monture pour accompagner la voiture.

C'était Louis. «Ciel !» Louise passa la tête par la fenêtre.

— Sire ?

Surtout pas «Louis». Ni son «bien-aimé». Encore moins le «bonheur de son cœur». Elle devait faire très attention.

— Votre cocher va s'arrêter à la fourche un peu plus loin, lui dit-il, le visage dissimulé par le bord de son chapeau.

Petite ne sut que répondre tant elle était terrifiée que Louis l'interpelle ainsi ouvertement.

— Vous entrerez dans les bois par la gauche.

Il donna un coup d'éperon dans les flancs de son cheval et s'éloigna au galop.

— Ma foi ! s'exclama Nicole, sidérée, en agitant furieusement son éventail.

— Je vous expliquerai plus tard, murmura Petite, bouleversée.

Elle allait devoir se confier à Nicole, mais que lui raconter ? Elle avait la sensation d'être prise au piège dans un labyrinthe dont elle ne connaissait pas l'issue.

— Je n'en ai pas pour longtemps.

— Vous ne pouvez pas pénétrer seule dans la forêt en pleine nuit ! protesta Nicole en lui agrippant le bras.

Petite s'arracha à son étreinte et sauta à terre. Sous les arbres, l'obscurité était totale. Elle mit un moment à discerner le chemin se faufilant dans les buissons. Elle avança prudemment. L'air sentait le loup. Bientôt, le sentier s'élargit en une piste de cavalerie. Elle s'immobilisa, reprit son souffle. Le chant d'un rossignol la fit sursauter. Louis surgit au détour d'un virage sur un minuscule trotteur bai.

Il bondit de sa monture, enroula les rênes autour d'une branche et s'approcha, son épée reflétant un mince rayon de lune. Il se figea à quelques mètres de Petite et la gratifia d'un coup de chapeau – comme s'ils étaient à la cour. Une chouette hulula.

Les yeux de Petite se remplirent de larmes. Elle tendit ses mains nues.

Louis les prit dans les siennes. La peau de ses gants était fine et souple.

— J'ai parlé à mon confesseur, Louise. Je dois renoncer à vous.

Il avait des larmes dans la voix.

— Que voulez-vous dire ? s'enquit-elle, saisie d'une peur atroce.

Son confesseur avait raison. Ils iraient tous deux en enfer. Mais s'il l'abandonnait, pour elle, l'enfer, ce serait ici, sur terre.

— Cette existence causera votre ruine, répondit-il d'un ton presque suppliant. Je vous ai déjà souillée.

Petite leva une main – pour le gifler, se rendit-elle compte avec horreur – puis recula d'un pas. Elle aspira une bouffée d'air.

— Ne dites jamais que vous m'avez souillée, Louis.

Il l'enlaça avec douceur.

— Mon amour, murmura-t-il maladroitement, comme si ce mot lui était nouveau.

Les jambes de Petite se dérobèrent sous elle tandis qu'il l'embrassait et qu'un bonheur impie inondait ses veines.

Quand Petite remonta dans le cabriolet, Nicole sortit précipitamment un mouchoir. Elle lui essuya les joues et posa un bras sur ses épaules secouées par les sanglots.

— Je ne le supporterai pas, dit Petite entre deux hoquets.

Elle était à la fois heureuse, euphorique même, et perplexe. Ils s'étaient promis de se revoir encore et encore. C'était mal, ils en étaient tous deux conscients mais ils étaient follement épris l'un de l'autre.

— Si vous révélez mon secret, Nicole, je vous tuerai, conclut-elle d'un ton posé mais empreint d'une férocité qui les choqua toutes les deux.

La semaine suivante, à la fin de la messe, la marquise de Plessis-Bellièvre emboîta le pas à Petite. Perdue dans ses pensées, cette dernière ne s'en aperçut pas tout de suite. Louis s'était arrangé pour que Petite ait une conversation quelques jours auparavant avec son nouveau confesseur. Au temps des apôtres, la polygamie était courante, lui avait expliqué le prêtre. Moïse et David, hommes saints, avaient eu plus d'une épouse et l'histoire avait prouvé que le roi de France prenait le plus souvent une maîtresse. Le roi était issu de Dieu : même Petite était absoute. Elle n'en était pas totalement convaincue, aussi marchait-elle en priant pour la lucidité, l'absolution et le pardon (et, pour être franche, une occasion de revoir son amant) sans se rendre compte qu'on cherchait à attirer son attention.

Pour finir, la petite veuve rondouillarde se planta devant elle et plongea en une révérence obséquieuse, glissant le pied droit devant elle et se pliant à la taille au point que les deux plumes d'autruche de son chapeau frôlèrent le sol.

— Pouvez-vous m'accorder un instant, mademoiselle de La Vallière ? demanda-t-elle en se redressant.

En dépit de la chaleur, elle portait une lourde robe vert foncé bordée de fourrure.

— Madame m'attend, répliqua Petite en résistant à son envie de reculer, tellement l'haleine de cette femme était repoussante.

— Ce ne sera pas long, promit la marquise en tirant Petite hors de la chapelle avec une force surprenante. Asseyons-nous sur un banc, à l'ombre. Savez-vous, ma chère, que l'on vous considère comme l'une des grandes beautés de la cour ? Ce serait dommage d'abîmer votre si jolie peau.

— Madame la marquise, protesta Petite en s'arrachant à son étreinte, je dois y aller.

La marquise appuya son ombrelle contre le banc.

— Vous êtes ponctuelle, comme c'est charmant !

Elle s'installa et tapota la place à côté d'elle.

— Je vous assure que ce ne sera pas long, répéta-t-elle. J'ai un message pour vous de la part du surintendant des finances.

Petite s'exécuta à contrecœur. La marquise de Plessis-Bellièvre était chargée d'organiser les rendez-vous mondains de Nicolas Fouquet. Sans doute souhaitait-elle lui parler de la fête que le ministre allait donner bientôt dans son nouveau château de Vaux-le-Vicomte. On ne parlait que de ça depuis plusieurs jours.

— Il souhaite vous offrir un présent. Un témoignage de son amitié.

Elle déplia son éventail d'un coup sec et l'agita vigoureusement devant son visage.

Petite se raidit. Un présent ? En quel honneur ?

— Ce ne serait pas correct, madame.

Elle était désemparée. Que penser d'une pareille proposition ? Essayait-on de la soudoyer ?

— Allons, ma chère, ce n'est pas une broutille – vingt mille pistoles. La moitié de cette somme représenterait une dot respectable. Vous seriez à l'abri de tout besoin. Et tout ce qu'il vous demande, c'est de le tenir au courant de temps en temps de ce qui se passe à la cour.

Elle ébaucha un sourire.

— Où est le mal ?

Petite était à court de mots. Fouquet voulait-il l'utiliser comme une espionne ? Impossible !

— Imaginez tout ce que vous pourriez faire avec une telle somme.

— Madame, je crains qu'il n'y ait eu une erreur.

Petite se leva brusquement.

— Ma chère enfant…

— Je ne suis pas en position de savoir ce qui se passe à la cour, comme vous semblez le croire. Quand bien même ce serait le cas, jamais je n'accepterais de me laisser acheter! conclut-elle, cramoisie de colère.

Sur ce, elle gratifia la marquise d'une demi-révérence et regagna le château. Elle tremblait de rage. Elle se sentait désarçonnée, perdue. Quel étrange univers que cette cour de France!

Elle monta l'escalier jusqu'aux appartements d'Henriette en s'efforçant de recouvrer ses esprits. Les courtisans rassemblés sur le palier étaient aux aguets : les langues n'allaient pas tarder à se délier. Elle s'immobilisa devant une fenêtre, le cœur palpitant. Fouquet avait cherché à la corrompre pour qu'elle épie... Louis? Elle ravala un cri. Mais oui, ce devait être cela. Elle aspira une grande bouffée d'air, s'appuya contre le mur. Fouquet était donc au courant. Il avait découvert leur secret.

«Comment est-ce possible?» s'interrogea-t-elle, assaillie par un sentiment de panique. Ils avaient pris tant de précautions. Petite avait été obligée d'en parler à Nicole, mais celle-ci avait juré de n'en souffler mot à personne. Qui, hormis Nicole, le confesseur de Louis et Gautier, avait connaissance de leur liaison? Elle devait en parler à Louis, pour le mettre en garde.

Petite scruta les alentours pour s'assurer que la voie était libre avant de pousser la lourde porte de la chambre de Gautier. La pièce était déserte. Louis n'était pas encore arrivé. Elle posa son panier de linge et s'adossa contre la porte, paupières closes, le temps de reprendre son souffle. Elle avait croisé Athénaïs dans l'escalier.

Cette fois, Petite était déguisée en lingère et, «Dieu merci!», personne ne l'avait reconnue. Gautier leur avait conseillé de changer de costume à chacun de leurs rendez-vous. « Sans exception », avait-il insisté, sous-entendant que la situation risquait de s'éterniser.

On avait fermé les rideaux et allumé deux bougies. Les pans du baldaquin étaient relevés, le dessus de lit abaissé. Petite enleva son tablier et le boudin fixé sous son jupon de flanelle rouge. À son bonnet était fixée une étoffe rectangulaire pliée en deux sur une armature en fil de fer. Elle s'en débarrassa et dénoua ses tresses. Louis la préférait les cheveux détachés.

« Où est-il ? » se demanda-t-elle en s'asseyant sur le lit.

Elle regarda la petite éponge posée près d'une bouteille de cognac, sur la table de nuit. Gautier pensait à tout. « Sainte Marie… », péché sur péché.

Louis entra sans frapper.

— Ha ! s'exclama-t-il avec un sourire.

Il jeta sa cape par terre et se précipita sur Petite.

— Je ne cesse de penser à vous, avoua-t-il, ses mains s'attaquant aux lacets dans son dos.

Petite se redressa pour lui faciliter la tâche. Elle se débarrassa de son corset pendant qu'il desserrait sa jupe. Enfin elle fut en chemise – une chemise joliment rehaussée de dentelle fabriquée par sa pieuse tante Angélique, songea-t-elle avec dépit.

Louis lui prit les mains et les porta à ses lèvres.

— Vous avez froid.

Il la dévisagea.

— Qu'y a-t-il, Louise ?

Il prononçait son prénom tout bas, presque en chuchotant, comme s'ils étaient des enfants jouant à cache-cache. Elle aurait voulu que ces tête-à-tête clandestins durent toujours. Elle pressa une joue contre la sienne. Il avait la peau fraîche, le menton légèrement râpeux. Il lui soufflait dans l'oreille. Leur amour était d'une telle intensité spirituelle ; comment pouvait-on les accuser de commettre un péché ?

— J'ai peur, avoua-t-elle en le regardant dans les yeux.

Il parut surpris.

— De quoi ? Que s'est-il passé ?

— C'est monsieur Fouquet, répondit-elle en dénouant les nœuds de son pourpoint.

— Nicolas ?

Il fronça les sourcils. Malgré son âge, Fouquet avait la réputation d'être un séducteur.

— Il ne vous a pas… ?

— Non, ce n'est pas cela. Il m'a offert une somme d'argent par le biais de la marquise de Plessis-Bellièvre pour que… pour que je vous espionne.

— Combien ?

Sa voix était glaciale. C'était celle d'un roi, pas d'un amant.

— Le montant n'a rien à voir là-dedans, railla-t-elle. Personne ne m'achète, un point c'est tout.

Louis replaça une boucle de cheveux derrière l'oreille de Petite.

— Contrairement au reste d'entre nous, marmonna-t-il avec une pointe d'ironie.

Petite l'embrassa.

— Il est sûrement au courant, dit-elle tandis qu'il déposait une pluie de baisers sur son cou.

La pensée qu'ils étaient surveillés la refroidit. Elle laissa courir les doigts dans la longue chevelure du roi.

— Comment ? ajouta-t-elle, haletante.

— Fouquet a des espions partout, rétorqua Louis avec amertume. Je vous avais prévenue que la cour était un endroit dangereux. Nous portons tous des masques. Les apparences sont trompeuses.

— D'aucuns affirment qu'il rassemble une armée, qu'il a l'intention de prendre le pouvoir.

Elle s'allongea. Il en fit autant.

— Je sais. Il n'est pas le seul à s'entourer d'agents. Je le surveille depuis un certain temps. Je ne suis pas dupe. Il me croit jeune et frivole, davantage intéressé par la chasse que par mes devoirs de roi. Il s'imagine que je ne prête aucune attention à ses manigances.

Louis contempla longuement Petite.

— Il me sous-estime.

Chapitre 20

L'accueil de Fouquet dans son nouveau château fut fastueux.

— Cette modeste fête a lieu en votre honneur, Majesté.

Affublé de dentelle et de brocart, il assista le roi et la reine mère à la descente de leur carrosse et présenta à cette dernière une tiare en diamants. Il exprima ses regrets quant à l'absence de la reine, dont la grossesse déjà avancée avait interdit le trajet de trois heures depuis Fontaine Belleau.

Madame Fouquet, plus très loin d'accoucher elle-même, fit la révérence. La marquise de Plessis-Bellièvre dut l'aider à se relever.

Petite détourna la tête quand la marquise, l'espionne de Fouquet, l'examina de haut en bas.

— Mon cher Fouquet! s'exclama la reine mère tandis que l'une de ses demoiselles d'honneur plaçait la couronne scintillante sur son crâne. C'est beaucoup trop!

— Rien n'est trop beau pour Sa Majesté, répliqua-t-il, tout en observant à la dérobée Louis, qui scrutait les alentours.

Le château en pierre de calcaire était encerclé de cours et de douves. De vastes jardins définis par des haies de charmes impeccablement taillées s'étiraient de part et d'autre d'un canal.

Une armée de valets de pied descendirent le brancard d'Henriette.

— Ah, madame! s'écria Fouquet. Toujours aussi belle! J'espère que ce périple ne vous a pas trop fatiguée!

Il s'inclina pour lui baiser la main.

— Pour rien au monde je n'aurais raté cet événement, Nicolas, murmura Henriette d'un ton rêveur.

En tout début de grossesse, elle était fragile. Son médecin et Philippe avaient tenté de l'en décourager, mais elle avait insisté pour venir. Elle avait dû voyager couchée, tranquillisée au laudanum.

— Et par cette chaleur, dans cette poussière! Venez, Majestés, je vous conduis à vos appartements afin que vous puissiez vous rafraîchir.

Petite suivit les valets tandis qu'ils hissaient le brancard d'Henriette dans un escalier couvert de tapis. Le château était splendide jusque dans ses moindres détails: fresques, mosaïques rares, tables de porphyre, miroirs à cadre doré, sculptures grecques authentiques absolument partout. Elle remarqua l'emblème gravé dans la coupole, un écureuil grimpant à un arbre sous lequel s'inscrivait la devise de Fouquet, *Quo non ascendet?*

Comment la traduire? Petite tergiversa, perplexe. Jusqu'où montera-t-il? Jusqu'où ne montera-t-il pas? Oui, c'était bien cela, constata-t-elle avec effroi. Fouquet ne renoncerait à aucun obstacle pour atteindre son objectif.

«Fouquet rêve-t-il de récupérer la couronne?» s'interrogea-t-elle. Son comportement le laissait entendre. On racontait qu'il avait dépensé plus de cent mille livres pour cette seule fête – plus que ce que Louis dépensait en une année. D'où lui venait tout cet argent? Louis était convaincu qu'il détournait des fonds du Trésor, que son incroyable fortune était le résultat d'une fraude à son détriment et à celui du peuple. Ce déploiement de luxe confirmerait ses soupçons. Où cela mènerait-il ? Louis était décidé à changer les choses, à mettre un terme à la corruption – par la force, le cas échéant.

— Levez les yeux, lui chuchota Nicole. Ludmilla vous contemple.

Louis était sur le palier. Son regard erra imperceptiblement avant de se poser et de s'attarder sur Petite. Il esquissa un sourire et se détourna.

Fouquet apparut à ses côtés derrière la balustrade. Lui aussi accrocha le regard de Petite. De sa main gantée, il effleura le bord de son chapeau vert en guise de salut.

— Qu'est-ce que cela signifie ? s'étonna tout bas Nicole.

— Chut !

Elle n'en avait pas la moindre idée. Elle rêvait de se trouver ailleurs, dans un pré, entourée de chevaux, en compagnie de créatures en qui elle avait confiance et dont elle comprenait le langage.

Lorsqu'ils furent reposés et que la chaleur de cette journée du mois d'août commença à se dissiper, Fouquet leur proposa une promenade dans les jardins. Louis et Philippe aidèrent leur mère à monter dans une calèche ouverte. Nicole et Yeyette s'affairèrent auprès d'Henriette, joliment coiffée et habillée d'une toilette neuve, pour laquelle on avait prévu un brancard surmonté d'un baldaquin tissé d'or porté par quatre valets de pied.

Calée contre des oreillers en plume d'oie, la princesse tendit les mains pour que Petite puisse arranger les rubans pourpres à ses poignets. Ses anglaises cascadaient sur ses épaules, piquées de rosettes assorties à celles dont était parée sa robe.

— Vite ! Je ne veux rien manquer ! murmura-t-elle, rouge d'excitation.

Les invités arrivaient en foule, des centaines et des centaines d'hommes et de femmes drapés de soie et de satin, étincelants de pierres précieuses, parés de plumes exotiques et d'une profusion de rubans sur chapeaux, cannes, manches, épées et autres boucles de souliers.

Petite agita son éventail en direction d'Athénaïs, qui se tenait à l'écart avec Lauzun et deux des demoiselles d'honneur de la reine mère.

Le cortège s'ébranla enfin, mené par Louis et Fouquet. Ce dernier remuait les bras dans tous les sens, au comble de l'effervescence. Les courtisans suivaient comme une invasion d'oiseaux tropicaux. Quand des centaines de jets d'eau jaillirent simultanément dans les airs et que toutes les fontaines prirent vie, ils s'exclamèrent en chœur.

— Tout change au fur et à mesure que l'on avance ! s'extasia Petite, derrière le brancard de Madame, avec Nicole.

Le bassin n'était pas rectangulaire mais carré. Ce qui ressemblait à une grotte, juste derrière, était en fait beaucoup plus loin, de l'autre côté d'un canal. Ce qu'elle avait pris pour une rangée de geysers était en réalité une cascade rugissante. Tout semblait symétrique, mais rien ne l'était.

«Un jardin d'illusions», songea Petite. L'expression convenait à merveille à la situation. Fouquet jouait le rôle du serviteur dévoué tout en complotant pour régner. Louis applaudissait en public son surintendant des finances tout en projetant sa ruine. «À la cour, les apparences sont trompeuses, avait-il dit. Tout le monde porte un masque.»

Des porteurs de torches surgirent par milliers au coucher du soleil pour escorter les invités jusqu'au château où l'on avait dressé sur les tables des plats – en or massif ! – de faisans, d'ortolans, de cailles, de perdrix, de ragoûts et de bisques. Le vin coulait à flots, les musiciens enchaînaient air sur air. La gaieté des convives s'amplifiait au fil des réjouissances.

Une telle abondance était choquante. C'était un véritable affront. La famille royale pouvait-elle s'offrir pareil spectacle? Louis avait les yeux partout. Tout le monde s'observait. Combien de ces personnes étaient des espions de Fouquet? se demanda Petite. À qui pouvait-on se fier?

Des trompettes retentirent.

— Tous au théâtre de verdure! annoncèrent les pages.

Les courtisans se déversèrent dans la nuit et se faufilèrent à travers les parterres parfumés éclairés par des milliers de bougies en cire d'abeille puis longèrent une avenue plantée de pins jusqu'à une terrasse au pied d'une fontaine. Des chaises étaient installées devant une scène.

Petite et Nicole prirent place derrière le brancard de Madame, auprès des trônes dressés pour le roi et la reine mère. De temps en temps, Petite jetait un coup d'œil en direction de Louis. Il se montrait jovial avec son hôte: il jouait son rôle avec une perfection redoutable.

Après l'ouverture, monsieur Molière se présenta sur le plateau en tenue de ville. Il s'inclina devant Louis et se répandit en excuses frénétiques.

— Plusieurs de mes acteurs sont tombés malades, sire, et je n'ai pas eu le temps de préparer le divertissement.

Un murmure de consternation parcourait l'assistance quand, tout à coup, s'éleva une sorte de grincement mécanique et un décor pastoral se révéla comme par magie. Au milieu des cascades, un énorme rocher se fendit en deux, révélant une coquille géante d'où émergea une nymphe aux cheveux longs. Les applaudissements crépitèrent.

— Les cieux, la terre, la nature tout entière se tiennent prêts à obéir aux ordres du roi! proclama la nymphe.

Dryades, faunes et satyres sortirent des arbres.

La pièce – intitulée *Les Fâcheux* – suscita des cascades de rire tandis que l'auteur se moquait de l'un puis de l'autre des courtisans les plus imbéciles dans des dialogues ponctués par le braiment d'âne, reconnaissable entre tous, de Lauzun. À un moment, comprenant que c'était de lui que l'on se moquait, Gautier se leva pour effectuer une courbette solennelle. Ce geste lui valut des acclamations. Les actes étaient entrecoupés de ballets légers. Jamais Petite n'avait vu un tel mélange de théâtre, de danse, de musique et de chansons.

Après la représentation, les spectateurs furent invités à regagner le château où les attendaient musique et rafraîchissements. L'immense salle de bal était flanquée d'étals comme au marché. Les femmes se ruèrent dessus pour s'emparer des babioles qu'on leur distribuait : miroirs de poche incrustés de joyaux, gants en peau de porc parfumée au musc, mantilles, éventails en ivoire sculpté. Chevaux de selle et diamants furent prodigués aux grands nobles.

Petite s'excusa pour se rendre aux commodités installées dans la suite d'Henriette. Elle avait enfin ses règles, après bien des inquiétudes. Elle traîna un moment dans le silence rassurant de la bibliothèque, où s'accumulaient collections de manuscrits, de traités et de livres rares, avant de se diriger vers l'escalier.

— Ah, mademoiselle de La Vallière ! Vous voilà !

Pivotant sur elle-même, elle vit Nicolas Fouquet qui se précipitait pour la rattraper.

— Puis-je vous aider ? s'enquit-il en posant une main sur son bras. Si vous désirez quoi que ce soit…

— Non, merci, répondit-elle d'un ton posé. Quelle fête merveilleuse, monsieur !

Il pressa une main sur son cœur.

— Je suis entièrement dévoué à Sa Majesté, mademoi-selle, murmura-t-il d'une voix onctueuse. Je cherche sin-cèrement à lui plaire, ajouta-t-il en baissant les yeux.

— Bien sûr, murmuraa-t-elle, un trémolo dans la gorge.

Elle fixa le sol et s'empressa de gravir les marches, paniquée. Elle savait pertinemment que ces paroles étaient destinées à Louis.

Après minuit, on redescendit dans les jardins faiblement éclairés par une lune aux trois quarts pleine. Louis, la reine mère et Fouquet montèrent à bord du carrosse royal et se rendirent au milieu du parc, juste au-dessus des cascades. Les mousquetaires jouèrent de la trompette et le feu d'ar-tifice démarra. Les chevaux se cabrèrent. Fleurs de lys, étoiles et même le nom du roi illuminèrent le ciel comme en plein jour.

Une armée de valets de pied calma les chevaux apeurés. Louis sauta à terre, Fouquet sur ses talons. La reine mère passa la tête par la fenêtre et afficha un sourire courageux qui suscita l'approbation de ses sujets.

— Morbleu! s'écria Nicolas.

Une structure mécanique en forme de baleine flottait sur le canal, des gerbes multicolores giclant de son ventre. Des fusées jaillirent du dôme du château, une explosion de lumière illumina une grotte et tout le parc parut s'embraser.

Louis contemplait le ciel, le visage illuminé. Fouquet s'approcha de lui et posa une main sur son épaule, fami-lièrement.

«Comme s'il était son supérieur», songea Petite en repensant à la devise du surintendant des finances: *Quo non ascendet?*

Les silhouettes des deux hommes les plus puissants du pays se découpaient à la lueur de la lanterne du carrosse.

Louis, grand, dans le plein éclat de la jeunesse, dominait d'une tête le distingué Fouquet, un homme qui aurait pu être son grand-père. D'un geste lent, Louis ôta sa main de l'épaule du surintendant des finances, mit un bras autour de la taille de l'aristocrate et le serra brièvement contre lui. Ils rirent aux éclats.

Le spectacle s'acheva sous une pluie de cendres et l'odeur âcre de la poudre emplit l'air. Parcourue d'un frisson malgré la chaleur, Petite resserra son châle sur ses épaules. « Vous ne comprenez pas. » Pourtant, elle avait des connaissances en histoire : il arrivait aux rois de tomber.

De retour à Fontaine Belleau, dès le lendemain, on considéra le domaine d'un œil neuf. La vue manquait de perspective. Nombre des fontaines étaient à sec et deux d'entre elles étaient pleines d'eau stagnante, verdie par les algues. Où était la magie ? Où était la grandeur ? Oui, vraiment, ce château était délabré, un lointain souvenir d'une gloire disparue.

Ce soir-là, dans le petit salon d'Henriette, on ne parla que de la fête, de l'excellence du divertissement, de l'élégance de l'architecture, des canaux, cascades et autres jardins ornementaux. De la nourriture, des cadeaux… et du coût de la manifestation.

— Vingt millions de livres, c'est beaucoup pour une seule soirée, fit remarquer Claude-Marie.

— J'ai ouï dire qu'on n'en avait dépensé que cent mille, répliqua Yeyette.

— Quoi qu'il en soit, c'est énorme.

— Avez-vous remarqué la bourse de pièces d'or sur la coiffeuse de Madame ?

— La reine mère en a reçu une aussi.

— Mais elle contenait exactement le même nombre de pièces ! précisa Henriette en riant.

On s'inclina avec un respect renouvelé à l'annonce de l'arrivée du surintendant des finances. Même Mimi, l'épagneul d'Henriette, resta attentive, flairant les bottes de Fouquet.

Peu après, Louis apparut à son tour. Envers Fouquet, il se montra empressé et respectueux. «Le ministre est-il pardonné ?» se demanda Petite. Impossible. Elle commençait à connaître les dons d'acteur de Louis. Elle déplia son éventail du côté représentant Apollon. C'était leur signal. Elle mourait d'envie d'un moment d'intimité avec Louis – le véritable Louis. Elle supportait mal de le voir jouer la comédie.

Mais Louis était préoccupé et les rendez-vous clandestins s'avéraient difficiles à organiser, aussi ne se revirent-ils pas en tête-à-tête avant la fin du mois d'août. Louis était distant, tendu.

— Je dois me rendre dans l'Ouest, dit-il lorsqu'ils eurent fait l'amour, d'une manière étrangement méthodique, cette fois. À Nantes.

Petite fut intriguée. L'île de Fouquet, forteresse de Belle-Île, était juste en face.

— Les femmes ne sont pas conviées, précisa-t-il.

Avec angoisse, Petite le regarda partir entouré de ses homme et de ses mousquetaires, son armée mobile.

Durant les heures interminables qui suivirent, le château fut plongé dans un silence pesant. Sans les tintements des éperons sur les pavés, les échanges tumultueux, c'était un univers à l'abandon.

— Nous sommes entre femmes ce soir, déclara Henriette en se versant une dose du meilleur cognac de son mari.

❀

— On vient d'arrêter le surintendant des finances, annonça Henriette à ses demoiselles d'honneur, neuf jours plus tard, le visage pâle.

Petite l'aida à s'allonger sur son divan pendant que Nicole lui préparait une mesure de laudanum.

— Il est en prison.

Elle but son remède et fondit en larmes.

— Cher Fouquet!

La nouvelle se répandit à travers le château à la vitesse d'un incendie de forêt. Au fil des minutes, les courtisans affluèrent, brûlant de questions et de ragots.

— On a pillé la maison de Fouquet et scellé sa porte.

— On a retrouvé un manuscrit derrière un miroir... Un complot contre le roi!

— C'est impensable! protesta la duchesse de Navailles.

— Il paraît qu'il dissimulait des poisons! intervint Claude-Marie.

— J'en doute, riposta Athénaïs.

Petite écoutait ces rumeurs, l'esprit en ébullition. «Je ne suis pas dupe», lui avait dit Louis. Elle savait pourquoi le surintendant des finances était derrière les barreaux. Il avait eu le tort de s'imaginer qu'il pouvait maintenir les corruptions du passé. Son arrestation était juste, Petite en avait la conviction, mais inquiétante.

— Quant à sa femme, on l'a expédiée à Limoges...

— Dans son état?

— Avec seulement quinze louis d'or dans sa bourse, la pauvre!

— Toutes les propriétés ont été confisquées, celles de l'épouse de Fouquet et celles de sa belle-sœur. Et Vaux, bien sûr.

— On a même appréhendé Suzanne de Plessis-Bellièvre…

— … et saisi toute sa correspondance.

Petite fut horrifiée d'imaginer l'espionne balourde de Fouquet en prison.

— Que fera Sa Majesté quand elle lira la correspondance de Fouquet ? souffla Henriette, que Nicole et Petite s'efforçaient d'éventer.

À ces paroles, plusieurs femmes pâlirent – les rapporteuses de Fouquet, probablement. Dans les jours qui suivirent, un certain nombre d'entre elles quittèrent la cour, anxieuses de détruire toute trace de leur lien avec l'ex-ministre.

Louis rentra le 9 septembre. Il réintégra un monde métamorphosé : on ne s'amusait plus à la cour. Chacun était en quête de solitude. Prières et pèlerinages devant les autels avaient remplacé les soirées de jeux.

Lui-même était transformé. Il avait prouvé sa force et puni les coupables, pourtant la paix ne régnait plus. La confiscation de la correspondance de Fouquet avait révélé des faits choquants, comme si l'on avait soulevé une pierre sous laquelle grouillait un monde souterrain de complots et de trahisons.

Les intempéries détruisirent les récoltes à travers tout le pays. La famine menaçait. La peur poussait les gens à resserrer les cordons de leur bourse. L'argent semblait s'être soudain volatilisé. Au fur et à mesure que le ventre de la reine s'arrondissait, Petite et Louis continuèrent de s'étreindre, les cris de jouissance du roi se noyant dans les tempêtes.

Les premières contractions de la reine survinrent aux petites heures du jour de la Toussaint, un bon augure. Le château se réveilla comme par miracle, les courtisans se ruant dans les appartements de la reine pour assister à la naissance.

À la lueur d'une chandelle, Clorine aida Petite à revêtir sa robe et cacher ses boucles blondes sous son bonnet de nuit. Le froid était glacial, leur souffle formant des nuages de vapeur dans la pénombre. Petite versa de l'eau dans une bassine en faïence, se rinça les mains et s'aspergea la figure. Elle se sentait lourde sur ses jambes. « Sainte Marie, faites que son bébé se porte bien ! » pria-t-elle.

Huit jours plus tôt, elle avait persuadé Louis de renoncer, jusqu'à la naissance, à leurs après-midi dans la chambre de Gautier. Il devait se préparer pour sa confession, communier, recommander son âme à Dieu. Tant de choses étaient allées de travers qu'elle craignait le pire. Périodes de canicule et orages violents s'étaient succédé tout au long de l'automne. En ce tout début de novembre, les paysans commençaient à avoir faim et à se rebeller.

Quand les dieux avaient-ils cessé de leur sourire ? Depuis l'arrestation de Nicolas Fouquet, la ruine de sa femme, de ses frères et sœurs, de ses amis et supporteurs, de ses innombrables espions ?

Était-ce à ce moment-là que tout avait basculé ? Ou un peu avant, se demanda Petite en s'emparant de la chandelle... quand ils étaient devenus des pécheurs ? Voire avant cela… Elle avait fait un cauchemar dans lequel des monstres nageaient dans des eaux noires. «Aspiré par les eaux.» Le diable la poursuivait-il encore aujourd'hui? «Mon Dieu, je vous en supplie, la reine est innocente.»

— Prie, Clorine, lui recommanda-t-elle en quittant la pièce. Prie pour la reine.

— Attendez!

Clorine saisit le chapelet suspendu à la statue en plâtre de la Vierge Marie.

— Vous aurez besoin de ceci.

Dans les appartements de la reine, on se bousculait. Petite aperçut Athénaïs adossée à un pilier.

— Vous ne vous sentez pas bien? lui demanda-t-elle, effrayée par sa pâleur.

— La chaleur est intenable, murmura la marquise.

Les cris de la reine résonnaient au loin.

— Les douleurs de l'enfantement, murmura Athénaïs en levant les yeux au plafond. Ça ne se passe pas très bien.

Petite suivit Athénaïs dans la chambre, sombre et mal aérée, encombrée de courtisans mal réveillés, la perruque de travers. Elle scruta la foule en quête de Louis. Elle le repéra, assis dans un fauteuil près du lit de son épouse. Cette dernière se tordait de douleur tandis que la sage-femme, une créature hideuse, trapue, au visage grêlé, appliquait des linges humides sur son énorme ventre.

— L'enfant se présente par le siège, chuchota Athénaïs en se frayant un chemin entre les témoins absorbés dans leurs prières.

Le cœur de Petite se serra. C'était l'une des causes de mortalité les plus courantes chez les femmes en couches.

— La sage-femme a failli avoir une crise d'apoplexie. L'une des bonnes de la reine s'est évanouie et Claude-Marie a vomi. Elles tombent toutes comme des mouches.

Petite aperçut Yeyette et Philippe, mais où était Henriette ?

— Elle s'est déjà retirée, dit Athénaïs par-dessus les hurlements de la reine. Elle n'en pouvait plus.

Petite se figea.

— N'ayez crainte, Nicole est avec elle. Et nous allons peut-être avoir besoin de vous ici. Vous avez déjà aidé une jument à mettre bas, non ? ajouta-t-elle avec un clin d'œil.

Petite suivit Athénaïs jusqu'au chevet de la reine. Louis leva les yeux, surpris de la voir là. Elle gratifia la reine, haletante mais maintenant silencieuse, d'une révérence profonde.

« Elle a l'air d'une fillette, pensa Petite, d'une enfant dotée d'un ventre démesuré. » Le visage cramoisi, les yeux exorbités, elle serrait une amulette entre ses doigts, le cœur séché d'un cerf. Les mains enduites d'huile de lys blanc, la sage-femme tâtait, palpait, poussait dans l'espoir de retourner le bébé.

« Sainte Marie, je vous implore ! » pria Petite, soulagée d'avoir emporté son rosaire.

— Le bébé est retourné, sire, annonça enfin la sage-femme.

La nouvelle parcourut l'assistance.

Malgré cela, la partie n'était pas gagnée pour autant. La reine était minuscule et l'enfant, prisonnier de ses entrailles. La sage-femme lui administra un lavement mais cette initiative n'accéléra pas l'élargissement du col. La poudre d'anguille ne soulagea pas ses douleurs, et la poudre à éternuer ne servit qu'à provoquer des convulsions. L'ergot de seigle ne produisit pas davantage d'effet et la reine était à bout de forces.

En revanche, elle avait de la voix. Le volume et la violence de son expression laissèrent Petite pantoise. La jeune femme en général si timide se jetait d'un côté et de l'autre avec une vigueur étonnante, ses braillements ébranlant les vitres.

— *Non quiero dar parto, quiero morir!* répétait-elle en espagnol à chaque nouvelle contraction. (Je ne veux pas donner naissance, je veux mourir!)

— Maintenez-la! aboya la sage-femme à l'intention d'Athénaïs, qui semblait pétrifiée par l'effroi.

— *Santa Virgen!* jura la reine en la repoussant.

— Faites-lui boire ceci!

La sage-femme remit à Athénaïs un gobelet contenant une mixture de couleur laiteuse.

Athénaïs la lui donna à la cuiller mais la reine lui recracha tout au visage.

— *Quiero morir!*

Petite la dévisagea, posa une main sur son front humide et frais, et se tourna vers Louis. Il paraissait terrorisé.

— Sire, murmura-t-elle. Ce serait peut-être plus facile si vous lui expliquiez que c'est un antalgique.

Louis contempla Petite d'un air ahuri.

— *Esto facilitara tu dolor*, dit-il.

— Touchez-la, l'encouragea Petite. Pour l'apaiser.

Le toucher sacré du roi. Louis posa une main sur l'épaule de la reine et elle redevint calme – dangereusement calme.

Tandis que les prêtres s'approchaient en psalmodiant, Athénaïs continua à lui verser de petites quantités du médicament dans la bouche.

La reine cessa de respirer.

Une seconde, deux, trois…

Tout le monde avait les yeux rivés sur elle. Était-elle morte?

Soudain elle poussa un cri, comme si elle se noyait. La sage-femme était en train de vérifier son pouls quand son assistante cria victoire : l'enfant visqueux et ensanglanté venait d'émerger entre les cuisses de la reine. Les nobles se tordirent le cou pour connaître son sexe.

Louis baissa la tête et pria avec ferveur.

— Un prince, sire ! proclama la sage-femme en coupant le cordon.

— Gloire au Père, au Fils et au Saint-Esprit ! lança Louis en prenant le nourrisson dans ses mains.

Les yeux piquants de larmes, Petite se joignit aux autres pour répéter après le roi :

— « Comme il était au commencement, maintenant et toujours dans les siècles des siècles. »

— « Amen ! » conclurent les courtisans en se jetant à genoux. Réjouissons-nous, mon Dieu !

— *Un príncipe sano*, Votre Altesse, chuchota Athénaïs à la reine, qui gisait dans une mare de sang. C'est un prince en bonne santé.

— *Gracias*, répondit-elle avant de sombrer dans l'inconscience.

Le nouveau-né hurlant fut nettoyé, langé, béni une fois de plus et présenté au roi. Les grandes portes du balcon s'ouvrirent sur une clameur indescriptible d'acclamations, de sons de cloches et de pétards. Les courtisans s'écartèrent, tête baissée, chapeau sur le cœur tandis que Louis sortait sur le balcon avec son enfant. Un prince !

« Amen, mon amour », pria silencieusement Petite.

Chapitre 21

À Paris, aux alentours de Noël, le temps était gris et humide. Malgré les feux de cheminée, les murs de pierre du palais des Tuileries ne se réchauffaient pas. Sous les combles de Petite, il faisait si froid que l'eau gelait dans son broc. Clorine était obligée de briser le mince film de glace qui s'y formait. Elle était en train de mettre des sels de bain dans la bassine quand on frappa.

Gautier se tenait dans le couloir sombre, son regard pétillant illuminé par la chandelle de l'applique derrière lui. Engoncé dans plusieurs pelures de laine, il faisait penser à un bébé emmailloté.

— Je dois faire vite, dit-il en fermant la porte derrière lui.

Sous son bras, il serrait un paquet enveloppé dans du tissu.

— Je suis venu porter une invitation de Sa Majesté, à une partie de chasse à la campagne, pour mademoiselle de La Vallière.

— Par ce temps? s'étonna Clorine, sourcils froncés.

— Quand? demanda Petite.

Elle avait eu fort peu d'occasions de voir le roi depuis le retour de la cour à Paris. On avait assigné à Gautier une chambre voisine de celle de l'un des valets de pied de la reine mère: impossible de s'y donner rendez-vous.

— Vous partirez demain aux aurores. Sa Majesté souhaite se rendre au Val-de-Galie, un village au sud-ouest. Le trajet promet d'être rude, aussi n'a-t-elle convié que des cavaliers aguerris.

Il salua brièvement Petite comme pour la féliciter.

— Il y a un château là-bas, un relais de chasse plutôt primitif, mais suffisamment confortable pour un séjour de quarante-huit heures.

« Deux jours avec Louis ? Deux nuits ! »

— Et mes devoirs ici ? s'inquiéta Petite.

— Madame doit être purgée dans la matinée, elle n'aura pas besoin de ses demoiselles d'honneur avant quelques jours.

Petite jeta un coup d'œil vers Clorine puis détourna la tête. Elle ne tenait pas à ce que sa bonne sache quelle relation elle entretenait avec Louis.

— Merci, monsieur, mais je crains de devoir refuser, répondit-elle en ravalant un sanglot. Cette expédition serait trop pénible pour ma bonne.

— Je peux monter à bord de la charrette transportant les bagages ! protesta Clorine.

— La femme du régisseur habite le château, mademoiselle. Elle pourra vous assister.

— Parfait. Ma bonne restera donc ici, répliqua Petite en évitant soigneusement le regard de Clorine.

— Entendu.

Gautier ôta son chapeau et s'inclina.

— Vous me rejoindrez, à l'aube, à bord de mon carrosse, dans la cour, au bout de la rue de Chartres. Un cheval vous attendra au port Saint-Honoré. De là, un groupe restreint ira à la rencontre du roi, à Saint-Cloud. Si je puis me permettre une suggestion, mademoiselle ?

Gautier s'éclaircit la gorge.

— Vous serez la seule femme parmi les cavaliers, ce qui pourrait exciter la curiosité du public. En conséquence, je vous recommande de vous habiller en homme.

Il lui tendit son colis.

— C'est une tenue de cavalier. On me dit que vous montez à califourchon. Vous trouverez là-dedans une perruque et une paire de bottes.

Il sortit.

Clorine renifla les vêtements d'un air méfiant et les étala sur le lit. Petite reconnut la cape rouge de Lauzun et son pourpoint en cuir auquel il manquait un bouton. Elle enfila une botte.

— C'est une petite taille, au moins.

Clorine grogna, épaules voûtées.

— Tu as entendu Gautier, se défendit Petite.

Elle mit la perruque, se regarda dans la glace.

— C'est un relais de chasse primitif. Franchement, je ne vois pas de meilleure solution.

Elle enleva la perruque, qui la grattait. Pourvu qu'elle ne soit pas pleine de poux!

Clorine essuya ses joues mouillées de larmes.

— Cela ne m'ennuie pas de rester ici. Ce qui me chagrine, c'est que vous me mentiez.

Petite fut désemparée par son émoi.

— Vous ne voulez pas de moi là-bas.

Petite s'assit, décontenancée. Absorbée par ses propres préoccupations, elle ne s'était pas souciée des sentiments de Clorine.

— Je suis désolée. C'est parce que…

Non. Elle ne pouvait pas lui révéler la vérité.

Clorine s'installa en face d'elle, les mains sur les cuisses.

— Vous me cachez quelque chose, mademoiselle. Et je sais de quoi il s'agit.

— Que veux-tu dire ? bredouilla Petite.

Clorine abattit un poing sur son genou.

— Quel mufle, ce Gautier ! Je n'en reviens pas !

— Pas du tout !

— A-t-il couché avec vous ?

Petite faillit éclater de rire.

— Il vous traite avec respect ?

Petite opina.

— Il vous a donc promis son cœur ?

Petite devait absolument trouver le moyen de réorienter la conversation. Elle ne pouvait pas révéler la vérité, pourtant elle n'avait aucune envie de mentir.

— Je ne peux pas me marier, Clorine.

Celle-ci se leva et arpenta la pièce.

— Un homme aussi noble que Gautier exigerait une dot.

Petite opta pour le mensonge par omission.

— Le roi vous apprécie, reprit Clorine, ce serait absurde de ne pas en profiter. Et si, lors de cette excursion, vous lui signaliez en passant que vous aimeriez avoir une broche pour votre chapeau par exemple, en diamants comme celle de Madame Henriette ? Ou une cravache incrustée de pierres précieuses ; vous pourriez la vendre ou remplacer les joyaux par des faux sans que le roi ne s'en aperçoive. J'ai remarqué qu'il se laissait facilement duper. En un tourne-main, vous auriez votre dot. Vous n'avez pas besoin de grand-chose, juste de quoi sauver l'honneur de Gautier. Mais avant cela, vous devez me jurer…

Petite attendit la suite avec appréhension.

— … me jurer que vous ne coucherez avec Gautier qu'une fois vos vœux prononcés.

— Je te le jure, souffla Petite, soulagée, les deux mains sur le cœur.

Clorine insista pour accompagner Petite jusqu'à la cour, le lendemain matin. Elle s'empara de sa valise en cuir.

— N'oublie pas que je suis un homme! dit Petite en essayant de récupérer le bagage.

Quelle étrange sensation de porter des hauts-de-chausses et des bottes! Cela lui rappelait l'époque où elle aidait son père dans la grange, vêtue des habits usés de son frère.

— Le voilà! annonça Clorine.

Gautier s'était assoupi, bouche béante.

— Votre fiancé, ajouta-t-elle en pivotant vers Petite.

En les entendant approcher, le maître de ballet se redressa précipitamment et rajusta sa perruque. Petite remit sa valise au cocher et grimpa dans la voiture sans assistance. Elle salua Gautier d'un signe de tête puis posa son regard au loin, feignant une indifférence toute masculine. À l'est, les nuages étaient teintés de rose.

Clorine agita l'index.

— Pas de bêtises!

Petite intervint avant qu'elle ne puisse poursuivre :

— Ne t'inquiète pas, Clorine.

— N'oubliez pas ce que je vous ai dit à propos du roi!

— Que disait votre bonne? s'informa Gautier, dont l'ouïe laissait à désirer. Quelque chose au sujet du roi?

Petite acquiesça mais garda le silence. Ils empruntèrent la rue Saint-Honoré vers l'ouest, se faufilant entre un troupeau de chèvres bêlantes en route pour le marché.

Gautier ouvrit avec peine sa tabatière.

— Mademoiselle de La Vallière, puis-je me permettre de vous poser une question?

— Je vous en prie, monsieur.

Petite remit son chapeau d'aplomb. Il avait une fâcheuse tendance à glisser sur son front.

— Votre bonne est-elle au courant de votre relation avec Sa Majesté?

Petite regarda par la fenêtre : l'une des chèvres s'était attardée devant une charrette pleine de pommes. « Que puis-je lui dévoiler? » se demanda-t-elle. Elle avait confiance en lui. De fait, monsieur le duc de Gautier était la seule personne avec laquelle elle pouvait parler de Louis.

— Je ne veux pas qu'elle le sache. Elle n'approuverait guère. C'est une femme de principe.

Gautier adopta un ton paternel.

— Mademoiselle, je vous connais depuis votre enfance et je vous considère, vous aussi, comme une femme de principe. Votre… votre situation est complexe. Sa Majesté devait se marier pour des raisons d'État, mais qu'en est-il de son cœur?

Il aspira une pincée de tabac, éternua.

— Qu'il soit roi ne l'empêche pas d'éprouver des désirs comme n'importe quel homme, voire plus, vu la vitalité de son esprit et sa vigueur. Se priver de ces choses est malsain. Le sacrifice de votre vertu est un acte estimable; malheureusement, peu de gens le comprendront.

— Pour moi, cela n'a rien d'un sacrifice. Le roi m'est très cher.

— Je sais. Contrairement aux autres, vous êtes dénuée d'ambitions. Que Sa Majesté vous ait choisie est tout à son honneur.

En dépit du froid, l'odeur des douves emplissait l'air. Pressant un mouchoir imprégné de camphre sur son nez, Gautier s'adressa au gardien. En voyant l'insigne royal sur la porte du carrosse, l'épée de Gautier et les joyaux ornant son chapeau, ce dernier les laissa passer sans même consulter ses papiers, encore moins ceux que Gautier avait falsifiés pour Petite – devenue pour l'occasion « Louis » de La Vallière.

Petite reconnut Lauzun chevauchant un bai. Azeem aidait deux hommes de main à charger une charrette. Un page arborant la livrée du roi tenait les rênes d'un cheval – le sien, devina-t-elle. C'était Poséidon, un barbe puissant et obstiné.

— Vous montez avec nous, monsieur ?

— Non, c'est pour vous autres, jeunes. Je suivrai avec les bagages, pour les protéger, ajouta-t-il en affichant un air faussement menaçant. Avez-vous besoin d'aide pour descendre ?

Il saisit sa canne.

— Non, merci.

Petite sauta à terre dès que la voiture s'arrêta. Le cocher lui tendit sa valise.

— Je ne vous avais pas reconnue, murmura Azeem en la lui prenant pour la ranger avec les autres.

— Tant mieux.

Pour plus d'effet, elle cracha dans les mauvaises herbes.

— Bravo ! Répugnant à souhait ! lança Lauzun.

— Bonjour, monsieur Lauzun, dit-elle en adoptant une voix la plus grave possible.

Elle remercia le page et s'empara des rênes de son étalon. Elle lissa le tapis de selle, resserra la sangle. La selle était usée. Elle agrippa une poignée de crinière, glissa son pied gauche dans l'étrier et jeta sa jambe droite par-dessus l'animal. Quel plaisir de ne pas se prendre dans ses jupes !

— Je suppose que vous n'êtes guère habituée à ce genre de selle, fit remarquer Lauzun.

— Pas vraiment, concéda-t-elle.

Elle vérifia la longueur des étriers. Les bottes de Lauzun lui couvraient les genoux.

— Toutefois, dans mon enfance, je montais essentiellement à cru.

— Ah! Comme un empereur romain.

— Comme une païenne, disait ma mère.

Petite gloussa. Lauzun l'examina de haut en bas, le front plissé.

— Je ne savais pas que mon pourpoint en cuir était aussi élégant.

Azeem ayant pris les devants, Lauzun et Petite s'élancèrent pour retrouver l'escorte du roi à Saint-Cloud. Ils longèrent le fossé fétide. Parvenus au bord de la rivière, déjà encombrée de bateaux et de péniches, ils virèrent vers l'est. Le soleil levant se reflétait dans les eaux. Le fleuve ressemblait à un long ruban argenté bordant prés, fermes et futaies de châtaigniers dénudés. Quelques pigeons étaient perchés sur le toit d'un colombier.

— Allez-y! ordonna Lauzun à Azeem tout en ralentissant. Dites à Sa Majesté que nous serons au pavillon comme convenu.

L'écuyer partit au trot et disparut au détour d'un virage.

— Le village de Chaillot, indiqua Lauzun en pointant sa cravache vers les jardins sur la colline, à leur droite. Le couvent est assez récent. Sainte-Marie, je crois. Les sœurs de la Visitation.

Quatre religieuses s'affairaient dans un immense potager. Petite pensa à la construction qu'elle avait fabriquée dans son enfance – son «couvent», comme elle l'avait baptisé. Que de moments de bonheur elle avait passés là à soigner les animaux blessés, en fredonnant des hymnes et en discutant avec Dieu, son meilleur ami.

Une cloche sonna, bientôt rejointe par des dizaines d'autres, invitant les fidèles à se rendre à la messe. Petite songea à sa tante Angélique. À cet instant précis, elle était en train de chanter en chœur, une façon merveilleuse de démarrer la journée. Petite grimaça : elle n'osait pas imaginer la réaction d'Angélique si celle-ci découvrait son secret.

— Il paraît que la chasse est excellente par ici. Le cerf et le sanglier abondent.

Lauzun accéléra légèrement.

— D'aucuns prétendent avoir aperçu des chevaux sauvages dans les collines au-delà.

— Des fugueurs, sans doute.

Petite contempla le paysage. Elle pensa à Diablo. Peut-être s'était-il tout simplement sauvé ? Peut-être son père avait-il ouvert sa stalle juste avant de tomber ?

Au bout de quelques lieues, la route s'éloigna de la rivière pour s'enfoncer dans les bois. Le terrain était bon et ils se faufilèrent sans difficulté entre charrettes et piétons, vaches et moutons. Derrière Lauzun, Petite savourait cette promenade matinale, les parfums de la forêt, les chants des oiseaux, le rythme régulier des sabots des chevaux.

Ils retombèrent sur le fleuve et s'arrêtèrent pour faire boire leurs montures. Un peu plus loin, se dressait le pont de Saint-Cloud. Au sommet de la butte, au-dessus des ruelles sinueuses du village, Petite vit les murs blancs du château dont l'un était dissimulé par des échafaudages. Comme dans toutes les résidences royales, on y exécutait des travaux.

Alors qu'ils franchissaient le pont, elle repéra l'écuyer sur la rive opposée, près d'un pavillon.

— Sa Majesté ne va pas tarder ! déclara Azeem lorsqu'ils le rejoignirent.

— Les voilà ! s'écria Lauzun.

Quatre cavaliers dévalaient la pente, menés par Louis. Il se tenait fièrement sur son cheval, les jambes en dehors des étriers. Il montait Courage, un puissant chasseur à large poitrail.

Suivant l'exemple de Lauzun, Petite s'inclina en pressant son chapeau sur son cœur.

La saluant à son tour, Louis lui sourit des yeux, les rênes dans sa main droite, la gauche posée sur une cartouchière, sa rapière accrochée à la hanche. Il portait une tunique en cuir vert qui lui tombait jusqu'aux genoux.

Derrière lui suivaient trois compagnons de confiance : le duc de Chevreuse, le marquis de Dangeau et le duc d'Omale. Ayant dédaigné les tenues d'apparat, ils passeraient pour un groupe de jeunes nobles au départ d'une journée de chasse. Ils dévisagèrent Petite d'un air entendu, mais avec respect.

Louis prit la tête du cortège. Devant le portail du château, deux gardes armés les rejoignirent. Ils suivirent la route vers l'ouest, grimpant sans hâte. Petite prit position juste devant l'écuyer et l'un des gardes qui fermaient la procession. Elle écouta leur conversation, les yeux rivés sur Louis. À deux reprises, il se tourna pour accrocher son regard.

Au bout de quelques heures, ils firent une halte dans une auberge à la lisière d'un village. Petite mit pied à terre et attacha les rênes de son cheval à un poteau. Louis, Lauzun et les hommes contournèrent le bâtiment. L'écuyer et les gardes allèrent se soulager au bord de la route. Petite marqua une pause, incertaine, puis s'engouffra dans un épais bosquet de buissons.

Lorsqu'elle en émergea, trois des hommes pénétraient à l'intérieur de l'auberge. Elle les suivit. La salle était pleine de tables à tréteaux autour desquelles les voyageurs mangeaient dans des bols de bois. L'endroit sentait la bière amère et la viande rôtie. Les hommes du roi s'étaient regroupés dans un coin.

Petite reconnut la voix de Lauzun juste derrière elle.

— Sire, vos hommes ont...

— Palsambleu, mais c'est le roi ! s'écria quelqu'un.

Aussitôt, tabourets et chaises raclèrent le sol tandis que chacun se levait et s'inclinait dans le chaos le plus total. On aida une vieille femme près de la cheminée à se lever.

— Asseyez-vous ! commanda Louis.

Lauzun fraya un passage au roi jusqu'à leur table et les convives se reconcentrèrent sur le ragoût de mouton et les pichets de bière, et bientôt la salle résonna de nouveau des conversations.

Lauzun aperçut Petite et l'invita d'un geste à prendre place auprès du roi. Louis lui tendit la main, paume vers le ciel. Pressant son chapeau sur son cœur, elle se faufila jusqu'à lui.

— J'ai demandé au garçon d'écurie de battre la matelassure en crin de ma selle, dit Lauzun.

— Votre cheval est écorché ? demanda Louis.

— Il a le garrot en charpie.

— Le mien aussi, confia Louis en observant Petite à la dérobée.

Leurs cuisses se frôlaient. La serveuse posa devant elle une chope de bière et un bol de ragoût de bœuf.

Les conditions de voyage demeurèrent passables jusqu'à ce qu'ils quittent la grande route pour une allée cahoteuse menant vers l'est. Le terrain devint plus accidenté, marécageux dans les vallées, inondé par endroits.

Le premier ruisseau ne posa aucun problème mais au second, les chevaux se braquèrent.

Louis jaugea la force du torrent avant de s'adresser à Lauzun, qui hocha la tête et fit demi-tour.

— Sa Majesté suggère que vous preniez les devants, annonça-t-il à Petite. Elle pense que vous réussirez à faire passer Poséidon de l'autre côté.

Petite mena sa monture jusqu'au bord. On était au mois de décembre, l'eau était froide mais pas glacée. Elle poussa son cheval vers l'avant mais il se cabra. Elle le fit tourner autour de lui-même plusieurs fois, lui donna un coup de cravache sur le flanc, l'éperonna. Il aplatit les oreilles mais s'élança.

— C'est bien! le félicita-t-elle en lui caressant l'encolure.

À mi-parcours, il perdit pied. Elle fut soulagée quand il se ressaisit et réussit à gagner l'autre rive.

— Il n'y a qu'un trou au milieu! lança-t-elle.

Mais Louis était déjà derrière elle.

— Restez près de moi, murmura-t-il lorsque tout le monde eut effectué la traversée.

Les hommes se tinrent respectueusement à distance.

Ils entrèrent dans un bois, traversèrent une vallée, gravirent une colline.

— Une bauge de sanglier, fit remarquer Petite.

— Mon père a chassé ici lorsqu'il avait six ans à peine. Il a empoché un levraut, cinq cailles et deux perdrix.

Petite émit un sifflement.

Louis la dévisagea, médusé.

— Je ne savais pas que les femmes pouvaient faire ça.

Petite recommença, puis rit aux éclats.

— On fait la course?

Poséidon bondit en avant, galopant comme s'il avait le diable sur ses talons.

Le souffle court, leurs chevaux ruisselants de transpiration, ils atteignirent le sommet. À leurs pieds, dans une clairière marécageuse, se dressait un château. Non loin de là, des maisonnettes modestes entouraient une église. De la fumée jaillissait de quelques-unes des cheminées du château.

— Comme il est isolé ! s'exclama Petite en contemplant l'immense étendue de forêt au-delà.

— Cela vous ennuie ?

— Au contraire ! J'adore !

— J'en étais sûr.

Il lui sourit et lui prit la main.

Le relais de chasse ressemblait à une maison de conte de fées : toits en ardoise, balustrades de balcons en fer forgé, cour marbrée et douves sèches. Petite ne put s'empêcher de comparer à Blois ce joli bâtiment en brique rouge et pierre blanche – mais en miniature et tout d'une pièce.

— Soyez le bienvenu, Votre Majesté.

Un homme trapu et rubicond, à la moustache tombante, se précipita vers eux en agitant son chapeau dans tous les sens.

— On nous a dit que la route était inondée.

Il saisit les rênes de Louis pendant que celui-ci mettait pied à terre.

— Nous avons craint que vous ne puissiez traverser.

— Rien n'arrête ce cavalier, rétorqua Louis en désignant Petite.

L'homme qui l'avait accueilli se tourna vers un garçon qui arrivait en courant.

— Occupe-toi du cheval du jeune homme !

— Je suis sûr que c'est une fille, marmonna-t-il.

— Moi aussi, répliqua Louis en riant. Messieurs, je vous prie de saluer mademoiselle de La Vallière.

D'un geste preste, il lui arracha chapeau et perruque. Ses boucles blondes cascadèrent sur ses épaules.

— Maîtresse de ce château, ajouta Louis.

Contrairement à ce qu'avait dit Gautier, et malgré sa petite taille, ce n'était pas un simple relais de chasse. Petite fut d'ailleurs surprise d'apprendre par la femme du régisseur, madame Menage, qu'il comptait vingt-six pièces habitables.

— Mais pas grand-chose en matière de mobilier, avait-elle précisé. Ce qui m'arrange. Je suis la seule femme à vivre ici à longueur d'année.

Elle étala une étoffe sur une table et posa dessus une bassine en cuivre pleine d'eau.

— Aurez-vous besoin d'aide pour vous habiller ?

— Non, merci.

Petite avait eu la présence d'esprit d'emporter une robe qui se laçait devant.

— J'aurais peut-être dû vous mettre du linge plus fin, dit madame Menage en allumant une chandelle. Mais j'ai reçu l'ordre de vous conduire jusqu'au roi. J'en ai déduit qu'il ne viendrait pas ici.

— En effet, convint Petite, les joues écarlates. Mais peut-être pourriez-vous m'y emmener dès maintenant ?

Louis posa une main au creux de ses reins.

— Ces appartements étaient ceux de mon père, expliqua-t-il en soulevant sa lanterne.

Il portait une robe de chambre en velours vert doublée de peau d'écureuil rouille – celle de son père, précisa-t-il – qui sentait le moisi.

— Son bureau était ici.

La pièce sombre était essentiellement occupée par une table de billard; pour preuve, les six queues alignées sur un râtelier accroché au mur. Louis éclaira le secrétaire couvert de cuir et deux malles surmontées d'une troisième, plus petite.

Près de la porte se trouvait une table de jeu à quatre piliers sur laquelle on avait disposé un échiquier garni de pièces et pions en os. Le cavalier arborait une tête de licorne savamment sculptée. Petite eut envie de le soupeser.

— Votre père devait aimer jouer, constata-t-elle en découvrant les jeux empilés sur une étagère : trictrac, trou-madame, échecs, tourniquet, oie, renarde, moine, jonchets.

— Je ne conserve pas de lui le souvenir d'un homme joueur, répondit Louis en l'entraînant dans la chambre. Mais comment le saurais-je ?

Un feu brûlait dans la cheminée, dégageant une piètre chaleur. Du bout des doigts, il lui caressa la nuque.

La lune diffusait une lumière laiteuse par les fenêtres à verre cathédrale. Petite leva les yeux vers Louis, ses pommettes nimbées d'ombre. Elle rêvait de se blottir dans ses bras.

— J'avais quatre ans quand il est mort.

— C'est jeune pour perdre un père.

Elle s'appuya contre lui.

— Il voulait mourir ici, dans ce lit.

D'un signe de tête, Louis indiqua l'énorme lit à baldaquin drapé de rideaux verts en soie damassée.

— Malheureusement, c'est à Saint-Germain-en-Laye
qu'il a rendu son dernier soupir.

Petite en éprouva un vif soulagement. La perspective de
dormir dans le lit d'un mort, surtout un mort historique,
ne la réjouissait guère.

— Son vœu ne fut donc pas exaucé, reprit le roi d'un ton
attristé. Bien qu'il ait réussi à tenir jusqu'au 14 mai, jour du
décès de son propre père.

Son grand-père, Henri IV le Grand. Combien de fois le
père de Petite lui avait-il raconté les exploits du Vert
Galant? Elle était impressionnée à l'idée que Louis avait
son sang dans les veines. D'ailleurs, il avait hérité de cet
illustre personnage de nombreuses qualités : sa manière
directe, son courage... sa bonté.

— C'est tellement mieux de mourir dans un lit, murmura-
t-elle en pensant à son père gisant sur le sol de l'écurie.

Qu'avait ressenti Louis ce 14 mai-là ? Avait-il eu peur de
la mort ? Elle n'osa pas lui poser ces questions.

— Y a-t-il des fantômes, ici, à Versaie[1] ?

Tout village, tout château avait son fantôme.

— Il faudra interroger Madame, répliqua Louis en riant.
Mais j'en doute. Seuls les membres de la famille royale ont
le droit de mourir ici.

Comme ce devait être réconfortant de pouvoir maîtriser
de tels événements ; d'être une sorte de... une sorte de Dieu.
Elle se remémora des anecdotes qu'on lui avait relatées à
propos de Louis guérissant le Mal d'un frôlement de la main.
N'était-ce pas merveilleux et terrifiant de posséder le pouvoir
de soulager les souffrances des autres ?

---

1. Versaie : ancien nom de Versailles

— Avez-vous déjà vu un fantôme ?

— Une fois seulement. Celui de mon père, à Saint-Germain-en-Laye, mais dans le nouveau château, au bord de la rivière.

Il ébaucha un sourire à ce souvenir.

— Dans la chambre où je suis né, enchaîna-t-il. La nuit était tombée depuis longtemps. Mon frère et moi étions en pleine bataille d'oreillers ; les plumes volaient partout. Notre père est apparu et nous a ordonné de nous coucher.

— Réaction typique d'un père ! s'esclaffa Petite.

Elle aurait tant aimé revoir le sien, ne fût-ce que pour se faire gronder.

— Il vous a semblé vrai ?

— Curieusement, oui, sinon que nous pouvions voir à travers lui.

— Comme on le raconte souvent.

— Et puis, il s'est évaporé. Bien entendu, nous étions incapables de dormir.

Il ferma les volets et tira les rideaux pour les protéger des esprits nocturnes.

— Ce machin pue, maugréa-t-il d'une voix étouffée en enlevant sa robe de chambre.

Il la jeta dans une malle et ferma le couvercle d'un claquement sec.

— Ne sentez-vous pas le courant d'air ? s'enquit Petite, d'une voix langoureuse.

Il était en sous-vêtements, sa virilité apparente.

— Rarement.

Il écarta les pans du baldaquin, testa les matelas de futaine[1] empilés les uns sur les autres, lui tendit la main.

---

1. Futaine : étoffe croisée dont la chaîne est en fil de lin et la trame, en coton.

— Sans doute parce que j'ai le sang chaud, conclut-il avec un sourire coquin.

Petite se débarrassa de ses mules et s'assit près de lui. Resterait-elle toute la nuit ?

— Me permettez-vous de dénouer vos lacets, made-moiselle ?

Il tira tout doucement sur les cordons de soie, les emmêla. Tous deux rirent aux éclats.

— Tenez ! intervint-elle.

Elle défit le nœud et se libéra de son corset.

Louis poussa un grognement et l'attira contre lui.

Petite se réveilla dans la pièce obscure, nue et pressée contre Louis, la joue sur sa poitrine. Elle écouta sa respiration et se blottit contre lui. Il émit un râle et se tourna, la serrant contre lui, une main sur son sein. Elle sentit son membre se durcir contre ses reins et gémit lorsqu'il vint en elle.

— Je vous aime, Louise.

Ils s'endormirent, unis l'un à l'autre, et se réveillèrent tendrement entrelacés.

Petite monta avec le roi et ses hommes le lendemain matin. Il sourit en la voyant chevaucher fièrement Poséidon. L'étalon tendit le cou, les oreilles pointées vers l'avant. Petite lui caressa l'encolure.

Louis l'invita d'un geste à le rejoindre à l'avant. Les hommes s'écartèrent pour lui céder le passage. Au signal du roi, ils allèrent au pas, puis au trot.

À l'orée d'un vaste pré, le cheval de Louis allongea ses foulées. Penchée sur la crinière de Poséidon, Petite le suivit au galop et bientôt, ils furent loin devant. Au retour, ils firent la course et Petite l'emporta d'une longueur.

— C'est une diablesse, commenta Louis en remettant ses rênes à l'écuyer.

— Il n'est même pas humide, mademoiselle, constata Azeem en tâtant le poitrail de l'animal. Si vous le souhaitez, vous pourriez...

D'un coup de tête, il désigna un manège clôturé.

— J'ai demandé à Azeem de m'apprendre à monter debout... pendant que le cheval est en mouvement, expliqua Petite à Louis. Autrefois, il entraînait les écuyers de cirque.

— J'aimerais bien voir ça.

Louis s'appuya contre la barrière. Petite pénétra dans l'enceinte avec l'étalon.

— Pour l'heure, je ne maîtrise que la première allure.

Azeem harnacha Poséidon d'une longe caveçon et d'un surfaix muni d'anneaux en cuir dessus afin que Petite puisse s'y accrocher en cas de besoin.

— Pour commencer, il faut le mettre à l'aise, décréta Azeem.

Il leva une main et l'étalon s'approcha du périmètre.

— Au pas !

Poséidon effectua un cercle autour du manège. Quand Azeem secoua légèrement la longe, il s'immobilisa. Petite l'observait attentivement.

— Il vous obéit au doigt et à l'œil.

— Il a du caractère. Il faut faire preuve d'autorité.

— Comme moi sur mon royaume, répliqua Louis.

Ils pouffèrent. Azeem fit signe à l'étalon de revenir vers lui.

— Prête, mademoiselle ?

Il resserra le surfaix, vérifia que celui-ci n'irritait pas les flancs de l'animal.

— Il vaut mieux être pieds nus.

Petite fixa ses pieds. Son corset l'empêchait de se plier en deux.

— Permettez-moi...

Louis s'agenouilla devant elle pour détacher ses boucles et lui enlever bottes et bas. Serrant son talon dénudé, il la dévisagea, une lueur taquine dans les yeux. Il avait les mains chaudes. Un flot de désir la submergea : ils ne s'étaient pas accouplés depuis quatre heures. Petite lui sourit à son tour, tenta de le repousser. Mais il était solide ; elle ne parviendrait pas à le renverser.

— Azeem, comment doit-on s'y prendre pour dompter une telle femme ? s'exclama Louis, hilare.

Il fit mine de la frapper mais elle l'esquiva.

— Sire, je pense que vous le savez déjà.

Azeem mena le cheval jusqu'à la barrière. Petite prit le pas ; elle s'accroupit sur le dos de Poséidon et agrippa les anneaux en cuir. L'allure de l'étalon était régulière. Bientôt, elle put se mettre debout.

— Vous ne vous ennuyez pas ? demanda-t-elle à Louis.

Mais le coup d'œil dans sa direction l'avait déstabilisée. Elle se rattrapa à la crinière et il rit.

— Cette fois, mademoiselle, vous allez grimper sur la barrière. Quand Poséidon passera, vous vous placerez sur lui.

Elle exécuta le mouvement sans hésitation.

— Bravo ! s'exclama Louis en l'applaudissant.

— Vous n'avez pas encore tout vu.

Elle progressa rapidement du pas au trot.

— Mademoiselle, je crois que vous pouvez tenter le petit galop.

— Je crains que non ! protesta-t-elle.

Toutefois, elle remonta sur la barrière. Les foulées de Poséidon étaient vigoureuses.

La première fois, elle eut une hésitation et rata son coup.

— Vous devez sauter plus tôt, lui dit le dresseur. Je vous le dirai.

Louis hocha la tête :

— Vous pouvez le faire !

En effet, au second passage du cheval, elle réussit.

— Bravo !

Elle s'efforça de reprendre son équilibre en s'accrochant aux anneaux. Les arbres paraissaient flous. Elle essaya de se redresser, perdit pied. À deux reprises, elle faillit tomber.

— Je n'y arrive pas ! lança-t-elle à Azeem… Tout doux, mon vieux… On ralentit… Là. Que c'est difficile ! soupira-t-elle, découragée.

Comment la gitane de son enfance y était-elle parvenue ? Elle avait maîtrisé l'exercice avec un tel naturel !

— Soyez patiente, conseilla Azeem. Vous vous êtes bien débrouillée.

— Jamais je n'avais vu cela ! s'émerveilla Louis en battant de nouveau des mains.

Cette nuit-là, ils ne dormirent pas beaucoup, tout à leur plaisir. Malgré tout, ils se levèrent aux aurores, chevauchèrent leurs montures et s'aventurèrent dans la campagne.

À midi, au cours d'un repas pris dans l'herbe – et après l'amour, toujours l'amour –, Louis assaillit Petite de questions : son père chassait-il le loup ? l'ours ? la licorne ? Il fut stupéfait d'apprendre que l'on pouvait chasser le sanglier à pied, qu'un seul chien pouvait acculer un cerf, que l'on pouvait abattre un lièvre ou une bécasse d'un simple coup de bâton bien visé. Il était curieux de tout : comment la vie se déroulait-elle dans la maison de son enfance ? Combien de cuisinières avaient-ils à leur service (« une seule ? »), combien d'écuyers (« aucun ! »), combien de chevaux (« cinq, pas plus ? »), ce qu'ils mangeaient et à quelles heures. Petite avait l'impression d'être un pays étranger dont il explorait les moindres recoins.

Pendant que leurs chevaux broutaient, elle évoqua son père et sa tante, sœur Angélique. Puis elle lui parla de Diablo.

Louis se redressa.

— Était-il vraiment sauvage ?

— Plus que cela. Il était possédé.

— Je ne connais rien de plus beau qu'un cheval en liberté.

« Oui, songea Petite. Quel plus beau spectacle qu'un étalon traversant un pré au galop, crinière et queue au vent. »

— Il m'a enseigné le langage des chevaux.

Elle avait la sensation qu'elle pouvait tout dire à Louis – tout, sauf l'épisode de la poudre d'os magique. Inutile de tenter le diable.

Ils repartirent à l'assaut des marécages, des champs et des puits de sable. Sur leur passage, Petite décrivait la faune, surtout les oiseaux, car elle savait les reconnaître presque tous à leur chant. Le gibier foisonnait.

— C'est le paradis du chasseur ! s'extasia-t-elle.

— Notre paradis, murmura-t-il en lui prenant la main.

Ici, ils pouvaient évoluer en toute liberté.

Chapitre 22

— Nous allons voir ma mère, annonça Petite à Clorine le jour du Nouvel An.

Il était temps. Elle ne lui avait pas rendu visite depuis le retour de la cour à Paris. La grossesse de Madame Henriette la rendait malade, aussi Petite avait-elle été fort occupée. Mais aujourd'hui, 1er janvier, toutes les demoiselles d'honneur avaient droit à un après-midi de congé.

— Je louerai un fiacre, dit-elle en comptant ses pièces de monnaie.

Elles auraient pu marcher mais le froid était vif et les rues verglacées. De surcroît, les intempéries de l'automne ayant détruit les récoltes, les paysans affamés convergeaient vers la ville : mieux valait être prudent.

Clorine tira sur le lobe de son oreille.

— Avons-nous un présent pour elle ?

Petite examina les objets qu'elle avait déployés sur sa malle : six épingles à cheveux en cuivre, une boîte à babioles, un flacon d'eau de Chypre – cadeaux qu'elle avait prévu de remettre à Nicole, Athénaïs et Henriette plus tard dans la soirée. Pour Louis, elle avait trouvé chez un bouquiniste, au bord du fleuve, une traduction du *Traité de l'équitation* de Xénophon. Elle devrait patienter jusqu'à ce qu'ils se rencontrent dans l'intimité, ce qui semblait impossible à Paris où ils étaient constamment surveillés, surtout par les reines et leurs sous-fifres.

— Je vais lui donner mon châle en tulle. Le vert.

Il avait fait partie de son costume de nymphe dans le ballet présenté à Fontaine Belleau, l'été précédent.

Elles s'emmitouflèrent chaudement et se rendirent à une station. Après un examen minutieux, Petite opta pour une voiture ouverte à un seul cheval et discuta du prix avec le cocher. Le véhicule n'avait pas de capote et personne ne s'aventurerait sans couverture par un temps pareil : il accepta donc à contrecœur de réduire son tarif de moitié. La rosse ressemblait étrangement à une mule mais son propriétaire en vanta les mérites. Petite et Clorine s'installèrent.

Le cocher ordonna aux passants de s'écarter et fit claquer sa cravache. La vieille jument prit peur et faillit renverser un homme à la perruque enchevêtrée avant de se contraindre à avancer au pas.

— C'est parti ! s'écria Clorine en maintenant son chapeau.

Ils mirent un temps fou à traverser le pont encombré de carrosses et de charrettes. Parvenus sur l'autre rive, le bruit des roues en bois et en métal les assourdit. De toutes parts, les marchands ambulants les interpellaient dans l'espoir de leur vendre bonnets, chansons, étoles et tartes. Des dizaines d'enfants se ruèrent vers eux pour réclamer une pièce.

— J'ai un couteau dans mon panier, confia Clorine, mal à l'aise.

Enfin, ils rejoignirent la queue devant la porte de la ville. Clorine présenta à Petite un bout de pain et du fromage, mais Petite les jeta à un gosse en guenilles qui engloutit le tout en une bouchée.

Ce fut avec un immense soulagement que Petite aperçut l'entrée du palais d'Orléans. Il était tel que dans ses souvenirs : neuf (en comparaison de certains) et imposant. Difficile de croire qu'elle n'était à la cour que depuis sept mois. Tant d'événements s'étaient succédé depuis ! Certains dont elle était fière, d'autres qu'elle devait garder secrets.

— Ho ! Ho ! aboya le cocher tandis que la rosse se précipitait vers l'auge un peu plus loin.

Dès que les roues s'arrêtèrent de tourner, Clorine sauta à terre. Petite lui tendit le panier mais ne descendit pas. La perspective de voir sa mère l'affolait tout à coup. « Chasteté, humilité, piété », lui avait-on répété encore et encore tout au long de son enfance.

— Besoin d'aide ? proposa le cocher en se curant les dents avec un ongle noir.

— Non, monsieur.

Le majordome à l'entrée expédia un porteur de torche chez Françoise pour savoir si elle acceptait de les recevoir. Le garçon revint, haletant.

— Elle a dit oui.

Petite et Clorine longèrent la galerie et gravirent l'escalier en colimaçon.

À la porte, Petite marqua une pause. On aborderait inévitablement le sujet d'un éventuel mari.

— Clorine, surtout ne dis rien à propos de monsieur le duc de Gautier, chuchota-t-elle. C'est encore un secret et tu sais combien elle a la langue bien pendue.

Les subterfuges s'éternisaient, un mensonge en entraînant un autre.

Clorine opina, une lueur conspiratrice dansant dans ses prunelles.

Françoise leur ouvrit elle-même et serra Petite dans ses bras. La mère s'était arrondie depuis la dernière fois qu'elle avait vu sa fille.

— Quelle surprise ! s'exclama-t-elle en rajustant son bonnet.

Petite embrassa la joue poudrée de sa mère, respira son parfum vanillé avec une émotion inattendue. Le visage de Françoise était strié de rides.

— Dommage que le marquis ne soit pas là, se plaignit Françoise avant de s'extasier sur les détails de la toilette de sa fille : les manches bouffantes resserrées par des rubans, le corset en pointe.

— Oui, marmonna Petite.

Mais elle était soulagée : elle n'avait pas apporté de cadeau pour son beau-père.

Françoise envoya sa bonne quérir un pichet de posset[1] et des gâteaux, et elles s'installèrent devant la cheminée pour échanger les dernières nouvelles : les devoirs de Petite à la cour (pas trop contraignants), le temps de l'été écoulé (chaud et orageux), la santé du marquis (hydropique), une lettre de Jean (il s'ennuyait à Amboise et était à court d'argent).

— J'allais oublier !

Petite jeta un coup d'œil vers Clorine, qui était allée se poster près d'une fenêtre aux volets clos.

— Le panier ?

Elle fouilla dedans, en extirpa le châle.

— Pour vous. Pour le Nouvel An.

— Il est magnifique ! s'exclama Françoise en le tenant à la lumière. Mais à quelle occasion le porterai-je ?

— Mettez-le maintenant, proposa Petite en drapant l'étoffe gazeuse sur ses épaules. Très joli.

Françoise posa les mains sur les siennes.

— Tu ne devrais pas dépenser tes économies en friperies, Louise. Combien as-tu mis de côté pour ta dot ?

— Une somme modeste, mentit-elle, les joues brûlantes.

---

1. Posset : boisson à base de lait chaud et de bière ou de vin.

Sa mère n'était sûrement pas dupe. Elle avait dû remarquer les changements chez sa fille. Elle devait savoir que Petite n'était plus une jeune fille mais une femme – une femme perdue, de surcroît, une femme qui savait ce que c'était que de se pâmer dans les bras de son amant.

— Ton frère est à la recherche d'un mari pour toi.

Petite s'empressa de changer de sujet. Elle avait très peur que Clorine n'intervienne.

— Comment va-t-il ?

— C'est lui qui avait la garde du surintendant des finances. J'ai oublié son nom.

— Monsieur Fouquet ?

L'ex-ministre était en route pour Paris où devait se tenir son procès. Petite n'avait pas imaginé un seul instant qu'il pût faire étape à Amboise.

— Jean l'a surveillé pendant presque deux semaines. Quant à te trouver un mari, il pense que tu devrais...

Petite se leva brusquement.

— Je crains de devoir m'en aller. Notre cocher est dehors et le devoir m'attend.

Petite et Clorine regagnèrent leur mansarde du palais des Tuileries en fin d'après-midi.

— Je vais faire un tour à cheval, décréta Petite.

La visite chez sa mère l'avait bouleversée et elle éprouvait le besoin de retrouver un semblant de calme.

Elle venait de mettre sa sur-robe quand on frappa.

— Ce doit être votre galant ! dit Clorine d'un ton enjoué.

Elle s'arrêta devant la glace pour rajuster son bonnet puis débloqua le verrou.

— Mais oui, c'est bien vous !

— Je viens vous présenter mes meilleurs vœux pour la nouvelle année ! proclama Gautier.

Il était coiffé d'un impertinent chapeau en peau de castor et exhibait une rhingrave exubérante sous sa courte cape.

— Bonne année, monsieur, murmura Petite en se demandant s'il lui apportait un message de Louis.

— Mademoiselle, voici pour vous, avec mes souhaits les plus sincères, une coupe de fruits, voyez le pli inclus, et un paquet plus petit pour votre servante si fidèle et compétente.

— Pour moi, monsieur ?

Clorine essuya ses mains sur son tablier et se précipita dessus.

— Je l'ai emballé moi-même, précisa-t-il avec fierté.

— Et méticuleusement, avec ça, approuva Clorine en se servant de la pointe d'un coupe-papier pour desserrer le nœud du ruban.

Petite posa la coupe sur la table. Elle débordait de poires, d'oranges, de figues et autres fruits. Un véritable luxe en plein hiver. Elle repéra le rouleau de papier entouré d'un galon tout au fond et profita de la distraction de Clorine pour se glisser derrière un rideau et lire le message.

Mon amour, je désespère de vous voir. Feignez d'être souffrante demain. Je viendrai vous trouver dans votre chambre à quinze heures. Vous pouvez donner votre réponse à Gautier. J'attends avec impatience le moment de vous serrer dans mes bras. L.

Petite pressa la feuille contre son cœur. Depuis leur expédition à Versaie, ils s'étaient à peine adressé la parole. Mais le recevoir ici, dans cette pièce ?

Elle émergea de sa cachette. Gautier était en train de montrer à Clorine comment faire fonctionner un dispositif mécanique.

— Zut! s'exclama-t-elle en soulevant ses jupes tandis que l'étrange engin fonçait à l'autre bout de la pièce comme un rongeur possédé par le démon.

— Je pensais bien que cela vous amuserait, ricana Gautier.

— Monsieur? interrompit Petite, l'air solennel. Ma réponse est oui.

Gautier mit un instant à comprendre.

— Je serai ici demain à quinze heures.

— Ah? fit-il comme s'il avait oublié le but de sa visite. Excellent! s'empressa-t-il d'ajouter.

Il les salua et disparut. Clorine remonta le jouet.

— Écartez-vous, il va vous sauter dessus.

Elle gloussa, ravie.

Petite s'assit sur une chaise près de la table. Elle sélectionna une pêche et l'examina de près. Quel joli fruit! Louis s'intéressait personnellement à ses jardins. S'il n'avait pas été roi, il se serait volontiers occupé lui-même de ses terres.

— Clorine, nous devons parler.

Clorine ramassa son joujou, attendit que le mécanisme se taise et le déposa sur sa malle.

— Il vaudrait mieux que tu t'asseyes.

Petite rassembla tout son courage pendant que Clorine s'installait sur le banc de bois près de la porte.

— Premièrement: tu dois me promettre de ne jamais répéter ce que je m'apprête à te révéler.

Clorine opina, l'air grave.

Petite aspira une grande bouffée d'air. Elle était prête à donner sa vie pour Louis, mais cette confession lui semblait presque insurmontable.

— Demain matin, tu iras prévenir Madame que je suis malade et ne pourrai me présenter à son service.

— Vous êtes malade ?

— Je ne le suis pas.

— Vous ne l'êtes pas mais vous le serez demain.

Clorine fronça les sourcils, tira sur le lobe de son oreille.

— Comment le savez-vous ?

— Parce que ce sera un mensonge.

«Mon Dieu, pardonnez-moi !»

— Un prétexte, une couverture. J'ai accepté de… de recevoir quelqu'un.

— Ici ?

— Oui, mais…

Petite ferma les yeux. Elle n'osait pas affronter le regard de sa bonne.

— Mais en privé, souffla-t-elle enfin.

Pour un tête-à-tête amoureux. «De grâce !» Elle rouvrit les yeux et poursuivit posément :

— Ce serait bien que tu en profites pour aller au marché.

Clorine la dévisagea avec curiosité.

— Y a-t-il un rapport avec le duc ?

— Non, Clorine. Aucun.

Petite appuya les doigts sur ses tempes puis contempla le plafond, saisie d'un vertige.

— Il est temps que je te dise la vérité. Je ne suis pas fiancée avec monsieur le duc de Gautier.

Clorine sursauta. Petite leva une main. Elle devait aller jusqu'au bout.

— J'ai un…

Elle réfléchit aux mots qu'employaient la plupart des femmes : amoureux, galant, soupirant, chevalier servant.

Aucun d'entre eux ne convenait. Son chéri, son bien-aimé... sa vie. Elle opta pour celui qui lui semblait le plus raffiné.

— ... un galant. Mais ce n'est pas Gautier.

« Sainte Marie, mère de Dieu, donnez-moi la force de dévoiler toute la vérité même si c'est un péché, amen. »

— C'est le roi.

Clorine resta figée comme une statue de cire, les yeux exorbités, puis s'affaissa, évanouie.

Petite s'y était attendue. Ce qu'elle n'avait pas envisagé, c'est le torrent de larmes de Clorine à son réveil.

— La maîtresse du roi? Vous passerez l'éternité en enfer! Oh! Votre pauvre maman! Elle en mourra de...

— Ma mère ne doit jamais le découvrir, Clorine. Jamais.

— ... J'en mourrai! Comment avez-vous pu? Vous êtes tellement plus raisonnable que toutes les autres jeunes filles! Imaginez ce que pensera votre tante, sœur Angélique qui vous envoie de si jolies dentelles!

« Je sais », songea Petite en se mettant à pleurer elle aussi.

— Honte à vous! Vous êtes perdue!

« Je sais. »

— Qui acceptera de vous épouser, désormais? Pas même un vieux marchand illettré ne voudra de vous. Tout au long de mon existence, je n'ai rêvé que d'une chose, sanglota-t-elle, c'est de servir l'épouse d'un homme bien né. J'espérais tant que vous vous marieriez avec ce cher Gautier. Il est de bonne naissance, il a un titre, c'est un homme bon... mais maintenant... Vous ne pouvez même pas devenir religieuse! Comment avez-vous pu?

Les courtisans se rassemblèrent dans les appartements de Madame Henriette ce soir-là pour fêter la nouvelle année. Sa grossesse l'avait rendue fort malade et son médecin l'avait confinée à son lit. La pièce résonnait de rires et de conversations. Les bûches de Noël brûlant dans la cheminée diffusaient une chaleur bienheureuse, l'atmosphère enfumée était imprégnée du parfum d'eau de Hongrie dont Henriette aspergeait les tapis.

— Qu'y a-t-il ? interrogea Nicole en serrant Petite contre elle, au risque de renverser son gobelet de vin chaud. Vous êtes blême.

Petite se sentait à bout de forces. Sa conversation avec Clorine l'avait troublée.

— J'ai tout raconté à ma bonne, chuchota-t-elle.

Elle était soulagée d'avoir franchi le pas, mais effondrée. Son amour pour Louis, aussi sacré fût-il, n'en faisait pas moins d'elle la maîtresse d'un homme marié.

— Au sujet de Ludmilla.

— Et alors ?

— Elle s'est évanouie.

— Elle s'évanouit sans arrêt. J'ai une bonne nouvelle mais avant cela, voici mon cadeau pour vous.

Elle présenta à Petite un paquet.

— Un petit rien mais… amusant.

Petite lut l'étiquette sur la boîte.

— De la poudre aphrodisiaque ?

Nicole scruta le salon bondé.

— Elle provient de cette femme que toutes les dames consultent. Madame La Voisin, à Villeneuve-Beauregard.

— Y êtes-vous allée ?

Le lieu était particulièrement mal famé.

— Elle sert à rendre l'homme de vos rêves fou amoureux de vous. Remarquez, je ne pense pas que vous en ayez besoin, ajouta-t-elle avec un sourire.

— Et votre bonne nouvelle?

Petite offrit à Nicole ses épingles à cheveux en cuivre.

— Il s'agit de notre déesse de la Virginité.

Nicole mit les pinces dans ses cheveux et admira son reflet dans la fenêtre.

— Athénaïs?

La veille, Petite avait suivi la messe aux côtés de la charmante marquise.

— Et Alexandre, marquis de Noirmoutier.

Nicole dégagea une boucle afin qu'elle lui tombe sur la joue.

Le marquis de Noirmoutier était riche, bien né et séduisant.

— Il est parfait pour elle!

— Je sais! J'ai couru de l'un à l'autre pour porter leurs missives...

Nicole pivota vers l'entrée.

— ... Quand on parle du diable!

Sur le seuil, Athénaïs attendait d'être annoncée.

— Elle est si belle, dit Petite.

Elle portait une robe de satin rouille au décolleté osé. Séparés par une raie au milieu, ses longs cheveux ondulés cascadaient sur ses épaules nues.

— Et voyez qui est derrière elle, le séduisant galant en personne!

— Sont-ils fiancés? demanda Petite, attentive à la manière dont Athénaïs le couvait du regard, la tendresse avec laquelle elle posait la main sur la sienne.

L'amour: elle en connaissait bien les signes.

— Depuis ce soir.

Clorine passa toute la matinée du lendemain à expliquer à Petite comment éviter le « gonflement du ventre » : la femme devait s'enfoncer une éponge imbibée de vinaigre « là où je pense » ; l'homme pouvait protéger son engin à l'aide de boyau de cochon.

— Ou les deux. Pour plus de sécurité.

Petite écouta patiemment les sermons de sa bonne et se garda bien de lui rétorquer qu'elle était au courant. Depuis le début, Louis et elle employaient la méthode de l'éponge trempée dans du vinaigre (ou du cognac). Par ailleurs, le médecin de Louis lui avait dit que la conception n'était possible que s'ils jouissaient ensemble. Louis s'arrangeait donc pour tenir plus longtemps que Petite. De l'avis général, il était déconseillé pour les femmes de serrer les fesses – mais elle avait du mal. De plus, les mouvements lascifs avaient la réputation de disperser la semence de l'homme.

— Ne t'inquiète pas, Clorine, la rassura-t-elle, soulagée de voir sa bonne enfiler (enfin !) sa cape.

Louis serait là dans une demi-heure. Elle avait l'intention de lâcher ses cheveux et d'y tresser des rubans. Elle ouvrit un ouvrage de poésie pastorale et fit mine de lire. Elle ne voulait pas passer pour une catin mais ses pensées étaient tout, sauf vertueuses. Si seulement Clorine pouvait s'en aller !

— Je vais à la chapelle prier pour vous. Je serai de retour à dix-sept heures. Je pense que cela vous laissera suffisamment de temps, conclut-elle avec une pointe de mépris.

— Merci.

« Va-t'en ! Va-t'en ! »

Clorine ouvrit la porte.

— Zut !

Petite releva la tête et découvrit un marchand de chandelles.

— Nous n'avons pas besoin de bougies ! glapit Clorine.

— Puis-je parler à votre maîtresse, mademoiselle ?

Petite posa son livre et se leva. Louis était en avance.

— Absolument pas ! rétorqua Clorine.

Comme il pénétrait dans la pièce, elle posa une main sur son épaule.

— Clorine, c'est lui !

Louis s'écroula contre la porte fermée en riant aux éclats.

— Aïe ! Rattrapez-la, Louis ! Elle va s'évanouir.

— Pas du tout ! protesta Clorine, agrippée au dossier d'une chaise en bois. Je vous ferais volontiers la révérence, sire, mais je crains de ne pas y arriver.

— Vous devez être mademoiselle Clorine. Mon cher monsieur le duc de Gautier m'a souvent parlé de vous.

Elle ne put s'empêcher de sourire.

— Clorine, tu es sûre que tu vas bien ? s'informa Petite.

— Très bien !

Elle remonta sa capuche.

— Je vous laisse.

Louis lui ouvrit la porte et s'inclina comme s'il était un simple valet. Clorine marqua une pause sur le seuil.

— Prenez soin de ma maîtresse, lui recommanda-t-elle d'un air sévère.

— Soyez rassurée.

Il porta une main à son cœur comme pour sceller sa promesse.

Chapitre 23

Henriette perdait de son éclat. Elle détestait avoir un gros ventre et avait du mal à rester allongée. Mais surtout, elle en avait assez de ses appartements étriqués du palais des Tuileries et ne supportait plus les regards critiques des deux reines. Monsieur et Madame auraient dû s'installer au Palais-Royal plusieurs mois auparavant mais les travaux, comme on pouvait s'y attendre, n'avançaient pas. Après maints éclats et plusieurs crises d'hystérie, elle était enfin parvenue à ses fins : le palais, le sien, était prêt.

En ce mois de janvier, le temps était froid mais ensoleillé. Les pavés n'étaient pas verglacés et le déménagement s'accomplit de la meilleure façon possible. Des centaines d'employés transportèrent panières, meubles et malles des Tuileries au Palais-Royal, où des centaines d'autres dirigèrent les sept cents serviteurs vers leurs quartiers.

Petite emporta elle-même ses trésors : le chapelet de son père enroulé autour de la statue de la Vierge et sa boîte en bois sculpté. Elle confia à Clorine le soin de lui apporter ses livres (*Ma vie* de sainte Thérèse, *L'Horloge de la sagesse* d'Henri Suso, un livre de prières, trois volumes de poésie bucolique, les *Métamorphoses* d'Ovide) plus tard.

Nicole l'accueillit en haut de l'escalier menant à l'aile réservée aux domestiques.

— Nous partageons une chambre !

L'air était empreint d'odeurs d'eau croupie, de rats crevés et autres émanations nauséabondes.

Elle suivit Nicole le long d'un étroit couloir jusqu'à une pièce sous les combles. Comment ferait-elle pour rencontrer Louis ? Depuis que Clorine était au courant de leur secret, ils se voyaient presque tous les après-midi.

— Les deux lits sont inconfortables, dit Nicole.

Annabelle, sa bonne, était sur les genoux en train de récurer le sol.

— Choisissez celui que vous voulez.

Petite prit celui placé près de la fenêtre surplombant les écuries. Les rideaux du lit sentaient le moisi. Elle demanderait à Clorine de les étendre au soleil. Elle disposa la statue de la Vierge sur une table de chevet, plaça le rosaire autour de son cou. Puis elle ouvrit sa boîte et en sortit la brindille (encore munie de ses trois feuilles, complètement sèches), le foulard rongé par les mites qu'elle avait prêté à Louis pour se sécher le visage pendant l'orage et la vasque bleue.

Elle inspecta le fond de la boîte. Entre la poudre aphrodisiaque de Nicole et le mouchoir brodé d'or de Marguerite (dont elle ne se servait jamais parce qu'il l'irritait) se trouvait un médaillon accroché à un ruban lilas élimé. Elle s'en saisit et le tint à la lumière. C'était une pièce toute simple en cuivre, aujourd'hui terni et moucheté. En préparant ses bagages, elle l'avait découvert caché dans un tiroir de sa malle. Elle l'avait complètement oublié.

Elle l'ouvrit : à l'intérieur, il y avait une mèche de cheveux blancs. Elle l'effleura : c'était du crin. De la crinière de Diablo !

Seigneur ! Elle s'assit sur le bord de son lit.

Elle ne se souvenait pas de l'avoir mis là... Mais soudain, la mémoire lui revint : après les funérailles de son père, elle s'était rendue dans l'écurie pour déposer un bouquet de fleurs de tournesol à l'endroit où il était mort. Elle était restée là un long moment devant la stalle ouverte de Diablo, attendant une réponse, un signe.

— Qu'en pensez-vous ? demanda Nicole, interrompant le fil de ses réflexions.

Elle agita un vêtement en satin rose bordé de dentelle et de froufrous.

— Superbe, répondit Petite, l'esprit ailleurs, se remémorant l'instant où elle avait aperçu les crins accrochés au verrou de la porte de Diablo. C'est pour le bal d'inauguration, la semaine prochaine.

Petite ferma le médaillon et le serra dans sa main. Elle ne l'avait donc pas imaginé ; Diablo avait bel et bien existé.

— Henriette a décidé de donner sa fête en dépit de son état ? commenta-t-elle distraitement.

— Elle a l'intention d'y arriver allongée sur un brancard paré de plumes, comme Cléopâtre.

Nicole suspendit sa robe sur un cintre et recula d'un pas pour l'admirer.

— Très romantique.

L'événement eut lieu comme prévu. Il n'eut rien de romantique. Petite et les autres demoiselles d'honneur durent rester assises sur une estrade toute la soirée auprès d'Henriette, à regarder les autres s'amuser : Athénaïs dansant avec son bien-aimé, Lauzun amusant ces dames avec ses clowneries ; la Grande Mademoiselle riant avec ses amies (« le club des vieilles filles »). Armand de Guiche et Philippe les rejoignaient de temps en temps sur le podium pour le bénéfice d'Henriette mais Petite n'écouta pas leurs conversations. Elle avait ses règles, elle n'aurait pas l'occasion de danser, encore moins d'échanger quelques mots avec Louis. D'ailleurs, il ne fit qu'une brève apparition en compagnie de la reine. Quand enfin Henriette voulut se retirer dans ses appartements, Petite courut se réfugier dans sa chambre. Plusieurs heures après, elle entendit Nicole entrer.

— Vous avez raté le meilleur !

Nicole secoua sa bonne pour qu'elle l'aide à se préparer pour le coucher.

— Il y a eu une bagarre dans l'escalier : le prince de Chalais a giflé monsieur de La Frette ! s'exclama-t-elle en malmenant ses lacets.

Dehors, le veilleur de nuit annonçait deux heures.

— La Frette se met souvent dans de sales draps, ajouta Nicole en bâillant.

Le jeune galant était un impétueux.

— Surtout quand il a trop bu, renchérit Nicole.

Elle se libéra de ses jupons et se glissa dans son lit. Peu après, elle se mit à ronfler.

Petite fut réveillée le lendemain par un coup à la porte. Elle écarta les pans de ses tentures. La lumière filtrait à travers un trou dans les volets. Les deux bonnes étaient déjà debout en train de ranger leur literie.

— Ouvre ! ordonna Clorine à Annabelle.

Mais la servante de Nicole l'ignora.

— J'y vais, dit Petite en s'enroulant dans sa couverture.

À son immense surprise, elle découvrit Athénaïs, enveloppée de fourrures, le visage maculé.

— Que s'est-il passé ?

— Quelle heure est-il ? grogna Nicole d'une voix pâteuse en passant la tête entre ses rideaux.

— Il y a eu un duel.

Athénaïs s'assit près du lit de Nicole. L'ourlet de sa robe de bal était taché de boue.

« Ciel ! » Les duels étaient formellement interdits et passibles de la peine de mort. Petite jeta un coup d'œil vers les bonnes. Elles se disputaient sur la manière de plier les draps et semblaient n'avoir rien entendu.

— À cause de la bagarre dans l'escalier ? voulut savoir Nicole.

Athénaïs opina.

— Ils étaient huit. Ils se sont donné rendez-vous dans un pré, à Chaillot. Le marquis de Noirmoutier était parmi eux.

En citant le nom de son fiancé, la voix d'Athénaïs se brisa.

— Quelqu'un est blessé ? balbutia Petite.

— Tous. Quant au marquis d'Antin, il est mort.

L'une des paupières d'Athénaïs tressaillit.

— Le gamin aux grandes oreilles ?

Nicole plaqua une main sur sa bouche.

— Poignardé. J'étais là. J'ai tout vu. Je l'ai vu mourir.

« Oh, non ! »

— Et le marquis de Noirmoutier ?

Petite s'empara de son chapelet.

— Il… il est blessé à la jambe… gravement.

Elle porta son regard de Petite à Nicole.

— Il a besoin d'aide. Il lui faut un médecin qui saura tenir sa langue, mais surtout un moyen de quitter le pays. J'ai pensé que vous pourriez peut-être…

— Bien sûr, répondit Nicole, sans grande conviction.

Elle se tourna vers Petite.

— Je vais faire le guet dehors, proposa celle-ci, comprenant le malaise de Nicole.

Le fiancé d'Athénaïs allait devoir s'enfuir, esquiver les autorités – et Louis. Elle sortit, enveloppée dans son édredon.

Elle se sentait l'âme d'une exilée, à frissonner toute seule dans le corridor. Peu après, Athénaïs émergea de la chambre et glissa une bague dans la main de Petite.

— Vous ne direz rien ?

Petite lui rendit le bijou.

— C'est inutile, Athénaïs. Vous pouvez avoir confiance en moi.

— Bien sûr. Pardonnez-moi, je ne suis plus moi-même.

Elle se mordit les phalanges et laissa échapper un gémissement.

— Quel gâchis !

— Je suis sincèrement désolée.

Que dire pour consoler la marquise, si élégante, si impériale, mais complètement anéantie ?

Le soir, dans les salons d'Henriette, on ne parla que du duel.

— La Frette était ivre quand il a descendu l'escalier, dit Yeyette.

— Je l'ai entendu hurler au prince de Chalais de s'écarter de son chemin, précisa Claude-Marie.

— C'est un grossier personnage, intervint Henriette d'une voix faible.

Elle était allongée sur son divan, sa petite chienne Mimi enroulée à ses côtés.

— Bien entendu, le prince l'a giflé, conclut Yeyette.

Une bagarre avait éclaté. Le fiancé d'Athénaïs et ses amis avaient pris la défense du prince de Chalais, d'autres, celle de La Frette. Très vite, le groupe s'était élargi à une douzaine de personnes. La mêlée avait pris fin mais une fois dehors, ils avaient appelé au duel.

— Quelle tragédie! chuchota Petite, prudente.

Cette semaine-là, les rumeurs inondèrent la cour. Tout ce que Petite réussit à comprendre avec certitude, c'était que huit jeunes hommes s'étaient rassemblés aux aurores dans un pré isolé, derrière un monastère du faubourg Saint-Germain, et que c'était l'épée du chevalier d'Omale qui avait tué le marquis d'Antin. Tous avaient été blessés, notamment le fiancé d'Athénaïs. Après avoir dissimulé le corps d'Antin dans les buissons, certains d'entre eux avaient pris la fuite – les uns vers l'Angleterre, les autres vers l'Espagne, susurrait-on.

— Quoi qu'il en soit, ils seront tous jugés, par contumace, proclama Yeyette.

— Condamnés à mort: la loi est claire.

— Ils ne reviendront jamais, geignit Henriette en caressant les oreilles de Mimi.

— C'est une punition en soi.

— Leurs pauvres familles! s'apitoya Claude-Marie.

— La loi est trop sévère: ce sont des enfants.

— Cependant, on ne peut tolérer les duels, déclara la duchesse de Navailles.

— Au risque de ruiner tant de vies?

— Sa Majesté leur accordera sûrement son pardon, dit Nicole en se joignant au groupe.

— Sûrement, répéta Petite en écho mais sans conviction.

Quand Louis apparut, tout le monde se tut. Il scruta l'assemblée d'un air grave.

— Reprenez vos divertissements, ordonna-t-il, les traits tirés et le teint pâle.

Petite s'interrogea : que ressentait-il ? Pourtant, il avait grandi avec ces huit jeunes hommes, il avait chassé et joué avec eux. Un ou deux d'entre eux avaient même fait partie du groupe des Endormis, prêts à toutes les frasques. Elle lui fit un signe avec son éventail, mais il ne le remarqua pas.

— Je dois absolument voir Sa Majesté, confia-t-elle tout bas à Gautier.

Le fidèle serviteur de Louis était enfin parvenu à obtenir une chambre au palais du Louvre, à une distance respectable des reines.

— Seize heures, demain après-midi.

En cette fin d'après-midi, malgré le feu qui brûlait dans la cheminée, il faisait trop froid pour se déshabiller. Entièrement vêtus, Louis et Petite frissonnaient sous les couvertures en fourrure.

— Quel sale temps ! se plaignit Louis, qui semblait vidé de toute son énergie.

L'hiver était rude. On parlait de famine dans le Sud, de paysans se nourrissant uniquement de racines et de tiges de chou. On racontait que dix-sept mille familles avaient péri en Bourgogne et que certaines personnes n'hésitaient pas à manger de la chair humaine pour survivre.

— Je suis désolé, mon amour. Je… je ne peux pas, avoua-t-il, chagriné par son manque de passion.

— Je comprends.

Petite s'efforça de dissimuler sa déception. Bientôt débuterait la saison du jeûne, les quarante jours du carême pendant lesquels ils feraient abstinence.

— Serrez-moi très fort dans vos bras, dit Louis.

Elle sentit qu'il avait besoin de réconfort. Il travaillait énormément. Il avait lancé une réforme financière et cherchait par tous les moyens à fournir de la nourriture aux affamés. Il avait transformé plusieurs couloirs du Louvre en entrepôts de céréales pour les pauvres. Dans la cour des Tuileries, on cuisait du pain dans d'énormes fours. On en distribuait plusieurs milliers par jour.

Et pour couronner le tout, il y avait cette affaire de duel. Les huit jeunes hommes, tous issus de bonne famille, seraient bientôt jugés et condamnés. Ils avaient trouvé le moyen de s'enfuir, tant ils jouissaient de privilèges, mais une fois leur condamnation à mort prononcée, ils ne pourraient jamais remettre les pieds au pays.

— Ce doit être douloureux pour vous. Ils étaient vos compatriotes.

— La loi doit être appliquée, rétorqua-t-il avec colère.

Il crispa le poing.

— Je sais.

Jamais elle ne l'avait vu aussi distant, fermé. Elle avait devant elle le roi Louis, l'homme derrière un masque. Elle posa une main sur son bras mais il s'écarta.

Le Mardi gras, Petite fut réveillée par Clorine, affublée d'une des robes de sa maîtresse, un collier de fausses perles autour du cou.

— Tu es ravissante !

En vérité, cette toilette ne seyait guère à la silhouette trapue de Clorine.

— C'est moi qui devrais te servir, ajouta Petite en s'emparant d'un bol en terre cuite rempli de pain trempé dans du vin.

Aujourd'hui, dernier jour du carnaval, toutes les excentricités étaient permises. Aujourd'hui, tout le monde devenait fou.

— Je finirai l'ourlet de votre costume cet après-midi, promit Clorine.

Petite avait prévu de se rendre au bal masqué déguisée en Pierrot : tunique blanche et culotte bouffante bordée de rouge. Un masque en velours rouge compléterait l'ensemble.

— Sa Majesté a fait porter votre masque hier… incrusté de diamants. De vrais diamants, je crois, ajouta-t-elle en levant les yeux au ciel.

— J'en doute, répliqua Petite avec un sourire.

Clorine avait pris un certain temps pour s'accoutumer à l'idée de sa liaison avec le roi. Il avait fallu du temps, des intercessions persuasives de Gautier et d'interminables consultations auprès du confesseur du roi. Mais depuis qu'elle s'y était résignée, elle avait endossé son rôle de gardienne, de mère et de conseillère spirituelle, obtenant les faveurs de Louis, sermonnant Petite et lui imposant de longues séances de prières. Après chaque rendez-vous clandestin, Clorine l'obligeait à laver ses parties génitales au vinaigre, puis à s'agenouiller devant la statue de la Vierge. Petite avait beau être une femme perdue dans ce monde, Clorine était décidée à faire l'impossible pour qu'elle soit sauvée dans l'autre.

— Écoutez.

Clorine s'approcha de la fenêtre. Dehors, un homme annonçait le parcours du bœuf gras : la procession atteindrait le portail du Louvre entre quatorze et quinze heures.

Les membres de la cour se rassemblèrent sur les balcons du palais pour contempler le défilé des bouchers – leurs épouses et leurs filles déguisées, vêtues de toilettes de nobles – suivis par les druides menant le bœuf enguirlandé de fleurs, un enfant déguisé en Cupidon sur son dos. Autrefois, on aurait abattu l'animal ici même et son sang aurait coulé sur les pavés. Aujourd'hui, grâce à l'évolution de la civilisation, il serait conduit à l'abattoir et mangé le soir même par les courtisans.

On jeta des bonbons à la foule. Les spectateurs s'esclaffèrent tandis qu'hommes, femmes et enfants en oripeaux se bousculaient pour les ramasser. Quelqu'un déversa un sac de farine sur les passants, provoquant un cri d'indignation suivi d'éclats de rire.

Louis, en compagnie de sa mère et de son épouse, jeta un coup d'œil en direction de Petite. Elle posa un doigt sur son menton pour lui signifier : « Plus tard, mon amour. » Tout à l'heure, sous leurs costumes respectifs, ils pourraient se retrouver en toute liberté. Ce serait leur ultime rendez-vous avant les sacrifices du carême.

Plus tard, Petite (en Pierrot) et Nicole (en laitière) aidèrent Henriette à revêtir sa tenue pendant que Claude-Marie et Yeyette évoquaient les réjouissances païennes d'un autre temps – rendez-vous illicites, étreintes secrètes. Les festivités cédaient inévitablement à la folie, prévinrent-elles, à une orgie de mets de viande et de plaisirs de la chair, car le lendemain débutait un régime de jeûne, de chasteté et de prière.

Les deux reines pieuses n'y assisteraient pas (bien entendu) et avaient mis en garde Henriette, enceinte de huit mois. Philippe avait même interdit à son épouse de s'y rendre mais Henriette ne supportait pas l'idée de rater le bal le plus amusant de l'année. Elle se sentait nettement mieux, avait-elle proclamé, « grâce au laudanum ».

Elle projetait donc de s'y présenter sous la volumineuse cape à capuche d'un domino, un accoutrement communément porté par les hommes comme par les femmes.

— Mon mari n'en saura rien, assura-t-elle.

Mais ses demoiselles d'honneur avaient l'ordre de se tenir à l'écart pour ne pas risquer de la trahir.

Petite mit son masque et laissa les autres la devancer avant de pénétrer dans la salle de bal et de se glisser derrière un groupe de hussards. Faisant fi des bonnes manières, hommes et femmes se goinfraient à une table jonchée d'os tandis que des laquais en robe de velours vert apportaient plat après plat et que les bonnes déguisées en hussards couraient çà et là pour remplir les gobelets de vin. Un peu à l'écart, un boucher s'affairait à découper un mouton et une génisse rôtis. La nuit était jeune mais les musiciens attaquaient déjà l'air vigoureux de *La Danse de la mort*, où chacun se mettait à tourner comme une toupie.

Petite se fraya un chemin jusqu'à un côté de la salle pour mieux observer la scène et guetter Louis. Elle aperçut un Domino. « Henriette ? » se demanda-t-elle. Difficile d'en être sûre car ils étaient nombreux. Ah, non ! Elle s'était trompée, constata-t-elle tandis que la silhouette disparaissait dans l'ombre en compagnie d'un homme habillé en sultan. Pour une étreinte fugace ? En pareille occasion, mieux valait éviter de s'aventurer dans les coins sans prévenir.

Quelqu'un lui agrippa le coude.

Affolée, Petite se retourna pour découvrir un maître fauconnier, le visage dissimulé derrière un loup orné de plumes. Elle sourit, soulagée.

— Vous deviez être un Troyen.

Louis l'entraîna vers un étroit passage qu'elle ne connaissait pas. Ils entrèrent dans une pièce obscure. Elle entendit le cliquetis du verrou.

— Attendez! s'exclama-t-elle en riant tandis qu'il lui arrachait ses vêtements.

Elle eut l'impression qu'il avait bu. Il tira vainement sur l'écharpe qui lui tenait lieu de ceinture.

— Aidez-moi! grogna-t-il.

— Louis… êtes-vous sûr de…?

Si seulement il y avait une bougie, un rai de lumière. Elle laissa courir un doigt sur son visage, lui offrit ses lèvres pour un baiser.

Il enfonça sa langue dans sa bouche. Il avait un goût d'alcool.

— Vite!

Avec difficulté, Petite détacha l'étoffe; s'accrochant à Louis pour ne pas perdre l'équilibre, elle parvint à se débarrasser de la culotte bouffante. Il faisait froid et une odeur d'urine imprégnait l'air. Elle avait attendu ce moment avec impatience, mais ne l'avait pas envisagé ainsi. Elle voulait le voir, voir ses yeux… parler.

Debout dans le noir, ses bras nus hérissés de chair de poule, elle ne le distinguait pas mais il était tout près: elle percevait sa respiration, un bruissement de tissu. Elle était mal à l'aise: elle imaginait le diable rôdant autour d'eux, lui pinçant les chevilles, le cou. Elle sursauta quand Louis lui tira sur le bras.

— J'ai étalé ma cape par terre, chuchota-t-il.

Il voulait la prendre sur le sol. Lui tenant la main, elle s'agenouilla, tâta l'étoffe.

— Je l'ai trouvée.

Elle s'allongea. Ses fesses étaient sur le manteau mais sa tête était sur une dalle glacée. «C'est affreux», songea-t-elle.

Quelqu'un tenta d'ouvrir la porte mais le verrou tint bon.

— Ne vous inquiétez pas, murmura Louis en se couchant sur elle.

Elle enroula les jambes autour de sa taille. Malgré la cape, la pierre lui blessait la colonne vertébrale. «Si je m'agite et gémis, cela se terminera très vite...» Mais bientôt, ses râles furent sincères.

— Mon Dieu! souffla-t-il. Vous êtes une diablesse.

«Une diablesse.» Inerte, Petite scruta l'obscurité. Des vagues de plaisir continuaient à inonder son corps. Une larme roula sur sa joue, jusque dans son oreille. Elle chercha la main de Louis, en quête de réconfort. L'amour coupable, voilà ce qu'ils vivaient. L'amour souillé par le péché.

Petite réintégra subrepticement la salle de bal, seule. Jambes encore flageolantes, elle s'adossa contre un pilier pour observer les réjouissances. Elle reconnut Nicole qui dansait avec un homme déguisé en Henri IV.

Elle avait le tournis, comme si elle venait d'émerger d'une grotte sombre, une grotte de désir licencieux.

Ils avaient accompli des actes répréhensibles. Louis avait joui en elle, l'avait traitée de catin. Elle s'était dit que ce n'était pas lui mais le diable en personne. Pourtant, elle s'était abandonnée avec bonheur.

On appelait cela la petite mort. Avec raison. Elle était morte plusieurs fois de suite, raccourcissant son existence d'une minute chaque fois.

«Demain, je me repentirai, je prierai et je jeûnerai, se promit-elle. J'irai me confesser. Avouer mon désir insatiable.»

Nicole se précipita vers elle.

— Où étiez-vous passée ? demanda-t-elle d'un ton enjoué, la langue pâteuse. Il est un peu tôt dans la soirée pour disparaître ainsi.

— Je n'ai pas bougé d'ici, mentit Petite.

Elle se retint de lui rétorquer qu'il était un peu tôt dans la soirée pour être ivre.

— Avez-vous vu Henriette ?

Nicole arrondit les yeux mystérieusement.

— Eh bien... Philippe est là-bas.

Elle désigna un couple en train de danser.

— Joli, non ?

Philippe s'habillait souvent en femme mais cette toilette en satin noir agrémentée de dentelle blanc cassé était particulièrement réussie.

— Il est avec Armand de Guiche ? fit Petite.

— Pas exactement, gloussa Nicole. Saurez-vous garder un secret ?

Nicole pointa son éventail sur le domino et le sultan que Petite avait remarqués un peu plus tôt.

— C'est Henriette... avec Armand de Guiche ! chuchota-t-elle en déployant son éventail. Le sultan, c'est lui.

Contre toute attente, Petite fut choquée. Armand de Guiche assistait régulièrement aux soirées d'Henriette, ses yeux maquillés de khôl suivant ses moindres mouvements.

— Je suis leur messagère, confessa Nicole.

— Vous comptez déjà deux transgressions ! s'indigna Petite, alarmée.

La première pour avoir assisté à la messe en état d'ébriété, la deuxième pour avoir filé en douce après le couvre-feu.

— Vous devez cesser d'intriguer ! On finira par vous bannir !

— Promettez-moi de ne rien dire à Ludmilla ! supplia Nicole, brutalement dégrisée.

Deux jours plus tard, Louis était couché auprès de Petite dans la chambre de Gautier. C'était le deuxième jour du carême et ils s'étaient promis de faire abstinence. S'il était difficile de se retrouver ainsi sans pouvoir s'étreindre, Petite préférait cela à la séparation. Ils s'étaient enlacés chastement et avaient discuté de chevaux et de chiens, des réformes financières que Louis tentait de faire aboutir, du procès du duel, de la santé d'Henriette. Il s'inquiétait de la quantité de laudanum qu'elle ingurgitait et de ses sautes d'humeur.

— J'ai remarqué qu'elle était toujours en pleine forme lorsque Armand était dans les parages. Parfois, je me demande…

Petite retint son souffle. La passion d'Armand de Guiche pour Henriette était presque palpable. Louis la dévisagea attentivement.

— Pourquoi rougissez-vous ?

— Rien.

Elle esquissa un sourire, sans doute peu convaincant. Elle n'avait aucun talent pour la duperie.

— Savez-vous quelque chose ? insista-t-il d'un ton taquin. Vous êtes rouge comme un coussin de chaire ecclésiastique.

Petite détourna la tête vers le mur.

— Louise, si c'est le cas, vous devez me le dire.

Elle retourna la tête vers lui.

— Alors ? persista-t-il, l'air grave.

— Je ne peux pas, Louis.

— Êtes-vous sérieuse ? s'indigna-t-il en s'asseyant. Vous savez quelque chose mais vous ne me direz rien.

Elle resta muette.

— Vous ne comprenez pas, reprit-il d'un ton mesuré, comme s'il se retenait de s'emporter. Henriette est la sœur du roi d'Angleterre. Ses faits et gestes ne la concernent pas seule. Il s'agit d'une affaire d'État.

— Louis, j'ai promis, murmura-t-elle, les yeux baissés.

— Et cette promesse, faite à je ne sais qui, est plus importante ?

Petite se sentit désemparée. Ne comprenait-il donc pas ?

— Si vous m'aimiez, vous parleriez.

Il se leva, les mains sur les hanches.

Petite sourit dans l'espoir de l'amadouer. Il était soudain devenu un étranger à l'expression autoritaire, impérieuse, voire menaçante.

— Bien sûr que je vous aime, répliqua-t-elle en s'asseyant sur le bord du lit, mais j'ai donné ma parole.

— Me défiez-vous ?

— Pas du tout !

— Cependant, vous vous taisez.

Il croisa les bras et la toisa.

— Je vous ordonne de tout me dire.

— Ne soyez pas ainsi, Louis.

— Je suis le roi, Louise.

Il demeura ainsi un moment, le regard fixe, la figure agitée de tressaillements. Puis, en poussant un juron, il donna un coup de poing magistral dans le mur. Deux lithographies encadrées tombèrent. Il en envoya valser une du bout du pied. Le cadre se fracassa contre la cloison.

— Louis, cessez !

Jamais elle ne l'avait vu céder ainsi à un accès de rage. Il était toujours parfaitement assuré, maître de lui, masqué. Mais voilà que tout à coup, il ressemblait au diable en personne. Elle tomba à genoux et se mit à prier, paupières closes. « Sainte Marie ! »

— Allez vous faire voir !

Horrifiée, elle le vit se saisir d'un candélabre en argent et le brandir comme pour la frapper.

— Au nom du Ciel, supplia-t-elle.

Instinctivement, elle se recroquevilla. Le coup pourrait lui être fatal.

Louis le lança de toutes ses forces contre la vitrine. Bibelots et objets d'art se répandirent par terre : coquillages, pierres, statuettes. Il se figea au milieu des débris, la respiration saccadée.

— Putain, souffla-t-il entre ses dents.

Sur ce, il quitta la pièce en claquant la porte derrière lui.

Petite se réfugia sur le lit de Gautier, secouée de sanglots. Que faire ? Gautier serait de retour bientôt. « Mon Dieu ! La chambre ! » Tremblante, elle se leva et entreprit de tout ramasser mais elle était trop abasourdie pour réfléchir. Comment Louis avait-il pu la traiter ainsi ? Il avait failli la brutaliser. Elle eut beau fermer les yeux, son visage déformé par la fureur la hantait. Il ne l'aimait pas. Il n'aimait personne. Elle se remit à pleurer de plus belle, rassembla ses vêtements, son ridicule déguisement de modiste accroché sur une patère, aux côtés de la cape de majordome de Louis. Il était parti au pas de charge sans penser à prendre ses précautions.

La cloche sonna l'heure du repas. Gautier n'allait pas tarder. Elle s'habilla en toute hâte, soulagée d'avoir pris un voile et un masque. Le costume, elle le laisserait là. Elle n'aurait plus besoin de se cacher. Plus jamais.

Petite pressa le front sur la cape de Louis. Elle sentait le confit de cannelle. Qu'allait-elle devenir ?

Elle rassembla tout son courage et regagna sa mansarde, saluant brièvement tous ceux qu'elle croisait. Enfin, elle fut devant sa porte.

— Zut! s'exclama Clorine quand Petite eut enlevé son masque. Que vous arrive-t-il?

— Je suis souffrante.

Petite se dirigea vers son lit, heureuse que Nicole soit absente.

— Vous êtes blanche comme du petit lait.

Le regard inquiet, Clorine s'accroupit pour détacher les boucles de ses souliers.

— J'ai besoin de me reposer, dit Petite d'une voix lasse. J'irai mieux tout à l'heure.

Elle tira les rideaux de son lit et enfouit son visage dans l'oreiller. « Putain! » Il l'avait traitée de putain. Des images se bousculèrent dans son esprit: un masque mortuaire, une pièce marécageuse, une silhouette brandissant une croix. C'était vrai. Elle n'était rien d'autre qu'une putain. Le diable était en elle.

Petite s'assit brusquement avant l'aube. Elle avait entendu le veilleur de nuit annoncer six heures. Elle n'avait pas dormi. D'ici une heure environ, le soleil se lèverait, et le monde avec lui.

Elle resta immobile quelques instants, le temps que ses yeux s'habituent à la pénombre, qu'elle parvienne à distinguer les trois formes endormies, faiblement éclairées par la bougie de nuit. La veille, elle avait entendu les bonnes préparer leurs paillasses, Nicole revenir en titubant de sa soirée de jeux, Clorine fermer le verrou de la porte et les volets. Puis, celle-ci avait écarté légèrement les pans du baldaquin pour jeter un coup d'œil sur sa maîtresse et avait poussé un profond soupir.

Dehors, un chien aboya et le chant d'un coq retentit. Frissonnante, immobilisant sa mâchoire pour empêcher ses dents de claquer, Petite enfila les vêtements que lui avait préparés Clorine : deux jupons, une chemise, un bonnet, d'épais bas de laine. Aussi silencieusement que possible, elle décrocha sa cape de la patère. Elle chercha ses bottes à tâtons et les glissa sous son bras. Du panier sur l'étagère, elle extirpa une chandelle et s'agenouilla devant le feu incandescent pour l'allumer avec les braises. Nicole grogna dans son sommeil, se retourna, marmotta. Petite s'éclipsa sans bruit.

Dans le couloir ténébreux, Petite plaça sa chandelle dans une applique en fer blanc. Elle mit ses bottes. Ses doigts étaient endoloris par le froid et elle eut du mal à en fixer les boucles. Elle attrapa les mitaines en laine dans la manche de sa pèlerine et, après plusieurs tentatives, réussit à les mettre correctement. Passant la bougie d'une main à l'autre pour souffler sur ses doigts dans l'espoir de les réchauffer, elle s'engouffra dans le passage menant à l'escalier qui débouchait sur le jardin. La porte était verrouillée mais non surveillée.

En revanche, un garde faisait le guet au portail. Petite n'avait pas songé à emporter ses papiers d'identité, son laissez-passer, aussi mentit-elle : elle raconta au vigile somnolent qu'elle était au service de Madame Henriette et que la princesse avait manifesté un désir irrépressible de pain d'épices et d'eau de réglisse vendus par un commerçant spécifique, au marché.

— Vous savez ce que c'est quand une femme est sur le point d'accoucher.

— Mais il fait encore nuit! protesta-t-il en l'éclairant avec sa torche.

— La princesse ne dort jamais, soupira-t-elle.

Il était tout jeune, à peine sorti de l'adolescence.

— Vous devriez être accompagnée d'un valet de pied. Ce n'est pas prudent.

— Je ne vais pas loin. Laissez-moi passer. Je suis pressée.

— Prenez mon chien avec vous.

Il siffla et un mastiff apparut en bâillant.

— Si vous insistez, bredouilla Petite.

Elle s'empara de la laisse et le garde lui ouvrit le portail.

— Merci!

Elle s'enfonça dans l'étroite ruelle pavée encore jonchée de détritus après les fêtes du Mardi gras. Au premier carrefour, elle libéra le chien et le renvoya d'un geste en direction du palais. Puis, inclinant sa chandelle de manière à ce que la cire ne dégouline pas sur sa mitaine, elle se dirigea vers le fleuve.

À l'approche du cours d'eau, elle s'arrêta subitement, secouée de sanglots. Elle trébucha. Elle ne voyait rien. «Putain.»

Le ciel s'éclaircissait. Les premiers rayons du soleil levant auréolaient de reflets roses la surface lisse de l'eau. Elle éteignit sa chandelle. Des bouts de bois noircis flottaient autour des rares bateaux. Au-dessus de sa tête, les mouettes tournaient en poussant des cris stridents.

Chapitre 24

En se précipitant dans la cour du couvent, la mère prieure faillit déraper sur les pavés verglacés. Qui pouvait sonner à une heure pareille ? Que c'était agaçant de devoir tenir la porte ! La novice chargée de cette mission souffrait une fois de plus d'une forte fièvre. Pourvu que ce ne soit pas un ivrogne ! L'anneau auquel étaient accrochées toutes les clés trembla dans ses mains comme un tambourin tandis qu'elle ouvrait une première grille, puis une seconde. Elle marqua une pause pour abaisser son voile sur son visage et entrouvrit le portail en prenant soin, sous peine d'excommunication, de ne pas franchir le seuil.

— Sainte Marie ! s'écria-t-elle en découvrant avec surprise une jeune femme de la noblesse maculée de boue.

Quel âge pouvait-elle avoir ? Avait-elle seulement vingt ans ? Difficile à dire.

— Ma mère, je vous en prie, puis-je entrer ?

Sa voix était douce, son élocution raffinée bien que teintée d'un léger accent du Sud. Des boucles blondes s'échappaient de son bonnet autour de son visage famélique dénué de peinture et de mouches. Ses yeux rougis mais lumineux étaient ceux d'une innocente.

La mère prieure la laissa passer et s'empressa de refermer la grille à double tour.

— Vous êtes gelée, dit-elle en la soutenant par le coude au cas où elle tomberait.

L'ourlet de sa cape paraissait mouillé, ses bottes, dont l'une était munie d'une semelle compensée, souillées.

— Où êtes-vous allée ?

— J'arrive de la ville.

Petite s'essuya la joue. Elle respirait par à-coups.

— Vous avez parcouru tout ce chemin à pied ? Ma foi, vous tremblez comme une feuille.

Son haleine ne sentait pas l'alcool, ce n'était donc pas la boisson.

En quelques minutes, la mère prieure installa l'inconnue sur un banc de bois devant le feu de cheminée du parloir.

— Je vais vous faire apporter un peu de bière.

— Non, merci. Je vais bien.

Sur ce, elle s'affaissa, sombrant dans l'inconscience.

Plusieurs heures plus tard, la mère prieure franchit une succession de pièces avant de longer le cloître jusqu'à la chambre de réception. Il n'était pas neuf heures, pourtant elle avait déjà eu une matinée bien remplie : rituels du mercredi des Cendres, une inconnue qui s'évanouissait dans le parloir et maintenant, on venait de la prévenir, un homme qui exigeait d'entrer.

Les gonds de la persienne protégeant la grille grincèrent quand elle l'ouvrit.

— *Adoremus in eternum*, psalmodia-t-elle à l'intention de l'inconnu en cape grise qui se dressait devant elle.

— *Sanctissim sacrametum*, répondit-il en s'asseyant maladroitement sur le banc matelassé, ses éperons s'accrochant aux volants.

Ses yeux noisette brillaient d'émotion.

La mère prieure étudia son visage, s'attarda sur son nez aquilin, ses pommettes saillantes. Étonnamment beau, grand, les épaules larges, il ne pouvait qu'être issu de la noblesse. Elle eut l'impression de l'avoir déjà vu quelque part.

— On me dit que vous venez au sujet d'une jeune fille que nous avons recueillie.

Elle était entrée en transe, crachant un torrent de paroles incompréhensibles et semblait davantage morte que vivante. Ils avaient tenté de lui donner du sirop de pétales de rose séchées, un excellent remède contre les tremblements du cœur, en vain. Si elle ne se réveillait pas avant midi, elles enverraient quérir le prêtre.

— L'entrée est interdite aux hommes.

Surtout un mercredi des Cendres.

— Je suis le roi.

Elle se retint de ricaner.

— Je suis le roi ! répéta-t-il d'un ton passionné. Si vous ne me laissez pas la voir, je ferai détruire ce couvent.

Mon Dieu ! C'était vraiment lui. Elle le reconnaissait à présent. Des années auparavant, elle l'avait vu guérir des malades d'un simple effleurement, chasser le Mal de centaines de personnes. Elle se signa, baissa la tête.

— Votre Majesté, elle…

Sa voix tremblotait. Elle reprit son souffle.

— Elle déraisonne, prévint-elle.

Elle ouvrit la porte et le conduisit au parloir des visiteurs, encore glacé malgré un feu crépitant. La jeune femme était telle qu'elles l'avaient laissée, inerte sur le sol. Avec d'autres religieuses, la mère prieure avait envisagé de la soulever pour la placer sur le banc puis s'était ravisée. Mieux valait ne pas la bouger. Elles lui avaient enlevé ses bottes trempées et ses bas, et l'avaient couverte de fourrures et de couvertures de laine.

Le roi tomba à genoux.

— Louise, chuchota-t-il en lui caressant la main.

Elle souleva les paupières.

« Dieu soit loué, elle est vivante ! » pensa la mère prieure.

Elle contempla cet ange blessé dont les boucles blondes se répandaient sur le parquet ciré. Mais elle n'avait rien d'un ange, à en juger par les mots doux du roi. Elle se retira précipitamment derrière la grille et commença à réciter son chapelet pour ne plus les entendre.

Soulagée tout d'abord, Petite fut vite envahie par un sentiment de panique. Le roi était avec elle, mais où était-elle ? Que s'était-il passé ?

Elle tenta de s'asseoir mais elle était trop affaiblie.

— Non, dit Louis.

Pourquoi pleurait-il ?

Les souvenirs ressurgirent alors par fragments comme dans un rêve : leur dispute, l'eau.

— Que s'est-il passé ? s'inquiéta-t-elle.

— Je n'en suis pas certain. Et vous ?

— Sommes-nous dans un couvent ?

Elle scruta les alentours. Ils étaient dans une petite pièce où trônaient une statue du Christ à une extrémité et une cheminée, à l'autre. Les murs étaient décorés de tapisseries bibliques. Il n'y avait qu'une seule fenêtre, très haute, munie de barreaux. Petite ferma les yeux, s'efforça de ravaler ses larmes.

— J'ai essayé… j'ai voulu… balbutia-t-elle, respirant par saccades.

— Chut ! murmura-t-il avec tendresse.

Puis il l'étreignit. Lentement, très lentement, elle revint sur terre. Ils demeurèrent ainsi enlacés jusqu'à ce que ses chaussettes et ses bas fussent secs.

— Jamais je ne vous frapperai, lui glissa-t-il à l'oreille, penaud. Et je regrette de... de vous avoir insultée. Je vous aime.

Petite détourna la tête, bouleversée. « Putain. » Elle réussirait sans doute à lui pardonner, mais oublierait-elle ?

— J'avais juré le secret, Louis, je devais honorer ma promesse. Le contraire eût été un péché.

— Il ne peut pas y avoir de secrets entre nous.

Petite réfléchit.

— Je regrette que vous soyez le roi, avoua-t-elle en posant la tête sur son épaule.

— Mais je le suis.

Au loin, les religieuses chantaient en chœur.

— Et j'ai besoin de savoir ce qui se trame à la cour. Il le faut.

Petite s'empara d'un tisonnier pour attiser le feu. Elle aimait Louis de tout son cœur mais elle n'aimait pas le roi. Comment vivre avec les deux ? Comment s'en passer ?

— Je vous aime.

Louis plaça deux bûches de bouleau sur les braises incandescentes. L'écorce mince s'embrasa, des étincelles giclèrent.

— Dans ce cas, c'est à vous de choisir, ajouta-t-il avec tristesse.

Petite le regarda dans les yeux, dans ce regard noisette si expressif. Elle y décela les traces de ses larmes, de son amour, mais aussi de sa volonté implacable. Il était le roi. À elle de l'accepter.

— C'est vous que je choisis, finit-elle par dire tout bas, les mains au-dessus des flammes.

Le carrosse de Petite avançait en cahotant. La banquette en cuir était dure. Elle était encore faible, à bout de forces. Il l'avait embrassée. Il avait promis à la mère prieure une généreuse compensation, pour prix de son silence, et donné l'ordre que l'on ramène Petite au Palais-Royal. Puis, il s'en était allé au grand galop, sa cape gonflée par le vent.

Petite resserra la sienne autour de son cou. Elle avait rompu sa promesse et raconté à Louis ce qu'elle savait. C'était la seule solution : elle en était consciente, à présent. Elle avait fait preuve de naïveté. Il était le roi et la sécurité de son royaume reposait sur ses épaules.

Le soleil était déjà haut dans le ciel et le fleuve, encombré de bateaux.

L'eau...

Que s'était-il passé ? Elle se rappelait avoir contemplé la rivière en quête de calme, de réconfort, de sommeil. Mais ensuite ?

Elle ne se souvenait plus de rien sinon de s'être réveillée sur la rive, dans la boue glacée, les vêtements trempés. N'avait-elle pas entendu une femme chanter, un cheval hennir ? Un frisson la parcourut. Elle s'était assise brusquement, étourdie. Elle avait cherché des empreintes de sabots dans la gadoue, mais il y en avait des centaines.

Les larmes lui piquèrent de nouveau les yeux. « Aspiré par les eaux. » Qu'est-ce que cela signifiait ? Puis, elle se remémora l'histoire de l'homme qui avait utilisé la magie de la poudre d'os et perdu la tête. Les hommes qui avaient recours à ce genre de procédé devenaient fous... « aspirés par les eaux ».

Et les filles ? Une petite fille qui n'était encore qu'une enfant ?

Petite baissa le store en cuir pour ne pas voir le fleuve. Les yeux fermés, elle se laissa bercer par le ronronnement des roues sur les pavés, le clopinement des chevaux. « Sainte Marie... »

Quand le carrosse de Petite s'immobilisa devant le Palais-Royal, il bruinait. Elle remonta sa capuche, sauta à terre et se précipita vers l'escalier menant à l'aile des serviteurs.

Clorine poussa un cri en la voyant.

— Dieu merci ! s'exclama-t-elle avant d'éclater en sanglots. Je vous ai cherchée partout, mademoiselle ! ajouta-t-elle d'un ton furieux. J'ai cru que vous étiez morte.

— Je suis désolée. Où est Nicole ?

Sa malle n'était plus contre le mur, ses pots de pommade, rubans et épingles à cheveux ne parsemaient plus la petite table près de la cheminée.

— Bannie. Elle a même emmené son imbécile de bonne, que le ciel soit remercié ! Elle vous a laissé ceci.

Clorine lui présenta un rouleau de papier-chiffon.

Ma chère amie, on m'a prise au piège. La princesse Henriette refuse de m'adresser la parole. Après tout ce que j'ai fait pour elle ! Je pense que c'est cette vache de Yeyette qui a rapporté. Je suis bannie de la cour et resterai enfermée dans un couvent pour faire bonne mesure – dans le Sud, j'espère, où au moins le temps est agréable. Vous aviez raison. J'aurais dû vous écouter.

Votre amie, Nicole.

P.-S. : Surveillez notre déesse de la Virginité. Le frère du défunt Antin tourne autour d'elle comme un chien flairant un bon gibier.

P.-P.-S. : J'ai entendu la Grande Mademoiselle dire que la princesse Marguerite avait eu un bébé (ou peut-être deux ?) et que son Toscan de mari est un monstre. La pauvre !

Petite se percha sur un tabouret et ôta ses bottes, anéantie.

— Si cela ne vous ennuie pas, je prendrais volontiers son lit, dit Clorine.

— Nicole me manquera beaucoup.

— Êtes-vous sérieuse ? Nous n'avons pas eu une nuit complète depuis des mois. Laissez-moi vous mettre une robe propre. Madame vous demande.

Dès l'apparition de Petite, Henriette congédia les serviteurs.

— Bien, attaqua-t-elle en se posant délicatement sur son divan.

Hormis son ventre arrondi, elle était d'une maigreur effroyable.

— Vous avez tout raconté au roi, accusa-t-elle. Le roi, votre amant. Quelle surprise ! ajouta-t-elle avec mépris.

Elle aussi avait pleuré.

— Je suis désolée, Votre Altesse.

Petite baissa la tête. Ainsi, Henriette était au courant. Et combien d'autres ?

— Je n'ai pas eu le choix.

Henriette posa les mains sur son ventre.

— Mon mari ne doit jamais le savoir.

— Je sais.

Le joli Philippe, incapable de tuer un oiseau, pouvait se montrer très cruel envers son épouse.

— Sa Majesté m'a forcé la main. Je dois rompre avec Armand.

La voix d'Henriette trembla. Elle inspira profondément.

— Bien entendu, mademoiselle de Montalais a été chassée.

— Nicole n'a rien à se reprocher, protesta Petite.

— Aucun d'entre nous n'est innocent, soupira Henriette avec l'air las d'une vieille femme. Surtout pas Nicole, comme vous le savez sans doute. Le roi n'a pas du tout apprécié son rôle de... d'entremetteuse, dirons-nous. Ce qui est sûr, c'est qu'elle n'aurait jamais dû se confier à vous.

— Elle m'avait fait jurer de garder le silence.

— Comme moi avec elle. Trahir est dans sa nature. Elle a une prédilection pour les manigances et les intrigues. Un temps de repli dans un couvent lui fera le plus grand bien. De toute façon, le roi a parlé, il n'y a plus rien à faire.

Petite ravala un sanglot. Inutile de supplier Louis. Elle n'avait pas son mot à dire. Elle connaissait les règles, elle avait fait son choix.

— De surcroît, reprit Henriette d'un ton sec, teinté d'amertume, non content de m'obliger à rompre avec mon bien-aimé, il m'impose de vous garder à mon service...

Elle se leva et arpenta la pièce de long en large, les bras croisés, les mains agrippées à ses manches.

— ... Ceci afin que Sa Majesté puisse profiter en toute quiétude de son plaisir secret.

Elle pivota vers Petite, les yeux brillants, les joues écarlates.

— N'est-ce pas le comble de l'ironie ?

D'un geste brutal, elle balaya tous les flacons de sa coiffeuse. L'un d'entre eux se fracassa, emplissant l'air des effluves d'eau de Hongrie.

— Je hais ce monde infect! hurla-t-elle.

— Je suis désolée, Votre Altesse, murmura Petite en tombant sur ses genoux.

On disait qu'à la cour, les joies étaient visibles mais fausses, et les chagrins cachés mais bien réels.

— Je comprends votre tourment.

Elle le partageait. Elle sentit le doigt d'Henriette lui tapoter l'épaule.

— Debout, mademoiselle.

Petite s'exécuta maladroitement en essuyant ses joues humides avec sa manche.

— La maîtresse du roi ne rampe jamais, déclara-t-elle avec un sourire triste. Vous allez devoir vous endurcir.

Chapitre 25

Les feuilles des chênes se déployaient quand Henriette entama le douloureux processus de l'enfantement. Ses médecins craignaient qu'elle meure en couches. Après deux jours de souffrances atroces, elle donna naissance à une frêle petite fille.

— Jetez-la dans le fleuve! hurla la princesse dans un accès de rage.

Après tout, ce n'était qu'une fille. Deux semaines plus tard, elle se levait, retournait à la messe et reprenait ses activités mondaines.

On était au mois de mai, le fameux «mois de la joie». Les festivités se succédaient en dépit des duels et des infidélités, des tragédies et des scandales. Nicole avait disparu sans laisser de traces, dans un couvent quelque part dans le Sud. Les duellistes – dont le fiancé d'Athénaïs – étaient à l'étranger. Et à la cour? Le roi enchaînait les expéditions de chasse et les promenades avec ses courtisans.

Quand l'entourage royal regagna Paris en juin, les préparatifs allaient bon train en vue du prochain grand événement. Dans le carré entre le Louvre et le palais des Tuileries, où l'on avait cuit du pain pour les affamés quelques mois auparavant, on était en train de construire des gradins pouvant recevoir cinq mille spectateurs. La cité avait repris vie: le peuple avait survécu à la famine et à la peste. Le temps était beau, les récoltes promettaient d'être satisfaisantes et l'argent abondait de nouveau. Leur reine espagnole avait mis au monde un petit garçon : le dauphin était maintenant âgé de six mois et en pleine santé. Tous les prétextes étaient bons pour célébrer ces excellentes nouvelles.

On envoya des messagers annoncer un tournoi en l'honneur du fils du roi. Les rumeurs selon lesquelles Louis XIV en personne y participerait attirèrent une foule d'étrangers. Le soir, dans les salons, les hommes se plaignaient de leurs courbatures et des odeurs d'écurie qui imprégnaient leurs vêtements. Dans un état de surexcitation générale, on parlait armures et chevaux, on se prenait à rêver de joutes à l'ancienne, de courses de chars, d'ours dansants et de singes grimaçants.

— Comme dans le passé ! s'exclama Henriette, en effervescence. Comme au temps d'Henri II, ajouta-t-elle, car elle étudiait l'histoire de France.

La mort tragique du roi Henri II au cours d'une joute avait marqué la fin des grands tournois et Louis était bien décidé à faire revivre certaines démonstrations de bravoure, plus sécuritaires, bien sûr (au lieu de se viser les uns les autres, les concurrents devraient cibler des anneaux avec leur lance), mais tout aussi exaltantes.

— Il paraît que Sa Majesté s'entraîne quotidiennement, dit Henriette en serrant Mimi sous son bras.

— Je l'ai vu hier matin, madame, déclara la nouvelle demoiselle d'honneur. Il a raté le premier anneau mais a décroché le deuxième.

— Et il prend chaque jour des cours d'acrobatie, intervint Yeyette. Je le sais par monsieur Lauzun.

— En effet, je l'ai entendu dire, murmura Petite, sans rougir.

Henriette opina d'un air approbateur.

Quand le grand jour arriva enfin, la reine et la reine mère prirent place sous un immense dais de velours pourpre et or aménagé à l'avant de l'arène, du côté est du palais des Tuileries. Petite s'installa avec Athénaïs dans la section réservée aux demoiselles d'honneur. Elle écouta les conversations exubérantes, les femmes parlant de leur mari, de leur père, de leur amant, de leur frère. Elles échangèrent des anecdotes en riant : les difficultés à revêtir leur costume, la course aux objets perdus, les changements de dernière minute. Elles partagèrent les petits soucis qu'il avait fallu surmonter : régimes spéciaux, insomnies, recettes pour les bobos inéluctables après tant d'heures à cheval. Elles offraient une écharpe à leur bien-aimé, comme à la grande époque des chevaliers.

— Puis-je savoir qui porte la vôtre ? chuchota Athénaïs à Petite.

— Personne, mentit-elle.

Athénaïs était-elle au courant ? Sur l'insistance de Louis, Henriette avait gardé le silence, mais depuis sa crise de désespoir, nombre de personnes avaient des soupçons. Dieu merci, la reine n'en faisait pas partie. Le roi, amoureux d'une femme de la noblesse inférieure ? Impossible !

— Vous voyez cet homme, là-bas ?

Athénaïs pointa son éventail sur un cavalier de grande taille en armure ancienne chevauchant une jument massive.

— C'est le marquis de Montespan, frère du garçon tué au cours du duel.

Cinq mois s'étaient écoulés depuis le tragique événement qui avait signé l'arrêt de mort d'Henri d'Antin et de plusieurs autres, notamment le marquis de Noirmoutier, fiancé d'Athénaïs.

— C'est mon écharpe qu'il porte, enroulée autour de sa lance, poursuivit Athénaïs. Mais ce n'est pas du tout ce que vous croyez. Il me l'a arrachée des mains. Il est terriblement obstiné. Je devrais en être flattée, je suppose, mais j'avoue que cela me déconcerte.

La clameur des cymbales et des trompettes annonça l'ouverture de la procession. Pages en tunique brodée d'or et châtelains en tenue de Romains précédèrent les deux écuyers du roi, le premier portant sa lance, le deuxième, son bouclier paré d'un énorme soleil.

Le cœur de Petite se gonfla de fierté lorsqu'elle vit apparaître Louis sur son étalon à la tête d'un escadron romain. Habillé en empereur de Rome, il étincelait de diamants («de minuscules morceaux de métal miroir», avait-il expliqué à Petite). Le harnais brodé d'or de sa monture provoquait des jaillissements de lumière. Même ses bottes de cuir étaient incrustées d'or et son épée, couverte de joyaux.

— Le Roi-Soleil! s'écria quelqu'un.

La foule poussa des acclamations. À plusieurs reprises, pendant l'hiver, Louis avait dansé le rôle d'Apollon, dieu du Soleil, ce qui lui avait valu ce surnom.

— Mon Dieu, il suffit de le regarder pour se pâmer! s'exclama une jeune femme en s'éventant fébrilement.

«Exactement», pensa Petite avec bonheur.

Le heaume en argent de Louis était agrémenté de feuilles d'or et d'une rangée de plumes écarlates en guise de crête. Il scruta le visage des femmes dans le public sous l'auvent de velours. C'était elle qu'il cherchait. Petite agita son châle en dentelle dans l'espoir qu'il l'aperçût, mais apparemment, tout le monde avait eu la même idée qu'elle.

Quatre trompettes annoncèrent: *Que les jeux commencent!*

Quel spectacle! Les observateurs avaient la voix rauque à force de hurler, les épaules engourdies à force d'agiter foulards, fanions, drapeaux et ballons de vessie de cochon. L'un des meilleurs moments fut la course des têtes, un concours rarement organisé. Une rangée de seize têtes était disposée sur une barrière : plusieurs Turc, deux Indiens, une Méduse... Louis surgit au galop, d'abord avec un javelot, puis avec une épée. Les encouragements se transformèrent en un silence admiratif tandis qu'il les décimait toutes.

Ce fut au cours d'une joute que Petite reconnut Jean.

— Je crois que c'est mon frère, confia-t-elle à Athénaïs. Il porte l'armure de mon père.

Le cavalier fonça à vive allure sur le poteau et transperça la cible avec sa lance. Une clameur s'éleva dans la foule. Il fit le tour de l'arène, visière relevée.

— Mais oui, c'est bien lui ! s'exclama Petite.

Elle s'époumonait dans l'espoir d'attirer son attention mais ses paroles se noyèrent dans le vacarme.

Elle descendit les gradins en bois rustique et contourna l'arène jusqu'à l'endroit où l'on avait dressé une tente militaire pour les chevaliers. Là, elle traîna avec une multitude de badauds attendant de voir émerger le roi ou un membre illustre de la cour. Reconnaissant Lauzun, elle se précipita vers lui.

— Mon frère est à l'intérieur. Pouvez-vous allez me le chercher s'il vous plaît ?

— Savez-vous combien d'hommes il y a là-dedans ? Et tous ruisselants de transpiration ! ajouta Lauzun d'un air faussement dégoûté.

— Je n'ai pas vu mon frère depuis plus d'un an. Je ne savais pas qu'il venait à Paris. Il est avec l'équipe de Le Tellier, en cotte de maille noire et heaume à l'ancienne, mais équipé d'une visière. Et une cuirasse de cuir.

Lauzun se pinça le nez et retourna à contrecœur sur ses pas.

Jean apparut quelques instants plus tard, trempé.

— Michel Le Tellier m'a arrosé d'un seau d'eau, expliqua-t-il en riant.

Il essuya son visage avec sa manche.

— S'il n'était pas le fils du ministre de la Guerre, je le massacrerais. Venez, je meurs de soif. Je connais un troquet non loin d'ici.

Le « troquet » était réservé à la gent masculine, bien entendu, aussi Petite patienta-t-elle au bord du fleuve pendant que Jean s'abreuvait d'une ou deux chopes de bière.

— Je me sens beaucoup mieux ! annonça-t-il en la rejoignant. Michel et moi y avons passé la soirée hier. Les histoires qu'il raconte !

Il offrit son bras à Petite et tous deux longèrent les berges.

— C'est lui qui m'a parlé de cet événement – savez-vous que c'est une idée à lui ? – et qui m'a suggéré d'y participer.

Il ramassa un caillou et le jeta sur un canard, qu'il rata. L'oiseau plongea et refit surface un peu plus loin aux abords d'un bateau-lavoir.

— Michel est un ami du roi. Il est au courant de tout. Il m'a dit que le roi était en train de rassembler une compagnie de cavalerie légère pour le dauphin.

Petite opina. Ce n'était un secret pour personne.

— Les postes seront attribués à des vétérans de haut rang, dit-elle.

— S'il tire quelques ficelles, Michel pense que je pourrais avoir ma chance.

Jean s'empara d'un autre caillou. Cette fois, il atteignit son objectif.

— Ce serait merveilleux, murmura Petite.

Mais elle savait que Michel Le Tellier avait peu d'influence auprès de Louis.

— À propos de puissants, avez-vous connu monsieur Fouquet?

— Tout le monde à la cour le connaissait.

— Mère m'a dit que vous l'aviez gardé à Amboise.

Jean rit aux éclats.

— Quel geignard! Il aurait voulu un matelas en plumes d'oie, de l'eau de rose dans son broc. De l'eau de rose en prison?

Il marqua une pause.

— Savez-vous que court une étrange rumeur... On raconte que Fouquet aurait tenté de vous soudoyer parce qu'il aurait découvert que vous étiez «proche» du roi.

— Les ragots sont nombreux à la cour, Jean.

— Je sais. Bien sûr, c'est absurde. Le roi peut avoir autant de femmes qu'il le veut.

Petite se pencha pour sélectionner une pierre plate qu'elle fit ricocher sur l'eau.

Cet après-midi-là, le roi se montra distant avec Petite. Allongé à ses côtés sur le lit de Gautier, il contemplait le plafond.

— Qu'est-ce qui vous tracasse? demanda-t-elle au bout d'un moment, en glissant une main sous sa chemise.

En général, il l'étreignait avec fougue. Il expira bruyamment.

— Je vous ai vue acclamer quelqu'un au tournoi.

— C'était vous.

— Lors d'une joute. Un homme de l'équipe de Tellier.

Louis paraissait vexé.

— Ah! C'était mon frère Jean, répliqua-t-elle avec un sourire. J'ai été surprise de le voir ici à Paris. Vous n'étiez pas jaloux tout de même? ajouta-t-elle, incrédule.

— Vous vous exprimiez avec une telle passion. Je vous observais.

— Il a décroché l'anneau dès le premier tour, riposta-t-elle fièrement en posant la tête sur son épaule. Savez-vous combien je vous aime?

Il l'embrassa passionnément, mais Petite s'interrogeait : « Qu'est-ce qui me retient de lui poser la question? De quoi ai-je peur? » Tout le monde à la cour lui demande des faveurs. Louis était toujours heureux de rendre service. C'était un homme généreux.

Sensible à sa réserve, il s'écarta.

— Et alors?

Elle poussa un soupir.

— C'est à propos de la brigade de cavalerie légère que vous êtes en train de créer pour le dauphin. Mon frère est un excellent cavalier et il...

— Votre vœu sera exaucé, l'interrompit-il en délaçant son corset.

L'hiver était de retour quand Jean revint à Paris pour prendre son nouveau poste.

— Cornette[1], vous imaginez? s'exclama Françoise en s'éventant malgré le froid.

— Félici...

Le marquis crachota. Au fil du temps, il semblait avoir rétréci.

---

1. Cornette : officier portant l'étendard.

— Félicitations !

Petite leva son verre à son frère. Il était magnifique dans son uniforme flambant neuf, manteau rouge bordé de galons d'argent et bandoulière assortie. Elle avait aidé Louis à concevoir cette tenue.

— J'ai toujours su que tu irais loin, Jean, décréta Françoise.

— La vérité, c'est que je dois tout à mon ami Michel Le Tellier. Le fils du ministre de la Guerre.

— C'est gentil à lui, murmura Petite d'un ton mesuré, en dissimulant sa surprise.

Michel Le Tellier n'y était pour rien.

— Imaginez donc… une pension de quatre mille livres ! s'extasia Françoise. Nous allons enfin pouvoir mettre de l'argent de côté pour la dot de ta sœur.

— J'ai quelques maris potentiels en vue, assura Jean.

— Tant mieux, marmotta Petite, le cœur serré.

Le dimanche de Pâques, Jean interpella Petite à l'entrée des appartements de Madame.

— Il faut que je vous parle, dit-il en la prenant par le coude et en la poussant vers les portiques à l'extérieur.

— Je n'ai pas de châle, protesta-t-elle. Ni de bottes.

Le temps était froid et humide.

— Pourquoi ne m'avez-vous rien dit ? siffla-t-il.

Petite le regarda dans les yeux. Il était au courant.

— J'ai enfin pris le temps d'aller voir Michel pour le remercier de ma promotion et – ô surprise ! – il m'a répliqué qu'il n'avait rien à voir là-dedans. Et ensuite, il m'a avoué la vérité.

Petite détourna la tête, son cœur battant la chamade. Toute son enfance, elle avait subi les sermons de sa mère sur l'importance de la chasteté. Et voilà qu'un autre souci venait la préoccuper : elle n'avait pas eu ses règles et ses seins étaient douloureux.

— Je suis désolée.

Jean pouffa. Petite le dévisagea, étonnée : pourquoi riait-il ?

— Avez-vous une idée de la position dans laquelle vous me mettez ? lui demanda-t-il en soulevant son chapeau.

Petite posa une main sur son bras.

— Jean, ce n'est pas ce que vous croyez.

— Comment ? C'est du roi dont nous parlons !

— Attention à ce que vous dites ! murmura-t-elle en apercevant Athénaïs, au bras de son tout nouveau mari, l'obstiné marquis de Montespan.

— Écoutez : je suis le chef de famille. N'allez pas croire que j'ignore toutes les ramifications de cette situation. Vous êtes souillée, cela se paie.

— Je suis sérieuse, Jean, rétorqua-t-elle, offensée par son attitude.

— Je suppose qu'il est inutile que je continue à vous chercher un époux. Mère me harcèle constamment avec ça. Elle me rend fou.

— Jean, si vous tenez à votre place, je vous conseille vivement de prêter attention à mes paroles. Personne ne doit savoir.

Elle jeta un coup d'œil derrière elle.

— Surtout pas mère. Elle s'empresserait de le répéter au marquis et alors...

Et alors, le monde entier serait au courant.

Pendant tout le début du printemps, Petite pria ardemment pour que ses règles viennent enfin. Tout en s'abandonnant à leur plaisir, Louis et elle avaient pris leurs précautions – la plupart du temps.

« Peut-être la semence royale est-elle différente ? » se demandait-elle tandis que les jours se transformaient en semaines. Puis, après la fête de l'Ascension, elle fut prise de nausées et, à la Pentecôte, Clorine fut incapable de lacer son corset.

— Vous ne devriez pas monter à cheval, lui fit remarquer la bonne en claquant la langue.

Petite était déchirée entre le désespoir et le bonheur. Leurs semences s'étaient unies. Elle portait son enfant.

Louis la dévisagea, sidéré.

— Vraiment ?

Petite hocha la tête avec un sourire incertain. Elle avait tardé à lui dévoiler son secret. Désormais, tout allait changer. Plus rien ne serait comme avant.

Il l'étreignit avec délicatesse, comme une fleur fragile.

— Qu'allons-nous faire ?

Il parut soudain désemparé.

— Ma mère ne doit l'apprendre sous aucun prétexte, bredouilla-t-il.

— La reine non plus, répliqua-t-elle, consternée qu'il s'inquiète davantage de la réaction de sa mère que de celle de son épouse.

— La reine non plus, répéta-t-il en écho.

Il grimaça, l'obligea à s'asseoir à côté de lui et lui prit la main.

— Bien sûr, vous irez jusqu'au bout de cette grossesse, murmura-t-il en lui caressant les doigts.

— Bien sûr.

— Je parlerai à Colbert ce soir, décréta Louis.

Petite se figea. Colbert était le nouveau contrôleur des finances, un homme sans humour et méticuleux qui élaborait des listes.

— Sa femme s'apprête à mettre au monde leur cinquième enfant. Il saura quoi faire.

— Louis…

Petite marqua une pause, rassembla ses idées. Elle s'était autorisé un fantasme – ridicule, bien sûr. Elle avait imaginé se réfugier au relais de chasse de Versaie où elle aurait élevé elle-même son bébé. Une existence simple lui conviendrait parfaitement.

— N'existe-t-il aucun moyen pour que… pour que je garde ce petit ?

Il parut alarmé.

— Vous savez que c'est impossible, Louise.

— Mais pourquoi ?

Elle n'avait pas prévu que la conversation tournerait ainsi. Louis agita les mains dans un geste de frustration.

— Vous ne soupçonnez pas les dangers. Il ne s'agit pas de n'importe quel enfant. Vous seriez démasquée et le bébé… on pourrait l'enlever.

« Il » Petite ébaucha un sourire. Ils auraient un fils. Elle en avait la conviction.

— Écoutez-moi, insista Louis.

Petite le contempla sans ciller.

Il fixa le plafond comme pour y trouver les mots qu'il cherchait.

— On dit que le sang d'un prince a des qualités magiques. Ce n'est qu'une superstition, certes, mais elle n'en est pas moins ancrée dans les esprits. Les gens croient ce qu'ils veulent.

Petite acquiesça. Que Louis en parle comme d'une vulgaire superstition l'attristait. Elle s'interrogea sur ses autres croyances.

— Il faudra surveiller jusqu'aux sécrétions de l'accouchement, enchaîna-t-il. Le placenta peut être vendu pour un bon prix. C'est ignoble mais cela arrive. Il faut être pragmatique.

Petite se rappela toutes les précautions que l'on avait prises avec celui de la reine.

— Vous comprenez donc que vous ne pouvez pas garder ce bébé. Il doit être soigneusement caché.

Il écarta les bras.

— N'ayez crainte, conclut-il. Monsieur Colbert lui trouvera une bonne famille...

Il la serra contre lui, elle et le petit être qu'elle portait.

— ... et une maison pour vous, reprit-il en lui caressant les cheveux.

Une cachette pour son confinement.

— Je veillerai à ce que vous ayez tout ce dont vous aurez besoin.

« Tout ce dont vous aurez besoin... »

Elle écouta les battements du cœur de Louis. C'était de lui dont elle avait besoin, plus que jamais. Elle s'était plus ou moins persuadée qu'il était immortel mais aujourd'hui, elle ne pouvait plus s'accorder ce luxe. Désormais, l'enjeu était trop grand.

Elle plongea son regard dans le sien.

— Que deviendrais-je si vous mourriez, Louis ?

S'il se faisait tuer : destin commun à tous les rois. Elle serait à la merci des reines.

Il lui sourit et dénoua ses tresses.

413

— Que complotez-vous ?

Louis fronça les sourcils, songeur.

— Il faut que votre frère épouse une femme fortunée. Ainsi, vous ne manquerez jamais de rien – quoi qu'il m'arrive.

— Il ne vous arrivera rien, le rassura-t-elle d'un ton passionné.

Chapitre 26

Le mariage eut lieu à l'église de l'Assomption. Plus de soixante hommes et femmes de la plus haute noblesse devaient y assister – même le roi, même la reine, même la reine mère. La famille de la mariée avait insisté.

Petite prit place aux côtés de sa mère et de son beau-père sur les fauteuils de velours pourpre disposés devant les bancs.

— Bientôt ce sera ton tour, lui chuchota Françoise d'un ton consolateur tandis que Jean et sa promise avançaient jusqu'à l'autel.

Petite baissa la tête au son de l'orgue. La statue de la Vierge se dressait devant elle, éclairée par six énormes chandelles. Elle avait le tournis, elle était à bout de forces. Elle était enceinte de trois mois déjà – la période la plus difficile, avait-elle entendu dire. L'atmosphère empestait l'encens et les pétales de fleurs jetés sur le passage du couple. De temps en temps, elle sentait une sorte de flottement dans son bas-ventre, comme si un papillon y volait. Elle attendait un bébé. Jamais elle ne se marierait, jamais elle ne porterait la couronne nuptiale.

Jean, impeccablement rasé et en tenue militaire, se balançait nerveusement d'un pied sur l'autre. Gabrielle Glé, une brune pulpeuse à la bouche en cœur, paraissait engoncée dans sa robe de satin, sa collerette lui remontant jusqu'aux oreilles. Ses boucles étaient coiffées d'une guirlande auréolée de minuscules roses roses.

— Elle est ravissante, dit Françoise, en rajustant le châle en tulle vert que sa fille lui avait offert l'année précédente.

Petite opina. Gabrielle Glé s'inclina pour recevoir la bénédiction du prêtre. Mis au courant du secret, un secret que la famille avait juré de ne jamais révéler sous peine d'exclusion de tous bénéfices matériels, ils avaient négocié dur avec Louis; ils avaient ainsi obtenu que la propriété près de Reugny soit désignée marquisat (Jean acquérant en conséquence le titre de marquis); que Jean soit promu capitaine-lieutenant des chevaux-légers du dauphin; que Gabrielle soit nommée demoiselle d'honneur de la reine, qu'on lui accorde le privilège de s'asseoir à la table de la famille royale et le droit de se déplacer dans le carrosse royal.

— Et si riche! ajouta Françoise. Elle possède trois manoirs à la campagne. Jean va m'emmener visiter chacun d'entre eux.

Petite hocha la tête. Jean et elle s'étaient mis d'accord pour éloigner Françoise le plus souvent possible jusqu'à la naissance du bébé.

— Tous meublés! enchaîna-t-elle.

Petite posa l'index sur ses lèvres. Elle sentait les regards perçants des courtisans dans son dos. La jalousie était une passion mortelle à la cour. Louis avait octroyé sa bien-veillance aux La Vallière et ils se demandaient tous à quoi était due cette magnanimité. En quel honneur Gabrielle Glé de la Cortadais, noble, jolie, jeune (dix-sept ans) et fortunée (elle valait quarante mille livres annuelles), accordait-elle sa main à un moins que rien?

Jean et Gabrielle s'agenouillèrent tandis que le prêtre entonnait psaumes et prières.

— Évidemment, Jean est beau et charmant. Qui pourrait lui résister ?

— Chut, mère !

D'un signe de tête, Petite indiqua les courtisans derrière elles.

Françoise avança le menton.

— Quelle importance ? Nous sommes plus prospères que la plupart d'entre eux, désormais. Grâce à Jean.

Levant les yeux, Petite vit le roi et la reine s'installer dans la tribune, au-dessus. Avec angoisse, elle pensa au bébé qu'elle portait. Plus vite elle se terrerait dans son refuge, mieux cela vaudrait.

La grossesse de Petite était déjà bien avancée quand Colbert parvint enfin à lui dénicher une retraite. Il avait été très occupé, débordé par les responsabilités qui, de par son nouveau poste, lui incombaient.

Petite le comprenait bien, mais il devenait de plus en plus difficile pour elle de dissimuler son état. Clorine serrait ses lacets le plus possible et le froid glacial lui permettait d'empiler les lainages sans éveiller de soupçons. Quand bien même, elle craignait d'être découverte. Heureusement, Henriette, sur l'ordre de Louis, joua le jeu en lui assignant des tâches plus calmes, en évitant de la distribuer dans ses ballets et, pour finir, en annonçant à qui voulait l'entendre qu'elle concédait à sa demoiselle d'honneur un congé pour raisons de santé. Cependant, le moment approchait dangereusement. Aussi fut-elle immensément soulagée en apprenant qu'elle aurait enfin sa maison.

— Deux étages, vingt-huit pas de long, huit de large, proclama Colbert en déverrouillant la porte de l'hôtel de Brion. Petit mais suffisant.

Petite entra, Clorine sur ses talons. L'entrée sobre lui plut d'emblée et l'emplacement, surplombant les jardins du Palais-Royal, était idéal : à la fois discret et tout près. Louis pourrait venir la voir souvent.

— Salle des gardes et cuisines au rez-de-chaussée, récita Colbert en la conduisant vers un escalier circulaire. Quatre chambres pour les domestiques au-delà de l'office, mais votre bonne aura une chambre près de la vôtre, au premier.

Le salon était clair. Il donnait d'un côté sur les jardins et, de l'autre, sur une petite cour. Le décor était opulent, les sièges dorés à la feuille, les rideaux en soie damassée parés de franges et de glands. La bibliothèque comprenait tous les grands classiques : Aristophane, Homère, Plutarque.

— Le cardinal de Richelieu se servait de ce lieu comme bureau, expliqua Colbert, haletant après la montée. D'où toutes ces étagères.

Elle laissa courir ses doigts sur les couvertures de cuir. Elle aurait tout le temps de lire. Elle ne devait pas accoucher avant deux mois.

— Il y a même une collection des essais de Virgile ! s'exclama-t-elle.

L'abbé Patin serait enchanté, songea-t-elle en se remémorant les leçons qu'il lui avait prodiguées à Blois lorsqu'elle avait dix ans. Où était-il à présent ? À peine cette question lui avait-elle traversé l'esprit qu'elle fut submergée de honte : et elle, où était-elle et pourquoi ?

Elle repéra un théorbe en bois de rose et ivoire, une sorte de grand luth, posé dans un coin aux côtés d'une guitare. Sur le chevalet se trouvait la partition d'un duo de Robert de Visée. Petite caressa les cordes de l'instrument. Plus tard, elle l'accorderait.

— Sa Majesté aimerait venir s'entraîner ici avec vous. La guitare a été fabriquée par Checcucci de Livourne sous

Henri le Grand. Sa Majesté l'a choisie tout spécialement pour vous.

De forme arrondie, le dos de la caisse était en bois de rose sillonné d'ébène. La rosace était cerclée d'ébène. Petite pinça les cordes : le son était riche.

— Digne d'un roi, observa Colbert, impassible, en ouvrant la porte de la chambre.

Un brûleur de parfum en or posé sur un trépied parfumait l'air d'une exquise odeur de jasmin. Par la fenêtre située en face de l'imposant lit à baldaquin, on pouvait voir les cimes des arbres.

« Notre bébé naîtra dans cette pièce », se dit Petite en le sentant bouger en elle.

Clorine s'aventura dans la salle de bain où elle découvrit une petite bassine sur pieds de griffon. Le sol était dallé de marbre noir et blanc.

— C'est pour vous laver les pieds, dit Colbert avant de pousser encore une porte. Et voici la chambre de votre bonne.

— Sapristi !

Jamais Clorine n'avait eu une chambre pour elle toute seule.

— C'est parfait, monsieur Colbert.

Petite suivit le contrôleur des finances jusqu'au salon. Elle s'assit sur un divan, une main sur son ventre rond. Un feu crépitait dans la cheminée.

— Vous vous êtes donné beaucoup de mal.

Les courtisans avaient surnommé Colbert « Le Nord » à cause de sa froideur, mais Petite approuvait ses manières directes. Il était issu de la classe marchande – son grand-père était marchand de tissus –, pourtant elle éprouvait du respect envers lui.

— Ma femme m'a aidé, avoua-t-il en croisant les mains derrière le dos. Les brocarts et les étoffes sont de la plus belle qualité.

— Sa Majesté sera contente.

On cogna à la porte. Clorine s'y précipita.

— Ce sont sûrement les hommes avec vos affaires. Je vous conseille de vous retirer dans votre chambre. Un déménageur pourrait vous reconnaître.

Petite trouva le cabinet de toilette dans la salle de bain. Elle se percha sur le siège. Après maints grognements, le silence revint.

— Vous pouvez sortir à présent, la prévint Clorine à travers la porte à lattes. Monsieur Colbert est parti avec eux.

— Ils ont tout apporté ?

— Même le linge sale ! rétorqua Clorine en ouvrant la malle de Petite.

Avec soulagement, Petite vit qu'elle avait déjà sorti sa statue de la Vierge et sa boîte à trésors en bois. Elle plaça le chapelet autour du cou de la Vierge et la posa sur le prie-Dieu.

— Je suis affamée !

Soulevant le couvercle de la boîte, elle en sortit la brindille, sur laquelle il ne restait plus que deux feuilles, et l'inséra dans le coin d'un miroir.

— Monsieur Colbert et son épouse reviendront dans une heure avec une cuisinière. Demain matin, une de ses bonnes apportera un supplément de linge. Elle sera notre femme de chambre.

Désormais, Petite aurait à diriger une équipe de serviteurs. Elle devrait s'assurer qu'ils ne buvaient pas, ne jouaient pas et qu'ils priaient tous les jours. Elle grimaça : elle n'était guère en position d'exiger la piété religieuse des autres.

Madame Colbert arriva comme prévu. Petite patienta à l'étage pendant qu'elle installait la cuisinière au rez-de-chaussée. Petite ne rencontrerait pas cette dernière. Seules Clorine et la femme de chambre seraient autorisées à voir «mademoiselle Du Canard», l'épouse d'un noble, qui viendrait toujours masquée.

— Et voilà! s'exclama madame Colbert, aussi essoufflée que son mari après l'ascension de l'escalier. Elle est plutôt ordinaire mais elle semble s'y connaître en matière de casseroles. Je doute qu'elle vous empoisonne.

Petite et rondelette, l'épouse du contrôleur des finances était affublée de colifichets. Fille d'une famille fortunée de Tours, elle avait conservé un léger accent tourangeau.

— Je me rappelle vous avoir rencontrée à Blois, il y a très longtemps, lors d'une des visites de la Grande Mademoiselle.

C'était au tout début, ses premières fêtes de Pâques dans le château.

— C'était vous, la fillette maigrichonne qui boitait?

Madame Colbert étreignit chaleureusement Petite. Sa joue était douce.

— Colbert vous a-t-il tout expliqué? Il est parfois un peu brusque.

Petite avait du mal à imaginer cette femme extravertie dans les bras du contrôleur des finances. Toutefois ils avaient donné naissance à cinq enfants, l'aîné âgé de treize ans, le cadet de quelques mois à peine.

— Il m'a dit que vous lui aviez été d'un précieux secours.

— Je fais ce que je peux. Il travaille seize heures par jour, tous les jours de la semaine, même les jours de fête.

— Le roi a beaucoup d'estime pour lui.

Honnête, acharné et frugal, le nouveau responsable des finances accomplissait des miracles et créait une nouvelle

Rome, affirmait-on, mais dépourvue des corruptions du passé.

— Je m'étonne qu'il ait trouvé le temps de me faire des enfants, répondit madame Colbert en riant. En conséquence, toutes les fadaises sont pour moi.

Petite se planta devant la fenêtre. Le ciel était gris et un léger crachin tombait. Louis était parti pour Saint-Germain-en-Laye faire le tour du parc avec ses gardes forestiers en vue de la battue d'automne. À Paris, il s'ennuyait. Elle commençait à s'accoutumer à ses sautes d'humeur.

— Vous serez heureuse d'apprendre que monsieur et madame Beauchamp, un couple à notre service depuis de longues années, a accepté de prendre en charge votre bébé.

Le cœur lourd, Petite ferma les rideaux et se tourna vers madame Colbert.

— Ils sont au courant ?

Savaient-ils qu'ils allaient élever l'enfant du roi ?

— Bien sûr que non ! Personne ne doit savoir. Sa Majesté a été très claire sur ce point. Colbert leur a raconté que la fiancée de son frère s'était retrouvée en délicatesse. Dès vos premières contractions, un messager ira les prévenir. Ils habitent la paroisse de Saint-Leu, près de la porte Saint-Denis. Leurs appartements ne sont pas loin de l'église.

Petite posa sa tasse de thé de peur d'en renverser. Elle avait fini par accepter la situation mais elle ne s'était pas rendu compte qu'on allait lui retirer le nouveau-né immédiatement. Elle se remémora les histoires qu'on lui avait relatées à propos de diverses maîtresses de rois : Diane de Poitiers, maîtresse d'Henri II ; Agnès Sorel, maîtresse de Charles VII ; Gabrielle d'Estrées, maîtresse d'Henri IV. Peut-être avait-elles été forcées, elles aussi, de se cacher et d'abandonner leur nourrisson ? Petite éprouva un soudain élan de compassion pour ces femmes méprisées.

— Ils loueront un carrosse ? informa-t-elle enfin d'une voix tremblante.

Les nuits étaient froides. Un poupon pouvait mourir par un temps pareil.

— Une voiture leur sera fournie. De même qu'un chauffe-pieds à charbon.

De toute évidence, madame Colbert avait un sens de l'organisation aussi pointu que celui de son mari.

— Ne vous inquiétez de rien, ma chère. Madame Beauchamp a nourri deux de mes bébés. Elle est propre et son lait est excellent.

— La porte Saint-Denis n'est pas loin, murmura Petite avec espoir. Je pourrais m'y rendre à pied.

— Il faudrait traverser le cimetière. Les relents des défunts pourraient vous incommoder. Si vous le souhaitez, je m'arrangerai pour que vous puissiez voir l'enfant, mais il vaudrait mieux ne pas y penser. J'ai confié tous les miens à une nourrice et voyez...

Elle remonta fièrement ses seins avec ses mains.

— ... Ce sera pénible pendant une semaine mais bientôt vous serez en pleine forme.

Petite ébaucha un sourire, ravala son désarroi. Madame Colbert avait peut-être confié ses petits à une nourrice mais elle avait fini par les récupérer et les élever elle-même. Ne comprenait-elle pas la différence ?

— Pensez au roi, dit-elle en tapotant l'épaule de Petite, à ses besoins. Pensez au glorieux service que vous avez l'honneur de lui fournir.

Petite retint sa langue. Comparer ses moments de bonheur avec Louis à un « service » lui était insupportable.

— Avez-vous rencontré monsieur Blucher, l'accoucheur ?

— Hier.

Petite eut une hésitation. Elle avait détesté parler à un homme de choses aussi intimes.

— Ne soyez pas gênée. Il m'a assistée lors de mon dernier accouchement et il est excellent. Il a promis au roi que tout se passerait bien.

Madame Colbert sourit, exhibant un triple menton.

Petite s'ennuyait. Elle mourait d'envie de sortir.

— Au moins à la messe ! dit-elle à Clorine. Les serviteurs assistent à l'office de sept heures. Je partirai peu après. Notre-Dame de la Recouvrance est tout près.

C'était une église délabrée que pas même les domestiques ne fréquentaient.

— Et laisser la maison vide ? Imaginez que l'un d'entre eux revienne plus tôt que prévu.

— J'irai seule, déguisée. Je mettrai une de vos vieilles tenues. Les gens me prendront pour une servante.

Clorine finit par céder mais elle n'était pas tranquille.

— Vous êtes sûre de vous ? lui demande-t-elle, soucieuse, en aidant Petite à remonter ses boucles sous son bonnet.

— Si je ressens le moindre élancement de douleur, je reviendrai aussitôt.

Assister régulièrement à la messe améliora nettement l'humeur de Petite, malgré le temps glacé de novembre. Le 24, un vendredi, elle se confessa (« Pardonnez-moi, mon père car j'ai péché, je suis sur le point de mettre au monde un bâtard ») et prit le temps de réciter trois *Je vous salue Marie* et trois *Notre Père* avant de communier. Elle avait craint d'accoucher sans s'être confessée. Les femmes mouraient souvent en couches. Elle ne pouvait pas s'empêcher d'appréhender ce moment. Depuis peu, elle était hantée par des histoires, entendues dans sa jeunesse, de bébés malformés, de femmes déchirées. De surcroît, plus une femme éprouvait de plaisir durant la copulation, plus elle souffrait en donnant naissance. Or Petite avait éprouvé énormément de plaisir avec Louis.

Il était huit heures passées quand Petite émergea de l'église dans l'aveuglante lumière hivernale. Sur la place, des petits garçons jouaient avec un ballon en vessie de cochon remplie de cailloux. Elle le leur renvoya et s'éloigna d'un pas vif en prenant soin de ne pas glisser sur les pavés gelés.

Comme elle s'approchait des jardins du Palais-Royal, elle sentit une main lui effleurer l'épaule. Pivotant sur elle-même, elle vit une femme d'âge moyen, en collerette raide et perruque poudrée à boucles serrées surmontée d'un filet de perles noires.

Sa mère.

Petite fut tout d'abord décontenancée. Françoise n'était-elle pas à la campagne avec Jean et sa jeune épouse? Était-ce vraiment elle? Cette femme avait le visage couvert de blanc de plomb et les joues fardées de rouge. Une servante que Petite ne reconnut pas la suivait, les bras chargés de paquets.

Mais oui, c'était bien Françoise.

— Pardonnez-moi, madame, dit Françoise en constatant l'état de Petite, impossible à cacher même sous sa cape. Je vous ai prise pour ma fille.

Petite eut un mouvement de recul et faillit trébucher dans un trou plein d'eaux usées. Elle secoua vivement la tête: elle n'osait s'exprimer à voix haute de peur d'être découverte. Elle était masquée et voilée: comment pouvait-on l'identifier?

Françoise baissa les yeux sur la botte à semelle compensée de Petite.

— Ah, non, murmura-t-elle en l'examinant de bas en haut avec un sourire cynique. Vous n'êtes pas ma fille, car je l'ai reniée.

Sur ce, elle tourna les talons et s'éloigna rapidement, sa bonne lui courant après, non sans avoir gratifié Petite d'un regard narquois.

« Reniée. » Petite ravala un flot de larmes de colère. Elle envisagea de se lancer à la poursuite de sa mère, de se jeter dans ses bras, de la supplier de lui accorder son pardon, de l'exiger. Elle avait dix-neuf ans et certes, elle avait commis un péché capital mais Louis était son unique lien avec le monde et il était si peu souvent là.

Clouée sur place, elle les suivit des yeux jusqu'à ce qu'elles eussent disparu au coin de la rue. Elle n'avait pas choisi la voie la plus facile. Aujourd'hui surtout, à la veille de la naissance de son premier enfant, elle se languissait des conseils et de la protection de sa mère, auxquels elle n'aurait jamais droit.

Les cloches sonnaient. Une mendiante passa en clopinant, appuyée sur un bâton.

— Un sou ?

Elle enfonça son index sale dans le ventre de Petite.

— Pour sa bénédiction.

Petite refusa d'un signe de tête, effrayée par le regard cruel de la clocharde.

— Un mauvais sort, alors ? ricana-t-elle tandis que Petite s'empressait de se mettre à l'abri dans sa demeure cachée.

— Vous êtes en retard ! s'exclama Clorine en lui ouvrant la porte. Que vous est-il arrivé ?

Elle aida Petite à gravir l'escalier. L'air parfumé au jasmin lui donna le tournis.

— J'ai besoin de m'allonger.

« Reniée. » Elle entendait encore le dédain dans la voix de sa mère.

— Un problème ? fit une voix masculine.

— Louis ?

Petite chercha son chemin à tâtons. Pourquoi faisait-il si noir ? Elle toucha le mur, sentit les motifs en relief de la tapisserie.

— Dieu merci, vous êtes là !

— Que s'est-il passé ? L'heure est venue ?

Petite entendit Clorine répondre.

— Je n'en sais rien, sire, elle est chancelante.

Petite sentit la main de Louis sur son bras, sa force rassurante.

— Pourquoi fait-il si noir ici ? voulut-elle savoir, saisie de frissons.

Comment sa mère pouvait-elle ainsi l'abandonner ?

— Noir ?

Il était tout près, pourtant…

— Je ne vous vois pas, bredouilla-t-elle en trébuchant.

Louis la retint.

— Que voulez-vous dire ?

Petite tendit la main, fit courir les doigts sur son visage, son nez, ses pommettes saillantes, la barbe naissante sur son menton. Ce n'était pas le noir de la nuit. C'était un noir beaucoup plus profond.

— Il… il fait grand jour, protesta-t-il.

Sa voix était teintée d'inquiétude, ce qui la terrifia. « Saint Michel, je vous en prie, aidez-moi dans cet univers de ténèbres, défendez-moi contre les esprits malins. »

— Venez. Couchez-vous, l'encouragea-t-il en la poussant en avant.

Petite s'avança avec prudence jusqu'à ce qu'elle sente le lit contre ses genoux. Elle se pencha, palpa les oreillers. La main de Louis sur son coude, elle s'assit.

— Je ne vois plus rien! souffla-t-elle, anéantie.

À force de saignements et d'infusions, Petite recouvra peu à peu la vue. Toutefois, elle continua à souffrir de migraines et de vertiges pendant un certain temps. Épouvanté par cet épisode, Louis lui fit promettre de ne plus quitter son refuge avant la naissance de leur enfant.

— Vous n'auriez pas dû sortir. Voyez les risques que vous avez pris.

— Et vous, ne pouvez-vous pas me guérir? le supplia-t-elle dans un moment de faiblesse.

Il eut un sourire triste.

— Mon amour, ce sont des histoires. Je n'ai aucun don particulier.

Il haussa les épaules d'un air dépité.

— Pardonnez-moi: je ne suis qu'un simple mortel.

Elle se blottit contre lui. Elle ne voulait pas qu'il voie la déception dans son regard, la désillusion.

Lorsque le travail commença, trois semaines plus tard, il était auprès d'elle. C'était un mardi, le 18 décembre, et il s'apprêtait à aller chasser à Saint-Germain-en-Laye. Comme il mettait son chapeau empanaché, Petite s'agrippa à lui et s'affaissa sur une chaise.

La douleur s'estompa. Elle inspira profondément. Elle lui offrit son visage pour un baiser mais une nouvelle contraction la saisit. Elle plaqua les mains sur son ventre et poussa un petit cri.

— Sire?

Clorine était sur le seuil.

— Je crois que le moment est venu.

Louis s'agenouilla, caressa le front de Petite.

— Je suis obligé de vous laisser.

— Je sais.

Cette chasse était prévue de longue date ; quatre ambassadeurs étrangers y étaient conviés.

— Je fais quérir Blucher, annonça-t-il en se levant.

— Ne vous inquiétez pas, murmura Petite.

Clorine resta dans les parages pendant que monsieur Blucher examinait sa maîtresse. Il tira les rideaux de son lit.

— Ce n'est pas pour tout de suite, annonça-t-il.

Il disposa ses instruments, installa le siège d'accouchement.

— Appelez-moi quand les contractions seront très rapprochées les unes des autres.

Il lui énuméra tout ce qu'elle et la femme de chambre devaient faire : attiser les feux ; puiser, filtrer et chauffer de l'eau ; remonter du vinaigre de la cave ; faire fondre du beurre doux ; préparer compresses, pansements et linges sans oublier les bandes de toile cirée pour le ventre et les seins.

— Mais pas avant, précisa-t-il.

Il ramassa son recueil des *Lettres provençales* de Pascal et se retira dans le salon.

Peu après, Clorine l'entendit ronfler. Elle inspecta sa panoplie : seringues, écheveau de fil de lin, cordelettes à quatre fils, longue aiguille à broder, tube en argent, deux flacons étiquetés « Ipécacuanha » et « Alkermès », ciseaux à bouts arrondis, couteaux de tailles variables et un gros crochet en métal qui servirait à extraire le bébé s'il mourait dans la matrice. Il y avait aussi une fiole d'eau bénite pour le baptiser en cas d'urgence.

Clorine se signa et pria en silence : « Que le bébé soit en bonne santé, que ma maîtresse survive. » Les nourrissons nés le troisième jour après la nouvelle lune survivaient rarement.

— Mon rosaire ! gémit Petite en se tordant de douleur.

Clorine glissa le chapelet en perles de bois dans la main crispée de Petite. Elle regrettait de ne pas avoir eu le culot de demander au roi un vêtement qu'il avait porté sur lui lors de la conception. L'odeur aurait aidé à attirer le bébé vers la sortie.

Petite présenta son sein au nourrisson. L'épreuve avait été rude mais dès qu'elle avait vu son petit, elle avait tout oublié et tout pardonné. Un beau garçon, affamé, qui se mit à téter goulûment. Si le travail n'avait duré, fort heureusement, que dix-huit heures, la délivrance s'était avérée difficile.

— Il est aussi beau que son père.

Clorine vérifia que l'oreiller, placé sous les genoux de Petite pour faciliter la circulation sanguine, n'avait pas bougé.

Petite s'émerveilla, caressa son crâne duveté.

— Charles, chuchota-t-elle.

Le fils de Louis. Un sentiment d'amour féroce monta en elle... d'amour et de peur. « Dieu tout-puissant, protégez ce précieux trésor. »

— Mademoiselle ?

L'accoucheur s'essuyait les mains avec un chiffon.

— J'ai reçu l'ordre d'expédier l'enfant avant le lever du soleil.

Petite opina mais le serra tout contre elle. «Mon petit prince.» Il serait baptisé dans la matinée par ses nouveaux «parents». Elle l'aurait volontiers fait elle-même avec une cuillerée de vin et un peu d'ail, comme on l'avait fait pour Henri le Grand, l'arrière-grand-père de son fils. Elle eut une pensée pour son propre père. Comme il aurait été fier... ou scandalisé. Oui, scandalisé.

Clorine s'approcha de la fenêtre dominant les jardins et ouvrit les lourds rideaux en tissu damassé.

— Le ciel s'éclaircit.

Les yeux voilés de larmes, elle se tourna vers Petite.

«C'est un sacrifice insupportable», se dit-elle en déposant ses lèvres sur le front de son bébé. Elle huma son odeur. Charles émit une sorte de gargouillis. Elle avait le cœur brisé.

CINQUIÈME PARTIE

L'amour comblé

Chapitre 27

Au printemps, Louis décida d'organiser un festival d'une durée d'une semaine à Versaie. L'événement s'intitulerait «Fête des plaisirs de l'île enchantée». Ballets, comédies, tournois et concerts se dérouleraient comme une sorte d'enchantement, de sortilège jeté par une séduisante sorcière. À la fin, la prêtresse du Mal serait vaincue, bien sûr, mais uniquement après que tout le monde aurait profité de ses tentations. Officiellement, le roi donnait cette fête en l'honneur de son épouse et de sa mère. En secret :

— C'est pour vous, confia-t-il à Petite.

Pour la mère d'un beau garçon.

Charles était un bébé robuste et souriant, tout le portrait de son père. Petite ne l'avait vu qu'à trois reprises – deux fois pendant le carnaval, puis durant le carême –, grâce à l'intervention bienveillante de madame Colbert. La dernière visite remontait à la veille de Pâques. Ce matin-là, Louis s'était confessé et avait communié avant de se rendre aux jardins des Tuileries pour apposer ses mains sur ses sujets infectés par le Mal. Des centaines d'âmes désespérées au cou monstrueusement enflé avaient commencé à faire la queue le soir précédent dans l'espoir d'une guérison miraculeuse. Afin d'en restreindre le nombre, on avait eu recours à une vente de billets. Malgré cela, la situation menaçait de déraper.

Petite avait observé la scène de loin, attristée de savoir que ce n'était qu'une mise en scène. L'innocence de ces gens, leur foi dans les dons de Louis l'émouvaient aux larmes. Toute cette affluence lui avait permis de s'éclipser sans se faire remarquer et de se faufiler jusqu'à l'entrée de service de la demeure des Colbert où madame Colbert et la nourrice l'attendaient dans une pouponnière, sous les combles. Les rencontres étaient brèves – elles devaient prendre toutes les précautions possibles – et Petite en souffrait. Toutefois, elle prenait soin de paraître enjouée lorsqu'elle servait Henriette, de moins en moins souvent. Dissimuler sa mélancolie devant Louis était plus difficile, mais elle savait que les larmes le mettaient mal à l'aise.

D'ailleurs, il avait d'autres préoccupations. Les moissons exceptionnelles et les réformes de monsieur Colbert avaient permis de relancer l'économie. L'argent entrait dans les caisses de l'État, qui étaient suffisamment pleines pour envisager fêtes opulentes et projets de construction ambitieux : le Louvre était en rénovation et Louis avait de grands desseins pour Versaie.

— Le Petit Palais (c'était ainsi qu'il appelait désormais son relais de chasse) se transformerait bientôt en palais enchanté, avait-il annoncé en déroulant un plan du domaine.

Réaliser ses idées, se pencher pendant des heures sur les plans, prévoir les moindres détails d'architecture le passionnait.

Leur paradis sauvage était en pleine métamorphose. On avait déjà bâti une ménagerie pour abriter oiseaux et animaux d'espèces rares – pas les bêtes de combat que les rois d'autrefois avaient conservées pour leur amusement et qui étaient restées à la forteresse de Vincennes, mais des créatures exotiques comme des autruches, des pélicans, des canards arabes, des oies indiennes et autres porcs des Indes orientales. De plus, on avait nivelé la route menant au château et planté des arbres de part et d'autre des avenues. Deux nouvelles structures étaient en cours d'achèvement, formant une cour extérieure – l'une pour les voitures, l'autre pour les cuisines. Du côté sud, une orangerie abritait les milliers d'orangers confisqués au château de Vaux, propriété de Fouquet. Le toit formait une terrasse surplombant les jardins qui s'étiraient jusqu'à l'horizon. Rien ne faisait plus plaisir à Louis que de s'asseoir parmi les orangers et de respirer leur délicat parfum. Il s'y rendait souvent pour jouer du théorbe.

«Notre Versaie», songeait Petite, une main sur l'épaule de Louis, en examinant les dessins. Ce lieu tenu secret si longtemps, où ils avaient pu s'aimer en toute liberté sans craindre les regards inquisiteurs, allait s'ouvrir à la cour. Le programme était spectaculaire, innovateur et esthétique, mais elle ne pouvait s'empêcher d'éprouver un pincement au cœur. Elle se garda bien d'en parler à Louis : il était fier de son travail. Tout cela était pour elle, lui répétait-t-il.

Le festival serait extraordinaire. Louis avait recruté les artistes les plus réputés de l'époque – Périgny et Benserade composeraient les madrigaux ; Lully écriraient la musique et Molière, les pièces de théâtre ; Vigarini serait responsable des effets spéciaux. Tandis qu'ils s'acharnaient à donner corps à son rêve, lui surveillait l'évolution des divers ouvrages. Le Nôtre, qui avait dessiné les jardins de Fouquet à Vaux-le-Vicomte, travaillait déjà depuis un certain temps avec ses énormes engins de terrassement appelés diables.

Chargé de l'organisation des fêtes dans leur ensemble, Gautier était au comble de l'angoisse.

— Sa Majesté invite six cents personnes. Toutes arriveront avec au moins un serviteur. Où vais-je les mettre ? Où dormiront-ils ? Et que dire des soixante-quatorze acteurs, musiciens, clowns et machinistes ? Eux aussi vont amener leurs domestiques ! gémit-il en tordant son chapeau entre ses mains.

Petite tenta de le rassurer.

— Une fois les écuries et les cuisines terminées, nous aurons davantage de place dans le château. On peut aussi installer des gens dans la ménagerie.

Copié sur celui de Fouquet, ce palais pour animaux était fort élégant.

— Avec l'éléphant ?

— L'éléphant ?

— Et un ours. Et un chameau !

Gautier secoua son chapeau, le remit en forme d'un coup de poing et l'enfonça sur son crâne.

— L'imagination de Sa Majesté ne connaît pas de limites.

Petite et Gabrielle se rendirent à Versaie à bord du carrosse doré à la feuille que Jean avait récemment acheté. Clorine et la femme de chambre de Gabrielle, le valet de pied et le laquais étaient partis à l'aube avec leurs malles et leur literie afin de préparer leurs chambres ; quant à Jean, il y était allé à cheval, la veille, avec son régiment.

— C'est la première fois que vous venez, n'est-ce pas ? demanda Petite à sa belle-sœur.

Elle changea de position car les baleines de son corset lui rentraient dans la chair. Elle craignait d'être de nouveau enceinte. Elle s'était épaissie et avait onze jours de retard. La naissance de Charles avait modifié la nature de leurs étreintes. Ils avaient dû s'en priver pendant de longues périodes – trois mois avant l'accouchement, quarante jours après. Puis, quelques jours avant le carême (une période d'abstinence de plus), Petite avait souffert d'une inflammation. Après le carême, enfin libérés de toute contrainte, ils n'avaient pas été aussi prudents qu'ils auraient dû l'être.

Gabrielle opina.

— C'est rustique, paraît-il. Assez sauvage.

Gabrielle était jeune mais peu aventureuse.

— C'est merveilleux.

Tout l'hiver, Petite s'était languie de la campagne autour de Versaie.

L'épouse de Jean était frivole mais loyale. Petite était soulagée d'avoir enfin quelqu'un à qui elle pouvait se confier en toute liberté. Elles bavardèrent longuement : de Françoise (qui refusait toujours d'adresser la parole à Petite) ; du bébé (âgé de quatre mois et si enjoué) ; des vains efforts de Gabrielle pour tomber enceinte (et de ceux, tout aussi futiles, de Petite pour l'éviter) ; des changements survenus dans ses devoirs envers Henriette (Petite était parfois de service dans la journée mais pour l'essentiel, sa présence n'était exigée que lors des événements officiels) ; des divers complots ourdis par ces dames de la cour décidées à séduire Louis (grâce au ciel, ils avaient tous échoué) ; de la frustration croissante de Louis qui n'en pouvait plus de garder leur secret ; des porcelaines et des bijoux que Gabrielle avait acquis à la foire de Saint-Germain ; de la beauté d'Athénaïs devant les fonds baptismaux de Saint-Sulpice lors de la conversion d'un jeune Maure au christianisme, et de son mariage bringuebalant (son mari croulait une fois de plus sous les dettes) ; de la témérité de Petite qui continuait à s'entraîner dans le but de se tenir debout sur un cheval au galop (« Êtes-vous folle ? »).

La route avait beau avoir été aménagée, le trajet s'éternisa pendant plusieurs heures et il fallut s'arrêter à quatre reprises pour se soulager dans les bois. Jamais Petite n'avait vu autant de circulation.

— Le château doit être immense pour pouvoir recevoir tous ces gens, dit Gabrielle alors que les chevaux ralentissaient une fois de plus.

— Je crains que non.

Louis avait eu un mal fou à persuader son grippe-sou de contrôleur financier de meubler les chambres et de fournir bois et bougies aux courtisans.

À l'approche du domaine, les encombrements étaient tels que Petite et Gabrielle durent continuer à pied. Petite installa sa belle-sœur dans ses appartements et partit à la recherche de son frère. La demeure était envahie de monde et sens dessus dessous. Apparemment, nombre de personnes n'avaient nulle part où dormir.

Elle croisa Athénaïs dans l'escalier.

— Savez-vous où se trouve mon frère ?

Dans le foyer, elle vit Henriette surgir avec Philippe.

— Non. Mais vous, savez-vous où est passé mon mari ? rétorqua Athénaïs avec un petit rire, en pressant la croix et la clé en argent accrochées à la chaîne autour de son cou. Remarquez, je ne tiens pas vraiment à le savoir.

— Le château n'est pourtant pas grand. Comment peut-on s'y perdre ?

Petite pivota sur elle-même au son de la voix de Louis.

— Sire, murmura Athénaïs, plongeant en une révérence profonde.

— Sire, souffla Petite en écho, en trébuchant presque sur son pied gauche.

Il la rattrapa de justesse et sourit.

— Attention !

— Merci, sire.

— Notre roi n'est-il pas galant ?

Par-dessus son éventail, Athénaïs gratifia Petite d'un regard taquin.

Malgré les agrandissements effectués, il n'y avait pas suffisamment de place pour tout le monde, comme l'avait prédit Gautier. Petite, son frère et sa belle-sœur disposaient chacun d'une chambre, mais nombre de courtisans durent se débrouiller pour loger dans des maisons et des granges aux environs. D'autres optèrent pour leur carrosse. Les plaintes fusaient de partout.

La profusion d'acteurs, de musiciens, d'écuyers, de menuisiers et d'ouvriers s'affairant ici et là ne fit qu'ajouter à la confusion générale. Rien ne se déroulait comme prévu. Molière, condamné à répéter dans un grenier poussiéreux avec ses comédiens, était dans tous ses états car les costumes n'étaient pas encore arrivés. Pour les joutes, on avait posé un large cercle de pelouse – appelé cirque comme dans l'ancien temps – à l'entrée de la toute nouvelle Allée royale, mais il manquait un chargement de terre. Sur les quatre mille torches nécessaires pour éclairer les divertissements nocturnes, seulement trois mille deux cents étaient prêtes. Le chameau et l'éléphant étaient bien arrivés – enfin! – mais l'ours, trop généreusement drogué, refusait de se réveiller.

Au matin cependant, l'inconfort était devenu une source d'amusement. La plupart des courtisans avaient trouvé une solution, et ceux qui bénéficiaient du luxe d'une pièce pour se changer le partageaient avec leurs compagnons moins fortunés. La vie à la cour était devenue une aventure. Qu'allait inventer leur jeune roi, la prochaine fois?

Deux heures avant le coucher du soleil, les invités se rassemblèrent autour du cirque pour la première manifestation: le jeu de l'anneau. L'atmosphère était digne d'un Mardi gras: tous les serviteurs étaient déguisés en démons, en fées et en goules. Un peu plus loin, à la lisière des bois,

Louis et dix chevaliers en armure s'occupaient de leurs chevaux. Au-delà se dressaient les cages des animaux.

À peine le page de Jean l'avait-il aidé à revêtir son armure (neuve, noire, menaçante) que trompettes et tambours retentirent.

— Tu ferais mieux de monter, lui dit Petite.

Le roi et trois autres chevaliers étaient déjà dans le manège d'échauffement.

Jean s'empara de son heaume et fit cliqueter son armure jusqu'à son grand cheval de guerre castillan.

— Bonne chance ! lui lança son épouse.

Jean se retourna et revint, hors d'haleine.

— Gabrielle, il me faut votre écharpe !

Il enleva son gant en cuir. Gabrielle extirpa un foulard en soie de son voluptueux décolleté, le baisa et le présenta à son mari. Jean le glissa sous son écu.

— Maintenant, je suis sûr de gagner.

Petite et Gabrielle gagnèrent les gradins où ces dames de la cour étaient déjà rassemblées. L'une d'entre elles agita la main de leur côté : Athénaïs leur indiquait deux coussins de velours près d'elle.

— Gabrielle vient de m'apprendre la bonne nouvelle, dit Petite.

Athénaïs contemplait son ventre arrondi d'un air de dégoût.

— La reine aussi est enceinte. Le saviez-vous ?

— C'est merveilleux.

Louis s'en tenait strictement à ses « séances » conjugales bimensuelles avec la reine. Une fois cette dernière enceinte, il n'allait jamais la retrouver dans son lit. Petite aimait l'avoir pour elle dans ces moments-là. Elle se considérait comme sa véritable femme. La reine était celle de cet autre homme, le roi.

— Sans oublier Madame, bien sûr, ajouta Gabrielle en observant Henriette, en compagnie des deux reines.

— Une cour féconde, commenta Athénaïs.

Les joueurs de trompette apparurent sous les arches de verdure placées aux points cardinaux.

— En effet, ajouta Petite en pensant à son propre état.

Costumé en guerrier grec, Louis chevauchait un magnifique aragonais. Les spectateurs l'acclamèrent et il leva une main. Les joyaux incrustés dans son ancien bouclier d'argent projetaient des rayons de lumière. Il remonta sa visière pour saluer la reine et une joyeuse clameur s'éleva dans la foule. Petite arracha son écharpe rouge et l'agita ; c'était leur signal. Il l'aperçut et posa une main sur son cœur.

Son cheval se cabra et le public applaudit, persuadé que c'était intentionnel, mais Petite eut un sursaut d'inquiétude. Louis avait une passion pour cet étalon mais, âgé de cinq ans seulement, il était particulièrement nerveux. Or dans les jeux équestres, la sécurité comptait par-dessus tout.

Les autres concurrents arrivèrent, lance pointée vers le ciel, fanion attaché juste sous la pointe, annonçant leur grade. Ils parcoururent un large cercle tandis que leurs admiratrices s'extasiaient sur la beauté de leur monture, de leur armure, de leurs plumes.

— Voilà Jean ! s'exclama Gabrielle avec un enthousiasme indigne de son statut.

— Devant les ducs ? s'étonna Athénaïs, sourcils froncés.

Un homme en satin rose gravit une échelle pour suspendre le premier et le plus grand des anneaux à une poutre située en face des juges.

Louis fut le premier à s'élancer. Il mena son cheval jusqu'à la ligne de départ, à une certaine distance. L'assistance se tut. Au son du bugle, il abaissa sa lance, éperonna sa monture qui baissa la tête avant de se cabrer puis de foncer sur la piste. Les mains sur la bouche, Petite les suivit des yeux, soulagée que Louis ait réussi à maîtriser l'étalon. À l'approche du poteau, Louis se redressa légèrement. Le cheval ralentit mais serra le mors. Louis décrocha l'anneau et la foule hurla. Petite l'applaudit avec les autres. Elle savait manier le harpon sans peine, mais pas la lance d'une longueur de quarante mains et dont la hampe, bien qu'en bois, était trop lourde.

Jean se présenta après les princes. Son cheval était rapide et sa tenue, impeccable.

— Bravo! s'écria Gabrielle lorsqu'il décrocha l'anneau.

La pression montait au fur et à mesure que la taille des anneaux diminuait et que les concurrents se faisaient éliminer. Deux d'entre eux tombèrent; il fallut en emporter un en civière. À la fin, il ne restait plus que Louis et Jean. Petite était fière des deux mais surtout de Louis qui avait parfaitement réussi son concours malgré une monture trop fougueuse. Personne, pas même son frère, ne portait la lance avec autant d'aisance.

Louis retint son cheval, l'empêchant de partir au grand galop et décrocha le minuscule anneau d'un geste preste.

— Vive le roi! s'exclama-t-on.

Jean en fit autant.

— Ils sont presque à égalité, murmura Athénaïs.

Les juges délibérèrent un long moment. Un silence stupéfait tomba quand ils proclamèrent le marquis de La Vallière vainqueur. En effet, si Sa Majesté avait fait preuve d'une meilleure maîtrise, le marquis avait été plus rapide.

— N'applaudissez surtout pas, conseilla Petite à Gabrielle derrière son éventail.

Les conversations reprirent quand la reine offrit à Jean sa récompense: une épée et un bouclier en or incrustés de diamants.

Le ciel devint chatoyant. Les musiciens se mirent à jouer tandis que «Le Printemps», une jeune femme coiffée d'une couronne de fleurs, apparaissait sur un cheval de bataille, suivie par des jardiniers portant des bocaux de conserves. «L'Été» arriva sur un éléphant, à la tête d'une procession de moissonneurs. Puis ce fut au tour de «L'Automne», à dos de chameau devant un groupe de vendangeurs, et enfin, «L'Hiver», sur un ours maintenant un peu trop réveillé, accompagné de vieillards munis de bols de glace.

Le cheval de bataille prit peur et il fallut éloigner le chameau et l'éléphant. Lully leva son bâton. Cinquante serviteurs costumés, chargés de victuailles, exécutèrent une danse pendant que l'on dévoilait une table en forme de croissant. Des centaines de pages brandissant des flambeaux s'avancèrent en tournoyant. Un œil inquiet sur l'ours, monsieur Molière, déguisé en Pan, annonça aux reines que le repas était servi.

La reine mère prit place à une extrémité, Louis à sa droite et sa belle-fille à sa gauche. Philippe et Henriette les rejoignirent, la Grande Mademoiselle ainsi que les autres princes et princesses de sang sur leurs talons. Les milliers de torches s'embrasèrent simultanément, conférant au tableau une atmosphère magique. Les petites gens rassemblés sur la terrasse s'exclamèrent: «Voyez! La famille royale dans toute sa gloire!»

Petite contempla le ciel. La lune presque pleine nimbait le château, les fontaines et le canal de ses lueurs laiteuses. «Ce sera grandiose», lui avait promis Louis. Il se réjouissait de voir tous ces ouvriers armés de pics et de pelles. Dans le lointain, elle perçut le hennissement d'un cheval. Un autre lui répondit. Elle posa son regard sur l'étendue sauvage au-delà – une étendue sauvage qui ne leur appartiendrait plus jamais.

Le lendemain, au retour de la chasse (Petite avait abattu un sanglier d'un coup net), le vent se leva. Louis donna l'ordre que l'on accroche les tapisseries de sa chambre du côté ouest du théâtre de verdure. Ajoutées au dôme improvisé en tissu, elles empêcheraient torches et chandelles de s'éteindre au cours de la comédie de monsieur Molière.

Petite s'installa avec les dames de la cour sur l'un des bancs inclinés disposés d'un côté. Le fauteuil de Louis était placé directement devant la scène, flanqué de ceux de sa mère et de son épouse. Il aperçut Petite, lui adressa un sourire, puis se tourna vers sa femme. La reine mère jeta un coup d'œil vers Petite et plissa le front, puis la reine suivit la direction de son regard.

«Elles savent», songea Petite, alors que les rideaux s'écartaient.

La Princesse d'Élide était une comédie galante, l'histoire féerique d'un prince fou amoureux d'une princesse. Malheureusement, passionnée par les chevaux, celle-ci refusait de se laisser séduire. Elle aimait la chasse, le bruissements des feuilles dans les bosquets.

— Elle me rappelle quelqu'un… murmura Athénaïs dans son dos en lui tapotant l'épaule avec le bout de son éventail.

Petite suivit l'évolution de l'intrigue avec anxiété : la pièce racontait… leur histoire, à Louis et à elle! Elle se figea, osant à peine respirer, grisée par un bonheur fragile.

Le troisième soir, la cour se rassembla pour un concert au bout de l'Allée royale. Louis et ses proches prirent place sur une estrade en face du bassin d'Apollon; de l'autre côté se dressait un château entouré d'eau.

Le lac enchanté... le palais enchanté!

Tandis que la musique commençait, Petite, Jean et Gabrielle furent conduits à leurs sièges quatre rangs derrière la famille royale, au grand dam de Jean qui avait protesté : «Nous sommes la famille royale!»

— Voici la sorcière, dit Gabrielle, en désignant une embarcation en forme de monstre marin.

Jean siffla en même temps que d'autres hommes quand les torches s'embrasèrent, révélant la cruelle enchanteresse Alcina, habillée de tulle. D'un coup de baguette magique, elle illumina son palais. Démons, nains et géants grimaçants jaillirent des ombres.

L'innocent chevalier arriva, prêt à anéantir le palais de l'enchanteresse. La musique s'amplifia à l'approche de l'ultime bataille entre le Bien et le Mal. Alcina et ses sujets démoniaques étaient sur le point de remporter la victoire mais le chevalier possédait une bague magique, qui avait le pouvoir de détruire le sort.

Petite regardait, à la fois captivée et troublée. Car elle connaissait le pouvoir de la magie et, surtout, ses aspects les plus sombres, pas toujours faciles à dominer. Une série de claquements secs la fit sursauter. Tout le monde rugit de stupéfaction tandis que le palais d'Alcina s'effondrait sous une pluie de fusées.

L'enchantement avait pris fin, le Mal était vaincu. Pourtant, la fête se poursuivit encore pendant trois jours : joutes dans les douves asséchées, visite de la ménagerie, loteries et tous les soirs, une comédie de Molière. La dernière nuit, dissimulé sous un manteau à capuche, Louis se faufila comme un voleur le long des corridors sombres.

— Enfin ! soupira-t-il en ôtant son masque.

Il avait peut-être organisé cet événement en l'honneur de Petite – du moins, le prétendait-il – mais ils avaient à peine pu échanger deux mots. Les chasses quotidiennes étaient trop publiques. Quant aux après-midi, Louis les avait consacrés à des réunions concernant un nouvel agrandissement. Les travaux devaient débuter dès le départ de la cour.

— Je me sens complètement idiot à rôder de cette manière, avoua-t-il en s'asseyant sur le bord du lit pour enlever ses bottes. Mes sujets paradent flanqués de leurs maîtresses et de leurs épouses, et personne ne s'en offusque.

À vrai dire, il faisait allusion à l'un de ses courtisans, un marquis qui s'était amusé, ce matin-là, à se promener accompagné à la fois de sa femme et de sa dulcinée. Ils n'étaient pas passés inaperçus… Toutefois, Louis n'avait pas complètement tort. Quoi que prône l'Église, les courtisans s'attendaient plus ou moins à ce qu'un homme marié prenne une maîtresse et la traite avec respect, à condition qu'elle soit noble – et célibataire.

— Mais à cause de ma mère, je suis obligé de recourir aux subterfuges les plus ridicules, grogna-t-il en se glissant sous les couettes.

Au cours des mois suivants, alors que la cour se déplaçait de Fontaine Belleau à Paris, puis à Villers-Cotterêts et Vincennes, avant de revenir à Paris, Louis fulminait de plus en plus contre sa mère. À Paris, dans leur petit refuge dominant les jardins du Palais-Royal, ils jouissaient d'une certaine liberté ! Ils passaient de longs et merveilleux après-midi à lire, danser, jouer de la musique, faire l'amour et même (une fois seulement) à cajoler leur bébé Charles. Malheureusement, Louis ne pouvait toujours pas asseoir Petite à ses côtés lors des manifestations mondaines. Elle pouvait se promener avec lui dans les parcs en compagnie d'autres courtisans, le suivre à la chasse, mais elle ne pouvait pas le rejoindre pour danser ni jouer aux cartes, le soir, dans le salon de sa mère.

— Venez au Louvre ce soir, dit-il en repoussant l'édredon d'un coup de pied.

Un feu brûlait dans la cheminée et il avait trop chaud.

— Je passerai vous chercher dans l'antichambre de ma mère à vingt-deux heures.

— Mais Louis, les reines…

Se présenter chez elles serait une provocation. Elle était enceinte de six mois. Même corsetée, c'était difficile à cacher.

— Elles n'y seront pas. Ma mère est souffrante et mon épouse reste à son chevet.

— Tôt ou tard, elles le sauront.

— Je refuse de vous cacher plus longtemps.

— Pourquoi maintenant? protesta Petite. Je vais bientôt entrer en confinement.

— Le roi François Ier avait une maîtresse officielle en titre, comme Henri II et Henri le Grand par la suite. Le père de ma femme en a seize! Quant aux rois d'Angleterre, d'Autriche…

— La reine est enceinte, Louis. Cela risque de la perturber.

— Je ne céderai pas! En vous déshonorant, elles me déshonorent! vitupéra-t-il en se levant.

※

Louis se présenta à l'entrée de l'antichambre de la reine mère à vingt-deux heures précises, entouré de son escorte habituelle : Gautier, Lauzun, dix Suisses et un quatuor de violonistes. Il était coiffé d'un chapeau orné de plumes et de joyaux. Des nœuds raidis à l'aide de fil de fer paraient le bout de ses souliers à talons rouges.

Gautier fit un pas en avant.

— Mademoiselle de La Vallière ?

Il s'inclina solennellement.

— Sa Majesté requiert votre compagnie.

Un bruissement de taffetas parcourut la pièce tandis que les femmes se retournaient, les yeux ronds.

Lauzun exécuta une sorte de pas de chat sur le côté.

— Après vous, dit-il en multipliant les courbettes extravagantes.

Prenant soin de ne pas révéler le moindre signe de boitillement, Petite suivit Louis dans les appartements d'hiver de la reine mère. Calme, résolu, il se déplaçait avec lenteur. Elle se sentait l'âme d'un vaillant soldat suivant son commandant au combat : une bataille pour le droit du roi de vivre avec sa bien-aimée.

Les doubles portes sculptées s'ouvrirent sur un tableau étincelant. Les courtisans délaissèrent leurs tables de jeux, les musiciens posèrent leur instrument. Petite scruta tous ces visages étonnés. Yeyette, Claude-Marie et Athénaïs se tenaient près de la duchesse de Navailles. « Pitié ! »

— Avancez, murmura Lauzun en la bousculant légèrement.

Tous se fondirent en révérences respectueuses tandis que Louis se dirigeait vers une table, près du feu. Philippe l'invita d'un geste à prendre le fauteuil à sa droite. Il portait une perruque ourlée d'un ruban rose et son costume en satin de la même couleur était enjolivé de dentelle.

— Sire ?

Il poussa son pied droit en avant et se plia en deux.

Louis salua son frère, puis Henriette, qui lui fit la révérence. Complètement remise de la naissance d'un fils trois mois auparavant, elle avait retrouvé toute sa verve et sa vivacité.

Petite hésita. Le protocole exigeait une marque de respect de sa part, mais jusqu'à quel point ? Elle s'agenouilla presque. « Pourvu qu'on ne voie pas mon ventre ! » pria-t-elle.

Louis s'empara du siège en face du sien.

— Voulez-vous être ma partenaire dans une partie de Karnöfell, mademoiselle de La Vallière ?

Il la dévisagea sans ciller.

Un silence de plomb enveloppa l'assistance.

— Volontiers, sire.

Petite fit une nouvelle révérence et ils s'installèrent : Louis d'abord, puis Philippe, Henriette et enfin Petite. Louis fit signe aux musiciens qu'ils pouvaient recommencer à jouer. Rires et conversations reprirent peu à peu.

Philippe distribua les cartes, l'air grave.

— Atout cœur, annonça-t-il avec un sourire ironique.

Petite ramassa les siennes avec peine ; elles étaient neuves, glissantes et elle avait les mains moites. Elle observa Louis à la dérobée mais il était concentré sur son jeu.

— J'ai le deux et le quatre, dit Henriette à son mari, qui grimaça.

Au Karnöfell, les partenaires étaient autorisés à discuter ouvertement de leur main.

— J'ai le six, confia Louis à Petite. Et la carte du pape.

Petite réfléchit. Elle avait le sept. Elle savait que le sept dans la couleur avait un pouvoir particulier mais elle ne se rappelait plus lequel. Dans son enfance, ce jeu avait été interdit car considéré comme révolutionnaire : le roi pouvait être battu par une petite carte, le pape par un valet. Et puis, elle s'en souvint.

— J'ai le diable, prononça-t-elle, la gorge nouée.

Le lendemain, en apprenant l'affront, la reine mère entra dans une rage folle et la reine fut saisie d'une forte fièvre.

« Je l'avais prévenu », songea Petite, furieuse, en traînant les pieds sur un tapis de feuilles jaunies et humides.

Elle pénétra dans le refuge silencieux d'une petite église. Sur l'autel, les minces chandelles ployaient comme si une charge invisible les alourdissait. Petite alluma un cierge pour la reine et le plaça dans un bac plein de sable devant la statue de la Vierge, celle qui tenait l'Enfant Jésus dans ses bras, un poupon au regard triste. « Sainte Marie, pria-t-elle, faites que la reine ne souffre pas de mes péchés. »

Derrière elle, la porte s'ouvrit brusquement, poussée par une rafale de vent. La flamme vacilla et s'éteignit.

Malgré les vomitifs, les purges et les saignements, la fièvre de la reine ne s'atténuait pas. Les premières contractions surgirent avec un mois d'avance. Les cloches sonnèrent trois fois, puis ce fut le silence.

— C'est une fille, murmura Clorine d'un ton chagrin.

— Va au marché, ordonna Petite. Prends des nouvelles de la reine.

Elle arpenta le salon de long en large jusqu'au retour de la bonne.

— Elle a toujours de la fièvre. Le bébé a beaucoup de cheveux, le teint foncé et il est laid comme un crapaud.

Clorine posa son panier. «Dieu tout-puissant!» Petite se signa. Un enfant démon!

La nuit était tombée quand Clorine se précipita dans la chambre de Petite.

— Venez à la fenêtre! lança-t-elle en écartant les rideaux. Vite!

Elle ouvrit les volets. Un éclair de lumière sillonnait le ciel étoilé.

— Une comète, constata Petite en se détournant.

Sur le point d'accoucher, elle ne devait pas regarder ce genre de spectacle.

— Quelqu'un va mourir, souffla Clorine en tombant à genoux.

— C'était pour la princesse, proclama Clorine cinq jours plus tard.

Son bébé était mort.

— Pauvre reine.

— Pauvre roi! Il paraît qu'il a sangloté.

«Louis souffre», se dit Petite. Si seulement elle avait pu se rendre auprès de lui.

— Verser des larmes pour un monstre pareil...

Petite pressa les mains sur son ventre, paniquée par la sensation d'immobilité qui l'avait envahie.

Le lendemain de la fête des Rois – la journée la plus froide d'un mois de janvier particulièrement rigoureux, Petite ressentit ses premières douleurs. Cette fois, Louis était avec elle. Elle déchiqueta sa collerette en dentelle tellement elle avait mal. Il demeura à son chevet jusqu'à la naissance de l'enfant, un deuxième fils.

Louis le prénomma Philippe.

— Nous l'appellerons Filou, murmura-t-il avec un sourire.

— Oui, approuva Petite, le poupon pressé contre son cœur.

Petit fripon, fils d'un roi.

— Le valet de Colbert viendra le chercher après la tombée de la nuit, annonça Louis. Il sera baptisé demain matin.

Petite hocha la tête, caressa le crâne duveteux de l'enfant avec ses lèvres. Tout était prévu. Colbert attendrait dans un carrosse au portail. Au carrefour de l'hôtel de Bouillon, il remettrait le poupon à monsieur François Dersy, mari de Marguerite Bernard, ex-servante des Colbert. Le nourrisson serait baptisé sous leur nom.

— Je sais.

Philippe était solide et vigoureux. C'était au moins une consolation.

Après un mois de repos, Petite put se remettre à marcher mais avec difficulté. Sa jambe gauche était faible, frêle.

— Je vais bien, mentit-elle à Louis, qui devait s'occuper de sa mère mourante.

Début avril, Petite avait récupéré suffisamment de forces pour reprendre son service auprès d'Henriette. La princesse était de nouveau enceinte. Elle demanda à Petite de lui faire la lecture tous les après-midi : des œuvres de Thomas d'Aquin, de Boccace. C'était un bon moyen d'alléger la morosité qui semblait plomber la cour. Après le décès du bébé monstre, la reine avait mis longtemps à se remettre. Elle ne s'habillait plus qu'en robe de chambre. Par ailleurs, on avait découvert que la reine mère souffrait d'ulcères dans un sein – un cancer, d'après les médecins. Elle gémissait souvent et avait besoin d'aide pour se lever. Un fou coiffé de cornes de diable suivait désormais le carrosse royal.

Les nouvelles de l'étranger n'étaient guère réjouissantes. À Londres, des milliers de personnes mouraient chaque jour de la peste. À Paris, les cas étaient encore rares mais la peur avait pris le dessus : on ne s'étreignait plus, on n'osait plus se toucher. Le frère d'Henriette, duc de York, avait péri à la guerre. Cette information fut bientôt démentie mais la princesse avait eu des convulsions. Les courtisans brandissaient des amulettes destinées à les protéger des démons.

Dans les premiers jours de juillet, alors que Petite lui lisait *Ibrahim*, le célèbre roman de Madeleine de Scudéry, la princesse fondit soudain en larmes.

— Je ne l'ai pas senti bouger depuis deux jours, confessa-t-elle, les mains sur le ventre.

Elle avait les yeux creusés, l'haleine fétide.

La sage-femme vint l'examiner. Derrière elle, les demoiselles d'honneur attendirent son verdict avec angoisse. Les seins de la princesse étaient flétris, son nombril glacé. Ses urines, qui empestaient, étaient foncées. La sage-femme humidifia ses mains dans de l'eau chaude et lui frotta le ventre. Elle ne perçut aucun mouvement.

— Mon Dieu ! geignit Henriette.

Elle avait rêvé de la mort, avoua-t-elle.

☀

— Ils lui ont sorti le bébé, décréta Clorine neuf jours plus tard.

— Ils en ont mis, du temps !

— Oui. C'était une fille.

— Et alors ? s'inquiéta Petite, le regard scrutateur. Comment cela s'est-il passé ?

Clorine tira sur le lobe de son oreille et détourna la tête.

— La sage-femme a ses méthodes, éluda-t-elle.

Elle ne voulait pas révéler à sa maîtresse ce qu'elle savait, les détails sordides échangés entre bonnes qui voyaient tout. À vrai dire, l'accoucheuse avait tout essayé : infusions de sauge et de menthe pouliot dans du vin blanc, d'hysope dans de l'eau chaude. Même le recours à une pierre d'aigle posée sur la matrice avait échoué. Pour finir, elle avait dû se résoudre à découper l'enfant pour l'extirper par petits bouts pendant que quatre valets révulsés s'efforçaient de maintenir la princesse immobile. Dieu merci, celle-ci avait sombré dans l'inconscience.

— Le bébé a même été baptisé, ajouta Clorine d'un ton faussement allègre.

— Mais il est mort-né.

— Mmm…

Clorine recommença à balayer. Un bébé royal était toujours baptisé, peu importaient les circonstances, se dit-elle – même un bébé déchiqueté en état de décomposition. On ne reculait devant rien pour pouvoir l'enterrer à la basilique de Saint-Denis, loin des suicidés relégués dans le coin nord d'un cimetière désolé, comme tous les autres enfants mort-nés.

La mort sembla les poursuivre tout au long de l'automne. Le roi d'Espagne – père de la reine, frère de la reine mère – succomba en septembre. Une fois de plus, les courtisans se drapèrent de noir, la famille royale, de violet foncé.

Louis devint blême, les traits tirés comme si quelque chose le rongeait de l'intérieur. Sa mère ne réagissait pas aux traitements et il refusait d'accepter l'inévitable. Il étreignait et usait de Petite avec une avidité féroce, hurlant dans sa jouissance comme s'il avait mal. Il revenait chaque jour et chaque jour, la même scène se répétait : peu de mots, un plaisir explosif, après quoi, il restait immobile dans le noir, silencieux.

Les expéditions à Versaie ne le satisfaisaient plus comme avant : les terres étaient ravagées par les ouvriers, les gravats s'empilaient partout. Louis chassait le cerf ou le sanglier avec indifférence, son esprit tout à la maladie de sa mère. Lavements, saignements hebdomadaires, purges à base de senna et de rhubarbe, rien n'y faisait. Les médecins avaient tailladé son sein pour y insérer des morceaux de viande destinés à nourrir la tumeur – en vain.

« Laissez-moi, suppliait la reine. Je suis prête à mourir. »

Mais Louis ne renonçait pas. Il avait entendu parler du prêtre d'un village, dans l'Orléanais, capable de prodiges. L'ecclésiastique avait juré sur la Bible que sa mixture de belladone et de chaux brûlée rendrait le sein atteint dur comme du marbre. Ce remède n'avait pas produit plus d'effet que les autres. À présent, un nouveau spécialiste, venu de la Lorraine, proposait une cure de pâte d'arsenic : celle-ci détruisait les tissus affectés que l'on pouvait ensuite sectionner. La reine mère endurait ce supplice depuis des semaines sans résultat.

— Elle est en train de pourrir sur pieds, confia Louis à Petite, les yeux voilés de larmes.

Il était visiblement épuisé à force de dormir au pied du lit de sa mère.

— Ne peut-on vraiment rien faire ? murmura-t-elle en l'enlaçant.

— J'aimerais tant croire aux miracles.

Les cloches des églises de Paris restèrent silencieuses pendant que défilait la statue de sainte Geneviève, suivie d'une foule compacte priant pour la vie de la reine mère. Dissimulée sous un voile, Petite se joignit à la procession.

Le lendemain, Louis ne se présenta pas à l'heure habituelle.

— La reine mère a reçu les derniers sacrements, expliqua Clorine à Petite.

Au lever du jour, on sonna le tocsin : la reine mère n'était plus.

Petite s'agenouilla et pria de toutes ses forces pour son âme, pour que ce décès marque la fin d'un engrenage infernal, pour que la Mort soit rassasiée, pour que le mauvais sort soit conjuré.

Chapitre 28

Cet été-là, la cour prit ses quartiers à Fontaine Belleau et ses forêts primitives. Petite suivait les chasses en carrosse car elle était une fois de plus en situation délicate. Louis était heureux : Charles, maintenant âgé de deux ans et demi et Filou, son cadet d'un an, étaient de magnifiques garçons, de vaillants et solides fruits de l'amour.

Par un chaud samedi après-midi de juillet, le cocher s'arrêta à un carrefour pour guetter les sonneurs quand un homme à dos de cheval surgit derrière eux.

— Bonjour, monsieur Colbert ! lança Petite, qui s'était prise d'affection pour cet homme sans humour. Je ne savais pas que vous appréciez la chasse.

Il rougit, visiblement mal à l'aise. Frison, sa jument gris souris, trépignait.

— J'ai un message pour le roi, dit-il, le regard dans le lointain.

Le son des cors retentit, les chiens aboyèrent : ils avaient acculé un cerf. Colbert éperonna sa monture et s'éloigna au galop en maintenant son chapeau sur la tête avec sa main.

— Ce doit être urgent, commenta Clorine.

— Ce doit être confidentiel, répliqua Petite.

Le contrôleur des finances quittait rarement son bureau. Sans doute cela concernait-il les préparatifs d'une éventuelle guerre. L'Espagne n'avait pas encore payé la dot de la reine, ce qui donnait à Louis le droit de réclamer ses territoires au nord du pays – par la force, le cas échéant. Il passait ses troupes en revue depuis le début du printemps.

Ils foncèrent en direction des clameurs. Bientôt, un trio d'hommes apparut.

— C'est Sa Majesté, constata Petite.

Louis approchait à vive allure, son cheval baigné de sueur. Il tenait les rênes lâchement dans une main, l'autre plaquée sur son chapeau.

— Arrêtez! ordonna-t-elle.

Le cocher s'exécuta. Petite ouvrit la portière du carrosse. Les joues de Louis étaient ruisselantes de larmes. Paniquée, elle descendit.

Louis sauta à terre et jeta les rênes à Gautier.

— Je vous rejoins au château! dit-il à Colbert, avant de faire signe à Petite de le suivre dans les bois.

Quand ils furent suffisamment à l'écart des autres, il pivota vers elle et la prit dans ses bras.

— Notre bébé est mort, annonça-t-il d'une voix rauque d'émotion. Le plus jeune.

«Filou?» Petite vit Louis articuler des mots mais elle ne les entendait pas. Elle enleva son écharpe pour essuyer le visage de son amant.

— Comment? demanda-t-elle enfin.

Elle prit sa main gantée. Il tremblait, pas elle. Elle avait l'impression de s'être détachée d'elle-même, d'observer la scène depuis la cime des arbres. Louis reprit sa respiration.

— Il était avec sa nourrice à une procession. Il y a eu un coup de tonnerre et il… il a…

Petite crut qu'elle allait vomir.

— Il a été frappé par la foudre?

— Non, c'est le bruit. Son cœur... son cœur s'est arrêté.

— Mais il était en bonne santé !

Elle sentit les sanglots monter en elle par saccades. La dernière fois qu'elle l'avait vu, elle avait pu l'asseoir, calé contre des coussins. Il avait gazouillé, sucé ses doigts... Elle le connaissait à peine et maintenant il était parti pour toujours.

— Il n'a pas pu...

— Oh, mon Dieu ! Mon Dieu ! gémit Louis en se cachant le visage.

Un frémissement la parcourut tandis qu'elle imaginait la scène, l'horreur. Louis se sécha les joues avec sa manche.

— Colbert retourne immédiatement à Paris. Il s'occupera de tout.

— J'y vais avec lui, décréta-t-elle en claquant des dents.

Elle serra les bras contre elle comme si elle craignait de s'effriter. Elle ferait ses adieux à Filou, elle l'entourerait de fleurs et le bénirait avec ses larmes.

Louis contempla le ciel.

— Il ne faut pas, Louise. Pas dans votre état.

Cette fois, elle s'abandonna à son désespoir. Allait-on lui interdire de revoir son bébé une dernière fois ? Louis lui baisa les mains.

— Mon amour, pour le bien de l'enfant que vous portez – notre enfant, mon enfant – vous devez éviter de vous mettre en présence de...

« De la mort. »

— Non ! hurla-t-elle en assaillant sa poitrine de coups de poing. Non !

Le bébé fut enterré. Seize jours plus tard, Charles succombait à une forte fièvre. Petite se coucha et refusa de quitter son lit. Monsieur Blucher craignait qu'elle ne perde l'enfant qu'elle portait, tant son désespoir était silencieux.

Louis lui rendait visite chaque fois qu'il le pouvait, mais il était fort occupé à passer ses troupes en revue. Il lui parlait de régiments, de chevaux de combat, d'armures et d'armes. L'indifférence de Petite à ce bas monde le mettait mal à l'aise. En vérité, il était lui-même submergé par le chagrin : il avait perdu sa fille, sa mère puis ses deux fils. Agir l'aidait à surmonter sa souffrance. Sur le champ de bataille, il pourrait vaincre la Mort et prendre sa revanche.

— Elle devrait se rendre avec vous à Vincennes, sire, conseilla Blucher.

La cour devait s'installer dans la forteresse au nord-est de Paris pendant presque deux mois.

— Ce n'est pas loin et le changement d'air lui fera le plus grand bien. Elle n'accouchera pas avant la nouvelle année, ce n'est donc pas un problème.

Le château de Vincennes n'était pas agréable à vivre. Les pièces étaient toutes en enfilade ; s'isoler était difficile. Quand le vent arrivait de l'ouest, la puanteur de la prison devenait insoutenable. Par moments, on entendait rugir les lions en captivité.

La chapelle était minuscule mais presque toujours déserte. Petite y allait souvent, juste pour s'y asseoir : elle en voulait trop à Dieu pour prier. Elle passait ses après-midi avec les autres femmes, à feindre de broder et de s'intéresser aux conversations sur la grandeur des troupes de Sa Majesté, la splendeur de ses revues militaires. L'incendie de Londres, les vingt-huit ans du roi, la chute précoce des feuilles... Tout cela était du pareil au même à ses yeux.

Le samedi précédant leur départ de Vincennes, Petite fut réveillée par des douleurs dans le creux des reins et un sentiment d'agitation. «Dois-je avertir monsieur Blucher?» se demanda-t-elle en massant ses cuisses endolories. Elle avait eu des crampes toute la nuit.

Clorine écarta les rideaux de son lit. Elle avait posé une chope de bière et un gâteau sur la table de chevet.

— Il fait frisquet.

— Je vais avoir besoin d'une toilette convenable pour ce soir, décréta Petite en se levant.

Tous les samedis, les courtisans se rassemblaient pour une collation de minuit. Ce serait la dernière avant leur départ. Elle était enchantée de s'en aller. Elle se sentait enfermée dans son affliction comme un esprit rôdeur et malveillant. Elle n'avait pas bien dormi depuis des mois.

— Je l'ai déjà aéré! affirma Clorine en lui mettant son corset à baleines par-dessus sa chemise.

Elle commença à le lacer.

— Plus serré, exigea Petite.

Elle n'avait aucun appétit mais elle commençait à s'arrondir.

— Sers-toi de ton pied.

Petite s'agrippa à l'un des poteaux du lit.

— C'est comme ça que ma maîtresse précédente est décédée, prévint Clorine en achevant le dernier nœud. Comment parvenez-vous à respirer?

Elle l'aida à empiler les lainages et une robe volumineuse qui lui permettaient de dissimuler son état.

Petite perçut le hennissement impatient d'un cheval. Elle s'approcha de la fenêtre et ouvrit les rideaux. Les vitres étaient embuées. Elle y traça la lettre «C» pour Charles, qui avait adoré gribouiller sur les vitres embuées. « Pourquoi ? s'interrogea-t-elle avec colère. Pourquoi sont-ils morts tous les deux ? Ô Dieu, je reconnais mes péchés, pardonnez-moi », pria-t-elle, par peur de perdre le troisième, lui aussi conçu dans l'amour coupable. Elle était terrifiée à l'idée qu'il puisse mourir dans son ventre.

Dehors, un étalon s'ébroua. Elle ouvrit la fenêtre pour mieux voir. Louis et un groupe de cavaliers s'étaient rassemblés dans la cour, escortés par six gardes armés de carabines. Elle s'en souvint alors : il partait pour Versaie. Il serait de retour à Vincennes le lendemain pour une revue militaire de plus. Elle se massa le bas du dos et le regarda enfourcher Brio, le trotteur noir qu'il préférait pour les voyages, et s'éloigner avec ses hommes.

Elle ferma la fenêtre, effaça la lettre « C ». « De si beaux garçons ! » songea-t-elle, cédant de nouveau à un torrent de larmes. Elle se glissa derrière le paravent, à l'extrémité de la pièce, et s'assit sur la chaise percée fermée. Les doigts pressés sur ses paupières, elle s'efforça de respirer profondément jusqu'à ce que la crise fût passée.

Si seulement, si seulement...

Si seulement ils étaient avec elle. Si seulement ils étaient encore vivants.

Un flot de chaleur l'envahit et elle se leva brusquement. Affolée, elle eut un mouvement de recul.

— Clorine ! appela-t-elle, saisie d'une contraction.

La bonne apparut, un chiffon dans une main. Elle fronça les sourcils en découvrant la mare aux pieds de sa maîtresse.

— Faites venir Blucher ! s'écria Petite.

Le temps que Clorine revienne avec le chirurgien mal réveillé – il avait joué aux cartes jusqu'aux aurores –, les contractions étaient fortes et régulières. Petite s'était couchée.

— Je ne peux pas le mettre au monde ici, gémit-elle, haletante.

Sa chambre était un passage : les appartements de la reine étaient tout près.

— Je crains que vous n'ayez pas le choix, mademoiselle, rétorqua Blucher avant d'aller se laver les mains dans la bassine, derrière le paravent.

Petite entendit une porte s'ouvrir, une voix féminine.

— C'est Madame qui part pour la messe, chuchota Clorine.

— Y a-t-il un problème ? fit la princesse.

Petite écarta légèrement les pans de son baldaquin.

— Je souffre de coliques, bredouilla-t-elle.

— Vous avez toute ma sympathie.

Henriette s'éloigna, suivie de Yeyette et de deux pages qui se retournèrent pour dévisager Petite.

Blucher aurait voulu être prêtre. Il trouvait néanmoins une certaine satisfaction dans son rôle de sage-femme, dont il aimait se croire le représentant masculin de l'histoire. Philosophe, d'un naturel calme, sa présence était rassurante. Il était sans cesse époustouflé par la force des femmes en couches. Il s'émerveillait de leur résistance et de leur courage, car à chaque naissance, elles risquaient leur vie. Dieu leur avait jeté un sort : elles devaient enfanter dans la douleur. Les catins accouchaient sans difficulté mais elles le payaient plus tard, en enfer.

Les contractions de mademoiselle de La Vallière étaient intenses et rapprochées. La partie haute de son ventre était creuse : le bébé était descendu. Blucher se graissa les mains à l'huile d'amande et palpa le col tandis que la bonne encourageait sa maîtresse, lui caressait le bras. Le bébé se présentait bien la tête la première, mais une main devant. Ce constat effraya le médecin.

Aussitôt, il battit un blanc d'œuf, y ajouta une dose d'huile d'amande : ce mélange devait faciliter le passage.

— Vous allez avoir mal, prévint-il.

Clorine plaqua les mains sur la bouche de Petite pour étouffer ses cris tandis qu'il repoussait le bébé vers le haut. Puis il écarta les cuisses de sa patiente et enduisit de nouveau le passage, de graisse de canard, cette fois. Enfin, grâce au ciel, l'enfant parut, pâle et fragile.

— Vous avez une fille, mademoiselle de La Vallière.

— Elle s'est évanouie, annonça la bonne.

Il sectionna le cordon ombilical, le coupant plus court que pour un garçon afin de lui assurer modestie et étroitesse du passage. Il pinça le cordon pour en extraire quelques gouttes de sang, qu'il versa dans la bouche du nouveau-né. Celui-ci poussa un cri et mademoiselle de La Vallière gémit.

Clorine s'était emparée d'une panière.

— Il faut la cacher, murmura-t-elle. Madame Henriette et les autres reviendront sans doute par ici après l'office.

On ne pouvait pas tout dissimuler derrière des paravents ou des baldaquins.

Blucher emmaillota le poupon dans un linge.

— Emmenez-la dans ma chambre, dans le quartier des serviteurs. Mon épouse s'y trouve. Elle saura quoi faire.

Il déposa la petite dans la panière et la couvrit. Clorine s'éloigna d'un pas vif.

Mademoiselle de La Vallière était retombée dans l'inconscience. Il la secoua :

— Respirez ceci, commanda-t-il en lui mettant sous le nez une fiole de poudre d'hellébore.

Petite était brave et vigoureuse mais elle avait des accouchements difficiles et le pire restait à venir. Il allait devoir l'aider à expulser le placenta sous peine de fièvre et de convulsions fatales.

Elle éternua. Il appuya sur son ventre. Elle éternua encore, grogna, et éjecta le tout d'un seul coup. « Le ciel soit loué. »

La bonne revint, le souffle court.

— La messe se termine. Vous devez partir. Madame va passer d'ici peu.

— Je n'en ai que pour un instant.

Il appliqua une épaisse couche d'huile de millepertuis sur le ventre de la parturiente et la recouvrit d'une peau de lapin.

— Elle doit garder ceci pendant deux heures, expliquat-il. C'est pour cicatriser la matrice.

Il essuya ses parties privées et entoura ses flancs d'un linge propre.

— Elle doit rester alitée quarante jours.

— Cela risque d'éveiller des soupçons, grommela Clorine, l'œil sur la porte.

— Le sacrum s'écarte pour laisser passer l'enfant. Si elle ne se repose pas, elle souffrira d'une descente d'organes.

— Monsieur Blucher, ma maîtresse ne restera pas couchée, siffla Clorine en fermant les rideaux du lit. Je la connais bien.

— Dans ce cas, priez pour elle.

Il extirpa de sa poche un pansement plié en quatre.

— Et donnez-lui ceci.

Clorine l'ouvrit, fronça les sourcils. C'était le cordon de la fillette.

Des voix s'approchaient.

— Cela la protègera des démons, conclut-il avant de tourner les talons.

— Est-ce une fille ou un garçon ? demanda Petite à Clorine, une fois la terrible épreuve terminée.

Dès son premier cri, le bébé avait disparu. Où ? Elle ne le saurait jamais. Elle essaya de s'asseoir. Elle avait le tournis.

— Une fille, répondit Clorine en ramassant un drap taché.

« Comment Blucher allait-il lui trouver une nourrice ? » s'inquiéta Petite en appuyant sur ses mamelons.

— J'aimerais me laver avant que tu m'habilles.

Elle fixa d'un regard noir la masse ensanglantée dans le pot de chambre.

— Que vas-tu faire de ça ?

— Je n'en sais rien encore.

Du bout du pied, Clorine le poussa sous le lit.

Henriette était de retour de la messe. Petite retomba sur ses oreillers.

— Je ferais mieux de me reposer. Je vais avoir besoin de toutes mes forces pour... ce soir.

Clorine la fusilla des yeux, les mains sur les hanches.

— Vous n'irez nulle part, mademoiselle. Vous devez rester allongée.

— Je ne te demande pas ton avis, Clorine.

À vingt-trois heures ce soir-là, Clorine présenta à Petite un gobelet de sirop d'orge dilué dans de l'eau. Elle la débarrassa de ses pansements maculés de sang et lui rinça l'entrejambe avec une infusion de cerfeuil, de miel et de pétales de roses pour empêcher toute inflammation. Petite saignait encore. Clorine lui mit une couche et l'aida à se lever.

— Je peux marcher, insista Petite.

Mais elle trébucha. Lentement, elle s'abaissa sur le tabouret devant sa coiffeuse. Elle grimaça.

— J'ai besoin de lumière.

Clorine posa une lanterne parmi les pots de crème.

— Je fais peur, constata Petite en se regardant dans la glace.

Clorine baissa la tête. L'année avait été rude pour sa maîtresse. Une femme qui se levait trop tôt après avoir mis au monde un enfant prenait des rides.

Petite tendit la main, effleura la branche sèche insérée dans le cadre du miroir. L'une des feuilles se détacha et atterrit sur la table. Tremblante, elle plongea les doigts dans un pot de blanc de Venise, en étala une couche épaisse sur son visage. Elle se peignit les lèvres avec du rouge d'Espagne puis, avec l'auriculaire, appliqua un peu de fard sur ses joues. Le charbon s'écrasa tandis qu'elle se crayonnait les sourcils.

— Laissez-moi faire.

Clorine lui dessina les sourcils et déposa une mouche noire sur chaque joue. Mais rien ne pouvait masquer le désarroi dans ses yeux. «On dirait un fantôme», songea Clorine.

À minuit, Petite pénétra dans la salle de bal pour la dernière collation de minuit à Vincennes. Nombre de courtisans se tournèrent pour la dévisager. Elle était raide comme une poupée de bois, la figure plâtreuse, les cheveux laqués en bouclettes serrées.

— Vous sentez-vous mieux, mademoiselle de La Vallière ? s'informe Henriette. Vous paraissiez souffrir beaucoup ce matin. Je m'en suis inquiétée.

— J'ai subi une attaque foudroyante de coliques mais je vais très bien à présent. Merci.

— Quelqu'un a-t-il entendu un bébé pleurer ? demanda Yeyette.

— Moi, répliqua Petite. C'était très étrange.

Athénaïs l'observa d'un air méditatif.

Petite endura l'épreuve, attendit que les autres se retirent pour partir à son tour. Elle traversa les pièces caverneuses les unes après les autres jusqu'à la sienne. Elle se percha sur le bord du lit pendant que Clorine la libérait de son corset et lui essuyait les joues.

— Il y a moins de sang que tout à l'heure, constata-t-elle en changeant ses pansements. C'est bon signe.

— C'est bon signe, répéta Petite en s'enfonçant dans son lit.

— Dormez. J'ai prié pour vous.

Clorine tira les rideaux.

Les mains inertes sur son ventre vide, Petite resta longtemps éveillée dans le noir.

Athénaïs la rejoignit après la messe, le lendemain matin.

— Comment allez-vous ?

Elle prit Petite par le coude tandis qu'elles gravissaient ensemble l'escalier.

— Bien, merci.

Petite marqua une pause sur le palier pour reprendre son souffle. Dans la cour, une fanfare militaire répétait.

— Je vous ai trouvée pâle hier soir, dit Athénaïs.

— J'ai des vertiges de temps en temps. C'est la mauvaise période du mois, ajouta Petite en esquissant un sourire.

— Je comprends.

Elles avaient atteint la chambre de Petite.

— D'ailleurs, je vous ai apporté un petit quelque chose.

Plongeant la main dans son panier, elle en extirpa une fiole bouchée à la cire.

— C'est un tonique. Un remède qui s'est révélé très efficace pour nombre d'entre nous.

Petite lut l'étiquette : l'écriture était fine, délicate.

— Je le prends avec du cognac... beaucoup de cognac ! précisa Athénaïs en riant. Vous permettez que je m'assoie avec vous un moment ?

— Pardonnez-moi.

Petite lui avança une chaise près de sa coiffeuse.

— Je ne sais plus où j'ai la tête.

— Vous souvenez-vous de l'époque où je vous appelais ma petite sœur ?

— C'était il y a fort longtemps.

— Très, très longtemps, renchérit Athénaïs. Avant mon mariage.

Elle avait eu deux enfants. Petite rêvait de bavarder de ces choses-là avec Athénaïs, mais cette partie de sa vie devait demeurer cachée ; l'autre – la fausse – était en pleine lumière.

— Comment se porte votre mari ?

Athénaïs agita la main.

— Il est parti à l'aventure quelque part. Si je suis au courant de ses faits et gestes, c'est uniquement par le biais d'hommes qui viennent me présenter leurs mémoires... leurs « rappels à l'ordre », comme ils le disent si diplomatiquement. Selon moi, il s'agit plutôt de menaçantes requêtes en paiement concernant ses dettes de jeu. Mais je ne veux pas vous ennuyer avec mes soucis.

Elle se pencha en avant, posa une main sur l'épaule de Petite.

— Louise, sachez que vous pouvez vous confier à moi en toute liberté.

Petite contempla le regard bleu saphir d'Athénaïs. C'était une des plus belles femmes de la cour, mais elle appréciait par-dessus tout sa vivacité d'esprit et sa générosité. Elle avait toujours fait preuve de gentillesse à son égard.

— Je ne sais pas ce que vous voulez dire, balbutia-t-elle.

— Bien sûr que si ! insista Athénaïs avec un sourire taquin. Je vais être franche avec vous. Ce qu'ils vous infligent est cruel.

« Ils. » Petite détourna la tête.

— Tout le monde est au courant, reprit Athénaïs à voix basse.

« Mais pas de tout », tenta de se rassurer Petite. Nombre de personnes, même la reine, savaient qu'elle était la maîtresse du roi. Toutefois, les bébés étaient demeurés un secret : les deux qui étaient morts et celui qu'elle venait de mettre au monde, pratiquement sous le nez de la reine.

Petite ébaucha un sourire évasif.

— Même moi, je n'en suis pas certaine.

Athénaïs lui tendit le flacon.

— Buvez ceci et allongez-vous.

Elle le déboucha, en renifla le contenu.

— Allez-y. C'est sucré. Vous n'êtes pas obligée de le prendre avec du cognac, plaisanta-t-elle en riant. Mais je vous assure que cela m'a été d'un précieux secours après mes accouchements. Il est tout à fait normal de se sentir faible un certain temps.

Ainsi, Athénaïs avait deviné. Petite en fut à la fois contrariée et soulagée.

— Merci.

Elle avala une gorgée de la mixture.

Cette nuit-là, Petite dormit comme une masse. Elle rêva de son père dans un pré plein de chevaux, de Charles et de Filou. Elle se réveilla au son des trompettes annonçant le retour du roi.

Quelques jours plus tard, la cour déménagea. Lits, coiffeuses, malles de vêtements, ustensiles de cuisine, vaisselle, rideaux et linges furent empilés dans pas moins de quatre-vingt douze charrettes. Paris était encore synonyme de la mort de sa mère, puis les travaux au Louvre n'étant pas terminés, Louis avait décidé de passer l'hiver à Saint-Germain-en-Laye. Petite en était ravie. Ce serait un nouveau départ. Elle en éprouvait le besoin.

— Vous ne devez rien soulever! s'exclama Clorine en lui arrachant un panier de chapeaux des mains. À ce rythme-là, vous allez vous tuer, la tança-t-elle.

Elle enveloppa la statue de la Vierge dans des étoffes et la cala soigneusement au fond du panier.

— Asseyez-vous. Mieux encore : allongez-vous.

— N'oublie pas ceci!

Petite lui tendit sa branche séchée. La ronde incessante des manifestations l'avait épuisée : une revue militaire, deux soirées théâtrales, les jeux de cartes interminables. Même les prières du matin et du soir la fatiguaient.

— Ni ceci! ajouta-t-elle en lui remettant sa boîte à trésors.

Elle glissa le chapelet dans sa pochette. Bientôt, elle se sentirait mieux. Bientôt, elle verrait l'enfant qu'elle avait mise au monde.

Les rues pavées de Saint-Germain-en-Laye étaient tapissées de feuilles dorées. Petite les souleva distraitement du bout des pieds en se rendant au nouveau château où monsieur et madame Colbert vivaient avec leur ribambelle d'enfants. Et la fille de Petite.

Des nuages de brume flottaient au-dessus de la rivière. Ses dents claquaient quand elle tira le cordon de la sonnette. Louis avait prénommé le bébé Marie-Anne, en hommage à sa mère, et s'était arrangé pour qu'elle soit recueillie par les Colbert. On la disait menue, plutôt fragile – parce qu'elle était née avant terme, d'après Blucher – et Louis avait craint qu'elle ne reçoive pas les soins nécessaires dans le foyer d'un serviteur. Petite en était rassurée : elle ne survivrait pas à un nouveau décès.

Une bonne la conduisit jusqu'à la pouponnière, à l'étage. Les portes s'ouvrirent sur une scène familiale : confortablement installée dans un fauteuil, madame Colbert confectionnait une dentelle dans une pièce ensoleillée résonnant d'éclats de rire.

Elle éloigna les gamins et se leva en souriant tandis que la nourrice présentait à Petite un bébé solidement emmailloté. Elle poussait des cris perçants et son minuscule visage était cramoisi. « Un visage de singe », songea Petite.

— Elle est capricieuse, dit madame Colbert en la lui prenant pour la bercer. Là, là, Marie-Anne, roucoula-t-elle jusqu'à ce que le nourrisson se calme. Reprenez-la. Vite, avant qu'elle ne se remette à brailler.

— Je crois que je ferais mieux de m'en aller, marmonna Petite en reculant.

Sa tête était brûlante, son cœur, glacé.

— Vous ne me paraissez pas très en forme, ma chère.

— Je vais bien.

— Je vais bien, répéta-t-elle à Clorine, de retour dans sa chambre dans l'ancien château.

Clorine lui tâta le front.

— Vous avez de la fièvre. Je fais quérir monsieur Blucher.

— Non !

Petite n'avait aucune envie de le voir. Elle ne voulait pas avoir à lui révéler qu'elle souffrait de douleurs atroces dans le bas-ventre, qu'elle était souvent sujette à des élans de fatigue inexplicables.

— Il y a une répétition cet après-midi pour le nouveau ballet.

— J'envoie un messager prévenir que vous êtes souffrante.

— Mais Sa Majesté sera là.

Petite s'agrippa au poteau du lit. Clorine posa précipitamment le chandelier qu'elle était en train de polir.

Petite pivota vers elle et Clorine tapa dans ses mains.

— Mademoiselle, je m'inquiète tellement pour vous que je n'en dors plus. Vous n'avez pas de père, votre mère vous a reniée. Quant à votre frère, c'est un couard, c'est donc à moi de vous le dire.

Elle reprit son souffle.

— Ce n'est pas une façon de vivre. Tous ces secrets, tous ces mois à feindre de ne pas être enceinte, de ne pas être en couches, de ne pas avoir mis au monde un enfant...

Un flot de larmes monta aux yeux de Petite.

— Je sais, mais…

— … à faire comme si tout était pour le mieux dans le meilleur des mondes, enchaîna Clorine. Vos deux fils ne sont pas morts tout d'un coup, comme ça (elle claqua des doigts). Une charmante jeune femme comme vous devrait avoir un mari pour la protéger et de beaux enfants. Vous devriez épouser un homme de haute naissance. Je suis certaine que le roi pourrait arranger cela.

— Tais-toi !

— Quelqu'un comme monsieur le duc de Gautier serait si…

— Clorine, plus un mot ! J'aime Louis. Tu le sais.

— Mais le roi ? insista Clorine. Aimez-vous le roi ?

On ramena Petite dans sa chambre sur une civière.

— Elle s'est écroulée, expliqua Gautier à Clorine, en se tordant les mains. Au beau milieu de la mise en place. Nous n'avions même pas encore attaqué les pas.

— Je vais bien, murmura Petite en chancelant jusqu'à son lit.

Des images se bousculaient dans son esprit : un homme portant un masque en bois, ses deux garçons s'enfuyant sur un cheval blanc, un carrosse délabré sans roues. Elle s'affaissa sur ses oreillers, anéantie par le souvenir de tant de pertes : son père, ses fils, Diablo.

Blucher lui prescrivit un saignement du pied gauche et une purge hebdomadaire.

— Vous ne quitterez pas ce lit sans ma permission, mademoiselle.

Petite grogna.

Sur le seuil, le médecin marqua une pause pour s'adresser à Clorine.

— Ses accouchements sont difficiles. Elle doit s'abstenir de...

Il se racla la gorge.

— Je ne mâcherai pas mes mots : une nouvelle grossesse pourrait...

«La tuer», compléta Clorine pour elle-même, en intimant à Blucher le signe de se taire.

Tout au long de l'hiver, Petite suivit scrupuleusement les ordres : elle fit abstinence, endura saignements, purges et lavements, avala tisanes ignobles et décoctions.

Louis lui rendait visite tous les après-midi. Elle l'interrogeait sur les répétitions du ballet, les chasses, les préparatifs militaires. Elle lui demandait des nouvelles du monde, de leur fille, de la santé du dauphin. Louis répondait à toutes ses questions puis allait s'asseoir près de la fenêtre, en pianotant sur sa cuisse.

Petite comprenait. Son amour ne pouvait pas la suivre dans sa détresse. Il était le soleil, pas la lune. En vain, elle s'efforçait de le divertir. Parfois, ils se couchaient l'un contre l'autre pour écouter les oiseaux, le vent. Consciente de sa frustration, Petite lui proposait des moyens de l'en soulager. Ce n'était pas sain pour un homme de retenir sa semence.

— Ce n'est pas pareil, se plaignait-il.

— Je ne pourrais pas vous en vouloir de prendre une autre femme. La reine est enceinte et moi...

Ses crises d'asthénie la troublaient. Elle s'était toujours félicitée de sa force, de sa ténacité. Elle avait été sa compagne des échappées sauvages, sa reine de la chasse, une cavalière plus téméraire que la plupart de ses hommes. Aujourd'hui, elle n'était plus qu'une loque – lasse, accablée, les jambes flageolantes.

Athénaïs passait souvent. Pendant que Petite se concentrait sur ses travaux d'aiguille, la marquise lui rapportait tous les ragots de la cour. La reine avait consulté son astrologue. Elle était en faveur d'une guerre contre son pays pour récupérer «ses» Pays-Bas. Les hommes ne parlaient plus que de cette guerre ; ils se plaignaient de ne plus pouvoir acheter un cheval digne de ce nom, encore moins de la toile suffisamment épaisse pour en faire une tente. Ils se gardaient bien de mentionner qu'ils avaient dû emprunter de quoi s'équiper, vendre l'argenterie de la famille. Certains d'entre eux en étaient même réduits à solliciter les conseils des devins. Grâce au sortilège que lui avait concocté la voyante, le marquis de Louvroy avait hérité des cinq cents livres dont il avait besoin pour son armure.

— Il faut être prudent avec ces choses-là, la mit en garde Petite.

Dehors, quelqu'un tapait sur une timbale.

— En effet, concéda Athénaïs en levant son gobelet d'eau de fleur d'oranger comme pour porter un toast.

Nombre de ces dames s'étaient précipitées chez madame La Voisin, la sorcière de Villeneuve-Beauregard, en périphérie de Paris. La diseuse de bonne aventure avait donné à mademoiselle de Nogaret une amulette qui semblait produire l'effet désiré puisque le marquis de Santa-Cruz était fou amoureux d'elle.

— Mais c'est de son fils dont elle est éprise.

Petite rit aux éclats.

— Madame La Voisin? N'est-ce pas celle à qui s'est adressée Nicole?

— Tout le monde va la voir, dit Athénaïs en tripotant la clé suspendue à la chaîne en or autour de son cou (son porte-bonheur, proclamait-elle).

— Nicole lui avait acheté une poudre aphrodisiaque, il me semble.

Le paquet était toujours dans sa boîte à trésors.

— Elle n'en aura plus besoin maintenant, plaisanta Athénaïs.

On racontait que Nicole était entrée au couvent, qu'elle y était novice.

— D'après Nicole, cette femme pratique la magie noire.

— Sornettes! Elle est inoffensive. Je l'ai moi-même consultée, il y a peu.

— Vous?

— Pas pour lui demander de la poudre aphrodisiaque, à mon grand regret. Que la vie de femme mariée m'ennuie! J'en ai assez d'être réduite à quémander les conseils d'une pythie pour régler mes problèmes financiers.

Puis vinrent les confidences plus personnelles: le mari d'Athénaïs était, une fois de plus, endetté jusqu'au cou. Elle allait devoir vendre ses bijoux pour payer ses découverts.

— De surcroît, il est convaincu que j'ai une histoire avec...

Athénaïs se tut, afficha un large sourire.

— Non. Je vous laisse deviner.

— Lauzun? suggéra Petite.

D'après les rumeurs, il avait séduit pratiquement toutes les femmes de la cour. Athénaïs eut une expression de dégoût.

— Non : Philippe.

— Votre mari ne sait donc pas que… ?

Il était évident que Philippe avait un faible pour les hommes.

— Je le lui ai dit mais il a cru que c'était une ruse pour brouiller les pistes.

Il y eut un bruit de pas, le cliquetis d'éperons sur la pierre.

— Sa Majesté, souffla Petite, son cœur s'allégeant d'un seul coup.

— Je vous laisse.

Athénaïs lui adressa un clin d'œil. Petite vérifia son reflet dans la glace. Sensible à la fragilité de sa santé, Louis s'était retenu plusieurs semaines. Maintenant qu'elle se sentait plus en forme, ils avaient repris leurs ébats, malgré la douleur que ces étreintes engendraient, malgré son manque désespérant de désir.

Chapitre 29

À la fin du mois de mars, Louis établit un camp militaire sur la plaine de Houilles, non loin de Saint-Germain-en-Laye, pour une durée de trois jours. Les dames de la cour s'y rendirent, surexcitées à la perspective de dormir sous la tente et de manger comme des soldats.

— Ciel! chuchota Gabrielle quand leur voiture atteignit le sommet de la colline.

À leurs pieds s'étendait une ville de toile aux quartiers méticuleusement regroupés en rectangles séparés par de larges « avenues ». Une rangée de chevaux était attachée à la lisière d'un terrain de parade. Les tentes colorées des officiers étaient dans le fond, à l'écart des feux de camp des cuisines. Au-delà se trouvait un parc d'artillerie entouré de charrettes.

Les soldats poussèrent des acclamations au son des timbales tandis que la procession de carrosses venait s'immobiliser devant une tente gigantesque surmontée de drapeaux, le « palais » du campement. On avait déroulé un tapis et deux valets de pied en livrée étaient chargés d'aider les visiteuses à descendre de leur véhicule.

Elles se pressèrent dans les vastes pièces éclairées par des chandeliers en cristal. Les officiers interrompaient brièvement leur conversation sur leur passage puis se tournaient vers leurs compagnons pour discuter armes, armures et chevaux.

Louis allait et venait devant ses généraux en parlant de fortifications, de manœuvres et de munitions. Avec sa peau tannée par le soleil, il avait l'allure d'un vrai guerrier.

Petite s'inclina comme tous les autres. Il jeta un coup d'œil vers elle mais ne la vit pas.

— Des tapis turcs! s'extasia Gabrielle.

— Elle a beau être doublée de tentures de satin, mesdames, ce n'en est pas moins une tente, répliqua Athénaïs en écrasant un scarabée du bout du pied.

Le lendemain matin, ces dames, richement parées, grimpèrent sur des chevaux pour gagner le terrain de manœuvres afin d'assister à la revue des troupes. On déploya les couleurs au son de la fanfare. Un bataillon de fantassins et de bénévoles apparut, piques et sabres étincelant sous le soleil. Le regard fixé droit devant eux, ils passèrent devant Louis qui, sur le dos d'un chargeur noir, les observait avec attention. Le roi ne souriait ni ne fronçait les sourcils mais, de temps en temps, il se penchait vers son secrétaire qui s'empressait de prendre des notes.

Des centaines de cavaliers sur de petites rosses misérables déboulèrent en poussant des hurlements et en agitant leurs mousquets dans le vent tiède du printemps. Un canasson décocha une ruade, un deuxième se cabra, un autre encore s'arrêta net. Les dames gloussèrent tandis qu'un écuyer se précipitait pour le faire avancer à coups de cravache. Une fois les dragons (plus ou moins) en formation, Louis donna le signal et les canons retentirent. Les bêtes s'affolèrent, les femmes poussèrent de petits cris en se pinçant le nez et en se plaignant de l'odeur de poudre.

— N'est-ce pas émouvant?

Petite se retourna sur sa selle et aperçut Athénaïs sur un poney.

— En effet.

Cependant toute cette ferveur l'inquiétait. Il ne s'agissait plus d'un jeu, d'un spectacle. Nombre de ces hommes – et garçons – ne retrouveraient jamais leur famille. Et Louis? Il était impatient de s'élancer sur le champ de bataille, de se jeter au cœur de l'action, de prouver sa valeur.

— Vous êtes blême, ma chère… Seriez-vous de nouveau souffrante?

— Je vais très bien, merci.

Elle n'osait pas lui avouer qu'elle avait testé la poudre aphrodisiaque de Nicole la semaine précédente. Celle-ci avait brièvement ravivé son désir mais l'avait aussi rendue malade. Elle ne s'en plaindrait pas. Sa léthargie irritait Louis, qui supportait mal les infirmités. Il aimait s'entourer d'individus énergiques et d'esprits vigoureux, surtout maintenant qu'il côtoyait la gloire.

Petite fut soulagée de pouvoir rentrer à Saint-Germain-en-Laye, de retrouver le confort de sa chambre dominant le fleuve, la douceur de son lit. Difficile de vomir en toute discrétion dans une tente. Ce n'était qu'un virus, avait-elle fini par conclure, mais les malaises persistaient, persistaient… et dès le Vendredi saint, elle en comprit la raison.

Un coup à la porte interrompit le fil de ses réflexions.

— Entre, Clorine! répondit-elle d'une voix pâteuse.

Un éblouissant soleil de printemps nimbait les coussins. Elle s'était assoupie en lisant *Ma vie* de sainte Thérèse.

— Sa Majesté est là pour vous voir.

Petite se redressa, chercha à tâtons ses mules. Louis ne venait jamais avant son repas de la mi-journée. Elle vérifia son reflet dans la glace, se claqua les joues pour leur rendre des couleurs. Elle était résolue à lui annoncer la nouvelle aujourd'hui et savait qu'il l'accueillerait mal.

«Maintenant? se demanda Petite en écoutant les battements de cœur réguliers de Louis. Dois-je le lui dire maintenant?»

Elle était chastement allongée auprès de lui, tout habillée. Le carême était passé, pourtant Louis continuait de faire abstinence. Elle comprenait: bientôt il mènerait ses hommes au combat. Il devait se garder de tout péché, rester pur... au cas où...

Au cas où il tomberait sur le champ de bataille.

Elle lui caressa la main.

— Louis, j'ai quelque chose à vous dire.

Il se roula sur le côté pour la dévisager.

— Je suis de nouveau enceinte.

— Vous en êtes certaine?

Elle opina, pressa la main de Louis sur sa joue.

— Et j'ai quelque chose à vous demander.

D'autres rois avant lui avaient reconnu leurs enfants naturels. Pourquoi pas Louis?

— Avez-vous songé à reconnaître Marie-Anne et l'enfant à venir, le moment venu?

— Je... J'en ai même discuté avec Colbert, déclara-t-il d'un ton grave.

Petite éprouva un élan de bonheur.

— Mais comprenez-vous ce que cela impliquerait, Louise?

Petite acquiesça. Marie-Anne continuerait à vivre avec les Colbert – ils étaient sa famille, leur demeure était la sienne –, mais Petite pourrait la voir aussi souvent que possible sans s'en cacher.

— Je le sais.

Elle connaissait le prix de sa requête. Tout le monde serait au courant. Marie-Anne grandirait en sachant qu'elle était la fille du roi, mais aussi que sa mère était la maîtresse de son père, qu'elle était née d'un amour coupable.

— Pourtant, nous le devons.

Tant qu'on refuserait de reconnaître qu'elle était du sang du roi, leur fille serait une bâtarde parmi d'autres.

Le printemps était précoce. Les sons des tambours faisaient concurrence aux martèlements stridents du pic-vert. Petite installa son métier à broder près de la fenêtre pour profiter de la lumière. Elle grimaça, se massa le mollet. Elle était enceinte de quatre ou cinq mois, d'après les estimations de Blucher. Dieu merci, elle avait surmonté la désagréable phase des nausées mais à présent, elle souffrait de crampes et sa jambe gauche s'était dérobée sous elle à deux reprises alors qu'elle se promenait. Elle piqua deux aiguilles dans la toile épaisse et fouilla dans sa boîte en quête d'une bobine de fil vert pâle. Percevant un bruit de pas, elle leva la tête et aperçut sa bonne sur le seuil.

— On vient d'annoncer que le roi est le père de votre fille, qu'elle est princesse! s'exclama Clorine. Elle est légale!

— Légitime, tu veux dire.

— Et vous, vous êtes duchesse !

Petite tressaillit. Quelle surprise !

— Comment dois-je m'adresser à vous ? « Votre Grâce » ?
Ou simplement « madame la duchesse » ? Je préfère la
deuxième solution, je crois, pour le quotidien. Vous dispo-
serez de six chevaux pour tirer votre carrosse ; votre emblème
ducal figurera sur la portière et, bien entendu, vos robes
seront garnies de traîne de un... non deux... non, trois
toises de long !

— Pour une duchesse, la longueur est de cinq pieds,
Clorine.

C'était bien assez long.

Un valet de pied corpulent surgit à son tour.

— Recevez-vous, madame ? Il y a quelqu'un qui souhaite
vous voir.

— Je n'ai pas beaucoup de temps.

Elle avait rendez-vous avec un médecin en ville, puis
elle comptait se rendre chez les Colbert pour voir Marie-
Anne. « La nouvelle princesse », pensa-t-elle avec un
sourire.

— À vrai dire, elles sont plusieurs. Elles patientent dans
le vestibule.

Petite pivota vers Clorine, déconcertée.

— Conduisez-les au salon, ordonna Clorine.

Le serviteur se gratta l'oreille.

— Et les malles ?

Petite se préparait à suivre la cour en campagne.

— Montez-les ici, décida-t-elle.

Elle choisit une robe toute simple en lin jaune clair et
insista pour que Clorine serre ses lacets au maximum. De
son côté, Clorine la persuada de mettre un rang de perles,
quand bien même elles étaient composées d'écailles de
poisson broyées et mélangées à de la cire.

— Vous devez obtenir du roi qu'il vous offre de véritables bijoux, gronda-t-elle en claquant la langue.

Quand Petite pénétra dans son salon, tout le monde se fondit en une révérence profonde. L'air était imprégné de parfums de musc, de rose et d'eau de Chypre. Petite fut soulagée de reconnaître Athénaïs mais ce fut un choc pour elle de découvrir que la duchesse de Navailles s'était donné la peine de venir avec plusieurs autres illustres courtisanes, des femmes de haute naissance qui l'avaient toujours ignorée jusque-là.

— Madame la duchesse, murmurèrent-elles en s'inclinant.

Le nez de la duchesse de Navailles touchait presque le sol.

Petite regarda par-dessus leurs crânes baissés. Pendant des années, ces dames s'étaient moquées d'elle derrière son dos, critiquant ses manières rustiques, ses habitudes de garçon manqué, son handicap, son aptitude « anormale » pour les langues anciennes et la philosophie. Maintenant qu'elle était duchesse, elles ne pourraient plus s'asseoir, se lever ni même s'exprimer sans son approbation. Un tel pouvoir apportait certaines satisfactions. Petite en était à la fois enchantée et terrifiée.

Après le départ des visiteuses, Petite et Clorine prirent une chaise à porteurs royale pour aller en ville. C'était un magnifique après-midi de printemps et elles auraient très bien pu marcher, mais Petite avait préféré opter pour la prudence : sa jambe gauche recommençait à lui jouer des tours. Elle avait rendez-vous avec un médecin qui traitait avec un succès certain diverses affections d'ordre nerveux.

Elle voulait discuter avec lui de ces «accès» de faiblesse avant de partir en campagne.

Les porteurs les déposèrent au coin de la rue du Pain et de la rue des Coches. Les hommes en livrée et l'insigne royal sur la cabine ornementée attirèrent les badauds. Petite s'était habituée aux railleries mais cette fois-ci les enfants en guenilles la reconnurent et se répandirent en insultes : «La putain du roi, la putain du roi, la putain du roi!»

Clorine saisit un garçon par le col et le secoua comme un prunier. Deux de ses compagnons jetèrent des cailloux et l'un des porteurs leur courut après. Mais les gosses, quatre en tout, étaient trop agiles. Ils se mirent à danser autour de lui en répétant «putain, putain, putain», puis disparurent dans un labyrinthe de ruelles sombres, leurs rires résonnant contre les murs.

— Vous allez avoir besoin d'un garde, dit Clorine en poussant Petite vers une rue paisible. Maintenant que vous êtes officielle.

«Officielle?» se demanda-t-elle, les railleries des enfants vibrant encore dans ses oreilles. Louis lui avait donné le titre le plus élevé du pays mais aux yeux du monde, il n'avait fait que mettre en lumière sa concubine.

Petite pâtissait d'un déséquilibre bilieux, décréta le médecin. Un régime de tisanes et de purges guérirait rapidement vertiges et asthénie. Elle expédia Clorine chez l'apothicaire avec la liste des médicaments à acheter et prit une chaise à porteurs pour se rendre chez les Colbert.

Même de l'extérieur, elle entendit les enfants rire et crier. Dans la pouponnière, à l'étage, l'ambiance était festive, les jeunes Colbert surexcités par la grande nouvelle. Ils avaient affublé la « princesse » Marie-Anne d'une couronne en papier et d'une collerette en dentelle sur laquelle elle bavait allégrement.

Madame Colbert rit en les regardant sautiller dans tous les sens.

— Ils ne sont pas jaloux, au moins, confia-t-elle à Petite en balançant la cadette sur sa hanche. Silence !

Les trois aînés se calmèrent.

— Toi aussi, Jules, ajouta-t-elle à l'intention de son fils âgé de huit ans. Ne devons-nous pas nous incliner devant madame la duchesse ?

Les filles se fendirent d'une révérence, les garçons d'une courbette, puis ils quittèrent la pièce tous ensemble en gloussant.

Petite berça Marie-Anne et suivit madame Colbert jusqu'au salon baigné par la lumière du soleil. Elles prirent place dans des fauteuils confortables, chacune avec son bébé sur les genoux.

— Nous devons avoir l'air de deux bonnes avides d'échanger des ragots, plaisanta madame Colbert.

Petite effleura le bout du nez de Marie-Anne qui gazouilla. « Princesse. » Elle la pressa contre son cœur.

— Mon Dieu ! Pardonnez-moi de m'être assise en présence d'une duchesse.

Petite agrippa madame Colbert par le bras.

— Je vous en prie…

— Non, sérieusement, enchaîna cette dernière en se recalant dans son siège. Cela change tout. Je vais devoir engager du personnel pour s'occuper de votre minuscule princesse…

Elle fit les gros yeux à Marie-Anne, trop occupée à tirer sur sa collerette pour s'en rendre compte.

— On devrait lui servir à manger à sa propre table, à l'écart des autres.

— Il ne faut surtout rien modifier, protesta Petite avec emphase. Ce serait cruel de la séparer de vos merveilleux enfants. Ils sont sa famille.

※

Athénaïs lui rendit visite le lendemain, pleine de reproches.

— Comment osez-vous vous plaindre ? glapit-elle en tapotant le dos de la main de Petite avec le bout de son éventail. Toute ma vie, j'ai rêvé de devenir duchesse ! poursuivit-elle en feignant une extrême langueur. Un fantasme de mon enfance, inatteignable.

— Je vous donnerais ce titre si je le pouvais.

Petite était étendue sur le divan, un linge humide sur le front. En apprenant la nouvelle, la reine s'était mise dans une rage folle. Elle avait même ordonné que l'on supprime tous les tabourets de ses appartements afin de s'éviter l'humiliation de voir Petite exercer son droit ducal et s'asseoir en sa présence.

— Sa Majesté vous a conféré l'honneur le plus élevé qui soit. Vous devriez vous en réjouir.

— Puis-je vous confier quelque chose, Athénaïs ?

— Ne vous ai-je pas dévoilé tous mes secrets inavouables, mes embarras les plus grotesques ?

Petite se redressa en s'efforçant de maîtriser le flot d'émotions qui montait en elle, sa peur de perdre l'amour de Louis. Quelle sorte de compagne – de maîtresse – avait-elle été pour lui ces derniers temps ?

— Je crains que ce soit un geste d'adieu, souffla-t-elle. N'est-ce pas ainsi que l'on procède ? Quand un roi se lasse d'une femme, il lui offre un titre et l'expédie ailleurs.

— Sa Majesté vous aime profondément. Vous le savez.

«Oui, songea Petite, mais…»

— Il est assez distant en ce moment.

Il avait changé depuis un certain temps. Il avait même connu plusieurs «pannes», ce qui l'avait profondément ébranlé. Le médecin lui avait prescrit un régime de céleri, de truffes et de vanille, sans succès.

— C'est à cause de cette guerre. Tous les hommes se comportent comme des imbéciles. Si j'en entends encore un seul parler de mortier ou d'épée de Damoclès, je hurle.

— Madame?

Clorine posa sur un guéridon deux verres de vin chaud aromatisé d'épices et de pelure d'orange confite.

— Vous avez de la visite.

Elle écarquilla les yeux.

— Madame Françoise de La Vallière, marquise de Saint-Rémy.

— Ma mère?

Une lueur d'amusement pétilla dans les prunelles d'Athénaïs.

— Je viendrai vous voir demain.

Elle se leva en ramassant ses gants parfumés à la rose.

La mère de Petite avait pris du poids depuis qu'elles s'étaient vues pour la dernière fois au marché, quatre ans auparavant. Elle s'était même sérieusement empâtée. Elle eut du mal à s'incliner et, l'espace d'un éclair, Petite craignit de devoir l'aider à se relever.

— Je vous remercie de me faire l'honneur de me recevoir, madame la duchesse, déclara Françoise en se tordant les mains. Le marquis de Saint-Rémy serait volontiers venu vous rendre ses hommages, mais il souffre d'hydropisie.

— Je vous en prie, mère, prenez un fauteuil.

— Pas devant une duchesse.

Françoise demeura clouée sur place. Petite s'adossa contre le manteau de la cheminée. Elle mourait d'envie de s'asseoir mais elle s'y refusait tant que sa mère resterait debout. Les complexités de l'étiquette finiraient par la rendre folle.

— Si seulement j'avais su! geignit Françoise.

Su que sa fille s'était laissé débaucher par le roi, pas par un pêcheur issu du commun des mortels? Petite se sentit partagée entre la colère et la perplexité. Les sermons de sa mère à propos de la chasteté n'avaient-ils rien signifié?

— Je ne pouvais le dire à personne, pas même à vous, mère.

— Je suppose que cela explique la promotion de Jean, son mariage avec une jeune femme fortunée. Ton oncle Gilles est désormais évêque!

Ciel! Le frère de son père, prêtre attitré du couvent de Tours, avait du mal à réciter la messe sans trébucher sur les mots et voilà qu'il était évêque? Était-ce une initiative de Louis? Forcément!

— Tante Angélique est donc sûrement au courant, murmura Petite, le cœur serré.

Sœur Angélique, si douce et si pieuse, devait être horrifiée de savoir que Petite, son «petit ange», était la femme perdue officielle du pays.

— Sans doute, mais à ta place je ne m'en soucierais guère. Cette femme n'a jamais été une lumière. Et qu'est-ce que c'est que cette histoire? Vous avez eu une fille?

— Marie-Anne a huit mois. Elle a deux dents et une troisième qui pousse. Sa Majesté est née avec des dents, je ne devrais pas m'en étonner, ajouta-t-elle avec un sourire attendri.

— La fille du roi, ma petite-fille.

Françoise hocha la tête comme si elle n'osait pas y croire.

— Huit mois, me dis-tu ? Pourtant, quand je t'ai croisée au marché il y a quatre ans, tu étais fortement enceinte.

Petite se détourna, désemparée par la rage qui continuait de la ronger. Sa mère l'avait reniée. À cette époque, elle portait Charles, son tout premier bébé. Elle s'était sentie si jeune, si seule.

— J'ai eu deux garçons, mère, répondit-elle enfin d'une voix brisée. Ils sont morts. C'était il y a longtemps.

Morts, l'un après l'autre. Guérirait-elle un jour de son chagrin ?

Petite sentit la main de sa mère sur son épaule. Elle pivota, surprise de la découvrir en larmes. L'avait-elle jamais vue pleurer ?

— J'ai eu deux garçons, moi aussi. Jean, bien sûr, mais aussi un petit Michel.

Comment était-ce possible ?

— Pourquoi ne l'ai-je jamais su ?

— Il est mort juste avant ta naissance.

Petite était incrédule et pourtant… parlerait-elle un jour à Marie-Anne de ses deux frères, ses propres bébés morts ?

Françoise s'essuya les joues avec sa manche.

— Cela vous fait perdre la tête. J'étais… démente, pourrait-on dire. Pendant un temps. C'est à cette époque que ton père a appris l'art de la guérison. Et du silence. C'était le meilleur moyen.

Petite acquiesça en digérant cette information. Leur père avait souvent dû s'occuper d'elle et de Jean, leur mère étant «souffrante». Aujourd'hui, elle comprenait mieux. Ils avaient enterré un fils ensemble. Son père avait dû ressentir la douleur de son épouse, il l'avait partagée avec elle.

— Vous adorerez Marie-Anne, assura-t-elle en l'étreignant.

Petite huma son parfum vanillé si familier.

— Et je vais bientôt en avoir un autre.

— Je le vois, décréta Françoise, mais avec fierté cette fois-ci.

Elle partit peu après, anxieuse de regagner le chevet du marquis, d'être de retour à Paris avant la tombée de la nuit. Petite s'assit devant sa fenêtre pour observer les enfants jouant au cerceau dans les jardins en dessous. Elle venait de vivre deux journées de révélations coup sur coup; celle de sa mère était sans nul doute la plus surprenante. De ses larmes, de ses confidences, elle avait retiré quelque chose auquel elle avait du mal à attribuer une définition. La capacité à pardonner, se rendit-elle compte, tout à coup: une bénédiction.

Monsieur Colbert passa dans la soirée. Il était pressé. Il avait mille et un problèmes à régler en prévision de la campagne imminente. Il devait s'occuper non seulement du financement de l'armée mais, en plus, des inévitables problèmes de dernière minute: la tente du roi requérait déjà des réparations et il fallait refondre son bouclier, entre autres choses.

— Je voulais simplement vous prévenir que je suis en train de vous négocier un duché. Enfin, d'un point de vue technique, il reviendra à votre fille, mais vous en aurez l'usufruit jusqu'à…

Il ôta ses lunettes, nettoya les verres avec sa manche de dentelle.

— … jusqu'à votre mort.

Petite opina.

— Oui, monsieur. Je comprends.

— Ma femme me dit que vous le connaissez sans doute.

Il farfouilla dans sa sacoche en cuir.

— Ah! Nous y sommes! C'est en Touraine, dans la baronnie de Saint-Christophe. Le château de Vaujours.

Petite pencha la tête.

— Vaujours, dites-vous?

Elle avait sûrement mal entendu. Colbert fronça les sourcils, étrécit les yeux. Sans sa loupe, il était myope.

— Vous connaissez donc le lieu.

Petite acquiesça. Le château de Vaujours était la demeure de la Dame en blanc, la jeune femme qui s'était noyée pour apaiser son cœur brisé. Son spectre interpellait les jeunes filles en détresse.

— J'en ai entendu parler.

— L'acquisition ne sera pas officialisée avant un an, je pense. Elle requiert un décret parlementaire et ce genre de transaction est extrêmement lent, d'autant que Sa Majesté est concernée.

On racontait que le roi avait le don de déplacer les montagnes, pas le Parlement.

— Cependant, une fois la question réglée, vous serez dans l'obligation de verser la somme de deux cent cinquante mille livres – de Tournai, je vous rassure. Je me charge de toutes les formalités. La propriété est entre les mains d'un régisseur, mais en temps et en heure, je vous donnerai des conseils en matière de gestion.

Petite eut un étourdissement. Elle n'avait pas vraiment pris en compte le fait que son rôle de duchesse l'obligerait à veiller sur un duché.

— Il est de taille moyenne, poursuivit Colbert. Les loyers s'élèvent à environ cent mille livres par an. Vous ne devriez manquer de rien.

Colbert consulta sa montre de gousset et tendit à Petite un parchemin.

— Voici pour vous. C'est une copie de ce que Sa Majesté a écrit au Parlement en ce qui a trait à votre titre.

Il ramassa sa sacoche.

— Merci, monsieur, murmura-t-elle en parcourant le texte : ... *bien-aimée, fidèle Louise de La Vallière... une multitude de qualités rares... une affection qui avait duré des années.*

— Oui, merci, répéta-t-elle, la gorge nouée.

Une affection... qui *avait* duré.

Un carrosse flambant neuf embelli d'une couronne ducale lui fut livré. Les six chevaux, des barbes, arboraient tous la même robe dorée, une crinière et une queue soyeuses.

— De la part de Sa Majesté ! s'exclama Gautier avec entrain.

La voiture était somptueuse, l'intérieur tapissé de brocart en satin rouge. Le système de suspension était tout nouveau, expliqua-t-il. Petite pourrait y boire une tasse de thé sans en renverser une goutte si l'envie lui en prenait. N'importe quel homme du royaume vendrait son âme pour une telle merveille.

— Magnifique, soupira Petite.

Pourquoi Louis ne s'était-il pas déplacé lui-même pour la lui présenter? Elle ne l'avait pas revu depuis l'annonce de son titre, depuis la reconnaissance officielle de Marie-Anne.

— Le roi ne peut malheureusement pas venir, bredouilla Gautier, sensible à son désarroi.

— Il enchaîne les réunions, je sais.

— Pas exactement.

Gautier tira sur son jabot.

— Le docteur Vallot a convaincu Sa Majesté de boire un bouillon purgatif en vue de la campagne à venir. En conséquence, il est… «indisponible».

— Je suis heureuse de l'entendre.

Louis suivait rarement les conseils de son médecin. Petite était contente qu'il prenne soin de sa personne.

— Il veut que vous sachiez qu'il viendra demain après-midi à quinze heures pour vous faire ses adieux.

— Ses adieux? Mais je pars avec la cour.

— Changement de programme.

Gautier s'éclaircit la gorge.

— Seule l'escorte de la reine suivra Sa Majesté.

— Je ne pars donc plus?

Elle avait subi deux saignements en prévision de l'expédition.

— Vous devez comprendre… Les événements récents ont bouleversé la reine, surtout en ce qui concerne votre fille.

Il se balança d'un pied sur l'autre.

— Quoi qu'il en soit, les routes du Nord sont rustiques et l'air y est impur. C'est une mauvaise saison pour voyager.

Dans la matinée, Gautier avertit Petite qu'il y avait eu encore un changement – un de plus. Sa Majesté ne viendrait pas à quinze heures cet après-midi-là. Le roi serait chez elle à dix heures précises avec son fils, le dauphin de France. Par ailleurs, madame Colbert avait reçu l'ordre d'amener la princesse Marie-Anne.

— Avec le dauphin ? s'exclama Petite, stupéfaite.

Et Marie-Anne serait présente aussi ? « Ciel ! »

— Sachez que ce sera une visite officielle.

Sous-entendu : « Soyez prête à l'accueillir en grande tenue. »

À peine arrivée de sa promenade à cheval, Petite était encore en costume de cavalière. Elle s'était accordé une balade tranquille, à cause de son état, mais le vent s'était levé et ses cheveux étaient en désordre. Elle sonna Clorine.

— Sa Majesté sera ici dans moins d'une heure. Nous devons le recevoir en grande tenue.

— Zut !

La situation n'était pas aussi dramatique que Petite l'avait craint tout d'abord. Bouclée et recoiffée deux semaines auparavant, sa perruque était tout à fait présentable. Clorine lui enleva ses vêtements souillés, lui apporta une chemise bordée de dentelle, des bas, un jupon « de pudeur ». Petite choisit une gaine brocardée de fils d'or et parsemée de perles minuscules.

— Combien de jupons ?

Clorine tira sur la combinaison avant de serrer les lacets de façon à aligner la bordure de dentelle avec le décolleté de son corset.

Avec sa longue traîne, la robe était lourde.

— Un seul en soie, répliqua Petite.

Elle mit sa perruque, la retira. Elle avait trop chaud et il lui restait encore à se maquiller.

Elle se regarda dans la glace. Son visage était renfrogné. Elle ne s'était pas attendue, et encore moins préparée, à une visite officielle de Sa Majesté. C'était Louis qu'elle voulait voir, pas le roi.

Madame Colbert arriva alors que Clorine aidait Petite à enfiler sa robe en tissu or et argent enjolivé de perles. Engoncée dans un ensemble de velours vert, la pauvre femme était écarlate et essoufflée par son ascension de l'escalier. Même la nourrice portant Marie-Anne était habillé de brocart. Quant à l'enfant, elle était revêtue d'une minuscule robe en soie brodée.

— Je suis presque prête, annonça Petite en secouant ses jupes.

Elle embrassa Marie-Anne sur le bout du nez.

— Comment va ma princesse ?

Elle lui fit la grimace, mais Marie-Anne ne voulut rien savoir.

— Elle a l'air endormi.

— Nous avons dû interrompre sa sieste, avoua madame Colbert. Savez-vous de quoi il retourne ?

— Tout ce que l'on m'a dit, c'est que le roi amène le dauphin.

— Sainte Marie, mère de Dieu !

Petite s'assit devant sa coiffeuse et se mira une fois de plus dans la glace. Non, elle ne se maquillerait pas. Elle avait pris des couleurs pendant son excursion : Louis l'avait toujours préférée au naturel. Était-ce toujours le cas ?

— Juste la perruque, indiqua-t-elle à Clorine.

Les trompettes annoncèrent l'arrivée du cortège royal à l'instant même où Clorine accrochait ses perles autour du cou de Petite. Marie-Anne se mit à pleurnicher et à crachouiller sur sa robe. La nourrice lui donna un bâton de sucre d'orge à sucer, ce qui la calma aussitôt.

«Comment devons-nous nous placer?» s'interrogea Petite en se levant. Elle prit le bébé dans ses bras et mena les autres jusqu'au salon. Marie-Anne lâcha son bonbon et recommença à geindre pendant que la nourrice en cherchait un autre dans son sac. Petite et Clorine s'efforçaient de l'apaiser quand Louis apparut en compagnie de son fils de cinq ans. Suivaient le précepteur du dauphin, Gautier, Lauzun et trois gardes en tenue de cérémonie.

Malgré son âge et sa grande taille, le dauphin n'était pas émancipé. Il était contrôlé par deux traits tenus par son précepteur.

Petite exécuta une révérence approximative, Marie-Anne s'agitant dans ses bras.

Louis chuchota quelques mots à Gautier qui s'approcha de Petite.

— Sa Majesté souhaite que la princesse soit présentée à son fils.

— Oui, murmura Petite, hésitante. Dois-je la porter jusqu'à Sa Majesté? lui demanda-t-elle tout bas.

Le roi et son fils n'étaient qu'à deux longueurs d'épée de distance, mais ils semblaient terriblement loin.

Marie-Anne gémit. Petite glissa un doigt dans sa bouche et eut la surprise de sentir une dent sur le point de percer sa gencive.

— Il vaudrait mieux que vous preniez l'initiative, madame la duchesse, concéda Gautier.

Il recula en effectuant une courbette.

Petite s'avança, s'inclina devant Louis et le dauphin.

— Voici votre sœur, dit Louis. Elle s'appelle Marie-Anne. Et voici la mère de votre sœur, madame Louise, duchesse de Vaujours.

Le petit garçon dévisagea son père, troublé.

«Je sais ce qu'il ressent», pensa Petite en lui souriant. Elle accrocha le regard de Louis : elle avait tant de choses à lui dire ! Elle avait l'impression d'être prise au piège, comme s'ils étaient des comédiens sur une scène, obligés de s'en tenir au texte.

— Nous devons nous en aller à présent, décréta Louis.

Tout le monde s'écarta pour lui céder le passage. Il observa Petite à la dérobée puis se dirigea vers elle. Le dos tourné à son fils et à son entourage, il murmura :

— Je suis désolé, Louise. La reine...

Il réprima un soupir.

— Avec le temps, elle oubliera.

Petite ravala ses larmes.

— Je comprends.

Il lui sourit, lui effleura la main.

— Je vous le promets : cette campagne ne sera pas longue.

Depuis la fenêtre, Petite regarda la cour se préparer au départ. On aida la reine à monter dans son carrosse, suivie d'Athénaïs et d'autres membres de la maisonnée. Perché sur son cheval, Louis riait avec Lauzun et deux mousquetaires. Elle ferma les volets, tira les rideaux. Quand enfin le silence revint – plus de hennissements, plus de voix, plus de grincements de roues –, elle sonna Clorine.

— Apporte-moi mes bottes de marche, ordonna-t-elle. Et ma pèlerine à capuche.

Elle erra dans les prés, seule. Elle s'arrêta un long moment, adossée contre un chêne, cherchant l'apaisement parmi les poulains et les rosses trop fatigués, inadaptés aux spectacles ou à la guerre. «On m'a abandonnée», se dit-elle avec une pointe d'amertume. Les chevaux intrigués l'entourèrent, secouant la tête pour chasser les mouches. Un yearling nerveux s'avança d'un pas. Petite lui tendit la main.

Chapitre 30

Le roi revint à Saint-Germain-en-Laye au début de l'automne. Le peuple se répandit en réjouissances. Tout au long de l'été, les conquêtes s'étaient succédé. Charleroi, Tournai, Courtrai, Douai, Lille : les villes et les cités des Pays-Bas espagnols étaient tombées comme des châteaux de cartes. Il était jeune, beau, vaillant, mais surtout, il était victorieux. Les jours de gloire étaient arrivés.

Cent trompettes annoncèrent le retour de Sa Majesté. On lança des fusées depuis les tours de l'ancien château, on déroula les bannières, on tapissa les pavés de menthe et de camomille. Louis, les cheveux longs et le port altier, pénétra dans la cour centrale en gambadant sur un andalou de grande taille. L'or et les pierres semi-précieuses incrustés dans son caparaçon scintillèrent tandis que le cheval se cabrait, ruait, exécutait cabrioles et levades. Louis salua la foule avec son chapeau empanaché. Il avait l'allure d'un homme qui avait combattu et remporté la victoire, un homme qui avait testé son courage avec succès.

Petite contempla les célébrations depuis sa fenêtre. Fortement enceinte, elle préférait éviter les regards du public.

— Je ferais mieux de regagner ma chambre, dit-elle à Clorine. Sa Majesté ne va pas tarder.

❁

Louis était accompagné de quatre pages et de deux musiciens qui se mirent aussitôt à jouer. Les pages, de jeunes garçons aux yeux ronds et aux chapeaux parés de plumes rouges, dévisagèrent Petite avec impertinence.

— Comment vous portez-vous, Louise?

Il se pencha pour l'embrasser sur la joue – le chaste baiser d'un frère ou d'un ami. Il arborait un manteau à grand col en velours rouge bordé d'un galon doré.

«Quelque chose a changé en lui», songea Petite. Il affichait une assurance polie et galante qu'elle ne lui avait pas connue jusque-là.

— Bien, merci, répondit-elle, une main sur son ventre tendu. Et vous?

Elle mourait d'envie d'être seule avec lui.

— En pleine forme.

Il arpenta la pièce comme s'il ne l'avait jamais vue auparavant. Il ramassa un livre, l'ouvrit, le reposa.

— Félicitations pour vos exploits, murmura-t-elle.

Un sentiment de malaise l'envahit quand elle le vit s'emparer de la vasque bleue sur sa coiffeuse. Il la déboucha, en renifla le contenu. Percevant une voix d'enfant, il la remit en place. Petite ébaucha un sourire.

— Voici notre princesse.

Clorine entra avec Marie-Anne dans les bras. L'enfant âgée de dix mois fourra quatre doigts de sa main droite dans sa bouche, ses grands yeux se posant sur tous ces inconnus, notamment celui du milieu.

— Qui est cette charmante demoiselle? taquina Louis, les mains sur les hanches.

Il avait l'apparence d'un mousquetaire mais sa voix était empreinte de tendresse.

Marie-Anne s'accrocha au cou de Clorine. Petite la lui prit.

— Là, murmura-t-elle en pressant l'enfant contre elle. Elle est devenue timide.

Petite la berça avec douceur. Marie-Anne finit par se calmer, la tête blottie sur le cœur de sa mère, suçant son pouce.

— Roi?

Elle pointa un index mouillé.

Louis rit aux éclats.

— Ton père, chuchota Petite en l'étreignant avec ferveur.

Après la naissance d'un fils, Petit Louis (affectueusement surnommé Tito, comme Louis le fut par une nourrice espagnole lorsqu'il était bébé), Petite dut rester alitée de longues semaines. Elle ne put malheureusement pas assister avec la cour au festival prévu à Versaie.

— Pourquoi ne pas consulter madame Voisin? lui suggéra Athénaïs. Ne levez pas les yeux au ciel. On ne sait jamais.

— L'utilisation de sortilèges est dangereuse.

— Ah, oui, le diable et tout le reste, gloussa Athénaïs. Vous n'en voyez que l'aspect sombre. À vous entendre, c'est sinistre, on pourrait croire que vous appartenez à une ligue sacrée. La poudre aphrodisiaque vous a rendue malade, certes, mais elle ne vous a pas tuée.

Petite s'empourpra. Elle n'aurait pas dû avouer à son amie sa bêtise, qui avait été inspirée par le désespoir.

— Je suis sérieuse. On ne sait jamais où cela peut mener.

— Je sais parfaitement où cela mène : au meilleur. Madame Voisin m'a recommandé un rituel stupide pour aider mon mari à obtenir un poste et, miracle ! peu après, Sa Majesté lui accordait une compagnie de cavalerie légère dans le Sud.

— Je suis heureuse de l'apprendre, commenta Petite, préférant taire à son interlocutrice le fait que la promotion de monsieur de Montespan était le résultat de sa propre intervention.

Petite avait l'impression d'être constamment à la recherche de quelque chose : elle avait égaré un ruban, son pot de pommade préféré. La cour se déplaçait si souvent qu'il était difficile de s'y retrouver. Elle consultait ses papiers dans l'espoir de tout rassembler pour le prochain départ de la cour pour Chambord, quand Clorine fit irruption dans la pièce.

— Monsieur de Montespan a attaqué sa femme ! s'exclama-t-elle, essoufflée, en posant son panier rempli de linge propre.

— Que veux-tu dire ?

Petite tendit la main pour décrocher son chapelet, habituellement drapé autour du cou de la statue de la Vierge sur le prie-Dieu, mais il n'y était pas. Encore un objet qui s'était volatilisé !

— Précisément cela. Il l'a agrippée par les cheveux et frappée. Il a fallu quatre hommes pour le maîtriser.

— Donne-moi ma pèlerine, Clorine.

— Elle n'autorise personne à l'approcher, pas même son valet ni la lingère.

Louis arriva peu après. Il était préoccupé, débordé par les préparatifs en vue du long voyage pour Chambord. Cette affaire tombait mal.

— Ne pouvez-vous rien faire pour la protéger ? demanda Petite en lui prenant son épée, son chapeau et sa cape mouillés.

Elle avait recouvré sa santé – le ciel soit loué – et recommençait à savourer leurs rencontres.

— Cet homme est fou. J'ai ordonné qu'on l'arrête, déclara-t-il d'un ton las en s'asseyant sur le lit. Mais il semble qu'il ait disparu.

Il se laissa tomber sur les coussins et fixa le plafond.

— Pourquoi ces événements se produisent-ils toujours à la veille d'un départ ?

Le mari d'Athénaïs fut enfin appréhendé quelques jours plus tard.

— Dans une maison close à Paris, rapporta Clorine avec un air de dégoût. Ils l'ont enfermé à Fort-l'Évêque.

— Quel soulagement !

— Mais pas pour longtemps. Ils n'ont rien contre lui.

— Il l'a agressée !

Clorine haussa les épaules.

— C'est son épouse. Ce n'est pas un crime.

— Cela lui fera du bien de s'échapper à Chambord, dit Petite en sélectionnant dans une boîte les tisanes dont elle pourrait avoir besoin. Qu'est-ce que c'est que ça ?

Elle venait d'apercevoir un petit mouchoir blanc dissimulé dans le fond. Elle le déplia et y découvrit un ver ratatiné. Elle le renifla ; il était sec, sans odeur.

— Zut ! C'est le bout du cordon ombilical de Marie-Anne. Je me demandais où il était passé, justement !

Petite fronça le nez.

— Vous savez, dit Louis, quand vous l'avez mise au monde à Vincennes, monsieur Blucher m'a dit de vous le donner, que cela vous protégerait du diable.

Petite remballa le tout et le glissa dans une poche sous ses jupes. La nuit précédente, elle avait fait un cauchemar dans lequel le diable rôdait. Autant prendre ses précautions.

Le château de Chambord était un lieu détestable. Tout le monde s'y perdait, tout le monde était de mauvaise humeur. L'escalier central à double spirale était vicieux : la personne qui montait ne voyait pas celle qui descendait. Chambres, suites, fenêtres, galeries se ressemblaient toutes. On ne pouvait se repérer que grâce au soleil. L'existence de pas moins de soixante-dix sept escaliers différents n'arrangeait rien.

Petite avait droit à l'un des appartements carrés. Sa mère, veuve depuis peu, la nourrice, Tito et Marie-Anne logeaient à l'étage au-dessus, mais le chemin pour y accéder était tortueux. Athénaïs était installée dans l'appartement rond de la tour voisine. Elle ne tarda pas à découvrir que l'on pouvait se rendre facilement de l'un à l'autre et se rua chez Petite.

— Cet endroit me donne le vertige, avoua-t-elle en se jetant dans un fauteuil.

Athénaïs avait masqué ses hématomes sous une couche épaisse de blanc mais rien ne pouvait dissimuler le tic qui animait sa joue.

— Je me suis perdue en essayant de rejoindre la chambre de mes enfants, renchérit Petite en riant.

Aussitôt, elle regretta ses paroles. Le mari fêlé d'Athénaïs avait été banni dans son château du Sud, mais il avait emmené avec lui leur fils et leur fille, en leur racontant que leur mère était morte.

— Vous avez besoin de repos.

— J'ai besoin d'un cognac, rétorqua Athénaïs.

Petite voyait Tito et Marie-Anne tous les matins et accompagnait Louis à la chasse tous les après-midi. Elle tenta de convaincre Athénaïs de se joindre à eux mais celle-ci déclinait obstinément ses invitations. Elle tenait à conserver ses forces pour les soirées. Chaque soir, les courtisans se rassemblaient dans les appartements du roi pour jouer aux cartes, au billard ou au lansquenet, festoyer, assister à une pièce de théâtre puis passer dans la salle de bal. C'était une existence mouvementée, vouée au plaisir, à la culture et sans doute à une surconsommation de vin.

— Je m'inquiète pour Athénaïs, confia Petite à Louis après une de leurs étreintes de fin d'après-midi.

Louis s'assit brusquement.

— Elle ne va pas bien, insista Petite.

Son tic nerveux était de plus en plus prononcé.

— Ce n'est pas étonnant. Elle fait la fête toute la nuit, rétorqua-t-il d'un ton désapprobateur.

Louis critiquait souvent Athénaïs : son assiette à cheval laissait à désirer, son sens de la repartie était mordant, voire cruel.

— Peut-être que si elle montait avec nous... Cela lui ferait du bien de prendre l'air pendant la journée.

Ces escapades l'avaient beaucoup aidée à retrouver ses forces, ce qui lui avait d'autant remonté le moral. Un peu plus tôt, ils avaient galopé dans le pré où Petite et son « braconnier » s'étaient rencontrés pour la première fois.

— Elle déteste la campagne.

Petite sourit. Comme il avait raison.

— Mais si vous insistiez ?

— Cela ne changerait rien.

Louis descendit du lit. Il avait beau être élancé et musclé, il avait toujours un peu de mal à s'extirper du matelas en plumes. Il se planta devant la fenêtre et contempla les collines boisées à l'horizon.

— Louise…

Il se tut. Petite remonta l'édredon jusqu'à son menton.

— Oui ?

Il expira bruyamment.

— Madame la marquise de Montespan ne peut pas monter à cheval.

Petite soutint son regard.

— Elle est… fragile. Elle est enceinte.

Il revint s'asseoir auprès de Petite.

Elle fronça les sourcils, digéra cette nouvelle inattendue. Une grossesse expliquerait ses fréquents malaises, mais pourquoi Athénaïs ne lui avait-elle rien dit ?

— Je suppose que son mari n'est pas le père, murmura-t-elle. D'où le secret.

— Non. D'un point de vue légal, il l'est, bien sûr, enchaîna Louis après un bref silence. Mais non, le marquis n'est pas le père, pas au sens où vous l'entendez. Toutefois, aux yeux de la loi, ajouta-t-il avec emphase, le marquis de Montespan est libre de faire ce qu'il veut de cet enfant.

« Cet enfant. »

Les fenêtres étaient ouvertes : c'était une belle journée d'automne ensoleillée. Les oiseaux gazouillaient dans les vignes. Petite eut la sensation que sa vie basculait une fois de plus ; que plus rien ne serait comme avant, que les oiseaux continueraient de chanter mais qu'elle ne les entendrait plus de la même oreille.

— Qui est le père, dans ce cas ?

Louis se tourna vers elle. Elle lut la réponse dans son regard.

— Je vous aime, chuchota-t-il en se penchant vers elle.

Elle le repoussa.

— Vous m'aviez assuré que vous comprendriez.

Comme si c'était elle qui avait rompu le contact ! Cette notion lui était insoutenable. Des larmes de colère lui montèrent à la gorge. Pourquoi avait-il jeté son dévolu sur Athénaïs ? Elle aurait pu formuler cent réponses, toutes plus blessantes les unes que les autres. Athénaïs était belle, pleine d'entrain, de haute naissance. Elle était un étalon fougueux, alors que Petite n'était qu'un poney de trait.

— L'aimez-vous ?

— Je ne dirais pas cela, concéda-t-il avec une pointe de dérision.

Soudain, il se leva et enfila ses hauts-de-chausses.

— Alors quittez-la.

— Non. Je ne le ferai pas. Je ne le peux pas. D'ailleurs, insista-t-il en pivotant vers elle, ce ne serait pas correct. Je ne voulais pas qu'il en soit ainsi mais maintenant que c'est fait, je refuse de l'abandonner.

Il mit sa veste, le visage écarlate de fureur.

— Vous devez l'accepter et prendre votre décision en conséquence.

Sur ces mots, il partit.

Petite resta immobile à contempler les braises dans la cheminée. Quel choix avait-elle ? Elle saisit le rosaire que Louis lui avait offert en remplacement de celui qu'elle avait perdu. Les diamants minuscules furent d'un piètre réconfort. Elle appela Clorine.

— Mademoiselle ?

— Tu peux venir m'habiller.

Dans les appartements voisins, elle perçut le cliquetis des talons d'Athénaïs sur le parquet.

Petite poussa la porte sans frapper, prenant la bonne par surprise.

— Je viens voir madame.

— Votre carte ?

La servante lui présenta un plateau en argent. Elle était nouvelle. Petite ne la reconnaissait pas.

— Claude, j'ai besoin d'une paire de ciseaux ! lança Athénaïs.

Petite passa entre les rideaux. La chambre était vaste mais sombre. Le sol dallé était couvert de carpettes et des tapisseries ornaient les murs. Un vase en or rempli de fleurs trônait devant une fenêtre aux volets clos.

— Louise ! s'exclama Athénaïs. Que puis-je pour vous ?

Elle ferma le couvercle d'une tabatière en émail et en or. Avec un temps de retard, elle exécuta la révérence due à une duchesse.

— Des ciseaux, madame ? demanda la bonne, sur les talons de Petite.

— Pas maintenant, Claude.

Athénaïs se coiffa machinalement. Elle portait une robe de satin jaune sans ceinture, nouée sur les côtés de gros rubans noirs.

La bonne claqua la porte derrière elle.

— Elle est fille de comédienne, expliqua Athénaïs avec un soupir exagéré. Ses manières sont déplorables.

Petite ne sourit pas.

— Il m'a tout dit.

— Que suis-je censée comprendre ?

Athénaïs inclina la tête avec un léger sourire.

— Vous savez pertinemment de quoi je parle.

Athénaïs dévisagea Petite un long moment puis se dirigea vers son secrétaire. Elle attrapa un pichet sur l'étagère juste au-dessus.

— En voulez-vous ? proposa-t-elle en versant un liquide ambre dans deux verres à cognac. C'est un vin doux espagnol que la reine m'a fait goûter. Très agréable.

Petite prit le verre qu'elle lui tendait. L'espace d'un éclair, elle imagina le jeter à la figure d'Athénaïs. N'était-ce pas ainsi que l'on manifestait sa colère, au théâtre ? Elle le vida d'un trait, toussa.

— Asseyez-vous. Je vous en prie. Je suppose que vous êtes bouleversée.

La rage de Petite s'atténua.

— Je croyais que vous étiez mon amie.

Pathétique mais vrai. Elle inspira profondément.

— Ne pensez pas une seule seconde que je n'ai pas souffert. Songez à ce qui arriverait si mon mari le découvrait.

Athénaïs afficha une expression terrifiée, les yeux ronds.

L'époux colérique. Petite comprit soudain la logique derrière son acte. Quelle idiote elle était !

— Que sait-il ?

— Il n'a que des soupçons.

Le visage d'Athénaïs tressaillait de tics.

— Il me tuerait s'il apprenait que… Et Dieu sait ce qu'il infligerait à l'enfant.

L'enfant. Le demi-frère ou la demi-sœur de ses propres bébés. Elle était prise au piège.

— Je ne peux vous pardonner.

C'était un détail mais c'était la seule vérité à laquelle elle pouvait s'accrocher – une vérité dans un méandre de mensonges.

— Allons ! Je vous aime tous les deux. La reine est enceinte et vous étiez fatiguée. Comment vouliez-vous que Sa Majesté réagisse ? Auriez-vous préféré que le roi couche avec une catin, qu'il vous revienne avec une maladie abominable ?

Elle eut un sourire charmeur.

— Je commence à penser que vous devriez me remercier.

Petite se leva brutalement et fendit le verre contre le manteau de la cheminée.

— Vous vous trompez sur mon compte.

Elle pensa aux animaux qu'elle avait acculés et tués. Elle imagina Athénaïs avec ce même regard de bête traquée.

Elle jeta le verre à terre.

— Je vous maudis !

Elle se dirigea en chancelant vers la sortie.

Chapitre 31

Petite avait fait part à son frère de son désir de visiter son duché. Le moment était venu. Elle avait besoin de prendre du recul. Sa mère souhaitait venir aussi et emmener Marie-Anne, qui était assez grande pour participer à des excursions. Ils s'arrêteraient à Reugny en chemin. Petite accepta cette proposition : elle avait besoin de se sentir entourée par les siens.

— Qu'est-ce qui tracasse le roi ? lui demanda Jean en tendant sa valise au cocher. Il ne parle presque plus à personne.

Petite remit Tito dans les bras d'une nourrice dodue qui le berça deux ou trois fois avant de tourner les talons pour regagner le château.

— Nous parlerons dans le carrosse, répondit Petite en prenant la main de Marie-Anne. Quand celle-ci sera...

Elle ferma les yeux en guise d'explication.

— Que dites-vous ? demanda la fillette en dévisageant sa mère.

Elle n'avait pas encore deux ans, pourtant, non seulement elle parlait, mais en plus, elle posait des questions. La Petite Avocate, la surnommait-on parfois.

— Qu'est-ce qu'elle a dit ? insista la gamine auprès de Françoise et de Jean.

— Simplement que nous entreprenons un long voyage.

— Je sais ! Et je ne ferai pas la sieste.

Au bout de quelques minutes, Marie-Anne s'assoupit dans les bras de sa grand-mère. Jean posa sur Petite un regard inquisiteur.

— Alors ?

Petite tourna la tête vers la fenêtre. Elle ne voulait pas provoquer une scène.

— Promettez-moi de ne pas vous fâcher.

Il plaqua une main sur son cœur.

— Je vous le promets.

— J'envisage de quitter le roi.

— Quoi ?

— Quoi ? répéta Françoise en écho.

— Je veux rompre avec lui.

Tout à coup, cela lui semblait la seule solution.

— C'est impossible ! protesta Jean.

— J'ai mes raisons.

— Quand bien même, vous ne pouvez pas. Premièrement, Sa Majesté s'y opposerait. Deuxièmement, je m'y oppose. Et troisièmement, vous seriez obligée d'abandonner vos enfants.

— Je les emmènerai avec moi.

Ils passaient devant les falaises. Elle pensa aux familles troglodytes. Elle-même vivait dans une grotte, en quête d'une lueur qui lui indiquerait le chemin de la sortie.

— Au risque de les brouiller avec leur père, le roi. De gâcher leur vie, leur avenir. Ce serait généreux de votre part.

Il prit une pincée de tabac à priser.

— Ne me narguez pas, Jean.

Mais il avait raison. Ces enfants n'étaient pas les siens : ils appartenaient à Louis. Même une paysanne n'avait aucun droit sur ses enfants : la loi était la loi, celle du roi encore davantage. Sa fille et son fils avaient du sang bleu. Ils étaient la propriété de la France.

— Vous oubliez mes propres intérêts dans cette affaire.

— Mère touche une pension et vous avez Gabrielle, riposta Petite. Quant à moi, j'ai un duché.

Plus elle y réfléchissait, plus l'idée de s'y installer lui paraissait judicieuse. C'était l'un des objectifs de cette expédition. Elle voulait visiter le château, le domaine, jauger les possibilités d'y poursuivre son existence.

— Jean, laisse-lui une chance de s'expliquer, intervint Françoise en déposant Marie-Anne sur la banquette, entre elle et Petite.

La fillette gémit dans son sommeil mais continua de dormir, la tête posée sur les genoux de sa grand-mère. Petite la couvrit avec son châle.

— Merci, mère. Le roi et moi sommes…

Elle s'interrompit, ravala ses larmes.

— Nous ne sommes pas…

«Pas quoi?» Comment décrire ce qu'elle ressentait?

— Est-ce à cause d'une autre femme? J'espère que ce n'est pas le cas car si cela était suffisant, il ne resterait plus un couple marié sur cette terre.

«Y compris le vôtre», faillit renvoyer Petite.

— Madame la marquise de Montespan porte son enfant.

— Sapristi!

Même Jean paraissait choqué.

— N'est-elle pas mariée? demanda Françoise.

Petite acquiesça.

— Sacrebleu! souffla Jean en hochant la tête. Et avec un fou, en plus.

Paupières closes, Petite retint un soupir: les implications étaient effroyables. Si l'époux d'Athénaïs l'apprenait, si la population était mise au courant…

Marie-Anne se redressa.

— Nous sommes arrivés ?

— Pas encore, ma chérie, dit Petite en la serrant contre elle. Mais très bientôt, ajouta-t-elle, soulagée de pouvoir mettre un terme à la discussion.

Ils achevèrent le trajet dans un silence pesant. Enfin, ils franchirent le portail de leur ancienne maison. Petite scruta la cour, éberluée. Elle lui semblait à la fois familière et étrangère.

— Regardez comme les arbres ont poussé ! s'émerveilla Françoise.

— Les mauvaises herbes aussi, constata Petite.

— Cela ne devrait pas durer, maintenant que j'ai trouvé un bon régisseur, les rassura Jean en sautant à terre.

Il baisa la main de Petite en l'aidant à descendre.

— Décidément, je ne cesse de vous demander pardon, ajouta-t-il, l'air penaud.

— Oh, Jean !

Les excuses maladroites de son frère la touchaient au plus profond de son âme. Il glissa un bras autour de sa taille et, ensemble, ils pénétrèrent dans la demeure de leur enfance.

La plupart des meubles avaient été vendus et remplacés par des objets de moindre qualité, sobres mais fonctionnels.

Françoise débarrassa le vieux poêle de la cuisine des souris qui y avaient trouvé refuge. Jean se débrouilla pour démarrer le feu en frottant deux pierres l'une contre l'autre.

— Descends à la rivière nous chercher de quoi manger, ordonna-t-elle à son fils en essuyant la table.

Il chercha un bâton qui pourrait lui servir de canne.

— Tu viens avec moi pêcher des anguilles ? proposa-t-il
à Marie-Anne.

— Oh, oui ! s'écria la fillette en sautant d'une marche.

— Comme sa mère autrefois, ricana Jean avec un clin
d'œil.

— Surveillez-la au bord de l'eau ! lança Petite tandis
qu'ils s'éloignaient en riant.

Les chauves-souris avaient envahi sa chambre sous les
combles, aussi Petite improvisa-t-elle un lit pour elle et pour
Marie-Anne sur une paillasse dans le salon. Tard dans la nuit,
elle resta immobile contre sa fille à écouter sa respiration un
peu sifflante, à savourer la chaleur de sa joue. Seul un chœur
de criquets troublait le silence. Elle garda les yeux fixes dans
l'obscurité. Sa mère avait monté l'unique lanterne à l'étage
et elles n'avaient pas de bougies. Elle crut percevoir un bruit,
sentir un mouvement. Elle se rappela ses frayeurs d'enfant
sous les toits, quand elle avait guetté le diable, terrifiée à
l'idée qu'il était sous son lit, prêt à bondir. Elle pensa à la
magie de la poudre d'os. Elle tâta le médaillon qu'elle ne
quittait jamais, dans lequel elle avait mis le bout de cordon
ombilical de Marie-Anne par-dessus une mèche des cheveux
de Tito et le crin de Diablo. Sa Trinité.

Le lendemain matin, Petite s'éclipsa par la porte de
derrière dans la cour. Les six chevaux d'attelage rassemblés
dans le paddock l'observèrent avec curiosité. Elle caressa le
chanfrein de l'un d'entre eux et se tourna vers la grange.

Les gonds de la porte avaient lâché. Elle franchit le seuil. Il faisait très sombre car on avait recouvert d'une planche la petite lucarne située à l'extrémité. Elle mit quelques instants à s'habituer à la pénombre. Les parois fendillées de la stalle de Diablo s'étaient écroulées et une pile de caisses en bois recouvrait l'endroit où son père était tombé. La croix et la cravache avaient disparu. Elle entendit des créatures s'éparpiller à ses pieds et revint à la lumière.

Elle contourna la bâtisse : son « couvent » n'était plus qu'un tas de cailloux. Le voir en ruine l'attrista tandis qu'elle se remémorait ses efforts pour suivre les traces de sainte Thérèse. Comme elle s'était égarée ! Elle se rappela la peur qu'elle avait éprouvée lorsqu'elle avait enterré la boîte à aiguilles. Était-elle encore là ? Elle s'accroupit, repoussa les feuilles mortes, chercha un objet qui pourrait lui servir d'outil. Elle ne repéra qu'un clou tordu mais il était assez long. Il suffirait. Elle le piqua dans la terre. Il ripa les pierres. S'asseyant sur ses talons, elle vérifia ses repères : le mur de la grange, le périmètre de son « mas ». Elle recommença. Cette fois, elle toucha du fer.

Petite dépoussiéra la boîte et l'examina. Elle s'était souvent demandé si cela n'avait été qu'un rêve mais à présent, tout lui revenait de façon limpide : elle se revit tuer le crapaud, l'enterrer sous une fourmilière, transporter son squelette jusqu'à la rivière en pleine nuit. À cette époque, elle n'avait que six ans, où avait-elle trouvé le courage de mener cette quête désespérée pour sauver la vie de Diablo ? Aujourd'hui, elle était de nouveau désespérée mais c'était sa propre vie qu'elle devait sauver.

Elle ouvrit la boîte. Il y restait quelques traces d'huile. La magie de la poudre d'os. Elle ferma la boîte et la déposa devant elle. D'un geste lent, elle effectua un signe de la croix. C'était le pouvoir du diable mais ce n'en était pas moins un pouvoir. Celui de dompter, de rectifier ce qui n'allait pas.

❉

Ils partirent peu après pour Vaujours, Jean les accompagnant à cheval, son épée dégainée «par prudence». Ils s'aventuraient en terre inconnue. Le bercement du carrosse eut bientôt un effet assoupissant sur Françoise et Marie-Anne, laissant Petite à ses pensées. Obsédée, elle revivait le passé, dont elle se rendait compte maintenant qu'il n'avait été qu'un tissu de mensonges. Quels choix avait-elle eus?

La campagne était plate et rabougrie, encore mal remise des cicatrices de la guerre. Ils traversèrent une carrière et les restes de ce qui avait dû être autrefois une forêt magnifique. Hommes et femmes en guenilles travaillaient dans les champs, entourés de leurs enfants. Ils s'arrêtaient, bouche bée, pour regarder passer le carrosse ducal.

Les voyageurs firent halte devant une auberge délabrée pour abreuver les chevaux.

— Le cocher n'est pas sûr du chemin, dit Jean en se penchant par la fenêtre.

— J'ai un plan cadastral, répliqua Petite en lui remettant un rouleau de parchemin.

— Ciel! Tout ça?

Jean traça le territoire du bout du doigt.

— Nous sommes arrivés? demanda Marie-Anne en bâillant.

La voiture s'éloigna de la vallée pour aborder des terres broussailleuses. Bientôt, un édifice en pierre apparut à l'horizon, se découpant sur un ciel sans nuages. Un buisson frémit tandis qu'un animal sauvage s'empressait de s'y cacher.

— Des tours ! s'exclama Marie-Anne.

Une buse s'envola à leur approche.

— C'est un château, dit Françoise. Un petit château, ajouta-t-elle l'instant d'après.

« Tout petit, en effet, songea Petite... et délabré. » Les vestiges d'un escalier étaient couverts de mousse. Des arbres poussaient au milieu d'une pièce sans plafond et des vignes s'accrochaient aux arches brisées.

— Je m'en souviens à présent, murmura Françoise en prenant Marie-Anne sur ses genoux. Vaujours, c'est bien là qu'habitait la Dame en blanc, n'est-ce pas ?

— Il me semble que oui, confirma Petite.

Le cocher arrêta les chevaux dans une cour envahie de mauvaises herbes. À leur droite, le château décrépit ; à leur gauche, un étang.

— C'est donc là qu'elle...

Françoise articula la fin de sa phrase : « s'est noyée. »

Petite crut discerner une voix de femme qui chantait.

— Avez-vous entendu ?

Françoise s'efforçait de lacer les bottines en cuir de la fillette, qui s'agitait.

— Les grenouilles ?

C'était une voix d'alto riche et profonde, à la fois passionnée et plaintive. Ils étaient tellement isolés !

— Nous ne pouvons pas rester ici, mère, déclara Petite, le regard rivé sur la surface lisse de l'eau.

— Mais nous avons fait tout ce trajet !

— Voyons ! Vous pouvez arranger cet endroit, le rendre agréable ! protesta Jean.

Sautant à terre, il enroula les rênes autour du pommeau de la selle et laissa son cheval brouter à sa guise. Puis il alla se soulager contre un mur.

— Cette tour est intacte.

— Elle veut s'en aller, lui opposa Françoise.

— Nous devrions au moins inspecter les lieux, insista-t-il en boutonnant sa braguette.

Jean était en train d'expliquer à Petite que l'on pourrait facilement construire une aile à l'arrière de la structure quand Françoise surgit, un bouquet de fleurs sauvages à la main.

— Où est Marie-Anne?

— Elle dort dans le carrosse.

Le vent se leva.

— Je vais jeter un coup d'œil sur elle, décida Petite, submergée par un étrange sentiment de malaise.

Elle souleva ses jupes et courut jusqu'à la cour. La portière du véhicule était ouverte, le cocher ronflait sur le toit, son chapeau sur la figure. La voiture était vide, hormis leurs paniers. Où était Marie-Anne? Petite scruta les joncs, les saules arbustifs, la rive. Ce fut alors que son cœur cessa de battre : là, une main minuscule…

— Jean! hurla-t-elle en se précipitant dans l'étang. Jean!

Ses bottes en cuir la ralentissaient. « Sainte Marie! » Petite sentit une boucle, un effleurement, et plongea. Elle agrippa le poignet de sa fille. Elle était bleue! Elle regagna précipitamment le bord, Marie-Anne dans ses bras, en priant de toutes ses forces. « Sainte Marie, je vous en supplie, je vous en supplie, je vous en supplie! »

— Donnez-la moi!

Jean étendit Marie-Anne sur les pierres et appuya les mains sur sa poitrine. Un jet d'eau gicla de sa bouche, lui arrosant le visage.

— Bonne fille, la félicita-t-il en s'essuyant les joues. Continue.

Marie-Anne se mit à pleurer. Jean la confia à Petite.

— Elle va bien.

— Tu n'as plus rien à craindre, ma douce, murmura Petite en la serrant très fort.

Elle remarqua le bout d'un objet serré dans le poing de sa fille. Elle le libéra et la lumière scintilla sur le métal de la boîte à aiguilles en fer-blanc.

— À moi! geignit Marie-Anne.

Entre prières et jurons, Petite jeta la boîte le plus loin possible, sa fille s'égosillant dans ses bras; elle flotta quelques instants puis coula.

— Alors, qu'en penses-tu? demanda Françoise lorsqu'elles furent remontées dans le carrosse, la fillette une fois de plus endormie sur ses genoux, enveloppée dans la cape de Petite.

— Je n'en sais rien, mère, avoua Petite, une main autour de la cheville de Marie-Anne.

Elle ne pouvait que remercier la Vierge. Et Jean. Paupières closes, elle tressaillit au souvenir de la main de sa fille émergeant de l'eau.

— Elle a dit qu'elle avait vu une dame en robe blanche, que c'était ce qui l'avait réveillée, que la dame chantait...

— Je l'avais entendue moi aussi, rappelez-vous.

— Ce devait donc être le fantôme, comme on le raconte, le spectre de la Dame en blanc.

— Je n'en sais rien, mère.

Petite réprima un soupir. Elle avait une voix d'ange. Comment était-ce possible?

— En tout cas, je sais une chose, décréta Françoise.

— Laquelle ? demanda Petite après un silence.

— Je ne remettrai plus jamais les pieds là-bas, sois en sûre.

— Moi non plus, renifla Petite.

Elle prit la main de sa mère dans la sienne.

— Sois patiente, lui conseilla Françoise. Accepte ce... cette folie passagère. C'est le meilleur moyen de le récupérer. La vérité, c'est qu'il faut traiter les hommes comme des bébés, même les rois.

Chapitre 32

Les courtisans étaient enchantés de rentrer à Paris pour le Nouvel An et de célébrer les transformations de la ville. Les nouveaux lampadaires faisaient l'émerveillement de tous : désormais, la nuit, on y voyait comme en plein jour ! Les rues étaient plus sûres et, en plus, vu le nombre d'ouvriers qui s'affairaient à les paver, elles seraient bientôt propres. On avait remplacé le sentier boueux le long de la Seine par une avenue bordée d'arbres, baptisée Cours de la reine. L'endroit connaissait déjà un immense succès auprès des gens du monde qui venaient y exhiber leurs toilettes.

Louis avait loué une maison pour Athénaïs, loin des regards indiscrets, et elle s'y retira. Le secret était crucial. Louis était leur Roi Très Chrétien. La veille de Pâques, il se confessa, apposa les mains sur les malades pour les guérir de leurs démons puis effectua le chemin de croix à la fois à Notre-Dame et à l'Hôtel-Dieu, une démonstration de dévotion encore jamais vue chez un roi.

Ce matin-là, Petite s'installa en frissonnant dans le confessionnal et pria Dieu pour qu'il la guide, qu'il lui fasse un signe. Dans une semaine, la cour repartirait pour Saint-Germain-en-Laye. Dans une semaine, Athénaïs émergerait de son confinement pour rejoindre la cour – Louis et elle.

Le prêtre entra dans l'isoloir en toussotant. À travers la grille, son haleine sentait l'ail.

— Pardonnez-moi, mon père, attaqua-t-elle d'emblée, car j'ai péché.

« Bien. Par où commencer ? »

— Cela fait deux ans que je ne me suis pas confessée. Il y a dix-huit mois, j'ai eu un autre enfant.

Son adorable Tito. L'ecclésiastique était au courant, bien sûr. Louis avait officiellement reconnu son fils, un mois auparavant.

— J'ai de mauvais sentiments envers une femme que j'ai aimée comme une sœur à une époque.

Petite marqua une pause. Jusqu'où pouvait-elle se dévoiler ? L'existence de l'enfant ne devait jamais être révélée, sous quelque prétexte que ce soit.

— Et maintenant, mon bien-aimé l'aime à son tour.

— Ah, fit l'ecclésiastique.

Il connaissait le code, savait qu'elle faisait allusion au roi.

— Ma santé m'oblige à éviter les relations intimes, poursuivit-elle, mal à l'aise d'aborder ce sujet avec lui.

Un jour, elle pouvait marcher pendant des heures, le lendemain, elle était incapable de mettre un pied devant l'autre. Depuis peu, les complications se multipliaient : règles irrégulières, douleurs dans la jambe. Par temps chaud, elle avait du mal à lire. Parfois, mais pas toujours, elle éprouvait des difficultés à maîtriser son aiguille à broder.

— Quand bien même, je n'arrive pas à pardonner.

— Ce n'est pas un problème facile à résoudre, concéda-t-il.

Il changea de position et son banc en bois grinça. Petite pressa un poing contre son front.

— Je suis désemparée, mon père.

— Laissez l'amour guider vos actions.

— Même si ces actions mènent en enfer ?

Elle songeait à elle mais aussi à Louis.

— La personne à laquelle vous faites allusion est consacrée par Dieu, déclara-t-il avec lenteur comme s'il réfléchissait à voix haute. En lui offrant du réconfort, vous
ne commettez aucun péché. Nous en avons discuté
auparavant.

— Oui, mon père.

— Les mêmes principes s'appliquent dans le cas présent :
vous devez le laisser chercher son réconfort ailleurs,
conclut-il.

Petite couvrit sa bouche pour étouffer un sanglot.

— C'est le royaume du Seigneur, ma fille. Vous devez
vous comporter comme la mendiante aveugle au coin de la
rue. L'amour est votre bâton de pèlerin : appuyez-vous
dessus. Dieu remplira votre gobelet de vin… ou pas. Vous
ne devez pas essayer de comprendre, mais seulement de
garder la foi. Je crois que vous vous méprenez sur la véritable nature de vos souffrances autant spirituelles que
physiques. Elles sont un cadeau de Dieu. Soyez heureuse
et reconnaissante.

— Nous devons la traiter comme un membre de la
famille, déclara Petite à Clorine avant de la mettre au
courant de la nouvelle organisation.

Les pièces rénovées du château de Saint-Germain-en-
Laye sentaient encore la peinture. On avait transformé la
suite en deux appartements : l'un pour Athénaïs, l'autre pour
Petite – une porte secrète menant de l'un à l'autre. Ainsi,
lorsqu'il rendrait visite à Athénaïs, Louis passerait-il d'abord
chez Petite. Les courtisans supposeraient qu'il était avec sa
maîtresse en titre. Personne n'aurait le moindre soupçon.

— Parfois, Sa Majesté restera ici avec moi, parfois il ira à côté, acheva Petite en s'efforçant de masquer son désarroi.

Clorine darda un regard noir sur la porte peinte en vert.

— Je te demande d'accepter cette situation avec grâce.

L'arrangement était diabolique, pourtant elle s'y était pliée ; elle n'avait pas eu d'autre choix que de «couvrir» la liaison de Louis avec Athénaïs. Les raisons valables ne manquaient pas : l'opinion publique, le mari violent, les besoins de Louis. Malheureusement, celles-ci n'étaient d'aucun secours dans la solitude de la nuit. Petite n'était pas du tout certaine de tenir le coup. Elle se consolait en se disant que Louis l'aimait sincèrement, que l'homme qui allait voir Athénaïs n'était pas vraiment Louis mais l'autre : le roi.

— Sa Majesté ne devra connaître que la paix lorsqu'elle viendra.

Louis passa le matin même après la messe. Il s'assit dans le boudoir de Petite, un pichet de vin dans la main. Soudain, il se leva et alla se planter devant la fenêtre, le regard sur la cour. Puis il pivota pour examiner le décor.

— Ils ont bien travaillé, constata-t-il en ramassant un vase en marbre, à l'affût d'éventuels défauts.

— Je trouve aussi.

— Cela vous convient-il ?

Petite ne savait pas au juste ce qu'il voulait dire.

— C'est superbe.

— Mon amour, j'aimerais...

Il posa le vase avec soin.

— Je nourris l'espoir que vous et la marquise serez heureuses ensemble.

Il s'éclaircit la gorge.

— Je serais comblé si... si vous pouviez redevenir amies.

La tasse de thé de Petite tinta sur sa soucoupe. Décidément, on lui en demandait de plus en plus.

— Vous savez, bien sûr, que les gens se poseraient des questions si vous et Athénaïs ne vous fréquentiez plus comme par le passé.

Il s'éclaircit de nouveau la gorge, visiblement désemparé.

— Je comprends.

— J'en étais certain.

Il jeta un coup d'œil sur la pendule.

— Tout… tout s'est bien passé ? bredouilla Petite.

Le peu que Petite savait à propos de l'accouchement, elle l'avait appris par Clorine, qui le tenait elle-même de la bonne d'Athénaïs.

— Ce ne fut pas sans difficulté.

Louis reprit son gobelet. Le diamant de sa bague scintilla.

— Des jumeaux, enchaîna-t-il. Un garçon et une fille, cependant le garçon est mort-né.

— Je suis désolée, murmura Petite, imaginant l'horreur du moment. Mais la fille ?…

— Selon toute apparence, elle se porte bien. Elle est chez une nourrice à Paris. Tout cela dans la plus grande discrétion, bien entendu.

Louis haussa les épaules.

— C'est un miracle que je sois au courant.

— Et la mère ? informa Petite.

Louis consulta une fois de plus la pendule.

— J'y vais.

Athénaïs surgit à l'improviste à la réception du samedi soir de Petite. Son regard trahissait sa fatigue.

— Comment vous sentez-vous ? lui demanda Petite, surprise par la compassion qu'elle éprouvait envers elle.

— Je tiens à peine debout, avoua-t-elle en pénétrant dans le salon.

— Ma foi, si ce n'est pas la déesse elle-même ! s'exclama la duchesse de Navailles. Où étiez-vous passée, madame la marquise ? Vous ne pouvez pas imaginer combien nous nous sommes ennuyées sans vous !

En prévision de la visite de Louis, Petite alluma les bougies. Elle voulait tout faire pour que leurs rencontres se déroulent dans une atmosphère agréable. Elle avait engagé quatre des musiciens de Lully et s'était arrangée pour que leurs deux enfants soient brièvement présents.

— Quand tu verras Sa Majesté, tu lui feras la révérence, dit-elle à sa fille en rajustant ses bouclettes.

Elle savait qu'elle prenait un risque. Marie-Anne, âgée de deux ans et demi, était plutôt téméraire ; en ce sens, elle ressemblait à son père. Mais avec ses grands yeux bruns en amande, elle était irrésistible.

— Aïe ! gémit la fillette en s'écartant. Arrêtez, mère.

— Arrêtez, s'il vous plaît, mère, rectifia Petite. Et si le roi te prend dans ses bras, n'oublie pas de l'embrasser sur la joue.

— Elle pique ! protesta Marie-Anne.

— Veux-tu que je lui dise à quel point tu as été sage ?

Petite prenait grand soin de mettre en valeur l'intelligence de leurs enfants et leurs points communs avec lui.

— Dites-lui que je dessine des monstres.

Marie-Anne arracha un ruban de ses cheveux.

— Montre-moi comment tu fais la révérence.

Marie-Anne secoua la tête avec une vigueur exagérée.

— Je t'en prie, tu la fais si bien !

L'enfant positionna ses pieds et souleva le bas de sa robe. Solennellement, elle fixa ses souliers en satin bleu.

— Plie les genoux... juste un peu, l'encouragea Petite en réprimant un sourire.

Cette gamine amadouerait un ours.

— Le voici, propre comme un sou neuf ! annonça Clorine en arrivant avec Tito. Nous avons une surprise pour vous.

— Il marche ?

— Nous n'allons pas tarder à le savoir.

Clorine lâcha la menotte du petit garçon. Il exécuta trois pas pondérés.

Petite applaudit.

— Youpi ! s'écria Marie-Anne en sautillant sur place, imitant à sa manière une grenouille. Youpi ! Youpi ! Youpi !

Petite rattrapa le bébé avant qu'il ne s'écroule. En vérité, elle avait craint qu'il ne marche jamais. Tito était petit et craintif, pas du tout robuste comme son guerrier de Charles, ni rond et placide comme Filou, mais tout de même obstiné. Il avait hérité de la fossette au menton de Louis.

— La cuisinière vous a préparé une surprise.

— Des pets de nonne ? lança Marie-Anne d'un air empli d'espoir, les doigts dans la bouche.

Leur délicieux parfum imprégnait l'atmosphère.

— Ah ! Le voici ! décréta Petite en entendant des pas à l'entrée. Je te sonnerai pour que tu nous les amènes, précisa-t-elle à Clorine en lui remettant Tito dans les bras.

— Qu'est-ce qui sent si bon ? voulut savoir Louis.

Il posa son épée dans un coin et enlaça Petite. Avec un soupir, il s'assit dans son fauteuil et cala ses pieds sur un tabouret.

— Voulez-vous un verre de Rosa Solis[1] ? suggéra Petite en lui offrant une assiette de gâteaux. Peut-être voudriez-vous voir les enfants avant qu'ils ne retournent chez les Colbert ?

Elle sonna la bonne. Le visage de Louis s'éclaira à l'arrivée de Marie-Anne et de Tito.

— J'ai dessiné un monstre ! annonça aussitôt Marie-Anne.

— Montre à Sa Majesté ta jolie révérence, lui glissa Petite à l'oreille.

Marie-Anne se mordilla la langue, plaça ses pieds, souleva le bas de sa jupe.

— Genoux pliés, regard baissé, exhorta Petite en vain.

Louis afficha un sourire et ouvrit les bras.

— Avez-vous quelque chose pour moi, mademoiselle Marie-Anne ?

Il la souleva sur ses genoux et elle lui caressa la joue.

— Ça pique !

Louis accrocha le regard de Petite et sourit.

— Tito a quelque chose à vous montrer.

Clorine le surveilla de près tandis qu'il effectuait deux pas de suite.

Louis applaudit.

— Je ne savais pas qu'il marchait !

Petite hocha la tête en direction de Clorine.

— Dites au revoir à présent.

---

1. Rosa Solis : liqueur faite à base de jus de drosera à laquelle on prêtait des propriétés aphrodisiaques. Le rosolio est encore produit de nos jours en Italie et en Espagne, bien que la boisson ne contienne plus de jus de drosera.

« Vite fait, bien fait », songea-t-elle en remplissant le verre de Louis. La boisson épicée avait la réputation d'enflammer le désir.

— Madame Colbert va s'impatienter.

— Je regrette, mon amour, mais je dois vous laisser.

Louis but une gorgée d'eau de fleur d'oranger, reposa soigneusement son verre sur un napperon en dentelle.

— Je suis attendu.

— Je comprends, balbutia Petite, le cœur douloureux.

— J'ai l'impression que quelqu'un vous vole vos affaires, avoua Clorine à Petite, quelques semaines plus tard. Avanthier, votre attache-cheveux pailleté, ce matin votre poudre dentifrice.

Elle savait que ce n'était pas un domestique : elle les avait tous soumis au test de la pièce de monnaie.

— En toute franchise, je suis persuadée que c'est…

D'un signe de la tête, elle indiqua la porte verte.

— Pourquoi madame la marquise voudrait-elle ma poudre dentifrice… ou mon attache-cheveux ? Elle n'en porte jamais.

— Ne trouvez-vous pas étrange que les objets se volatilisent après chacune de ses visites ? Je vous parie deux sous qu'elle les dissimule dans son tiroir secret.

— Si tu es au courant, Clorine, c'est qu'il n'a pas grandchose de secret.

Bientôt, Athénaïs fut de nouveau enceinte. « En cloque ! » annonça Clorine avec un air de dégoût.

Ce ne fut pas Louis qui prévint Petite. Avec elle, il discutait chasse, chiens et chevaux. Puis, c'était devenu une habitude, il poussait un soupir et déclarait :

— Je ferais mieux d'aller prendre des nouvelles de la marquise.

Peu après, la porcelaine se mettait à voler.

Louis venait chercher du réconfort auprès de Petite. Même leurs ébats occasionnels étaient devenus «confortables» avec le temps. Petite voulait davantage. Elle se commanda une robe provocante en satin et un éventail paré de plumes d'autruche vermillon. Elle agrémenta ses longues boucles de perles et de rubans.

Elle envoya Clorine à Paris avec une liste d'achats : brocart vénitien, bas peints à la main et, elle avait rougi en formulant cette dernière requête, un livre interdit.

— Heureusement que je n'ai pas été fouillée à l'entrée! s'exclama Clorine à son retour, son panier plein à craquer. Ce livre!

— Je ne savais pas que tu lisais le latin.

Petite était mortifiée.

— Ceci n'est pas en latin, riposta Clorine en agitant *L'École des filles*[1] sous son nez. Mais l'ouvrage contient des mots dont je suis heureuse de pouvoir affirmer que je ne connais pas le sens.

— Je croyais que c'était un manuel scolaire, mentit Petite en le lui prenant des mains.

Clorine soupira bruyamment et leva les yeux au ciel.

— Drôle d'école, marmonna Clorine.

---

1. *L'École des filles ou la Philosophie des dames* : ouvrage érotique.

Queue, braquemart, dardillon. Couilles, cul. Les joues écarlates, Petite évita le regard de la Vierge tout en continuant de lire. *Con, clitoris. Bonheur absolu.*

Louis venait de plus en plus souvent voir Petite. Parfois, il omettait même de franchir la porte verte.

— C'est le deuxième mois de suite que vous n'avez pas vos règles, madame, lui fit remarquer Clorine en examinant le journal dans lequel elle notait tout, y compris ses commentaires sur la santé de sa maîtresse, ses menstruations et l'état de ses selles.

— Je sais, répondit Petite avec un sourire.

Cette fois, elle n'avait pas eu de nausées. Elle était en pleine santé. Elle se sentait épanouie.

Clorine fronça les sourcils.

— Je n'ose pas imaginer ce qui se passera quand elle l'apprendra.

Petite fut arrachée d'un profond sommeil. Il lui semblait avoir entendu un cri. Pas le hennissement de cheval qui peuplait ses rêves, mais le hurlement d'une femme. Une porte claqua tout près.

— Clorine?

Petite écarta les pans des rideaux de son lit, paniquée. Elle perçut un cliquetis de talons sur le sol. Que se passait-il? L'unique bougie éclairait à peine la pièce.

Petite était en train d'allumer une autre chandelle quand Athénaïs fit irruption dans la chambre, la main en l'air, Louis sur ses talons.

— Je vais l'assassiner ! siffla-t-elle en brandissant un couteau.

Louis se rua sur elle et l'arme de fortune tomba dans un bruit fracassant.

— Quant à vous, espèce de minable ! vociféra Athénaïs en s'arrachant à son étreinte. Vous n'êtes qu'un minable ! Une brute ! sanglota-t-elle, maintenant prisonnière des bras de Louis. Une ordure !

— Chut ! murmura-t-il comme s'il consolait une enfant.

Deux bonnes et un valet de pied apparurent sur le seuil. En chemise et bonnet de nuit, on aurait dit une famille de fantômes.

— Retirez-vous ! ordonna Louis.

Ils disparurent.

Le roi gratifia Petite d'une expression de soulagement intense et poussa Athénaïs vers ses appartements. Clorine se précipita avec une chandelle.

— Mademoiselle ?

— Athénaïs vient d'essayer de me tuer.

Petite ramassa l'objet du délit, un couteau rouillé dont la lame à double tranchant était usée, mais néanmoins dangereuse.

— Ciel ! Pendant que je dormais ?

— À l'instant, bredouilla Petite, éberluée.

Elle posa l'arme sur sa table de chevet et se glissa sous ses édredons.

— Je vais m'installer près de vous pour cette nuit, promit Clorine en fermant les rideaux du baldaquin.

— Oui, chuchota Petite, son bébé se retournant dans son ventre.

Louis revint le lendemain en fin de matinée. Il était hagard comme s'il n'avait pas fermé l'œil de la nuit.

— Elle est tranquille à présent, dit-il en allant et venant devant l'âtre. Blucher lui a donné de la verveine et ordonné le repos.

Petite connaissait bien cette plante. Lors des grandes chaleurs estivales, elle avait aidé son père à la ramasser parmi les mauvaises herbes. Il s'en était servi pour guérir toutes sortes de maux : hydropisie, goutte, vers. Mais jamais une tentative de meurtre !

Louis s'immobilisa enfin et s'adossa contre le manteau de la cheminée, les bras croisés.

— Elle souhaite vous voir.

Petite le dévisagea avec stupéfaction.

— Elle a essayé de me tuer !

— Elle ne vous aurait pas fait de mal. Pas vraiment.

Petite détourna la tête, le souffle court. Elle avait lu toute la fureur d'Athénaïs dans ses yeux, dans son attitude.

— Vous savez comment elle est quand elle est…

Louis plaça ses mains en avant imitant un ventre arrondi.

— J'aurais dû attendre ce matin pour lui en parler. Elle est plus émotive, le soir.

Petite afficha une expression ironique.

— Louis, je ne…

— Je ne formule pas cette requête à la légère, interrompit-il, agacé. Elle risque de perdre son enfant. Rendez-lui visite. Quelques minutes seulement, je ne vous en demande pas davantage.

539

La porte verte se ferma derrière Petite. Les appartements d'Athénaïs étaient très semblables aux siens – hormis le décor, franchement opulent, de style oriental. Un chat s'installa nonchalamment sous un guéridon tandis que la bonne apparaissait.

— Madame la marquise vous attend.

Elle chassa le félin et conduisit Petite à travers une série de pièces exiguës, jusqu'à la chambre. Athénaïs était calée contre une pile de coussins en satin rouge, un plateau sur les genoux. Un petit perroquet gris était perché sur la tête de lit matelassée, un anneau en or autour d'une patte, une chaîne en or le reliant à un poteau. Rideaux, tapis, accessoires, tout était rouge. Même le chandelier en cristal était drapé de tulle rouge.

— Ah, vous voilà ! susurra Athénaïs en tapotant ses lèvres peintes de vermillon avec une serviette. Je ne sais pas ce qui m'a pris.

Elle grimaça.

— Me pardonnerez-vous ? Cet abominable Blucher insiste pour que je garde le lit une semaine au moins, le temps de rééquilibrer mes humeurs, prétend-t-il. Sans quoi, je pourrais sombrer dans la mélancolie.

Elle gloussa. L'oiseau ouvrit les yeux et fixa Petite en allant et venant sur son perchoir. Petite tâta son médaillon.

— Asseyez-vous, asseyez-vous. Je ne vous mordrai pas.

Athénaïs ébaucha un sourire penaud. Petite s'installa sur un tabouret.

— Je ne peux pas rester longtemps.

Athénaïs saisit une coupe de friandises posée sur un meuble en laque noire.

— Goûtez donc. Ceux-ci sont exquis – ils ont un goût de menthe, ajouta-t-elle en enfournant un minuscule petit four bleu… De quelle couleur est ma langue ?

Elle la tira. Petite hocha la tête mais se refusa à sourire. Elle se servit un bonbon et le suça méticuleusement.

— Vous êtes en colère.

— Vous vous êtes jetée sur moi avec un couteau.

— Ne soyez pas comme ça, gémit Athénaïs en essayant de lui prendre la main.

Petite eut un mouvement de recul.

— Je vous aime. Pardonnez-moi. Cette situation n'est pas plus facile à vivre pour moi que pour vous, ajouta-t-elle en ravalant ses larmes. Il se comporte comme s'il avait un harem… de deux femmes.

« Toutes deux enceintes, songea Petite, comme des juments d'élevage et leur étalon. »

— Avec la reine, ça fait trois ! pouffa Athénaïs en levant son verre.

Petite se leva brusquement.

— Je ne me sens pas bien.

Dès qu'elle eut regagné sa suite, Petite se coucha. Quand Blucher arriva, elle était en plein dans les affres d'une fausse couche. L'épreuve prit fin six heures un quart plus tard.

— Voulez-vous que j'en informe Sa Majesté, mademoiselle de La Vallière ?

Petite opina sans un mot. Cet enfant, elle l'avait tant désiré.

Le troisième jour, Petite fut saisie d'une forte fièvre. Le quatrième, elle commença à avoir des visions. Des démons émergeaient des ombres, les yeux luisants, agitant leur queue reptilienne.

«Mon Dieu, ne me punissez pas.»

Clorine pria à voix haute, appliqua des compresses fraîches sur le front de sa maîtresse, sous ses bras, entre ses cuisses.

— Ce sont des choses qui arrivent, sire, expliqua Blucher à Louis. La chute du fruit avant maturité, quand la matrice est fermée et qu'il faut l'ouvrir de force, crée des désordres.

— Est-elle en danger? s'enquit le roi d'une voix teintée d'angoisse.

— Oui, sire.

Louis fit venir son propre médecin qui, à son tour, en convoqua deux autres – des hommes graves habillés de robes noires et coiffés de chapeaux pointus. Ils se penchèrent sur Petite en fronçant les sourcils. Ils n'étaient d'accord que sur un point: elle était mourante.

«Mon Dieu, mes péchés me dépassent, je ploie sous leur charge, je suis écrasée, mes forces me lâchent...»

— Il est temps d'appeler un prêtre, sire, dit Blucher à Louis.

«Aidez-moi, mon Dieu...»

Bientôt, Petite fut cernée d'hommes en noir, les prêtres d'un côté, les médecins de l'autre. La chambre se remplit d'une odeur d'encens, du son de psalmodies monocordes.

— Je regrette, sire, murmura Blucher, tandis que les autres s'éloignaient à reculons. Nous ne pouvons rien faire de plus.

Son ton était triste et résigné.

«Ne m'abandonnez pas, mon Dieu!»

Louis revint au chevet de Petite, porta sa main à ses lèvres.

— Je dois vous laisser.

Elle contempla son regard noisette. «Je vous ai aimé.»

Un jour.

Il posa la tête sur son ventre, secoué de sanglots. Elle fit courir ses doigts dans les cheveux de son souverain.

— Allez! chuchota-t-elle, la gorge sèche, la bouche gonflée, craquelée.

Un roi ne devait pas s'attarder en présence de la Mort, quand le diable rôdait.

Petite contempla son corps. Elle était allongée sur un divan, la bouche ouverte, les yeux aussi, fixement. Elle portait sa vieille chemise bordée de dentelle, celle que lui avait confectionnée sa tante Angélique. Son pied gauche invalide était dénudé. Agenouillée auprès du lit, Clorine pleurait toutes les larmes de son corps.

«Je suis morte», pensa Petite avec étonnement. Elle se sentait transparente, comme un cristal étincelant. Elle porta son regard sur les candélabres poussiéreux, ses livres tant aimés, la statue de la Vierge sur le prie-Dieu.

Puis, comme saisie par la fièvre, elle vit les murs se dérober et son père venir vers elle, menant Diablo à travers un pré fleuri. Il portait son pourpoint en cuir taché.

— Le moment n'est pas encore venu, lui dit-il.

Il tourna les talons et disparut.

Chapitre 33

Petite suivit un sentier sinueux à travers le pré. Elle marqua une pause, savourant le chant des criquets, le bourdonnement des abeilles et le gazouillis d'un oiseau solitaire. Des nuées de coccinelles zigzaguaient au-dessus des herbes balayées par la brise.

Elle contempla les collines au loin, l'arche du soleil. Il y avait longtemps qu'elle ne s'était pas aventurée aussi loin de l'univers de la cour. Loin des martèlements sur la pierre, des volutes de poussière, de l'armée d'ouvriers poussant jurons et brouettes, des grincements des charrettes. Loin du monument que devenait – qu'était devenu – Versaie.

Elle s'attarda devant un vieux pommier noueux au tronc couvert de mousse desséchée. Elle se rappelait y avoir cueilli une pomme, autrefois. Elle avait mordu dans le fruit à la chair croquante et sucrée. Combien d'années s'étaient écoulées depuis ? Elle l'avait tendu à Louis. Il avait ri tandis qu'un filet de jus dégoulinait sur son menton. Elle n'avait jamais oublié la fougue de leur étreinte.

La passion les avait-elle pervertis ? Avait-elle corrompu Louis ? L'avait-elle entraîné dans le sillon de l'insatiable désir du diable ?

Un cerf avait dû se nicher sous l'arbre. Les fruits étaient encore petits. Elle en cueillit un à la peau teintée de rose mais il était trop acide. Elle se souvint d'avoir abreuvé les chevaux non loin de là et se mit à la recherche du chemin qui s'enfonçait dans les bois. Pénétrant dans la fraîcheur de l'ombre, elle perçut le gargouillis de l'eau, huma le parfum de la menthe sauvage sur les berges. Elle se fraya un passage dans les fougères jusqu'à un ruisseau coulant sous un dais de branchages, aux rives fleuries de salicaires communes. Là, elle s'accroupit pour boire avec avidité, puis plongea son visage dans l'eau claire.

« Aspiré par les eaux... »

S'asseyant sur ses talons, elle s'essuyait la figure avec sa jupe quand elle repéra des empreintes de cheval dans la boue – des chevaux sauvages, sans doute : ils n'étaient pas chaussés. Et aussi, bien sûr, des traces de lapins et de cerfs. « Le paradis du chasseur », s'était-elle émerveillée. « Notre paradis », avait-il répliqué.

Plus maintenant. Là où s'était dressée la forêt, les arbres poussaient désormais dans des bacs. Là où les rivières avaient coulé paisiblement sur les rochers, des fontaines faisaient jaillir leurs jets dans les airs.

Sa soif apaisée, Petite se leva. Elle revint dans le pré ensoleillé. Suivant son ombre vers l'est, elle atteignit une route cahoteuse. Des canards caquetaient autour d'une mare. Des vaches broutaient l'herbe parsemée de fleurs. Dans le lointain brumeux, elle vit un point blanc.

Petite s'assit dans les fleurs de pissenlit et observa, sous son chapeau de paille, la silhouette qui s'approchait. C'était un homme noir, tout habillé de blanc.

— Azeem ?

Elle se mit debout.

Il s'arrêta devant elle, haletant, et s'inclina.

— Ce ne sont pas vos enfants ! la rassura-t-il en voyant la lueur d'inquiétude dans ses yeux. C'est autre chose.

Il avait vieilli mais sa peau demeurait lisse, dénuée de rides. Sa carrure avait pris de l'ampleur. Il n'avait perdu qu'une seule de ses dents, qui étaient blanches comme l'os d'une baleine. Il portait une longue barbe noire et bouclée, et tirait dessus avec une main en parlant, comme un soigneur maintenant la queue d'un cheval pour l'empêcher de trébucher.

— Vous avez parcouru tout ce trajet pour moi ?

Louis était en cure thermale près d'Encausse, ce ne pouvait donc pas être lui.

— J'ai quelque chose à vous montrer, annonça-t-il gravement.

Petite entendit le hennissement du pur-sang alors qu'ils s'approchaient des écuries royales. Dans un pré un peu plus loin, plusieurs chevaux couraient en un groupe resserré. Les juments s'ébrouaient avec leurs poulains dans le paddock. L'un d'entre eux, encore chancelant sur ses pattes, tomba. La charrette utilisée pour transporter les bêtes gisait sur un côté dans l'enclos des étalons. Un chien couché près de la barrière aboya, se redressa péniblement.

Les portes de la bâtisse étaient grandes ouvertes. Petite entendit de nouveau un hennissement, suivi d'un craquement de bois et de cris masculins. Elle sentit la vibration des coups de pied de l'animal à travers les murs.

D'un geste, Azeem lui enjoignit de rester en arrière.

Une scène chaotique se déroulait devant eux. Les chevaux dans leur stalle renâclaient, mâchoires serrées, cous rigides de terreur, oreilles dressées se tournant d'un côté et de l'autre. Contre un mur, deux écuyers étaient penchés sur un homme étendu par terre. Son visage était ensanglanté, son nez fracturé. À l'extrémité de l'édifice, des palefreniers tentaient désespérément de sécuriser la porte d'un box avec une poutre.

La tête d'un blanc apparut, toutes dents dehors.

Petite s'avança d'un pas, le cœur battant. Le cheval avait le poitrail et les épaules larges. Il avait le cou épais d'un étalon. Il était d'une taille imposante, pourtant il se déplaçait à la vitesse de l'éclair, dressé sur ses postérieurs, enragé. Il avait quelque chose de démoniaque avec ses yeux bleus aux pupilles rouges. C'était un véritable blanc.

— C'est lui, n'est-ce pas ? l'interrogea Azeem.

Petite acquiesça.

— On l'a attrapé du côté de Chaillot. Mais à présent, on ne sait pas comment l'aborder.

— Apportez-moi un mousquet ! ordonna l'un des hommes.

C'était le maître écuyer. Petite s'avança, la gorge sèche. Azeem l'agrippa par le bras.

— Je veux juste le voir.

Elle se posta devant la porte et scruta la stalle entre les barreaux. Il était tout au fond, en train de piaffer. Il avait une cicatrice sur le poitrail, une autre au-dessus du boulet, une troisième sur le chanfrein. On aurait dit un vieux guerrier, unique rescapé de mille et une guerres.

— Bien-aimé, chuchota-t-elle.

Il dressa les oreilles, poussa un hennissement, secoua la tête.

« Il est toujours aussi superbe et terrifiant », songea Petite, impressionnée par sa beauté sauvage.

— Il faudrait qu'il puisse me renifler, dit-elle à Azeem.

— Vous ne pouvez pas entrer là-dedans ! protesta-t-il avec véhémence.

« Il le faut », pensa-t-elle.

— Abattez-le ! intima le maître écuyer à son larbin.

Derrière lui se tenait un garçon traînant un rouleau de corde.

Avant que l'homme ne puisse armer son pistolet et avant qu'Azeem ne puisse l'en empêcher, Petite pénétra dans la stalle.

Diablo s'était réfugié dans le coin, jambes écartées, tête basse, oreilles aplaties. Ses flancs se soulevaient par à-coups, ses narines frémissaient. Son poitrail était luisant de sueur et de sang. Il fixa Petite d'un œil brillant.

Elle fit un pas vers lui. Il se cabra. Le message était clair : « Si tu t'approches, je te tuerai. »

Elle baissa la tête. Il était acculé : elle ne devait pas le menacer. Elle recula légèrement, s'accroupit contre le mur.

— *Nec cesso, nec erro*, chuchota-t-elle... Je ne faiblis pas, je ne perds pas mon chemin.

Diablo ne l'attaqua pas, c'était en soi une victoire, mais il n'en demeurait pas moins une créature sauvage, encore plus qu'autrefois. Il ne laissait pas Petite s'approcher de lui.

Les jours suivants, elle s'assit pendant des heures dans les quatre coins de son box, lui offrant poignées d'herbe fraîche, de céréales et morceaux de fruits. Elle essaya de piquer sa curiosité en s'enroulant en boule dans la sciure et en restant ainsi sans bouger, sans respirer. Le dernier dimanche de juin, elle opta pour une nouvelle tactique : elle se mit à souffler et à grogner, à lui parler dans sa langue. Il se détourna en couchant les oreilles.

Découragée, elle regagna dans le château les appartements de la suite qu'elle partageait avec Athénaïs. « La patience est compagne de la sagesse», lui avait souvent répété son père en citant saint Augustin. Diablo était obstiné. Elle aussi.

— Vous avez de la visite! annonça Clorine alors que Petite franchissait le seuil.

Elle était agenouillée devant les deux enfants, occupée à fixer les boucles de leurs souliers.

— Madame Colbert ne reviendra pas les chercher avant la fin de l'après-midi, enchaîna-t-elle en se levant. J'ai pensé que nous pourrions les emmener en promenade au bord du canal.

— Il fait très beau, en effet.

Petite ôta son chapeau et secoua sa chevelure. Elle entendait le perroquet d'Athénaïs à travers la paroi. Comme à Saint Germain-en-Laye, Fontaine Belleau et même à Paris désormais, elles vivaient côte à côte, séparées seulement par une porte. Le harem du roi. Son sérail. Son bordel privé.

— Nous allons faire flotter notre bateau, décréta Marie-Anne en soulevant la construction en bois particulièrement élaborée que Louis leur avait offerte.

— Et gravir les rochers! ajouta Tito en sautant de son banc pour courir dans les bras de sa mère.

— Vous sentez bon, mère. Comme les chevaux.

— Il y a un prêtre dans l'autre pièce, lui confia Marie-Anne. Je lui ai dit qu'il pouvait s'asseoir, mais pas dans le fauteuil de père.

— Vous vous rappelez l'abbé Patin? lui demanda Clorine, tout en coiffant les enfants d'un chapeau.

— Mon précepteur à Blois?

Petite se débarrassa des bouts de paille et des copeaux de bois qui avaient la manie de se nicher sous ses jupes. «Jupiter»?

— C'est moi, dit-il en se levant alors que Petite entrait dans le salon.

Il portait une tunique à capuche grossièrement tissée par-dessus sa soutane et une calotte en lin.

— Quelle bonne surprise ! s'exclama Petite. Je ne vous aurais pas reconnu ! On dirait un moine !

— Je suis moine, confirma-t-il en riant.

— Je vous en prie, asseyez-vous.

Cette pièce était la seule qui ne partageait pas une cloison avec les appartements d'Athénaïs, et par conséquent sa préférée. Elle avait tapissé les murs de livres.

— Je n'ose pas. Vous êtes duchesse.

— Monsieur l'abbé, je vous en prie ! Nous sommes tous égaux aux yeux de Dieu. N'était-ce pas l'objet d'un de vos sermons ? Si quelqu'un doit rester debout, c'est bien moi. Mettez-vous à l'aise et racontez-moi comment vous en êtes arrivé à une telle transformation.

Il refusa le fauteuil, optant pour une chaise en bois de rose qu'il enfourcha à l'envers, le menton posé sur le dos de ses mains.

— J'ai hérité des ruines d'un monastère à Soligny-la-Trappe.

— Au nord de Paris ?

— À une journée de trajet. J'ai entrepris de le restaurer ainsi que mon âme, apparemment. J'appartiens à l'ordre cistercien depuis environ trois ans.

— Ne devez-vous pas respecter la règle du silence ?

— Sous-entendez-vous par là que je suis trop bavard ?

Il eut un sourire espiègle.

C'était un homme de grande taille et son habit était trop court, révélant ses bottes poussiéreuses et ses éperons.

— Vous montez toujours, monsieur l'abbé ? demanda-t-elle en se remémorant leurs escapades à Blois.

— Dès.que j'en ai l'occasion. Et vous?

— Quand ma santé me le permet.

— Bien qu'encore une fillette, vous étiez la cavalière la plus audacieuse que j'aie jamais connue. Il paraît que vous avez ici un étalon sauvage et que personne ne peut s'en approcher, sauf vous.

— Qui vous a raconté cela?

— Votre réputation vous précède.

Petite eut un sourire triste.

— Qu'est-ce qui vous amène à Versaie?

— Hormis le plaisir coupable d'un grand galop, le jour du Seigneur?

Il étendit les bras, paumes vers le plafond comme pour supplier les cieux.

— En vérité, je suis ici pour vous voir. Je me rends fréquemment à Paris pour le monastère et j'ai appris récemment que vous aviez failli mourir. J'ai été tellement soulagé de vous savoir encore parmi nous que j'ai eu envie de vous le dire de vive voix.

Le sourire de l'abbé Patin la réconforta. Elle avait toujours pu discuter ouvertement avec lui et se sentait aussi à l'aise aujourd'hui que par le passé.

— Je crois que je suis morte un bref instant, avoua-t-elle. J'ai senti une lumière sur moi.

— Ah! fit-il avec intérêt.

— J'ai vu mon père.

Des larmes lui voilèrent les yeux.

— Et mon cheval... mon magnifique cheval blanc.

— Vous en avez parlé lors de votre toute première confession.

— Vous avez une mémoire d'éléphant. Ce cheval m'est revenu.

— C'est le fameux étalon?

— N'est-ce pas étrange ?

Étrange et miraculeux, effrayant et merveilleux.

— Je suis troublée. Vous arrivez à point.

L'idée lui traversa l'esprit qu'il lui avait été «envoyé», lui aussi.

— Après cette... cette vision, pourrait-on dire ? j'éprouve le besoin d'une aide spirituelle. Mon confesseur est...

Elle marqua une pause. Son confesseur se préoccupait davantage d'apaiser le roi que de la sauver.

— Le pardon perpétuel ne me suffit plus.

— Vous craignez que je ne vous pardonne pas ?

— Je sais que vous seriez honnête.

Il se redressa, sourcils froncés.

— C'est une requête grave, vous en êtes consciente.

— Monsieur l'abbé, vous avez été un bon ami. J'ai confiance en vous. Et vous n'imaginez pas à quel point c'est important pour moi en ce moment.

— En tant que conseiller spirituel, je pourrais être amené à formuler des vérités désagréables à entendre.

— Je comprends.

Petite s'étrangla, reprit son souffle.

— Vous êtes au courant de... de ma situation, je suppose ?

— Envers Sa Majesté, vous voulez dire ?

Un sentiment de honte la submergea. Maîtresse en titre, c'était une façon polie de ne pas dire concubine.

— J'ai peur du diable.

— Comme tout le monde. C'est un adversaire redoutable, cependant...

Il hésita, expira bruyamment.

— ... cependant, je crois que vous vous trompez : ce n'est pas le diable que vous devez craindre.

Petite fut prise de court. Elle le vit se lever, soudain agité.

— Puis-je me permettre de m'adresser à vous en qualité de conseiller ? laissa-t-il enfin tomber.

Il arpenta la pièce, les mains croisées dans le dos. Petite hocha la tête, à la fois intriguée et pleine d'appréhension. Son attitude trahissait une certaine agitation.

— J'avoue ne pas avoir été tout à fait honnête avec vous, souffla-t-il enfin, en tournant la chaise vers elle et en s'y installant comme un écolier face à son examinateur. Si je suis à Versaie aujourd'hui, c'est parce que j'ai quelque chose à vous dire, quelque chose d'important.

Il plaça ses doigts en pointe, le menton sur ses pouces.

— Certaines rumeurs se sont propagées parmi les communautés religieuses selon lesquelles la cour se livrerait à la magie noire. Il ne s'agit pas de ces charmes ou psalmodies auxquels s'adonnent les adolescentes en mal d'amour, mais d'actions franchement machiavéliques : messes noires, sacrifices humains, empoisonnements... Ce genre de pratiques.

— Des sacrifices humains ?

— D'un nouveau-né. Pourvu que ce ne soit que pure invention. Vous rappelez-vous l'arrestation, il y a quelques années, d'un prêtre de Saint-Séverin à Paris ?

— Non, bafouilla-t-elle, incertaine.

— C'était pendant l'été, au cours de la vingt-cinquième année de règne du roi.

Petite fronça les sourcils. Elle avait entendu parler de cette histoire peu avant le terrible voyage à Chambord.

— Je m'en rappelle vaguement.

L'église de Saint-Séverin était une paroisse importante, située à proximité de Notre-Dame et du Quartier latin. Elle se souvenait d'avoir été atterrée à l'idée que de pareilles horreurs aient pu s'y produire.

— C'était un prêtre sorcier, un empoisonneur. Pour finir, il a été condamné pour pratiques démoniaques : sacrifices de colombes, incantations de l'Évangile dans le bois de Boulogne. Tout cela était passible de la peine de mort, pourtant il s'en est bien sorti. Il était issu de la noblesse et le juge était un de ses cousins.

L'abbé Patin afficha un air de dégoût.

— Il a été condamné à séjourner dans un établissement disciplinaire réservé aux ecclésiastiques, mais a échappé même à cette sanction. Avec l'aide d'une voyante de Paris, une certaine madame La Voisin, il a réussi à s'enfuir et à se cacher dans un monastère du côté de Toulouse.

Madame La Voisin, la diseuse de bonne aventure.

— Monsieur l'abbé, vous rappelez-vous Nicole ?

— Cette peste aussi tapageuse que charmante ? lança-t-il sur un ton d'amusement affectueux. Bien sûr.

— J'ai appris qu'elle était entrée dans les ordres, dans un couvent du Sud.

L'abbé Patin s'en étrangla de surprise.

— Je vous imagine volontiers dans cet univers, mais pas du tout mademoiselle de Montalais.

« En effet », songea Petite. Elle rêvait d'une vie contemplative, de pureté fondamentale. « C'est mon souhait. »

— Si j'évoque Nicole, c'est uniquement parce que je sais qu'elle a consulté madame La Voisin. Nombre de courtisanes se sont adressées à elle, y compris madame la marquise de Montespan.

L'abbé Patin sursauta.

— Elle vous en a parlé ?

— Pourquoi ?

— Parce que malheureusement, je crains que tout ne se rejoigne. L'un de mes neveux est moine au monastère où s'était réfugié le prêtre sorcier. Fanfaron de nature, ce dernier s'est vanté d'avoir exercé des rituels pour la marquise. Je n'en ai aucune certitude, ajouta-t-il avec emphase, en levant la main. Cela m'a été rapporté et ce ne sont peut-être que des ragots, cependant... Cependant mon neveu est une source fiable. D'après lui, le prêtre sorcier a déclaré que la marquise de Montespan voulait capter l'attention de Sa Majesté, et que son envoûtement avait fonctionné.

Petite baissa la tête et s'efforça de calmer sa respiration. Athénaïs se serait donc servie de la sorcellerie pour séduire Louis?

— Je vais bien, le rassura-t-elle.

Athénaïs avait ses défauts : elle était jalouse, mordante, excessive, mais elle était très rigoureuse en matière de convictions religieuses. Elle respectait scrupuleusement le jeûne et les jours saints, elle ne ratait jamais l'office. Comment une personne aussi fervente dans sa foi pouvait-elle s'adonner au satanisme?

— Je suis désolée, s'excusa-t-elle enfin en se redressant. Je suis sujette à ce genre de malaise de temps en temps. Ce n'est rien... Savez-vous, monsieur l'abbé, que Sa Majesté et la marquise sont...

Il acquiesça :

— Là encore, les racontars vont bon train. En tant que religieux, j'admets que je m'inquiète pour l'âme de Sa Majesté.

Petite sentit les larmes lui monter aux yeux. «Oui!»

— De même que pour la vôtre.

Il se pencha en avant et accrocha son regard.

— Dites-moi. Cet arrangement n'est-il pas pour le moins... inconfortable?

— Je me sens prise au piège. Quels sont mes choix? La plupart des femmes, en une telle situation, prennent le voile. Mais qui voudrait de moi?

— Je suis en mesure de vous parrainer.

Il ne plaisantait pas. Elle non plus.

— Mes enfants, monsieur l'abbé…

— Vous seriez toujours leur mère.

Une meilleure mère, une mère qui ne vivrait plus dans le péché.

— Cela risque d'être un peu long, prévint-il. Vous êtes un esprit pur dans un…

— Je suis loin d'être innocente, interrompit-elle avec ferveur.

— D'un point de vue séculaire, certes. Néanmoins, il existe une forme de pureté de l'âme qui ne peut être souillée et je la décèle en vous.

Petite retint son souffle, le cœur battant. Oserait-elle se confesser ?

— Il y a quelque chose que je ne vous ai jamais dit, que je n'ai jamais dit à personne.

Sa voix tremblait. Il fut sensible à son émoi.

— Je vous écoute.

Petite se tordit les mains. Si elle ne se confessait pas maintenant, le ferait-elle jamais ?

— Avez-vous déjà entendu parler de la poudre d'os magique ?

— Cela a-t-il un rapport avec les chevaux ? Je connais la magie du crapaud. C'est un rituel courant chez les paysans.

— Ce doit être plus ou moins le même.

Rassemblant tout son courage, elle se lança. Elle lui relata tout l'épisode : comment elle avait tué le crapaud, broyé et mélangé ses os avec de l'huile pour amadouer Diablo.

— C'était un miracle. Il était vicieux et, d'un seul coup, il est devenu l'animal le plus doux qu'on puisse imaginer.

— Je vous ai vue avec les chevaux. N'avez-vous jamais songé que ce n'était peut-être pas ce cérémonial qui l'avait transformé ?

Petite hocha la tête.

— J'ai commencé à entendre des voix, à voir le visage du diable toutes les nuits.

— Ce sont des frayeurs communes chez les enfants. Vous étiez jeune.

— Mais suffisamment grande pour faire un pacte avec le diable, monsieur l'abbé. Peu après, mon père est mort subitement et le cheval a disparu.

— Jusqu'à aujourd'hui.

— Jusqu'à aujourd'hui, convint-elle en pensant à Diablo et à sa beauté sauvage.

Que signifiait tout cela ? Son père, Diablo et à présent, l'abbé Patin. Une trinité. Elle tâta le médaillon autour de son cou.

— Ce n'est pas tout. Quand j'ai appris que la marquise et le roi...

Elle se tut. Elle ne pouvait pas révéler l'existence des deux enfants qu'Athénaïs avait eus de Louis, pas même à son confesseur. Leur existence était un secret bien gardé, une précaution contre l'éventuelle vengeance d'un mari fou de rage.

— J'ai eu envie de la tuer.

L'abbé Patin grimaça comme pour dire que cela ne le surprenait guère.

— C'est logique.

— Et peu après, je suis retombée sur les restes de l'on-guent, dans une boîte à aiguilles. L'idée m'a traversé l'esprit de l'essayer sur Athénaïs et même sur Sa Majesté. Je voulais ce pouvoir, voyez-vous ? Je voulais les plier à ma volonté et j'étais prête – tout à fait prête – à traiter avec le diable une fois de plus pour parvenir à mes fins.

— Qu'est-ce qui vous a retenue ?

— Ma fille.

Petite sentit qu'elle s'effondrait.

— Elle a dû trouver la boîte dans mon panier. Elle a failli se noyer. Si je l'avais perdue…

Petite cacha son visage dans ses mains. « Sainte Marie ! » Elle essuya ses joues avec sa manche.

— Vous comprenez donc ?

— Oui, chuchota-t-il avec tendresse.

Petite aspira une grande bouffée d'air et le regarda droit dans les yeux.

— Merci.

Elle se sentait soulagée d'un poids immense.

— Dites-moi ce que je dois faire.

— Pour combattre le diable ?

Elle fit « oui » de la tête. L'abbé Patin écarta les bras.

— Ce que vous venez de faire. Pour vaincre le Mal, il suffit de le mettre en lumière.

— Ce serait trop simple.

— Vous avez raison : le processus d'éclairement, comme j'aime à l'appeler, est complexe. Il faut du temps et énormément de courage. Mais vous êtes une femme d'un courage exceptionnel, conclut-il avec un sourire chaleureux.

La pendule sonna.

— C'est l'heure à laquelle je me métamorphose en cavalier, annonça-t-il en se levant. Je suis attendu à Paris.

Il lui prit les mains.

— Vous sentez-vous… ?

— Vous m'avez été d'un secours précieux, monsieur l'abbé.

— Nous reparlerons de tout cela. Quant au reste…

Petite inclina la tête en direction des appartements d'Athénaïs.

— Soyez sur vos gardes.

— Oui.

— Que Dieu soit avec vous.

Il fit le signe de la croix sur elle.

Après le départ de l'abbé Patin, Petite demeura un long moment immobile, le regard dans le vide, à la fois soulagée de s'être délivrée de ce poids et sidérée par ce qu'elle venait d'apprendre. Athénaïs avait prévu de longue date de séduire Louis. Petite se remémora toutes les confidences larmoyantes de celle qu'elle avait cru être une amie. Sa trahison en soi la décontenançait, mais la pensée qu'Athénaïs avait pu avoir recours à la magie noire l'anéantissait complètement.

Dehors, un bruit de pas précipités interrompit le fil de ses réflexions. Elle s'approcha de la fenêtre mais ne vit rien, hormis le décor habituel : les tas de gravats et de pierres, les brouettes et les charrettes immobiles en ce jour du sabbat. Elle pivota quand la porte d'entrée s'ouvrit, cédant le passage à Clorine et aux enfants. Puis elle perçut le gloussement d'une femme. «Athénaïs.»

— Louise, pardonnez-moi de vous déranger mais je crains que nous n'ayons à partir immédiatement.

Elle franchit le seuil en fermant sa petite ombrelle chinoise en papier. Sa jupe dorée scintillait d'épingles incrustées de diamants.

— J'ai demandé notre carrosse.

C'était celui de Petite, mais Athénaïs le considérait comme le leur.

— Nous devons nous rendre à Saint-Cloud.

— Maintenant?

À l'extérieur, elle entendit de nouveau courir, crier.

— Que se passe-t-il? s'écria-t-elle, alarmée.

— Henriette est gravement malade.

— Empoisonnée, mère, intervint Marie-Anne avec enthousiasme.

— Ne dis pas cela, la réprimanda Petite en serrant les deux petits dans ses bras. Qu'as-tu dans la bouche?

— Un bonbon, répliqua la fillette en se dégageant de son étreinte. Madame de Montespan nous les a donnés. Louis a craché le sien.

— De la coriandre confite. En voulez-vous? proposa Athénaïs en plongeant la main sous ses jupes pour atteindre sa poche.

— Non, merci.

La voix de Petite fut noyée par les hurlements de Marie-Anne tandis qu'elle s'efforçait de lui enlever la friandise de la bouche.

— Votre carrosse est avancé, décréta Clorine.

— Ne vous sentez-vous pas bien, Louise? demanda Athénaïs en lui tapotant l'épaule. Vous êtes pâle.

La cour du château de Saint-Cloud était encombrée de carrosses. Cochers et valets erraient, l'air absent. La journée s'étiolait, le soleil se couchait à peine.

— Le roi et la reine sont déjà là, constata Petite.

Devant le perron était garé le carrosse royal avec ses huit chevaux.

— Le monde entier est ici, répliqua Athénaïs.

Les courtisans se tenaient par petits groupes près de l'entrée. Petite reconnue madame Desbordes, l'une des demoiselles d'honneur d'Henriette, en pleine conversation avec le valet de Philippe. Dans le vestibule, elle repéra le prince de Condé qui discutait avec le maréchal de Turenne, sous le regard de madame d'Épernon et de madame de La Fayette. Appuyé contre un mur, monsieur Lauzun paraissait accablé.

— Nous arrivons de Versaie ! annonça Athénaïs en gravissant le large escalier en marbre avec l'aide d'une canne.

Madame Desbordes se pencha pour confier tout bas :

— Il paraît que la princesse prétend avoir été empoisonnée.

Petite eut un mouvement de recul. D'atroces cris de douleur provenaient des entrailles du château.

— Par le verre de chicorée que je lui ai préparé, enchaîna la femme en plaquant un mouchoir sur son visage.

Athénaïs plissa le front.

— C'est vous qui lui avez donné cette infusion ?

— Dieu merci non, c'est madame de Gourdon. Elle est à son chevet. Pauvre Henriette, elle est à l'agonie ! Mais ce n'est pas du poison, j'en ai la certitude. Monsieur en avait fait boire au chien et j'en ai moi-même avalé une gorgée du verre de Madame pour le prouver.

— Vous en avez bu ? insista Athénaïs.

— Monsieur a mis un certain temps avant de se rendre compte qu'elle était en danger et d'appeler les médecins. À présent, ils sont tous là : celui de Madame, celui de Monsieur, même celui du roi, qui est venu exprès de Versaie. Tous déclarent que c'est une simple crise de coliques, mais elle souffre le martyre. Personne ne sait quoi faire, pas même

Sa Majesté. Quant à Madame Henriette, dès le début elle a crié qu'elle était en train de mourir et qu'elle voulait un prêtre.

— Pouvons-nous entrer ? s'informa Petite en s'effaçant pour céder le passage à cinq musiciens suivis des pages portant leurs instruments.

— Si vous parvenez à vous glisser dans la chambre, répondit madame Desbordes. On se croirait à l'inauguration de la foire de Saint-Germain.

Dans la pièce sombre, c'était le chaos. Les courtisans ne cessaient d'aller et venir. Près de la fenêtre, l'air atterré, Philippe contemplait son épouse. La princesse était allongée sur son lit, sa robe de chambre déboutonnée, ses cheveux flamboyants en désordre. La reine se tenait d'un côté, Louis de l'autre, chacun lui serrant une main. À l'instant où elle distingua le visage d'Henriette, Petite comprit qu'il ne lui restait plus longtemps à vivre. Le teint cireux, la figure émaciée, elle ressemblait déjà à un cadavre.

Louis leva les yeux vers Petite et Athénaïs, les suivit du regard tandis qu'elles se frayaient un chemin dans la foule. La gorge de Petite se noua en le voyant si angoissé.

Athénaïs la tira par la manche. On s'écarta pour les laisser passer. Elles restèrent un moment à prier avec les autres :

— Seigneur Dieu, nous vous confions notre princesse bien-aimée et vous demandons humblement de la guérir, amen.

— Je ne verrai pas l'aube, sire, souffla Henriette à Louis.

Son front luisait de transpiration, ses yeux brillaient, pourtant sa voix était empreinte d'une sorte de résignation.

— Ce n'est pas vrai, protesta-t-il d'un ton suppliant.

Petite se détourna pour cacher ses larmes. Henriette avait vingt-six ans, exactement le même âge qu'elle.

— Croyez-vous qu'elle soit vraiment mourante ? susurra Athénaïs en effleurant sa croix du bout des lèvres.

— Oui.

Petite remarqua la clé accrochée à la chaîne d'Athénaïs : petite, en argent, longue d'environ quatre centimètres, elle était dotée d'un anneau en forme de cœur. Athénaïs portait souvent les deux ensemble. Petite ne s'était jamais demandé pourquoi. « Soyez sur vos gardes. »

— Croyez-vous qu'elle ait été empoisonnée ?

— Je n'en sais rien, répliqua Petite.

Les musiciens accordèrent leurs instruments. Que c'était triste d'être une princesse, de devoir mourir en public dans de telles souffrances.

— Je reviens tout de suite.

Elle se faufila jusqu'aux musiciens.

— Jouez la pavane d'Aisne, ordonna-t-elle.

Comme la musique commençait, la princesse contempla Petite. Faiblement, elle leva une main pour leur faire signe : « Plus fort, plus vite. » Petite revint sur ses pas.

— Je crois que je vais vomir, marmonna Athénaïs.

Louis s'arracha de sa place près du lit et rejoignit trois des médecins dans la niche d'une fenêtre.

— Allez-vous la laisser mourir sans intervenir ? les interpella-t-il.

Les musiciens s'arrêtèrent. Hormis les râles d'Henriette, tout devint silencieux. Les médecins fixèrent le sol.

Louis, au bord des larmes, se tourna vers Henriette.

— Ne pleurez pas, sire. Vous allez me faire pleurer, moi aussi.

Il déposa un baiser sur son front.

— Remettez-vous à Dieu.

Quelques murmures parcoururent l'assistance tandis que le roi et la reine s'éclipsaient. Tout le monde savait ce que ce départ signifiait.

Le lendemain matin, de retour à Versaie, Petite se rendit aux écuries sous la pluie. Le temps était doux et elle portait une pèlerine à capuche. Elle se sentait l'âme d'un moine errant dans la brume et accaparé par de sombres pensées. Elle songea à sa conversation de la veille avec l'abbé Patin – sa confession à elle, ses révélations à lui et ses conseils. Elle pensait à Henriette, à sa courte vie pétillante, à son agonie. Elle pensait aux rumeurs.

Henriette avait-elle été empoisonnée ? Cela semblait impensable et pourtant... la peur accentuait les soupçons. Un empoisonneur ne se voyait pas, l'arme du crime était invisible. Il suffisait d'un soupçon de produit sur le bord d'une tasse, d'une goutte dans un verre d'eau de fleur d'oranger. Une poudre dispersée sur un manteau ou une perruque pouvait faire virer le teint au jaune, déclencher une chute sévère des cheveux, priver la victime de l'usage de la parole au point de l'empêcher de faire son ultime confession.

« Que le diable disparaisse ! » chuchota-t-elle en se signant rapidement, épouvantée par ses propres pensées.

L'enceinte était encombrée de charrettes, de carrosses et de chevaux en préparation pour le retour précipité de la cour à Paris : tout devait être drapé de noir. Petite se posta devant la porte de la stalle de Diablo, une main sur le verrou. « Que de malheurs ! » songea-t-elle, des larmes dans la gorge. Le paradis était devenu un enfer. Elle jeta un coup d'œil à l'intérieur du box. Diablo se tenait en face d'elle, ses petites oreilles dressées. Elle essuya ses joues avec l'ourlet de sa jupe puis lentement, prudemment, elle entra.

Diablo leva brutalement la tête.

Petite se colla contre la paroi. « Je ne vous connais pas et pourtant je vous connais. » Que de beauté dans sa sauvagerie, sa résistance. Paupières closes, elle essaya de prier mais elle repensa à sa confession. Ce sortilège était-il levé ?

Elle perçut un hennissement doux et rouvrit les yeux. Diablo fit un pas vers elle. Fixant ses pieds, n'osant pas le regarder, elle le sentit s'approcher, ses sabots bruissant sur la paille. Elle sentit sa chaleur tandis qu'il reniflait son bras, ses cheveux, son épaule. Elle sentit son naseau lui chatouiller la joue. Secouée de sanglots, elle hoqueta.

Il eut un mouvement de surprise mais ne paniqua pas. Petite chercha le croûton de pain qu'elle avait glissé sous son bras. Elle le lui présenta, paume vers le ciel et attendit. Elle savait qu'il viendrait.

Chapitre 34

Émergeant d'un sommeil agité, Petite se redressa. Un rêve la hantait. On y voyait le carrosse royal, tiré par huit chevaux noirs couverts d'un caparaçon de velours noir et de plumes assorties. Des chevaliers, des valets, des écuyers sous leur capuchon, des bateliers et des pages suivaient un long cortège de voitures drapées de noir. Tous portaient le deuil. Venaient ensuite des troupeaux de chevaux, des chiens et des chariots chargés de cages pleines de singes, de perroquets et d'animaux exotiques qui, étrangement, se tenaient cois. Des paysans les escortaient et se jetaient sur les restes laissés par les gens fortunés. Et, fermant le cortège, Diablo, blanche silhouette solitaire qui se découpait dans un paysage noir.

Où était-elle?

À Paris, se souvint-elle… Mais pas dans sa maisonnette en face des jardins du Palais-Royal. Non. Elle se trouvait maintenant aux Tuileries, dans d'élégants quartiers contigus à ceux d'Athénaïs.

Quelle année était-ce? En quelle saison? Février 1671, la vingt-septième année du règne du roi. Bientôt, on célébrerait le mercredi des Cendres et ensuite on entrerait en carême.

Ce matin-là, elle avait pris soin de Diablo qui avait été placé en isolement dans une cour, derrière les écuries royales, près de la rue Saint-Honoré: une captivité qu'elle jugeait cruelle. Elle avait essayé encore une fois de le monter, mais sans succès. Il se rebiffait.

Durant l'après-midi, Louis lui avait rendu visite et, encore imprégné de la chaleur de son étreinte, il était passé chez Athénaïs. Il avait insinué, pour rire bien entendu – *bien entendu* – que ce serait plus pratique de les avoir toutes les deux dans le même lit.

— Nous manquerions de place, avait plaisanté Petite, en faisant référence à l'embonpoint pris par Athénaïs, mais la remarque désinvolte du roi l'affligeait.

Minuit n'avait pas encore sonné à en juger par le feu qui brûlait dans l'âtre. Elle se sentait lasse. Elle souffrait d'insomnie et, lorsqu'elle parvenait à s'endormir, des rêves terrifiants venaient la hanter, dont celui d'un serpent au visage de femme, les cheveux étirés en pointe, ou celui d'un homme, svelte et musclé, vêtu d'un pagne, qui lui lançait des regards de braise.

Ses jours étaient également troublés par la peur et le soupçon. Elle avait égaré des objets : un éventail en ivoire, une écharpe en dentelle. La disparition du chapelet de son père l'attristait encore. Elle soupçonnait maintenant Athénaïs de lui avoir dérobé tous ces objets. Pis encore, s'adonnait-elle à la sorcellerie dont elle était l'objet ?

Petite jeta une écharpe en fourrure sur ses épaules. L'hiver avait été lugubre et hanté par le fantôme d'Henriette. Les résultats de l'autopsie avaient démontré qu'Henriette n'était pas morte empoisonnée, mais les gens nourrissaient néanmoins des soupçons et faisaient courir le bruit de magie noire. Aucun festival, médianoche ou bal n'avait eu lieu… jusqu'à maintenant. Bientôt se tiendrait le bal masqué annuel du Mardi gras.

Petite se dirigea vers la fenêtre et ouvrit les volets. C'était une nuit sans nuages, et la lune était pleine et brillante.

Ses quartiers donnaient sur la Garenne, le jardin public s'étendant jusqu'aux remparts de la ville. Elle aperçut une voiture descendre le Cours, le long de la Seine. Autrement, elle ne vit rien, aucun signe de vie, juste le vague profil de la fontaine et le rideau d'ormes, de cyprès et de muriers. Les boisés et la campagne se déployaient au-delà des remparts.

Petite entendit quelqu'un tousser. Elle se précipita dans l'ombre, le cœur battant. Elle était évidemment à fleur de peau puisqu'elle avait encore fait des rêves ensorcelés. Cependant, les toussotements semblaient provenir de la porte du couloir menant aux quartiers d'Athénaïs.

Ce ne pouvait être Athénaïs. La lune était pleine et la soirée venait de commencer. Elle devait être aux tables de jeu. Parfois, Petite l'entendait arriver à l'aube avec sa dame de compagnie, trébuchant, riant et lançant des jurons.

Petite colla son oreille contre la surface vernie de la « porte verte », comme elle avait l'habitude de la nommer, même si elle n'était pas verte à Paris. Elle pouvait demeurer silencieuse, être aux aguets, être patiente et attendre le bon moment. Elle était capable de rester immobile pendant de longues périodes, un talent qu'elle avait développé à la chasse. Ainsi, elle resta silencieuse, à l'affût du moindre bruit, mais ne perçut aucun mouvement.

Elle serra son médaillon dans sa main – le talisman qui la protégeait du diable – et ouvrit la porte qui grinça sur ses gonds. Elle avait l'intention de ne jeter qu'un coup d'œil, de dissiper ses craintes… puis de se mettre au lit.

Les quartiers d'Athénaïs étaient la copie conforme de ceux de Petite. Il y avait une antichambre, une pièce où recevoir les invités, une chambre à coucher, un boudoir ainsi qu'un cabinet pour la bonne. Des chats s'éloignèrent furtivement lorsque Petite entra dans le salon. Deux immenses cierges y avaient été laissés allumés ; Athénaïs avait une peur bleue de la noirceur.

Le perroquet se tenait sur un perchoir doré et picorait un petit gâteau. Il observa Petite d'un seul œil.

— Que diable ! dit-il, puis il toussa.

Petite s'adossa contre le mur et reprit son souffle. Elle devrait maintenant retourner à sa chambre. Elle n'avait aucun droit de se trouver là.

Le lendemain, tard en soirée et longtemps après la fermeture des volets, Athénaïs fit irruption dans la chambre de Petite sans s'annoncer. Émergeant de la « porte verte », elle demanda à Petite d'attacher ses rubans et d'ajuster la traîne de sa robe. Petite se leva, étonnée de la voir. Minuit avait sonné et elle était en chemise de nuit. Incapable de trouver le sommeil, elle avait décidé de lire la *Divine comédie* à la lumière de la lanterne, en prévision de sa rencontre avec l'abbé Patin le lendemain matin.

— Personne n'attache les rubans comme toi, ma chère, dit Athénaïs à Petite en lui faisant la bise.

Petite s'exécuta. Elle ne voulait pas provoquer une scène. Athénaïs la remercia, prononça quelques mots à propos du bal masqué à venir et quitta la pièce pour aller se joindre aux tables de jeu dans le salon de la reine.

— Qui était-ce ? demanda Clorine qui se tenait dans l'embrasure de la porte.

La lumière de la chandelle donnait à son visage un air macabre.

Petite souleva sa lanterne et regarda à travers la pièce.

— Clorine, n'y avait-il pas une plume d'aile de geai bleu avec mes rubans?

— Celle pour le chapeau que vous mettez pour monter à cheval? Elle était ici.

Clorine prit un air narquois.

— Laissez-moi deviner: madame de Montespan vient de sortir.

«Je pourrais la tuer», se dit Petite en se demandant quel autre objet Athénaïs avait bien pu lui chiper.

La nuit était avancée lorsque Petite ouvrit la porte de ce qu'elle devina être la chambre à coucher d'Athénaïs. Retenant son souffle, elle entra et ferma doucement derrière elle.

Elle venait de pénétrer dans un autre monde, un monde d'une sensualité tout orientale: des châles provenant de l'Inde pendaient à des chandeliers de cristal, les boiseries gravées présentaient en clair-obscur des images d'hommes et de femmes en petite tenue dans toutes sortes d'étreintes. C'était le boudoir somptueux d'une catin, avec ses fines robes jonchant le tapis rouge de Turquie, les draps du lit en désordre, le tout enveloppé de soieries rouges. Pourtant, c'était aussi, d'une façon perverse, un autel avec des cierges allumés devant des croix, des statues et des icônes. La plupart des objets étaient en argent: un lit massif en argent reposait sur le dos de deux lions en argent. Les colonnes du lit, également en argent, étaient ornées de plumes blanches. Un divan, en argent, couvert d'une peau de tigre, était placé devant la grille argentée du foyer. Même la coiffeuse était argentée. La lumière se reflétait sur la surface en argent des objets, comme autant d'étoiles pendant une nuit sans nuages.

Petite entendit le gardien de nuit sonner une heure du matin. Elle était venue à la recherche d'objets qui lui appartenaient, mais elle n'en avait pas moins l'impression d'être une voleuse. Elle jeta furtivement un œil aux pots de pommade et de poudre en désordre sur la coiffeuse. Tout était couvert de cire de chandelle et de cendre. Petite prit un coffret en argent. À l'intérieur, elle découvrit un enchevêtrement de bijoux, de bracelets, de colliers, de breloques serties de perles, de diamants et de rubis. Mais pas un modeste chapelet en bois, un bandeau pailleté ni une plume. Elle vit un jeu de tarot étalé sur la table de nuit, près du lit, ainsi que deux verres à moitié pleins de ce qui semblait être de l'alcool. La cire provenant de chandelles au mur avait dégouliné sur une armoire noire émaillée. Petite tenta d'en ouvrir la porte, mais elle était fermée à clé.

Croyant avoir aperçu quelque chose du coin de l'œil, sur le lit, elle tressaillit, mais réalisa soudain qu'il s'agissait de sa propre image : la tête de lit était un miroir. Elle aperçut, emmêlé aux draps du lit, un petit fouet de cuir avec une poignée en argent.

« Juste ciel ! » Elle n'aurait jamais dû venir. Elle commença à rebrousser chemin, mais vit des colliers accrochés à une cheville en argent. De la dentelle ornée de perles, de longs rangs de perles, un collier en rubis, un collier en coquillages dorés et un autre en dents d'ours. Il y avait également deux chapelets, l'un avec une croix en ébène incrustée de nacre, l'autre en perles noires avec une croix en argent. Petite aperçut la chaîne en or qu'Athénaïs avait l'habitude de porter : la chaîne où pendaient la croix et la clé.

La clé. Petite la détacha de la chaîne. Elle s'accroupit et la fit entrer dans la serrure de l'armoire noire émaillée. C'était la bonne clé et le mécanisme céda. Les portes s'ouvrirent sur deux tablettes coulissantes. Petite fit glisser celle du haut. Sur un tapis de feutre vert se trouvaient des mèches de cheveux, un dé plein de rognures d'ongles, son bandeau et son ruban rayé bleu. Il y avait même un petit bracelet dont elle n'avait pas encore constaté la disparition.

Elle s'assit sur ses talons. Il y avait également le bas de soie d'un homme ainsi qu'une épingle à chapeau dont la pointe était sertie d'un diamant. Appartenaient-ils à Louis? Elle aperçut un fouillis d'objets répugnants au fond de la tablette: un petit cœur desséché (probablement celui d'un oiseau, pensa-t-elle) et ce qu'il lui sembla être des entrailles et des petits os emmêlés.

Petite fit glisser la tablette du bas. Derrière une boîte décorative en cuivre et une enveloppe en papier, elle vit son chapelet de perles en bois. «Oh, merci Marie!» Elle embrassa le chapelet et le mit autour de son cou. Elle ouvrit ensuite l'enveloppe. Un bonbon bleu et dur en sortit en roulant. La couleur lui parut inhabituelle. Puis elle se rappela qu'Athénaïs lui en avait offert un, juste avant sa fausse couche. Juste avant qu'elle frôle la mort.

Tremblante, Petite ouvrit la lourde boîte en cuivre. Des cendres? Elle la mit de côté, prit l'enveloppe et ferma l'armoire à clé. Tenant le pendentif et l'enveloppe dans une main, et la boîte en cuivre dans l'autre, elle s'éloigna sans un bruit.

«Damnation!» cria le perroquet pendant que Petite retrouvait à tâtons son chemin jusqu'à ses quartiers.

L'odeur rafraîchissante des bûches de pommier que Petite faisait brûler durant l'hiver embaumait sa chambre à coucher. La lune projetait sur le sol dépouillé des carreaux de lumière éclatants. Athénaïs ne pourrait jamais savoir que Petite s'était rendue dans sa chambre puisque l'armoire était verrouillée et que maintenant, c'était elle qui avait la clé. Néanmoins, elle poussa une chaise contre la porte et, tremblante, dissimula la clé, la boîte en cuivre et l'enveloppe derrière les quatre volumes en cuir de Virgile, dans la bibliothèque, près de son prie-Dieu. Après avoir fait une prière, à la fois empreinte de reconnaissance et de crainte, elle retourna à son grand lit, s'enroula dans les couvertures et serra le chapelet de son père contre son cœur.

— Dieu merci, vous êtes ici! lança Petite en saisissant les mains de l'abbé Patin.

— Qu'y a-t-il?

— J'éprouve des... c'est comme si mon cœur tremblait. Des palpitations, comme dit le médecin.

Le courage commençait à lui manquer. À la messe, assise près d'Athénaïs, comme d'habitude, elle avait osé tenir le chapelet de perles en bois dans ses mains. Athénaïs avait eu un long regard ébahi.

— Dites-moi ce qui se passe, insista l'abbé Patin, en guidant Petite vers une chaise et en prenant place dans un siège en face d'elle.

Petite enveloppa ses épaules dans son châle.

— Vous souvenez-vous lorsque je vous ai dit que j'ai failli mourir?

— Oui, dit-il, vous disiez avoir vu votre père.

— Ce que je ne vous ai pas dit, reprit Petite, c'est que peu de temps avant de tomber si malade, j'étais enceinte. J'ai... perdu le bébé.

— Et c'est ce qui vous a rendue malade?

— Pas exactement.

Petite sortit le chapelet de la poche de sa jupe. Faisant glisser les perles en bois du chapelet entre ses doigts, elle dit à l'abbé Patin qu'Athénaïs lui avait donné une dragée peu avant qu'elle perde son bébé.

— Je suis allée au marché ce matin, avant la messe, pour consulter l'herboriste. Elle m'a raconté que la dragée contenait du bugle jaune, une sorte de pin moulu.

— Ah !

— Connaissez-vous cette herbe ?

Sans hésitation, l'herboriste y avait attribué des propriétés abortives. C'était l'un des « remèdes » de madame La Voisin.

— Je connais, dit-il en grimaçant. C'est une herbe très puissante qui peut tuer une femme et son...

— Je sais.

Petite se dirigea vers sa bibliothèque et prit les volumes de Virgile. Elle déposa la boîte en cuivre sur la table, devant l'abbé.

— Cela vous dit-il quelque chose ?

Il prit la boîte et l'examina.

— Je crois que cela provient de l'église Saint-Sévérin, dit-il en pointant le dessin complexe représentant deux « S » gravés sur le couvercle.

Petite hocha la tête. C'est ce qu'elle croyait également.

— Madame de Montespan l'avait en sa possession.

Quelque part à l'extérieur, une femme chantait l'*Hymne à l'adoration* : « Que les mortels gardent le silence... »

Hésitant, il ouvrit la boîte.

— Des cendres, dit-il.

Il toucha le contenu avec son doigt, puis le sentit. Il frotta son doigt contre sa soutane et fit trois signes de croix. Il ferma le couvercle et se cala dans sa chaise en fronçant les sourcils.

— L'herboriste pense qu'il s'agit de cendres humaines, dit Petite, bien qu'évidemment, elle ne puisse pas en jurer.

— Je n'osais pas le dire, mais c'est en effet possible et…

Il regarda la boîte avec angoisse.

— Et elles proviennent probablement d'une messe noire.

Petite se couvrit le visage de ses mains. Lorsqu'elle était enfant, elle imaginait le diable comme un monstre aux dents effilées avec une queue couverte d'écailles. Elle n'aurait jamais cru que le diable eût pu se terrer dans le cœur de pierre d'une belle intrigante.

— Vous en avez parlé à Sa Majesté? demanda l'abbé Patin.

— Je vais bientôt le voir.

Petite doutait que Louis lui prêtât une oreille attentive. Il avait changé. Était-il possible qu'Athénaïs s'adonnât à la sorcellerie sur lui, à l'instant même?

— J'ai eu des malaises et je ne peux maintenant m'empêcher de penser…

«… Qu'Athénaïs est en train de m'empoisonner à petit feu», continua-t-elle pour elle-même.

— Vous devez prendre garde, prévint l'abbé Patin. Vous êtes en danger et en proie à d'intenses émotions. Vous êtes dans le royaume du diable.

Petite enfila son peignoir et se dirigea derrière le divan de soie où Louis se reposait. Elle lui avait donné du plaisir, le moment était donc tout indiqué.

— Louis, je dois te parler… de quelque chose que tu dois savoir, lui dit-elle en se penchant vers lui et en l'enlaçant.

— Je sens que je ne vais pas aimer ça, n'est-ce pas ? dit-il en inclinant la tête en arrière pour la regarder.

«Non», pensa-t-elle. Elle se leva et vint s'asseoir près de lui. Des rides étaient apparues sur le visage de Louis, des sillons lui barraient le front et ses cheveux commençaient à grisonner.

— S'il te plaît, écoute-moi.

Elle songea aux *Plaisirs de l'île enchantée* du festival de Versaie, à la performance du preux chevalier combattant la méchante sorcière. Elle se rappela l'anneau du chevalier, celui qui avait le pouvoir de conjurer le mauvais sort. Si seulement elle avait pu avoir cet anneau en sa possession…

— J'espère que cela n'a rien à voir avec ce cheval blanc, dit-il. Nous avons déjà fait le tour de la question.

— Non, répondit-elle avec tristesse.

Diablo avait refusé de s'accoupler à trois juments, et maintenant, au lieu de l'abattre et de le servir en pâture aux chiens, le maître de l'écurie avait décidé de l'envoyer dans la fosse aux lions pour amuser le peuple.

— C'est à propos d'un événement qui s'est déroulé quand j'étais enceinte. J'ai mangé quelque chose, une dragée. Ensuite, j'ai perdu mon bébé et j'ai failli mourir.

Louis hocha la tête.

— Tu n'as jamais parlé de dragée.

— J'ai demandé à une herboriste d'en examiner une, dit-elle en saisissant le châle posé sur le bras du divan et en le jetant sur ses épaules. Elle contenait du bugle jaune, une herbe abortive.

Louis inclina la tête de côté.

— Alors, tu penses que ce peut être la cause… ?

— Oui, voilà pourquoi j'ai perdu le bébé.

— Et c'est ce dont tu craignais de me parler ?

— Louis, Athénaïs m'a offert cette dragée.

Il se raidit.

— Insinues-tu qu'elle t'ait donné quelque chose dans l'intention de te faire avorter ?

Petite hocha lentement la tête.

— Oui. Ce poison a failli me tuer, répondit-elle.

— C'est absurde, dit-il en se levant.

— Louis, dit Petite en l'implorant des yeux.

Son visage s'était arrondi avec le temps. Son regard, autrefois si vif et si curieux, affichait maintenant une conviction à toute épreuve. Il portait son autorité comme on porte un masque.

— Athénaïs m'a menacée d'un couteau, ajouta-t-elle en s'efforçant de rester calme. Tu y étais. Comment peux-tu prétendre que c'est absurde ?

— Athénaïs est impétueuse, dit-il en arpentant la pièce. C'est une femme passionnée, mais le fait qu'elle se soit emportée ne signifie pas pour autant que l'on puisse l'accuser d'être une empoisonneuse.

— Louis, s'il te plaît, écoute-moi. Elle pratique la magie noire…

— Aurais-tu perdu la tête ?

Ses lèvres grimacèrent de mépris.

— … sur toi !

— Je t'interdis de dire de telles choses, tu m'entends ! Je te l'interdis !

Il leva le poing, telle une menace, puis, sous le coup de la frustration, l'appuya contre son front.

— Tu dois m'obéir, ajouta-t-il d'une voix tremblante. Athénaïs t'aime comme une sœur.

Petite exprima son mépris en exhalant bruyamment par le nez.

— Pour l'amour de Dieu, tu parles d'elle comme si c'était un démon, dit-il en claquant la porte derrière lui.

Petite demeura assise en silence pendant un moment. Ses doigts tremblaient contre le marbre froid de sa coiffeuse. Elle entendit chanter faiblement:

« …et travaillez à votre salut avec crainte et tremblement. »

— C'est terminé, pensa-t-elle.

Ce constat irrévocable la calma et lui donna de la force. Il n'y avait plus qu'une solution et, maintenant, elle savait quoi faire.

Elle se leva, prit le petit vase bleu et l'ouvrit. C'était sec, aussi sec que la feuille de la brindille accrochée au cadre de son miroir. Elle détacha la feuille et l'émietta. Elle ouvrit le coffret en bois où elle gardait ses souvenirs et prit le foulard rongé par les mites. Elle s'en servit pour essuyer ses larmes et le jeta au feu.

L'atmosphère de la pouponnière de la maison Colbert était plus chaotique que d'habitude. La fête du Mardi gras allait avoir lieu l'après-midi même à la maison, et tous les enfants étaient surexcités. Madame Colbert demanda à sa fille, maintenant âgée de onze ans, d'accompagner un poupon et deux fillettes à l'étage afin qu'ils assistent à la leçon de chant de leurs frères. Le calme revint tout à coup dans la pouponnière ensoleillée et jonchée de couronnes, de masques et de jupons en dentelle.

— Comme vous êtes élégant, monsieur l'amiral, dit Petite à son fils.

L'enfant de trois ans prit timidement la pose dans son costume composé du bonnet, des hauts-de-chausses et de la cape d'un amiral. Elle serra la main de Tito d'un air solennel. Il semblait inquiet par son entrée soudaine dans le monde des adultes.

— Regardez, mère ! appela Marie-Anne.

Elle tournoya dans la pièce dans son costume de fée et s'arrêta en chancelant. Elle regarda ses pieds en fronçant les sourcils et les plaça de manière plus appropriée.

— Calmez-vous, mademoiselle Marie-Anne, dit madame Colbert. Vous allez vous épuiser avant la fête.

Marie-Anne se précipita vers madame Colbert et entoura sa généreuse taille de ses bras.

— Voulez-vous raconter à votre mère ce que vous avez fait hier ? demanda madame Colbert, qui gloussait comme une mère poule.

— Non, dites-le, vous, dit la fillette.

— Marie-Anne nous a permis de l'asseoir sur un poney, se vanta madame Colbert.

— Celui qui mord, poursuivit Marie-Anne.

— Oh, il ne fait que mordiller, dit madame Colbert en gratifiant l'enfant d'un sourire. Et seulement de temps à autre.

Elle caressait les cheveux de la fillette.

— Elle est un peu craintive, murmura-t-elle à Petite.

— Qu'avez-vous dit ? demanda Marie-Anne à madame Colbert.

— Qu'avez-vous dit, madame Colbert ? corrigea madame Colbert.

— Qu'avez-vous dit, madame Colbert ? répéta Marie-Anne en lui adressant un sourire, tout en portant la main à sa bouche.

— J'ai dit que vous montez très bien, répondit madame Colbert en retirant la main de la bouche de la fillette.

— Ce n'est pas vrai, madame Colbert.

— J'adore ton costume, dit Petite à sa fille.

— Il brille, dit Tito, qui observait la scène d'un air solennel.

— Avec des diamants, ajouta Marie-Anne.

— Pas de vrais diamants, lui dit madame Colbert.

— En quoi vous déguiserez-vous? demanda Marie-Anne à sa mère en se remettant à sucer ses doigts.

— En quoi vous déguiserez-vous, mère, corrigea madame Colbert.

— Je serai un ange, dit Petite. Avez-vous froid, monsieur l'amiral? demanda-t-elle à Tito.

Le petit était plié en deux et frottait ses mollets nus l'un contre l'autre. Il semblait étrange à Petite de ne pas le voir dans sa robe d'enfant et son harnais.

— Non, répondit-il.

— Ce qui signifie oui, murmura madame Colbert en s'asseyant et en prenant Marie-Anne sur ses genoux.

Elle fit également une place au petit et les entoura tous les deux de ses bras.

— Ce sont de si grands bébés maintenant.

— Le bébé de Jeanne a maintenant un an, annonça Marie-Anne en s'appuyant contre la généreuse poitrine de madame Colbert.

— Un an et deux mois.

En évoquant son premier petit-enfant, madame Colbert rayonnait de plaisir.

— Et gras comme un moine.

— Poupée est maintenant mariée et elle aura aussi des bébés, dit la fillette.

Madame Colbert haussa les sourcils.

— Nous prions pour que notre vœu soit exaucé.

La seconde fille de madame Colbert, que l'on surnommait Poupée, n'était mariée que depuis un mois.

— Maman est mariée, dit Tito.

LA MAÎTRESSE DU SOLEIL

— C'est même pas vrai, répondit Marie-Anne.

— Si, c'est vrai, persista Tito. Elle est mariée à notre père le roi.

— Non! insista Marie-Anne. Elle est comme une... catin.

— Marie-Anne! rétorqua madame Colbert en secouant la fillette. Comment pouvez-vous dire une chose pareille?

Petite posa la main sur le bras de madame Colbert.

— Je vous en prie.

Cela s'était produit si rapidement. Elle regarda le visage de ses enfants. Ils étaient trop jeunes pour comprendre.

— Je veux que vous sachiez que je vous aime beaucoup... et que vous n'avez à avoir honte de rien.

— La meilleure maman du monde, affirma madame Colbert, et voyant Petite au bord des larmes, elle confia les deux petits à une bonne d'enfants.

— Allons, allons, dit-elle en se dirigeant vers Petite, qui s'était réfugiée près de la fenêtre. Vous voulez que je sonne pour qu'on apporte un verre de cordial chaud?

— Je vous remercie, mais non. Je dois y aller.

— Oui, bien entendu. Il y a le bal masqué ce soir. Je dois avouer que je préfère demeurer à la maison avec les enfants.

— Marie, je me sens très rassurée que ce soit vous qui en preniez soin, dit Petite en pleurs, serrant madame Colbert contre elle.

Petite entendait la voix des garçons plus âgés qui suivaient leur leçon de chant, le rire des autres enfants, le bruit des pas à l'étage au-dessus.

— Ils ne pourraient avoir de meilleur foyer.

582

Petite jeta un dernier coup d'œil à ses enfants avant de partir. Elle leur souffla un baiser et s'en alla en pleurant. Elle n'était pas loin des écuries où Diablo se trouvait. Elle devait le voir afin de se calmer.

Diablo hennit doucement lorsqu'il vit Petite approcher du corral, un petit enclos entouré d'un mur en pierre. Elle s'appuya contre la balustrade. Il vieillissait, mais il avait encore fière allure. Il marcha à l'amble vers elle et accepta qu'elle s'approche pour le panser et en prendre soin. Mais il demeurait farouche. Il n'acceptait pas qu'elle lui passe un licou, encore moins qu'elle le monte. Cela lui brisait le cœur de le voir emprisonné. Et, bientôt, si on laissait le champ libre au maître des écuries, Diablo serait ignoblement sacrifié pour divertir la populace.

— Je suis désolée, dit-elle en entourant son museau de ses mains. Je n'ai rien pour toi.

Sur le chemin du retour, Petite prit la route longeant le fleuve afin d'éviter le défilé du Mardi gras. Le soleil allait bientôt se coucher. Les courtisanes se costumeraient pour le bal, le premier depuis la mort d'Henriette. Son absence assombrirait les festivités.

Petite fit une pause pour observer les bateaux circuler sur la Seine. «Aspiré par les eaux.» Que s'était-il passé ce matin-là, il y a longtemps? Elle était troublée par le fait qu'elle n'arrivait pas à s'en rappeler. Mais elle gardait le souvenir indélébile de s'être sentie si désespérément malheureuse qu'elle avait voulu en finir avec ses jours.

Et maintenant? Maintenant, si cela était possible, elle se sentait encore plus malheureuse. Elle se dirigea vers ses quartiers, au palais.

— Je n'irai pas au bal ce soir, annonça Petite à Clorine. Sa dame de compagnie était costumée en grande dame, mais de façon exubérante, selon l'esprit de la fête. Cinq mouches ornaient ses joues.

— Veuillez ranger mon costume.

Les ailes et leurs plumes furent disposées sur une chaise et la robe, étendue sur le lit de repos.

— Vous allez bien ?

— Oui.

À la demande de Petite, Clorine lui fit une tisane bouillante et l'habilla pour la nuit.

— Merci, dit Petite en s'appuyant contre les oreillers.

Clorine s'attarda dans l'embrasure de la porte, une lanterne à la main.

— Merci pour tout, ajouta Petite en fermant les yeux.

Elle demeura allongée dans le noir, à l'écoute des bruits provenant des festivités et des bagarres entre ivrognes qui se déroulaient durant le Mardi gras.

Elle attendait.

Lorsque le gardien de nuit sonna onze heures du soir, une fois qu'elle fut certaine que Clorine était au lit et qu'elle dormait à poings fermés, elle ouvrit les rideaux de son lit, prit une chandelle et se dirigea à tâtons vers le salon. Enveloppée d'un épais châle de laine, elle ajouta quelques branches dans l'âtre et alluma deux autres chandelles avec la flamme de celle qu'elle avait en main. Elle se dirigea vers son secrétaire, prit une feuille de son meilleur papier, de l'encre de seiche et une bonne plume.

Chère Clorine.

Elle fit une pause et réfléchit. Il ne s'agissait pas de faire ses adieux. Clorine ferait sa lessive, lui apporterait de la nourriture et des livres. Elle lui demanderait (à sa mère ou à madame Colbert) d'amener les enfants la voir plusieurs fois par semaine. Plus tard, lorsque le temps serait venu, elle entamerait des négociations avec Gauthier pour que Clorine ait droit à une généreuse dot. Mais ce n'était pas pour demain. Loin de là.

Elle pensait à l'avenir.

Elle s'apprêtait à entrer dans un univers inconnu. Pendant un moment, elle songea à jeter la lettre au feu. Elle écrivit plutôt ses volontés, saupoudra un peu de sable sur l'encre et secoua le papier pour l'en débarrasser. « Voilà, c'est fait », pensa-t-elle. Elle plia le papier et le déposa bien au centre du sous-main en feutre de son secrétaire. *Pour Clorine*, écrivit-elle avec soin.

« Devrais-je écrire un mot à Louis ? » pensa-t-elle.

Elle l'aimait encore, mais elle n'aimait pas l'homme qu'il était devenu. Athénaïs lui avait-elle jeté un sort ? À moins qu'il n'ait toujours été ainsi et qu'elle n'ait été aveuglée ? Était-elle elle-même sous l'emprise de quelque enchantement ?

Non. Elle n'écrirait pas de lettre. Elle était trop en colère, trop désespérée. L'amour qu'elle éprouvait envers l'homme qu'il avait été brûlait encore en elle. *Amor indissolubilis*. Parviendrait-elle un jour à apercevoir la flamme d'un autel sans penser à lui ? Sans penser à sa reddition consentante, à sa passion ? Leur passion.

Elle s'éloigna du secrétaire et se dirigea vers le foyer. Elle y ajouta trois branches. Elle approcha ensuite une berceuse près de la chaleur des flammes et se berça, indifférente aux bruits provenant de la fête du Mardi gras qui se déroulait juste en dessous, dans les jardins. Elle attendait le lever du soleil et la fin de cette longue nuit. Elle savait maintenant ce qu'elle voulait. Elle voulait être libérée du péché. Libérée de la cour, d'Athénaïs... et, bien entendu, du roi.

«Je ne peux vivre sans ton amour», lui avait-elle confié, la dernière fois qu'elle s'était enfuie en courant... en courant vers sa mort, en courant vers son salut.

Dès les premières lueurs du jour, Petite s'habilla et réunit ce qu'il lui restait de trésors : son chapelet, son médaillon et son exemplaire écorné de *Ma vie* de sainte Thérèse d'Avila. Elle enfila son manteau doublé en fourrure, ouvrit la porte et avança dans un dédale de salles sombres et de cages d'escalier froides qui résonnaient.

La rue était jonchée de déchets laissés par les fêtards. Un homme, étendu sur le dos dans une ruelle, gémit. Trois autres hommes costumés l'appelèrent.

-— Toi, là-bas, par ici !

L'un d'eux lui montra ses fesses et, sous l'effort, culbuta.

Petite se dirigea vers les écuries.

Diablo se tenait dans la lumière rougeâtre de l'aube. Petite se souvint de la première fois où elle l'avait aperçu à la lisière des bois. «Chante !» Il était toujours magnifique.

Elle devait l'éloigner de la ville, mais comment ? Méfiant, il la regarda grimper sur le mur en pierre. Elle enleva ses brodequins d'un coup de pied et les laissa tomber. Ensuite, elle s'accroupit et poussa la porte. Elle se glissa sur le dos de Diablo, qui était prêt à filer, s'agrippa à sa crinière et l'enfourcha en serrant les jambes autour de ses flancs. Il se rebiffa, mais elle tint bon.

— Holà, mon beau, chuchota-t-elle, mi-amusée.

Comme il était bon de se tenir sur son dos.

— Doucement, dit-elle au cheval qui s'engagea dans une ruelle étroite, en direction nord, en décochant quelques ruades.

— Doucement, répéta-t-elle lorsqu'il broncha devant un chat.

Dans la rue Saint-Honoré, elle s'assit. Ses jupes retroussées sur ses cuisses, elle força le cheval à prendre le petit galop. Il était capricieux, mais il fonça dans la rue pavée, évitant les charrettes de légumes et les porteurs d'eau chargés de leur fardeau. Surpris, les ouvriers, déjà à l'œuvre de si bonne heure, reculèrent pour leur laisser le chemin libre. Une vieille femme brandit sa canne en poussant des acclamations. À la cathédrale Saint-Roch, Petite dirigea Diablo dans le jardin public de la Garenne et, ensuite, vers la Seine.

Grâce à ses jambes musclées, Diablo fila de plus en plus vite sur la route longeant le fleuve. L'air était frais et vivifiant. La lumière de l'aube luisait sur l'eau grise du cours d'eau. Les remparts et la porte de Conférence se dressaient devant elle. La barrière était abaissée, et il y avait deux voitures et une file de gens qui attendaient que l'on vérifie leur identité pour pouvoir passer.

— Allez, chuchota-t-elle en s'agrippant à la crinière.

Les gens hurlèrent, tombèrent à la renverse, se bousculèrent pour leur laisser la voie libre. Diablo esquiva un couple de vieillards et sauta par-dessus la haute barrière. «Chante!»

Devant se trouvait la route qui longeait la Seine, celle qui menait à Chaillot. D'un côté, le fleuve, et de l'autre, les fermes et les bois, qui défilaient à vive allure. Petite se rassit. Diablo ralentit jusqu'à prendre un petit galop. Non, elle ne rêvait pas.

— Là, doucement, dit-elle, souriante.

Diablo ralentit la cadence et se mit au pas. Elle le guida vers un monticule isolé et fit une pause. Elle se laissa choir sur son cou et sentit sa chaleur et son odeur fraîche. Elle se rappela que, petite, elle aimait se coucher ainsi. Tant de confiance lui paraissait miraculeux. Maintenant, ils étaient tous les deux plus vieux et effrayés. Ils avaient tous les deux besoins de secours et de salut.

Elle était anxieuse de connaître la suite des choses, mais ne voulait rien précipiter. Elle avait besoin de temps, ne serait-ce qu'un instant, un instant d'éternité.

Elle s'accrocha à la crinière de Diablo et descendit. Il était libre. Il pouvait s'enfuir en courant, mais il ne bougea pas. Il tourna la tête vers Petite. Ses yeux, maintenant d'un bleu foncé, avec une pointe de rouge, étaient vifs et perspicaces. Non, elle n'avait pas rêvé. Elle appuya son front contre le sien.

« Suis-je en train de prendre la bonne décision ? » se demanda-t-elle, les larmes aux yeux. Son cœur lui répondit que oui.

La douleur, celle de la séparation, serait au rendez-vous, elle en était consciente. Mais elle connaissait déjà ce sentiment. Elle aimerait toujours Louis, l'homme bon, l'homme qui se dissimulait derrière le masque du roi. Elle revit cet homme, riant avec ses enfants.

Leurs enfants.

Petite tomba à genoux dans l'herbe en serrant ses poings contre son visage. Comment pouvait-elle faire une chose pareille ? « Oh mon Dieu, pria-t-elle. Aidez-moi. » Diablo souffla dans son dos et elle sentit son haleine chaude dans son cou. Elle s'assit. «Je pourrais faire demi-tour, pensa-t-elle. Jouer le rôle de la mère, de la maîtresse, de la catin. De la servante d'Athénaïs.»

Non. Elle ne pouvait pas. Elle n'en avait plus la force. Elle ne pouvait pas jouer cette comédie. Elle ne voulait pas. *Nolo nolebam, nolam.*

Elle imagina la vie au couvent et l'existence paisible qu'on y mène. Les prières de sa tante Angélique seraient exaucées. Les enfants viendraient rendre visite à leur mère, tout comme sa mère, son frère et son écervelée d'épouse. Et l'abbé Patin, bien entendu. Il y aurait des bouquets de fleurs et des prunes sucrées. Il y aurait des chants.

Et Louis? Qu'adviendrait-il du père de ses enfants? Il y avait tant de bonté en cet homme, tant d'authenticité, de force de caractère, et, paradoxalement, tant de faiblesse. Petite prierait pour lui, pour qu'il ait la force de résister aux charmes d'Athénaïs, pour qu'il puisse la voir telle qu'elle était véritablement. Petite ne pouvait en faire plus. Aussi décida-t-elle de s'en remettre à Dieu.

Elle s'étendit sur le dos dans l'herbe, observant le ciel et écoutant Diablo mâchonner l'herbe tout près. Elle écoutait le bruit du monde qui s'éveillait. La cloche d'une église, perdue au milieu de nulle part, se mit à sonner. Le son, pur, vibrait dans l'air frais du matin. Des d'oiseaux prirent leur envol.

Le diable était en elle, elle le savait. Elle avait fait un pacte avec lui. Elle était à lui. Cela ne changerait jamais. Toutefois, elle refusait de lui consacrer ce moment. Elle continuerait sur sa voie.

— *Nec cesso, nec erro,* dit-elle tout haut. Je ne faiblis pas, je ne perd pas mon chemin.

Elle se leva et secoua son manteau. Diablo la regarda. Elle prit un bout de pain qu'elle avait caché dans la poche de son jupon. Elle le lui tendit en souriant à travers ses larmes. Il allongea son long cou et elle lui caressa les oreilles.

— Prêt, mon vieux?

Ils avaient encore du chemin à parcourir.

Elle remonta sur le dos du cheval. Le cours d'eau étincelait sous le soleil du matin. «Aspiré par les eaux.» Sa respiration s'accéléra lorsqu'elle se rappela avoir sondé l'eau sombre du regard. Qu'est-ce qui l'avait sauvée? Qu'est-ce qui la sauvait en ce moment?

D'un léger mouvement des jambes, elle indiqua à Diablo de se mettre en marche. Sur la route longeant le cours d'eau, il passa vigoureusement au trot, puis au galop. La cape de Petite vola et ses cheveux flottèrent au vent. L'air frais du matin qui glissait sur ses joues lui parut vivifiant.

Elle se souvint, enfant, d'avoir observé une femme tzigane se tenir sur le dos d'un cheval au galop, les bras écartés. Mais elle se rappelait surtout l'excitation fébrile qui l'avait envahie, l'émerveillement sans limites que lui procurait la sensation de croire que le monde lui appartenait.

Encore aujourd'hui, le monde lui appartenait.

Le galop de Diablo était régulier. Son dos était large. «Maintenant?» se demanda-t-elle. Elle agrippa la crinière du cheval d'une main et appuya l'autre sur son épaule pour garder l'équilibre. «Voilà.» Lentement, elle remonta ses pieds et s'accroupit. Diablo abaissa une oreille, mais il maintint son allure. Ensuite, lentement, très lentement, elle se leva, se tint en équilibre, et écarta les bras.

«Oh! Le vent!»

Juste avant d'arriver au couvent de Chaillot, Petite se laissa glisser sur la croupe de Diablo pour descendre et le ralentit au pas.

— Holà, dit-elle en posant le pied au sol.

Elle avait réussi !

Il tourna son museau dans sa direction. Elle le caressa, ainsi que son menton et ses oreilles. Elle l'entoura de ses bras et demeura le visage appuyé contre son cou pendant un long moment. « Seigneur, vous avez créé ce cheval magnifique, veillez sur lui et protégez-le. Amen. »

Le moment était venu. Bientôt, la route longeant le fleuve serait achalandée.

— Allez ! ordonna-t-elle, le cœur déchiré.

Diablo sursauta, mais ne bougea pas. Elle lui donna une tape sur les hanches.

— Va-t'en ! répéta-t-elle, avec plus d'insistance.

Il devait courir, s'enfuir. Il pivota, puis se remit face à elle, confus. Elle cassa une branche d'un buisson et la brandit devant lui.

— Va-t-en ! supplia-t-elle en pleurant.

Il s'éloigna à contrecœur en secouant la queue, mais s'ébroua et se tourna de nouveau pour lui faire face, les oreilles dressées sur la tête. Elle agita la branche et la fouetta dans les airs. La branche produisait des sifflements.

— Allez, allez !

Il se cabra, pivota, décocha une ruade en se tordant dans tous les sens, puis il partit au galop.

Sur le sommet d'un monticule, il s'arrêta pour humer l'air. Il leva la tête et hennit. Au loin, un cheval lui répondit. Des ombres apparurent aux confins d'une prairie éloignée. Des chevaux. En sautant et en ruant, Diablo dévala les collines. Sa queue flottait et ondulait bien haut dans le vent.

« Mon bien-aimé. »

La cloche du couvent sonna. Petite, profondément émerveillée, regarda Diablo s'éloigner jusqu'à ce qu'elle ne puisse plus le voir. « Un cheval sauvage est une créature merveilleuse », avait déjà dit Louis.

« En effet », pensa-t-elle en pivotant vers la porte de fer du couvent, vers la liberté.

Épilogue

Marie-Anne, le 6 juin 1710

Je faisais ma toilette matinale à Versaie lorsqu'on me prévint de l'arrivée du messager. Ma mère était mourante. «Merci, mon Dieu», ai-je dit. À l'évidence, le garçon vit dans ma réponse un manque de compassion, mais assister à la souffrance de ma mère, âgée de soixante-cinq ans, m'avait été difficile à supporter. D'ordinaire si forte et si fière, je l'avais vu s'affaiblir considérablement après qu'elle eut été forcée, l'année précédente, de se dépouiller de tous les ornements de la chapelle du couvent pour financer les efforts de guerre de mon père. Je crois que c'est à ce moment-là qu'elle a commencé à mourir : ses maux de tête invalidants, ses maux de dos, ses mains si tordues par le rhumatisme qu'elle ne pouvait plus tenir une plume. Je soupçonne également autre chose : quelque chose qui s'est brisé en elle.

Je demandai que l'on approchât ma voiture la plus rapide et je pris ma canne. Si seulement j'avais décidé de demeurer à Paris pendant l'été… Mais mon égoïsme m'avait poussée à suivre mon père à Versaie pour échapper à la puanteur, à la saleté et à la chaleur. «Qu'on la prévienne de mon arrivée. Dites-lui que j'accours à son chevet.» Il était sept heures et dix du matin. À cette heure, mon père devait être occupé au rituel du Grand Lever. Plus il vieillissait, plus il s'enlisait dans sa routine quotidienne. Le moindre accroc le perturbait. Je pris la décision de lui envoyer un mot. Je tenais beaucoup à arriver à Paris avant que ma mère ne s'éteigne.

En dépit de l'encombrement sur la route, les chevaux allèrent au trot tout au long du parcours et nous pûmes arriver à destination rapidement. Je baissai les stores pour éviter que la poussière ne s'accumulât dans l'habitacle. J'étais aux prises avec des pensées impies, comme celles de regretter d'avoir à porter du noir en été ou d'avoir à dresser la liste des gens à qui je devrais annoncer le décès de ma mère – une liste malheureusement brève étant donné que beaucoup étaient déjà morts. Je me demandai si les carmélites autorisaient les pierres tombales et, si tel était le cas, ce que j'allais y faire inscrire. Avec le recul, je crois que Dieu avait trouvé ce moyen pour rendre ma peine plus supportable. « Le réconfort des menus détails », comme disait ma mère.

Comme *disait* ma mère. Elle était déjà morte dans mon esprit. C'est alors que mes yeux se remplirent de larmes. Les gens disent que je suis comme mon père. Nous sommes tous les deux reconnus pour notre fougue, notre entêtement et, je dois l'admettre, notre intransigeance. Mais il ne s'agit là que d'une façade. Je crois que mon père et moi sommes trop sensibles, que nous sommes sujets à être submergés par les émotions et, qu'en conséquence, nous devons nous maîtriser.

La mort. Le chagrin. Qu'il est triste de survivre, pensai-je. Ma mère avait survécu à tout le monde, malgré sa santé parfois fragile. Ma grand-mère, mon oncle Jean, tous deux étaient décédés. Son confesseur, l'aimable abbé Patin. Mon frère Tito, mort à seize ans lors de sa première campagne militaire. Je sais que cela a failli la tuer.

Je m'interrogeais sur le type de funérailles qu'exigeraient les carmélites. Nul doute que les obsèques seraient conduites sous le signe de l'austérité. Quel soulagement de ne pas avoir à préparer des funérailles royales. Les funérailles de la Grande Mademoiselle avaient été particulièrement offensantes. L'urne contenant ses entrailles avait explosé et empli l'enceinte de l'église d'une odeur si nauséabonde que des gens avaient été piétinés quand tous s'étaient rués vers la porte pour respirer un peu d'air frais. C'était malgré tout tellement à-propos, puisque l'imposante princesse était une femme si colérique, surtout après son mariage avec Lauzun qui lui avait fait subir de mauvais traitements.

Il était également à-propos que la marquise de Montespan n'ait pas eu droit à des funérailles dignes de son rang. Si l'on en croyait la rumeur, et j'y crois, ses entrailles furent jetées en pâture aux cochons. S'il existe un paradis, elle ne s'y trouve pas, quoi que puisse en penser ma mère, ma sainte mère qui avait même accepté d'être la conseillère spirituelle de la marquise. Non, en dépit des conseils de ma mère, je suis certaine que cette femme est à l'autre endroit et qu'elle subit la douleur qu'elle a causée aux autres et à ma mère.

Quant à mon père, est-il sans reproches ? J'en doute.

Il livre un dur combat contre le vieillissement : il monte encore à cheval, il chasse et, d'après les plaintes voilées de madame de Maintenon, il insiste encore pour avoir des rapports sexuels tous les jours. À soixante-douze ans ! Dieu merci, je n'ai pas hérité de son goût pour la luxure.

A-t-il aimé ma mère ? J'aimerais le savoir. Assez curieusement, c'est un homme jaloux et possessif. Il supporte mal le rejet. Lorsque ma mère l'a quitté, il n'a que rarement parlé d'elle. Il est évident qu'il ne lui a jamais rendu visite. « Dans mon esprit, elle est morte », avait-il dit. Malgré tout, il acceptait que son jardinier envoyât des fleurs au couvent tous les matins. Était-ce ce qu'il souhaitait? Le salon des visiteurs était toujours plein de fleurs, de bouquets magnifiques. Dans un rare moment d'intimité, il m'a confié qu'elle était la seule femme à l'avoir véritablement aimé pour ce qu'il était. C'était l'une de ces confessions à la fois tristes et gênantes entre un père et sa fille, et je n'ai pas cherché à en savoir davantage.

L'amour à la cour est chose rare : cela, je le sais. Je m'estime chanceuse de l'avoir éprouvé, même s'il m'a été difficile de voir mon pauvre mari sur son lit de mort, couvert de pustules suintantes. Tel a été le prix que mon prince a dû payer pour me soigner.

Oh, je pleure encore sa mort!

Je ruminais ces pensées en entrant dans l'enceinte froide du couvent. J'attendis au parloir en me demandant si on me permettrait d'entrer. La porte s'ouvrit et une sœur converse me convoqua. C'était sœur Nicole, l'amie de ma mère.

Je franchis l'embrasure de la porte et pénétrai dans le sanctuaire. Un profond silence y régnait.

— Est-elle…?

— Dieu merci, vous êtes venue, chuchota sœur Nicole.

Des larmes coulaient sur ses joues.

Je la suivis à travers un dédale de portiques et de cours. Les jardins étaient luxuriants, odorants et brillaient de mille couleurs. Nous traversâmes une salle de musique et une bibliothèque. J'eus l'impression que la communauté ne menait pas une vie de privations, et cela me réconforta.

Nous franchîmes une porte voûtée en bois. C'était l'infirmerie où se trouvait ma mère, mourante.

— On vient de lui donner l'extrême-onction, m'informa sœur Nicole à voix basse.

— Souffre-t-elle ?

Sœur Nicole fit signe que oui. Ses lèvres étaient crispées.

Je rassemblai mes forces et entrai.

Ma mère était étendue sur un lit surélevé. Elle était vêtue de ses lourdes robes brunes. Ainsi allongée, elle semblait si petite. À mes yeux, elle avait toujours eu l'air d'une géante.

J'approchai. Ses yeux étaient clos et, de sa poitrine, montait un long râle étouffé, le chant du mourant. Les sœurs qui priaient près du lit reculèrent.

Elle ouvrit les yeux, ses beaux yeux. Je touchai ses doigts secs et raidis. Je remarquai leur maigreur. Je me demandai si je lui faisais mal. J'interrogeai sœur Nicole du regard.

— Elle ne peut plus parler, chuchota-t-elle.

— Je peux l'étreindre ?

Sœur Nicole eut un moment d'hésitation.

— Elle doit maintenant aller vers Dieu.

Ma mère hocha la tête en signe de refus.

— Que dit-elle ?

— Je crois qu'elle veut que vous la preniez dans vos bras.

Craignant de lui faire mal, je la pris délicatement dans mes bras. Sa joue était appuyée contre mon cœur. Je la gardai dans mes bras jusqu'à ce qu'elle s'éteigne.

Je passai la soirée à l'infirmerie. Sœur Nicole et moi déposâmes ma mère sur son lit. Je craignais que la mort ne m'effrayât, mais ma mère me la fit voir autrement. Elle semblait en paix. Les sœurs s'approchèrent, l'une après l'autre. Je compris qu'elles avaient été sa famille et que l'amour régnait dans cet endroit.

Le matin suivant, nous déplaçâmes son lit – son cercueil – vers le chœur. Nous l'installâmes derrière la grille pour que les gens puissent voir ma mère. Lorsqu'on ouvrit les volets, une foule importante s'était déjà rassemblée et patientait. Je fus surprise de la profonde vénération que lui vouaient ces gens, bien que je n'eusse pas dû m'en étonner. Pendant des années, mon cuisinier m'avait rapporté des chansons écrites à propos de ma mère, des couplets que les gens chantaient au marché. On y disait qu'ils la considéraient comme une sainte et qu'ils lui prêtaient le don de guérir les animaux, en particulier les chevaux.

Tout au long de cette journée interminable, des hommes et des femmes modestes défilèrent avec leurs reliques, leur croix et leur chapelet, leurs médaillons et leurs images saintes. Les sœurs les conduisaient jusqu'au chevet de ma mère, où ils pouvaient toucher ses mains jointes, son front et ses lèvres, puis elles les raccompagnaient. Cela dura jusqu'à plus de cinq heures du soir.

Voilée, je demeurai assise près de sa tête. J'étais émue par les chants du chœur, par les prières, et bouleversée par l'amour que ces gens vouaient à ma mère. Lorsque les religieux firent leur entrée, la foule s'anima.

— Ils vont l'emmener pour la mettre en terre, me dit sœur Nicole.

— Je peux y assister ?

— Oui, mais d'abord, nous voulons vous remettre ceci.

Elle serra tendrement un humble chapelet en bois dans ses mains.

— Il appartenait à son père.

Je fis glisser les perles en bois entre mes doigts.

— Je vous remercie.

Je le portai aux mains de ma mère, à son front et à ses lèvres, puis j'embrassai le chapelet à mon tour.

— Il y a autre chose, dit sœur Nicole en me tendant un médaillon en cuivre suspendu à une chaîne en or.

Le fermoir était terni. Je l'ouvris avec mon ongle. À l'intérieur, il y avait une mèche de cheveux blancs, une mèche de cheveux fins, vraisemblablement ceux d'un bébé, et un peu de matière décomposée.

— Vous savez ce que cela signifie ?

Sœur Nicole hocha la tête.

— Tout ce que je sais, c'est qu'elle ne s'en séparait jamais.

— Dans ce cas, elle devrait l'avoir avec elle, dis-je, en passant le médaillon autour du cou de ma mère.

Sa peau avait l'éclat de la porcelaine.

«Dors bien, Petite.»

Notes de l'auteur

La Maîtresse du Soleil est une œuvre de fiction qui s'inspire de faits réels et de personnes ayant vraiment existé. Le roman à clef a connu son essor au XVIIe siècle. Il s'agissait de romans mettant en scène de vraies personnes, mais dont on changeait le nom. La plupart des personnages de ce roman s'inspirent de personnes qui ont réellement existé (Louis, Louise, Athénaïs, Lauzun, Nicole). Toutefois, d'autres ont été inventés de toutes pièces. Gauthier est inspiré de la vie de monsieur le duc de Saint-Aignan, bien que j'aie pris plusieurs libertés avec la vie de cet homme distingué. Un certain nombre d'«ecclésiastiques» ont exercé une influence sur la vie de Louise de La Vallière (l'abbé Rancé, Jacques Bousset, Louis Bellefonds, le père César). Tous ont contribué à la composition du personnage de l'abbé Alphonse Patin. Clorine a effectivement été la dame de compagnie de Louise de La Vallière, mais c'est là tout ce que nous savons d'elle.

Louise de La Vallière était une cavalière exceptionnelle – c'est connu – et il ne fait aucun doute qu'il y a eu des chevaux qu'elle a aimés dans sa vie. Cependant, nous ne savons rien d'eux et, par conséquent, Diablo est un cheval fictif. Un carnet de route rédigé par Sebastiano, un prêtre italien qui a visité Paris, décrit Louise de La Vallière en train de faire des sauts d'obstacles à cheval et fait référence à son instructeur d'origine maure. On raconte qu'il y a eu un chuchoteur, c'est-à-dire un dresseur de cheval, à la Cour du Roi Soleil, et il est possible que ce dresseur et le Maure soient la même personne.

La santé de Louise de la Vallière est entourée de mystère. Femme très active, elle a néanmoins été ralentie par moments par la maladie (dont une période de cécité). J'ai discuté avec un médecin, le docteur Robert Adam, du peu d'informations dont nous disposons concernant sa santé. Il a émis l'hypothèse qu'elle ait pu souffrir de sclérose en plaques, une maladie qui existait à l'époque, mais qui n'a été identifiée qu'à la fin du xviiie siècle. Il ne s'agit là que d'une supposition, mais les faits semblent pointer dans cette direction.

Pour transposer l'histoire au sein d'un roman, on doit simplifier. À l'époque, il y avait plus de maisons, de palais, de scandales, d'histoires d'amour, de divertissements, de déplacements et de guerres. Mais, par-dessus tout, il y avait plus de gens : plus d'enfants, de membres d'une même famille, d'amis et de serviteurs. Le marquis de Saint-Rémy eut une fille prénommée Catherine en premières noces. Il va de soi qu'elle a causé des ennuis à Louise de La Vallière, mais j'ai choisi de l'ignorer pour ne pas compliquer ce roman. Gaston d'Orléans et son épouse ont eu le garçon qu'ils souhaitaient tant. Toutefois, il était déficient mental et il est mort à l'âge de deux ans, avant que Louise se joigne à la cour d'Orléans à Blois. À son arrivée, il y avait également une quatrième princesse, Marie-Anne, qui n'a vécu que trois ans. Je ne fais aucune mention du cardinal Mazarin, malgré le rôle important qu'il ait joué dans l'histoire politique du pays et dans la vie personnelle du jeune roi. Il y avait également un certain nombre de charmants individus excentriques qui ne sont pas mentionnés. À regret, je n'ai pas fouillé les histoires entourant madame de Choisy et son fils travesti, le malfaisant Olympe Mancini, et son amant tout aussi diabolique, le marquis de Vardes, la renommée courtisane Ninon et la charmante et cinglante princesse Palentine, sans oublier le large éventail de personnalités qui gravitaient autour de ce milieu. Certains d'entre eux vont sûrement apparaître dans les romans à venir.

Bien qu'elle n'ait jamais été reconnue coupable, les soupçons de sorcellerie dont il est fait mention dans *La Maîtresse du Soleil* continuent de peser sur Athénaïs, la marquise de Montespan. À ceux et celles qui désirent se documenter sur cette époque, je recommande fortement l'ouvrage *Les Femmes dans la vie de Louis XIV*, d'Antonia Fraser.

Pour de plus amples renseignements sur mes recherches et mon travail d'écrivain, veuillez consulter mon site www.sandragulland.com.

Remerciements

Plusieurs personnes m'ont aidée à accoucher de ce roman, qui aura nécessité huit ans de gestation. La publication de *La Maîtresse du Soleil* n'aurait pas été possible sans la collaboration de ces personnes :

Comme toujours, mon agente, Jackie Kaiser, qui fut ma première lectrice.

Mes incroyables directeurs littéraires, Iris Tupholme et Trish Todd ainsi que Dan Semetanka et Fiona Foster.

Ma directrice de rédaction, Noelle Zizer, si vive d'esprit et si dévouée, la productrice à la rédaction, Allegra Robinson et les réviseures, Allyson Latta, Becky Vogan et Debbie Viets.

Les membres de mon cercle d'écriture de San Miguel, Susan McKinney et Beverly Donofrio, qui m'ont fortement encouragée tout au long du processus de réécriture.

Les membres du cercle d'écriture Wilno Women Writters : Pat Jeffries, Joanne Zommers et, plus particulièrement, Jenifer McVaugh, qui se souvient de ma première tentative de raconter cette histoire, il y a de cela vingt ans.

Mes indispensables lecteurs et conseillers (par ordre alphabétique) : Susanne Dunlop, Jude Holland, Gary McCollim, Mary Sharratt, Merilyn Simonds, Victoria Zackhein.

Deux cercles de lecture ont transmis leurs commentaires sur le manuscrit : le Books Et Al à Oakland, en Californie (Chere Kelly, Akemy Nakatani, Robyn Papanek, Marianna Sheehan, Mary Sivila, Monique Binkley Smith, Leslie Tobler) et le cercle 19 girls and a boy(s) de Toronto, en Ontario (Carrie Gulland, Rebecca Snow, Fiona Tingley, Morwenna White et Al Kellett).

Une foule de personnes m'ont gracieusement offert leur savoir et leur soutien au fil des années : Nanci Clausson, qui m'a prêté son studio alors que je traversais une période difficile sur le plan de la création littéraire ; Bruno et Anne Challamel, qui sont d'extraordinaires assistants de recherche et conseillers ; Simone Lee, qui m'a prêté un livre sur la cavalerie au XVIIe siècle ; le professeur John McErlean, qui m'a tenue au courant ; le docteur Rob Adams, qui a répondu à mes questions d'ordre médical ; les professeures Karen Raber et Treva Tucker, qui m'ont fourni de l'information sur la cavalerie au XVIIIe siècle ; la professeure Elizabeth Rapley, qui m'a donné des renseignements sur la vie au sein des monastères au XVIIe siècle ; le scénariste Karl Shiffman, qui m'a prodigué des conseils sur l'intrigue ; Bernard Turle, qui m'a offert un livre sur Versailles, il y a plusieurs années.

Mes guides historiques : M. Ludart, qui m'a servi de guide dans les labyrinthes historiques de Paris ; Patrick Germain, qui m'a accompagnée dans ma visite des châteaux de la vallée de la Loire (à cheval !) ; Ghislain Pons, qui s'est montré un guide infatigable et cultivé dans Versailles.

Enfin, et non les moindres, mes plus grands admirateurs : Richard, Carrie et Chet.

GARANT DES FORÊTS
INTACTES

Achevé d'imprimer en octobre 2009
sur les presses de Transcontinental-Gagné
à Louiseville, Québec